Blick ins Dunkel

André Brink

Blick ins Dunkel

Roman

Deutsch von
Werner Peterich

Kiepenheuer & Witsch

Nichts in diesem Roman ist reine Erfindung; Klima, Geschichte und Umstände, aus denen die Handlung sich ergibt, sind die des heutigen Südafrika. Nur sind verschiedene Ereignisse und Menschen im Rahmen eines Romans miteinander verknüpft und damit reines Romangeschehen geworden. Nicht auf die Oberflächenwirklichkeit kommt es an, sondern auf die darunter liegenden Verhaltensmuster und Beziehungsgeflechte. Deshalb ist jede Ähnlichkeit zwischen Figuren und Geschehnissen in diesem Buch und Menschen und Situationen außerhalb rein zufälliger Natur.

Titel der Originalausgabe: Looking on Darkness
Deutsch von Werner Peterich

Umschlag: Kalle Giese, Overath
Satz: Fotosatz Froitzheim, Bonn
Druck und Bindearbeiten: Mohndruck, Gütersloh
ISBN 3-462-02150-8

In Memoriam

ROB

. . . la noticia vespertina, que es sabiduría de Dios en sus creaturas y obras y ordenaciones admirables; la cual es . . . más baja sabiduría que la matutina.

San Juan de la Cruz

The day will not save them
and we own
the night.

Leroi Jones

Toute vraie liberté est noire et se confonde immanquablement avec la liberté du sexe qui est noire elle aussi.

Antonin Artaud

Looking on darkness that the blind do see.

William Shakespeare

Ed è subito sera.

Salvatore Quasimodo

Das ist eine Nacht des Unglücks, wo der Mensch die Wahrheit sieht.

Bertolt Brecht

Sur une même chose, on ne pense pas de même façon le matin ou le soir. Mais où est le vrai, dans la pensée de la nuit ou l'esprit de midi? Deux réponses, deux races d'hommes.

Albert Camus

Erster Teil

I

Zu wissen, wer ich bin. Mich durch das Warum und das Wie ihres Todes definieren. Alles aufzählen und benennen – nicht um festzustellen, was ein Mensch vom Menschen wissen kann, sondern einfach, was ich wage, über mich selbst herauszufinden.
Um diesen Körper mit allen seinen Teilen zu bewahren – samt Blutergüssen und Narben sowie nie nachlassenden Schmerzen – und für den unvermeidlichen Tod funktionsfähig und unversehrt zu erhalten.
Wenn frühmorgens der Regen fällt, sinne ich mit einem an Ehrfurcht grenzenden Gefühl des Staunens über mich nach; manchmal abends, ziehe ich meine Kleider aus und stehe, den Rücken gegen die Zellenwand gepreßt, da oder strecke mich auf der schmalen Pritsche aus, studiere und betaste diesen Körper, der mir so fremd und so vertraut ist wie der einer Geliebten. Selbst wenn ich weiß, daß sie mich durch das Guckloch in meiner Tür beobachten, stürzt mich das nicht in Verlegenheit. Ich vergewissere mich ständig aufs neue all dessen, was mir sichtbar und greifbar geblieben ist. Diese Füße und Knie und Schenkel, dieses verletzliche Geschlecht, das vor der Berührung zurückzuzucken scheint wie ein kleines, verängstigtes Tier, dieser hellbraune Bauch und die Brust, diese Arme, diese Hände, jeder einzelne Nagel, den ich so genau kenne; dieses Gesicht, das sich unter meinen Fingerkuppen herausbildet. Das gehört mir. Das zumindest ist die Topographie jener traurigen Gewißheit, die mir geblieben ist.
Denn alles andere – alles andere ist ein Wust von Erinnerungen und Worten, von Träumen, Möglichkeiten, Namen.
Ich kann sagen: Jessica.
Ich kann sagen: Ich liebe dich.
Ich kann sagen: Willem oder Dulpert oder Richard oder Jerry.

Und dann kann ich darangehen, sie mir vorzustellen und im einzelnen zu beschreiben. Ich kann sagen: Jessica Thomson, mit dem dunkelblonden Haar und dem eigenwilligen Kinn, diesen besonderen Riefen in ihren Daumennägeln, den kleinen, festen, runden Brüsten eines Frauenbildnisses aus dem unschuldigen Zeitalter vor Raffael, und – wenn wir uns im frühmorgendlichen Dunkel liebten – einer glatten und im Gegensatz zu meiner Bräune so unverkennbar weißen Haut.
Aber das reicht nicht aus, es bleibt eine Aufzählung Shakespearescher Details, ein Katalog einzelner, unbedeutender Ausschnitte. Ich muß es schon besser machen.
Seit neuestem kümmern sie sich sehr um mich und stellen mir alles Papier zur Verfügung, das ich brauche, als ob sie ein Kind oder einen Verrückten verwöhnten. Das ist es wohl, was die Todeserwartung aus einem macht – manche drehen durch, andere werden kindisch. Aber vielleicht hoffen sie auch, auf diese Weise etwas aus mir herauszubekommen, hoffen, daß ich ›das Problem erhelle‹ und die vielen Bedenken ausgeräumt werden, die ihnen im Laufe des Prozesses zweifellos gekommen sind. Doch das spielt keine Rolle, wirklich nicht. Ich schreibe dies nicht für sie, sondern nur für mich selbst, hier, jetzt, in den Tagen oder Wochen, bevor die dunkle Dame Tod mich bei der Hand nimmt.
Es ist wichtig, daß ich mir Zeit lasse. Da das Ende näherrückt und mein Herz sich verkrampft, wird es für mich immer zwingender, es sehr gefaßt und sehr klar niederzuschreiben. So daß ich mich ganz und gar entleeren kann, um in mich selbst zurückzukehren. Es ist eine Form von Disziplin, wie die Meditationen des Heiligen Johannes vom Kreuz oder Hamlets gespielter Wahnsinn bei Hofe. Um mich durch ein Netz syntaktischer Gewißheiten durchzukämpfen zu einem letzten, möglichen Blick auf die Wahrheit.

Wir sind mit verschiedenen anderen Leuten am Strand, einem offenen, kilometerweit zwischen Brandung und Dünen sich erstreckenden Strand, den nur gelegentlich eine Reihe Felsen unterbricht. Wir versuchen, von den anderen wegzukommen, die

picknicken, ausgelassen herumtollen und mit einem riesigen Plastikball spielen. Aber sie wollen uns nicht entkommen lassen. Sie lachen, lassen uns nicht los und zwingen uns, bei ihren Spielen mitzumachen. Dann, plötzlich, sind wir frei. Hand in Hand laufen wir über den weißen Sand, beide nackt, ihr Haar flattert im Wind. Hinter der ersten Reihe von Felsen, endlich abgeschnitten von der Welt, bleiben wir keuchend stehen. Im Sand hat sich ein ovaler Tümpel gebildet; das Wasser ist trotz der nahen Dämmerung sehr klar, glitzert fast. Wir spülen uns den Sand vom Körper, und plötzlich kniee ich vor ihr, vergrabe das Gesicht zwischen ihren Schenkeln, tauche ein in den erregenden Geruch von Wasser und Frau. Doch ehe ich sie zur Ekstase bringen kann, sehe ich unter plötzlich aufwallender, urtümlicher Angst über die Dünen eine Kolonne grüner Eiswagen näherkommen. Sie wendet sich von mir ab und ihnen zu. Ich versuche, sie zurückzurufen, doch die Stimme versagt mir. Ich versuche, ihr zu folgen, doch ich kann mich nicht rühren. Die großen, grünen Lieferwagen bleiben stehen; Männer in weißen Overalls steigen aus. Jetzt läuft sie. Der Anführer der Kolonne wartet auf sie. Ich will rufen: »Jessica! Jessica! Jessica!«
Jetzt breitet er seine Arme aus, fängt sie auf, schließt sie, die sich schimmernd, nackt und naß von seinem weißen Kittel abhebt, in die Arme. Ich sehe, wie sie auf ihn einredet und ihm dabei bis zum vordersten Eiswagen folgt. Langsam fährt die lange Wagenkolonne weiter, entfernt sich über den geriffelten Sand, ist verschwunden.
Ich gehe zurück, allein. Es wird dunkel. Alle anderen sind fort. Am Strand steht ein einzelnes kleines Holzhaus; ich weiß, daß es Richard gehört und daß er mich an der Tür erwartet.
»Joseph«, sagt er. Ich will weitergehen, doch er sagt: »Joseph!«
Es ist mittlerweile recht dunkel geworden, ich könnte nirgendwoanders hin, muß also bei ihm bleiben.
»Sie ist mit den grünen Eiswagen fort«, berichte ich ihm, und er sagt: »Ich weiß. Ich habe es gesehen.«
»Ich kann nicht hier bleiben. Nicht bei dir. Worüber sollten wir reden; wir haben einander nichts zu sagen.«

»Wir können über sie reden«, sagt er.
So setzen wir uns an den Tisch, die Ölfunzel zwischen uns, Brot und Wein stehen vor uns, und wir sprechen über sie. Wir reden endlos und hassen einander. Die ganze Nacht und den ganzen nächsten Tag lang und noch viele weitere Tage und Nächte hindurch reden wir über sie. Bis der Haß schließlich zu matter Resignation wird und man sich aus Resignation mit dem, was geschehen ist und miteinander abfindet. Dann, eines Morgens, als wir aufwachen und zur offenen Tür hinausblicken, sehen wir die grüne Wagenkolonne über die fernen Dünen zurückkehren wie langsame Meeresgeschöpfe, die über den Sand kriechen, und wir begreifen, daß sie wieder da ist, daß sie wieder unser sein kann, die seine oder die meine, die seine und die meine, doch keiner von uns macht Anstalten aufzustehen. Schließlich hebe ich nur ganz ruhig die Hand und stoße die dunkle Tür zu.
Und dann wache ich mit einem Gefühl heiterer Gelassenheit auf, das ich mir nicht einmal selbst erklären kann; denn wie soll es möglich gewesen sein, sie im Schlaf auszuschließen, wo doch alle meine wachen Stunden so unsäglich offen für sie sind, obwohl ich mir in diesen Stunden des Wachseins so brennend darüber klar werde, daß ich nie wieder ihre Hand ergreifen oder mit den Lippen ihren verborgenen Mund liebkosen kann?

Wir wappnen uns bis zu den Zähnen gegen tausend Bedrohungen, die nie wahr werden; nur gegen die eine, die immer zuschlägt – den Tod – können wir uns nicht wehren. Ich muß auf der Hut sein, muß mich schützen, sonst nutzen sie womöglich meinen Tod, mich durch das, was ich geschrieben habe, doch noch zu packen.
Was ich hier niederschreibe, werde ich, während ich weiterschreibe, vernichten. Sonst bekommen sie es womöglich noch in die Hand, und das könnte sich schlimm auf viele andere auswirken. Zum Glück ist das Papier äußerst dünn, und so kann man es Blatt für Blatt durchs Klo spülen. Dadurch bleibt es mein eigen, und das ist das einzige, worauf es ankommt.
Trotzdem werde ich sie an der Nase herumführen. Ich weiß, daß

sie mich durch den Spion in der Tür ständig beobachten, diese Aasgeier, die auf ihre Beute warten. Für sie und besonders für sie werde ich auf anderen Blättern die zehn oder zwölf Shakespeareschen Sonette niederschreiben, die mir im Gedächtnis geblieben sind. Notfalls wiederhole ich das ständig aufs neue, um Gedächtnis und Denken zu trainieren. Vielleicht ist es nichts weiter als eine Geste. Doch in dieser extremen Situation, in diesen Nächten, da ich unter der nackten Glühbirne hocke und schreibe, leiste ich mir den Luxus einer letzten theatralischen Geste. Schließlich bin ich Schauspieler gewesen. In der Wiederholung auswendiggelernter Texte und in Rollenproben muß ich das flüchtige Ich entdecken: wo sonst?

»Guten Morgen, Malan«, sagte er. »Ich bin Ihr Rechtsbeistand. Wollen wir mal sehen, was sich machen läßt.«
Unter anderen Umständen hätte er mich mit »Mr. Malan« angeredet. Ich hatte sogar den Eindruck, daß er bedauerte, das nicht tun zu können, doch wäre es wohl unpassend gewesen. Ein ›Mister‹ verübt keinen Mord. So hat er mir in gewisser Weise sogar leid getan; schließlich bin ich mir bewußt, daß er sich meine Anwesenheit gern zunutze gemacht hätte, um sich von seiner eigenen Liberalität zu überzeugen. Als Angehöriger der jüngeren Generation, die ihren neudefinierten Nationalismus mit der gleichen Überzeugung zur Schau trägt wie ein neubekehrter Sektierer, der versucht, die Welt mit seinem chronischen Lächeln zu beeindrucken. Stellt Lächeln nicht nur eine andere Form des Zähnebleckens dar, verbirgt sich dahinter nicht so etwas wie das Urbild eines Totenschädels?
Er trat mit seinem schmucken Aktenköfferchen (echtes Leder) ein und setzte sich auf die Pritsche neben mich. Abgesehen vom Klo war das die einzige Sitzgelegenheit.
»Joubert«, stellte er sich vor.
»Auch ein Hugenottenname.«
Er setzte ein gequältes Lächeln auf. »Hören Sie, Joseph, ich hab' Verständnis für Ihre Gefühle. Und ich kann Ihnen versichern ...« Er sah mich an. Meine Augen wichen den seinen nicht

aus. Weder vorwurfs- noch erwartungsvoll, und vor allem nicht feindselig. Einfach – naja, friedfertig. Nach allem, was geschehen war, nach all diesen schrecklichen Monaten, nachdem ich in ihrer Gewalt fast zusammengebrochen wäre, war mir nur noch eins geblieben: dieser Friede. Als ob in der Erwartung eines formalen Abschlusses nichts anderes mehr von Belang wäre.

Er begann von neuem: »Joseph, ich möchte . . .«

Ich möchte. So wie man sagt: *Ich möchte zwei Pfund Steak und etwas Kalbsleber.*

»Ich möchte, daß Sie Vertrauen zu mir haben. Ich bin hier, um Ihnen zu helfen. Sofern Sie bereit sind, mit mir zusammenzuarbeiten.«

Schon merkwürdig. Wie in einem Film, der plötzlich einen Tonausfall hat. Ich konnte zwar noch sehen, wie sein Mund sich bewegte und gelegentlich auch seine Hände, aber irgendeines Tons war ich mir nicht bewußt. Gebannt saß ich da und beobachtete ihn. Sein recht schmales Gesicht, gebräunt und doch blaß; eine anständige Goldfüllung in einem der Vorderzähne; das Haar ziemlich lang und blond, doch im Nacken sehr gerade geschnitten, vorn neigte es dazu, ihm in die Stirn zu fallen, so daß er es ständig mit kammartig gespreizten Fingern zurückstrich; dadurch wirkte er jünger als die acht- oder neunundzwanzig Jahre, die er alt sein mußte. Er trug einen sehr modernen Anzug, wirkte aber überhaupt nicht auffällig. Das lila Taschentuch in der Brusttasche paßte zum Schlips und zur Farbe seiner Socken. An der Linken trug er einen Ehering und am kleinen Finger der rechten Hand einen Ring mit einem großen Onyx.

»Ich möchte, daß Sie mir alles mit Ihren eigenen Worten erzählen.«

Erwartete er denn, daß ich es ihm mit den Worten anderer erzählte, wie im Theater? Aber vermutlich merkte er gar nicht, was er mich da eigentlich fragte.

»Es spielt wirklich keine Rolle mehr«, sagte ich.

»Aber nein doch, es ist von größter Wichtigkeit. Ihr Leben hängt davon ab.«

»Haben *sie* Sie engagiert?« fragte ich.

»Ich bin *pro deo* zu Ihrem Pflichtverteidiger bestellt worden. Sie sind sich doch gewiß darüber im klaren, daß in einem Fall wie diesem . . .«
»Ich habe um keinen Anwalt gebeten.«
»Aber das Gesetz sieht einen solchen zwingend vor.« Ich hörte einen leicht irritierten Unterton heraus: »Begreifen Sie denn nicht, wohin Sie das führt, wenn Sie sich weigern mitzuarbeiten?«
»Es führt mich ohnehin dorthin – ob ich mitarbeite oder nicht.«
Er zog ein Päckchen Zigaretten aus der Tasche. »Rauchen Sie? Das wird Sie beruhigen.«
»Danke, aber ich habe schon seit Monaten nicht mehr geraucht. Mir würde bloß schlecht werden, wenn ich es jetzt täte.«
Ich sah zu, wie er sich selbst eine ansteckte; wie weiß und wie geschickt seine Hände waren!
Der Rauch schien ihn zu entspannen. »Mir ist klar, daß es in Ihren Augen alles ziemlich hoffnungslos aussehen muß, Joseph«, sagte er. »Aber ich finde, Sie sollten sich zusammenreißen. Bis jetzt ist nichts verloren.« Er klappte das Aktenköfferchen zu, das er vor wenigen Minuten aufgemacht hatte, und lehnte sich zu mir herüber. »Manche Pflichtverteidiger sehen ihre Aufgabe als reine Routinesache und gehen von vornherein davon aus, verloren zu haben, noch ehe sie überhaupt angefangen haben. Sie sollten aber wissen, daß ich jeden Fall als eine persönliche Herausforderung betrachte. Ich werde Sie nicht im Stich lassen. Verstehen Sie, die Beweislast gegen Sie ist ganz schön erdrückend. Aber manche Aspekte sind überhaupt noch nicht geklärt. Zum Beispiel wissen wir, mit was für Leuten Jessica Thomson verkehrte. Wenn wir zum Beispiel beweisen können, daß da etwas war, in das sie Sie hineinziehen wollte – irgendeine Art subversiver Tätigkeit – eine Verschwörung oder etwas, in das sie Sie mit Gewalt verwickeln wollte – etwas, das Ihrer Künstlernatur völlig fremd war, so daß Sie sich in die Ecke gedrängt fühlten, verstehen Sie, verzweifelt . . . Das würde mildernde Umstände bedeuten. Falls es uns gelänge, sowas nachzuweisen und Sie zur Zusammenarbeit bereit sind, andere damit in Zusammenhang zu

bringen, ist nicht ausgeschlossen, daß Sie als Zeuge der Staatsanwaltschaft gegen sie verwendet werden. Verstehen Sie. Es besteht also eine sehr reale Chance. Wenn Sie mir helfen können ...«

»Ich dachte, Sie wollen *mir* helfen.«

Einen Moment brachte ihn das aus der Fassung, doch dann änderte er seine Vorgehensweise. »Hören Sie, ich verstehe, daß Sie verbittert sind und keinem trauen. Aber dies ist Ihre letzte Chance, Joseph!«

Mr. Joubert, meine letzte Chance war der Tag, an dem ich Jessica Thomson kennenlernte.

Doch das einzige, was ich fragte, war nochmals: »Wer hat Sie engagiert?«

»Das habe ich Ihnen doch gesagt; es entspricht der Prozeßordnung. Ich habe Ihre Pflichtverteidigung *pro deo* übernommen.«

Da konnte ich nicht widerstehen: »Glauben Sie tatsächlich an Gott, Mr. Joubert?«

Zum erstenmal sah er wirklich betroffen aus. »Ich sehe nicht, was das damit zu tun hat.«

Ich zuckte mit den Achseln.

Dann fragte er mich aggressiv: »Glauben Sie an ihn?«

»Ich bin ›Coloured‹, Mr. Joubert. Sie erwarten doch nicht im Ernst von mir, daß ich an Gott glaube.«

Äußerst gekonnt änderte er nochmals seine Vorgehensweise. »Sie sind gefoltert worden«, sagte er. »Das erklärt Ihre Haltung. Ich möchte, daß Sie mir alles darüber erzählen. Dann kann ich ihnen wirklich die Daumenschrauben ansetzen.«

In der Ferne pfiff eine Lokomotive, dann wurde der Laut weggeweht. Das bedeutete, daß es draußen windig war. Irgendwann, in ein, zwei oder drei Wochen, nach dem Prozeß, würde auch ich mit der Eisenbahn fortgebracht werden, nach Pretoria, und in irgendeiner frühen Morgenstunde würde dann der Gefängnishof geschlossen werden, es zum endgültigen Ruck kommen und ich Frieden finden, Frieden. Und der Wind bläst, wo er will.

»Was haben sie mit Ihnen gemacht?« Er ließ nicht locker. »Ich versichere Ihnen, das könnte einer unserer Hauptangriffspunkte werden. Die Sicherheitspolizei hat Sie vor drei Monaten festgenommen, ehe Ihnen die Anklage bekanntgemacht wurde. Sowas geschieht im allgemeinen nur in politischen Fällen. Doch gegen Sie können sie nach drei Monaten nichts weiter als Mord vorbringen. Und sehen Sie sich an! Ich werde noch vor heute abend dafür sorgen, daß Sie vom Distriktsarzt untersucht werden. Wir werden ihnen die Hölle heiß machen.« Wieder neigte er sich zu mir herüber. Die Beschränktheit seines Repertoires war schon enttäuschend. »Bitte, haben Sie keine Angst. Sie können jetzt offen reden.«

»Ich bin müde. Und es spielt keine Rolle mehr.«

»Aber wie können Sie von mir erwarten, daß ich vor Gericht aufstehe und . . .« Er beherrschte sich, klappte nochmals das Aktenköfferchen auf, entnahm ihm einen Stoß Papier und legte ihn sich auf den Schoß, stand dann auf und lehnte sich an die Tür. »Bloß um Ihr Gedächtnis aufzufrischen. Die Fakten, um die es in diesem Fall geht . . .«

Der Prozeß dauerte eine Woche; einige Zuschauer fanden an jedem Verhandlungstag nur einen Stehplatz. Was auffiel, war, daß die meisten Frauen waren. Verbohrte alte Damen, die vermutlich ihren Korb mit Butterbroten mitgebracht hätten, wäre das erlaubt gewesen. Jüngere, mit Beamten verheiratete Frauen, die eigens zum Friseur gegangen waren und um die Hüften bereits matronenhaft in die Breite gingen – man sah förmlich vor sich, daß bei ihnen zuhause auf dem Mahagoni-Nachttisch mit Plastikplatte neben der Bibel und dem letzten Heft von *Reader's Digest* eine ›Praktische Anleitung für ein christliches Eheleben‹ lag, sechsundzwanzigste Auflage. Und dann die jüngst emanzipierten Frauen mit der pillenbedingten Selbstsicherheit im stahlharten Blick, der Art, wie sie das Kinn reckten, und der Unverschämtheit, mit der sie keinen BH trugen. Ein paar Sozialarbeiterinnen, Pastoren-Gattinnen und Studentinnen, darunter einige aus Stellenbosch. Bei allen individuellen Unterschieden ihrer allgemeinen Ablehnung des Sittenstrolchs sowie des gleichfalls allgemeinen Bedauerns darüber, daß man ihn gefaßt hatte, zeichnete sie durch die Bank würdevolle Gemeinheit aus.

Ein Theaterkritiker hätte das ganze wohl eine erfolgreiche Inszenierung genannt. Der hochgewachsene und ausgemergelte Richter befleißigte sich überaus eleganter Manieren. Dank seiner treffenden Bemerkungen wurde das Verfahren nie langweilig. Es kam zu einem ausgewogenen Streit zwischen dem aalglatten Staatsanwalt und dem brillanten Pflichtverteidiger. Ein paarmal griffen sogar die Zuschauer in das Geschehen ein, wozu vornehmlich eine Dame mit Blumenhut beitrug, die das Verfahren am ersten Verhandlungstag immer wieder dadurch unterbrach, daß sie lautstark und erbarmungslos »Aufhängen!« rief, was solange ging, bis zwei stämmige Gerichtsdiener sie unter nicht geringen Schwierigkeiten hinauseskortierten.
Das einzig Kritische, das es anzumerken gälte, wäre wohl, daß der Angeklagte die ganze Zeit über zu passiv blieb. Gut möglich, daß sein ungebrochenes Schweigen die Phantasie der Zuschauer mehr beflügelte als etwa ein Gefühlsausbruch, eine Reihe obszöner Gebärden oder ein Angriff auf die Zuschauertribüne es vermocht hätten – doch im Grunde verstieß er damit gegen die ungeschriebenen Gesetze des ganzen Vorgangs. Es gehörte zu den grundlegenden Voraussetzungen einer solchen Gerichtsverhandlung, daß man den Guten als Guten erkennt und den Bösen als Bösen, und zwar mit der unterschütterlichen Gewißheit des Unterschieds zwischen Schwarz und Weiß.
So wurde am Ende auch nicht Beifall geklatscht. Eine unverheiratete Schwangere wurde ohnmächtig, doch das mochte andere Ursachen haben. Sie wurde hinterher von mehreren Sonntagsblättern interviewt. Dabei erwies sie sich unter anderem als leidenschaftliche Verfechterin der Todesstrafe als effektives Abschreckungsmittel in einer gemischtrassigen Gesellschaft.
Ich möchte nicht gegen die ›Wahrheit‹ des Falles verstoßen. Aber wie sollte der Fall selbst nicht gegen die Wahrheit dessen verstoßen, was zu ihm geführt hatte? Ich weiß noch genau, wie oft ich mich im Laufe dieser Woche, während ich wie abwesend den ›Fakten des Falles‹ lauschte, fragte: Ist das alles? Soll das alles sein, was von der Todesqual dieser Monate geblieben ist, dieser Ewigkeit des Kämpfens und Tastens, der Freude und des

Schmerzes? – diese Aufzählung von ›Fakten‹, die hier in der trockenen Juristensprache vorgenommen wurde, an der jahrelang gefeilt und gesiebt worden war, bis man nur noch das Allergröbste in Händen hielt? Und dann sah ich auf zu den Geieraugen der alten Damen, den erbarmungslosen Augen der Matronen, den blanken Augen der jungen Frauen – und der einzige Unterschied, den es zwischen ihnen gab, war der Grad ihrer Gier (kalte kalvinistische Ekstasen, Selbstbefriedigung im Geiste). Das einzige, was diese Augen bestätigten, war die Unausweichlichkeit dessen, was zu geschehen hatte – nicht als Folge des Mordes, denn sowas war banale Alltäglichkeit, sondern als Folge der einzigen von ihrer Gesellschaft anerkannten Unmoral: daß ein weißes Mädchen und ein brauner Mann es gewagt hatten, miteinander zu schlafen. Ich sah auf zu diesen Augen und dachte: Jetzt habt ihr mich also soweit, genauso wie die anderen vor mir in ihren Zellen, ihren Stationen und Folterkammern: nehmt mich und reißt mich in Stücke, eßt meinen Leib, trinkt mein Blut. Zum erstenmal ahnte ich in der Abgehobenheit dieses Gerichtssaals etwas von den mystischen Ekstasen des Säulenheiligen Simeon Stylites. Was geschehen war, hatte geschehen müssen, und zwar genau so, wie es geschehen war: das hier war eine weitere Station auf meinem Weg, und ich mußte sie durchstehen, ungerührt und voller Demut, weil sie genauso zu dem ganzen gehörte wie die Monate und Jahre, die ihr vorangegangen waren. Kein Tropfen des Kelches durfte ungetrunken bleiben, und sei er noch so demütigend oder banal. Das bildete den eigentlichen Daseinsgrund der neuen, im Gericht erreichten Station: daß das Intimste dessen, was zwischen ihr und mit geschehen war, alles, was ausschließlich uns gehört hatte, vor den geilen Augen der Welt ausgebreitet und vorgeführt wurde. Aus diesem Grunde mußte ich es durchleiden, ohne das Leiden auch nur im mindesten zu genießen und damit erträglicher zu machen, es einfach aushalten, so wie ein Vogel die Luft aushält, durch die er fliegt, so wie die Flamme den Vorgang des Brennens aushält, gefangen in der äußersten Notwendigkeit ihres Tuns, völlig unabhängig von bewußtem und vernünftigem Handeln.

Lange Passagen hindurch hörte ich kein Wort von dem, was gesagt wurde, genauso wie bei Jouberts erstem Besuch in meiner Zelle. Oder aber es herrschte eine Distanz zwischen dem Prozeß und mir, als ob ich in Wahrheit nichts anderes wäre als ein Zuschauer bei einem ganz banalen Geschehen. Selbst wenn das, was gesagt wurde, mich unmittelbar und höchst bedrohlich betraf, erlebte ich es so, wie ich etwa im Theater-Foyer Photos von mir wahrnahm. Vielleicht entwickelt man eine Art Immunität gegen ›Fakten‹, nicht, indem man sie ausschließt, sondern im Gegenteil, indem man sich ihnen vollkommen öffnet.
»Euer Lordschaft, wir werden jetzt Beweise vorlegen, aus denen zweifelsfrei hervorgeht, daß der Angeklagte in der Nacht zum 13. April in dem Gebäude in Kloof Nek gesehen wurde, in dem die verstorbene Jessica Mary Thomson ihre Wohnung hatte. Kurz nach seiner Ankunft gegen zweiundzwanzig Uhr wurde er zusammen mit der Verstorbenen in einem Café in der Nähe dieses Hauses gesehen. Von dem aus sie, wie wir zu beweisen hoffen, in ihre Wohnung zurückkehrten. Bei dieser Gelegenheit wurde die Verstorbene zum letztenmal lebendig gesehen. Am nächsten Morgen, gegen elf Uhr, traf ein Freund der Verstorbenen, Mr. Richard Cole, vor ihrer Wohnungstür ein. Er war mit Miss Thomson verabredet. Als sich auf sein Klopfen hin nichts rührte, lieh er sich vom Hausmeister einen Doppelschlüssel aus. Mr. Cole wird aussagen, besorgt gewesen zu sein; denn tags zuvor hatte er sich mit der Verstorbenen über die Beziehung zwischen ihr und dem Angeklagten gestritten.«
Aufruhr im Saal. »Aufhängen!«
»Was verstehen Sie unter ›Beziehung‹, Mr. Mostert?«
»Wir werden durch Zeugenaussagen belegen, daß es sich um eine sexuelle Beziehung handelte, m'lord.«
»Und über welchen Zeitraum erstreckte sie sich?«
»Alles deutet darauf hin, daß dieses Verhältnis über ein Jahr bestand.«
»Sie haben nie versucht, das Land zu verlassen?«
»Soweit wir feststellen konnten, nein, m'lord.«
»Das wäre doch eine logische Lösung gewesen, nicht wahr? Man

könnte doch davon ausgehen, daß der Angeklagte seinen Beruf weiter hätte ausüben können. Und die Verstorbene war doch, wenn ich recht unterrichtet bin, ohnehin britische Staatsbürgerin, oder?«

Stimmengemurmel. »Aufhängen!«

Der Vertreter der Anklage schob seine Unterlagen zurecht, während mein Verteidiger sich offensichtlich verärgert erhob: wie oft hatte er mir bei unseren Gesprächen nicht die gleichen Fragen gestellt?

»M'lord, ich . . .«

»Fahren Sie fort, Mr. Mostert.«

»Am Karfreitagmorgen, dem 14. April, betrat Mr. Cole im Beisein des Hausmeisters die Wohnung der Verstorbenen und fand sie dabei in ihrem Schlafzimmer auf dem Bett liegend. Nackt und nur mit einem Laken bedeckt.«

»Aufhängen!«

»Unsere Gerichtsmediziner erklären, daß der Tod durch Erwürgen eingetreten war, und zwar mindestens zwölf Stunden vor Entdeckung des Leichnams; außerdem fanden sich Spuren eines Geschlechtsverkehrs vor Eintritt des Todes.«

»Aufhängen!«

»Der Staatsanwalt wird auf Ähnlichkeiten zwischen dem Haar des Angeklagten und einigen Haaren hinweisen, die die Verstorbene an den Fingern kleben hatte; darüber hinaus waren die unter ihren Fingernägeln gefundenen Blutspuren identisch mit der Blutprobe des Angeklagten. Es fanden sich zudem Kratzspuren auf seinem Rücken, die durch die Fingernägel der Verstorbenen hervorgerufen sein könnten.«

»Deutete irgend etwas auf einen Kampf hin?«

»Nicht im üblichen Wortsinn, m'lord.«

Nervöses Gekicher und Getuschel im Gericht. »Ruhe im Saal!«

»Die Polizei wird bezeugen, daß sich in der Wohnung eine Reihe von Dingen aus dem Besitz des Angeklagten fanden, unter anderem Briefe, Bücher, Schallplatten und diverse Unterwäsche – genauso, wie sich einige ihrer Briefe und Bücher in den Räumen befanden, die er im Malay Quarter bewohnte.«

»Ist all dies notwendig, Mr. Mostert?«
»Bei allem Respekt, m'lord: Wir sind bemüht, die besondere Art der Beziehung zwischen der Verstorbenen und dem Angeklagten deutlich zu machen.«
»Das Gericht interessiert sich mehr für das Ende dieser Beziehung, Mr. Mostert.«
»Wie Euer Lordschaft wünschen. Der Vertreter der Anklage wird bezeugen, daß das Auto des Angeklagten Samstag, den 15. April, unter einigen Zweigen am Wegrand in Bain's Kloof Pass aufgefunden wurde. Am nächsten Tag, Sonntag, den 16. April, tauchte der Angeklagte auf der Farm ›Skadukrans‹ im Gebiet von Bain's Kloof auf, wo er dann später verhaftet wurde.«
»Hat er irgendwelchen Widerstand geleistet?«
»Nicht den geringsten, m'lord. Er hat auch keinerlei Anstalten gemacht, irgend etwas zu leugnen. De facto hat er der Polizei gegenüber ein vollständiges Geständnis abgelegt.«
»Freiwillig?«
»Ganz aus freien Stücken, m'lord.«
»Wenn Euer Lordschaft gestatten . . .«
»Sie erhalten später noch Gelegenheit zu sprechen, Mr. Joubert. Bitte, fahren Sie fort, Mr. Mostert.«
»Wir hoffen, zweifelsfrei darlegen zu können, daß die Beziehung zwischen dem Angeklagten und der Verstorbenen einen Punkt erreicht hatte, wo sie im Rahmen der Gesetze und der traditionellen Lebensweise in unserem Land keine Zukunft mehr sah; daß der Angeklagte darüber hinaus auch noch eifersüchtig auf ein mögliches Verhältnis zwischen der Verstorbenen und Mr. Cole war; und daß er, da er es nicht ertragen konnte, sich von ihr zu trennen, einen Ausweg nur noch darin sah, sie zu töten.«
»Das Gericht wird sich, wenn alle Beweise vorliegen, selbst ein Urteil bilden, Mr. Mostert.«
»M'lord, wenn Sie gestatten, werde ich jetzt den ersten Zeugen aufrufen . . .«
Auf der Zuschauertribüne vernahm man Tuscheln und ein Hin-

und Herrutschen auf den Bänken – die Damen setzten sich bequemer hin. Das Vorspiel war vorbei und das Programm verkündet; jetzt konnten sie sich zurücklehnen und verfolgen, wie das Verfahren seinen Lauf nahm. Alles atmete eine gewisse Zufriedenheit aus, nicht unähnlich der Atmosphäre in einem Theater, in dem Shakespeare gespielt wird: das Stück war bekannt, jeder Satz und jede neue Szene kam wie erwartet – daher die ›Ruhe‹, von der Anouilh spricht, die stille Gefaßtheit angesichts des langsam sich erfüllenden Schicksals. Der Staatsanwalt hätte noch hinzufügen können: mit dem Belastungsmaterial beweisen wir erst dies, dann das und jenes; sodann wird das Gericht sich vertagen, und wenn es wieder zusammentritt, den Angeklagten schuldig sprechen; das getan, wird dem Urteil entsprechend verfahren werden und die Gesellschaft durch Abstoßen eines Antikörpers aus dem kollektiven Organismus wieder einmal gereinigt dastehen.

Während all dies langsam eintrat, blieb ich unter den Augen der vielen regungslos sitzen und war mir kaum bewußt, was um mich herum gesagt wurde. Gelegentlich konnte man etwas von den Straßen draußen hören, aber nur vage: einen ratternden Lastwagen, ein Auto, das wütend in der Keeromstraat hupte, das Geknatter eines Motorrads. Diese Geräusche erinnerten an andere, die beredter und deutlicher erkennbar kapstädtisch waren, gleichsam griffiger und subtiler in der Bedeutung: Die Rufe der Blumenverkäufer in der Adderleystreet; ein Chor der Heilsarmee, der mutig sein ›Vorwärts, christliche Soldaten‹ sang; das ohrenbetäubende Geschrei der Zeitungsverkäufer am Eingang zum Park; die rauhstimmigen Klagelaute des Nebelhorns am Mouille Point, das klang, wie das Brüllen eines kranken Ochsen in der Ferne; Kinder, die zwischen Obstkarren und Ladengewirr im District Six spielten oder hoch am buntscheckigen Hang von Signal Hill; der Kanonenschuß in der Mittagsstunde und die Tauben, die mit dem schwirrenden Harfenlaut ihrer Schwingen auffliegen; Schiffshörner, die dumpf im Hafen tuten; der ganze graue Lärm der Stadt, die tief unter Jessicas Balkon in Kloof Nek daliegt.

Dieser Balkon spielte eine zentrale Rolle in dem Jahr, das wir gemeinsam verlebten. Er bildete den Ausgangspunkt für unsere Ausflüge, war der Zufluchtsort, an den wir zurückkehrten, ein Orientierungspunkt. Diese Rolle wurde weitgehend bestimmt durch die Tatsache, daß der Balkon jener Ort war, wohin wir uns zurückzogen, nachdem wir zum erstenmal in Bain's Kloof gewesen waren.
Dabei kann genau genommen von einem erstenmal keine Rede sein, denn es gab kein anderes Mal. Trotzdem wäre es unrichtig, es ›das einzige Mal‹ zu nennen, denn im Geiste kehrten wir oft dorthin zurück. Solche Orte gibt es in jeder Beziehung, wie bestimmte Musikstücke, Bücher oder Farben, die ein Paar ›unser‹ nennt. Dabei war Bain's Kloof in Wirklichkeit weit mehr als ›unser Ort‹. De facto wurde es im Verlauf eines Jahres zu weit mehr als nur einem geographischen Punkt; es war die Bezeichnung für einen Geisteszustand, eine Daseinsdimension. Von Kindesbeinen an, aus einer Zeit, da die Bibel noch eine Rolle spielte, erinnere ich mich an eine Episode, die einen unauslöschlichen Eindruck bei mir hinterlassen hat: jene Stelle, da Jesus die Jünger über den See hinweg fortschickte, um sich allein in die Berge zurückziehen zu können. Diese Eigenschaft des von allem anderen Getrenntseins, der Weltabgeschiedenheit, nahm Bain's Kloof für mich und Jessica an. Vielleicht bedeutete es die Geburt von etwas, das es vor der Erschaffung des ›uns‹ nicht gegeben hatte.
Ich hatte mich erboten, ihr das Boland zu zeigen. Damals war sie rund ein halbes Jahr in Südafrika, war überwältigt von Eindrükken und sich nicht ganz sicher, ob sie ihre Sachen packen und nach England zurückkehren sollte. Sie lag noch im Bett, als ich an jenem Donnerstag morgen bei ihr klopfte. Mit einem uralten blauen Austin nahmen wir die Straße nach Stellenbosch, French Hoek und Paarl. Wir schrieben den 18. April, in Weinbergen und Pappeln war es bereits Herbst, während er sich in den Eichen gerade erst bemerkbar machte. In den Bergfalten hingen noch nicht die Nebelschwaden des Mai, doch hatte die Landschaft bereits jene Durchsichtigkeit, die den April im Westen der Kappro-

vinz auszeichnet, wenn die Sonne klar und ruhig wird und nicht mehr so gleißend grell scheint wie zuvor, da die Tage sich am Rande kühl zu entfalten scheinen, in der Mitte hingegen bereits wohltuend warm sind; da Stimmen zwischen den Bäumen klarer klingen als zuvor und die Muster der Blätter sich auflösen in den unzähligen Farbpunkten eines Seurat-Gemäldes. Es ist, als würden die Menschen in dieser Zeit verletzlicher und würdevoller in ihrer auffälligen Vereinzelung, wenn sie über die staubigen Straßen dahinziehen; die Luft hat etwas von der Traurigkeit von Trauben, und in den hohen Bäumen gurren unverkennbar die Turteltauben. Auf den Höfen der weißgetünchten Farmhäuser grunzen Schweine zwischen den Eichen; Hühner sitzen auf den Sonnenflecken zwischen den Bäumen; in den Weingärten sind die Gänge zwischen den schnurgeraden Rebstockreihen rot und gelb und blau getüpfelt von den Hemden und Röcken der Arbeiter. Leere Kisten stapeln sich vor der Scheunenwand, und alles ist schwer vom Duft des Mostes und des jungen Weins.

Ich brachte sie dorthin, wo ich aufgewachsen war, zu einem der kleinen weißen Häuser der Arbeiter hinter dem Anwesen der Kap-Holländer in der Nähe von Paarl. Das Haus war noch da, kleiner, als ich es in der Erinnerung hatte, schmalbrüstiger und mit kahleren Fenstern. Unter der Eiche vor der Vordertür hing eine Schnur mit getrockneten Fischen, und eine Schar brauner Kinder lief unbekümmert hinter einem ziemlich wackeligen Kistenwagen den Abhang hinunter. Auf ›unserer‹ Schwelle saß ein kleines Mädchen in rotkariertem Rock und mit vielen kleinen Zöpfen, die ihr in allen Himmelsrichtungen vom Kopf abstanden. Sie hatte einen aufgebrochenen Granatapfel auf den schmutzigen Knien liegen und pulte fein säuberlich die eßbaren Samen aus den Kammern heraus, um sie einen nach dem anderen in ihrem Mund verschwinden zu lassen.

Vermutlich sollte dieser Besuch für Jessica so etwas wie eine Probe aufs Exempel sein. Ich wollte sehen, wollte ganz sicher gehen, wie sie reagierte. Deshalb sagte ich nach einigen Minuten mit vollem Bedacht: »Hast du auch so einen Wagen gehabt?«

»Ja. Zuerst war er leuchtend rot gestrichen, doch blätterte die

Farbe bald ab; die Räder stammten von einem alten Kinderwagen, der im Hinterhof von Kahn & Co. stand. Ihre Hühner hatten darin gegluckt, da sie ihn uns aber nicht verkaufen wollten, haben wir ihn eines Nachts geklaut.«

Sie lachte mit dem für sie typischen, leichten Frohlocken in der Stimme und legte ihre Hand auf die meine. Wie gut ich mich daran erinnere! Dieser ständige Drang bei ihr, andere anzufassen! Es war für sie genauso natürlich wie Essen und Schlafen – war eine Bestätigung des Lebendigseins.

»Du mußt glücklich gewesen sein.«

»Ich war arm.«

»Glücklich. Mit deinem roten Kistenwagen und deinen Spielkameraden. Ich wünschte, ich könnte mit dir tauschen.«

»Aber du hast mir doch erzählt, wie glücklich du warst.«

»Stimmt schon. Aber es war anders.« Während sie sprach, zog sie mit einem ihrer Finger die Umrisse meiner Hand nach, und ich war mir der Berührung durch sie mehr bewußt als ihrer Worte. »Ich bin immer nur allein gewesen, verstehst du. Mein Bruder war soviel älter als ich und besuchte schon Harrow, als ich geboren wurde. Meine Eltern kamen nur zum Wochenende auf das Gut heraus, und selbst dann war es noch etwas ganz Besonderes, wenn ich einmal mit ihnen zusammen essen durfte. Für alles andere war das Kindermädchen da.«

»Aber du hast doch gesagt, sie wäre eine wunderbare Geschichtenerzählerin gewesen.«

»Oh ja. Vormittags, im Kinderzimmer, oder sonst abends in meinem schmalen, weißen Bett mit den hohen Pfosten.« Ihr kleines Lachen. »Überm Kopf hatte ich immer eins von diesen viktorianischen Messingschildern, auf denen steht: *Gott sieht dich!* Meine Nanny ließ sich keine Gelegenheit entgehen, mich daran zu erinnern. Manchmal wachte ich nachts angstgepeinigt auf und bildete mir ein, ein Auge wie ein glühendes Stück Kohle säße da über meinem Bett, traute mich aber nicht, wirklich hinzusehen.«

»Aber tagsüber warst du glücklich. Hast du gesagt. Du hast mir alles von deinem Königreich erzählt.« Den Märchenschlössern

unter den Birken, dem eigenen Spielhaus in einer Gartenecke und den Elfen, die auf dem Kricketrasen tanzten.
»Ja.« Ihre Hand umschloß die meine kräftiger. »Aber allein, Joseph. Verstehst du denn nicht? So furchtbar allein. Was sich auf lange Sicht bei einem bemerkbar macht. Da wird etwas daraus, das man niemals mit jemand teilen kann, selbst dann nicht, wenn man wollte. Man scheint immer mit was zurückzuhalten.«
»Hast du denn überhaupt keine Spielkameraden gehabt?«
»Manchmal. Den Sohn des Gärtners.« Ein spitzbübisches Lächeln. »Wir müssen zehn oder so gewesen sein.«
»Was habt ihr gemacht?« fragte ich, und eine unerklärliche Welle der Eifersucht stieg in mir auf.
»Was alle Kinder machen, denke ich. Unter den Bäumen Fangen spielen, sich balgen, miteinander streiten. Wir haben uns die Kleider ausgezogen und uns mit großem Interesse gegenseitig untersucht. Und dann zurück zu *Gott sieht dich.*«
»Den Hals umdrehen möchte ich dem kleinen Dreckskerl am liebsten.«
Sie lachte. »Es hat nicht lange gehalten.« Weniger überschäumend. »Schließlich gab es nach der ersten Neugier nichts, was uns wirklich zusammenhalten konnte. Und viel bedeutet hat es auch nicht. Damals nicht. Doch als das gleiche später mit anderen nochmals passierte, als ich älter war, da wurde es schlimmer: ein bißchen Neugier, ein bißchen was Gemeinsames, ohne jemals den anderen zu erreichen. Und da bekommt man es nach und nach mit der Angst zu tun. Man fürchtet, es könnte so etwas wie Schicksal sein und sich nichts daran ändern.«
»Ich liebe dich.«
Langsam, zögernd und dann geradezu fassungslos schüttelte sie den Kopf. »Wie kann man sicher sein? Woher soll man es nach so kurzer Zeit wissen? Wir kennen uns kaum. Zehn Tage.«
»Zeit hat nichts damit zu tun, Jessica. Ich – wir . . .«
»Laß uns gehen«, unterbrach sie mich. »Du sagtest, es wäre noch eine lange Fahrt.«
Wir waren bereits etliche Kilometer auf der Wellington Landstraße gefahren; sie hatte die Sandalen abgeschüttelt und ihre

nackten Füße auf den Rand des Sitzes neben mir gestellt, als sie plötzlich sagte: »Weißt du, ich hätte Süßigkeiten für die Kinder kaufen sollen. Aber dann überlegte ich: Mal angenommen, ich schenkte ihnen Süßigkeiten, dann hättest du das Gefühl, ich würde versuchen, *dir* etwas zu schenken.«

»Und warum willst du mir nichts schenken?«

Sie schaute geradewegs nach vorn. »Weil ich denke, wenn ich erstmal damit anfinge, dir Geschenke zu machen, würde ich dir alles geben wollen.«

Ich sah sie nicht an. Ich wußte einfach, daß sie neben mir war, das violette Kopftuch über dem dunkelblonden Haar, die Augen groß und braun und unergründlich, die Linie ihres Profils mit solcher Klarheit und solcher Zuversicht gezeichnet: kleine gerade Nase, sanfte Wölbung des Mundes, aggressives Kinn – wieweit sie sich auch von ihrer oberen Mittelklassenwelt entfernt haben mochte, sie hatte doch etwas von der ununterdrückbaren Würde ihres Herkommens bewahrt.

Von Wellington aus nahmen wir die Straße nach Bain's Kloof. Es war halb vier, als wir das Hotel auf dem Gipfel erreichten, wo wir anhielten, um den Blick über die herbstlichen Täler und Hänge zu genießen. Keiner von uns sprach. Ohne zu fragen, stieg sie aus, um uns im Hotel Bier zu kaufen, und brachte die Dosen hinaus zum Wagen. Die selbstverständliche Aufmerksamkeit, die in der Geste zum Ausdruck kam, rührte mich – schließlich konnten wir das Hotel nicht gemeinsam betreten. Diese Kleinigkeiten, mit denen das Herz sich nie ganz abfinden kann, machen einen überempfindlich.

Als ich die Hand ausstreckte, um den Zündschlüssel umzudrehen, sagte sie: »Ich will noch nicht zurück.«

»Hinter dem Hotel ist ein wunderbares Kloof.« Ich zögerte. »Aber es ist schon fast vier.«

»Wir haben's doch nicht eilig, oder? Bitte, bring mich hin.«

So ließen wir das Auto beim Hotel stehen und folgten dem schmalen Pfad, der zu der dahintergelegenen Schlucht führte. Wir stiegen den felsigen Abhang zum Bachbett hinunter. Es waren keine anderen Menschen da. Wir zogen die Schuhe aus, sprangen leichtfüßig von Felsen zu Felsen und im Zickzack über den schmalen Wasserlauf. Wir sprachen nicht. Manchmal kraxelte ich einen Felsen hinauf und streckte ihr die Hand hin, um ihr heraufzuhelfen; dann sagte sie atemlos: »Danke!« Oder aber sie lief voraus und wartete auf mich, indem sie sich neben einen winzigen Tümpel im Felsen hockte und zu mir aufsah, wenn ich näherkam: »Schau!« Sie zeigte auf winzige Fischlein, einen Frosch oder auf bunte Kiesel auf dem felsigen Bett des Baches unten.

Anderthalb Kilometer, zwei Kilometer. Die Felswand zu beiden Seiten stieg steil, fast senkrecht an. Ab und zu ein Vogelruf. Abgesehen von dem sinnlichen Glucksen des Wassers herrschte absolute Stille. Die Bergluft war schwer vom warmen Duft von Buccostrauch und Wildkräutern.

Auf einem großen, grauen Felsblock ließen wir uns schließlich nieder, sie das Kinn auf den hochgezogenen Knien und die schmalen Hände auf den Füßen. Ich lag, auf die Ellbogen gestützt, da und beobachtete sie.

Ich erinnere mich an alles mit einer Genauigkeit, als wäre es in Quarz verewigt.

»Ich habe überhaupt nichts mitgebracht«, sagte sie nach einiger Zeit.

»Hast du Hunger?«

»Ich meine nicht Essen oder sowas.« Sie verharrte wieder in Schweigen; die Muster des vom Wasser zurückgeworfenen Lichts tanzten ihr übers Gesicht. »Ich meine: Wir haben überhaupt nichts von der Welt unten mit heraufgebracht. Nichts. Nur uns.«

Das war von mutwilliger Gefährlichkeit. Als wäre die Geschichte plötzlich außer Kraft gesetzt und als wartete alles nur darauf, geboren zu werden; als ob nichts weiter als dieses Kloof jemals existiert hätte, formlos und leer; Dunkel auf dem Antlitz der Tiefe; die Welt, die auf uns wartete, um anzufangen zu sein und sich ihrer selbst bewußt zu werden.

Sie stand auf. Und mit der Selbstverständlichkeit, die so charakteristisch für sie ist, fing sie an, sich auszuziehen. Ich verfolgte, wie ihr Körper sich aus ihrem Hemd, den Jeans und dem schwar-

zen Höschen herausschälte. Sie nahm das Kopftuch ab und schüttelte sich das Haar über die Schultern. Sonnenlicht lag auf ihren kleinen, weißen Brüsten und dem satten Gold ihres Liebeshaars. Dann machte sie einen Kopfsprung und tauchte. Ich stand auf, zog mich gleichfalls aus und folgte ihr. Das Wasser umfloß uns mit wollüstiger Kühle und liebkoste uns. Mit mühelosen, gleichmäßigen Zügen schwamm sie auf eine flache Höhle am gegenüberliegenden Ufer zu, wo die hellen Reflexe phantastisch über die Oberflächen tanzten. Ich wandte mich einer anderen Felsformation zu, und eine Zeitlang aalten wir uns in der spätnachmittäglich warmen Sonne. Nur das bernsteinfarbene Wasser trennte uns. Dann tauchten wir wieder, lachten und tummelten uns, wobei unsere Körper einander berührten. Einen flüchtigen Moment lang schmiegte sie sich mit einem Gefühl von Dringlichkeit an mich, dann trennten wir uns verlegen wie Kinder, die bei einem verbotenen Spiel ertappt wurden.
Ich reagierte wie ein kleiner Junge, tauchte von ihr weg tief hinab, um einen der kleinen, glatten Kiesel von unten heraufzuholen. Er war vollkommen rund und weiß und wies nur eine leichte Riefe auf einer der beiden Wölbungen auf. Ich brachte ihn ihr hoch auf den Felsen, wo wir unsere Kleider gelassen hatten, und legte ihn in ihre Hand. Für einen Moment gingen wir beide ganz im Interesse für den Kiesel auf. Doch irgendwie war es qualvoll; wir waren einander noch nie so preisgegeben – eine Preisgabe, die mit der Nacktheit unserer Körper nichts zu tun hatte. Mit eigentümlicher Intensität strich sie über die Riefe, die in das glatte Rund des Steins eingegraben war.
»Es ist ein Mädchen«, sagte ich.
Sie sah auf. »Ich wünschte, man könnte so sein wie dieser Stein hier«, sagte sie. »Wie dieser Kiesel. So glatt und so ganz. Wenn ich ihn fallen lasse, wird er es überstehen, denn er kennt keinen Stolz. Er ist so vollkommen er selbst.«
»Jessica!«
Sie hob mir das Gesicht entgegen, das vom Wasser noch feucht und wie neugeboren war in dem späten Licht. Wir küßten uns. Überhaupt nicht leidenschaftlich. Fast keusch. Sie hielt die

Augen geschlossen. Sie ließ den Kiesel fallen. Beide waren wir uns ruhig seines Fallens bewußt. Und dann folgten wir ihm, hinunter aufs Gras unterhalb des Felsens, wo es weicher war.
»Ja«, flüsterte sie nach einer langen Zeit. »Komm in mich.«
Nachdem der Rausch unserer Körper abgeklungen war, legte ich mich neben sie, hielt sie im letzten Überschwang der Sonne dieses Tages in den Armen und schlief ein. Ich weiß nicht, für wie lange. Die Sonne war jedenfalls untergegangen, als ich aufwachte und feststellte, daß sie wach war wie ich und ihre Augen die meinen erforschten.
Wie man es in den Stunden der Liebe tut, flüsterte ich: »Hast du Angst?«
»Nein.« Ihre braunen Augen verrieten keine Unruhe. »Jetzt nicht. Dabei ist es das erstemal seit weiß ich wie langer Zeit. Aber wenn wir zurückkehren, Joseph...? Ich habe Angst, daß ich mich dann fürchten könnte.«
»Denk jetzt nicht daran. Grenze die Zukunft nicht ein, indem du sie schon jetzt in eine bestimmte Richtung zwingst.«
»Aber die Zukunft hat bereits begonnen.«
»Wir dürfen nichts ausschließen, was geschehen könnte«, gab ich zu bedenken. »Wir dürfen nichts leugnen, was uns erwartet. Aber jetzt ist jetzt.«
»Ja.« Sie setzte sich auf. »Ich möchte jetzt, daß es bleibt.« Dann küßte sie mich. Und fing ganz gemächlich an, meinen Körper zu streicheln, bis ich ihren Mund wieder zu meinem führte und nochmals in sie eindrang, diesmal mit mehr Selbstvertrauen und leidenschaftlicher als zuvor. Allmählich begann sie unter mir zu stöhnen, die hilflosen kleinen Laute der Liebe wurden lauter und gingen schließlich in freudiges Schluchzen über, als meine eigene Lust aufstieg, der ihren in geheimen Tiefen zu begegnen. Als wir uns schließlich trennten, blinkten die ersten Sterne.
Wir blieben sitzen, saßen einfach da, der Mond stieg auf und umspielte mit seinem still gedämpften Licht ihre Wangen und Schultern. Wir wußten, daß wir bald zurückkehren mußten, schoben es aber immer weiter hinaus, bis es nicht mehr mög-

lich war, denn inzwischen war der Mond alt über den Bergen geworden.
Wir standen auf. Im dämmerigen Licht hielt ich ihr Gesicht zwischen den Handflächen. Ich küßte sie nicht einmal. Ihre Finger lagen auf meinen Handgelenken. Das war alles. Und doch war es der intensivste Kontakt, den ich in meinem ganzen Leben mit irgend jemandem gehabt hatte.
»Das bist du«, flüsterte ich mit dem außergewöhnlichen Gefühl, eine überwältigende Wahrheit zu entdecken.
Und sie, leiser als ein Flüstern, kaum ein Seufzer, sagte: »Das bist du.«
Wir halfen einander, uns anzuziehen; machten uns auf den Heimweg, zögernd und langsam, denn von nun an hatte die beklemmende Angst zu wachsen begonnen.
Wenn ich jetzt daran zurückdenke, weiß ich, daß nichts in meinem Leben schöner gewesen ist als dieser erste, unschuldige Kuß, diese erste, unbeschwerte Begegnung unserer Körper. Doch jenseits dieses Kusses und dieser Begegnung lagen die Nacht und alle Wildheit der Welt. *Gott sieht dich.*

Nachdem die Beweisführung der Anklage abgeschlossen war, wurde als erster Richard in den Zeugenstand gerufen. Er wirkte dünner und ganz gewiß sehr viel älter als im April, als ich ihn das letztemal gesehen hatte. Als er im Zeugenstand mir gegenüber seinen Platz einnahm, bedauerte ich plötzlich, ihn nicht besser zu kennen, ja, daß er für mich eigentlich immer ein Rätsel gewesen war; dabei hätte ausgerechnet er wichtig für mich werden können. Er sah mit seiner grauen Mähne und der übertrieben penibel ausgesuchten Krawatte eindrucksvoll aus wie eh und je – eben wie der hochmütige und leicht zerstreute Professor. Mich hatte seine Vorliebe für teure modische Kleidung stets verwundert; er wirkte immer ein wenig schlaksig und schien die Anzüge mit seinen überlangen Gliedmaßen nie ganz auszufüllen. Dann war da noch diese Eigenschaft, die ich nur als ›Körperlichkeit‹ beschreiben kann und die paradoxerweise besonders solche Menschen auszeichnet, die ihren Körper abzulehnen scheinen. Was einem bei jedem Gespräch mit Richard sogleich auffiel, war sein scharfer Verstand und seine Fähigkeit, abstrakt zu denken. Gleichzeitig konnte ich mich nie mit seinem Körper abfinden, seiner wallenden Mähne, seinen grobknochigen Gliedmaßen und vor allem nicht mit seiner Behaartheit. Mochte er – wie auch an diesen Tag fürs Gericht – noch so tadellos gekleidet sein, ich konnte nie vergessen, wie fellartig behaart er an Brust und Armen und auch am Bauch war; selbst auf dem Rücken war er bis zum Gesäß hinunter von Haaren bedeckt. Obwohl ich ihn nur ein einziges Mal nackt gesehen hatte, sah ich ihn ständig mit Jessicas Augen an. Vielleicht ist mein fasziniertes Abgestoßensein nur die natürliche Reaktion des glatthäutigen Mannes auf einen stark behaarten (›Siehe, mein Bruder Esau ist rauh und ich glatt.‹); vielleicht aber hätte jeder so reagiert, der die Glätte und Schönheit der Frau kannte, die ich liebte.

Während des Kreuzverhörs steuerte Joubert schon nach kurzer Zeit auf die Frage zu, wie denn unsere Beziehung gewesen sei.

»Mr. Cole, Sie sagten, Sie wären am Karfreitag morgen, dem 14. April, mit der Verstorbenen verabredet gewesen. Nun wissen wir aber bereits, daß Miss Thomson und der Angeklagte ein Verhältnis miteinander hatten.« Die Anwesenden machten große Augen. »Ich wüßte gern mehr über die genaue Rolle, die Sie in dieser Beziehung gespielt haben. Als Schriftsteller sind Sie sich bestimmt der Gefahren bewußt, die jedem Dreiecksverhältnis innewohnen.«

»Ich habe Miss Thomson bald nach ihrer Ankunft in Südafrika kennengelernt. Sie war besonders für unser Land aufgeschlossen, und da habe ich es mir zur Aufgabe gemacht, sie genauer mit den Lebensumständen hier bekannt zu machen.«

»Und das zweifellos in edelster Absicht«, sagte der Anwalt leise. »Welch ein Jammer, daß diese Art von Interesse allzuoft nur von einer Seite besteht.«

Richard lief rot an, was zur Folge hatte, daß die feine Äderung auf Nase und Wangen sich tief violett färbte.

»Miss Thomson war Sozialanthropologin, und ich habe So-

zialanthropologie an der Universität gelehrt. Sie betrachtete mich als ihren Mentor.«
»War Ihr Verhältnis zu Miss Thomson rein platonisch, Mr. Cole?«
»Ich weiß nicht, was das mit dem Fall zu tun hat«, erwiderte Richard ärgerlich.
»Im Gegenteil; es ist von größter Wichtigkeit für die Verteidigung«, beharrte Joubert.
Der Richter faltete die langen schmalen Hände. »Das Gericht würde gern Ihre Antwort auf diese Frage hören, Mr. Cole.«
»Ich war von Anfang an in Miss Thomson verliebt, my lord.«
Die Hände leicht verkrampft um die Balustrade des Zeugenstands gelegt, stand er eine ganze Weile reglos da. »Doch für eine sehr lange Zeit gab es keinerlei Hinweis auf das, worauf Sie anspielen.«
»Das Gericht hat eine Frage gestellt, Mr. Cole: es hat auf nichts angespielt.« Er richtete seine Robe. »Dann dürfen wir also annehmen, daß Miss Thomson nicht daran interessiert war, etwas am Wesen dieser Beziehung zu ändern?«
»Wenn Sie unbedingt wollen, ja.«
»Sie aber hätten es gern gesehen, wenn sich daran etwas geändert hätte?« stichelte Joubert.
»Ich habe bereits gesagt, daß ich sie liebte.«
»Sie haben weiterhin versucht, einen Sinneswandel bei ihr herbeizuführen?«
In dem Bemühen, sich gegen eine solche Unterstellung zu verwahren, wandte Richard sich an den Richter. »Euer Lordschaft ...«
Doch der Richter lächelte sehr kalt und sagte: »Der Mentor in der Rolle des Peinigers, Mr. Cole?«
Joubert: »Waren Sie sich darüber im klaren, in welchem Verhältnis der Angeklagte und die Verstorbene zueinander standen?«
Richard: »Das ging mir erst viel später auf.« Er vermied es, zu mir herüberzusehen. »Zu Anfang habe ich in Joseph Malan nichts weiter als einen Freund von Miss Thomson gesehen. Ich

bin es ja sogar gewesen, der ihn ihr vorstellte. Sie hatte viele Freunde. Sie wirkte einfach anziehend auf Menschen.«
Joubert: »Und Sie fanden nichts Besonderes an so einer Freundschaft?«
Richard: »Soweit es sie betraf, nein. Natürlich nicht. Ich habe selbst viele schwarze Freunde. Ich habe nie zugelassen, mir meine Freundschaften von vernunftswidrigen Gesetzen diktieren zu lassen, die nur dazu dienen, Menschen voneinander fernzuhalten.«
Der Richter: »Bitte, antworten Sie nur auf die Fragen, Mr. Cole. An politischen Reden ist das Gericht nicht interessiert.« Eine kurze Pause. »Wenn ich recht unterrichtet bin, haben Ihre politischen Ansichten Sie schon einmal in Schwierigkeiten gebracht. Und ins Gefängnis.«
Richard: »Das lag nur daran, daß ich vor drei Jahren in der Transkei . . .«
Der Richter: »Das ist für den vorliegenden Fall völlig unerheblich.«
Joubert: »Wenn Euer Lordschaft gestatten: Vielleicht halten wir es zu einem späteren Zeitpunkt für notwendig, noch einmal darauf zurückzukommen.«
Richter: »Das Gericht wird darüber befinden, wenn es soweit ist.«
Joubert: »Nun, Mr. Cole, wir haben festgestellt, daß die Freundschaft zwischen der Verstorbenen und dem Angeklagten Sie anfangs nicht störte. Können Sie uns sagen, zu welchem Zeitpunkt Sie anfingen, anders darüber zu denken?«
Richard:» Ich habe im letzten Jahr sechs Monate in Johannesburg verbracht und für ein Buch recherchiert . . .«
Joubert: »Sind Sie in dieser Zeit mit Miss Thomson in Verbindung geblieben?«
Richard: »Wir haben uns geschrieben.«
Joubert: »Handelte es sich bei dieser Korrespondenz um Briefe, wie sie gewöhnlich zwischen Schüler und Lehrer gewechselt werden?«
Richard: »Wenn Sie es so nennen wollen.«

Joubert: »Es waren keine Liebesbriefe?«
(Geflüster unter den Frauen auf der Zuschauergalerie.)
Richard: »Unsere Korrespondenz war privater Natur.« Pause. »Gut: Ich habe in den Briefen von Liebe geschrieben.«
Joubert: »Und wie sah das von ihrer Seite aus?«
Richard: »Sie hat nie etwas erwähnt, das bei mir den Gedanken hätte aufkommen lassen . . .«
Richter: »Und dann kehrten Sie ans Kap zurück. Wann war das?«
Richard: »Ende Oktober.«
Joubert: »Und da stellten Sie fest, daß sich zwischen Miss Thomson und dem Angeklagten etwas entsponnen hatte?«
Richard: »Jawohl. Gleich nach meiner Rückkehr.«
Joubert: »Hat Sie das schockiert?«
Richard: »Ich habe mich darüber aufgeregt.«
Joubert: »Weil Joseph Malan Coloured war?«
Richard: »Weil er ein Rivale war.« Sich den Richtern zuwendend: »Euer Lordschaft, ich bin Schriftsteller. Ich interessiere mich für den Menschen, nicht für seine Hautfarbe.«
Im Laufe dieses eintönigen Nachmittags, während eine verirrte Biene immer wieder gegen die Fensterscheibe stieß, hörte ich Richard sämtliche Aussagen wiederholen, die ich ihn mit den gleichen Worten so oft hatte machen hören. Hier im Gericht hörte sich das alles hochtrabend und unwirklich an: Sein Interesse am ›Menschen‹ hatte so wenig mit lebendigen Menschen aus Fleisch und Blut und mit Händen, Füßen und Gesichtern zu tun. Nicht einmal ich – und manchmal denke ich sogar Jessica – war für ihn mehr als ein Bündel von Ideen und Abstraktionen, das nur dazu diente, das Maß seiner Überzeugungen und Ansichten abzugeben. Es gab sogar einen Zeitpunkt, da ich ihn haßte, einen Zeitpunkt, da ich besinnungslos eifersüchtig auf ihn war; und es hat eine Zeit gegeben, da er mir leid tat. Doch all dies war an dem Tag im Gericht wie weggewischt, als ob es das nie gegeben hätte.
Der Anwalt war genauso unermüdlich wie die Biene an der Fensterscheibe. Er variierte seine Vorstöße mit anscheinend harmlosen Fragen, wobei er noch den Verständnisvollen hervorkehrte.

Und dabei bohrte er die ganze Zeit über in der Tiefe, um möglichst viele Einzelheiten zutage zu fördern und sie in sein Verteidigungssystem einzubauen. Die Zuhörer waren gebannt – nicht so sehr von dem Spiel als solchem, sondern von den kleinen, intimen Details, die hier ans Licht gebracht wurden. Joubert ließ nicht locker. Er mußte Richards Glaubwürdigkeit erschüttern, mußte sich bemühen, ihn in eine Ecke zu drängen, wo er entweder etwas zu meinen Gunsten zugeben oder sonst etwas aussagen mußte, das Unsicherheit in Bezug auf mein Verhalten aufkommen ließ. Infolgedessen hackte er auf den letzten paar Monaten herum.

Joubert: »Haben Sie in Bezug auf das Verhältnis zwischen Miss Thomson und dem Angeklagten nichts unternommen? Haben Sie nie mit ihr darüber gesprochen?«

Richard: »Selbstverständlich habe ich mit ihr darüber gesprochen. Ich habe versucht, sie zu überzeugen . . . Was hat es für einen Sinn, das alles hier aufzuwärmen?« Seine Stimme verriet Argwohn und Verzweiflung: »Sie waren für uns alle die Hölle, diese paar Monate!«

Joubert: »Was heißt: für uns alle?«

Richard: »Für Jessica – Miss Thomson –, Joseph und mich. Wir konnten einfach nicht mehr.«

Joubert: »Was genau verstehen Sie darunter?«

Richard: »Genau das, was ich sage.«

Joubert: »Was geschah?«

Richard: »Nichts. Das ist es ja gerade, was es so unerträglich machte. Es passierte nichts. Dabei haben wir alle die ganze Zeit über darauf gewartet, daß etwas geschah.«

Joubert: »Daß *was* geschah?«

Richard: »Daß es zu irgendeiner Art Explosion kam. Schließlich war es unausweichlich, daß es dazu kam.«

Joubert: »War es das?«

Richards Stimme verriet den Grad seiner Zermürbtheit. »Sie werden doch wohl begreifen, daß es eine unmögliche Situation war. Es konnte unmöglich endlos so weitergehen.«

Unermüdlich fuhr Joubert fort: »Warum nennen Sie sie eine ›unmögliche Situation‹?«

»Aber begreifen Sie denn nicht?« Einen Moment verlor Richard die Geduld. »Ich liebte sie. Ich begehrte sie. Und sie ...« Er suchte nach Worten.
»Warum haben Sie denn nicht aufgegeben, als Sie begriffen, daß es hoffnungslos war weiterzumachen?«
»Weil ihre Affaire mit Joseph keine Zukunft haben konnte.«
»Und als Sie ihr zu helfen versuchten, taten Sie das aus reinem Altruismus?«
»Ich habe sie geliebt.«
Über die braune Balustrade lehnte er sich vor; seine Hände stützten den schweren Körper ab, die Ellbogen zeigten nach außen. Und wieder überwältigte mich die alte Zerrissenheit in ihm, und ich erinnere mich, gedacht zu haben: *Ach, wollte dies allzu, ja allzu feste Fleisch doch vergehen ...!*
»Und so zog es sich dann bis April hin, bis endlich etwas passierte?«
»Nein, es ging schon vorher los.«
»Ah, wollen Sie damit sagen, Sie wären vorangekommen?«
»Von Mitte Januar bis Ende Februar war Joseph mit dem Theater auf Tournee und damit nicht in Kapstadt. Miss Thomson blieb hier. Sie brauchte Erholung. Wir dachten, es würde für uns alle eine Verschnaufpause sein ...« Schweiß stand ihm auf der Stirn. »Es konnte einfach nicht so weitergehen, Euer Lordschaft. Wir konnten es einfach nicht mehr aushalten.«
»Während der Angeklagte also fort war ...?«
Er sah zu Boden. Das Haar verdeckte seine Augen.
»Nun, Mr. Cole?«
Richard stieß das Haar zurück und betrachtete für ein paar Sekunden seine Hände, so als überraschte es ihn, daß sie feucht waren. »Darüber kann ich nicht reden.«
»Was geschah in diesem Monat, Mr. Cole?« Eine lange Pause. »Ich nehme an, Sie versuchten, sich gegenseitig zu trösten, oder?«
Langsam sah er auf. »Wenn man bis zum Äußersten getrieben wird, my lord, gibt es keinen Trost. Wir taten nichts weiter als ...«

»Sie schliefen miteinander.«
Dieser Hieb saß und hatte ein allgemeines Aufstöhnen auf der Zuschauertribüne zur Folge. Lange blickte Richard den Anwalt an, dann nickte er.
»Sie haben die Situation also weidlich ausgenützt. Hinter seinem Rücken.«
»Man wählt nicht immer bewußt, was einem widerfährt.«
»Unsinn, Mr. Cole!« Joubert war jetzt nur auf Armeslänge von ihm entfernt; in seinen Augen blitzte es. »Sie haben uns in der letzten halben Stunde immer wieder weismachen wollen, daß Sie zwar monatelang alles versucht hätten, sie ins Bett zu kriegen, ihnen das aber nicht gelungen wäre. Tun Sie jetzt doch nicht so, als wäre das völlig überraschend für Sie gekommen. Sie haben bewußt Ihre Chance abgewartet.« Er sortierte seine Unterlagen und als er weitersprach, war seine Stimme wieder ganz ruhig. »Als dann der Angeklagte Ende Februar zurückkehrte . . .? Ich möchte wissen, was sich da zwischen Ihnen abspielte?«
Er schüttelte den Kopf.
»Ist Miss Thomson zu ihm zurückgekehrt, oder blieb sie bei Ihnen? Ich möchte eine Antwort auf diese Frage, Mr. Cole.«
»Sie ging zu ihm zurück.«
»Und das konnten Sie nicht ertragen.«
»Ich habe versucht, mich damit abzufinden. Habe es ehrlich versucht.«
»Aber es gelang Ihnen nicht.«
»Ich wollte nicht . . .«
»Was wollten Sie nicht?«
»Bitte«, sagte Richard unvermittelt im Flüsterton. »Haben Sie denn vor nichts Respekt?«
»Ich möchte wissen, was geschah, Mr. Cole.«
»Nein.«
»Soll ich Ihnen sagen, was geschah?« Joubert knallte die Unterlagen auf den langen Tisch, und das ergab einen scharfen, klatschenden Ton, der wie ein elektrischer Schlag im Gerichtssaal wirkte. »Ich gehe davon aus, daß Sie verzweifelt waren. Daß Sie ein Stadium erreicht hatten, wo Sie bereit waren, jedem Men-

schen alles anzutun, bloß um sie zurückzubekommen. Und so traten Sie an den Angeklagten heran und bedrohten ihn.« Es war mucksmäuschenstill, nur die Biene summte weiter. »Stimmt das, Mr. Cole?«
Woraufhin er zusammenbrach, vor den Augen aller. Mir war schon früher das seltsame Phänomen aufgefallen, daß ältere Männer wie er, die sich in wesentlich jüngere Frauen verlieben, in ihren Reaktionen unberechenbar werden und sich fast verhalten wie Halbwüchsige. Doch nicht einmal das hatte mich auf das gefaßt gemacht, was sich jetzt vor aller Augen abspielte.
»Jawohl«, gab er zu. »Ich ging hin, um ihn zu warnen. Ich...« Die Stimme brach ihm. »Es war doch das einzige, das ich tun konnte. Ich mußte es tun, für uns alle. Ich sagte ihm, er solle sich an Menschen seiner eigenen Hautfarbe halten.«
»Wie lobenswert liberal, Mr. Cole«, erklärte Joubert trocken.
»Ich tat es, um *ihn* zu retten, um *sie* zu retten. Ich habe Ihnen doch schon gesagt, es war die Hölle. Ich liebte sie beide.« Jetzt schluchzte er. Und dann verkündete er plötzlich melodramatisch: »Ich hasse dieses Land! Ich hasse alles in diesem Land, das die Menschen zwingt, sich gegenseitig zu verraten. Wieviel Monate sind Sie jetzt hinter mir her? Was habe ich getan? Sie wollten, daß ich zusammenbreche. Nun, Sie haben ihr Ziel erreicht. Brechen Sie mir das Genick, trampeln Sie auf mir herum, machen Sie mit mir, was Sie wollen, doch um Gottes willen, bringen Sie es hinter sich! Gehen Sie hin, sagen Sie es jedem, verkünden Sie der ganzen Welt: Ja, ich habe es getan, ich habe alles verraten, woran ich je geglaubt habe. Und doch habe ich sie geliebt. Und doch war er mein Freund. Ich schwöre es. Ich schwöre es vor Gott!«
»Das wäre vorläufig alles, Mr. Cole. Danke.« Joubert verbeugte sich vor dem Gericht. »Wenn Euer Lordschaft wünschen...«

Es muß tief in der Nacht sein, doch spielt das bei dem Licht in meiner Zelle keine Rolle. Ich habe mich sogar daran gewöhnt, daß die nackte Glühbirne an der Decke auf mich herabstarrt wie das unbewegte Sonnenauge Gottes auf den Urmenschen. Man wird überhaupt wieder zu einer Art Urmensch in dieser raffinierten Höhle der Zivilisation. Die Bedürfnisse schrumpfen, reduzieren sich auf den ganz und gar inneren, vorgeburtlichen Frieden – jene Form des Hindu-Friedens, in den Dulpert sich so oft zurückzog wie an dem Tag mit dem Leichenschauhaus, als er sich mit untergeschlagenen Beinen im Schneidersitz aufs Bett setzte und unentwegt das eine heilige Wort aussprach: »Om. Om. Om.«

In den Tagen vor meiner Verhaftung, ehe das Verfahren eingeleitet wurde, machte ich mir wegen meiner körperlichen Bedürfnisse Sorgen. Ich hatte dauernd Hunger, litt unter Magenkrämpfen und war nie frei von Kopfschmerzen. Nicht so jedoch heute. Heute mästen sie mich für mein Gefühl wie Hänsel und Gretel.

Das einzige echte Bedürfnis, das ich habe und das allerdings äußerst dringend ist, ist so unlogisch, daß es mich sogar selbst verwundert. Es ist mein tiefes Bedürfnis nach Dunkelheit. Vielleicht liegt das an der Glühbirne, die die ganze Nacht über brennt, so daß ich das Dunkel nie mehr sehe. Dabei giere ich danach wie früher nach einer Frau, einem Beischlaf, nach sinnlicher Ekstase. Oft, wenn ich mein Schreibpapier vollkritzele oder es durchs Klo spüle, halte ich inne, steige auf meine Pritsche und berühre mit den Fingerspitzen das hochsitzende vergitterte Fenster, versuche, einen Hauch von der Nacht draußen mitzubekommen – die nicht länger eine Kap-Nacht ist, bei der der Gedanke ans Meer niemals ganz fern ist, sondern das Transvaaler Dunkel, in dem ich jetzt den Anbruch des letzten Tages erwarte. Vor Zeiten hätte eine urtümliche Nacht sich über die kleinen Feuer der Händler auf dieser offenen Ebene gelegt, die erfüllt war von dem unheimlichen Gelächter der Hyänen oder dem tiefen Knurren eines Löwen. Alles, was ich heute höre, ist der gelegentliche Laut von Autos, die von der Fernverkehrsstraße herunterfahren, um in die Stadt zu gelangen. Und doch ist Afrika nicht fern. Afrika ist genauso nahe wie die Nacht.

Nicht einmal als Kind hat das Dunkel mich geängstigt. Unsere Nächte pflegten in dem weitläufigen Hinterhof randvoll mit Lauten angefüllt zu sein, mit Gitarrenklang und sonor singenden oder sprechenden Stimmen, mit Lachen. Und sehr spät, während

es langsam ruhig wurde, hörte ich immer noch das Flüstern hinter der geblümten Spanischen Wand meiner Mutter und das Gequietsche des Messingbetts und das gedämpfte Lustgestöhn, das mich erregte, längst ehe ich begriff, was es eigentlich bedeutete.
In späteren Jahren gab es dann die Kap-Nächte im Trubel von Distrikt Six, Gespräche und Liebe im Dunkel, Dulperts Räucherstäbchen und Theaterproben hinten im Hof. Und dann natürlich das Theater, das den Schwerpunkt vom Tageslicht ins Dunkel verlagerte: den einzigen gemeinsamen Nenner zwischen Kapstadt und London. Nur war es dort anders, diese feucht blinkenden Straßen in den Winternächten, in denen es immer ruhiger und dunkler wurde, wenn man sich nach Osten begab, übermüdete Gesichter an den Fenstern vorüberfahrender Busse wie geschmolzenes Wachs, das die Scheibe herunterrinnt – und dann die Nächtlichkeit meines fernen Distrikts.
Es gab auch noch andere Nächte, etwa auf den Schiffsreisen zurück, verloren im Raum und doch erfüllt von dem Bewußtsein, daß der Erdteil sich langsam hinterm Horizont mit Dschungeln und Wüsten, Flüssen und herrlichen Ngorongoros entfaltete.
Oder unsere Reisen mit dem Theater: die Nächte, nachdem die Zuschauer fort waren und wir allein zurückblieben, uns im Kombi zum Schlafen legten, heute hier und morgen schon wieder woanders.
Die Nacht in Bain's Kloof, und Jessica bei mir.
Nein, ich habe mich niemals vor der Nacht gefürchtet nach diesem ersten Erlebnis.
Die Nacht, als ich die Nacht entdeckte, war ich kaum mehr als ein Kind. Der Baas und seine Familie waren übers Wochenende fortgefahren, und am Sonnabend hatte es eine Beerdigung gegeben: Onkel Juts war nach langer Krankheit im Morgengrauen gestorben, und den ganzen Tag über schaufelten die Männer das Grab, um ihn unter die Erde zu bringen, bevor der Sabbat dämmerte. Bei uns zulande waren Beerdigungen immer ein Grund, ganz groß zu feiern, und wenn es übers Wochenende dazu kam, konnte keine Hochzeit den Festlichkeiten das Wasser reichen. Als man Onkel Juts endlich aufgebahrt hatte, war kein Mann

mehr imstande, ihn zu tragen. Das Schwein, das man in aller Herrgottsfrühe geschlachtet hatte, war bereits verzehrt, zusammen mit den fetttriefenden Süßkartoffeln und dem gelben Reis mit den Rosinen darin: außerdem war die normale Ration Wein beträchtlich aus dem Kellervorrat vergrößert worden, nachdem irgendein Gast, von dem niemand wußte, wer er war, die Tür mit Gewalt aufgebrochen hatte. Die Akkordeons wimmerten, die Gitarren schluchzten; irgendwer hatte sogar eine Fidel mitgebracht. An einer Seite wartete auf Böcken aufgestellt der offene Sarg, mehr oder weniger unbeachtet. Und es ging stark auf Mitternacht, als sich die Leute an den eigentlichen Anlaß der Festlichkeiten erinnerten. Inzwischen waren die meisten der frisch angelegten Feuer bereits heruntergebrannt; nur die Asche schwelte noch, und es wurde im Dunkel viel am Sarg herumgefummelt. Die Sargträger strauchelten mehrmals auf dem tückischen Weg zu dem kleinen quadratischen Friedhof und fielen hin, ohne indes ihr inniges Singen von Psalm 136 zu unterbrechen. Und als der Sarg schließlich hinabgelassen wurde und die Erde darübergeschaufelt war, blieben die meisten Sargträger, alle viere von sich gestreckt, auf dem Grabhügel liegen; der einzige Unterschied zwischen ihnen und dem Verstorbenen bestand darin, daß sie im Schlaf vernehmlich schnarchten.

Am nächsten Morgen gab es einen Aufschrei im Hof; man hatte Onkel Juts Leiche zwischen den zutage tretenden Wurzeln einer Eiche gefunden, wo die Prozession nach einem der vielen Stürze angehalten werden mußte. In großer Angst wurde das Grab freigeschaufelt, der Sarg wieder hochgezogen und aufgemacht – woraufhin der Geiger, Willem Gom – laut schnarchend und mehr als halb erstickt – nichtsdestoweniger aber kraft der unerforschlichen Gnade des Herrn – gerettet war. Ohne große Umstände wurde er aus dem Sarg gekippt und der Leichnam an seiner Statt hineingelegt. Den Rest des Sabbats über genossen die Leute die verdiente und von der Heiligen Schrift vorgeschriebene Ruhe.

Dann war es der Abend an diesem Sonntag. Ich konnte nicht einschlafen. Ich wartete, bis das Bett meiner Mutter sich beruhigte und kroch dann auf den unirdisch schweigsamen Farmhof

hinaus. Es schien kein Mond, und im Licht der Sterne wirkte alles fremder als sonst. Ich hatte eine Heidenangst. Trotzdem zwang ich mich mit geradezu widernatürlichem Frohlocken, die Strecke bis zum Friedhof zurückzulegen, wo die Leute vergangene Nacht den Tod eines Mannes gefeiert hatten, der jetzt still in seinem Sarg unter den Eichen lag, und wo sich plötzlich kein Mensch aufhielt außer mir. In diesem Schweigen schien mir der Lärm ihres Zechens lauter als zu dem Zeitpunkt, als es tatsächlich stattgefunden hatte. Im Dunkel tastete ich mich barfuß über die zahllosen Leichen in der grenzenlosen Weite des Farmhofs hinweg, bis ich schließlich das Haus erreichte.
Die weißgetünchten Wände bildeten einen kaum wahrnehmbaren Fleck in der Nacht; die Fenster waren nur ein schwärzeres Schwarz. Ich wußte, das Haus war leer; der Baas und die Familie sollten erst am nächsten Morgen zurückkehren. Ich strich mit der Hand über die glatte harte Fläche der Fensterscheiben, den rauheren Mauerputz, die geölte Oberfläche der schweren Türen, die geheimnisvollen kühlen Formen von Klinken und Klopfern. Völlig unerwartet gab die Küchentür nach und ging auf. Es gab keinen Grund, warum mich das überraschen sollte; das Haus stand immer offen für das Kommen und Gehen der Dienstboten, das Hinaus- und Hineintragen von Milchkannen, das Holen von Mehl und Zucker und das Abliefern von Eiern. Und doch war es für mich wie ein Schock, als ich merkte, daß die Tür unter meiner Hand nachgab. Es war, als ob man bei einer Premiere vor Beginn der Vorstellung noch einmal über die Bühne ging, um ein letztesmal Kulissen und Requisiten zu überprüfen – und dann plötzlich ein Rauschen vernommen hätte, herumgefahren wäre und festgestellt hätte, daß der Vorhang vor einem erwartungsvoll dasitzenden Publikum aufging.
Es war wie ein Wink des Schicksals. Mir blieb gar nichts anderes übrig als einzutreten und alles zu erforschen. Meine Wanderung durch die Nacht hatte mich soweit gebracht. Ich konnte nicht mehr umkehren.
Ich betrat die Küche, sie roch nach gebranntem Kaffee und grüner Seife. Schritt für Schritt ging ich weiter, stieß gegen merk-

würdige Dinge, stand unvermittelt vor bedrohlichen Wänden. Nicht, daß ich nach irgend etwas gesucht hätte; ich wollte auch nirgends hin. Ich ging einfach nur weiter und weiter.
Hier und da erhaschte ich das matte Blinken von Porzellan oder Silber oder Messing hinter den Glastüren von Stinkholzvitrinen oder Gelbholzschränken. Doch nichts Genaues war zu erkennen. Das hier war die Ultima Thule, das Haus des Baas, das Herz des großen *Du sollst nicht,* das meine Kindheit beherrschte.
Es war ein großer Raum, schwärzer als all die anderen, weil hier auch noch die Vorhänge zugezogen waren. Ich stieß gegen etwas Massives und hörte unsichtbare Saiten vibrieren. Mir stockte vor Schreck der Atem. Gleichwohl streckte ich die Hände aus, um das glatte, merkwürdige Ding von allen Seiten zu betasten. Selbst als mir aufging, daß es sich um das Klavier handelte, auf dem Hermien tagsüber spielte, weigerte mein Verstand sich, das anzuerkennen oder zuzulassen. Es blieb ›Das Ding‹. Ich hob den Klavierdeckel, nahm das darüber gelegte Tuch ab und ließ lautlos einen Finger über die Tasten gleiten. Es gab keinen Klang, und doch war mit jedem Zoll, den mein Finger weiterging, die *Möglichkeit* des Klangs vorhanden. Erst als ich die letzte Taste erreichte, wagte ich es, sie hinunterzudrücken. Ich lauschte dem tiefen Baßton, wie er in der Nacht verhallte; wie ein fallender Stein, der in einem Teich Kreise aufwühlte, die sich vergrößerten und schwanden, immer ferner rückten und kleiner wurden; bis es nur mehr ein Geraune war am fernen Horizont zwischen Laut und Lautlosigkeit. Und da drückte ich die Taste nochmals hinunter, und wieder hörte ich es sanft vibrieren, nur, daß es sich diesmal nicht von mir entfernte, sondern geradewegs in mich eindrang, durch Fleisch und Knochen ging bis dorthin, wo der Körper selbst aufhörte und etwas weit Entrückteres begann. Und in diesem Schweigen, in diesem Klang, der das Schweigen erst hörbar machte, entdeckte ich die Nacht. Mit einem eigentümlichen Gefühl der Genugtuung hob ich das Tuch auf, legte es über die elfenbeinernen Tasten, klappte den Klavierdeckel wieder zu und suchte mir den Weg zurück in die Welt der Toten und der Lebenden draußen.

Und jetzt ist die Nacht mein ständiger Wächter, ein großer Fisch, der mich verschluckt hat. Ich finde so etwas wie Trost in der Nacht, der dem Tag abgeht, eine Unschuld wie die, die ich mit Jessica erlebt habe: denn die Nacht war unsere Domäne, war die Landschaft unserer Liebe. Für uns bedeutete die Nacht Schutz und Geborgenheit vor den Gefahren der Welt mit ihren ungezählten lauernden Augen.

Dulpert hat einmal zu mir gesagt: Wenn man in Indien Brahmane oder sonstwie von Adel ist, wird das Wesen des Mutes, den man hat, bestimmt von den Heldentaten oder der Kraft, Opfer zu bringen; doch für einen Menschen, der einer niedrigeren Kaste angehört, ist Mut gleichbedeutend mit *kshatriya* – dem Wort für Nacht – denn unter den Parias ist die einzige Form von Mut der Mut auszuharren.

Nach der Urteilsverkündung und kurz, bevor ich in das Polizeiauto geführt wurde, stattete Mr. Joubert mir in der unter dem Gerichtssaal gelegenen Zelle noch einen Besuch ab. Ich vermute, das ist üblich so, und in gewisser Weise wußte ich es zu schätzen, daß er sich bis zu allerletzt so korrekt verhielt.

»Nun . . .« Die Robe über eine Schulter gelegt, stand er da. »Dann ist es jetzt also vorüber.«

»Ja«, gab ich zu; schließlich konnte ich es nicht wirklich leugnen. Von seinem Standpunkt aus war in der Tat alles vorbei, und zwar genau in diesem Moment, weder früher noch später.

»Ich habe mein Bestes getan.« Das klang verärgert. »Wenn Sie nur bereit gewesen wären, für sich selbst einzutreten. Nur ein einziges Mal. Wenn Sie auch nur im mindesten bemüht gewesen wären, mir zu helfen . . .«

»Es tut mir leid.« In diesem Augenblick stimmte das sogar. Der Richter hatte ihn zu der Art und Weise beglückwünscht, wie er einen schwierigen Fall geführt hatte, doch mit meiner Mithilfe hätte er womöglich einen noch besseren Eindruck gemacht. In seinem Beruf hat so etwas Gewicht.

Sie kamen, um mich fortzuführen. Einen Moment lang blieben wir stehen, sahen einander an. Er klemmte sich die Aktentasche

unter den linken Arm und reichte mir die rechte Hand. »Viel Glück«, sagte er.
Ihm zu Gefallen spielte ich das Spiel mit und sagte: »Danke.«
Und mit einem letzten, für mich unerwarteten und kaum wahrnehmbaren Zögern, während ich bereits auf die Tür zuging, sagte er: »Da sind ein paar Punkte, die ich wirklich gern geklärt hätte . . .« Dann zündete er sich eine Zigarette an und zuckte mit den Achseln. »Nicht, daß das was geändert hätte. Schließlich hatten wir alle Fakten des Falles vorliegen.«
Hinten im Polizeiauto und bald darauf im Zug nach Norden wollten mir seine Worte nicht aus dem Sinn; ich kann sie immer noch nicht loswerden. Die Fakten des Falles. Nur um sie hatte sich alles gedreht, und kein Mensch hatte etwas dabei gefunden.
Das muß ich jetzt sichten und neu gewichten. Denn man vergißt, man vergißt, selbst der Körper vergißt. Und doch muß es irgendwo gehütet werden, heimlich im Blut. Ich muß es wiederfinden, um dahinterzukommen, was es nun wirklich bedeutet.
Doch wohin führt einen das? Die Wahrheit ist keine Ansammlung von Fakten, die man wiedergeben kann, sondern eine Landschaft, durch die man im Dunkeln wandert. Und meine Wanderung, die Wanderung, um die es hier geht, reicht mit ihrem Anfang weit hinter Bain's Kloof zurück, weit hinter Jessica, unendlich weit zurück, über mich selbst hinaus. Ich stelle fast nur ein zufälliges Moment dar in einem Muster, das sich seit Generationen und Jahrhunderten und in der Unendlichkeit des Raums erfüllt.

Zweiter Teil

1

Die Geschichte unserer Familie, die meine Mutter mir in meiner Kindheit regelmäßig und entsprechend ihrer regen Phantasie mit endlosen Variationen, Ergänzungen und Ausschmückungen erzählte, wurde zwischendurch immer wieder mit Geschichten aus der Bibel angereichert, was zur Folge hatte, daß ich die beiden Welten in Gedanken oft durcheinanderbrachte, und das umso mehr, als die Namen, die darin vorkamen, sich so ähnelten: Adam und Moses, Abraham, Rachel, Leah, Daniel und David und Jakob bis hinunter zu Joseph. Es ist auch mehr als wahrscheinlich, daß sie die Parallelen mit den Juden des Alten Testaments für ihre Zwecke nutzte, wenn sie das vermutlich auch nicht bewußt tat. Denn gerade die Geschichte unserer Familie war bei allen Verzerrungen und Unterschieden, die ihr bei ihren verschiedenen Wiedergaben unterliefen, der bleibende Quell von Trost, Stolz und Selbstachtung in einem Leben, in dem der Geist allzu häufig williger war als das Fleisch.

Mein Vater war in den Krieg gezogen, als ich noch ein Baby gewesen war; deshalb habe ich keine persönlichen Erinnerungen an ihn, sondern nur die an ein verschwommenes Photo mit einem rätselhaft lächelnden Mann darauf – und dann natürlich die an die Tatsachen und Phantasieprodukte aus den vielen Erzählungen meiner Mutter. »Du mußt nach oben sehen, Joseph. Denk an deinen Vater und seine Leute. Ich bin nichts. Ich bin als Waisenkind geboren und aufgewachsen. Er aber war anders, er hat 'ne Geschichte, genauso, wie jeder Weiße. Vergiß das nicht!«

Sie versuchte nie, die Chronik unserer Familie in einem größeren Rahmen zu sehen; vielleicht ist es auch anmaßend und entspringt einem gewissen Wunschdenken, wenn ich meinerseits das tue. Gut möglich, daß allein schon die Bemühung darum im Laufe der Jahre dazu geführt hat, daß sich Verdrehungen und Erfindungen in meine eigene, nach und nach vervollständigte Rekonstruktion unserer Geschichte eingeschlichen haben, so daß mittlerweile jede Episode darin zu einer Kreuzwegstation in einer endlosen Via Dolorosa geworden ist – als wäre es vom Schicksal bestimmt, daß in unserer Familie jede neue Generation einen Sündenbock für Sünden und Leiden einer ganzen Gesellschaft findet. Das ist wahrhaftig kein Grund, stolz zu sein! De facto ist gerade die Alltäglichkeit und das so ganz und gar nicht Außergewöhnliche unserer Chronik etwas, worin ich die Qual sehe, die sich über die Jahrhunderte weiter fortsetzt und je nach der Anforderung eines neuen Zeitalters neue Erscheinungsformen findet.

Was mir überliefert worden ist – verzerrt dadurch, daß es über Generationen hinweg neu erzählt wurde, neu geformt und im Lauf der Jahre sowie in den Monaten der Haft von mir selbst neu geschaffen – hat mit Geschichte nicht mehr das mindeste zu tun, sondern ist Mythos geworden. Doch wie oft hat sich im Lauf der Zeit die mythologische Möglichkeit nicht als gültiger erwiesen als die historischen Tatsachen?

Ich weiß nicht einmal genau, wo der Anfang unserer Familiengeschichte zu suchen ist. Das erste, was meiner Mutter einfiel, war eine Episode wie aus der Schöpfungsgeschichte, wo die Söhne Gottes sich Frauen unter den Menschentöchtern erwählten. Nur, daß der Sohn Gottes in *unserer* Geschichte ein Riese von einem Mann mit einem großen, federnbesetzten Hut, schwarzen Augen und schwarzem Spitzbart war, der Ende des achtzehnten Jahrhunderts eine Weinfarm in den Randbezirken von Stellenbosch besuchte; und die Menschentochter eine junge Sklavin von dreizehn oder vierzehn Jahren, die Leah hieß und wahrscheinlich Malaiin war. Nachdem er hinterm Heuschober seinen Mutwillen mit ihr getrieben hatte, sein Haar, sein Bart und seine Kleidung in Unordnung geraten und voller Stroh waren, drückte er ihr einen Rijkstaler in die kleine, gelbe Hand. Offenbar schien ihr Herr bald danach von dem Geld erfahren zu haben und beschuldigte sie, ihm diesen Taler im Haus gestohlen zu haben. Der Taler wurde ihr abgenommen und sie auf den Hof geführt, wo man ihr die Kleider vom Leib riß und sie nackt an einen Pfahl band, woraufhin die beiden jungen Söhne des Farmers sich dabei abwechselten, sie mit der Nilpferdpeitsche zu traktieren, bis ihr das Blut die Beine herunterfloß. Leah verlor schließlich das Bewußtsein, ohne auch nur einen einzigen Laut von sich gegeben zu haben. Neun Monate später gebar sie einen Knaben – auch dies wieder ohne einen Mucks.

Mit einem sicheren Gespür für Geschichte nannte sie ihren Sohn Adam, fügte dem aber noch den Familiennamen Malan hinzu. Selbstverständlich war es zur Sklavenzeit allgemein üblich, daß Sklaven den Familiennamen ihrer Herren annahmen, doch schließt unsere Chronik dies aus; statt dessen wird nachdrücklich erklärt, Leah habe den Jungen mit vollem Bedacht nach dem Mann mit dem großen Hut benannt. Daher mein Pochen auf eine hugenottische Abstammung.

Das ist alles, was ich über Leah weiß. Ob sie schließlich eines gewaltsamen Todes starb oder aber nach einem Leben geduldigen, passiven Leidens zahnlos und ausgemergelt, der Kopf ein verschrumpelter Bratapfel auf einem Bündel aus Haut und Knochen, in extrem hohem Alter starb, vermag ich nicht zu sagen.

Man muß sich das vorstellen: die Angst eines kleinen Mädchens im Dunkeln, ihre barfüßigen Ausflüge über weißbereifte Äcker, ihre Spiele in einem Weinberg oder an einem Flußufer; die Furcht vorm Erwachsenwerden in den knospenden Brüsten und der erste Anblick von Blut; der Kreislauf von Arbeit und Schlaf und Arbeit, das langsame Reifen zur Frau und der Vorgang des Alterns; nachdem der Springinsfeld zu einer Last geworden ist, Todesfurcht oder Todessehnsucht, das rüde oder zärtliche Spiel mit Männern, die ihren Körper besudeln oder ehren wollen; wahrscheinlich Hunger, Sorgen um die Kinder, die kurzen Freuden einer Geburt hier, einer Hochzeit dort, die schwerfälligen Schritte in der Prozession zum Friedhof. Denkt man an all die Lust und all das Leid im Lauf von siebzig Lebensjahren, an den Krug, der am Brunnen zerbrach und das Verstummen des Liedes von Braut und Bräutigam ... wenn man sich vorstellt, was sich um dieses kleine Leben herum alles abspielte: eine Holländisch Ostindische Gesellschaft, die pleite macht, während die Siedler die französische Mode feiern; Umwälzungen in Europa und Besetzung des Kaps durch die Briten, Aufstände im Inneren, Verhandlungen und Kämpfe mit Stämmen hinter den Bergen; Krieg und Bestechung, die verschwenderischen Feste der Lady Anne Barnard, die Militärparaden auf den Boulevards von Kapstadt ... wenn man sich all dies vorstellt, fällt ihr Leben der Vergessenheit anheim, reduziert es sich auf nicht mehr denn drei Augenblicke: ein Handgemenge im Heu, Zusammenzucken unter den Schlägen einer Nilpferdpeitsche und eine Nacht des Gebärens. Mein Gott, ist das wenig! Aber mehr habe ich nicht von ihr nach zweimal hundert Jahren, anderem kann ich keine Ehre erweisen. Der rücksichts- und bedenkenlose Sohn Gottes nahm die kleine, scheue Menschentochter, und daraus entstand etwas, wurde geboren und zu einer Qual der Vergeblichkeit, die niemals abnimmt und nie vergehen kann.

Auch über Adam ist nicht viel bekannt. Dabei nimmt unsere Mythologie immerhin seinen Anfang und sein Ende auf. Die ersten Jahre seines Lebens scheint er mehr oder weniger ereignislos auf der Weinfarm verbracht zu haben. Ich kann mir gut einen Mann mit geschickten Händen vorstellen, und meine Mutter war sich sogar sicher, daß er auch lesen und schreiben konnte, keine geringe Leistung damals. Deshalb nehme ich an, daß sein Herr etwas Wertvolles in ihm sah und der gottesfürchtige Mann ihn gut behandelte; dieser muß zumindest anerkannt haben, daß Dienstboten zu bestimmten Zeiten Essen und Strafen verdient hatten.
Adam nahm sich zu angemessener Zeit eine Frau, und als er mit zwanzig oder so an einen gewissen Claassen verkauft wurde, einen Grenzlandburen aus Graaff-Reinet, mußte sie zurückbleiben. Meine romantisch veranlagte Mutter wiegte sich in dem Glauben, daß die Trennung einen Groll in ihm hervorrief, doch ich kann dafür nicht die Hand ins Feuer legen – schließlich erwartet man von einem Sklaven nicht, daß er sich den Luxus von Gefühl und selbständigem Denken leistete, und wenn er wirklich so verwegen war, es dennoch zu tun, so geschah es ihm nur recht, wenn er dafür leiden mußte.

Claassen war kein besonders reicher Mann, und nachdem er für den neuen Sklaven einen hohen Preis bezahlt hatte, wird er ihn besonders gut behandelt haben. Ich kann mir nicht vorstellen, daß er mehr als vierzehn oder fünfzehn Stunden am Tag arbeitete, außer natürlich zur Erntezeit oder wenn die Schafe lammten. Adam bekam genug Mehl, durfte sogar selbst etwas Gemüse anbauen, und wenn ein Schaf an Blauzunge oder Würmern oder sonst was einging, war man meistens so großzügig, den Arbeitern das Fleisch zu überlassen.

Ein paar Jahre nach seiner Ankunft auf der Farm nahm Adam sich wieder eine Frau. Sie hieß Martha oder Miriam oder Maria – meine Mutter brachte die Namen immer durcheinander. Sie war Sklavin wie er, doch dem Anschein nach mehr Hottentottin als Kap-Malaiin und ein paar Jahre älter als Adam. Trotz des Altersunterschieds gewinnt man den Eindruck, daß die Beziehung zwischen ihnen ganz besonders intensiv war; wären sie nicht Sklaven gewesen, hätte man wohl von ›Liebe‹ sprechen können.

Ihr erstes Kind starb kurz nach der Geburt, und um ein Haar hätte auch die Mutter nicht überlebt. Das zweite Kind blieb am Leben, doch wiederum wurde die Gesundheit der Mutter stark in Mitleidenschaft gezogen. Es gab um die Jahreszeit besonders viel zu tun, so daß der Baas es sich nicht gut leisten konnte, ihr ein paar Tage frei zu geben, was für die Tatsache verantwortlich sein mag, daß sie sich niemals wieder ganz erholte.

Als das Baby – Moses – zwei Jahre alt war, wurde seine Mutter erneut schwanger. Meinen Berechnungen zufolge muß das zwischen 1810 und 1812 gewesen sein. Martha (oder Maria oder Miriam) war im fünften oder sechsten Monat, als der älteste Sohn des Farmers, der sich der Volljährigkeit näherte, sie zum Gegenstand seines Herumexperimentierens erwählte, um sich auf die Ehe vorzubereiten. Ob der junge Mann in seiner Unbeholfenheit besonders gewalttätig oder Miriams Zustand ohnehin prekär war, ist schwer zu sagen. Die ›Fakten des Falles‹ ergeben nur, daß sie ein paar Tage später eine Fehlgeburt hatte, an der sie starb, woraufhin Adam sich den jungen Claassen vorknöpfte -

und ihn erwürgt hätte, wäre nicht der Vater rechtzeitig auf den Plan getreten.
Adam wurde zwischen zwei Wagenrädern festgebunden, ausgepeitscht und als tot liegengelassen; aber unsere Leute sind zäh, und nach wenigen Wochen war er in der Lage, seine Arbeit auf der Farm wieder aufzunehmen. Claassen ließ ihn in das auf einem Hügel gelegene Steinhaus rufen, las ihm ausgiebig Erbauliches aus der Heiligen Schrift vor und bot ihm dann als Zeichen seiner Großmut eine kleine *sopie* selbstgebrannten Schnapses an. Als Dank für seinen Großmut brachte Adam den Baas um – und zwar neben der Bibel und dem Branntweinfaß, im *voorhuis* mit dem Fußboden aus gestampftem Lehm und Rinderdung.
Die Nacht verbrachte er zusammen mit seinem kleinen Sohn in der eigenen Lehmhütte und wartete darauf, daß sie ihn holten. Sie kamen am nächsten Vormittag, Farmer von den Nachbarfarmen, und nachdem sie seine Zähigkeit mithilfe von *sjamboks* und anderen Peitschen ein paar Stunden lang auf die Probe gestellt hatten, was ihn glücklicherweise in einen Zustand versetzte, der von Bewußtlosigkeit nicht weit entfernt war, wurde er mit ausgebreiteten Armen und Beinen auf den Boden gelegt und mit Hand- und Fußgelenken an vier Pferde gebunden; und dann, in Anwesenheit aller anderen Arbeiter und Sklaven, darunter sein zweijähriger Sohn, wurden die Pferde plötzlich kräftig gepeitscht, woraufhin sie nach Norden, Osten, Süden und Westen stoben. Keine besonders saubere Art zu sterben, dafür aber schnell. Und hinterher, wie immer, wenn irgendein Tier auf der Farm eingegangen war, wurde das Fleisch den Arbeitern übergeben – diesmal, um es zu begraben. Der HErr hat's gegeben, der HErr hat's genommen.

2

Moses war ein rätselhaftes Wesen. Möglicherweise ein Ergebnis dessen, was er an jenem Vormittag auf der Farm hatte mitansehen müssen. Bald nach diesem Vorfall wurde die Farm samt

Vieh, Möbeln, Sklaven und anderer beweglicher Habe verkauft. Eine ältere Sklavin nahm Moses in ihre Obhut. Er war ein schwieriges Kind, und für gewöhnlich hatte sie nur ein Heilmittel für jedes Problem – eine tüchtige Tracht Prügel. In unserer Chronik jedoch erfüllte sie die wichtige Funktion, Moses die Geschichte seiner Eltern zu erzählen.
Er muß um die zehn Jahre alt gewesen sein, als er das erstemal weglief. Der Baas brachte ihn zurück, indem er ihn vor seinem Pferd hertrieb; und die alte Frau zwang seine widerspenstigen Füße in die Glut eines neuentzündeten Feuers, was künftigen Eskapaden dieser Art einen Riegel vorschieben sollte. Doch kaum hatte er sich erholt, ergriff er neuerlich die Flucht, wobei er diesmal versuchte, die Missionsstation von Bethelsdorp zu erreichen; wahrscheinlich war er sich nicht bewußt, daß nach der Abschaffung des *Black Circuit,* eines Gerichts, das für die Rechte der Schwarzen eingetreten war, aus dieser Ecke nicht mehr viel zu erwarten war.
Er wurde wieder zurückgebracht, und diesmal wurden alle Arbeiter zur Strafe auf halbe Rationen gesetzt; so wollte man gewährleisten, daß sie ein wachsames Auge auf ihn hatten. Er hatte beträchtliche Schwierigkeiten, ihren Zorn zu überleben, und verschwand, kaum daß er seine Beine wieder gebrauchen konnte.
Inzwischen schien der Baas sich damit abgefunden zu haben, daß mit dem Jungen nichts anzufangen war; er brachte ihn vor den Magistrat von Graaff-Reinet, wo er ausgepeitscht und mit einem Brandzeichen versehen wurde; danach wurde er an einen umherziehenden Händler verkauft.
Die paar Jahre, die er in Gesellschaft dieses *smous* verbrachte, sollten die einzige friedliche Periode in seinem Leben werden. Da waren nur sie beide: einmal im Jahr kamen sie nach Kapstadt, um sich mit Vorräten einzudecken, dann kehrten sie auf der langen Straße, die eigentlich nur aus Wagenspuren bestand, zurück ins Innere und stießen bis an die Grenze der Zivilisation vor. In dieser Zeit eignete er sich eine erstaunliche Kenntnis der Gesetze des Kaplandes an: er konnte jede neue Sklavenverordnung auswendig hersagen. Natürlich konnte er weder lesen noch schrei-

ben, doch hatte er ein fabelhaftes Gedächtnis für Lieder und Gereimtes. Wohin sie auch kamen wurde er aufgefordert, Käufern und Besuchern sein Repertoire vorzutragen. Das war gut fürs Geschäft, und da der Händler ein vernünftiger Mann war, versäumte er es nie, Moses mit ein paar Rijkstalern zu belohnen.
Moses gab das Geld nie aus, sondern hob es in einem alten Halstuch auf. Am Tag der Sklavenbefreiung, so pflegte er zu sagen, wolle er schließlich nicht mittellos dastehen. Daß ein solcher Tag kommen würde, daran zweifelte er nie. Alle Zeichen deuteten darauf hin: Die nie endenden Zusätze zu den Sklavengesetzen, die Jahr für Jahr unter viel Geschrei stattfindenden Versammlungen der Sklavenbesitzer. Der Himmel mochte wissen, wie, aber Moses bekam auch absonderliche Brocken der herrschenden Philosophien in Europa mit – wohl dann, wenn er hier einer Farmerversammlung lauschte oder dort dem Gerede der *smous* folgte, die manchmal von Dr. Philip sprachen und manchmal von Wilberforce, in jüngster Zeit dann auch von einem gewissen Jean-Jacques.
Moses begann, sich jedesmal, wenn sie irgendwo halt machten, an sein eigenes Publikum zu wenden. Nachdem er zu Nutz und Frommen der Händler seine Verse aufgesagt und seine Lieder gesungen hatte, verschwand er und wendete sich an kleine Gruppen von Sklaven und Arbeitern aus der Nachbarschaft: mit merkwürdigen, verworrenen Worten über Freiheit, Gleichheit und Brüderlichkeit; von einem Gelobten Land, an das er genauso bedingungslos glaubte wie sein Namensgeber. Ach, gefährlicher Ahnherr, du!
Ich kann mir nicht vorstellen, daß ihn irgend jemand ernst nahm, die Sklaven unter seinen Zuhörern am allerwenigsten. *Er* jedoch glaubte es, und in seinem Inneren loderte ein Feuer. Nach und nach kamen Gerüchte auf, bis die Leute sich an den *smous* wandten und sich beklagten. Ob er denn nicht wisse, daß er einen Aufwiegler unter seine Fittiche genommen hätte? Ob er zu den Philips-Leuten gehöre? Lachend tat er das ab. Unsinn, Moses meine das doch nicht im Ernst! Überhaupt, wer nehme einen Sklaven schon ernst. Aber die Gerüchte hielten sich. Es dauerte

keine zwei Jahre, und es war Allgemeingut geworden, daß der *smous* ein ausländischer Agent sei, gekommen, um die Sklaven gegen ihre Herren aufzuhetzen. In einer finsteren Nacht wurde nahe einer Furt bei Swellendam sein Wagen überfallen. Vermutlich hatten sie nicht mehr vorgehabt, als ihm einen Denkzettel zu verpassen, doch der plötzliche Überfall überzeugte den *smous*, daß es sich um eine regelrechte Räuberbande handeln müsse, woraufhin er prompt zu seiner Flinte griff. In dem heftigen Kampf, der sich daraufhin entspann, wurde er erschossen.

Moses ergriff mit seinem Schal und den darin eingeknüpften Rijkstalern die Flucht und verschwand für die nächsten paar Jahre vollständig aus den Annalen. Das erstemal, daß er sich wieder blicken ließ, war in den dreißiger Jahren des vorigen Jahrhunderts, als er auf einer Farm in Bruintjieshoogte nach Arbeit suchte. Er gab sich als freier Hottentotte aus, wirkte anscheinend glaubwürdig und so tüchtig, daß er auf der Stelle in Lohn und Brot genommen wurde.

Die Farm gehörte den Gebrüdern Greeff, die alle drei noch ziemlich jung waren und weit in der Runde berühmt für ihren Selbstgebrannten und den Erfolg, den sie bei den Damen der Grenzregion hatten. Sie scherten sich wenig um die Gesetze der Kolonie und machten es zu ihrer Gewohnheit, Rinder von jenseits der Grenze aufzuziehen. Nicht, daß sie wirklich mehr Rinder gebraucht hätten, aber sie betrachteten es als eine Art Sport, gegen die Gesetze der Engländer zu verstoßen.

Vor Ablauf seines ersten Jahres auf der Farm hatte Moses mit seinem Gerede von Freiheit und mit seiner besonderen Einstellung Unruhe unter den anderen Arbeitern gestiftet. Dann überraschten sie ihn eines Abends, als er im Fluß schwamm, sahen die alten Narben von der neunschwänzigen Katze auf seinem Rükken und die Wülste, die das Brandeisen auf seinen Gesäßbacken hinterlassen hatte. Noch ehe der Tag zu Ende war, wußte jeder auf der Farm, daß er ein entlaufener Sklave war.

Die drei Brüder ließen ihn kommen, besahen sich seinen Körper und holten dann mit einiger Mühe – sie mußten ihm erst das Kinn ausrenken – die ganze Geschichte aus ihm heraus. Nachdem sie

angemessen mit ihm verfahren waren, schleiften sie ihn zurück zu seiner Hütte, wo sie alles durchsuchten und die Rijkstaler entdeckten, die er in sein Halstuch eingeknotet hatte. Diese wurden konfisziert und Moses darüber ins Bild gesetzt, daß er fortan ohne Lohn zu arbeiten habe, wie es sich für einen Sklaven geziemte.
Drei Wochen später lief er davon – oder versuchte es zumindest, denn er war immer noch ziemlich schwach auf den Beinen, so daß sie ihn nach ein paar Tagen wieder einfingen. Die Brüder machten sich nicht die Mühe, sich persönlich mit der Sache zu befassen. Nur einer von ihnen gab ihm wie beiläufig mit einem Holzprügel einen über den Schädel, was Ursache dafür sein mag, daß er nie wieder ganz richtig im Kopf war; im übrigen wurden zwei Haussklaven beauftragt, ihn zu bestrafen. Sie müssen ihre Sache sehr gründlich gemacht haben, denn Moses unternahm nie wieder einen Versuch davonzulaufen.
So ungefähr war der Stand der Dinge, als der älteste der Gebrüder Greeff beschloß, sich eine Frau zu nehmen. Am Vorabend der Hochzeit versammelten sich sämtliche Nachbarn – einige lebten zwei Tagereisen entfernt – zum Feiern auf der Farm. Die Frauen drängten sich im Haus, während die Männer sich draußen auf dem Hof vergnügten und tranken.
Nun gab es auf der Farm eine junge Schwarze, ein besonders attraktives Mädchen namens Sbongile. Die Brüder hatten sie vor ein paar Monaten zusammen mit einer Viehherde von einem Stamm jenseits des Fish River zurückgebracht in der Absicht, sie nach der geplanten Hochzeit im Küchendienst einzusetzen. Als die Vergnügungen an diesem Abend ihren Höhepunkt erreichten, Sbongile den Männern gewaltige Platten mit Wildbret und Kürbis reichte und Moses dafür sorgte, daß die Branntweingläser nie leer wurden, kam jemand auf die blendende Idee, die beiden dazu zu bringen, es für sie ›zu treiben‹. Sbongile versuchte zu fliehen, wurde jedoch eingeholt und unter viel Geschrei und Gejuchze zu Boden gezwungen, wohingegen Moses, ermuntert durch die Nilpferdpeitsche, gezwungen wurde, der laut jammernden Sbongile Gewalt anzutun.

Für die Hochzeitsgäste war das das Ende der Affaire, und am nächsten Tag wurden der älteste der Greeff-Brüder und seine Braut wie vorgesehen in den heiligen Stand der Ehe versetzt. Für Moses und Sbongile aber war es nur ein grotesker Anfang. Als neun Monate später ihr Baby zur Welt kam, gab er dem Kind den Namen Daniel und sie Dlamini. Moses kannte kein Wort Xhosa, und Sbongile hatte nicht die leiseste Ahnung von Holländisch. Dennoch blieben sie zusammen, und laut unserer Familientradition – insbesondere in der gefühlvollen Version meiner Mutter – waren die beiden einander von Herzen zugetan. Sie schützte den verrückten Moses vor den Hänseleien der anderen, und er kümmerte sich um sie. Als sie allmählich ein bißchen seine Sprache sprechen und verstehen lernte, sagte er alle die alten Gedichte für sie auf und sang ihr seine dummen kleinen Lieder vor.

Leute, die des Nachts an ihrer Hütte vorbeikamen, hörten, daß Moses sich regelmäßig in der Sprache von Wilberforce und Rousseau an Sbongile und das Baby wandte und ihnen erzählte, der Mensch sei frei geboren, auch wenn er jetzt in Ketten liege, und der Tag der Befreiung wäre nahe. Mit großen Augen und viel Geduld hörte Sbongile sich seine Tiraden an, während Dlamini/Daniel schlief oder gluckste oder seine Eltern anstarrte. Mehr verlangte Moses nicht. Tagsüber verrichtete er seine Arbeit so gründlich wie Ochs oder Esel, so daß die Greeffs zufrieden waren und ihn in Ruhe ließen.

Im Laufe der Zeit verschafften die Gerüchte über die Befreiung sich immer hartnäckiger Gehör. Die anderen Arbeiter waren wie benommen und konnten es nicht fassen; der Mann in ihrer Mitte mußte verhext sein, dieses Ereignis schon vor so langer Zeit vorausgesagt zu haben. Dezember 1834, Dezember 1834, Dezember 1834 – das war die Zauberformel, die vom Kap bis an den Great Fish River vordrang, und Moses predigte immer begeisterter vom Gelobten Land.

Doch Anfang Oktober fiel er ins Delirium – irgend etwas in seinem Kopf, sagten sie, das nie richtig verheilt war – und vor Ende des Monats, bevor er die Befreiung erleben konnte, die er gepredigt hatte, schlief er eines Nachts ruhig ein. Der HErr hat's gegeben, der HErr hat's genommen, gepriesen sei der Name des HErrn.

3

Es war, als ob mit dem Auftreten von Dlamini/Daniel eine dunklere und geheimnisvollere Strömung afrikanischer Passivität in unser Blut gekommen wäre. Ich finde ihn seltsamer und dickköpfiger als alle anderen und weit weniger leicht zu ergründen. Trotzdem muß ich zugeben, daß ich mich ihm manchmal näher fühle als irgendeinem meiner anderen Vorfahren. Ich kann mich noch entsinnen, wie sein Name mich als Kind einschüchterte und die Doppelnatur und das Fremde dieses Dlamini/Daniel meine Phantasie anregten, so daß es mir heute schwer fällt, zwischen dem zu unterscheiden, was man mir über ihn erzählte und was ich mir im Laufe der Zeit selbst über ihn zurechtlegte.

Er war der einzige Mann in unserer Chronik, der ein hohes Alter erreichte. Keiner von den anderen wurde so alt wie er. Ich selbst bin dreiunddreißig, und mit mir stirbt unser Stamm aus. Jede Möglichkeit einer Zukunft ist mit Jessicas Schoß gestorben.

Die Gebrüder Greeff beschlossen, Sbongile und ihren Sohn zu behalten, wie ich vermute in der Annahme, daß sie, die ja offiziell niemals eine Sklavin war, auch nicht zusammen mit den anderen befreit werden konnte. Sbongile beklagte sich nicht. Ein paar Monate nach dem Dezember 1834, als die anderen wieder einmal zu einem Raubzug über die Grenze aufgebrochen waren, nahm sie einfach ihr Kind und ein Bündel Kleider und ging fort. Ich meine mich zu erinnern, von meiner Mutter gehört zu haben, daß sie eine Zeitlang in der Kat River Siedlung gelebt hat, aber Genaues weiß ich nicht. Fest steht nur, daß sie schließlich Kapstadt erreichte, wo sie dann für immer von der Bühne verschwand.

Dlamini/Daniel war damals acht oder neun und lebte mit seiner Mutter in einer strohgedeckten Bretterhütte im Oberen Kap, als sie eines Nachmittags zum Hafen ging, wo sie häufig etwas zu tun

fand. Doch an diesem Nachmittag kehrte sie nicht zurück, und als er sich auf die Suche nach ihr machte, verirrte er sich. Wochenlang schaffte er es gerade noch zu überleben. Dann wurde er von einem berittenen Offizier dabei erwischt, wie er von einem Verkaufsstand auf dem Green Market Square ein paar Orangen klaute. Dlamini/Daniel war überzeugt, daß sein letztes Stündlein geschlagen habe, doch gehörte der Beamte zu seinem Glück einer jüngeren Generation von eher liberal gesonnenen Männern an. Der abgerissene kleine Bursche tat ihm leid, und so nahm er ihn mit in sein eigenes Haus, wo er ihm etwas zu essen gab und ihm in einem baufälligen Schuppen ein Bett anbot. Er wurde gewaschen und geschrubbt, sein Kopf penibel entlaust, der Junge dann in eine Livree gesteckt und der Fürsorge der Köchin anvertraut. Die Kinder des Hauses gewannen ihn bald lieb, brachten ihm Lesen und Schreiben bei und behandelten ihn wie eine Kombination aus Spielkamerad und Haustier.
Einmal bekam er zu Weihnachten eine Gitarre geschenkt. Das war ein Wendepunkt in seinem Leben. Die Musik weckte irgend etwas in ihm, dessen er sich vorher nie bewußt gewesen war.
Bald danach lief die Dienstzeit des Offiziers am Kap aus, und die Familie traf Vorbereitungen, nach London zurückzukehren. Sie hatten vor, Dlamini/Daniel mitzunehmen, den kleinen, edlen Wilden aus dem dunkelsten Afrika, der überdies auch noch musikalisch war. Doch in dem Durcheinander, das entstand, als man versuchte, alles an Bord zu bringen, wurde die Gitarre irgendwie an einen falschen Ort gelegt, und als der Junge zurückrannte, um sie in letzter Minute zu holen, wurde die Gangway hochgezogen, und er mußte auf der Pier zurückbleiben, während das Schiff rollend und schlingernd durch die Brandung fuhr und dabei weißen Schaum unter dem hohen Rumpf aufwühlte. Und dann kehrte er ganz auf sich allein gestellt in die dunkle Stadt zurück. Alle seine anderen Habseligkeiten waren mit dem Schiff verschwunden; aber er hatte seine Gitarre.
Er schaffte es zwar, ab und zu Gelegenheitsarbeiten zu bekommen, doch die meisten Arbeitgeber waren skeptisch. Der Junge war für ihren Geschmack ein viel zu heller Kopf; bestimmt wußte

er nicht, wo er hingehörte. In einer Hinsicht mag ihr Mißtrauen wohl begründet gewesen sein; Dlamini/Daniel war kein zuverlässiger Arbeiter. Trug man ihm auf, irgend etwas im Garten zu tun, und kam eine Stunde später wieder, konnte es gut sein, daß er dasaß und seine Gitarre zupfte.

Später ging er mit seiner Musik auf Wanderschaft durch das ganze Land, der dünne Junge, der dünne junge Mann, immer halb verhungert und immer abgerissen. Heute in Kapstadt, morgen in Tulbagh, ein Vierteljahr später in Uitenhage. Er muß um die zwanzig gewesen sein, als er *mantoor* oder Aufseher auf einer Farm im Klapmuts Distrikt wurde. Der Farmer, ein Witwer, war alt geworden und nicht mehr besonders auf dem Quivive, was Dlamini/Daniel gut paßte.

Der Mann besaß nicht weniger als fünf Töchter in heiratsfähigem Alter. Die jüngste war fünfzehn, die anderen sechzehn, achtzehn und neunzehn Jahre alt; die älteste, die aus einer früheren Ehe stammte, war wesentlich älter, schon um die fünfundzwanzig. Die jüngeren waren prächtige Farmerstöchter mit vollen Brüsten, blond und von überschäumender Energie. Nur Jacoba, die ärmste, schielte enorm und hatte mehr als einen Hauch von Oberlippenbart.

Wochenende für Wochenende wimmelte es auf der Farm von Freiern hoch zu Roß, die meilenweit aus dem Umkreis kamen und den jüngeren Mädchen den Hof machten (Dlamini/Daniel mußte ihre Pferde versorgen), und die neunzehnjährige war bereits verlobt. Jacoba hingegen hatte mit ihren fünfundzwanzig Jahren noch nie einen *beau* gehabt. Offenbar hatte sie einmal versucht, sich im Ententeich zu ertränken, doch der Zufall hatte es gewollt, daß ein Freier einer ihrer Stiefschwestern vorüberkam und sie pitschnaß und zur erbarmungslosen Belustigung der anderen vier jungen Frauenzimmer herauszog.

Was dann geschah, stellt fast eine klassische Situation dar, die ich mir im Geiste wohl hundertmal und in vielerlei Einzelheiten ausgemalt habe. Dlamini/Daniel saß auf der breiten, weißgetünchten Mauer, die den Farmhof umgab, und zog seiner Gitarre neue Katzendärme ein. Der Farmer war in die Stadt gefahren, die Arbeiter sangen weit weg auf den Feldern, drei von den Schwestern waren im Haus beschäftigt, während die vierte, bislang ungezähmt, mit ihrem Hengst ausgeritten war. Der Hof lag zum Teil von Schatten bedeckt, zum Teil in Sonne gebadet da; nur gelegentlich unterbrach ein Laut den allgemeinen Frieden. Da zeterte eine weibliche Stimme draußen auf dem Acker, vernahm man das Ächzen, Gestöhn und Gluckern der Wassermühle, Schweine grunzten oder quiekten, und eine Henne gluckte zufrieden über ihrer Kükenschar. Eine *mise en scène* wie von Stanislawsky. Dlamini/Daniel probierte geduldig seine Saiten aus, zupfte mit dem Daumen, fuhr mit dem Zeigefinger dran entlang, da tauchte unter den Bäumen Jacoba auf. Er blickte kurz auf und fuhr fort, seine Gitarre zu stimmen.

»Ich hab' dich gehört«, sagte sie, nachdem sie ihm verlegen schweigend eine Weile zugesehen hatte. »Ich sitz' oft am Fenster und hör' dir zu, wenn du spielst.«

Sein Daumen fuhr die ganze Länge der tief dröhnenden Baßsaite entlang.

»Man sieht dich nie mit einem von den anderen«, versuchte sie es noch einmal. »Du mußt sehr allein sein.« Äußerst konzentriert löste sie ein Stück Rinde von einem Baum neben der Mauer.

»Ja, und?« fragte er und machte sich an die zweite Saite.

»Für mich ist es auch nicht zum Aushalten.« Sie betrachtete das Stück Rinde, das zwischen ihren reibenden Fingern zerbröselte. »Ist dir mal aufgefallen, wie sie mich behandeln? Wie den letzten Dreck. Aber ich bin auch ein Mensch. Genauso wie sie.« Sie sah ihn offen an. »Genauso wie du.«

Sein Blick schweifte über ihr Gesicht, doch sagte er nichts.

Sie trat näher, nahm ihm die halb-bespannte Gitarre aus den Händen und betrachtete sie eingehend. »Wie machst du das nur, daß sie so glatt ist?«

»Es braucht eben seine Zeit.«

»Machst du das gern?«

»Es bringt mir Spaß.« Er nahm sie ihr wieder ab und machte sich daran, den Wirbel für die zweite Saite einzusetzen.

»Ich hab' dir oft beim Spielen zugehört«, wiederholte sie.

Sie beugte sich vor, um ihm genauer auf die Hände zu sehen. Eine ganze Weile schwiegen sie. Dann bewegte sie sich. Ihre Brust strich ihm über den Arm. Sie erstarrten. Er fuhr fort zu arbeiten, etwas ruckhafter jetzt als zuvor; dabei war er sich bei jeder Bewegung der Tatsache bewußt, daß ihre Brust gegen seinen Ellbogen drückte. Er hörte, wie ihr Atem sich beschleunigte, und als er kurz aufblickte, sah er, daß sich kleine Schweißperlen auf ihrer behaarten Oberlippe gebildet hatten. Scheu wandte er die Augen ab, mußte dann jedoch wieder aufsehen. Sie faszinierte ihn wie etwas, das schmerzte, wie eine Wunde.

Sie blickte ihn geradewegs an, wobei freilich ein Auge in eine etwas andere Richtung sah. »Ich hab' noch nie einen Mann gehabt«, sagte sie heiser.

»Ich bin beschäftigt. Du mußt nach Hause.«

Sie berührte sein Bein, denn er saß hoch auf der Mauer neben ihr.

»Du brauchst keine Angst zu haben, sie werden nichts erfahren«, sagte sie. Der liebe Himmel mag wissen, was für eine Überwindung es sie gekostet haben mußte, das zu sagen. »Und ich weiß, daß du auch einsam bist.«

Achselzuckend schluckte er.

»Diese Jüngelchen, die meine Schwestern besuchen – die sind nicht mein Fall. Mit denen will ich nichts zu tun haben. Aber du . . . Ich hab' die Leute sagen hören . . .« Weiter Schweißperlen auf ihrer Oberlippe, die Augen gierig auf ihn gerichtet; und sie hatten etwas furchtbar Hartnäckiges, jetzt, da sie nicht mehr zurück konnte. »Die Leute sagen, ihr seid da größer . . . besser als die Weißen, heißt es . . . männlicher. Ist das wahr?«

Die Gitarre zwischen ihnen schwieg.

»Stimmt das, Daniel?«

Es war, als hätte die hellere Hälfte seines Namens den Bann gebrochen, als ob sie, die dunklere zurückhaltend, etwas in ihm freisetzte. Haß in den Augen, blickte er auf ihr weißes, jetzt fieberhaft gerötetes Gesicht mit dem halb geöffneten, schwer atmenden Mund runter, während ihre Brüste sich immer noch an seinen Arm preßten.

Er hob das Bein und versetzte ihr einen Tritt.
»Mein Gott, Daniel!« Statt wegzulaufen, packte sie ihn.
Er holte mit der Gitarre aus und zertrümmerte sie auf ihrem Schädel.
Sie taumelte außer Reichweite und fing an, sich das Kleid vom Leib zu reißen. Er sah, wie das Haar ihr wallend über die Schultern fiel, ihre Brüste heraushüpften. Kreischend rannte sie nach Hause und stolperte dabei ein paarmal über hervorstehende Baumwurzeln auf dem Hof.
Dlamini/Daniel wartete, bis er sie nicht mehr hören konnte, dann ergriff er die Gitarre und versuchte mit bebenden Händen, den Schaden zu reparieren. Nach einer Weile erschienen die jüngeren Schwestern an der Hintertür; Jacoba schluchzte und gestikulierte; und er blickte zu Boden und tat so, als arbeitete er fieberhaft weiter.
Die Dämmerung hatte sich bereits herabgesenkt, als er den Farmer auf seinem Pferd zurückkehren sah. Kurz danach kam der alte Mann, das Gewehr in der Hand, aus dem Haus heraus und auf ihn zu.
Dlamini/Daniel rührte sich nicht.
Zehn Schritt vor ihm blieb der alte Mann stehen. »Bastard!« schrie er. »Ich schieß' dich über den Haufen!«
»Ich war es nicht.«
Beim ersten Schuß ließ Dlamini/Daniel die Gitarre fallen und flüchtete. Von der Höhe der Mauer herab feuerte der Farmer noch einen Schuß ab. Dlamini/Daniel bekam die Kugel in die Hüfte, schaffte es aber wie durch ein Wunder doch, den Waldrand hinter dem Hof zu erreichen. Nicht minder erklärlich war es, daß sie ihm nicht folgten – vielleicht hatte der alte Mann Angst, man könnte ihm in der Dunkelheit auflauern.
Ein paar Monate lebte Dlamini/Daniel in den Wäldern wie ein Tier. Als er sich schließlich wieder hervorwagte, war er nur noch Haut und Knochen und hatte eine lahme Hüfte; der Knochen wuchs ihm in einem merkwürdigen Winkel heraus. Er schaffte es zurück bis zum Kap und fing an, sich eine neue Gitarre zu bauen.
Eines Abends, als er an einer Straßenecke vor dem alten Theater

spielte, verwickelte eine Gruppe von Coloureds ihn in eine Unterhaltung; und als sie schließlich heimgingen, nahmen sie den Gitarrespieler mit.
Dem folgte eine kurze Spanne Frieden, die letzte, die er in seinem langen Leben erlebte – denn sehr bald verliebte er sich in die Tochter des Nachbarn, Anna, deren Vater keineswegs begeistert war von der Aussicht auf einen lahmen Schwiegersohn und alles daran setzte, das Verlöbnis auseinanderzubringen; und als weder gutes Zureden noch wütende Drohungen etwas nützten, schlug er Dlamini/Daniel eines Nachts, als er betrunken war und raste, mit einer Eisenstange ins Gesicht und warf ihn aus dem Haus. In den frühen Morgenstunden kam Anna, um ihn aufzusammeln, und gemeinsam verschwanden sie in der Nacht. Für ihn sollte die Nacht jetzt kein Ende mehr haben; der Schlag hatte seine beiden Augen in Mitleidenschaft gezogen.
Sie blieben immer für eine Weile dort, wo Anna Arbeit fand, manchmal für ein Jahr oder gar drei oder vier, manchmal aber auch nur für ein paar Monate oder Wochen; dann galt es weiterzuziehen. So wanderten sie über den neuen Outeniqua Pass bis nach George, folgten dem Messinghorn der Postkutsche nach Grahamstown bis an die Grenze der Zivilisation. Als das Leben dort gefährlich wurde, packten sie ihre Sachen wieder, zogen erst nach Graaff-Reinet und dann zurück ans Kap, um sich von dort aus neuerlich aufzumachen ins Innere, wobei sie diesmal der Route der Cedarberger Kutsche folgten und über Britstown in die riesigen, trockenen Weiten des Inneren vorstießen. Anna kümmerte sich um die Kinder und kochte, nahm Wäsche ab und verdingte sich im Herbst sogar als Feldarbeiterin. Der ohnehin magere Dlamini/Daniel wurde mit den Jahren immer dünner, schrumpfte gewissermaßen auf sich selbst zusammen und lernte, mit dem Taschenmesser neue Musikinstrumente zu bauen, Gitarren und Flöten, die ihm die dunklen Tage innerlich erhellten; oder aber er saß einfach da, regte sich nicht vom Fleck und blieb versunken in der Betrachtung der Welt des Unsichtbaren.
Nach und nach bekamen sie vier Kinder, zwei Jungen und zwei Mädchen. Das älteste Mädchen starb an Diphterie, bevor es zwei

Jahre alt wurde. Es war ein schlimmer Winter, der auch Annas Gesundheit ruinierte: Nachts konnte Dlamini/Daniel sie derartig heftig husten hören, daß es sich anhörte, als zerrisse es ihren ausgemergelten Leib, doch klagte sie nie und wurde zornig, wenn er es erwähnte.
Als der älteste Sohn zehn war, mußte er mit anpacken und helfen, Geld für die Familie zu verdienen. Da sie damals gerade im Namaqualand lebten, wurde er einem Fischer in der Lambert's Bay anvertraut. Ein Jahr später sagte man ihnen, sein Boot wäre in einem Sturm gekentert und die ganze Mannschaft ertrunken. Danach schien es mit Anna immer weiter bergab zu gehen. Der Junge war ihr Liebling gewesen. Eines Nachts hörte Dlamini/Daniel sie wieder husten, doch als er sie ansprach, sagte sie nur: »Is' schon 'n Ordnung, keine Angst.« Am nächsten Morgen lag sie tot neben ihm.
Jetzt sah es wirklich schlecht aus. Der zweite Junge war erst neun, das kleinste Mädchen gerade eben vier, und Dlamini/Daniel war für keine Arbeit richtig zu gebrauchen. Was sie sich nicht erbettelten, mußten sie stehlen. Zurück also nach Kapstadt, wo der Junge auf dem Markt aushelfen konnte, während Dlamini/Daniel höchstens bei einer Taufe oder einer Hochzeit die Gäste mit seiner Musik erfreute. Im übrigen hatte er seinen Stammplatz am Eingang zum Park, wo seine geliebte kleine Rachel zum Klang seiner Gitarre tanzte: das ergab noch ein paar Pennies.
Merkwürdig, wenn man überlegt, wie wenig die offizielle Geschichte Südafrikas in meiner Chronik auftaucht, so als hätte sie immer nur neben dieser her bestanden. Zu Dlamini/Daniels Lebzeiten fand der Große Treck statt und wurde die Schlacht am Blood River gegen die Zulus von Dingaan geschlagen; Natal wurde von den Briten annektiert, und im Landesinneren neue Burenrepubliken gegründet; der Bain's Kloof Paß wurde von Zuchthäuslern gebaut und die Xhosas durch die tragischen Träume ihrer religiösen Führerin Nonquasi fast ausgerottet; die Eisenbahnlinien wurden Tausende von Kilometern durch das Land vorangetrieben, es kam zum entscheidenden Sieg von

Rorke's Drift, und am Kap mauserte sich die parlamentarische Regierung zu einer, die sich vorm Parlament verantworten mußte; in Kimberley und auf den Goldfeldern des Nordens wurde ein Mann wie Barney Barnato reich, und Cecil Rhodes träumte von einer Straße durch ganz Afrika; in Paarl rief eine kleine Gruppe von Patrioten eine Bewegung ins Leben, die eine neue Sprache, das Afrikaans, propagierte, im Oranje-Freistaat versuchte ein Präsident König Moshesh mit einem Faß Schießpulver zu beschwichtigen, im Norden brach der erste Burenkrieg aus, und ein Mann wie Ohm Kruger erlangte Berühmtheit in der ganzen Welt.

Von alledem hört man nichts in meiner Familienchronik. Es umgibt unsere Geschichte zwar, bildet aber keinen Teil davon. Denn was hier erzählt wird, ist nicht Geschichte im eigentlichen Sinn, sondern zumeist die Schattenseite der Geschichte.

Mit vierzehn bekam Dlamini/Daniels Sohn eine Anstellung im Bahnhof von Kapstadt, wo er sieben Monate später unter einen Zug geriet. Der blinde Mann nahm seine Tochter Rachel, die damals neun Jahre alt war, und brach zu den Diamantenfeldern auf. Wie er dort sein Glück machen wollte, konnte er zwar nicht sagen, aber in den siebziger Jahren des vorigen Jahrhunderts zog alle Welt in den Nordosten. Wie sich herausstellte, gelang es ihm dort, einigermaßen über die Runden zu kommen, denn abgesehen von den üblichen Bällen, Hochzeiten und Amateur-Theateraufführungen spielte er nunmehr auch in Kneipen und Kantinen auf.

Das Geld erhielt ihn am Leben, doch was ihn quälte, war die Wirkung, die das Leben der Gold- und Diamantengräber auf Rachel hatte. Sie war ein stilles, bescheidenes und schönes Kind – was er als Blinder allerdings nicht wissen konnte. Sie müssen ein seltsames Paar abgegeben haben, er mit seinem dunklen, negroiden Kopf, der überdimensional groß auf seinem schwachen Körper saß; seiner schiefen Hüfte und den enorm großen Händen – und das kleine, sanfte und zurückhaltende Kind mit den riesigen schwarzen Augen und dem ernsten Gesicht. Er war nie besonders gesprächig gewesen und redete jetzt womöglich noch weniger als zuvor – wenn überhaupt, dann nur mit Rachel. Immer und immer wieder erzählte er ihr die Geschichte seines Vaters und die des Vaters seines Vaters, bis zurück zu der Zeit, mit der ich angefangen habe, vermutlich nicht wesentlich anders als meine Mutter sie mir zu erzählen pflegte, nur ernsthafter und bedächtiger und mit mehr Sinn für Rituelles.

Rachel war sechzehn, als sie mit einem Mann durchbrannte – einem weißen Mann, wie es hieß. Dlamini/Daniel packte seine wenigen Habseligkeiten auf einen klapprigen Eselskarren und zog los, um nach Rachel zu suchen, wobei nur ein struppiger Hund ihm Gesellschaft leistete.

Von Zeit zu Zeit drangen Gerüchte über sie an sein Ohr, doch selbst das immer seltener. Gleichwohl fuhr er fort, durch das riesige Land zu ziehen, nunmehr wohl aus reiner Gewohnheit, weil er sich einfach nicht mehr für länger irgendwo niederlassen konnte. Wo sollen wir heute nacht schlafen, hier oder dort? Es spielt keine Rolle; die Nacht ist überall gleich.

Viel mehr gibt es nicht zu berichten, denn bei dem, was sie selbst später über seine letzten Jahre erzählte, mußte Rachel sich auf Gerüchte und Hörensagen verlassen. Sie wußte nur von dem Eselskarren und dem Hund. Und daß der Hund schließlich auch starb – alles Fleisch ist sterblich; und er selbst danach noch weiter umherzog.

Weiter durch das grenzenlose Land, über die staubigen Ebenen des Karoo hinweg, wo die Hitze zitternd überm Boden lag, im Winter durch das Cold Bokkeveld, wobei die Räder im harschen Schnee knirschten, über unmögliche Bergpässe, zum Great River hinauf und darüber hinweg, vorüber an der Big Hole, durch die mörderischen Ödnisse des Nordwestens und dann zurück über die geriffelten Dünen bis zur Küste und den wogenden Weizenfeldern und Weingärten von Swartland und Boland. Der Karren fing an auseinanderzufallen, die Stimme der Gitarre wurde dünn, der Esel starb. Und dort, wo er einging, so erzählt man sich, habe Dlamini/Daniel sich am Wegrand hingehockt; für gewöhnlich stelle ich mir vor, das sei hoch oben in Bain's Kloof gewesen, wo man die toten Zuchthäusler in den Mauern einbetoniert hat. -

Blieb irgend jemand stehen und bot ihm an, ein Stück mitzufahren, schüttelte er das große, graue Haupt über dem ausgemergelten Körper und sagte nein, er sei genau dort, wo er hinwolle, und ob nicht jemand seine Tochter Rachel irgendwo gesehen hätte.
Dort starb er. Nicht an Altersschwäche, einer Krankheit oder am allgemeinen Leiden, sondern einfach, weil es zu mühsam gewesen wäre weiterzumachen. Und die Geschichte nahm ihren unerbittlichen Lauf, nichts änderte sich, kein Hahn krähte und kein Distelsame verlor sich im Wind. Denn wahrhaftig, er war weniger als ein Spatz, und es muß dem HErrn leichtgefallen sein zu nehmen, was ER gegeben hatte.

4

Es war schon auffällig, wie meine Mutter immer dann, wenn sie bei Rachels Teil der Geschichte anlangte, in der ersten Person weitererzählte. Wie ich schon immer gesag' hab'. Ihn einfach sitz'nlass'n. Muß verrückt gews'n sein, war ich, aber was willstu mach'n, wenn die Liebe ein' packt? War ja nich' so, als ob ich mein' Vater nich' geliebt hätt', aber man is' nu mal nur einmal sechzehn; un' schließlich war ich nich' nur auf Ros'n gebettet. Kommt also dieser Mann, un' er is' Weißer un' so, was sollt'ich schon mach'n? Dies weg un' das weg, aber da war ich, voll erblüht, un' genau das war es, was ihn am meist'n intressiert hat! Ire, heißt es, soller gewes'n sein, un' auch noch so'n stattliches Mannsbild mit'm schön rot'n Bart. Un' was is' mit mein' Vater, sag' ich zu ihm. Keine Sorge, sagt er, das mit dein' Vater bring' ich schon in Ordnung. Komm einfach mit mir nach Port Lisbeth, da nehm' wir'n Shippietjie zurück nach Irland un' schick'n dein' Vater soviel Geld, wie er noch nie geseh'n hat.
Un' so bringt er mich weg, mitt'n inner Nacht, nix weiter als Sterne, wohin du auch siehst, un' er flüstert nur, un er nimmt mich so sanft, wie sollt'ich ihm es da abschlag'n? Nein, er hat mich nich' gezwung', war schon mit mein Einverständnis, ich sag,

ja, nimm mich. Ich bin dein, mach mit mir, wastu willst, Mann, un' wennas mein' alt'n Vater das Herz bricht, is eb'n Pech für ihn, denn ich lieb' dich.
So mach'n wir uns auf'n Weg ganz bis nach Port Lisbeth, und da hat man schon Zeit nachzudenk'n, und als wir hinkomm', frag' ich ihn: Un' was is' mit mein' Vater, frag' ich ihn. Laß doch dein Vater, sagt er. Kommstu nu mit mir oder nich' hey? Der Herrgott weiß, ich hab' da'n Fehler gemacht, aber ich sag': Is schon in Ordnung, sag' ich, ich bleib' schon hier. Geh du zum Teuf'l, sagt er, Scheiß-Hottentot. Un' da saß ich denn nu, un' nichmal zum Haf'n runter bin ich gegang' an dem Tag, wo er sein Shippietje nahm, gelobt sei der Herr!
Na schön, denk' ich, jetzt geh' ich zu mein' Vater. Aber genau da merk ich, daß ich inner Tinte sitz', Mann. Was kann ich also tun? Ich sitz inner Tinte! Wie soll ich zurück un' mein' Vater sag'n, ich hab' da'n Kind von 'm Mann hier in mir? Un' er mit sein blindes Auge un so.
Später habbich denn gedacht, ja, ich hätt' geh'n soll'n. Aber er hat mir immer gepredig', mach du das bloß nich' wie die annern Schlamp'n, mein Kind, du bis' was Besondres, dein Körper is' ein Tempel des Herrn. Trotzdem hätter mich zurückgenomm'. Aber egal, is jetzt zu spät, un' ich beklag' mich nich'. So bin ich also nach Grahamstown un' hab' Schankmädchen gespielt inne Kantine da inner New Street, bissich mich nich' mehr aufn Bein' halt'n konnt'. Un' da is' denn auch Braampie gebor'n word'n. Ich dacht', ich krepier' in der Nacht, mein Gott, Leute, da hilft ein'm keiner, un' ich war grad eb'n siebzehn.
Dieser Braampie, Mann! So hübsch, das man fast Angst hatt' hinzuseh'n. Man konnt' geradezu seh'n, daß der Herr ihm sein' Stempel aufgedrückt hat! Ehrlich, hat nichmal geschrieen, hat er. Lag einfach da und bekuckt sich die Welt mit sein' groß'n Aug'. Un' weiß! Hatter 'türlich von sein' Vater. Gibt nich' viele Weiße, die so weiß sin' wie er, und denn noch die blond'n Haare un' diese blau'n Aug'n. Abraham Malan, hab' ich ihn im Namen Gottes getauft, denn er war ja ei'lich nur von mir, daher auch mein Vor- un' mein Nachname, war ja nich' soviel von dem

Scheißiren das Kind, war ja schließlich auch nur ich, der all die Monat mit ihm rumgelauf'n is', un' wer soll unser'n Namen inner Welt weitergeb'n, wennich' er?
Erst hab' ich 'türlich allein für ihn gesorgt! War 'ne höllische Zeit, Mann! Wo sollt' ich jetzt Arbeit herkrieg'n? Kann aber mein Kind auch nich' ausseh'n lassen wie'n Hottentot'n; muß Kleider auf'n Leib ha'm un' was zu ess'n. Schließlich isser fast reinweiß! Deshalb ging'n wir nach Kapstadt, da isses leichter mit Arbeit. Ich zieh mein einziges anständiges Kleid an un' marschier bis zum Umfall'n. Fünf Tage klapper' ich alles ab, dann find ich 'n Schneider, un' der Mann sagt, ja, er sucht 'ne Näherin. Aber was is' mit dein' Empfehlung? Probier'n Sie's mit mir, sag' ich, gelobt sei der Herr.
Wir werden's seh'n, sagter. Werd'n seh'n. Un' er gibt mir 'n Hauf'n Kleider zum Näh'n. Großer Raum, wo wir alle zusamm'sitz'n, hochsitzende Fenster, nich' so gut fürs Licht, aber egal, wir arbeit'n bis Sonn'untergang. Die annern geh'n, aber der Mann kommt, bleibt unter der Tür steh'n un' sagt: Kommal 'n bietjie rüber ins Kontor, Rachel.
Ich hin. Großes Büro, das er da hat', Papier überall un' 'n langes Sofa inner Ecke. Wer' ich mein Lebtag nich' vergess'n, das Sofa mit'n roten Polster. Er macht die Tür zu, un' nu isser größer als je in sein' Leb'n.
Komm her, sagt er. Ich beiß dich nich'.
Ich bleib', wo ich bin.
Du willst den Job? fragt er.
Ich will den Job, Master. Gott, ich hab'n Kind. Nu laß 'n arme Frau . . .
Halt'n Mund, sagt er. Leg dich hin!
Da war'ne Spinne, die ich anner Decke geseh'n hab, eine von den' mit den lang' Bein', kennstu bestimmt. Erst denk' ich, is'n Sprung inner Decke, weil sie so mucksmäuschenstill dasitzt, aber is' doch 'ne Spinne, die alles beobachtet, was unt'n vorgeht. Die ganze Woche über sitzt sie da un' sieht mir zu, un' erst Freitag merk' ich, daß sie die ganze Zeit über schon tot war.
Gib mir jetzt mein Geld, sag' ich, als die Woche vorbei is'.

Was für Geld? fragt er. Ich hab' dich für geleistete Dienste entlohnt.
Blieb nix anneres übrig, als auf'm Heimweg 'n Brot inner Bäckerei zu stehlen. Ich geb' das mein' Kind zu ess'n, un' dann mußt ich mich von ob'n bis unt'n waschen, mit Wasser.
Nu willich nich' behaupt'n, daß es immer so ging. Ich beklag' mich ja nich', un' ich dank' dem Herrn für seine Güte un' die Fülle seiner Segenstaten. Ich sag' ja nix weiter, als daß es nich' leicht war. Das Kind so großzuzieh'n, daß er sich seiner Mutter nich' schämen mußt'. Ich verlang' ja nix für mich selbst, ich bin nich' raffgierig – ging mir ja nur darum, daß das Kind 'n Weißer sein sollt', wenn er groß is'. Damit er was wer'n kann im Leb'n. Damit er mich aus'm Schatt'n des Herrn rausführ'n kann auf die Sonn'seite des Lebens.
Ich hab' inner Wäscherei gearbeit', wo die fein' Leute all ihre Wäsche hingeschickt ha'm. Zwölf Stund'n am Tag hab' ich da gestand'n in' Dampf, der aus'm Eis'n rauskam, un' schwer war'n die Bügeleis'n für all die klein' Fältchen un' so. Aber ich beklag' mich ja nich'. Viel zu ess'n hatt'n wir nich', denn das Kind mußt' ja zur Schule geh'n, un' der Herr is' sein Hirte, un' es soll ihm nix mang'ln. Was hatter nich' alles gelernt, der Junge, in der Knabenschule, gelobt sei der Herr, besonders Englisch.
Abends hab' ich dagesess'n un' hab' ihm zugeseh'n mit sein' Büchern, un' dann hatter mir kleine Sach'n gebracht, die er geschrieb'n hat, Gedichte un' so. Mach nur weiter so, sag' ich zu ihm un' erzähl' ihm von sein' Großvater un' der Musik, die er in sein' Blindheit aus Gedicht'n gemacht hat.
Schwere Arbeit inner Wäscherei, kannst du mir glaub'n. Montags hol' ich die Bündel dreckige Wäsche in den Häusern ab, und donnerstags bring' ich sie wieder hin – sauber. Doch an dies'm Donnerstag packt' mich dieser Scheißsüdost un' wirft mich inner Eddel'ey Street um un' inn' Dreck. Die saubere Wäsche mit. Und da kommt dieser Mann Hendrik und hilft mir auf. Ich denk' an nix weiter als an die Wäsche, die Arbeit vonner ganz'n Woche, doch er schultert den Korb un' legt mir weg'n dem Wind den Arm um die Hüfte. Un' lacht dabei, daß man ihn weit hör'n

kann. Bannig viel älter als ich war er, an die vierzig, un' er hat' ne gute Arbeit, hat er. So denk' ich an Braampie, der bald dreizehn wird, un' alles überhaupt teurer un' ich auch nich' gesünder, gelobt sei der Herr! So ha'm wir geheirat', richtig in'n Standesamt. Ich war'n bißchen traurig, weil ich immer vonner weiß'n Hochzeit geträumt hab', aber der Mensch denkt, un Gott lenkt, un' so war's nu mal.
Jetzt wird das Leben besser, denk ich mir. Dauert aber nur ein Monat, un' Henrik sitzt aufer Straße. Hab' mir hauptsächlich 'ne Frau genomm', damit sie das Geld anschafft, warum also soll er sich schind'n wie' Sklave? Un' ann Wochenenden, da haut er einfach über die Stränge, un' es is' die Hölle, wenner zurückkommt. Was mich selbst betrifft, hatt' ich noch nichmal soviel dageg'n. Ich komm' schon zurecht; aber da war Braampie. Der war sowas nich' gewöhnt, un' war überhaupt immer so'n ruhiges Kind. Bleibt mir also nix anneres übrig, als Braampie inne Schule zu geb'n, wo er auch wohnt. Lieber willich sterb'n, als daß er fortfährt, Hendriks Wahnsinn zu seh'n!
Aber sone Schule is' keine billige Sache, Mann, un' ich wollt' ja nur das beste für ihn, weil er doch fast weiß is'. Bleibt mir also nix anneres übrig, als nachts noch Extraarbeit anzunehm'n, Nähen, feine Smokarbeit, Sach'n für Brautkleider, verstehstu. Manchmal weit über Mitternacht raus, un' da is' das Licht verdammt schlecht, is' Gift für die Aug'n, bringt aber Geld ein fürs Internat un' noch'n bißchen was extra für Hendrik un' seine Wochenenden.
Ein Jahr geht so vorüber, nur die Augen woll'n nich' mehr so wie früher, un' inn' Kopf brennt es wie's höllische Feuer, gelobt sei der Herr. Hendrik bleibt die ganze Woche über zuhause un' haut nur freitags ab, un' so fang' ich an, mir Sorg'n zu mach'n weg'n mein Kind. Aber fang' ich an, mich zu beklag'n, zieht er sein' Gürtel ausser Hose un' prügelt mich, un' da isses noch schlechter.
So laß ich mein Geld bei Mary Pieterse steh'n, denn es is' Weihnachtszeit, un' in Januar kommt Braampie inne Zweite Klasse, un' das kost' mich'n Hauf' Geld, kannstu mir glaub'n.

Drei Monat' spar' ich, dann hol' ich am Mittwoch mein Geld von Mary, damit ich morg'n früh gleich die Schule für Braampie bezahl'n kann. Ich sitz' aufm Bett un' zähl' das Geld in mein' Sparstrumpf. Ich hab' nix gehört von ihm, bis er richtig in' Zimmer war un' neb'n mir stand. Irg'ndwas in mir sagt mir nur plötzlich: Rachel, sieh auf! Un' als ich aufseh', steht da Hendrik un' schwankt auf seine zwei Beine wie'n Grashalm inn' Südost.
Ich steck' mein Geld hier ob'n in mein Kleid, aber da hatter mich schon gepackt; er is' schnell wie 'ne Schlange, gelobt sei der Herr.
Was das für'n Geld? fragter mich.
Is' Braampies Geld, sag' ich.
Du hast Geld für dein weißes Balg, un' ich krieg' nix, sagter un' dreht mir'n Arm auf'n Rück'n, dasses wehtut.
Ich hab' dir alles gegeb'n, was du wolltest, sag' ich. Das hier is' meins. Laß mich los!
Hure! schreit er.
Er will mir's Geld aus'm Kleid grabsch'n, un' so mach' ich mich von ihm los, da hör' ich's reiß'n, un' da liegt es schon alles auf'n Bod'n. Ich knie mich hin, um's einzusammeln, aber er is' genauso schnell, obwohl er so betrunk'n war, un' dann prügelter mich, ja, un' da seh' ich sein' Stiefel auf mein' Bauch runterkomm', un' fang' an zu kotz'n. Aber er macht einfach weiter, einfach weiter, gelobt sei der Herr, un' da wer' ich ohnmächtig.
Die Nachbarn war'ns, die's mir erzählt un' mich da rausgeholt ha'm. Ich war halb tot, aber wie kann ich in'n Bett lieg'nbleib'n wie 'ne feine Dame, wo doch mein Kind Geld braucht. Raff' mich also hoch un' geh' zu mein Baas inner Wäscherei un' bitt' ihn um'n bietjie Vorschuß für Braampie.
Vorschuß? sagt er. Ich kenn' euch Hott'ntott'n. Ich geb' dir'n Vorschuß, un' du läßtich nie mehr blick'n.
Himmel, was sollt' ich tun? Ich weiß, wo er das Geld vonner Wäscherei aufbewahrt. Ich wart' also, bis er rausgeht, un' dann nehm' ich mir, was ich brauch'. War'n Hauf'n mehr Geld da als ich brauchte, hab's aber nich' angerührt, nur das, was ich für Braampie braucht', un' dann nix wie heim.

Sind noch inner selben Nacht gekomm', der Baas un' die Polizei.
Wo's das Geld?
Habbich für Braampies Schule bezahlt, sag' ich.
Packen sie mich also, un' einer von ihn' zeigt mir sein' Schlagstock un' sagt: *Meid,* wo is' das Geld?
Ich hab's genomm'n, sag' ich ihn'. Ich kann's nich' zurückgeb'n, weil ich's nich' mehr hab'. Aber ich arbeit' es ab, alles. Das schwör' ich bei Gott.
Wo is' das Geld? fragt er un' haut mir ein' übern Kopf.
Ich sag's nochmal.
Wo is' das Geld? fragt er wieder un' schlägt mich nochmal.
Ich hab' keine Tränen mehr in mir un' kann nich' mehr wein', nich' nach dem, was Hendrik mir angetan hat. Ich mein', man hat nur soun'soviel Salzwasser drin, un' dann isses aus. Ich beklag' mich ja nich'. War'n aber große Brocken, alle drei, un' ich bin ja man nur 'n bietjie kleine Portion, bring' nichmal hun'ert auf die Waage. Weil ich doch die ganz'n Jahre über gearbeitet hab' un' nich' genug zu ess'n.
War noch wie wund überall, doch die Richter, die ha'm mich inn' Knast gesteckt. Zu'n Doktor ha'm sie mich nich' gelass'n, aber hatt' immerhin 'n bietjie Ruhe, der Herr läßt sein' Kinder nich' in Stich. Viel zu ess'n ha'm sie uns nich' gege'n, war aber auch nich' viel gewöhnt, un' ich will nich klag'n: Reisschleim, Hirsegrütze, Kaffee. Mehr braucht man nich'.
Der eine Arm war lange entzündet, der, den sie mir mit'n Knüppel gebroch'n ha'm, aber er is' wieder angewachs'n. Nich' gerade, aber es geht, un' ich hatt' ja noch die linke Hand. Es gibt immer ein' Grund, den Herrn zu loben. Nur is' so'n Jahr 'ne verdammt lange Zeit, un' ich hab' mir fast die Aug'n ausgeweint um Braampie. Ob sie ihn prügelten inner feinen Schule, wo er war? Ob er immer noch so aussieht, als ob er in die Ferne starrt, wenn annere Leute da sind, als ob er Sachen seh'n könnt, die wir annern nie seh'n – genauso wie mein' alter blinder Vater? Himmel, ich muß hier raus un' mich um mein Kind kümmern. Sieh doch bloß, wie ich Tunich'gut hier auf mein' Arsch rumsitz' un' Fett ansetz' von annere Leut ihr Ess'n.

Sie gab'n mir wegen gutem Verhalten Straferlaß, un' so kam ich schon wieder raus, bevor ich mein Jahr abgesess'n hatt'. Braampie saß aufer Straße, weil ja kein Schulgeld bezahlt wor'n war. Un' zuhaus hatt' ich Hendrik, voll wie'n Faß, un' wollt' Geld von mir. Hatt' ich doch tatsächlich das Glück, 'n Beerdigungsunternehmer zu find'n, der mich die lang'n schwarz'n Sach'n für die Tot'n näh'n ließ. Un' wenn wir Schwein hatt'n, durfte Braampie die Glocke für die Beerdigung'n läut'n. So kam' wir langsam wieder auf die Beine, un' er konnt' im neu'n Jahr wieder auf die Schule geh'n. Ich nahm Extraarbeit an, so daß auch Hendrik Ruhe gab. Den link'n Arm spürt' ich nur bei Reg'nwetter; dann schoß mir auch das Rheuma in die rechte Hand, jawoll. Hätt' nur Hendrik mich nich' so gepiesackt, ich glaub', ich wär' zurechtgekomm', gelobt sei der Herr. Aber der liebe Gott is' auf seine Weise 'n wunderbarer Kerl. Grad' als ich denk, nu is' aber wirklich Sense mit mir, traf den Hendrik der Schlag un' kann sich nich' mehr rühr'n. Gut, ein' Fuß kann er 'n bietjie beweg'n un' auch die Aug'n, aber das war auch alles. Da liegter also un' läßt mich 'n ganz'n Tag nich' aus'n Aug'n. Un' ich muß mich um ihn kümmern wie um'n kleines Baby, aber Gott hört mich, un' ich will mich nich' beklag'n. Es is' bloß, daß es so lange gedauert hat, bis er endlich wirklich tot war. Drei Jahr' un' sieben Monat', eh' wir den alt'n Mistkerl unter die Erde krieg'n konnt'n. Un' da war Braampie schon weg vonne Schule un' stand Gott sei Dank schon auf eigen' Füß'n. Viel hättich sowieso nich' mehr für ihn tun könn'.

Un' kaum liegt Hendrik untern Zypress'n, heirat' Braampie so'n schickes weißes Mädchen, eine von den Van Reenens vom Kap, jawoll. 'türlich konnt' ich mich beier Hochzeit nich' unter die Gäste misch'n; hat ja keiner gewußt, daß die alte Rachel mit den gichtig'n Händ'n die Mutter von Braampie is' – dieser Braampie, der die weiße Haut un' die blau'n Aug'n von sein' Vater geerbt hat. Er war tieftraurig an dies'n Tag, aber ich sag' zu ihm: Braampie, sag' ich, mach dir keine Sorg'n um mich; halt du dich nur annie Weiß'n un' führ' 'n gottesfürchtiges Leb'n. Un' so heirat' er, un' ich kann auf meine alt'n Tage etwas ausruh'n.

Aber wer hätt das mit'n Baby auch ahn'n könn'? Genau ein Jahr

nacher Hochzeit kommt dies braune Kind in die am ganz'n Kap angeseh'ne Familie, der Herr sei gelobt! Da kommter zu mir in stockfinsterer Nacht, das Baby in sein' kleine weiße Decke. Un' heult – Braampie heult. Isser zweiundzwanzig un' heult wie'n Baby. Rausgeworf'n aus seiner neu'n weiß'n Familie un' kommt halb von Sinn' zu mir un' will den arm' klein' Scheißer ersäuf'n wie'n klein' Hund. Ich bring' ihn also weg. Wer' mich um ihn kümmern, sag ich. Gib ihn mir. Is Gottes Wille.
Braampie is' noch inne selbe Nacht abgehau'n, un' ich hab' nie wieder was von ihm geseh'n. Ich selber bin auch weg vom Kap, den Van Reenens aus'm Weg. Nach Gordon's Bay hab' ich das Babytjie gebracht. Der Fischer hat am Strand 'ne kleine Hütte für uns gezimmert, un' da ha'm wir gelebt, ich un' das Baby, Braams Baby. Wenn die Boote morgens einlief'n, sin' wir hin un' ha'mie Fische ausgenomm'; dafür ha'm wir die Fischköppe bekomm' un' manchmal auch'n bietjie was extra. Bloß wir beide, ich un' David. Dabei hab' ich gemerkt, daß ich älter werd', aber wie kann ich jetzt sterb'n un' das Kind allein lass'n? Hab' ihn großgezog'n inner Furcht des Herrn, als ob er mein Fleisch un' Blut wär', damit ich ihn dem Leb'n geb'n kann, wenn das Leb'n mich dem Tod überantwort'. Hab' keine Angst vorm Sterb'n, nein. Is' bloß wie Schlaf, sagt der Pastor, wie Schlafen ohne Ende. Un' deshalb denk' ich: Gott, schenk mir dies'n Schlaf, damit dies alte Knoch'ngestell mal 'n bietjie ausruh'n kann, denn jawoll, man wird müde, Mann, da kommt diese Müdigkeit un' kriecht in dir hoch, jawoll, ich bin hundemüde, Gott, ich denk', ich kann nich' mehr länger, also wart' ich auf die Zeit, wo du mir Ruhe gönnst, wo ich meine beid'n Aug'n nie mehr wieder aufmach'n un' den Hunger un' den Schmerz des neu'n Tags seh'n muß, jawoll, schenk mir dies'n Schlaf ohne Ende, oh Herr!

5

Mit Abraham Malan (18??–1902) wird die männliche Linie unserer Familie wieder aufgenommen. Mir ist nie die Ironie entgangen, die darin liegt, daß der Träger unseres Schicksals im einzigen ausschließlich weißen Stadium unserer Chronik einem Volk angehören mußte, das in seinem eigenen Land von vielen seiner Landsleute verachtet und abgelehnt wurde. Denn in diesem einen Augenblick, da wir die richtige Hautfarbe hatten, sprachen wir die falsche Sprache.

Nach dem, was meine Mutter mir von Rachels Leben erzählt hatte, wußte ich bereits, daß Abraham ein empfindsames kleines Wesen war, das keine Freunde hatte und gern träumte; gleichzeitig weiß ich aber auch, daß er von irgendwoher in weit zurückliegender Zeit eine gewisse Entschlossenheit geerbt haben mußte, einen unbändigen Willen, der denen, deren Weg er kreuzte, schon Eindruck gemacht haben muß. Nicht, daß ihm das das Leben in irgendeiner Weise erleichtert hätte, besonders nicht in der Zeit, als er die englische Schule besuchte.

Zwar waren die Dinge durch Hendrik erschwert worden, doch war Abraham ja bald auf ein Internat geschickt worden. Die ›Fakten‹ unserer Geschichte drehen sich offensichtlich mehr um äußere Leidensstationen. Doch ist das nicht so offenkundige, verborgene Leiden eines Jungen, der schon sehr frühzeitig auf sein Innenleben zurückgreifen mußte, um den unbegreiflichen Bedrohungen der Außenwelt zu entgehen, vermutlich genauso bedeutsam gewesen wie jede Form physischer Gewalt, wie meine anderen Vorfahren sie erlebten.

Was in dem Jahr mit ihm geschah, das Rachel im Gefängnis verbrachte, hat nie jemand erfahren. Nicht einmal seiner Mutter gegenüber hat er da etwas preisgegeben, und es ist durchaus möglich, daß ein wesentlicher Schlüssel zu seinem Leben auf diese Weise verlorengegangen ist.

Anfang des auf ihre Entlassung folgenden Jahres brachte Rachel ihn in einer neuen, weniger exklusiven Schule unter; dort war der Anti-Afrikaans-Geist weniger tückisch ausgeprägt und extrem, was ihm vermutlich zu einem größeren Selbstvertrauen verholfen hat, das wiederum dazu führte, daß er fortfuhr, seine kleinen Gedichte zu schreiben, von denen einige in dem Pioniermagazin *Ons Klyntji* veröffentlicht wurden – und zwar anonym oder unter Pseudonym. Es hat mir unendliches Vergnügen bereitet, die Anthologien dieser frühen Afrikaans-Bewegung durchzublättern und aus den Hunderten von namenlos dort publizierten Versen jene auszusuchen, von denen ich meine, daß sie von Abraham stammen könnten. Ich kann meine Auswahl in gar keiner Weise mit etwas Handfestem begründen, und so überlasse ich es meiner Phantasie, sich alles Mögliche von diesem Mann und seinem Werk auszumalen.

Nach der Schule wurde er bei einem Anwalt als Rechtspraktikant eingestellt. Bedenkt man, woher er stammte, war das durchaus ein Erfolg; doch betrachteten sämtliche Bekannten ihn als Waisenkind, dessen Eltern von den Xhosas umgebracht worden waren. Er erhielt von dem Anwalt ein sehr geringes Gehalt, aber immerhin bestanden Aussichten auf schnelle Beförderung; zudem schaffte er es, jeden Monat ein wenig für seine Mutter abzuzweigen.

In dem großen viktorianischen Landhaus der Van Reenens lernte er die Tochter des Anwalts kennen. Der Mode von afrikaander Neureichen um die Jahrhundertwende entsprechend trug sie den Namen Charmaine; im übrigen wurde im Haus englisch gesprochen. Immerhin scheint sie ein besonders reizvolles Mädchen gewesen zu sein, das von allen möglichen jungen Männern aus Kapstadt und Umgebung umworben wurde, so daß es keine geringe Leistung von Abraham war, schließlich ihre Hand zu erringen. Die Hochzeit war ein glanzvolles Ereignis, überhaupt das weitaus glanzvollste gesellschaftliche Ereignis in der Geschichte unserer Sippe; zu den Gästen gehörten Onze Jan Hofmeyr, John X. Merriman und Gott weiß wer sonst noch.

Was ich gern wüßte, ist, wie Abraham wirklich die ganze Zeit über reagierte. War er damit einverstanden, daß seine Mutter versuchte, ihn als Weißen auszugeben? Waren die beiden sich einig in ihrem Entschluß, oder fügte er sich nur ihren Wünschen?

Nutzte er die Situation bewußt aus, um den eigenen Ehrgeiz zu befriedigen? Oder hat er sie womöglich wirklich geliebt? War er zutiefst verstört, daß Rachel sich nicht unter die Hochzeitsgäste mischen durfte, oder war das für ihn eine angenehme Lösung für eine peinliche Situation? Abraham, Vater Abraham, es gibt da in Bezug auf mich selbst soviel, hinter das ich durch dich gern käme.
Und dann kam das Baby zur Welt – ein braunes Kind von zwei weißen Eltern. Gott allein weiß, was sich an diesem Tag in dem imposanten Landhaus in Oranjezicht abspielte. Das einzige, was man mir davon erzählt hat, war seine Ankunft im Schutze der Dunkelheit in der Hütte seiner Mutter in Claremont, wobei er das in eine weiße Decke gehüllte Kind im Arm hatte. Wahnsinn stand ihm in den Augen; er reagierte auf keine von Rachels Fragen. Er konnte nichts anderes tun als schluchzen und schluchzen: Schau, schau, schau! Nach Mitternacht brachte sie das Kind zu einer Freundin, die gerade eine Woche zuvor ein Kind zur Welt gebracht hatte; so konnte das Baby jedenfalls genährt werden. Als sie erschöpft heimkehrte, war Abraham verschwunden. Das alles spielte sich Ende September 1899 ab. Wie es ihm hinterher erging, kam der Familie im Laufe der Jahre bruchstückhaft zu Ohren; auf vieles davon konnte man sich nicht verlassen, nur wurde es durch ständiges Erzählen und Weitergeben von einer Generation an die nächste schließlich sanktioniert.
Am 11. Oktober dieses Jahres lief Krugers Ultimatum an die Briten ab, und es kam zum Krieg. In der Kap-Kolonie folgte auf die erste Offensive ein kaum gedämpftes Fieber der Erregung. Der alte Kommandant-General Piet Joubert war sehr auf der Hut, als er in Natal eindrang, bis zu seiner eigenen Verwunderung der ganze Teil nördlich des Tugela in Burenhand und die Stadt Ladysmith, die den Schlüssel zu diesem Gebiet darstellt, besetzt war. De la Rey brachte bei Kraaipan kaltblütig den Panzerzug in seine Gewalt und belagerte bei Kimberley und Mafeking danach fast beiläufig die britischen Truppen; danach die Ankunft des armen Gentleman-Soldaten Lord Buller und seine kläglichen Versuche, die Situation zu retten; und obendrein dann noch die

Schwarze Woche für die Briten Anfang Dezember, in der die drei großen Schlachten von Stormberg, Magersfontein und Colenso geschlagen wurden. Wen wundert es da, daß die Siedler in einen begeisterten Taumel gerieten; in diesen Wochen, die einen Höhepunkt des Widerstands bedeuteten, müssen Tausende von Siedlern bereit gewesen sein, zu den Waffen zu greifen. Nur erst den großen Durchbruch abwarten, nahmen sie sich vor – Ladysmith, Kimberley oder Mafeking – danach wollten sie sich erheben und die Rooineks dorthin zurückzutreiben, wo sie hingehörten.
Das war etwa der Stand der Dinge, als Abraham in den Norden aufbrach. Während Hunderte immer noch auf ein letztes Zeichen warteten, welches bewies, daß Gott wirklich auf Krugers Seite stand, stürzte Abraham sich kopfüber in das Abenteuer. Das Wort Heldentum möchte ich nicht gern benutzen. Gut möglich, daß er nur weniger zu verlieren hatte als all die anderen; vielleicht war er so verzweifelt, daß er einfach die erste Gelegenheit ergriff, um seiner unmöglichen Situation zu entkommen. Genausogut möglich ist allerdings auch, daß er mit erschreckender Klarheit erkannte, was ihnen bevorstand, und er offenen Auges seinem Schicksal entgegenritt. Es ist charakteristisch für unsere Familie, das zerstörerische Ende einer Handlung zwar zu erkennen aber dennoch weiterzumachen – um gleichsam zu versuchen, mit einer Art gebändigter Freude herauszufinden, wie weit man sich in die Landschaft des Unmöglichen vorwagen kann.
Mit ein paar Kleidungsstücken in einem Lederkoffer und einer kleinen Summe Geldes versehen, verließ Abraham auf der Suche nach der Geschichte mit der Eisenbahn Kapstadt. Unter etwas anderen Umständen wäre das vielleicht sogar komisch gewesen. In Beaufort West stieg er aus, verwendete den größten Teil seiner Barschaft, um von einem Farmer, der ein rechter Kriegsgewinnler war, einen alten Gaul zu kaufen, packte für ein paar Tage Proviant ein, legte einen Patronengurt um, warf sich ein Gewehr über die Schulter, bestieg Rosinante und ritt in Richtung Feind davon.
So weit er auch kam, überall gab es Gerüchte, denen zufolge sich burische Streitkräfte am Modder River sammelten, daß Cronjé sich De la Rey anschließen wollte, um endlich den britischen Vor-

marsch auf Kimberley zu stoppen. Aber Abraham kam nur langsam voran, denn sein Pferd war miserabel, er kannte das Land nicht und mußte auch noch versuchen, den Spähern der Regierung, die das Gebiet durchstreiften, nicht in die Arme zu reiten. Auf seinem Ritt begegnete er einem uralten Buren, einem klapperdürren Oom Joggie, der nach wiederholtem eigenen Bekunden schon im Ersten Burenkrieg und in wer weiß wievielen Kaffernkriegen mitgekämpft hatte – der alte Mann versicherte ihm glaubhaft, das Gebiet von Jacobsdal zu kennen wie den eigenen, sonnenversengten Handteller. Erst nach und nach stellte sich heraus, daß er schon seit dreißig Jahren nicht mehr dort gewesen war, doch selbst das erklärt nicht, wieso er es fertigbrachte, über zwei Wochen durch dieses Gebiet zu streifen, ehe er schließlich auf die Burentruppen stieß – es sei denn, der alte Mann hätte bewußt versucht, Abraham in die Irre zu führen.

Inzwischen war die Schlacht am Modder River längst geschlagen. Allerdings stellte sich bald heraus, daß die wirklich entscheidende Schlacht noch ausstand, und ich kann mir gut vorstellen, daß Abraham sich ebenso entschlossen wie leidenschaftlich auf diese Gelegenheit vorbereitete. Schließlich mußte sie ihn für das heillose Durcheinander entschädigen, das er aus seinem Leben gemacht hatte. Gewalttätigkeit als solche sollte sein eigentliches Hochzeitsfest werden. Er muß also ziemlich außer sich gewesen sein vor Aufregung, als er entdeckte, daß er endlich den Saum der Geschichte zu fassen zu bekommen schien.

Doch da befahl sein Feldkornett ihm und einem anderen Burgher, einem Transvaaler, Botha, der gerade zum Oberbefehlshaber der Nataler Streitkräfte ernannt worden war, eine Botschaft zu überbringen. Es handelte sich um eine persönliche Nachricht von Cronjé, doch warum ausgerechnet Abraham ausgewählt wurde, sie zu überbringen, ist für mich schwer zu erklären – es sei denn, sie wollten die erfahreneren Männer für den bevorstehenden Kampf dabehalten.

Er und sein Gefährte, Kolbe, brachen unverzüglich, wenn auch zähneknirschend auf; schließlich hatte man ihnen verwehrt, am erwarteten Höhepunkt teilzunehmen; mageren Trost bot die Tat-

sache, daß ihre Aufgabe an sich von einer gewissen Bedeutung war.
Drei oder vier Tage später hörten sie, daß die große Schlacht von Magersfontein in der Tat ohne sie stattgefunden hatte. Inzwischen wiegten sie sich jedoch in einer neuen Erwartung – der, an einer weiteren entscheidenden Schlacht in Natal teilzunehmen; jeder Grünschnabel von Rekrut konnte riechen, daß sich in Colenso etwas zusammenbraute.
Doch auch das verpaßten sie, denn Abrahams Pferd brach mit dem Vorderfuß in ein Loch ein, und es dauerte drei Tage, bis sie Ersatz fanden. Gleichzeitig mußten sie sich bemühen, den Truppenbewegungen auf den Hauptstraßen aus dem Weg zu gehen. Unterwegs erfuhren sie, daß die Schlacht von Colenso eine Woche bevor sie davon hörten, zu Ende gegangen war. Da wußten sie nicht mehr, was tun; denn die Nachricht, die sie im Mantelsack dabeihatten, war mittlerweile gewiß bedeutungslos geworden. Sollten sie weiterreiten oder umkehren? Die Entscheidung wurde ihnen abgenommen, als Kolbe ein paar Tage später bei dem Versuch, irgendwo etwas Proviant aufzutreiben, von einer Abteilung Soldaten überrascht wurde.
Als Abraham das Gewehrfeuer hörte, fiel er mit der Tollkühnheit des völlig Unpraktischen in Galopp, um seinen Kameraden zu befreien; doch auf dem langen Abhang strauchelte sein Pferd und stürzte. Als der Reiter auf dem Boden landete, ging sein Gewehr los, und das Pferd galoppierte davon.
Tagelang schlug er sich zu Fuß weiter durch, bis er zu einer Farm gelangte, die ein nahezu Neunzigjähriger, dessen verkrüppelte Frau und deren Tochter, sowie die Kinder der Tochter bewohnten – vier Mädchen und zwei Jungen, von denen noch keiner zehn Jahre alt war. Die Männer waren auf Kommando gegangen. Abraham wollte seinen Weg weiter fortsetzen, doch war es kurz vor Weihnachten, und so überredeten sie ihn zu bleiben. Ein entscheidender Faktor kam noch hinzu: der Weizen, der auf dem sanft gewellten Land wuchs, war reif; so konnte er zumindest helfen, die Ernte einzubringen.
Kurz nach Neujahr traf ein kleines Kommando auf der Farm ein.

Abraham wollte sich ihnen anschließen, doch da er immer noch kein Pferd hatte, legten sie nicht sonderlich Wert auf ihn: Ein Mann ohne Pferd war in Natal unnütz – sie waren auf dem Weg nach Ladysmith, um die Stadt zu besetzen, und das konnten nur Berittene tun. Infolgedessen zogen sie ohne ihn weiter.
Abraham schulterte seinen Rucksack und begab sich auf den nächsten Bahnhof. Er mußte einfach da sein, falls Großes geschah. Der Zug nahm ihn bis Volksrust mit; von da aus mußte er zu Fuß weiter. Doch kaum einen Tagesmarsch von Volksrust entfernt, erreichte ihn die Nachricht, daß Bothas Versuche, die Belagerung von Ladysmith zu durchbrechen, erfolglos geblieben waren; infolgedessen kehrte er nach Transvaal zurück. Auf dem Weg dorthin verpaßte er auch noch die Schlacht von Spioens Kop.
Von da an wird die Chronik immer verworrener. Offenbar verbrachte Abraham eine lange Zeit damit, gemeinsam mit einer Gruppe anderer heimatloser Seelen durch das Land zu ziehen, in der Hoffnung, ein Kommando zu finden, dem sie sich anschließen konnten. Jeder Mann in der Gruppe hatte seine eigenen blendenden Ideen, was zur Folge hatte, daß sie nirgendwo hin kamen. Mitte Februar konnte Abraham die Ungewißheit nicht mehr ertragen und trennte sich von den anderen, um General Cronjé auf eigene Faust zu erreichen.
Und wieder kam er gerade eben zu spät. Weniger als drei Tage von Kimberley entfernt, hörte er, Cronjé habe bei Paardeberg die Waffen gestreckt; am nächsten Tag wurde der Union Jack über Bloemfontein gehißt. Und wieder war die Geschichte an ihm vorbeigegangen.
Die einzige Lösung schien darin zu bestehen, nach Transvaal zurückzukehren. Auch dort verschlechterten sich die Verhältnisse. Doch irgendwo, irgendwo mußte doch seine Chance kommen. Vielleicht scheiterte er gerade an der Tatsache, daß er so sehr darauf brannte, an dem Krieg teilzunehmen. Denn statt bei einem Kommando zu bleiben, schloß er sich ständig neuen Gruppen an – bis ihn irgendwann im Mai eine Bande von Abenteurern beschwatzte, sie nach Mosambik zu begleiten, wo sie hofften,

sich einer größeren Gruppe von Freiwilligen anzuschließen, die sich dort aus einer ganzen Reihe von überseeischen Besitzungen sammeln sollten.

Während sie durch das östliche Transvaal zogen, fiel hinter ihnen Pretoria. Sie ritten unverdrossen weiter. Jeden Tag kamen ihnen neue Gerüchte zu Ohren, stiegen neue Trugbilder vor ihnen auf. Sie erreichten das Gebiet der Blaßfieberbäume hinter Komatipoort. Wenngleich es fast Winter war, herrschte eine drückende Hitze. Ein paar Pferde wurden von Tsetse-Fliegen gestochen. Das war der Anfang vom Ende. Doch nichts konnte sie dazu bringen umzukehren; jetzt bewegten sie sich auf Armaggedon zu, folgten dem von Gott aufgezeigten Weg.

Dann kamen die Moskitos. Abraham war einer der ersten, der mit Malaria niederkam. Die Überlebenden kämpften sich zu Fuß weiter und schleppten die Tragbahren mit den Kranken und Sterbenden mit. Von Tag zu Tag wurde ihre Zahl kleiner. Abraham delirierte bereits, als endlich die Portugiesen ihnen unter den Fieberbäumen zu Hilfe kamen; deshalb wissen wir über die nächsten paar Monate nichts – außer, daß er im November oder Dezember dieses Jahres in Port Elizabeth von einem Schiff stieg. Selbst das war vermutlich ein Versehen; er wird ja wohl vorgehabt haben, nach Kapstadt zurückzukehren, doch durch irgendeinen Zufall, ein Mißverständnis oder Versehen verließ er das Schiff zu früh, und damit war sein Schicksal endgültig besiegelt.

Nach dem, was meine Mutter erzählte, war er bereits zur Zeit seiner Landung in Port Elizabeth ›nicht ganz richtig‹ im Kopf und zog monatelang ohne erkennbares Ziel durch das Östliche Kap. Dann, wie aus heiterem Himmel heraus, stahl er eines Tages vor dem Laden eines Krämers in Uitenhage ein Pferd; ein paar Nächte später kroch er bei einem Farmer in der Long Kloof unter, und als die Familie am nächsten Morgen aufstand, war er mit einem ihrer Gewehre und fast ihrer gesamten Munition verschwunden.

Entsprechend den Geschichten, die Rachel nach und nach von Leuten zu Ohren kamen, die ihm unterwegs begegnet waren, redete er ziemlich verworrenes Zeug; er erging sich unzusammenhängend über Cronjé, seinen Freund Kolbe und seine Mutter, hauptsächlich jedoch über einen Sohn, den er am Kap zurückgelassen hatte und zu dem er zurück wollte. Ich habe den Verdacht, daß Rachel oder meine Mutter diesen romantischen Zug an ihm von sich aus in die Geschichte eingeführt haben, aber ich kann keiner von beiden einen Vorwurf daraus machen. Abraham wollte zurück zu seinem Kind, dem David, den er in jener Nacht des Wahnsinns bei seiner Mutter zurückgelassen hatte. Für ihn gehörte der Krieg bereits der Vergangenheit an; das einzige, das zählte, war sein Kind.

Doch wozu dann das Gewehr und die Munition? Ich weiß es nicht. Man denke daran, daß er nicht mehr ganz bei Verstand und ernstlich krank war. Das sollte man nicht vergessen. Denn wenn er wirklich vorgehabt hätte, wieder in den Krieg zu ziehen, hätte er sicherlich nicht die Straße nach Kapstadt genommen.

Es gab zahlreiche kleine Banden und Kommandos, die damals die Kolonie durchstreiften, und zwar bis hinunter zur südlichen Halbinsel. Aber das Ende war nahe. Man schrieb April 1902, und Friedensverhandlungen hatten bereits begonnen.

In diesem ganzen Durcheinander ritt er weiter und ritt sein gestohlenes Pferd zuschanden. Es dauerte keine Woche, und das Tier lahmte.

Abraham hatte den Little Karoo bereits überquert und erreichte die Außenbezirke von Robertson, als sie ihn mit seinem lahmenden Pferd, seinem Gewehr und dem Beutel Munition faßten. Beim Verhör redete er dauernd von seinem Sohn, über Cronjé und alles, was er verpaßt hatte: Modder River, Magersfontein, Colenso, Spioen Kop, Paardeberg, Pretoria. In seinem Fieberwahn waren diese Stätten zu Namen von Schlachten geworden, an denen er tatsächlich teilgenommen hatte; endlich wurde er von der Geschichte angenommen. Und jetzt war er auf dem Weg zurück zu seinem Sohn.

Das Militärgericht hatte offenbar keine Wahl. So wurde er am Morgen des 20. Mai 1902, elf Tage vor dem Frieden von Vereeniging, in Worcester von einem Exekutionskommando erschossen. Er war damals zwanzig Jahre, sieben Monate und drei Tage alt.

Der HErr hat's gegeben, der HErr hat's genommen, gelobt sei der Name des HErrn!

6

Mit David verläuft die Lebenslinie wieder in den gewohnten Bahnen.

Er war erst sechs, lebte in der kleinen Hütte am Strand von Gordon's Bay bei seiner Großmutter, als er beginnen mußte, kleine Aufgaben zu übernehmen, die dazu beitrugen, Leib und Seele zusammenzuhalten: Er betätigte sich als Laufbursche, verrichtete Gartenarbeiten und brachte im Hafen Fische beiseite, die er dann im Dorf an den Hintertüren verhökerte. Für die Schule blieb ihm keine Zeit. Zu Anfang tat Rachel ihr bestes, ihm die Grundbegriffe von Lesen und Schreiben beizubringen; außerdem kann ich mir lebhaft vorstellen, wie sie ihm Tag für Tag ihre Version unserer Geschichte erzählte; er muß sie zuletzt schon auswendig gekonnt haben. Doch weiter gingen ihre Bemühungen nicht. Bei Braampie war das anders gewesen; der hatte lernen müssen, der war schließlich weiß gewesen; ihrem braunen Enkelsohn brauchte sie nicht soviel aufzubürden.

Er kam und ging wie der Wind. Näherte sich ein Heringsschwarm, fand man ihn unten am Strand. Sonst durchstreifte er lieber die buschbestandenen Berghänge oder die Felsenwand hinterm Dorf. Die meiste Zeit über jedoch zeichnete er. Vom Zeichnen war er wie besessen. Und hatte die absonderliche, nahezu krankhafte Angewohnheit, seine Zeichnungen am Strand gerade in Reichweite der Tide im Sand nachzuziehen; mit der Geduld einer Möwe wartete er die sechs Stunden von der Ebbe bis zur Flut, bis auch die letzten Linien seiner Bilder vom Schaum des sanften und unerbittlichen Wassers überspült waren.

Dieser Drang zu zeichnen, war unmittelbar dafür verantwortlich, daß seine Kindheit, kaum daß er zwölf Jahre alt geworden war, unvermittelt ein vorzeitiges Ende fand. Er pflegte nämlich neben der Petroleumlampe weiterzuzeichnen, lange nachdem Rachel

abends Schlafen gegangen war, und normalerweise verbrannte er sein zeichnerisches Tageswerk, ehe er selbst zu Bett ging. Doch an diesem bestimmten Abend beobachtete er noch gebannt die letzten Verkrümmungen des verbrennenden Papiers, als das Feuer außer Kontrolle geriet. Ehe er es löschen konnte, brannte der Tisch. Beim Versuch, die Flammen auszuschlagen, stieß er die Petroleumfunzel um, und ein Flammenstrahl schoß über das schmale Bett, in dem Rachel murmelte und im Schlaf stöhnte. Plötzlich brannte die ganze Hütte lichterloh. Er versuchte, seine Großmutter aus dem Bett herauszuziehen, doch sie war zu schwer für ihn. Von der Tür aus sah er, wie sie lautlos und in knisternde Flammen gehüllt auf dem Bett saß; dann brach die Hütte über ihr zusammen.
David trug die Brandnarben bis zu seinem Tode mit sich herum; aber da er nicht sehr alt wurde, ist das vielleicht ohne Belang.
Jetzt war keiner mehr da, der sich um ihn gekümmert hätte. Er streifte den Strand entlang und verbrachte die Nächte in drei oder vier verschiedenen Verstecken in den Bergen. Im Laufe der Zeit erforschte er das gesamte Küstenland vom Strand bis nach Koeël Bay, bis er jeden Tümpel im Fels und jeden Bergpfad kannte, jede Bewegung von Strömung und Gezeiten und jedes Anzeichen, das verriet, daß Wind oder Wetter umschlugen.
Irgendwann in diesen Jahren begegnete ihm Katryn, ein braunes Mädchen aus einer Fischerfamilie – auf ihre Weise anständige Leute, der Vater Vorsänger in ihrer Gemeinde, die Mutter von kap-malaiischer Abstammung war bereits in zartem Alter zum Christentum bekehrt worden; daher wohl die Neigung, es in Sachen Tugend und Nächstenliebe zu übertreiben.
Sie spielten immer hinter den Felsen am Ende des Dorfes. Dort zeigte er ihr auch seine Zeichnungen. Sie fischten und redeten und schwammen; an den endlosen schönen Tagen, die vom Frühling bis in den Spätherbst reichten, zogen sie sich aus und verbrachten ganze Vor- oder Nachmittage nackt im nahezu wellenlosen Wasser; sie hatte wesentlich hellere Haut als er, und ihr langes Haar reichte bis zu den hoch an ihren kleinen, runden Pobacken sitzenden Grübchen. Wenn sie im weißen Sand lagen

und sich sonnten, strich sie mit den Fingern sanft über die Narben, die das Feuer auf seinem schmalen Körper hinterlassen hatte; und nach und nach, mit zunehmendem Selbstbewußtsein, reagierte er damit, daß er sie anfaßte und ihr Anderssein erforschte.

Er muß um die fünfzehn gewesen sein und sie um die vierzehn, als sie schwanger wurde. Es dauerte über vier Monate, ehe sie begriff, was los war. Eigentlich war es dann ihre fromme Mutter, die die von der Zeit geheiligten Berechnungen anstellte und den rechtschaffen erbosten Vater informierte. Am Tag, nachdem sie ihre Entdeckung gemacht hatten, brachte der gottesfürchtige Mann einen aschgrauen und zu Tode verängstigten David nach Hause und zerrte die beiden Kinder vor den Gemeinderat. Mit bösartiger Genüßlichkeit wurde ihnen jede Einzelheit abgerungen, jeder Ausflug und jede Liebkosung vor den vorwurfsvollen Augen der guten Sanhedrin ausgebreitet. Dann wurde ein langes Gebet gesprochen, und danach begleiteten zwei Älteste sie nach Hause, um bei der vorgeschriebenen Züchtigung zur Hand zu gehen. Die beiden Kinder wurden hinterm Haus an zwei leeren Fässern festgebunden und abwechselnd vom Vater und den beiden hilfreichen Brüdern geprügelt.

David wurde mit einem letzten Fußtritt in den Hintern in die Dunkelheit hinausbefördert, wohingegen Katryn der zartfühlenden Fürsorge ihrer Mutter anvertraut wurde. Am nächsten Morgen waren beide verschwunden. Man suchte überall, doch wurde nie eine Spur von ihnen entdeckt. Es füge sich eben alles zum besten, versicherten die geschlagenen Eltern einander und sanken auf die Knie, um ihre Sünden zu gestehen und den HErrn zu preisen.

Weit waren die Kinder nicht gegangen. David kannte die Küste so genau, daß es ihnen gelang, in einer Höhle direkt oberhalb des Dorfes ganze vierzehn Tage zu überleben, damit die Empörung sich legen und ihre Körper sich von den Mißhandlungen erholen konnten. In der Erwartung, daß die Leute aus dem Ort ihre Suche in Richtung Kapstadt konzentrierten, zogen sie, kaum daß Katryn sich wieder bewegen konnte, in der entgegengesetzen

Richtung davon. Es war damals Februar, Hochsommer also; es war ein besonders heißer, windloser Sommer, und so hatte David keine Schwierigkeiten, in der Wildnis Eßbares zu finden. Auf eine eigentümliche Weise hatten die paar Monate, die dieser Episode folgten, geradezu etwas Idyllisches. Sie blieben in Meeresnähe, schwammen in den durchsichtigen, warmen Fluten, schliefen unter Bäumen oder in Höhlen, spielten unbekümmert und hingegeben ihre Spiele, fingen kleine Fische und träumten stundenlang vor sich hin.

Aber die Zeit der Trauben verging, und eine erste Ahnung von herbstlicher Kälte schlich sich in die stille Luft; die Winterregen setzten früher ein als gewöhnlich, und Katryn ging es nicht gut. Ihr schwangerer Bauch war bis zur Unförmigkeit angeschwollen; schmiegte sie sich in kalten Nächten wärmesuchend an ihn, ließ die Angst vor dem, was ihnen bevorstand, sie kein Auge zutun. So wurden sie aus ihrem kurzlebigen Paradies vertrieben und waren gezwungen, zurückzukehren in die Welt der Menschen.

David mußte sich Arbeit suchen, um seine Frau und das erwartete Kind zu ernähren, aber er beherrschte weder ein Handwerk noch ein Gewerbe. Natürlich konnte er zeichnen, doch das war so nutzlos wie die Musik seines Urgroßvaters, Dlamini/Daniel. Selbst Katryn fing an, ihm Vorwürfe zu machen, in welche Lage er sie gebracht hätte und daß er unfähig sei, sie daraus zu retten.

In der Nähe von Knysna erfüllte sich ihre Zeit. Es war Nacht, und es regnete. Katryn war vor Angst und Schmerzen wie ein wildes Tier, das sich gegen ihn wandte. Er lauschte ihrem Stöhnen und ihrem Schreien, sah zu, wie ihr Leib sich verkrampfte; und da er selbst kaum mehr als ein Kind war, lief er davon, um Hilfe zu holen. Eine alte schwarze Frau kam. Die ganze Nacht und den langen nächsten Tag und auch noch den größten Teil der zweiten Nacht hindurch hinderte und half sie, während Katryn mit dem ungeborenen Baby kämpfte, das von der Nabelschnur halb stranguliert war.

Sie waren überzeugt, daß das Kind sterben würde. Nach dem ersten zaghaften Schrei schien es aufzuhören zu atmen. Noch völlig von Sinnen, verlangte Katryn, daß es getauft werde, weil es sonst in die Hölle käme. David fing mit einer Blechbüchse etwas Regenwasser auf und taufte sein eigenes Kind: Jakob, im Namen des Vaters, des Sohnes und des Heiligen Geistes. Dann kümmerte er sich wieder um Katryn, die in ein Koma gefallen war. Gegen Tagesanbruch begann sie, friedlicher zu atmen. Und erst, als sie schließlich wieder erwachten, entdeckten sie, daß das Kind noch lebte.

Was in den nächsten fünf oder sechs Jahren geschah, entspricht dem Grundmuster unserer Geschichte: ein zielloser Treck durch ein feindseliges oder gleichgültiges Land, drei Monate hier, sieben Monate dort, ein Jahr woanders, immer auf der Suche nach Arbeit und einem Ort, sich niederzulassen. Aber es war Krieg, die Welt war in Aufruhr, und es gab auf Dauer keinen Ort, wo sie Ruhe finden konnten.

Schließlich landeten sie in Queenstown, wo sie ein Jahr bei der unheimlichen Sekte von Enochs ›Israeliten‹ verbrachten, die sich in der Nähe von Bulhoek um ihr Tabernakel herum versammelt hatten, um das Ende der Welt und die Rettung der schwarzen Rasse abzuwarten. Bei manchen Sektenmitgliedern, hauptsächlich Fingoes, mögen politische Untertöne ihren religiösen Eifer bestimmt haben – es handelte sich um eine späte Inkarnation von Nonquasis Machtträumen für die Xhosas – doch für die meisten von ihnen scheint Bulhoek eine Flucht vor Arbeit und Sorgen gewesen zu sein. Was David und Katryn der Sekte in die Arme trieb, weiß ich nicht. Vermutlich haben sie nur versucht, jedenfalls vorübergehend, eine Zuflucht vor der Welt zu finden, die sie nunmehr so lange bedroht hatte.

Ende 1920 kam es zum ersten Zusammenstoß mit der Polizei, der komischer Züge nicht entbehrte. Man kann es sich direkt auf einer Bühne vorstellen: da rückt eine Kompanie Polizisten von der einen Seite an, auf der anderen stehen die ›Israeliten‹ in wallenden weißen Gewändern und fuchteln mit uralten, verrosteten Schwertern in der Luft herum. Die Polizei zieht sich aufgelöst zurück. Hinterher waren die Sektenmitglieder selbstverständlich fest überzeugt, daß Gottes Auserwählte von keiner Kugel getroffen werden können. Aber David war unruhig, und wenn Katryn

nicht gerade ihr zweites Kind, ein Mädchen, zur Welt gebracht hätte, wären sie wahrscheinlich rechtzeitig weitergezogen.
Wie der Zufall es wollte, war das Baby erst wenige Monate alt, als die Polizei ein zweitesmal anrückte, diesmal fast tausend Mann stark und mit Artillerieunterstützung. Die ›Israeliten‹ griffen an wie zuvor; ihre Gewänder flatterten im Wind. Die Polizei eröffnete das Feuer. Es war das erste Sharpeville von Jan Smuts. Hundertundsechzig oder -siebzig wurden getötet, unzählige verwundet, an die genaue Anzahl kann ich mich nicht erinnern. Unter den Toten war Katryn, die gerade vor der Hütte ihr Kind stillte. Dem Kind wurde durch den Kopf geschossen. David und sein fünfjähriger Sohn Jacob konnten fliehen.
Sie tauchten schließlich am Witwatersrand auf, wo sie ausgerechnet in einer Zeit der Unruhe, der Streiks und der Arbeitslosigkeit Arbeit suchten, zu einer Zeit also, da die Spannung zwischen den Minenbesitzern und den Bergarbeitern so ernst wurde, daß offen von einer bolschewistischen Revolution die Rede war.
In einer Baracke am Rand von Sophiatown fanden David und sein Sohn Unterkunft bei einem alten Mann namens Samuel. Zeitlos alt, blind und weißbärtig, wie er war, schaffe ich es einfach nicht, ihn im Geist von seinem Namensgeber aus der Bibel zu trennen – durchaus möglich, daß er eines der Produkte meiner Kindheitsphantasien ist. Er nahm die beiden Erdenpilger auf und behandelte sie wie einen eigenen Sohn und Enkel. In den langen Abendstunden machte ihm nichts so sehr Freude, wie sich Davids Bericht über unsere Sippengeschichte anzuhören.
Tagsüber klapperte David das Reef nach Arbeit ab. Gelegentlich fand er Beschäftigung, aber nie etwas Festes oder gut Bezahltes. Und sein Körper, immer noch verunstaltet von dem Feuer vor so vielen Jahren, war für die Minen, die eigentlich sein Ziel gewesen waren, völlig ungeeignet.
Ende des Jahres wurde es dann wirklich schlimm. Immer mehr weiße Arbeiter wurden freigesetzt, und als zu Beginn des

neuen Jahres auch noch ihre Löhne drastisch gekürzt wurden, da die Schwarzen für soviel weniger Lohn arbeiteten, kam es zu Streiks. All das gehört der Geschichte an, doch wieder erlebte meine Familie sie nur auf der Schattenseite.
Tag für Tag schleppte David seine müden Knochen auf der Suche nach Arbeit an den Lagern von Minenarbeitern vorbei. Kam er an Gruppen von Streikenden vorüber, war er besonders auf der Hut; manchmal hörte er in der Ferne Schüsse fallen; Ende Februar geriet er fast in das Kreuzfeuer zwischen Smuts' Soldaten und den Minenarbeitern. Aber er war sich all dessen kaum bewußt; es drang überhaupt nur in sein Bewußtsein, weil es für ihn alles noch schwieriger machte.
Brände wurden gelegt; in den Einkaufsstraßen wütete der Vandalismus. Er jedoch ging verbissen weiter, ausgemergelt, abgerissen und entschlossen; es war für ihn die einzige Möglichkeit, sich und sein Kind am Leben zu erhalten.
Anfang März war er etwas später als an den anderen Tagen auf dem Heimweg; die Blechbüchse für Eßbares trug er unterm Arm. Das Brot von heute morgen war noch unberührt, denn er hatte an diesem Tag nichts verdient und wollte das Brot seinem Kind zurückbringen. In der Nähe von Kazerne vernahm er Stimmengewirr und wich instinktiv aus, um nichts damit zu tun zu bekommen. Doch plötzlich waren diese Stimmen überall um ihn herum, und wütende, stoppelbärtige Gesichter wirbelten und drehten sich; harte zupackende Hände rissen an seinen ohnehin abgerissenen Kleidern.
»Blöder Hottentotte! Wer glaubst du, wer du bist, hey? Uns die Arbeit wegnehmen und auf uns scheißen, was? Bildest dir ein, der Baas zu sein im Land des Weißen Mannes, hey?« Und so weiter, ohne Ende.
Er versuchte auszubrechen. Sie packten ihn und rissen ihn zurück. Er rang, um sich zu befreien. Ein Faustschlag traf ihn am Nacken. Er strauchelte. Ein Knie wurde ihm in den Rücken gerammt. Er fuhr herum. Ein riesiger Stiefel traf ihn im Bauch. Er brach halb zusammen und ließ seine Blechbüchse fallen. »Du hast Brot dabei, hey, und wir müssen vor Hunger krepieren!« Er

lag auf den Knien. Fäuste, Stiefel und Ellbogen überall. Und Stimmen. Er fiel auf alle Viere, versuchte, an den tückischen Beinen vorbeizukriechen. Ein Schlag zertrümmerte ihm die Nase, er konnte nichts mehr sehen außer Blut. Doch rollend, kriechend, sich duckend und dahinwieselnd gelang es ihm, sich von ihnen zu lösen. Er lief ins finstere Dunkel hinein. Da traf ihn der erste Stein an der Schulter. Er zuckte zusammen, rannte aber weiter, versuchte, sich mit dem Handrücken das Blut aus dem Gesicht zu wischen. Der zweite Stein zertrümmerte ihm den Schädel. Er wankte. Noch ein Stein. »Hab' ihn! Bringt den verfluchten Hottentotten um!«
Sie steinigten ihn dort wie einen jungen Juden aus dem Alten Testament. Er war noch keine dreiundzwanzig Jahre alt. Gelobt sei der Name des HErrn.

7

Und dann Jacob. Meine Geschichte wird eintönig, ich weiß. Nach Ablauf des Jahres, wenn man Herbst und Winter überstanden hat, wird es wieder Frühling. Der Rhythmus der Natur bringt einen über die Nacht hinaus zu Morgengrauen und Tag – mir jedoch scheint es, als ob unsere Geschichte immer tiefer hineinführte in die Nacht, in eine immer undurchdringlicher werdende Finsternis: ein Leidensweg, der weder reinigt noch läutert oder einen Durchbruch bringt, der zu tragischer Weisheit führt, und der nur immer aufs neue seiner eigenen Vergeblichkeit treubleibt. So daß man nach acht Generationen nicht einmal sagen kann, daß man etwas gewonnen oder gelernt hat; nur, daß alles völlig nutzlos gewesen ist und daß das Dunkel jetzt größer ist als zu Beginn.
Jacob, so heißt es, sei ein hübscher Junge gewesen und habe eine ziemlich helle Haut gehabt. Wäre *er* Abrahams Kind gewesen, hätte niemand auch nur mit der Wimper gezuckt – er hatte sich nur Zeit und Ort für sein Leben schlecht ausgesucht. Sieben Jahre lang kümmerte sich der alte Samuel um ihn; in dieser Zeit muß

der Junge etwa seine Vergangenheit erfahren haben. Wann immer meine Mutter mir die Geschichte erzählte, nie versäumte sie, Jacobs außergewöhnliche Merkfähigkeit, sein fabelhaftes Gedächtnis herauszustreichen, das ihm ermöglichte, sich auch noch der unbedeutendsten Kleinigkeit zu entsinnen. Sie selbst kompensierte das Fehlen eben dieser Fähigkeit, indem sie sich auf ihre nicht minder außergewöhnliche Phantasie verließ.
Sein Hunger nach Auswendiglernen und überhaupt Lernen erstreckte sich auf weit mehr denn seine eigene Geschichte. Er verschlang alles Lesbare, das ihm in die Finger kam: zerknüllte Zeitungen, die er auf der Straße oder in Mülltonnen fand, irgendwelche merkwürdigen, weggeworfenen Bücher, die er auf Hinterhöfen entdeckte – die stellten seine Bibliothek dar. Sein Lieblingsbuch war der *Pilgrim's Progress* in einer sehr alten Ausgabe ohne Einband, das er jedoch gleichwohl überall hin mitnahm, selbst auf die qualmenden Müllhalden der Stadt, wo alte Frauen und schwarze Kinder, bei denen man die Rippen zählen konnte, herumstocherten und sich um Brotkanten, halbabgenagte Knochen und angefaultes Obst balgten. Merkwürdig, daß es ausgerechnet dieses spezielle Buch sein mußte, denn schon in frühen Jahren war er von heftiger und gotteslästerlicher Feindseligkeit der Religion gegenüber geprägt.
Jacob besaß eine bemerkenswerte Gabe, und zwar die Fähigkeit, nachzuahmen und darzustellen. Wenn es in seiner elenden Kindheit so etwas wie Freude gab, so zog er sie daraus. Doch am Ende war diese Begabung auch verantwortlich für den größten Teil seines Leidens.
Mit etwa vierzehn Jahren, bald nach dem Tod des alten Samuel, und nachdem er über zwei Jahre hindurch jeden Penny beiseitegelegt hatte, konnte er zum erstenmal eine Schule besuchen. In der dritten Klasse hatte er dann das Pech, dabei erwischt zu werden, wie er auf ebenso realistische wie peinliche Weise den Direktor nachmachte, was prompt dazu führte, daß er von der Schule flog.
Von da an mußte er sich ganz auf sich allein gestellt durchs Leben schlagen. Wieder und wieder las er *The Pilgrim's Progress*, bis er

lange Passagen auswendig aufsagen konnte; andere Bücher kaufte er antiquarisch, lieh sie oder stahl sie. Doch da der Mensch nicht von Wörtern allein leben kann und es während der Weltwirtschaftskrise immer schwieriger wurde, Brot zu finden, litt er Höllenqualen in dem ererbten Prozeß, sich von Job zu Job durchschlagen zu müssen.

Rund ein Jahr lang arbeitete er als Schuhputzer vor HERREN im Bahnhof. Dort fand er nicht nur Zeit zum Lesen, sondern auch Gelegenheit, Menschen zu studieren, deren Eigenheiten er vor aufgeschlossenen Zuhörern und Zuschauern nachmachte. Denn seine Kundschaft entdeckte bald sein Talent und entlohnte ihn demzufolge mit einem manchmal recht dicken Trinkgeld.

Nach einer seiner gelungenen Improvisationen bot ein distinguiert aussehender Gentleman Jacob an, als Dienstbote in seinem Haus zu arbeiten. Er begann als Küchenjunge, doch sobald sein Gönner und Arbeitgeber, Mitchell, erkannte, daß er in seinem Vertrauen nicht getäuscht worden war, wurde Jacob zum Majordomus und schließlich zum Chauffeur in schmucker Uniform befördert. Und jedesmal, wenn die Mitchells Gäste hatten, mußte Jacob diese mit seinem ständig erweiterten Rollenrepertoire unterhalten. Es hatte noch im Leben eines jeden meiner Vorfahren eine solche Phase des Friedens gegeben – jedesmal freilich mit katastrophalen Folgen.

Elise trat auf. Ihre Familie und die Mitchells waren über viele Jahre hinweg Geschäftspartner und Freunde gewesen, und seit ihrer Kindheit hatte es nicht an Anspielungen gemangelt, daß es womöglich einmal zu einer Verbindung zwischen ihr und einem der Mitchell-Söhne kommen könnte. Nach ihrem sechzehnten Geburtstag wurde sie nach England und in die Schweiz geschickt, um dort jenen letzten gesellschaftlichen Schliff zu bekommen, von dem man annahm, daß es ihn in Südafrika nicht gab. Mit neunzehn wunderschön, impulsiv und leidenschaftlich, kam sie zurück und stattete den Mitchells einen langen Besuch ab. Bald sickerte durch, daß der eigentliche Zweck dieses Besuchs darin bestand, die Möglichkeiten einer Verlobung mit dem ältesten Sohn zu erkunden.

Im angemessenen Zeitraum wurde sie gefeiert. Doch zu gleicher Zeit lernte sie Jacob kennen. Die beiden verliebten sich ineinander; und das ganze wurde noch dadurch erleichtert, daß Jacob ihr Fahrstunden geben mußte.
Ihr Verhältnis beruhte auf einer eigentümlichen Perversion, die der Phantasie meiner Mutter entsprungen sein kann, möglicherweise aber auch meiner eigenen; Elise und Jacob verliebten sich, taten aber die ganze Zeit über so, als wäre diese Liebe ein Spiel: wann immer sie zusammen waren, drängte sie ihn, die Rolle ihres Fiancé, des jungen Mitchell, zu spielen, während sie die Rolle der Braut übernahm. Der Himmel mag wissen, wie alles anfing. Wie es endete, ist in unserer Familie nur allzu gut bekannt.
Sie wurden in Jacobs kleiner Kammer hinter der Küche überrascht. Als sie ihren Verlobten und seinen Bruder auf der Schwelle stehen sah, schrie sie augenblicklich: Vergewaltigung!
Nachdem sie mit ihm fertig waren, wurde die Polizei gerufen. Als er kurz nach seinem zweiundzwanzigsten Geburtstag nicht gerade im besten Gesundheitszustand und immer noch gezeichnet von den Striemen der Neunschwänzigen Katze aus dem Gefängnis entlassen wurde, verschwendete er keine Zeit, sondern übersiedelte augenblicklich ans Kap. Das einzige, was er aus seinem ersten Leben mitnahm – und wo um alles auf der Welt hätte er es sonst herhaben sollen? – war Bunyans *Pilgrim's Progress* und die womöglich mit noch größerer Leidenschaft vertretene Überzeugung, daß es keinen Gott auf dieser Erde gibt.
In Kapstadt bekam er Arbeit im Hafen; während der Obsternte hatte er in den Lagerhäusern zu arbeiten, wo ein Farmer aus Paarl ihn anwarb. Sein neuer Arbeitgeber, Frans Viviers, war eigentlich Offizier bei der Armee gewesen, hatte jedoch nach dem Tod eines älteren Bruders vor kurzem die alte Familienplantage übernommen und tat sich schwer, mit allem fertigzuwerden. Jacob war mittlerweile zu einem verdrossenen, einsamen Eigenbrötler geworden, gleichzeitig aber auch zu einem ganz besonders guten Arbeiter; außerdem war er im Gegensatz zu den anderen Arbeitern dem Alkohol in gar keiner Weise zugetan. Da er auf der ausgedehnten Obstplantage von Sonnenaufgang bis weit

nach Sonnenuntergang arbeitete, blieb ihm nur wenig Zeit zum Lesen, doch damit schien er sich abgefunden zu haben. Das Gefängnis hatte wohl irgend etwas in ihm zerbrochen.
Auf der Plantage lernte er Sophie kennen, ein schönes, lebenslustiges Mädchen mit vollen runden Brüsten und einem Wesen, das so ganz anders war als das seine. Sie hatte das Leben als Findling auf der Missionsstation von Genadendal begonnen und war schließlich als Küchenmädchen auf der Plantage gelandet. Alle Männer waren hinter ihr her, doch war es Jacob, auf den die Wahl schließlich fiel. Für sie war er ein unwiderstehlicher Mann aus einer fernen Welt, ein Mann der Bücher und der tiefen Gedanken, jemand aus Johannesburg und auf seine Weise ein richtiger Künstler. Sie wurden getraut – und das sogar in der Kirche, wiewohl ich mich kaum zu der Deutung bequemen kann, daß das eine Art Bekehrung für ihn darstellte; auf dem Hochzeitsfest amüsierte er die Gäste denn auch noch damit, daß er den Pfarrer nachmachte. Hinterher, während Sophie und die anderen sich bestens unterhielten, verdrückte er sich einfach und ging zu Bett.
Ihr Kind war kaum ein paar Monate alt, als der Krieg ausbrach. Frans Viviers machte sein Offiziersprivileg geltend und befahl Jacob, ihm als sein Bursche nach Nordafrika zu folgen. So mußte er Frau und Kind zurücklassen.
Auf einem Korridor im Untergeschoß des Kapkastells wurden die Rekruten gemessen und gewogen; danach hatten sie eine Hand in die Höhe zu halten und So-wahr-mir-Gott-helfe zu murmeln; ehe sie sich's versahen, saßen sie dann in einem Zug, der sie in einen bitterkalten Highveld-Winter in Transvaal brachte, wo sie ihre Grundausbildung erhielten. Jacob holte sich eine Lungenentzündung, erholte sich aber wieder gerade rechtzeitig, um mit der First Division von Durban aus verschifft zu werden. Plötzlich war dann Krieg. Jacob begleitete die Truppen von Nairobi nach Norden, durch Italienisch-Somaliland über den Juba-Fluß bis in die Berge und Senkungsgräben Äthiopiens. Selbstverständlich nahm er nie an den Grabenkämpfen teil; er war schließlich nur Offiziersbursche und trug keine Waffe. Seine Aufgabe war es, dafür zu sorgen,

daß das Gewehr seines Herrn gereinigt und seine Kleidung heil blieb; er hatte das Zelt aufzuschlagen und beim Grabenausheben und dem Beladen der Loren zu helfen. Manchmal mußte er zusammen mit einigen seiner Kollegen Aufklärungsgänge machen und gewährleisten, daß das Gelände vor ihnen nicht vermint war. Den ganzen Feldzug über, der im übrigen ebensoviele Opfer an Ruhr und Malaria forderte wie die eigentlichen Kämpfe, kümmerte er sich um Frans Viviers. Den *Pilgrim's Progress* im Tornister und zwei Chamäleons auf der Schulter, reiste er durch ganz Äthiopien, wobei die Chamäleons den einzigen Schutz gegen die krankheitsübertragenden Fliegen darstellten.

Nach der Schlacht um Addis Abeba marschierten sie weiter nach Ägypten, wo sie die Zeit absitzen mußten, bis die Schlacht in der Wüste endlich in Gang kam. Für Jacob war das eine schizoide Existenz: Im Continental Savoy Hotel in Kairo und hinterher in der Cecil Bar in Alexandria konnte er kommen und gehen, wie es ihm beliebte; im Gassengewirr dieser Städte wurde er genauso wie jeder weiße Soldat von halbwüchsigen Gassenjungen angesprochen, die ihm Armbänder und Talmischmuck, falsche Skarabäen, bestickte Bettdecken und sehr saubere, sehr billige Schwestern anboten; wieder in der südafrikanischen Unterkunft, war er Coloured und hatte den Befehlen des *baas* zu gehorchen. Zugegeben, die Atmosphäre war hier viel entspannter als daheim, und wegen seiner schauspielerischen Begabung war er bei den Männern bald sehr beliebt (seine Persiflagen auf Churchill und Smuts, Hitler, Mussolini und die Offiziere der First Brigade machten ihn regelrecht berühmt), doch letztendlich blieb er »dieser smarte Hotnot«, »genauso wie ein Weißer«, der pfiffige Bursche von Frans Viviers.

Langsam bewegten sie sich auf Matruh zu, wo sich die Kreideberge gegen Sand und Salzwüsten behaupteten; dahinter lag die Steinwüste und dehnte sich bis El Alamain. Das war die Zeit der Langeweile und Fliegen in den Dünen, den öden Hochebenen und verlassenen Wadis. Manchmal kam es zu gegnerischen Bombenangriffen, doch meistens gab es nichts als das nervenzehrende Warten in der furchtbaren Hitze.

Ausgerechnet in dieser Periode relativer Sicherheit holte Frans Viviers sich seine Verwundung. Als Offizier hatte er Zutritt zu einer abgeschirmten Latrine; und während er eines Morgens dort auf dem Donnerbalken hockte, kam eine einsame Stuka im Sturzflug aus dem Himmelsblau herunter und deckte ihre Gräben mit einem Bombenhagel ein. Das schmale Gebäude brach in sich zusammen, und Frans Viviers Gesäßbacken wurden ihm teilweise abgerissen. Diese Demütigung sollte er nie verschmerzen, denn er war ein stolzer Mann, der es liebte, die eigene Trompete zu blasen, und jetzt konnte er seine Wunde nichtmal jemandem zeigen.

Bald, nachdem sie aus dem Feldlazarett entlassen worden waren, kam der Augenblick des Schicksals – und zwar völlig unerwartet und alles andere als glorreich. Viviers und ein kleiner Konvoi waren mit Proviant zu einem der am weitesten vorgeschobenen Posten der ganzen Gazala-Front unterwegs, wo die Achte Armee sich eingegraben hatte, um Rommels Vorrücken Einhalt zu gebieten. An einem glühend heißen Tag, ruhten sie mittags im Schatten ihrer Lastwagen, als sie von einer italienischen Patrouille überrascht wurden. Ein paar Tage später waren sie in einer klapprigen italienischen Transportmaschine unterwegs nach Italien.

Das Leben im Gefangenenlager in der Nähe von Perugia war keineswegs unangenehm; doch Ende September 1943, nach der Landung der Alliierten auf Sizilien, wurden die Gefangenen auf Viehwaggons verladen und in den Norden verfrachtet. Im allgemeinen Durcheinander gelang einigen Männern, darunter Frans Viviers, die Flucht. Der Rest war zu gut bewacht gewesen. Und als Italien Deutschland vierzehn Tage später den Krieg erklärte, hatte die Lastwagenkolonne die deutsche Grenze bereits hinter sich.

Das Gefangenenlager in Deutschland war etwas entschieden anderes. Es gab einen besonders strengen Winter, und die meisten Gefangenen hatten keine Schuhe. Vielen froren Zehen oder gar Füße ab. Die Pritschen, auf denen sie schlafen sollten, wimmelten von Ungeziefer. Zu essen gab es nur wenig. Verglichen mit den KZs Buchenwald und Dachau konnten sie wohl noch von Glück sagen. Aber Jacob und ein paar andere von den gefangenen Coloureds bekamen die Auswirkungen der Ideale des Herrenvolks von rassischer Reinheit besonders hart zu spüren. So war Jacob einer der ersten, dessen Schuhe konfisziert wurden. Doch erst als sie seine zerlesene und zerfledderte Ausgabe von Bunyan entdeckten, wurde ihm das Leben wirklich zur Hölle gemacht. Die SS wollte ihm einfach nicht glauben, daß er das Buch die ganze Zeit über dabei gehabt hatte; er sollte unbedingt gestehen, es hereingeschmuggelt zu haben; und daß die unterstrichenen Zeilen eine verschlüsselte Botschaft enthielten.

Er leugnete das. Sie prügelten ihn, bis sein zitternder Leib schwarz war von Blut.

Wieder leugnete er.

Sie zerquetschten ihm die Hoden mit einer hölzernen Schraubzwinge. Als er wieder zu sich kam, leugnete er wieder.

Sie zwangen ihn, im Schnee ein Grab zu schaufeln. Er mußte am Rand Aufstellung nehmen, während ein Erschießungskommando Posten bezog. Die Gewehre gingen zwar los, doch schossen sie ihm absichlich über den Kopf. Er wurde ohnmächtig.

Als er wieder bei Bewußtsein war, verhörten sie ihn neuerlich, doch wieder stritt er ab, daß seine Ausgabe von *Pilgrim's Progress* eine geheime Botschaft enthielt. Diesmal glaubten sie ihm vermutlich, denn er wurde zurückgeschickt in die Baracken.

Das war das einzige Mal, daß er über seine Vergangenheit sprach; verworrenes Deliriumsgerede über Elise, seine Frau, und sein Kind, zwischendurch Passagen aus dem *Pilgrim's Progress*. Er besaß aber ein unglaubliches Durchhaltevermögen, und als er sich Ende 1944 einigermaßen wieder erholt hatte, amüsierte er seine Kameraden mit Imitationen des SS-Kommandanten.

Nachdem der Beifall verklungen war, tippte jemand ihm von hinten an die Schulter. Er drehte sich um. Es war einer der Bewacher. Entsetzt schweigend sahen seine Mitgefangenen zu, wie er abgeführt wurde. Die Gefangenen waren kurz vor einem Aufstand. Doch ehe die Aufrührer die Unterkunft des Kommandanten erreichten, kam es zu einer Maschinengewehrgarbe, und

sechs oder sieben Mann stürzten zu Boden. Dem ganzen Lager wurden die Rationen gekürzt.
Was genau sie mit Jacob machten, hat niemand je erfahren.
Drei Tage, nachdem er abgeführt worden war, sahen die anderen Gefangenen nur, wie einige Wachen seinen geschundenen Körper wieder aus dem Hauptgebäude herausschleiften. Hinter dem Geländewagen des Kommandanten wurde er auf den Bauch gelegt, seine Hände an den Handgelenken hinten darangebunden. Der Kommandant setzte sich ans Steuer und fuhr mehrere Male im Kreis um das stacheldrahtbewehrte Lager herum.
Die in der Mitte versammelten Gefangenen wurden brutal geprügelt wie das Vieh, bis sie sich unterwarfen. Auf den Wachtürmen warteten die Wachen mit ihren Maschinengewehren. Der Kommandant drehte immer wieder seine Runden und zog dabei ein kleines Bündel Knochen und Fleisch hinter sich her, bis nichts mehr davon zu sehen war – Staub zu Staub.
Für Jacob war dies die letzte Befreiung von all den Widersprüchen seines Leidenswegs, das Ende seines eigenen sinnlosen Lebens und der langen Geschichte, die dahinter stand: die Sklavin Leah und ihr Hugenotte; Adam, den sie umgebracht hatten, weil er es wagte, die Demütigung seiner Frau zu rächen; der dunkle Prophet der Freiheit, Moses, der seinen Sohn zur Gaudi seiner weißen Herren hatte zeugen müssen; das Umherirren von Dlamini/Daniel, bis er in Bain's Kloof zu Tode kam; Rachels Kampf, ihr weißes Kind großzuziehen, ihr langes Leiden, ihr Tod in einer in Flammen stehenden Hütte am Meer; Abraham, der auf der Suche nach der Geschichte durch Südafrika galoppierte und auf dem Heimweg als Kap-Rebell füsiliert wurde; David, der verbittert seiner Kinderliebe Katryn nachtrauerte und sein Ende im Steinhagel der Streikenden fand; und dann Jacob, der sterben mußte, weil er Vorgesetzte nachgemacht hatte, ein Clown, der es gewagt hatte, den König nachzuäffen. Umgebracht, alle umgebracht. Und doch weitergegeben, über seinen Tod hinaus, überkommen auf meine Mutter und mich.
Kommt also noch mein eigenes Kapital hinzu. Damit wird es vorbei sein, denn ich habe keinen Sohn, der nach mir kommen

könnte. Das ist für mich der einzige Trost. Zugleich aber auch die Qual, die ich all die Nächte durchleiden muß.
An dem Tag, da wir endgültig aus einem Brief vom Tod meines Vaters erfuhren, den Frans Viviers schrieb, nachdem er von seinen Kameraden aus dem Kriegsgefangenenlager davon gehört hatte, bat meine Mutter den Pastor, einen Gedenkgottesdienst abzuhalten. Wenn es auch schon viele Monate zu spät war und wiewohl die meisten Arbeiter auf der Plantage es als Wahnsinn betrachteten, ließ sie sich nicht davon abbringen. Ich erinnere mich noch, wie eindrucksvoll die Stimme des Pastors dröhnte, als er die Todesnachricht verlas.
»Es hat dem Allmächtigen in Seiner großen Güte gefallen, die Seele unseres lieben Bruders Jacob Malan zu Sich zu nehmen. Der HErr hat's gegeben, der HErr hat's genommen, gelobt sei der Name des HErrn. Betrauert von seiner Frau Sophie und seinem Sohn Joseph.«

Drittes Kapitel

1

Nichtsdestotrotz. Wie eine große Glocke dröhnt dieses Wort aus meiner fernen Kindheit herüber. Dieses eine Wort, getrennt von allem, was ihm vorausging oder was ihm folgte, ein ursprünglicher Klang, der durch die Zeiten hallt wie die tiefste Baßnote damals auf dem Klavier im Dunkel. Nichtsdestotrotz. Ich weiß nicht einmal, woher das Wort kommt. Für mich hat es eine geradezu religiöse Intensität angenommen wie andere liturgische Wendungen: standhaft, ungerührt, immerdar-während; oder durch das einmal gemachte Anerbieten, sich selbst zum Opfer zu bringen. Nichtsdestotrotz: und das kühle, keusche Weiß der Kirche mit ihren Bankreihen, die Weißen vorn und wir Coloureds hinten vor der Rückwand, und der Pastor mit seinen schwarzen Schwingen auf dem Weg himmelwärts, wie aufgehängt auf der Kanzel oben schwebend. Wartend aus der Ferne der weißgedeckte Tisch des HErrn, die tiefen Klänge der Orgel, daß ein Zittern durch Bänke und Gesäßbacken hindurchgeht, der Kelch, randvoll gefüllt mit Wein, die schimmernden Platten mit dem gebrochenen Brot darauf – wie durch ein Wunder weiß trotz der kriegsbedingten Rationierung – alles irgendwie konzentriert in der Klangfülle dieses viersilbigen Worts. Und Gebete im Eßzimmer des großen Hauses am Abend, ich und meine Mutter und die anderen gedrängt auf dem Fußboden in der Nähe der Küchentür. Lasset uns beten! Für alle Lieben nah und fern, die in Deinem Namen in fremden Ländern mit den Kräften des Bösen ringen, auf daß sie heil und unversehrt wieder zurückkehren in unsere Mitte, nicht, weil wir es verdient hätten, sondern einzig aus Deiner unergründlichen Gnade heraus, Amen. Meine Mutter, wie sie ihre tiefsitzenden Schuldgefühle in inbrünstigen Gebeten und furchtbaren Ermahnungen austreibt: *Du sollst nicht... du sollst nicht... du sollst nicht.* Und das missionarische Wirken von Hermien, der blonden Tochter des Hauses, die leise und doch verbissen darauf besteht, daß mechanisch die Zehn Gebote und die Seligpreisungen heruntergeleiert werden, die Namen der Richter und das Vaterunser.

Vater unser.
Vater unser.
Der Du bist im Himmel.
Der Du bist im Himmel.
Geheiliget werde Dein Name.
Geheiliget werde Dein Name.
Dein Reich komme.
Dein Reich komme.
Dein Wille geschehe.
Dein Wille geschehe.
Wie im Himmel, so auf Erden.
Im Himmel.
Unser täglich Brot gib uns heute.
Unser täglich Schwarzbrot gib uns heute.
Gott hört dich, Joseph. *Unser täglich Brot.*
Und vergib uns unsre Schuld, wie auch wir vergeben unsern Schuldigern.
Unsern Schuldigern.
Und führe uns nicht in Versuchung.
Und führe uns nicht in Versuchung.
Sondern erlöse uns von dem Übel.
Was ist das – das Übel?
Mach die Augen zu! *Denn Dein ist das Reich.*
Das Reich.
Und die Kraft.
Und die Kraft.
Und die Herrlichkeit.
Und die Herrlichkeit. Amen.
Für jetzt und immerdar.
Ich hab' schon Amen gesagt.

Hermien war der Engel meiner Kindheit, die Unberührbare. Sonntags, wenn ihr die Zöpfe ausgekämmt wurden, war ich überwältigt von der Glätte ihres langen, blonden Haars. Und sollten deine Sünden auch scharlachrot sein, ich werde sie waschen, daß sie weißer scheinen denn Schnee. Oder die Bewegung ihrer Hände, wenn sie sich im *voorhuis* ans Klavier setzte und ich mit klopfendem Herzen über die Fensterbank hinwegzuspähen wagte. Der Ernst in ihren Augen, in denen ich mich während der Bibelstunden so oft verlor, daß ich sogar die Worte des Vaterunsers vergaß. Gewiß war dies das Himmelreich auf Erden, das man erwartete, und sie die Gebenedeite unter den Weibern, zehn Jahre alt, als ich erst sechs war und langsam älter wurde. Einmal, Sonntag nachmittags auf der nach hinten hinausgehenden *stoep*, während die Hühner mit roten Kämmen und gelben Schnäbeln und mit ausgebreiteten Flügeln im Staub der flachen Mulden gluckten, die sie sich im Sand gewühlt hatten – las sie uns mit großer Überzeugung die Geschichte von Noah und seinen Söhnen vor: Verflucht sei Kanaan und sei ein Knecht aller Knechte unter seinen Brüdern. Dann klappte sie die Bibel auf ihrem Schoß zu und stützte das Kinn auf die übereinandergelegten Hände, während ihre Ellbogen auf den Knien ruhten, saß in einem Kreis aus Sonnenlicht auf einer Truhe und sagte: »Seht ihr, daher kommt es. Wir Weißen sind die Kinder von Sem und Jafet, und ihr die Kinder von Ham und seinem Sohn Kanaan. Deshalb ist das heute so.« Und wir lauschten demütig und verließen uns auf ihr Wort. Wenn das in Hermiens Buch so stand – schau doch nur, wie das Licht auf ihrem Haar glänzt, schau! – dann konnte kein Zweifel bestehen, dann war dies, Hand aufs Herz, die unumstößliche Wahrheit!
Die Trunkenheit Noahs wurde an den Wochenenden von den unheiligen Vätern meiner Spielkameraden wiederbelebt; mein eigener Vater existierte nur als vergilbter Schnappschuß auf dem Waschtisch meiner Mutter; und nachts, wenn sie Besuch in ihrem Messingbett hatte, kehrte sie das Photo voller Hochachtung mit dem Gesicht zur Wand, um nicht zu beleidigen oder beleidigt zu werden. Infolgedessen wußte ich – gelobt sei der HErr! – weniger

von Trunkenheit als der verstorbene Kanaan oder sein Vater, Ham; daß du jedoch dein Brot im Schweiße deines Angesichts essen sollst, davon wußte ich zur Genüge.

Bei Tagesanbruch wurden wir von der alten Sklavenglocke zur Arbeit gerufen; die auch nach zweihundertundfünfzig Jahren noch ihre morgendliche Pflicht erfüllte, Sonntage ausgenommen, sommers wie winters, im Herbst wie im Frühling, bei Sonne und Regen, bei Wind und selbst bei denkwürdigem Schnee. Wenn ich daran denke, wie dieser Laut die Stille des Farmhofs wie ein Trompetenstoß beim Jüngsten Gericht zerriß, spüre ich noch heute jenes frühmorgendliche Zittern wie das Gegenteil eines Orgasmus' in meinem Körper hochsteigen; und dann das letzte Kuscheln auf der raschelnden Strohschütte, ehe meine Mutter um die zusammenklappbare Spanische Wand herum auftauchte, um mich aus dem Bett zu scheuchen. Während ich bei dem Versuch, mit dem einen Fuß das richtige Hosenbein zu finden, auf dem anderen herumtanzte, ist sie in der Küche dabei, den Primuskocher anzustecken und singt Choräle, um für die Sünden der letzten Nacht zu büßen, wobei sie ihren Gesang immer wieder durch Flüche unterbricht, wenn ihr ein Zündholz abbricht, die Gasflaschen durcheinanderscheppern oder, weil sie die Augen noch nicht ganz offen hat, mit dem Anzünder das Loch nicht richtig findet. Steht fest für Jesus – Mist! – Ihr Streiter für das Kreuz – verdammtnochmal! – Hoch reckt das Banner königlich – komm und hilf mir bei dem Scheißding, Joseph! – Jesusherrgottnochmal!

Den Text ihrer Choräle konnte ich bereits in zartestem Alter auswendig, genauso wie das Vaterunser, das ich ehrfurchtsvoll von Hermien lernte; die Flüche behielt ich ebenso leicht, doch wenn ich die ausstieß, wurde mir der Mund mit grüner Seife ausgespült. Danach sah ich mich besser vor und sprach sie nur dann genußvoll aus, wenn ich mich hinter dem Bewässerungsdamm sicher wußte.

Wörter faszinierten mich, alle. Da saß ich auf einem Schieferbrocken, sah zu, wie die gelbschnäbligen Enten ins Wasser tauchten und sagte: »Ente!« Und dann: »Damm!« Und dann, begeistert: »Hermien. Sophie. Joseph. Sie ist Hermien. Meine Mutter ist Sophie. Ich bin Joseph.« Wenn ich den breiten Damm entlangging und sich glitschige Schlammwürmer zwischen meinen Zehen formten, sagte ich laut: »Ich bin Hermien. Ich bin Sophie. Ich bin Ente. Ich bin Wasser.« Ich bemühte mich, so zu gehen wie meine Mutter, machte Hermiens Kopfhaltung nach, watschelte wie eine Ente oder legte mich auf den feuchten Boden, um das Wasser zu spüren.

Hermiens beide Brüder waren meine besten Freunde. Willem war genauso alt wie ich, Thys ein Jahr jünger. Als sie in die Schule gingen – ich mußte mit dem Dröhnen der Glocke aufstehen, um Holz für den Ofen zu zerkleinern und ein Feuer anzuzünden – sagten sie nachmittags bei ihr auf, was sie lernen sollten. Ich hockte derweil hinter der niedrigen *stoep*-Mauer, spitzte die Ohren und wiederholte *K-a-t-z-e* – Katze und *M-a-t-t-e* – Matte, wenn sie nach ihrer Fibel Buchstabieren lernten.

Willem hatte seine Schwierigkeiten mit dem Lernen, besonders beim Englischen. Gut erinnere ich mich noch an einen Nachmittag, als er nach Hermiens drittem geduldigen Versuch immer noch in der Mitte von ›Little Miss Muffet sat on her tuffet ... sat on her tuffet ... little Miss Muffet ...‹ steckenblieb. Für einen Moment hatte ich vollkommen vergessen, wo ich war und daß sie nicht von meiner Anwesenheit hinter der Mauer wissen sollten, so daß ich anfing aufzusagen:

»Little Miss Maffet
Set on her tuffet
Eating he' cirts en' why.
Dere came a bick spaider
En' set down besaider
En' fraiten Miss Maffet awhey.«

Verwundert schaute Hermien über die Mauer. Ich war wie versteinert.

»Wo hast du das gelernt, Joseph?« fragte sie. Ich war drauf und dran zu fliehen. »Ich hab' bloß hier gesessen, Miss Hermien, 'tschuldigung, ich tu's auch nicht wieder, Miss Hermien.« Von diesem Tag an durfte ich immer dabeibleiben, wenn sie ihre Aufgaben machten.

Ich hatte keine Ahnung, was die Wörter bedeuteten, und selbst, nachdem ich das Bild in Hermiens Buch gesehen hatte, war ich mir nicht im geringsten darüber klar, was *tuffet* oder *curds* oder *whey* bedeutete. Doch das war mir egal. Für mich waren die Wörter als solche wichtig, ähnlich wie die liturgischen Wendungen und Ausdrücke, die später kamen. Und Hermiens Lob ging mir so nahe, daß ich glaubte, in Tränen ausbrechen zu müssen.

Später kam es manchmal vor, daß ich, wenn am Sonntagnachmittag Gäste da waren, gerufen wurde, um etwas vor ihnen aufzusagen. Am liebsten wäre ich weggelaufen, doch das kam überhaupt nicht infrage – man hatte zu gehorchen, wenn die Missus etwas befahl, so hatte meine Mutter es mir beigebracht, sonst käme in der Nacht die schreckliche dunkle Frau Antjie Somers und packte mich bei den Eiern – so stellte ich mich denn im Kreis der weißen Besucher auf, ließ den Kopf hängen, grub den großen Zeh in den Boden und leierte herunter, was immer man von mir verlangte.

»Kluges Bürschchen«, hörte ich die Missus einmal nach einer solchen Aufsagerei sagen; und noch bevor ich außer Hörweite war, meinte einer der Gäste, eine dicke Frau mit einem winzigen, kreisrunden Mund: »Lucy, wenn du so weitermachst, kommt dieser *klonkie* geradewegs in die Hölle. Irgendwann weiß er nicht mehr, wo er hingehört, laß dir das von mir gesagt sein.« Woraufhin die Missus verlegen auflachte und sagte: »Du solltest das nicht so ernst nehmen. Schließlich ist sein Vater Frans' Offiziersbursche.«

An diesem Abend lag ich sehr lange auf meiner raschelnden Matratze wach. *Dieser klonkie kommt geradewegs in die Hölle.* Meine Mutter hatte mir alles von der Hölle erzählt; vom Teufel mit Dreizack und Spalthufen, seinem Höllenfeuer, das gewaltiger war als die Februarbrände auf dem Berg, die den Löschtrupps die Brauen versengten, wenn der Wind plötzlich umschlug. »Das Feuer sengt dich, bis dir das Fett raustropft, Jo-

seph!« – Aber warum sollte ich zur Hölle fahren? Was hatte das, was ich da aufsagte, damit zu tun? Ein Gluthauch, und von der kleinen Matratze war nichts mehr übrig. *Irgendwann weiß er nicht mehr, wo er hingehört!* Wohin gehörte ich denn? Doch wohl hierher, in diesen Raum mit dem leuchtenden, mit Blumenmuster bemalten Wandschirm zwischen dem Bett meiner Mutter und meinem Bett, in die Reihe der weißgetünchten Hütten unter den Eichen, diesen von einer weißen Mauer umringten Hof, dem halb unter den Kronen der Bäume verborgenen Anwesen mit dem Strohdach und der steilen Leiter, die zum Dachboden hinaufführte, wo der Buschtee nach der Behandlung im Darrofen draußen ausgebreitet lag und in bauchigen Fässern die getrockneten Pfirsiche und Aprikosen lagerten und wo der alte Daniel alle seine Arbeiter mit Falkenaugen bewachte und für jedes fertige Darrbrett Marken ausgab, die dann am Freitag gegen Geld eingetauscht wurden. War das nicht der Ort, wo ich hingehörte? Selbstverständlich kannte ich meinen Platz; hier fand ich mich selbst im Dunkeln zurecht, ohne über eine Wurzel zu stolpern oder in einen der Bewässerungsgräben zu fallen, ja, sogar ohne auch nur einmal in Hühnerscheiße zu treten. So gut kannte ich den Ort, wo ich hingehörte. Reichte das etwa nicht? Wieso sollte ich das irgendwann einmal nicht mehr wissen? Und deshalb in die Hölle kommen, auf meiner brennenden Matratze in dieses Feuer hineinrutschen wie ein Walnußschalenbötchen auf einem Bach aus flammendem Wasser, wo Satan eine fette Frau war mit einem Mund wie ein Arsch und einem Dreizack in den schweißnassen Händen. Schluchzend kroch ich über den Boden aus gestampftem Dung und Lehm zum Bett meiner Mutter.
»Hau ab, Joseph!« Ihre tiefe Stimme hörte sich bedrohlich an.
»Aber ich weiß, wo ich hingehör', Ma. Ich will nicht in die Hölle!«
»Der Teufel hat dich schon in den Klauen! Geh wieder ins Bett!« In dem feindseligen Dunkel kehrte ich zu meiner brennbaren Strohschütte zurück. Eine schreckliche Sehnsucht nach meinem Vater erfüllte mich – *Schließlich ist sein Vater Frans' Offiziersbursche* – der vor so vielen Jahren in den Krieg gezogen war und von

dem ich nie wieder ein Wort gehört hatte seit dem Tag, da sie seinen Namen im Radio genannt hatten: Malan, Jacob – vermißt, wahrscheinlich gefallen.

Betend saß ich auf meinem Bett und hatte die Augen weit aufgerissen; ich hatte viel zuviel Angst, sie zuzumachen, und hoffte, daß Gott es im Dunkeln nicht sah. »Vater«, flehte ich, »sag dem Herrn Jesus, ich will nicht in die Hölle. Ich weiß, wo ich hingehör', und bitte, komm zurück zu mir, denn ich verdiene das in Deiner unendlichen Gnade, Amen.« Woraufhin ich einschlief, bis das fürchterliche Geschepper der Sklavenglocke mich aus dem Schlaf riß.

Doch änderte das nichts an meiner Liebe zum auswendig Aufsagen. Es war sogar so, daß diese Episode den Zauber für mich noch steigerte – den Zauber von etwas Gefährlichem und Dunklem, etwas Bösem, etwas Verbotenem, eines Spiels von unvorstellbarer Gewalt: weiterzumachen und abzuwarten, was geschehen würde, herauszufinden, wie weit ich gehen konnte. Meine Mutter ermunterte mich. (»Das hastu von dein' Vater, kommt von ganz, ganz früher«) – und fuhr mit womöglich noch größerer Inbrunst fort, mir die Geschichte unserer Familie zu erzählen. Was wiederum ganz neue Möglichkeiten für meine Spiele hinterm Staudamm eröffnete.

»Ich bin Adam. Ich bin Moses. Ich bin Dlamini/Daniel . . .«

Manchmal erstreckte sich dieses Spiel sogar auf Willem und Thys. Für gewöhnlich waren sie es, die mir Befehle erteilten, wenn wir auszogen, mit dem Katapult Finken zu schießen oder mit dem Hund Hasen zu jagen – besonders, nachdem sie dahintergekommen waren, daß ich kein Blut sehen konnte. Kam es jedoch zum Schauspielern, durfte ich es sein, der die Regeln festsetzte. Bei solchen Spielen ging es für gewöhnlich um Krieg, und obwohl ich nie etwas anderes sein durfte als Offiziersbursche, überließen sie es mir zumindest, die Situationen auszudenken und die allgemeine Handlung anzugeben.

Bald, nachdem Frans Viviers als spindeldürrer, tiefgebräunter Kriegsversehrter nach Haus zurückkehrte, kam ein neues Element in unsere Spiele. Am Heiligen Abend führten in diesem

Jahr zumindest die weißen Kinder aus der Nachbarschaft vornehmlich zur Erbauung und Belustigung der Erwachsenen, die ihre Begeisterung mit Erzeugnissen aus dem Keller anfeuerten, im Hof ein Krippenspiel auf; aber wir dunkelhäutigen Kinder waren auch da und drängten uns am äußeren Rand des erleuchteten Runds mit seinen Papierdekorationen auf.
Hermien mit den leuchtendroten Lippen und Wangen war selbstverständlich die Jungfrau Maria, Jesus war ein Baby von einer benachbarten Farm; der allgemeine Trubel bei der Aufführung verängstigte es dermaßen, daß es, obwohl ihm nach der Hälfte des Stückes die Windel gewechselt wurde, das ganze Krippenspiel über lauthals schrie. Das konnte mich in der Hingabe, mit der ich es verfolgte, nicht im mindestens stören. An diesem geheiligten Abend war das schreiende, in die Windeln machende Kind der verkündete Messias selbst; Hermien war die verklärte Heilige Jungfrau; und die in Bettücher gewandeten Kinder waren Schäfer, die dem Stern von Bethlehem folgten. Und Willem war der Joseph – nicht der Joseph, der ich war, sondern der Joseph aus der Bibel, das fleischgewordene Wort. Dann trafen die von Thys und zwei Freunden gespielten Heiligen Drei Könige ein, um Gold, Myrrhe und Weihrauch darzubringen. Thys trug das Gold; das Gesicht hatten sie ihm mit Schuhwichse bis zur Unkenntlichkeit geschwärzt. Auf höchst merkwürdige Weise war das ein solcher Schock für mich, daß ich, ohne zu wissen, warum, fast in Tränen ausgebrochen wäre.
Tagelang lief ich in einer Art Trance herum. Neujahr war schon vorüber, als ich Thys endlich stellte und ihn fragte: »Hast du das ganze Gold weggeschenkt? Hast du nichts davon behalten?«
»Was für Gold?«
»Das von Heiligabend.«
»Aber das war doch kein richtiges Gold. Das waren Steine, die Hermien angemalt hatte.«
»Ich hab' geseh'n, wie sie sie angemalt hat, aber Heiligabend war's Gold. Du hast doch selbst gesagt: Gold un' Weihrauch un' Myrrhe.«
»Das war doch bloß 'n Krippenspiel, Mann!« Thys lachte. Ich

jedoch glaubte, daß er mich auf den Arm nehmen wollte. Ich hatte das Gold an dem Abend, da Jesus von seiner Mutter Hermien in Bethlehem geboren worden war, mit eigenen Augen gesehen.
»Warum hast du dir das Gesicht schwarz gemacht?« fragte ich ihn.
»Weil doch einer von den Weisen *schwarz* war.«
Ich hatte einen Kloß im Hals. »Naja«, sagte ich, die Stimme vor Ungeduld ganz heiser. »Wenn ihr's nächstes Jahr nochmal spielt . . . kann ich'n dann nich' den Schwarzen spiel'n?«
»'türlich nicht«, sagte er verächtlich. »Das geht doch nicht. Du bist doch nicht weiß.«
Damit fand ich mich ohne Widerrede ab. Es paßte nahtlos in das ganze Muster des Lebens auf der Farm, demzufolge Frans Viviers und seine Familie in dem großen kap-holländischen Herrenhaus lebten und wir in der Reihe Hütten dahinter; demzufolge sie die Sklavenglocke läuteten, wenn wir morgens aufstehen und an die Arbeit gehen sollten; ich das Reisig für den Ofen in der Küche brach, meine Mutter ihnen den Kaffee brachte und wir hinterher in den Weinberg zogen, um dort zu hacken, oder um die Erntezeit unter den Luchsaugen des kriegsversehrten Baas Trauben zu lesen; demzufolge Hermien und Willem und Thys mit dem Bus zur Schule fuhren und ich nachmittags mit ihnen zusammen auf der *stoep* hockte, wenn Hermien sie abhörte und ihnen bei den Hausaufgaben half; mein Vater Offiziersbursche gewesen war, der nach dem Krieg nicht zurückkehrte, wohingegen sein Baas wieder auf die Farm zurückgekehrt war; ich Sophies barfuß laufender Junge war und Hermien die Muttergottes.
Doch dieser Heilige Abend entzündete etwas in meinem Inneren, das ich monatelang mit mir herumtrug, ehe ich wagte, es Hermien gegenüber zu erwähnen:
»Miss Hermien, wenn wieder Heiligabend is', kann ich dann auch was mach'n?«
»Was denn, Joseph?«
»Wie letzt'n Heiligabend, Miss Hermien. Mit Maria und dem Kind und so.« Wonach ich mich fast verhaspelte, als ich über-

stürzt hinzufügte. »Aber ich wer' nich' stör'n. Ich mach' mein eigenes Kripp'nspiel.«
»Natürlich, Joseph. Möchtest du, daß ich dir dabei helfe?«
Gott, war sie mir nahe! Ich war ganz durcheinander. Ihr Haar war so lang und seidig, ihre Augen wie der Himmel Gottes und all seiner Engel. Sogar den Flaum auf der sanften Rundung ihres Unterarms konnte ich erkennen. Und fragte mich: Wie sich der wohl anfühlt? Wie weich? Ich schluckte und sagte: »Nö, Miss Hermien, is' schon gut. Ich schaff' das schon allein« – und machte, daß ich fortkam.
Binnen einer Woche hatte ich die Besetzung für mein Stück zusammen: die Geschichte vom Paradies, Jonnie Katkop war der Adam, ein stämmiger, o-beiniger Jungstier; die Eva sollte Tante Katys Tochter Lisa spielen, eine frühreife kleine Göre; ich selbst hatte mit großer Begeisterung und einem absoluten Mangel an Demut vor, nicht nur die Rolle des Lieben Gottes zu übernehmen, sondern auch noch die der Schlange. Außerdem sollte es noch ein rundes Dutzend Engel geben. Montags war Probentag, weil sich dann für das Gewand Gottes sowie seiner himmlischen Heerscharen genug Laken auf der Wäscheleine fanden; Jonnie und Lisa hatten natürlich nackt aufzutreten, was Anfangs nicht ohne empörten Protest abging, sie jedoch später mit großer Begeisterung erfüllte, nachdem sie erstmal den frommen Grund dafür begriffen und ich ihnen, sollten sie sich weigern, die Höllenqualen ausgemalt hatte, die sie in der ewigen Verdammnis erwarteten. Der Apfel hatte ewige Streiterein zwischen Adam und Eva über die Frage zur Folge, wer eigentlich ein Anrecht auf die größere Hälfte hatte; hinzu kam noch, daß Lisa bei einer der langen Proben Anfang Dezember, als es keine Äpfel gab, soviele grüne Aprikosen mampfte und einen so gewaltigen Durchmarsch bekam, daß sie fast gestorben wäre. Ich bestand darauf, daß sie ausgetauscht wurde, was Lisa so tief beleidigte, daß sie prompt ihre eigene Version ihrer nackten Schauspielerei darbot, was zur Folge hatte, daß das ganze Ensemble, die Engel sowie die arme Ersatzspielerin, die bisher bei keiner Probe dabei gewesen war,

eine gewaltige Abreibung bezogen – und das war das Ende meiner ersten Inszenierung.
Zu Weihnachten erfreuten uns neuerlich weiße Kinder mit ihrem Krippenspiel. Doch irgendwie hatte sich zwischen den beiden Vorstellungen von diesem und dem vorigen Jahr ein wichtiger Wandel vollzogen: in der ersten war die Verklärung vollständig gewesen; bei der zweiten, von der ich mit Bedacht ausgeschlossen worden war, blieben Gold, Weihrauch und Myrrhe bemalte Kieselsteine, Räucherzweige und Zimt in einer Blechbüchse.

Ich muß neun oder zehn gewesen sein, als wir – Hermien, Willem, Thys und ich – in dem riesigen 38er Hudson, der seine Glanzzeit längst hinter sich hatte, zum Circus nach Kapstadt fuhren. Ihre Mutter setzte uns auf der Parade ab, weil sie in der Stadt noch einkaufen wollte; nach der Vorstellung wollte sie uns wieder einsammeln. Eine Zeitlang besichtigten wir Zugmaschinen, Wohnwagen und Käfige, doch dann verjagte uns jemand. Da gab Willem mir Geld, damit ich mir an der *Non-Whites*-Kasse eine Eintrittskarte kaufen konnte; die anderen gingen zum Vordereingang mit den bunt strahlenden Glühbirnen und den farbigen Bändern, während ich mich an der Zeltrückseite anstellen mußte, wo ein gereizter Mann mit furchterregend rotem Gesicht sich unsere Karten ansah und unter einer Flut von Flüchen und Verwünschungen ins Innere trieb. Drinnen war es gerammelt voll, und zum Schluß saßen je zwei von uns auf einem Sitz. Auf der gegenüberliegenden Seite des Zelts, wo Willem und die anderen saßen, blieben ganze Blocks von Sitzplätzen frei. Aber mir machte das nichts aus. Das ganze war auch so wie ein Blick in den Himmel selbst, unvergleichlich viel schöner als die Krippenspiele auf der Farm. Die gewöhnliche Alltagswelt verwandelte sich in Wundersames. Nichts, was ich an diesem Tag zu sehen bekam, läßt sich mit irgend etwas mir Bekanntem vergleichen, und doch spielte es sich vor meinen Augen ab. Tänzelnde Pferde, denen Federbüschel aus dem Kopf wuchsen, Elefanten, die sich auf die Hinterbeine stellten, Löwen, die durch einen brennenden Reifen sprangen, ein Bär, der hinter einem Zwerg her war, göttliche

Geschöpfe in glitzernden Kostümen, die hoch über unseren Häuptern von Trapez zu Trapez flogen. Der rotgesichtige Mann, der uns hereingetrieben hatte, verschluckte zerbrochenes Glas und Rasierklingen und dazu noch einen großen Mundvoll Feuer. Und das alles zur Begleitung von Musik.
Es war so laut und so glanzvoll, daß es die Perspektive meines Alltagslebens grundlegend veränderte: Das hier war wirklicher als die Wirklichkeit, die ich bisher gekannt hatte; es bevölkerte meine Welt mit dem Unmöglichen, so daß ich ihm nie wieder auf Dauer entkommen konnte.
Mindestens eine ganze Woche danach blieb ich für mich. Später, gewiß, später rief ich meine Freunde zusammen, um unseren eigenen Circus mit ihnen zu gründen. Monatelang zog ich Kraft aus diesem lebendigen Traum. Versuchte ich, von einem zwischen zwei Bäumen aufgespannten Seil herab Saltos zu schlagen, holte ich mir am ganzen Körper blaue Flecken; Flappie versengte ich das Haar, als ich versuchte, ihn zu zwingen, Feuer zu schlukken; ich selbst bezog Prügel, als ich Federn aus dem Staubwedel herauszupfte, um meine ›Ponies‹ damit zu schmücken. In der ersten Woche jedoch behielt ich all dies für mich und fand überhaupt keinen Frieden. Ich quälte jeden auf der Farm, bis der Vorarbeiter mir anbot, mich beim nächstenmal, wenn er eine Ladung Kisten im Hafen abzuliefern hatte, mitzunehmen nach Kapstadt. Hoch oben auf dem Kistenstapel des Lastwagens thronend, ließ ich auf der langen Straße in die Stadt Weinberge und Obstplantagen an mir vorüberflitzen. Allmählich tauchte der Tafelberg vor uns auf und wurde im Blau immer größer; dann rings um uns her die Stadt. Auf der Parade, wo das Circuszelt gestanden hatte, ließ der Vorarbeiter mich aussteigen und drohte mir mit dem sicheren Tod, wenn ich die Rathausuhr aus den Augen verlöre und nicht Punkt vier auf ihn wartete.
Doch der Circus war nicht mehr da. Die Käfige waren verschwunden, die Traktoren und Wohnwagen, und natürlich das Zelt. Nicht einmal Spuren des Vergangenen waren zu finden, weder Sägemehl noch Pferdeäpfel, nichts. Nur Menschenscharen, die hektisch an mir vorübereilten und sich gegenseitig anrempel-

ten, Tische und Verkaufsstände voller merkwürdiger Warenangebote, eine gewaltige braune Frau mit Kräuterbündeln, Gewürzen und Wurzeln auf dem Pflaster vor ihr, Zeitungsverkäufer, die mit Trompetenstimme Käufer anlockten, Tauben, Autos, Fahrräder, Karren voller Obst; an der Ecke in der Nähe des Rathauses unter einer schäbigen Palme stand auf einer Kiste ein Mann und verkündete immer und immer wieder: »Wehe euch, wehe euch, wehe euch!« Einmal schoß ein Fischkarren an mir vorüber, vollgepackt mit den schimmernden Leibern von Snoek und Geelbek, Kabeljau und Makrelen – und das unter Signalhornstößen, die einem durch Mark und Bein gingen. Um die Mittagsstunde eine Kapelle mit blitzenden Messinginstrumenten und einer gewaltigen Trommel, dazu eine Gruppe schriller Frauenstimmen (nebst der eines kleinen Mannes mit Lippenbart und tränenden Augen, blauen Venen an der Nase und einer erschreckenden Baßstimme in ihrer Mitte), die tapfer sangen: »Vorwärts, christliche Soldaten . . .!«
Doch der Circus, der Circus war verschwunden. Nichts war zurückgeblieben von den fliegenden Artisten, den mit Federn geschmückten Pferden, dem springenden Löwen, den Zauberkünstlern, den Zwergen, Clowns, Kamelen und Elefanten. *Und doch war das alles da gewesen!* Das wußte ich, ich hatte es mit eigenen Augen gesehen!
Schüchtern wagte ich mich in die Seitenstraßen vor. Vorm Bahnhof zögerte ich; vielleicht war der Circus hier vorübergekommen und war dort drinnen. Aber ich hatte zuviel Angst, um zu fragen. Später ging ich die Straße weiter hinunter, kam an dem Van Riebeeck-Denkmal vorbei, ging weiter in Richtung Hafen. Reihenweise lagen dort Schiffe an den Quais vertäut, manche von Rauch und Flaggen bedeckt; und weit draußen auf dem offenen Wasser war ein weißes Schiff auf dem Weg hinaus aufs unendliche Meer; vielleicht fuhr es um die Welt, und vielleicht war der Circus an Bord samt seinen plattfüßigen Clowns, Feuerfressern und fahrradfahrenden Affen, alles fort, fort, auf dem Weg ins Nirgendwo, in die grenzenlose Welt. Die Kehle schnürte sich mir zu. Ich konnte nicht schlucken. Ich wollte nicht ohne meinen

Circus hier zurückbleiben, kam mir von Gott und den Menschen verlassen vor. Und machte mir in die Hose, weil man nirgends pinkeln konnte.

»Eines Tages werde ich weglaufen«, sagte ich zu Willem, als ich wieder auf der Farm war. »Dann geh' ich zum Circus un' komm' nie wieder.«

Er stieß ein Schnauben aus. »Du weißt doch, was sie mit denen machen, die weglaufen, oder?«

Ja, das wußte ich. Sagrys von Onkel Jakes war mal weggelaufen. Monatelang hatte er gedroht, es zu tun; er war sechzehn und hatte die Nase von der Farm voll, deshalb lief er weg. Drei Tage suchten sie nach ihm; dann wurde er auf einem Lieferwagen zurückgebracht. Der Vorarbeiter fragte ihn: »Sagrys, muß ich dich zur Polizei bringen, oder soll ich dich selbst versohlen.«

»Baas kann mich prügeln«, murmelte er, die Augen auf die Füße gesenkt; wie grau und dünn seine Beine plötzlich aussahen, die da aus den schlaff herabhängenden Khakishorts hervorkamen! Sie brachten ihn in die Scheune und machten die große Tür hinter ihm zu. Ich wußte, wie dunkel es darin war, wenn diese Tür geschlossen war und nur ein paar Löcher lange spitze Nägel aus wildem Licht hereinließen. Ich saß zusammen mit Willem, Thys und Hermien hinten auf der *stoep*. Sie war es, die sagte: »Laßt uns gehen. Ich will nicht in der Nähe sein.« Wir gingen auf die andere Seite des Hauses hinüber. Aber dem Klatschen der langsam und mit großer Regelmäßigkeit fallenden Schläge konnten wir nicht entgehen; das ergab jedesmal einen dumpf-schmatzenden Laut, und Sagrys heulte auf. Er weinte nicht wie ein Mensch; es war vielmehr das Geheul eines Nachttiers, ein gleichbleibend hoher Laut, der ihm herausgezogen wurde wie ein Darm. Wir standen unter den Eichen und versuchten, nicht hinzuhören, lauschten aber gleichwohl mit krankmachender Intensität. Hermien war blaß geworden; Schweißperlen standen ihr auf der Stirn, und sie atmete tief. Auf der anderen Seite des Hauses ging die Züchtigung weiter und das Geheul hielt an. Hermien gab merkwürdige kleine Laute von sich, aber ein Lachen war das nicht. Es ging immer weiter. Jetzt weinte sie. Und plötzlich packte sie mich bei den Schultern und schüttelte mich, bis mir die Zähne klapperten. »Hörst du das?« rief sie laut, »hörst du das? Komm bloß nie auf den Gedanken wegzulaufen, Joseph! Wag das niemals!« Ich riß mich von ihr los, krümmte mich und übergab mich. Das ging so weiter, bis ich das Gefühl hatte, daß nichts mehr in mir wäre; und trotzdem würgte ich, als ob mein Magen versuchte, mich selbst loszuwerden. Als ich endlich aufhörte, war es auf der Farm sehr still, nur die Finken zwitscherten in den Bäumen.

Hinterm Haus des Vorarbeiters stellten wir immer unsere selbstgebaute Falle auf, um die roten und gelben Finken zu fangen. Dort wurde abends neben dem Abort das Geflügel gefüttert; deshalb kamen an den langen Nachmittagen, wenn Hühner und Enten im Schatten der Bäume Schutz suchten, Schwärme von Finken aus den Kronen herunter, um aufzupicken, was das Federvieh übriggelassen hatte. Mit der Zeit wurden sie klug, und so wurde es immer schwieriger, sie unter die aus Holz und Gaze gebastelten Fallen zu locken, doch wenn man die erforderliche Geduld aufbrachte, schaffte man es immer noch einmal. Für gewöhnlich versteckten wir – Willem, Thys und ich – uns hinter dem Abort und wechselten uns ab, an der Schnur zu ziehen und die Falle zum Einsturz zu bringen; wieviel wir dabei fingen, merkten wir uns ganz genau. Am Spätnachmittag gingen wir dann mit Schnur, Falle und den gefangenen Vögeln heim. Manchmal verkauften Willem und Thys die Finken in der Schule, doch kam das nur sehr selten vor, denn im allgemeinen schlich ich mich nach Einbruch der Dunkelheit noch einmal auf die *stoep*, um die Vögel freizulassen. Dazu hatte ich keinen besonderen Grund. Nachdem ich es einmal gemacht hatte, wurde es mir zur Gewohnheit. Willem und Thys kamen nie dahinter. Wir verbrachten Stunden damit, die Käfige zu reparieren und jeden möglichen Schlitz oder jedes Schlupfloch zu verstopfen, wobei ich gewissenhaft half; trotzdem entkamen die Vögel immer wieder. Vielleicht wurde es für Willem und Thys irgendwann auch zu einem Ritual. Schließlich gab es immer ein Morgen, wo man neue Vögel fangen konnte.

Der Nachmittag, um den es hier geht, begann wie alle anderen. Zweimal brachten wir die Falle zum Einsturz, das erstemal zu früh, beim zweitenmal fingen wir einen einzelnen Spatz, der davonschwirrte, als Willem versuchte, ihn herauszuholen. Ist einem so ein Vogel einmal entwischt, fällt es verdammt schwer, nochmal einen unter die Gaze zu locken. Doch der Tag war warm, alle waren ziemlich schlapp, und in den fernen Weinbergen hörte man Kindergekreisch. In den Bäumen zirpten die Zikaden, und wir hatten sonst nichts zu tun. Als das Nachmittagslicht überm Hof gelblicher wurde, gingen wir im Stausee Schwimmen, molken die beiden Kühe und atmeten den Geruch von Euter, Jauche und Gras ein; danach schleppten wir die beiden schweren Milcheimer in die Milchkammer, wo Paulus die Milch entrahmte; noch heute höre ich das eintönige Gebimmel des Glöckchens am roten Griff sowie das schäumende Geräusch der Milch und sehe das kleine, crèmefarbene Rinnsal des Rahms aus der Tülle herausfließen; hinterher sollten Willem und Thys in dem großen Haus verschwinden und ich mit meinem kleinen Eimer entrahmter Milch über den dunkelnden Farmhof auf die Stelle zugehen, wo die Ölfunzel einen orangefarbenen Fleck an die gewürfelten Vorhänge und auf die untere Hälfte der Fichtenholztür malte. Doch all das sollte erst später geschehen. Im Moment schien immer noch die Sonne, und der Nachmittag schien endlos. Wir lagen auf dem Bauch und warteten darauf, daß die Vögel zurückkamen.

Von der Küchentür her näherte sich die Frau des Vorarbeiters. Wir hörten die fliegendrahtbespannte Tür zuklappen und sahen sie auf das Klo zukommen: eine dicke Frau mit Männerhut auf dem Kopf, die mit rudernden Armbewegungen auf uns zuwatschelte. Auch an anderen Nachmittagen hatten wir sie schon im Hof gesehen und dabei geflucht, weil sie die Vögel verscheuchte, doch das war alles gewesen. Warum es diesmal so ganz anders kam? Nun, die Klotür quietschte und wurde zugezogen, und von drinnen hörten wir den schabenden Laut des Riegels, der vorgelegt wurde.

Dann flüsterte Willem: »Hey, schaut!« Damit hob er den schweren Segeltuchvorhang hinten, wo der Eimer stand. Flüsternd und kichernd spähten wir hinein; der warme Geruch von Ausdünstungen und Ausscheidungen war überwältigend. Angezogen und angewidert zugleich und von unterdrücktem Lachreiz geplagt sahen wir zu – aber nur für einen Moment, denn Willem verlor, da wir anderen uns gegen ihn lehnten, das Gleichgewicht, der Vorhang fiel klatschend herunter. Drinnen hörten wir einen gedämpften Schrei, und dann ging die Tür auf. Noch nie hatten wir die Beine so schnell in die Hand genommen. Wir rannten über den Hof hinten, nahmen im Vorüberhasten die Falle mit, verschwanden unter den ersten Obstbäumen, da kam die Frau des Vorarbeiters, den Schlüpfer um die Fußgelenke geringelt, um die Ecke gehumpelt. Wir liefen die Pflugfurchen zwischen den Baumreihen entlang und duckten uns, damit sie uns nicht erkannte; wir stolperten, fielen und rappelten uns wieder hoch, bis wir schließlich völlig außer Atem den Pflaumengarten ganz hinten erreichten, von wo aus wir einen weiten Bogen schlugen, um nach Hause zurückzukommen. Am Rand des Farmhofs blieben wir schwer atmend stehen. Wir sahen einander an und versuchten zu lachen, doch es klang gequält, und wir vermieden es, den anderen in die Augen zu sehen.

»Hmhm . . .«, sagte Willem.

Von einem Fuß auf den anderen tretend, standen wir da. Thys hob einen Stein auf und schleuderte ihn so weit er konnte hoch über das strohbedeckte Dach des Farmhauses.

»Ich hab' zu tun«, sagte ich.

Wir gingen auseinander; ich selbst war auf der Hut, doch hatte ich ein ungutes Gefühl im Magen.

Ich ging am Haus vorüber zum Staudamm, setzte mich auf die andere Seite und warf kleine Steine ins Wasser. Die Enten quakten und protestierten gegen die Strömung. Ich warf immer wieder mit Steinen, zornig, erbost und belustigt. Sie hat da gesessen, dachte ich. Ich habe sie gesehen. Sie ist eine Weiße. Und es besteht nicht der geringste Unterschied, sie sieht da unten genauso aus und riecht auch genauso wie eine Coloured.

Gestern abend, nachdem ich endlich aufgehört hatte zu schreiben und mich schlafenlegte, hatte ich einen Traum, den ich in ähnlicher Weise schon oft geträumt habe: Jessica und ich spülen uns im Tümpel am Strand den Sand ab; ich kniee vor ihr und vergrabe das Gesicht zwischen ihren Schenkeln; sie wendet sich von mir ab und anderen zu: doch diesmal war es nicht der Konvoi der grünen Eiswagen, sondern eine Circuskolonne, und der Mann, mit dem sie wegging, hatte ein blutrotes Gesicht und spie Feuer. Zitternd vor Kälte wachte ich auf. Sie geben einem nie genug Wolldecken, und je weiter die Nacht fortschreitet, desto höher kriecht die Kälte von den Füßen kommend herauf. Über mir brannte immer noch die ewige Glühbirne, doch draußen, das wußte ich, war es Nacht, und die war gastlicher als meine erleuchtete Zelle. Ich dachte: Wenn ich morgen abend wieder schreibe, muß ich von Jessica schreiben, um meine Einsamkeit mit ihr zu füllen. Doch jetzt begreife ich, daß die Zeit noch nicht gekommen ist. Zunächst gilt es, den Grundmustern wieder auf die Spur zu kommen und sie neu zu ordnen.
Tastend suche ich nach einem Sinn hinter meinen zufälligen Erinnerungen. Ich weiß, daß es ihn geben muß, irgendwo in dem ständigen Bemühen – selbst als Kind bereits – inmitten ständig sich verschiebender Wahrheiten den Platz zu finden, wo ich hingehöre. Diese Wahrheiten sind allesamt Syndrome eines zentralen Fragenkomplexes: Wo gehöre ich hin? Wer bin ich? Diese Fragen konnte ich vor Gott oder den respektlosen Enten am schlammigen Damm vor mich hinsprechen und dabei meinen Worten nachsinnen wie den Perlen eines Rosenkranzes: *Ich bin Joseph. Meine Mutter ist Sophie. Sie ist Hermien.* Doch brachte mich das irgendwelchen Lösungen näher? Ich war noch zu jung und zu ungeduldig, zu sehr ein Fremdling auf unserem Hof und in der Welt, um zu begreifen, daß es einige Fragen gibt, deren einziger Sinn darin besteht, daß sie nicht zu beantworten sind. Und im allgemeinen war es meine Mutter, die unter meiner Verunsicherung zu leiden hatte.
Sie tat ihr bestes, mir Antworten zu geben, obwohl die meisten davon negativ ausfielen, eine rührende Sammlung von Gewißhei-

ten, die mit dem *Du sollst nicht – du sollst nicht – du sollst nicht* beginnen. Das Aufsagen der Zehn Gebote bereitete ihr unendliche Freude; dann schien alles einfach, und es klang überzeugend für mich. Doch es dauerte nie lange an, denn wie sollte ich ihre Regeln anerkennen, wo sie sie doch ebenso offenkundig wie häufig übertrat? Doch wenn ich sie danach auszufragen wagte, hielt sie stets eine Reihe von Erklärungen für mich bereit. »In den Zehn Geboten heißt es nur, du sollst nicht begehren deines Nächsten *Weib*; von einem Mann steht da nichts, das kannst du nachschlagen.« Häufig endeten ihre Predigten mit einem: »Joseph, sieh mal, tagsüber schind' ich mich bis auf die Knochen für die Weißen, aber wenn es dunkel is', dann kommt unsre Zeit. Der HErr hat uns die Nacht gegeben, damit auch wir'n bißchen Glück erfahr'n; die Tage sind höllisch genug.«

Doch jedesmal, wenn ich sie beim Wort nahm und meinerseits versuchte, ein bißchen Spaß zu haben, gerbte sie mir das Fell und drohte mir mit ewiger Verdammnis, wobei am Schluß immer die finstere Ermahnung stand: »Gott schläft nich'.«

Infolgedessen fand ich mich allmählich damit ab, daß ›die Wahrheit meiner Mutter‹ Teil der unbegreiflichen Ordnung war, die mein Leben bestimmte. Es erfüllte mich sogar mit Stolz, wenn der eine oder andere zu mir sagte: ›Joseph, dein' Mutter is' die beste Frau, die der HErr jemals mit sein' beide'n Händen gemacht hat. Schau nur, wie sie geht, schau nur, wie sie kommt. Es gibt keine and're, die so is' wie sie. Is' es für dich un' is' es für mich, jawohl.«

Manchmal aber war es erschreckend, bei ihr meine eigenen Ungewißheiten wiederzufinden, und das, wo sie doch eigentlich so sicher zwischen Gut und Böse zu unterscheiden vermochte. Das äußerte sich nur allzu deutlich in ihren Sonntagsstimmungen, wenn sie sich hinsetzte, aufstand, im Zimmer auf- und abging, sich wieder hinsetzte, neuerlich aufstand, wieder hin- und herging, um schließlich an der Tür stehenzubleiben, sich auf die untere Hälfte zu lehnen, hinauszuschauen und aufseufzend zu sagen: ›Ich komm' mir heute wirklich wieder vor wie 'ne Scheißfliege inne Scheißflasche.‹

»Was hast du denn nur, Ma?«
»So'n Sonntag is' einfach unerträglich.« Neuerliches Aufseufzen.
»Liegt das daran, daß Gott heut' nicht arbeitet?«
»Gott hat damit nix zu tun.«
»Was macht er denn heute so, Ma? Das mit der Erschaffung der Welt ist doch schon so lange her.«
»Er läßt uns Zeit, sie kaputtzumach'n, damit er kommen un' sie wieder heilmach'n kann.«
»Wie machen wir sie denn kaputt, Ma?«
»Och, hör schon auf, Mann!«
Irgendwann fragte ich sie dann wohl: »Was machen wir eigentlich hier, Ma?«
»Wie meinstu das? Wir leb'n hier. Wir gehör'n hierher.«
»Wieso gehör'n wir hierher?«
»Weil wir hierher gehör'n.«
»Die andere Missus hat gesagt, ich weiß nicht, wo ich hingehör'.«
»Himmelundhölle!«
Da schob ich mich vorsichtig näher an sie heran, wo sie mit ihren vollen, runden Brüsten über der Halbtür lehnte. »Ich red' doch nicht von der Farm, Ma.«
»Wovon denn?«
»Warum wir *leben*, Ma.«
»Wer viel fragt, kriegt viele Antwort'n.« Und während ich dastand und gereizt und unbefriedigt am Riegel herumfummelte, setzte sie plötzlich noch hinzu: »Ag ja, wir alle hock'n auf'm Hinterhof von'n Baas sein Leben.«
Dies ist für mich das bleibende Bild unserer sonntäglichen Traurigkeit: neben meiner Mutter zu stehen und hinauszuschauen auf den leeren Hof, wo die Zikaden zirpen und die Eidechsen regungslos auf den flachen Steinen in der Sonne liegen, wo die Bachstelze hurtig auf dem dunklen Fleck herumhüpft, der vom Spülwasser zurückgeblieben ist, und der Würger neben dem Rankgitter auf dem Zaun sitzt, während der von ihm gefangene Grashüpfer sich auf dem Dorn, mit dem er seinen grünen Leib

durchbohrt hat, nur noch schwach wehrt; und wo eine *bokmakierie* hoch in den Bäumen ihre erschreckend reinen und traurigen Rufe ertönen läßt: *Bok-bok-makierie! Bok-bok-makierie!* Woraufhin meine Mutter tief aufseufzte, ihr Gewicht auf den anderen Fuß verlagerte und ihr altes Klagelied anstimmte: »Ag ja, wir alle hock'n auf'n Hinterhof von'n Baas sein Leben.«
Gegen Abend jedoch, nach ihrem Waschritual am Wasserhahn hinterm Haus, legte sich ihre sonntägliche Gedrücktheit allmählich; da trug sie nur noch ihren weißen Unterrock und rubbelte sich die langen braunen Beine, bis sie glatt und glänzend waren. Dann zog sie für den Abend ein sauberes Kleid an und räumte lächelnd vor sich hinsummend das Haus auf. Denn sie fühlte sich im Dunkeln geborgen. Bald sollten die Besucher kommen, vielleicht einer mit einer Gitarre, die er sanft im Dunkeln schluchzen ließ, während viele Stimmen in die traurig schmachtenden Lieder einfielen. Wenn sie gingen, blieb immer einer bei ihr zurück, und ich hörte in der Nacht noch stundenlang ihr Geflüster hinter dem Wandschirm, ihre Stimme und seine, und das Quietschen der Bettfedern. Während sie langsam ihre Traurigkeit abstreifte, wollte die meine noch lange nicht weichen, denn ich lag wach im Dunkeln und lauschte, wie die Zweige der Eiche übers Dach kratzten, ein Hund bellte und vielleicht eine Eule im Schornstein wehklagte wie der Wind.
Das einzige, das mir half, das Gefühl der Verlassenheit zu vertreiben, war, dazuliegen und Wörter vor mich hin zu flüstern, bis ihr Klang seine beschwichtigende Wirkung ausübte und es allmählich verflog: »Genesis, Exodus, Levitikus, 4. Buch Mosis, 5. Buch Mosis, Buch Josua, Buch der Richter, das Buch Ruth ... oder Sätze aus dem Gottesdienst mit Heiligem Abendmahl, oder x-beliebige Wörter: »Nichtsdestotrotz ...«

Das Heilige Abendmahl gehörte zu den Gewißheiten, an die ich mich halten konnte. Keine Gewißheit von fest umrissener Bedeutung zwar, dafür aber etwas Vertrautes, auf das man sich verlassen konnte, weil das Ritual sich nie änderte und weil ein Wunder mit im Spiel war: daß Wein sich in Blut verwandelte und aus

dem weißen Brot der weiße Leib des HErrn wurde. Doch selbst diese Wahrheit wurde erschüttert und gehörte damit zu dem endlosen Prozeß der Desillusionierung.
Das ging nicht ganz ohne ein Stück Komödie ab, und dafür war Oom Koot verantwortlich, der Küster der Missionskirche. Die Missionskirche lag ein paar Meilen von uns entfernt, so daß wir dort nur selten hingingen, höchstens zu einer Taufe oder einer Erstkommunion – ansonsten gingen wir immer zur Kirche der Weißen, was damals noch erlaubt war. An Oom Koots erinnere ich mich vornehmlich wegen seiner besonderen Art zu singen. Er war nämlich stolzer Besitzer eines großen, falschen Gebisses, das irgendwelche Verwandten aus zweiter Hand auf der Parade gekauft und ihm zu Weihnachten geschenkt hatten. Die falschen Zähne paßten nicht besonders gut, und um zu verhindern, daß sie ihm beim Singen aus dem Mund fielen, hatte er sich angewöhnt, den Mund nach jeder Silbe zuzumachen. »Ein. Fes. Te. Burg. Ist. Un. Serr Gott . . .«
Eines Samstags fuhren Oom Koot und ein Lieferwagen voller Gemeindemitglieder an den Strand von Melkbos, wo sie sich köstlich amüsierten, bis Oom Koot von einer unerwartet großen Welle umgerissen wurde und das Oberteil seines Gebisses in der wild schäumenden Brandung verlor. Eine Zeitlang tauchte und suchte er entschlossen überall im Wasser herum, freilich ohne Erfolg. Da er nun aber ein recht temperamentvoller alter Mann war, wurde er so wütend, daß er auch noch das Unterteil herausriß und hinter dem Oberteil her ins Wasser warf, getreu dem Motto, daß dem, der nichts hat, auch noch das genommen werden soll, was er hat.
Mit eingefallenem Mund fuhr er nach Hause und weigerte sich, mit irgend jemandem zu sprechen. Am Abend dieses Tages gab es einen Gottesdienst, der auf das Heilige Abendmahl vorbereiten sollten, doch er sang kein Wort mit. Am nächsten Morgen, unmittelbar vorm Abendmahlsgottesdienst, brachte jemand die Neuigkeit heim, Oom Koots oberes Gebiß, das von der Welle hinweggespült worden war, sei am Strand gefunden worden. Der HErr hat's genommen, und der HErr hat's wiedergegeben. Kein

Wunder, daß der alte Mann sich furchtbar ärgerte. Den ganzen langen Gottesdienst hindurch saß er da. Doch nachdem die Gemeinde heimgegangen war, versuchte er, sich lästerlich an Gott zu rächen, indem er den ganzen Vorrat an Abendmahlwein in der Sakristei austrank. Als das kurz vor Beginn der Abendandacht am nächsten Tag entdeckt wurde, war er noch sturzbetrunken und sang zwerchfellerschütternd mit zahnlosem Mund wie eine alte, schmatzende Schildkröte.
Was mich an der ganzen Sache aufregte, war die Rolle des Weins. Meinem kindlichen Glauben zufolge hätte der Wein mittlerweile längst zu Blut geworden sein müssen, und Blut macht nicht betrunken. Wenn Oom Koot sich wirklich an dem beduselte, was er in der Sakristei getrunken hatte, bedeutete das, daß man die ganze Geschichte von Wein und Blut sowie Brot und Leib ernstlich bezweifeln mußte. Wird man erwachsen und ist nicht mehr so sehr der Vorstellung des Absoluten verhaftet, wird man in dieser Beziehung weniger verletzlich; so kam auch bald eine Zeit, da ich in der Rückschau über mich lachen konnte. Doch irgend etwas von diesem ursprünglichen Schock und Glaubensverlust steckte immer noch in mir, ein machtvolles Geheimnis. Damals konnte ich mich gegen derlei Erlebnisse nur wehren, indem ich mich immer tiefer in die Phantasiewelt zurückzog, die ich am Staudamm für mich erschaffen hatte, entweder allein oder zusammen mit Freunden. So spielte ich zusammen mit Willem, Thys und ein paar anderen die ganze Geschichte von Oom Koot durch – eine Theateraufführung, die manche von unseren Zuschauern vor Lachen schreien ließ, wohingegen andere zu dem Schluß kamen, daß wir unweigerlich in die Hölle fahren würden. Für mich war nur wichtig, daß das Stück mich auf eine sonderbare Weise befähigte, mit dem Geschehenen zurande zu kommen. Indem ich mich in eben den zahnlosen Oom Koot verwandelte, konnte ich seine Entweihung austreiben wie den Teufel: und das bedeutete schon mehr, als nur mit geschlossenen Augen am Damm zu sitzen und den Enten gegenüber zu wiederholen: »Ich bin Joseph. Ich bin Hermien. Ich bin Sophie. Ich bin mein Vater.«

Auf ganz und gar unerwartete Weise wurde mein Vater zu einem entscheidenden Faktor in meinem Leben. Das geschah eines Nachmittags, als ich im Schutze des Damms *Robinson Crusoe* las. Ich war so sehr in das Buch vertieft, daß ich alles andere vergaß und wie von Sinnen vor Angst war, als plötzlich ein langer Schatten auf mich fiel, ich aufblickte und Viviers auf dem Damm über mir auftauchen sah.

Daß ich das Buch hier las, war durchaus nichts Normales. Bisher hatte ich nur während des Unterrichts zusammen mit Willem und Thys gelesen, unter der ebenso festen wie sanften Anleitung von Hermien. Ein Buch hatte ich nie besessen; Bücher gehörten zur Welt der Weißen, so wie Weihnachtskonzerte, Schulbesuch, Nachtisch oder neue Kleider. Dann hatte Willem sich am Kap *Robinson Crusoe* gekauft und dafür die Hälfte des Geldes ausgegeben, das er sich den Sommer über beim Aprikosenabpacken verdient hatte. Es handelte sich um eine große, reich illustrierte Ausgabe – Willem hatte schon immer Sinn für schöne Bücher –, und einmal hatte er mir erlaubt, es zusammen mit ihm durchzublättern. Ansonsten trieb ich mich immer im Hintergrund herum, wenn er sich nach dem Nachmittagsunterricht auf den Bauch legte, um unter den Geranien zu lesen. Eines Tages jedoch waren unerwartet Gäste gekommen, und Willem und Thys waren mit den Jungen zum Stausee gegangen, um ein Boot zu bauen. Vergessen lag das Buch unter den blutroten Blumen. Zehn-, zwanzigmal ging ich daran vorüber und wagte nicht, es anzurühren. Stunden später kamen Willem und die anderen vom Damm herunter, der Besuch fuhr in einer Staubwolke davon, wir gingen die Kühe melken, die Glocke, die zum Abendessen rief, ertönte durch das große offenstehende Eßzimmerfenster – und als ich endlich mit dem Eimer Magermilch nach Hause ging, lag der *Robinson Crusoe* immer noch neben dem Blumenbeet. Spät am Abend schlich ich mich über den Hof. Das Buch lag immer noch da. Ich redete mir ein, es vor Wind und Tau retten zu müssen; ich wollte es über Nacht aufheben und Willem am nächsten Tag zurückgeben; und während meine Mutter Nachbarn besuchte, versteckte ich das Buch unter meiner Matratze. In dieser Nacht

drückte ich kaum ein Auge zu. Am nächsten Morgen konnte ich der Angewohnheit meiner Mutter, Choräle zu singen, zum erstenmal eine positive Seite abgewinnen.
Am Nachmittag wurde der gesamte Hof nach dem verlorenen Buch abgesucht. Es wäre so einfach gewesen, Willem zu sagen: »Du hast das Buch draußen liegenlassen, und da habe ich es für dich aufgehoben.« Aber ich bewahrte Schweigen. Ja, ich half sogar beim Suchen. Für mich war unbegreiflich, daß ihr Verdacht nicht gleich auf mich gefallen war, und mit der Zeit verstärkte das mein Schuldbewußtsein. Schließlich war das ganze schlimmer als bloßer Diebstahl. *(Du sollst nicht töten, du sollst nicht ehebrechen, du sollst nicht stehlen!)*: Was ich an mich genommen hatte, stammte aus einer Welt, die vollkommen anders war als die meine, einem Bereich, der vollkommen tabu war.
Noch lange, nachdem Willem sich schließlich mit dem Verlust des Buches abgefunden hatte, hatte ich viel zu große Angst, es unter meiner Matratze hervorzuholen. Dort lag es, und nachts spürte ich es unter mir wie im Märchen die Prinzessin die Erbse. Ein Monat oder mehr mußten vergangen sein, bevor ich es schließlich am ganzen Leib zitternd und mit angehaltenem Atem hervorholte. Es hätte mich nicht im mindesten überrascht, wäre es in meiner Hand plötzlich in Flammen aufgegangen. Doch nichts geschah, und das Fieber legte sich. Das Buch säuberlich in eine Zeitung gewickelt, die ich im Abfalleimer gefunden hatte, eilte ich zum Damm. Von Stund an standen meine Tage im Zauber von *Robinson Crusoe*. Was ich in Händen hielt, ließ eine ganz neue Welt entstehen, und das noch mit aller Autorität des gedruckten Wortes.
Und ausgerechnet da tauchte die hagere Gestalt des Baas oben auf dem Damm auf.
Ag, Gott, dachte ich. Jetzt ist es aus. Das ist schlimmer als Sagrys Weglaufen.
»Sagst du mir nicht guten Tag, Joseph?«
»'tschuldigung, Baas. Gut'n Tag, Baas.«
Er machte keinerlei Anstalten, sich zu bewegen, und da die Sonne direkt hinter seinem Hut stand, sah es aus, als wäre er

es, der das ganze unerträgliche Licht ausstrahlte. Sein Schatten lief als langes schwarzes Band den Abhang herunter und fiel direkt auf mich. Er stand da und beobachtete mich, und ich sah nicht weg; ich war außerstande, die Augen zu bewegen. Wie er hoch dort oben stand, war er groß wie Gott.
»Was machst du da, Joseph?«
»Nichts, Baas. Weiß nicht', Baas. Ich sitz' einfach nur so da.«
»Ist das ein Buch, das du da liest?«
Meine Kehle war trocken. Ich hatte auch keine Tränen in den Augen. Ich mußte an die langsam fallenden, rhythmischen Schläge in der Scheune sowie Sagrys nicht enden wollende Schreie denken. Langsam kam er den Hang herunter – langsam, da er ja eine lahme Hüfte hatte. Die Sonne blendete mich.
»Hermien hat mir gesagt, wie gut du lesen kannst«, sagt er, als er neben mir stand.
Ich spürte, wie mir die Hände zitterten, als er das Buch nahm, um es sich genauer anzusehen.
»Ist das Willems *Robinson Crusoe*?« fragte er.
Ich brachte keinen Ton heraus. Bring mich in die Scheune, wollte ich sagen. Du kannst mich verdammtnochmal umbringen, wenn du willst.
»Ich hab's nicht nehmen woll'n, Baas. Ich hab's ihm zurückgeben woll'n.«
Er stand sehr still da, und ich sah ihm zu, wie er sich die Pfeife ansteckte, den ganzen umständlichen Vorgang lang. Nach dem dritten Streichholz, als seinem Mund endlich Rauch entquoll, sagte er plötzlich: »Dein Vater hat auch immer ein Buch dabeigehabt – wohin er auch ging.«
»Ja, Baas. *The Pilgrim's Progress*, Baas.«
»Woher weißt du das? Du warst doch noch ein Baby, als er mit mir fortging.«
»Meine Mutter hat mir das erzählt, Baas.«
»Was hat sie dir erzählt?«
Argwöhnisch blickte ich auf. Immer noch unsicher, doch schon recht erleichtert, sagte ich! »Alles von mein' Vater und seinen Leuten, Baas, ganz von Anfang an.«

»Dein Vater war ein Mann, der die ganze Welt gegen sich hatte.« Er stellte sein steifes Bein anders hin. »Er wollte nicht in den Krieg ziehen, aber ich habe ihn gezwungen.« Er zog an der Pfeife und benutzte das abgebrannte Zündholz, um die Asche oben zurückzudrücken. »Man kann nicht immer voraussehen, was die Zukunft bringt. Und es gibt Dinge, die man hinterher nicht mehr reparieren kann.«
Ich erkannte, daß er mich ansah, als erwartete er eine Antwort, und so entfuhr es mir: »Man nich' reparieren kann, nein, Baas, ja, Baas.«
»Ich beobachtete dich schon seit geraumer Zeit, Joseph. Ihr Coloureds seid schon ein gottloser Haufen. Aber dein Vater war anders, er hat auch nie getrunken wie alle anderen. Sieht so aus, als schlügest du ihm nach. Deshalb möchte ich dir eine Chance im Leben geben, Joseph. Ich habe mit meiner Frau darüber gesprochen, und sie denkt genauso wie ich. Ich möchte dir die Chance geben, etwas zu lernen.«
Offenen Mundes starrte ich ihn an. »Baas?«
»Von Montag an gehst du mit in die Schule. Wir werden sehen, wie du dich machst. Vielleicht kannst du ein Handwerk erlernen oder sonst etwas Nützliches machen. Hoffentlich enttäuschst du mich nicht, Joseph.« Und dann, gleichsam um sicherzugehen, daß ich ihn auch verstanden hatte, setzte er noch hinzu: »Zu diesem Entschluß bin ich um deines Vaters willen gekommen.«
»Danke, Baas.«
Schon wollte er weggehen, da warf er noch einen Blick auf den *Robinson Crusoe* in seiner Hand. »Was das Buch betrifft . . .«, sagte er. »Komm nach dem Melken ins Haus und hole dir deine Bestrafung ab.« Dann stieg er steifbeinig die Böschung des Dammes hinauf auf die Sonne zu.
Ich blieb sitzen und verfolgte, wie der Nachmittag sich langsam von mir entfernte.
Soweit ich mich zurückerinnern konnte, hatte ich eine schreckliche Angst vor Schmerzen und allen Formen körperlichen Leidens gehabt. Die Art, wie meine Mutter unsere Geschichte erzählte, hatte mich nicht immun gegen Schmerzen gemacht, im

Gegenteil, eher verwundbarer. Die Art, wie ich damals auf Sagrys Prügelstrafe reagiert hatte, war ganz spontan und unüberlegt gewesen. Und jetzt erwartete sie mich nach dem Melken. Wenn ich jetzt davonlief...? Das würde es nur umso schlimmer machen. Mir blieb nichts anderes übrig, als zu warten und jede qualvolle Minute dieses endlosen Nachmittags durchzustehen.
Als endlich die Sonne dicht über dem Kamm der Berge angelangt war, stand ich auf. Die Beine unter mir waren fühllos, doch ging ich, um beim Melken zu helfen. Mir war schwindlig.
»Ist dir schlecht, oder was ist?« fragte Willem.
Ich gab ihm keine Antwort, ließ den Kopf hängen und hoffte, daß das Euter der Kuh niemals leer würde. So langsam wie möglich trug ich den Eimer in die Milchkammer. Den ganzen Nachmittag über war die Zeit stehengeblieben. Jetzt plötzlich konnte sie nichts mehr aufhalten.
Ob wohl auch ich in einer halben Stunde in der Scheune schreien würde wie Sagrys? Ich machte die Augen zu und ballte die Hände zur Faust. Nein, das würde ich nicht tun. Ich schwor bei Gott, daß ich nicht schreien würde. Und wenn sie mich umbrachten, ich würde keinen Laut von mir geben. Ich würde es ihnen zeigen. Durch das Rauschen des Blutes in meinen Ohren hörte ich die Glöckchen an der Zentrifuge aufhören zu bimmeln, wieder bimmeln und wieder aufhören. Es war soweit.
Und plötzlich fiel alle Angst von mir ab. Jetzt, da der Augenblick gekommen war, erfüllte mich eine furchtbare Ruhe. Als ich den Eimer mit der entrahmten Milch nahm und neben der Treppe abstellte, die zur *stoep* hinaufführte, zitterten mir nicht einmal mehr die Hände. Ich ließ Willem und Thys vorangehen, dann ging ich allein zur Hintertür. Die dunkle Gestalt des Baas erwartete mich. Sie lehnte sich gegen einen der weißen Pfeiler der Pergola. Ich ging zu ihm und blieb vor ihm stehen.
»'n Abend, Baas. Da bin ich, Baas.« Er sagte nichts. »Jetzt kannst du mich schlagen, Baas.«
Er löste sich von dem Pfeiler. »Ist schon in Ordnung, Joseph. Ich habe noch einmal darüber nachgedacht. Du kannst gehen. Aber von heute an sollst du es nicht mehr vergessen, ja? – Wenn du

etwas willst, mußt du darum bitten, du kannst es dir nicht einfach nehmen. Es wird Zeit, daß du von deinem Coloured-Verhalten wegkommst.«
Weinend ging ich mit meinem kleinen Eimer Milch quer über den Hof – ein lautloses Weinen war das, das niemand hören konnte. Ich wollte nicht weinen, aber ich tat es doch. Tränen und Rotz rannen mir übers Gesicht, doch ich konnte mich nicht halten.
»Wo bistu solang' gewes'n? Was'n los?« fragte meine Mutter, als ich schließlich durch die Tür taumelte.
»Nix«, sagte ich in stummem Wüten. »Ab Montag geh' ich in die Schule, un' der Baas hat mich für nix wart'n lasse'n, er hat mich nich' geprügelt, un' hier ist' deine Milch.«

2

Wann es geschah? – irgendwann in diesen Jahren der Unschuld oder der Unwissenheit (die Achtung vor dem einen wird besudelt von der Verachtung für das andere). Auf der Ladefläche von Frans Viviers' kleinem Transporter fuhren wir nach Bain's Kloof. Er wollte einen Farmer in Tulbagh Tal aufsuchen; es ging um neue Reben für das Feld, wo sie die alten Birnbäume geschlagen hatten, und er hatte versprochen, uns Kinder in den Bergen abzusetzen. Hermien, Willem, Thys und sieben oder acht von ihren Freunden sowie ein paar braune Jungen, die Essen und andere Sachen tragen sollten. Wir durften in der Nähe des Hotels aussteigen und hatten strikte Anweisung zusammenzubleiben, beim Lagerfeuer acht zu geben und uns vor Pavianen zu hüten – und Punkt sechs wieder dazusein, damit er uns wieder einsammeln konnte.
Wir folgten dem Wasserlauf bis tief in das Kloof hinein. Dort, wo der Strom sich weitete und zwischen den hohen Felsen eine Reihe von tiefen, klaren Teichen bildete, machten wir halt, um zu schwimmen – wir Jungen in einem tiefen Wasserrund diesseits einer weißen Felsformation, die Mädchen auf der anderen Seite,

wo es flacher war. Eine gute Stunde lang tummelten wir uns im Wasser, schwammen, tauchten und lachten, dann kletterten wir gewandt wie Ottern aus dem Wasser und streckten uns auf den glatten runden Felsen aus, um uns in der Sonne zu aalen, bis auch noch die letzten schimmernden Wassertropfen von unserer braunen oder weißen Haut verschwunden waren. Danach spielten wir Knabenspiele: ließen flache Kiesel übers Wasser schliddern, machten Vogelrufe nach, kletterten auf Felsen hinauf, um zu sehen, wer am weitesten pinkeln könne, und stellten die unvermeidlichen anatomischen Vergleiche an, um zu entscheiden, wer den größten hätte, wem bereits Schamhaare sprossen und wer den härtesten Bizeps hätte.

Schließlich merkten wir, daß wir Hunger hatten, und riefen zu den Mädchen auf der anderen Seite des Felsens hinüber, um festzustellen, ob wir hinübergehen könnten.

»Wartet!« schrien sie.

Wir warteten ein paar Minuten und riefen dann nochmals.

Sie waren immer noch nicht fertig.

Das wiederholte sich drei- oder viermal, bis wir die Nase voll hatten von ihrem Getue.

»Wir kommen!« brüllte Willem, der immer den Anführer machte – und kletterten dann, ohne länger abzuwarten, über die hohe Felsformation auf die Seite der Mädchen hinüber. Kreischend und schreiend stoben sie auseinander; die meisten von ihnen waren erst halb angezogen. Sie waren in ihrer Unterwäsche geschwommen, und als wir kamen, lagen überall auf dem Felsen Hemdchen und Schlüpfer zum Trocknen ausgebreitet. Die meisten Mädchen hockten sich verlegen hin, wo sie gerade standen, und hatten die Kleider schamhaft unter sich gestopft. Schadenfroh bombardierten wir sie mit kleinen Steinchen, um sie aufzuscheuchen, doch sie blieben sitzen, wo sie waren, liefen aber wütend und verlegen puterrot an. Während das Gehänsel und Gestichel weiterging, konnte ich die Augen nicht von Hermien wenden. Das Gesicht feuerrot, saß sie an der Seite, das Haar hing ihr glatt und feuchtglänzend über die Schultern, so daß ihr ovales Gesicht kleiner wirkte als sonst. An manchen Stellen hatte die

Nässe des Körpers ihr leichtes Baumwollkleid dunkel gefärbt. Das traf mich wie ein Schlag in die Magengrube: Das da auf dem Felsen war Hermien, und unter dem geblümten Kleid war sie nackt, und da – schau nur! – durch den feucht an ihr klebenden Stoff waren dunkel ihre Brustwarzen zu sehen.

Die anbetungswürdige Hermien unterschied sich plötzlich in gar nichts von all den kleinen braunen Mädchen, deren Brüste und Schlitze ich hinter dem schlammigen Hang meines Dammes befummelt hatte.

»Hört, wir woll'n jetzt mittag essen«, sagte Willem wie beiläufig nach einiger Zeit. »Ihr könnt ja hierbleiben, wenn ihr wollt.« Damit führte er die Jungen zu einer am Fuß einer Klippe gelegenen Picknickstelle. Die Mädchen kamen uns bald nach, doch irgendwie war die Unbekümmertheit des Vormittags gestört; unser Lachen hatte unversehens etwas leicht Absichtliches und Übertriebenes angenommen. Ich sah Hermien kein einzigesmal an.

Die meisten von uns waren zu träge, um nach dem Essen noch weiter zu klettern, und blieben im Schatten liegen. Willem jedoch kam leise an meine Seite und flüsterte: »Kommst du mit?« – wie zwei Eidechsen huschten wir den Steilhang der Klippe hinauf.

Weit unter uns hörten wir Thys rufen: »Wohin wollt ihr?«

Willem rief zurück: »Bloß bis zum Rand da oben.«

»Lauft nicht zu weit!«

»Wir sind gleich wieder da.«

»Ihr seid doch verrückt, in der Hitze . . .« Seine Stimme verhallte in der Ferne.

Wir kletterten höher und immer höher. Für Willem war das vermutlich eine Kletterpartie wie jede andere, doch für mich war es eine Gelegenheit, mich der Welt zu entziehen und wieder Frieden mit mir selbst zu schließen. Deshalb achtete ich nicht sonderlich auf die Route, der wir folgten: über den ersten Kamm, den zweiten, einen dritten und dann noch einen hinweg, wobei wir jedesmal erwarteten, den Gipfel vor uns zu sehen – jenen Gipfel, von dem man sich unsinnigerweise so angezogen fühlt in der Hoffnung, von dort oben hinunterblicken und sich in der Welt unten zurechtfinden zu können. Doch an diesem Tag erreichten wir keinen Gipfel und erkannten auch keine uns vertraute Welt unter uns.

Das erstemal, daß ich mir unserer Umgebung bewußt wurde, war, als Willem plötzlich stehenblieb und fragte: »Wieso wird es denn plötzlich so kühl?«

Über den Bergen zogen Wolken auf, und das harte grüne Gras wurde von einem kräftigen Wind gepeitscht. Der Schweiß auf meiner Stirn und zwischen den Schulterblättern verwandelte sich unversehens in eiskaltes Prickeln.

»Es kommt Nebel von oben«, sagte ich. »Wir gehen besser zurück.«

»Nur noch ein kurzes Stück. Dann sind wir da.«

Doch auch diesmal war es nicht der richtige Gipfel, und als wir den Kamm über dem steinigen Hang erreichten, tat sich eine neue Klippe über uns auf und verschwand im weißen Nebel.

»Dann gehen wir wohl wirklich besser zurück«, gab Willem offensichtlich enttäuscht zu.

Wir machten uns an den Abstieg, kletterten und rutschten und stolperten. Noch ehe wir den Fuß des ersten Abhangs erreicht hatten, umwogten uns riesige Nebelschwaden – es war wie der Atem einer gigantischen Kuh.

»Scheiße«, fluchte Willem.

»Wir müssen jetzt vorsichtig sein. Da sind Steilwände unter uns.«

Sehr langsam schafften wir es den ersten Hang hinunter, der immer steiniger und zerrissener wurde, je weiter wir nach unten kamen.

»Bist du sicher, daß dies der richtige Weg ist?« fragte ich nach einiger Zeit.

»'türlich. Bin ich blöd?«

Inzwischen war der Nebel so dicht, daß wir höchstens noch fünf Schritt sehen konnten. Es dauerte keine Viertelstunde, und wir blieben abrupt stehen – gerade noch rechtzeitig vor einem Steilhang, der fast senkrecht in die Tiefe führte.

»Himmel!« sagte ich. »Ich kenn' mich hier nich' aus.«

»Wir sollten rufen; vielleicht hören sie uns«, schlug er vor, und es

klang immer noch zuversichtlich; seine Stimme verriet nicht die geringste Unschlüssigkeit.
»Hallo!« riefen wir schwächlich in die weiße Welt hinein. »Hallloooo!«
Der Nebel legte sich um den Berg wie ein Leichentuch; kein Laut drang von außen bis zu uns durch. In einem unirdischen Schweigen gingen wir weiter, tasteten uns von dem Steilhang fort. Als wir das Gefühl hatten, Meilen zurückgelegt zu haben, blieben wir wieder stehen und riefen gellend:
»Hallooooooo!«
Es gab im dichten Nebel nicht einmal ein Echo. Es sah überhaupt nicht gut aus. Langsam wurden Hemd und Hose klamm. Unsere Zähne klapperten. Nachdem wir ein Geröllfeld halb überquert hatten, blieben wir stehen, um uns über unsere Lage klar zu werden. Wir hatten die Hände in die Taschen gesteckt und hielten sie schützend über unseren vor Kälte zusammengeschnurrten kleinen Schniepel.
»Ich hab' Streichhölzer dabei«, rief Willem und zog eine Hand aus der Tasche. »Die hab' ich mitgenommen, um Feuer fürs Mittagessen zu machen. Jetzt müssen wir bloß irgendwo Unterschlupf finden.«
»Dann müssen wir wieder zu den Steilhängen. Da gibt es immer Höhlen.«
»Gib mir deine Hand«, sagte er und verstaute die Streichholzschachtel wieder sorgfältig in der Tasche, »sonst donnern wir noch irgendwo runter.«
Hand in Hand und hilflos wie Brueghels Blinde wanderten wir durch die Wildnis. Jetzt senkte sich auch noch Dunkelheit durch den dichten Nebel nieder. Alle paar Schritte blieben wir stehen, um zu rufen, doch steckte nicht viel Überzeugung dahinter.
Durch was für ein Wunder es dann geschah, weiß ich bis heute nicht, doch kurz bevor es zu dunkel wurde, um noch irgend etwas zu sehen, fanden wir einen Unterschlupf. Nicht gerade eine Höhle, aber immerhin eine kleine Mulde unter einem vorragenden Felsen. Der Boden war sehr uneben, und bei Regen floß gewiß ein Wasserlauf hier durch, denn unter den Steinen fanden

sich auch Treibholzstücke. Davon sammelten wir soviel wie möglich und machten ein Feuer. Mit viel Geduld und erst, nachdem wir die Hälfte der Zündhölzer verbraucht hatten, schafften wir es schließlich, ein Flämmchen zu entzünden; wir lehnten uns mit dem Rücken gegen den rauhen Stein und spürten nach und nach, wie die Wärme des Feuers unsere zitternden Körper durchdrang.

»Glaubst du, die andern sind zurück zur Straße?« fragte ich, als meine Zähne endlich aufhörten zu klappern.

»Ach, längst. Der Weg ist nicht schwer zu finden. Ich bin sicher, mein Dad ist schon auf der Suche nach uns.«

Das war in der Tat ein tröstlicher Gedanke. Unsere Unterhaltung floß müheloser. Eine Zeitlang spielten wir auf einem Stück Sand, das wir unter den Steinen freigelegt hatten, Kreuze und Nullen.

»Die brauchen aber lange«, sagte er einmal.

»Aber sie könn' doch garnix seh'n in dem Nebel. Vielleicht komm' sie überhaupt erst morg'n.«

»Scheiße! Aber läßt sich wohl nicht ändern. Genug Holz haben wir.« Er saß da, und eine Zeitlang zeichnete er mit einem Zweig etwas in den Sand. Dann fragte er plötzlich: »Hast du jemals von Rachel de Beer gehört?«

»Wer soll'n das sein?«

»Beim Großen Treck haben sie und ihr Bruder sich im Schnee verirrt. Da hat sie einen Ameisenhaufen ausgegraben, ihren Bruder mit all ihren Kleidern zugedeckt und sich draußen vor der Mulde hingelegt, bis sie sie fanden. Ihr Bruder war noch am Leben.«

»Und sie?«

»Tot.«

»Waren sie Weiße?«

»'türlich.«

Ich dachte an Hermien in ihrem feuchten Kleid, Hermien nackt vor einem freigelegten Ameisenhaufen, und meine Hose spannte sich.

Ab und zu wechselten wir ein paar Worte im Dunkeln, Worte,

die vorbeizogen wie der Nebel vor uns, wie der bittere Rauch unseres Feuers.
»Als mein Dad in Italien ausgerissen war, waren sie auch mal in den Bergen abgeschnitten wie wir jetzt«, sagte Willem einmal. »Das ging eine ganze Woche so, und geschneit hat es auch. Aber wenn der Schnee nicht gewesen wäre, hätten die Deutschen sie gefunden.«
»Mein Vater war da nicht.«
»Waren das Schweine, diese Deutschen, was?« sagte er. »Ist es wirklich wahr, daß sie . . .«
»Es ist alles wahr.«
»Wenn es wieder Krieg gibt, zeig' ich's denen, und du kannst mitkommen. Du kannst mein Offiziersbursche sein.«
»Glaubst du, es gibt nochmal Krieg?«
»Mein Dad sagt, den Russen ist nicht zu trauen.«
»Wäre schön, hier in den Bergen zu sein, wenn's wieder Krieg gibt. Da hört man die Kanonen aus der Ferne, aber sie könn' ein' hier nich' erreichen.«
»Im Krieg kriegen sie dich überall.«
»Ich find' 'ne Stelle, wo sie das nich' können.«
»Ha, wo denn?« machte er sich über mich lustig und feixte.
»Sag' ich dir doch nich'.«
»Doch bloß nicht, weil du es gar nicht weißt.« Er setzte sich anders hin. »Himmel, ich krieg' richtig Hunger. Hast du nichts zu essen dabei?«
»Nö.«
»Ich hab' mal von Leuten bei einem Schiffsuntergang gelesen. Zuletzt haben sie sich gegenseitig aufgefressen.«
»Würdest du mich essen?« fragte ich.
»Himmel, dich doch nicht. Du bist mein Kumpel. Du mich etwa?«
»Nö.«
»Ehrenwort?«
»Ehrenwort.«
Ernst schüttelten wir uns die Hand und gelobten uns gegenseitig, vom Kannibalismus abzusehen. Und dann redeten wir über Ro-

binson Crusoe und was der getan hätte, wenn er in den Bergen gestrandet wäre statt auf einer Insel, wo er alle Vorräte bereit hatte; und wie es uns selbst gefallen würde, eine solche Insel zu finden und den Rest unseres Lebens dort zu verbringen.
Später, als wir uns zum Einschlafen wärmesuchend aneinandergedrängt hatten, sagte ich träge: »Is' ja alles schön und gut, aber in Wirklichkeit, Mann, wenn du groß bist, wirst du'n Farmer wie dein Vater.«
»Niemals!« Sein Rücken versteifte sich gegen meinen Bauch. »Die Farm kann Thys übernehmen. Ich nicht. Ich will die Welt sehen, ich will reich werden!«
»Ich werde mir auch die Welt ansehen«, tat ich groß. »Un' alle Menschen wer'n mich kenn' und sagen: Das is' Joseph Malan, dieser *outjie*.«
»Warum sollen sie dich alle kennen?«
»Einfach, weil ich ich bin.«
Wir wurden immer schläfriger, während das Feuer in der Stille dieser weißen, dunklen Nacht kleiner und immer kleiner wurde. So aneinandergeschmiegt, schliefen wir schließlich ein. Doch das dauerte nicht lange, denn das verkohlte Holz schwelte noch, als wir vom Regen geweckt wurden. Der Wind hatte sich gedreht. Bald wurde die letzte Asche auseinandergetrieben. Und in der bitteren Kälte drückten wir uns an den Stein, so gut es ging, und versuchten, zumindest ein bißchen Wärme zwischen unseren Leibern zu erhalten. Wirr gingen Gedanken und Bilder in meinem Kopf durcheinander. Hermien, immer wieder Hermien. Wie sie an diesem Tag gewesen war, ihr Körper sichtbar unterm Kleid, während Hemd und Schlüpfer auf dem Felsen trockneten. Und davor die Hermien unserer Unterrichtsstunden, die Sonntags-Hermien, die für uns betete und uns beibrachte zu singen:

Alle Dinge, hell und schön
Alle Wesen, groß und klein . . .

Die Hermien in unserem ersten Krippenspiel mit dem langen, weißen Gewand. Nur das traute, hochheilige Paar, holder Knabe im lockigen Haar. Willem war Joseph. Ich bin Joseph. Und jetzt sind wir beide hier, Joseph und Joseph, in der Unendlichkeit der weißen Welt, nur wir beide allein am Leben, und wir werden uns nicht gegenseitig auffressen, großes Ehrenwort, weil der Krieg vorübergehen und mein Vater zurückkehren wird von der Robinsoninsel, und lächeln wie auf dem Schnappschuß auf dem Nachttisch, und nachts werde ich hören, wie sie zusammen in dem Messingbett liegen, meine schöne Mutter und mein ferner Vater, und sie werden mich nicht fortschicken, wenn ich zu ihnen komme, denn ich weiß, wo ich hingehöre, und werde vor der Hölle bewahrt werden, und die Sklavenglocke wird nie wieder läuten und alle Vögel aus der Falle entkommen, und die nackte Hermien wird weiß gewandet sein, weißer als Schnee, und zum Himmel aufsteigen, hoch über dem Damm, wo ich mit den Enten und den Mädchen spiele, und die Kraft und die Herrlichkeit, in Ewigkeit, Amen, nichtsdestotrotz, Joseph und Joseph zusammen.

Sie fanden uns erst am Spätnachmittag des nächsten Tages, als der Nebel sich hob, wir beide waren völlig benommen, delirierten und klammerten uns so sehr aneinander, daß sie Mühe hatten, uns aus unserer Umarmung zu lösen.

3

Wer war M. J. Nel und wer Kerneels Bothma? Unter ihre Namen auf dem Titelblatt der ausgebleichten und arg zerfledderten Ausgabe von Shakespeares *Sturm* setzte ich jetzt meinen eigenen Namen, eine neue Unterschrift mit zwei ausgeprägt schwungvollen Krakeln, die ich vorher auf ungezählten Blättern Papier ausprobiert hatte. Eines Tages würde jemand anders sich fragen: Wer war M. J. Nel, wer war Kerneels Bothma, wer war Joseph Malan? Und vorausgesetzt, das Buch bliebe solange erhalten, würde die Titelseite sich allmählich mit Namen und Daten füllen, und das einzige, das all die Jahre unverändert blieb, würde sein: *The Tempest, A Play by William Shakespeare. Edited by* ich kann mich nicht mehr erinnern, wahrscheinlich Verity. Und lange, nachdem wir alle die braunen Pulte der Schule hinter uns haben würden und das Buch selbst schon auf dem Müllhaufen gelandet war, würde Prospero immer noch prachtvoll gewandet und mit dem Zauberstab in der Hand über seine Insel schreiten, Caliban im Dunkel seiner Höhle seine Gotteslästerungen ausstoßen und Miranda, blond wie Hermien, dem Gesang Ariels lauschen:

Fünf Faden tief liegt Vater dein,
Sein Gebein wird zu Korallen;
Perlen sind die Augen sein;
Nichts an ihm, das soll verfallen,
Das nicht wandelt Meereshut
In ein reich und seltnes Gut.

Nicht einmal, ob M. J. Nel und Kerneels Bothma Weiße oder Coloureds gewesen waren, sollte ich je erfahren. Vielleicht hatten sie sogar vor mir genau diese Schulbank gedrückt, oder das Buch hatte zur Schenkung irgendeiner Weißen-Schule gehört. Bücher, die zu alt oder zu zerfleddert waren, um noch verwendet zu werden, wurden häufig an uns weitergegeben. Manchmal traf irgendein weißer Direktor mit diesen Kartons voller Bücher ein, dann mußten wir alle in der aus roten Ziegeln gebauten Aula antreten und uns Ansprachen von unserem eigenen Direktor, dem Besucher, dem Elternratsvorsitzenden und dem ortsansässigen Missionar anhören, denen sich wiederum ein paar abschließende Worte unseres Direktors anschlossen, um »nochmals unseren tiefempfundenen Dank« auszudrücken; danach wurde die Nationalhymne gesungen und wir blieben stehen, bis der Ehrengast von dem Direktor hinausgeleitet worden war.
Meneer Pieterse war ein korpulenter Mann, der immer den Eindruck machte, als trüge er ein Korsett, und an solchen Tagen seinen gestreiften Sonntagsanzug anhatte. In meiner jungenhaft blühenden Phantasie brachte ich ihn sofort mit dem Kröterich aus Kenneth Grahams bekanntem Kinderbuch *Die Leutchen um Meister Dachs* in Verbindung, ein Eindruck, der noch durch die

Art verstärkt wurde, wie er sich das Haar kämmte; er trug nämlich einen Mittelscheitel und sah damit aus, als hätte er eine aufgeschlagene Bibel auf dem Kopf liegen. Seine Hände waren für einen so dicken Mann ungewöhnlich klein; an beiden kleinen Fingern trug er einen Siegelring, und seine Hände fühlten sich, wie ich bei Preisverleihungen feststellte, immer feucht an; außerdem schien er stets besonderen Wert darauf zu legen, unseren weißen Besuchern die Hand zu schütteln.

Nach der Nationalhymne kehrten wir Schüler in unsere Klassenräume zurück – zu Frikkadel, der sämtliche Missetäter, egal ob Jungen oder Mädchen, in die Leiste zwickte, und das auch dann, wenn wir Grammatikfehler machten; oder zu Blackie mit dem gefürchteten Lineal im Matheraum (seine Frau hatten sie irgendwann wegen Unzucht eingelocht); zu Baselisks Geschichtsstunde; zu Mr. Toad (Biologie und Latein); oder wenn wir wirklich Glück hatten, zurück zu Miss Mostert, die Englisch gab, zu *Alpha of the Plough* und *Poetry for Boys and Girls* (›Schwanengleich reckte Laura den schimmernden Hals ...‹), zurück gar, ach, höchste aller Wonnen, zum *Sturm*, zu M. J. Nel und Kerneels Bothma, meinen unbekannten Brüdern in Shakespeare.

Merkwürdig, daß fast alle meine Schulerinnerungen mit der Höheren Schule zu tun haben: Wahrscheinlich deshalb, weil ich nicht lange in der Grundschule blieb, wo ich gleich in der vierten Klasse anfing, weil ich doch zusammen mit Willem und Thys so viel auf der *stoep* gelernt hatte. Was die Grundschule betrifft, erinnere ich mich nur an die überfüllten Klassenräume und daran, daß wir uns abwechselnd auf den Boden setzen mußten; und daß das hübscheste Mädchen in der Klasse, Jubilee Jansen, die nie auf dem Boden zu sitzen brauchte, eines Tages in die Hose machte, so daß sich ein dünnes Rinnsal in den Zinnbecher unter ihrem Platz ergoß. Die Becher dienten eigentlich zum Milchtrinken während der großen Pause; die Milch wurde unter der Eiche in der Nähe des Knabeneingangs aus großen Kannen ausgeteilt, und ich erinnere mich noch, daß wir Wetten abschlossen, in wessen Becher der Kautabakspriem des Hausmeisters diesmal landen würde. Einen Sommer lang bekamen wir außer-

dem noch Äpfel; das war in dem Jahr, in dem die Apfelernte so überreich ausfiel, daß jemand vorschlug, sie neben den Schweinen auch an uns zu verfüttern.
Meine Oberschulerinnerungen sind ganz anders, viel persönlicher und aufregender, gehören samt und sonders zum Prozeß der Entdeckungen, die mich damals vollkommen mit Beschlag belegten. Selbstverständlich fuhren wir mit der gewohnten Art von Arbeit fort: Grammatik und südafrikanische Geschichte sowie Arithmetik. Doch hinzu kamen ganz neue Welten: nicht nur Van Riebeeck, Van der Stel und die Hottentotten-Paßgesetze, sondern auch Kolumbus und Napoleon sowie die Kultur des alten Ägyptens, Griechenlands und Roms, Caesar und *Omnia Gallia est divisa in partes tres.* Und anstelle von Fibeln hatten wir jetzt richtige Bücher – Kurzgeschichten, Essays, Romane und Gedichte.
Mein Lieblingsfach war Englisch bei Miss Mostert, und zwar vermutlich deshalb, weil die neue Sprache meinen Geist sofort mit Möglichkeiten und Assoziationen herausforderte. Ich war hingerissen von Adjektiven und dem quellenden Fluß langer Sätze; ich stellte endlose Wortlisten zusammen, die meine Phantasie beflügelten: *primordial* und *somnolent, aquaceous* und *heterogeneous, euthanasia* und *sanctification.* Alpha of the Ploughs Essay ›On word magic‹ lernte ich vollständig auswendig und konnte mich zu Tränen rühren mit:

> *And hear about the graves of martyrs the peewees crying,*
> *And hear no more at all . . .*

Gedichte über den Tod – all diese anonymen Balladen, ›The Wife of Usher's Well‹ und der ›Ancient Mariner‹ und Edgar Allen Poes ›Raven‹ erregten mich sinnlich, bewirkten, daß meine Hoden sich zusammenzogen, und trieben mir manchmal den Angstschweiß auf die Stirn, weil ich fürchtete, die Klingel würde zu früh ertönen und ich mit einer Erektion ertappt werden.
Und immer wieder zurück zum *Sturm.* Gleich die Eingangsszene schlug mich mit ihren merkwürdigen, für mich damals noch unbekannten Wörtern wie *Bootsmann, Bramsegel, Patron* und Aus-

drücken wie *mich deucht* in ihren Bann, und nicht einmal Miss Mosterts genaue Erklärung konnte ihnen ihren Zauber nehmen. Sie hatte eine wunderbare Art vorzulesen, und nachmittags verbrachte ich Stunden am Damm mit dem Versuch, meine Stimme nach der ihren zu modulieren, damit sie mit Ariel tanzen, mit Caliban fluchen und mit Prospero ruhen konnte:

Wir sind aus solchem Stoff,
Wie der zu Träumen; und unser kleines Leben
Umfaßt ein Schlaf; und unser kleines Leben
Umfaßt ein Schlaf; und unser kleines Leben
Umfaßt ein Schlaf, von Ewigkeit zu Ewigkeit, Amen.

Unter der energischen Regie von Miss Mostert führten wir das Stück sogar auf, wobei ich den Prospero spielte, der als Umhang ein großes gestreiftes Badetuch umhatte und als Zauberstab einen Kaminstocher aus Messing in der Hand hielt. Ich bezweifle, daß sie sich von Anfang an klar darüber war, worauf sie sich da einließ, aber sie war noch jung, und die Schule hatte sie noch nicht völlig gebrochen.

Drei Monate hindurch probten wir, von der Kälte Ende Juli über die Augustwinde und den zaghaft keimenden Frühling im September bis zur voll lodernden Sommerhitze des Oktobers. Das bedeutete, daß wir nach der Schule noch dableiben mußten und ich hinterher die neun Kilometer nach Hause zu Fuß zurücklegen mußte. Dabei hatte ich noch Glück – meine Mutter gab mir ein Stück Brot fürs Mittagessen mit –, denn mehrere von den anderen (und wir waren viele, zusammen mit Nymphen, Schnittern und anderen Geistern mindestens dreißig) mußten den ganzen Tag ohne Essen auskommen; einige hatten morgens noch nicht einmal gefrühstückt. Wenn wir endlich Schluß machten, waren sie aschgrau im Gesicht; und Jubilee Jansen, die die Miranda spielte, wurde eines Nachmittags regelrecht ohnmächtig. Von da an brachte Miss Mostert uns immer etwas zu essen mit, Brot oder Obst, was bei ihrem mageren Gehalt gar nicht leicht gewesen sein kann.

Die paar Podeste, die wir fürs Bühnenbild brauchten, zimmerten wir Jungen unter Miss Mosters Anweisung zusammen, während die Mädchen nach ihren Angaben eine Reihe von einfachen Bühnenvorhängen für den Hintergrund bemalten. Da diese Dinge nach den Proben gemacht werden mußten, kam ich häufig nicht vor Abend heim, und da mußte ich dann immer noch die Kühe melken, denn das gehörte nun mal zur Lebensanschauung des Baas: »Ich kann jemand anders bitten, das Melken zu übernehmen, Joseph; aber Dinge, die einem in den Schoß fallen, weiß man nicht zu schätzen. Ich gebe dir die Chance, die Schule zu besuchen; dafür erwarte ich von dir, daß du deine Pflichten auf der Farm nicht vernachlässigst.« Erst nach Erledigung dieser ›Pflichten‹ fand ich dann Zeit für die Hausaufgaben, und das sehr zum Verdruß meiner Mutter, die bereits anfing zu kränkeln. Für gewöhnlich war Mitternacht bereits vorüber, bis ich endlich die Messinglampe ausblasen konnte, und um fünf Uhr morgens bimmelte draußen schon wieder die Sklavenglocke.
Manchmal hatte ich das Gefühl, wie in Trance durch den Tag zu gehen, doch das machte mir nichts aus. Ich war Prospero, ich spielte in einem Stück mit, und so nahmen auf unerklärliche Weise die ungeschickten, tastenden Proben viel schärfere Umrisse an als die Welt um sie herum. Drei Monate lang bildeten wir eine geheimbündlerische Bruderschaft und fühlten uns innerlich erhoben angesichts der Eifersucht und Bewunderung all der anderen Kinder.
Und plötzlich war es dann soweit. Zwei Stunden vor Beginn waren wir zur Stelle, um uns schminken zu lassen; natürlich hatten wir keine richtigen Garderoben, aber man stellte uns für diesen Zweck zwei Klassenzimmer zur Verfügung. Die Schminke wurde uns wie Totenmasken aufgetragen, grellweiß, mit runden roten Wangen und Kirschmund; mir selbst wurde das Haar mit Babypuder bestäubt, damit es grau wirkte. Für Jubilee trieb Miss Mostert irgendwo sogar eine alte, mottenzerfressene Perücke mit Ringellöckchen auf, die ihr bis auf die Schultern hingen; ich konnte die Augen nicht von ihr lassen.
Endlich drängten und schoben wir uns auf die Bühne, um von

einem der Gucklöcher im Vorhang aus das Publikum zu beobachten. Die Aula war gesteckt voll; selbst Fensterbänke und Gänge waren voll mit Menschen. Die erste Reihe war für weiße Gäste reserviert – ein paar Dominees, wie unsere Pfarrer genannt werden, zwei stellvertretende Direktoren (die Herren Schulleiter selbst waren wegen ›unvorhergesehener Umstände‹ verhindert), und ein paar Dozenten vom Lehrerseminar.
Pünktlich zur festgesetzten Stunde kam Mr. Toad auf die Bühne, trat vor den Vorhang und wartete, daß der Lärm sich legte. Kurz bevor er anfangen konnte, gab es irgendwo eine schallende Ohrfeige, und eine Frauenstimme sagte: »Ich hab' dir doch gesacht, du sollst den Mund halt'n!«, und ein Kind schrie Zeter und Mordio. Erst nachdem Mutter und Kind gegangen waren und auf ihrem Stuhl jemand saß, der bisher im Gang nur einen Stehplatz gehabt hatte, konnte Mr. Toad mit seiner Begrüßungsansprache beginnen.
Nach ihm ergriff einer der weißen Dominees das Wort. Eigentlich wolle er gar keine Rede halten, meine Damen und Herren; nur im Namen der kleinen Gruppe von Gästen in Ihrer Mitte, danke, vielen, vielen Dank für die Ehre und das Vergnügen. Er finde, es handele sich wahrhaft um etwas Außergewöhnliches. Auch er habe sich als Kind mit Shakespeare herummühen müssen, er wisse, wie schwierig das sei, und erst recht für Coloured-Kinder, doch gerade deshalb sei das ganze Unternehmen umso lobenswerter, meine Damen und Herren. Und wenn sie ihm erlaubten, auch dies noch zu sagen, so wolle er zum Ausdruck bringen, daß der heutige Abend angetan sei, vielen ein Beispiel zu geben. Man höre so oft von schlechten Gewohnheiten unter unseren Coloureds, von Niedergang und Verfall von Sitte und Moral, doch wenn man sowas wie dieses erlebe, gewinne man den Glauben an die Menschen zurück; er wolle die Gelegenheit wahrnehmen und an die Eltern und Kinder appellieren, die heute abend hier wären, sich das ganze zu Herzen zu nehmen und darauf zu bauen, um ihren eigenen Leuten zu helfen, sich aus Elend und Schmutz herauszuziehen, denn das sei die einzige Möglichkeit, im Namen des HErrn in diesem schönen Land . . .«

Da ging der Vorhang auf.
Es war Abdul Moolman, hörten wir hinterher, Abdul Moolman, der Junge aus der obersten Klasse, der den Caliban spielte und der die Nase voll hatte von dem Gerede und einfach beschloß, den Vorhang aufzuziehen. Die Mitwirkenden der Ersten Szene waren bereits auf ihren Plätzen im ›Schiff‹; doch außerdem auch ich, der ich am größten Guckloch mitten auf der Bühne gestanden hatte, und selbstverständlich sollte ich nicht vor der Zweiten Szene auftreten. Ich wußte nicht, was tun. Eine Zeitlang stand ich einfach da, ging mit mir zu Rate, ob ich hierhin oder dorthin laufen sollte; doch dann vollführte ich mit meinem gestreiften Umhang eine schwungvolle Geste und rauschte davon. Inzwischen war der Anfang des Dialogs bereits gesprochen, denn die Schauspieler hatten Anweisung, sofort nach Aufgehen des Vorhangs anzufangen. Und Alonso, Sebastian und ihre Freunde waren bereits auf Deck erschienen, als der Dominee sich von seiner Überraschung erholte und zu seinem Stuhl schlich, den er verpaßte, da der Sitz im Dunkeln hochgeklappt worden war. Dann wurde der Vorhang hastig wieder zugezogen, und es gab ohrenbetäubenden Applaus, Pfiffe und Fußgetrampel.
Eine halbe Minute verging. Mr. Toad kam wieder auf die Füße, bloß um Meine Damen und Herren zu sagen ... da wurde er von der Eröffnungsmusik unterbrochen, die unversehens in voller Lautstärke loslegte; gleich darauf ging der Vorhang ein zweitesmal auf.
Diesmal ging alles so glatt, wie man es vernünftigerweise erwarten konnte. Nicht untypisch übersprang Miranda ein paar von ihren Versen, doch das merkte ohnehin niemand; im zweiten Akt stolperte Caliban über ein Podest und fiel zum Jubel der Zuschauer mit seiner Tracht Holz platsch auf die Nase; im vierten Akt fing der Umhang an, mir von der Schulter zu rutschen, und als ich ängstlich versuchte, ihn zurückzuziehen, merkte ich gar nicht, daß ich einige der wichtigsten Verse unter den Tisch fallen ließ; kurz vor Ende gab es dann noch einen hitzigen Streit zwischen Ariel auf der Bühne und dem Souffleur zwischen den Kulissen, weil dieser ihm ein falsches Stichwort gegeben hatte.

Wegen des Beifalls an unpassender Stelle kam es noch zu vielen anderen Unterbrechungen, was immer schlimmer wurde, da eine gewisse Besuchergruppe nach zwei langen Pausen die Gelegenheit wahrnahm, hinter der Aula zwei Krüge schweren Farmweins zu leeren. Im Verlauf der Aufführung war ich abwechselnd aufgeregt, erschrocken, betrübt und wütend über alles, was schiefging; nachdem ich meine wichtige Stelle übersprungen hatte, war ich ein Bündel heulenden Elends, doch als der Schlußvorhang fiel und die Leute in ohrenbetäubenden Beifall ausbrachen, drehten wir vor Aufregung alle durch. Wir umarmten und küßten uns, wir lachten und weinten und redeten durcheinander, bis wir abermals von dem aufgehenden Vorhang überrascht wurden. Völlig verwirrt packten wir einander bei den Händen und versuchten, wieder eine Reihe zu bilden, wie Miss Mostert es uns beigebracht hatte, doch da war der Vorhang längst endgültig zugegangen.
Zurück in den Klassenzimmern, wischten wir uns den größten Teil der Schminke ab, zogen die Kostüme aus und schickten uns an, mit halbgewaschenem Gesicht nach Hause zu gehen. Im dunklen Schulhof hallten unsere Stimmen zwischen den Ziegelmauern wider. Doch nachdem wir erst einmal den Ausgang erreicht hatten, liefen wir in alle Himmelsrichtungen auseinander; unversehens war es ruhig, plötzlich war alles aus und vorbei und der Nachtwind fühlte sich eisig an auf meinem brennenden Gesicht.
Lange stand ich draußen vor dem Tor, erfüllt und entleert zugleich, voll der *tristitia post coitum*, wie sie so charakteristisch ist für das Theater. Drei Monate hindurch hatten wir an dem Stück gearbeitet, einmal hatten wir es aufgeführt, und jetzt war alles vorbei. Zusammen mit den anderen Schauspielern werde ich wohl weiterhin reichlich und wenig ehrerbietig aus dem Text zitieren; wir redeten uns weiter mit ›Prospero‹ oder ›Ariel‹ oder ›Ferdinand‹ an, und nachdem ein Jahr vergangen war, sagten wir wohl noch: »Weißt du noch, wie bei der Aufführung des *Sturm* mitten in der Ansprache des Dominee der Vorhang aufging?« Doch dann verblaßte auch das, verschwand und war unwieder-

bringlich verloren. Für alle anderen. Nicht jedoch für mich. Für mich war das erst der Anfang von etwas. Alle meine Ausflüge früher, alle meine Spiele am Staudamm, alle meine verwirrten Träume, Sehnsüchte und Wünsche, alle Zweifel, die in meiner Welt auftauchten, waren in diesen drei Monaten in eine ganz bestimmte Richtung gedrängt worden, eine Richtung, die sich als entscheidend für alles erweisen sollte, das hinterher geschah.

An der ersten Straßenecke, nachdem ich mich endlich auf den Heimweg gemacht hatte, drückte sich eine schwarze Gestalt im Schatten der Hecke herum. Wie angewurzelt blieb ich stehen.
»Bis' du das, Joseph?«
»Was machst denn du hier im Dunkeln, Ma?«
»Ich hab' bloß auf dich gewart'.«
Ich bemühte mich, ihr Gesicht im Dunkeln auszumachen, konnte aber nichts erkennen. Natürlich wußte ich, daß sie sich die Aufführung angesehen hatte, aber sie war nicht allein hingegangen, und deshalb erwartete ich sie jetzt auch nicht hier.
»Wo ist denn dein Freund, Ma?«
»Nach Haus gegang'. Ich dachte, der heutige Tag is' was ganz Besondres für dich, un' da hab' ich auf dich gewart', damit wir zusamm' zurücklauf'n könn'.«
»Danke, Ma.« Wir machten uns auf den langen Weg zurück zur Farm. Nach einiger Zeit fragte ich: »Hat dir das Stück gefallen?«
»Ging ja wohl alles 'n bißchen über mein' Horizont, war aber 'ne feine Sache. Un' der Bursche, der da mit'n Holz hingefall'n is', der war umwerf'nd komisch.«
Sie hatte etwas Heimlichtuerisches und Schüchternes an sich, das ich mir nicht recht erklären konnte.
»Warum sagst du denn nichts?« fragte ich daher eindringlich.
»Ag, Joseph, dein' Mutter weiß heut abend nich', was sie eig'lich denken soll.«
»Aber was ist denn los?«
Unter einer Straßenlaterne blieb sie stehen. Zum erstenmal wurde mir klar, wie alt sie geworden war. Sie gehörte offenbar zu denjenigen, die plötzlich altern, ohne herbstlichen Übergang.

»Du hast heut abend so sehr ausgeseh'n wie dein Vater, Joseph, daß ich 'nen Schreck bekommen hab'.«
»Aber ich bin doch sein Sohn.«
»Das bistu, weiß Gott. Du bist sein Sohn, un' ich weiß nich', ob mich das froh oder traurig mach'n soll.« Sie ging weiter, und es dauerte eine Weile, ehe sie weitersprach. »Ich mach' mir solche Sorg'n, Joseph. Was willstu mach'n, wenn du erst mit der Schule fertig bist?«
»Ich werde Schauspieler, Ma.«
»Aber das is' kein richtiger Beruf!«
»Dafür das, was ich tun möchte.«
»Un' wozu dann die ganze Lernerei, Joseph? Du mußt doch vorankomm' in' Leb'n. Auch wenn ich mal nich' mehr bin.«
»Warum sagst du sowas? Du bist noch jung.«
»Für jeden kommt seine Zeit. Un' ich wollt' dir doch noch helf'n.«
»Wie willst du mir helfen?«
»Seit der Zeit, wo du klein warst, hab' ich immer Geld beiseite gelegt. Damit du 'ne Chance hast in' Leben.«
»Ich habe dir gesagt, ich will Schauspieler werden. Du wirst noch in der Zeitung über mich lesen.«
»Du mußt nich' versuch'n, 'n ganzes Land mit ein' Furz zu düngen, Joseph.«
»Ich werde es dir zeigen. Allen werde ich es zeigen.«
Ihre volltönende Stimme klingt in meiner Erinnerung im Dunkeln wie eine mahnende Glocke – und spricht den Satz, den ich so oft in meinem Leben zu hören bekommen habe: »Du bist ein Coloured, Joseph.«
»Auch die Weißen haben mir heute abend Beifall geklatscht.«
»Ja, un'? Heute abend klatschen sie dir Beifall, un' morgen kriegst du'n Tritt in' Arsch von ihn'.« Wir gingen weiter. »Denk an die Geschichte von dein' Vater«, sagte sie leise. »Denk dran, was sie Braam angetan ha'm. Un' der HErr sucht die Missetaten der Väter heim bis ins dritte un' vierte Glied.«
»Ich will ja nicht für Weiße spielen, Ma. Ich will bloß Schauspieler werden. Alles andere ist mir egal.«

»Du glaubst, das kannstu dir leist'n? Ei'm Coloured kann nix egal sein, das wirstu schon noch rausfind'n.«
»Ich dachte, du wolltest mir helfen. Soll das deine Hilfe sein – daß du dich mir so in den Weg stellst?«
»Ich will dir helf'n, damit du dir nicht' wehtust. Die Verletzung liegt in dein' Blut, un' ich will nich', daß die Verletzung zu groß wird für dich.«
»Wie kann ich verletzt werden, wenn ich auf der Bühne stehe? Ich stehe doch niemandem im Weg.«
»Du versuchst, ins Licht zu komm', darum geht's. Un' da gehör'n wir nich' hin; unser Platz is' woanders. Der HErr hat uns für die Schatten gemacht, wir sin' seine Nachtgeschöpfe.«
Ich kann mich fast an jedes Wort auf diesem Heimweg erinnern, was vornehmlich daran liegt, daß wir nur selten so offen miteinander redeten; außerdem war es das letzte richtige Gespräch, das wir führten, ehe sie dann richtig krank wurde.
Sie klagte schon seit geraumer Zeit, und ich sah sie immer dünner werden – ausgerechnet sie, die immer so stolz auf ihren Körper gewesen war. Es fanden sich weniger Besucher in ihrem Messingbett ein, und manchmal konnte ich sie nachts stöhnen und schluchzen hören; steckte sie morgens die Petroleumfunzel an, sang sie mehr Choräle und fluchte weniger als früher. Erkundigte ich mich aber ernstlich nach ihrem Gesundheitszustand, sagte sie nur: »Is' der HErr, der mich bestraft«, oder kurz angebunden einfach: »Is schon in Ordnung.«
Es dauerte lange, bis ihr Zustand sich dermaßen verschlechtert hatte, daß ich darauf bestehen mußte: »Du mußt zum Arzt, Ma.«
»Warum?«
»Du bist zu dünn.«
»Ich bin am Abnehm'.«
»Irgendwas stimmt nicht mit dir. Du mußt dich von einem Arzt untersuchen lassen.«
»Ich laß' mich nicht von fremd'n Männern anfass'n.«
»Aber so geht es nicht weiter.«
»Doch geht es das, wenn ich nur will.«
Dann eines Morgens, als ich in der Schule war, brach sie in der

Küche zusammen, und Mevrouw Viviers brachte sie zu einem Arzt in die Stadt. Als ich am Nachmittag heimkam, war meine Mutter noch im Krankenhaus. Das versetzte mich in Panik. Ich weiß noch genau, wie oft sie gesagt hat: »Wenn sie'n Coloured ins Krank'nhaus bring', dann nur zum Sterb'n.«

Doch nach ein paar Wochen kam sie wieder nach Hause; man hatte ihr die linke Brust abgenommen.«

»Warum ha'm sie mich nich' gleich sterb'n lass'n?« frage sie verbittert. »Da schick'n sie ein' halb verstümmelt nach Haus, wie aus zweiter Hand oder in' Lad'n angestaubt.«

Es dauerte seine Zeit, bis ich begriff, welche Qualen sie die ganze Zeit über durchlitten haben mußte: sich täglich bewußt zu sein, daß ihr der Körper abstarb – woran konnte sie sich denn halten, außer an ihren Körper? Die einzige Freuden, die sie je gekannt hatte, waren die des Körpers gewesen; er war ihre Versicherung für die Zukunft gewesen, ihr Schlüssel für die Gegenwart. Jetzt unterm Messer gewesen zu sein und verstümmelt heimzukommen, stellte für sie das Allerschlimmste dar, das sie sich vorstellen konnte: daß ihr Ganzsein versehrt worden, daß der Tod jetzt Teil von ihr war. Deshalb hatte es schon fast etwas Frohlockendes, als sie wiederholte: »Er hat mir gesacht, is' alles erledigt un' *klaar* – is' aber alles Unsinn, ich bin durch'n durch von Krebs verseucht.«

Sie weigerte sich, noch einmal das Krankenhaus aufzusuchen. »Hier gehör' ich hin. Wenn ich sterb'n muß, dann hier.« Der Arzt schickte ihr Betäubungsmittel, die sie in den Nachttopf schüttete.

Eines Sonntags kam ein Heilkundiger aus Kapstadt, ein Kap-Malaie, sperrte Fenster und Türen zu und verbrachte eine geschlagene Stunde bei ihr, während wir angstvoll unter den Bäumen draußen warteten. Bei Sonnenuntergang kam er heraus und schickte die Kinder Fröschefangen. Vom Staudamm, vom Brunnen, von jedem Fluß und *vlei* auf der Farm wurden am Abend Frösche herbeigeschafft. Zwölf davon steckte er in einen Gazebeutel, den er dann meiner Mutter auf die Brust legte. Nach einer Stunde wurden die Frösche durch neue ersetzt, nachdem die erste Gruppe sich ›zu Tode gesaugt‹ hatte, und so ging es die ganze Nacht weiter, bis hundertundzwanzig Frösche geopfert worden waren. Bei Tagesanbruch grub der Heilkundige auf der Schwelle zu unserem Haus ein Loch, vergrub sämtliche toten Frösche und einiges an *doepa* und glättete die Erde wieder sorgfältig darüber; und während meine erschöpfte Mutter in Schlaf versank, steckte er das dicke Bündel Geldscheine, mit dem sie ihn bezahlt hatte, in eine braune Brieftasche und fuhr in seinem alten Buick davon.

Das Erstaunliche an dem ganzen war, daß es ihr danach tatsächlich besser ging. Etwa einen Monat lang konnte sie ihre Hausarbeit wieder verrichten, doch mit Beginn des Winters ging es rapide mit ihr bergab. Es dauerte keine zwei Wochen, und sie sah aus wie eine Sechzigjährige – als ob ihre Haut ausgetrocknet wäre und ihr wie Pergament am Schädel klebte. Sie hatte nicht einmal die Energie, den kap-malaiischen Heilkundigen zu verfluchen. Tagsüber setzten wir sie in die schwächliche Wintersonne; zu einem winzigen Bündel zusammengeschnurrt saß sie stundenlang da und rauchte *dagga*. Der ebenso süßliche wie bittere Cannabisgeruch erfüllte unsere kleine Hütte vom Boden bis zur Decke, doch war ich dankbar dafür, überdeckte er doch zumindest den Geruch des Todes. *Dagga* war das einzige Mittel gegen den Schmerz; außerdem pflegte sie ihren ausgemergelten Körper mit Nikotin einzureiben, »damit die Krebswurz'ln rauswachs'n könn«. Doch in den frühen Morgenstunden, wenn die Wirkung des *dagga* nachließ, fing sie an, sich in ihrem Bett herumzuwälzen und zu stöhnen: das war ein dünner, klagender Laut, erschrekkend ähnlich ihren früheren Liebeslauten, und er wurde von Stunde zu Stunde in dem Maße durchdringender, wie die Schmerzen zunahmen. Kam die Zeit, da die Hähne krähten, konnte man diese wegen ihrer Schreie gar nicht hören. Da war es geradezu eine Erleichterung, wenn die Sklavenglocke läutete und ich über den Farmhof hinübergehen konnte, um meine ersten morgendlichen Pflichten zu erfüllen, ehe ich dann zur Schule aufbrach. Das alles wurde immer unerträglicher, und die ganze Farm stellte sich auf ihren Tod ein. Die Leute vom Bestattungsinstitut kamen, um wegen des Leichentuchs und der Sarggröße Maß an ihr zu nehmen, und die Männer fingen an, Wein für das Leichenbegängnis zu horten.

Kurz vorm Ende gab es noch eine Periode des Friedens. Ich selbst war überwältigt von dem Maß an Gelassenheit, das sie bekundete, und die Art und Weise, wie sie selbst auf ihr *dagga* und alle anderen Bequemlichkeiten verzichtete. Angesichts des Schmerzes und des Todes erreichte sie wieder so etwas wie Jungfräulichkeit. Heute verwundert mich das nicht mehr.

In ihren letzten Lebenstagen verbrachten wir viel Zeit miteinander. Die Gegenwart war ihr nicht mehr wichtig, nur die Vergangenheit. Stundenlang und einen Abend nach dem anderen mußte ich von dumpfem Groll erfüllt die lange Familienlitanei meines Vaters anhören, die ich bereits so gut kannte.

Einmal noch redeten wir auch über die Zukunft.

»Ich hab' dir gesagt, ich hab' Geld für dich beiseite gelegt, Joseph.«

»Ja, Ma.«

»'n bißchen hab' ich für's Kran'nhaus ausgeb'n müss'n, un' der verdammte Moslem-Malaie hat auch was genomm', aber ich hab' immer noch 'n *bietjie* für dich. Guck in' Koffer unterm Bett nach!«

Es war ein einfacher brauner Pappkoffer, aber er enthielt mehrere Hundert Pfund – ihre gesamten Ersparnisse von Gott weiß wie vielen Jahren.

»Ich war'n Waisenkind, Joseph; sie ha'm mich bei Genadendal gefund'n. Nacktärschig bin ich inne Welt gekomm', un' nacktärschig verlass' ich sie auch wieder. Aber dies hab' ich für dich gespart, damit du's 'n *bietjie* besser hast.«

»Aber woher hast du all dies viele Geld?«

»Gespart, hab' ich dir doch gesagt. Ich hab' *gazat* für dich gemacht.«

»Aber Ma!«

Ohne mit der Wimper zu zucken, sah sie mich an. Wieviel mag sie im Monat verdient haben? Vielleicht fünf Pfund, bei freier Unterkunft und Kost und ab und zu einem getragenen Kleidungsstück für sich und mich. Von den fünf Pfund im Monat hatte sie unmöglich soviel auf die hohe Kante legen können. Es traf mich wie ein Schock, und mir wurde schwindelig bei dem Gedanken an all die Jahre, an all die Besucher in ihrem Bett, ihre Gereiztheit und ihre schlechte Laune am frühen Morgen. Ich wollte sie danach fragen, ich *mußte* es wissen, doch ihre schweigenden Augen brachten mich zum Schweigen.

»Paß du jetzt nur auf, daßtu auf'n Wegen des HErrn wandelst un' den Weiß'n nich' in'n Arsch kriechst.«

Ich war so durcheinander, daß ich nur Banalitäten von mir geben konnte. »Aber ich will kein Geld, Ma, ich will dich. Warum bleibst du nicht bei mir, statt zu versuchen, gut zu mir zu sein?«

»Ich bin nich' gut für dich, Joseph. Ich war schlechter, als ich mir eingesteh'n möcht'.«

»Aber Ma, ich ...«

»Halt'n Mund. Geh un' hol'n Pastor, ich will sterben.«

Hilfesuchend wandte ich mich an Frans Viviers, denn der Pastor wohnte ziemlich weit weg.

»Ihr Coloureds seid so rücksichtslos«, sagte er. »Du weißt doch genau, daß ich jeden im Weinberg brauche zum Hacken, zum Schneiden und zum Düngerausbringen. Kannst du nicht bis zum Wochenende warten?«

»Ich glaube, meine Mutter hat's eilig zu gehen, Baas.«

»Na, schön. Ich will da nicht im Weg stehen. Ruf Dirk und sag ihm, er soll dich in seinem Wagen hinbringen. Wenn's unbedingt sein muß.«

Ein feiner Regen fiel, als wir im Kap-Wagen unter den kahlen Ästen losfuhren, der Schlamm unter den Rädern mit den hübschen roten Speichen aufspritzte. Die Wolken hingen niedrig, sie waren weißgrau und regenschwer, und die Baumstämme sehr schwarz und still im alles schmutzig machenden Regen. Die ganze Welt war unwirtlich und tot. Das Geräusch der Pferdehufe und das Rauschen der Räder verstärkte das allgemeine Schweigen nur noch. Neben mir saß der alte Dirk April und hielt die feuchten Zügel locker auf dem Schoß; die Hände hatte er in den zerrissenen Ärmel hochgezogen wie eine Schildkröte den Kopf in ihren Panzer; eintönig sang er:

My bonnie lies over the ocean,
My bonnie lies over the sea . . .

Bei jedem Wort entquoll seinem Mund eine kleine weiße Atemwolke; bis auf den heutigen Tag ist dies für mich das traurigste Lied der Welt.

Als er das Lied zum soundsovielten Male wiederholt hatte und gerade in der Mitte angekommen war, brach er ab und sagte: »Joseph, du darfst nich' zulassen, daß je 'n Mensch 'n schlechts Wort über dein' Mutter sagt. Es gibt keine Frau, die's e'm Mann so geben konnt' wie sie.«

»Ja, Oom Dirk.«

Er begann wieder mit *My bonnie.*

»Oom Dirk?«

». . . *over the sea.* Ja?«

Ich hielt den Blick starr geradeaus gerichtet. »Oom Dirk, hat meine Mutter jemals . . . ich meine, bei einem Mann . . . hat sie jemals Geld dafür verlangt? Ich frag' ja nur.«

Eine Weile sagte er nichts. Die Pferdehufe machten schmatzende Geräusche auf der aufgeweichten Straße, und der Wagen wankte und tanzte mit uns. »Joseph«, sagte er schließlich, »Joseph, wenn du inne Kirche gehst: Bittet der HErr dich dann um Geld, oder gibst du's ihm von selbst, aus dem Glück deines Herzens heraus?«

Als wir mit dem Pastor zurückkamen, wartete sie geduldig und still auf uns. Nach der frischen Luft draußen war es in dem kleinen Raum stickig und roch nach Tod. Der braune Pastor setzte sich auf einen Stuhl mit gerader Lehne neben das Bett und ich auf die andere Seite. Nach dem Pastor kamen alle verheirateten Frauen der Farm herein, die meisten von ihnen barfüßig, und hockten sich auf den Boden. Nichts an ihnen verriet Eile oder Neugier; mit altüberkommener erdhafter Würde nahmen sie

Platz, und es war erstaunlich, wie der warme und feuchte Geruch des Regens und ihre ausgeprägten Ausdünstungen die Todesnähe überdeckten. Die Ölfunzel brannte bereits, war jedoch ganz klein gedreht; und die Messingkette war so tief wie möglich heruntergezogen worden, so daß Decke und Ecken des Raums dunkel blieben und die Schatten der Menschenbündel regungslos und scharf umrissen auf die vier Wände fielen.

Woran ich mich bei dieser langen Totenwache vor allem erinnere, das ist der beunruhigende Zwiespalt, den ich in mir selbst spürte: ein Teil von mir war tief angerührt und betroffen von der Tatsache, daß meine Mutter starb, von diesem für immer unergründlichen Vorgang, von der traurigen Entdeckung, wie fern und wie fremd sie mir im Grunde war, wie unerreichbar – wohingegen ein anderer Teil die ganze Szene fasziniert als reines Schauspiel betrachtete: das Helldunkel des Raums, die vielen Gesichter im schummerig-gelben Schimmer der Lampe, meine Mutter, die in dem enormen Doppelbett kleiner und immer kleiner wurde, der Pastor mir gegenüber, die fein geflochtene Goldkette seiner Taschenuhr über dem runden Bauch drapiert und die kleine Wunde an seinem Kinn.

Ich wollte um meine Mutter trauern, wollte mich in ihrem Sterben verlieren; durch sie wollte ich mich zu meinem unbekannten Vater und der langen Reihe von Vorfahren vortasten, wollte mich ganz der Angst und dem Gefühl des Verlassenseins anheimgeben; aber irgend etwas hielt mich zurück und zwang mich, die Szene wie aus der Ferne zu betrachten, sie ungerührt und leidenschaftlos zu analysieren, als spielte sie sich außerhalb meiner selbst ab und ließe sich beurteilen wie eine Theateraufführung. Es war das erstemal, daß ich mir so brennend etwas bewußt wurde, das als unveräußerlicher Teil meiner selbst zurückblieb.

Bald, nachdem der Pastor aus der Bibel vorgelesen und gebetet hatte, schloß sie die Augen und blieb den Rest der Nacht über regungslos liegen, obwohl ich manchmal den Eindruck hatte, daß sie unter den Lidern hervorblinzelte und einen Anflug von Lächeln zeigte. Die Frauen auf dem Boden rutschten von Zeit zu Zeit hin und her, und ab und zu stand auch eine auf, ging hinaus und kam wieder. Nicht einmal, als die Sklavenglocke draußen ertönte, gingen sie. Doch muß der Klang der Glocke sehr tief in den Schlaf meiner Mutter eingedrungen sein, denn plötzlich bewegte sie den Kopf auf dem Kissen und murmelte:

»Zeit zum Aufsteh'n, Joseph.«

Ich erhob mich von meinem Stuhl und setzte mich aufs Bett. »Ich bin hier, Ma.«

»Sie läutet, Joseph, sie läutet, nu' mach schon!«

»Ich schlafe nicht, Ma. Ich bin hier.«

Seufzend schlug sie die Augen auf. Sie war durchaus bei klarem Bewußtsein.

»Es ist Zeit für mich zu gehen«, sagte sie. »Aber erst will ich das Abendmahl. Es ist 'n weiter Weg, un' ich wer' hungrig un' durstig wer'n.«

»Aber Schwester . . .« verwahrte sich der Pastor.

»Du unnütz. Warum kannstu mir nich' einfach das Abendmahl geb'n?« Sie versuchte, sich hinzusetzen, doch das war zuviel für sie.

»Joseph«, sagte er leicht zaudernd. »Vielleicht kannst du uns irgendwo etwas Brot und Wein besorgen . . .« Er hoffte offenbar, daß sich das als unmöglich erweisen würde, doch eine der Frauen stand auf und sagte: »Ich habe Wein in meinem Haus. Allerdings nur braunes Brot.«

»Geh un' bitt 'n Baas um weißes Brot«, flüsterte meine Mutter.

Ich wollte nicht. Alles in mir sträubte sich dagegen. Trotzdem stand ich auf und ging hinaus. Noch war es dunkel. Die feuchte Luft nach der stickigen Wärme drinnen ließ mich schlucken. Ich ging auf das Farmhaus zu; im Schlafzimmerfenster war Licht zu sehen.

Baas, meine Mutter braucht etwas weißes Brot, damit sie in Frieden sterben kann, es dauert zu lange, bis zum Wochenende zu warten. Bitte, Baas. Vielen Dank, Baas. Ich werde nicht wieder stören, Baas.

Ich stolperte über einen Schubkarren im Hof und stürzte. Ich spürte, wie ich mir auf dem gefrorenen Boden Hand und Knie aufschürfte. Ich fing an zu weinen. Ein Häufchen Elend, saß ich

da und schluchzte, und das Schluchzen brach aus mir heraus wie etwas Lebendiges und Blutendes. Es war, als ob in meinem Inneren etwas nachgegeben hätte. Auf Händen und Knien kroch ich zwischen den Bäumen dahin und kotzte dabei jedes schmutzige und lästerliche Wort aus, das ich kannte, bis ich schließlich zitternd am Boden lag.
Langsam legte sich der Aufruhr. Ich raffte mich hoch. Inzwischen brach trostlos, hart und kalt der Tag über die Farm herein. Ich ging nicht zum Farmhaus, sondern hinüber zu den Hütten der Arbeiter, wo orangefarbene Lichter aufglommen und verschlafenes Gemurmel zu hören war. In einer der Hütten borgte ich mir einen halben Laib braunes Brot und kehrte damit zurück. Der Pastor war mit dem Ritual fast am Ende. Meine Mutter wartete mit offenen Augen.
»Sie hatten kein weißes Brot«, sagte ich.
Der Pastor warf einen Blick auf sie. »In den Augen des HErrn ist es alles dasselbe«, sagte er.
Er schenkte etwas süßen Muskateller aus und reichte ihn ihr, dann brach er das Brot; langsam und mit Bedacht aß und trank sie, würgte an dem Brot, hustete, zu stark für ihren schwachen Körper; und ich saß da und beobachtete sie, sah sie den Brocken braunes Brot herunterschlucken, erschauerte dabei, schüttelte mich, war halb von Sinnen und dachte bei mir: ich fordere Dich heraus, HErr, ich fordere Dich heraus; verwandle diesen Wein in Dein Blut und dieses braune Brot in Deinen Leib, mach schon, HErr, ich fordere dich heraus! Immer und immer wieder dachte ich in meinem fiebrigen Hirn denselben Gedanken, und während ich dasaß und wie benommen war und ihn voller Entsetzen dachte, merkte ich nicht einmal, daß sie bereits gestorben war.

4

Ganz gegen die Wünsche meines Baas, Frans Viviers, der erwartete, daß ich nach dem Schulabschluß etwas ›Nützliches‹ lernte, schaffte Mr. Toad es, mir ein Stipendium für das Studium an der

Universität Kapstadt zu verschaffen. Darüber hinaus besorgte er mir eine Unterkunft bei irgendwelchen Verwandten von ihm, doch mischten die sich für meinen Geschmack zuviel in meine Angelegenheiten ein, und ich zog nach kurzer Zeit bei ihnen aus. Nachdem ich hinterher noch zweimal meine Koffer und Bücherkartons gepackt hatte und hierhin und dorthin gezogen war, richtete ich mich schließlich in einem kleinen Zimmer in District Six ein, in dem ich bis zum Ende meiner Kapstädter Zeit bleiben sollte.

Gran'ma Grace wohnte ziemlich weit oben, an den tieferen Hängen des Devil's Peak. Entkam man dem Gewühl der Hanover Street und suchte sich an balgenden Kindern und rücksichtslosen Obstkarren und Trödelläden vorbei seinen Weg die steilsten und engsten Straßen und Gassen hinauf, erreichte man schließlich Oxford Place, wo die Häuser sich wie eine Herde Ochsen vorm Schlachthaus zusammendrängten und nicht recht wußten, wohin entfliehen. Viel Methode hatte die Architektur hier oben nicht; die Häuser waren über die Jahrzehnte einfach zusammengewachsen und stützten sich gegenseitig, um einem vorzeitigen Zusammenbrechen zu entgehen. Zur Straße hin gab es Veranden und Zäune aus edwardianischer, viktorianischer oder noch früherer Zeit, von denen manche mit Wellblech, Brettern oder sogar nur mit Kartonpappe geflickt waren, wohingegen andere trotz der Verwüstungen von Mensch und Natur letzte Spuren von Würde bewahrt hatten. Das Haus von Gran'ma Grace gehörte zu letzteren, mit einem zarten schmiedeeisernen Gitter am oberen Balkon. Von dort aus konnte man über Kinder, streunende Hunde und zerknülltes Papier hinwegsehen, über Lieferwagen und verbeulte Autos, die hier geparkt oder aber für immer abgestellt waren und jedesmal einen Ausbruch von wütendem Gehupe und Geschimpfe verursachten, wenn irgendein unerschrockener Außenseiter versuchte, an ihnen vorbeizukommen. In feuchten oder nebligen Nächten bekam die Straßenszene von dieser hochgelegenen *stoep* etwas Unwirkliches; dann schienen die Häuser ihrer Solidität verlustig zu gehen und zu bemalten Pappfassaden zu werden, bepinselt mit dem Ocker, Grau, Grün oder Grauweiß eines Bühnenbilds einer stilisierten *Carmen*-Aufführung oder – schlimmer und schmieriger noch – von *Endstation Sehnsucht*. Das war ein quirliges Viertel, wo man seinen Nachbarn nie entkam und wo sich der gesamte Kreislauf des Lebens vor meinen klapprigen Fenstern abspielte: rachitisch deswegen, weil die Zugschnüre an den Schiebefenstern längst kaputtgegangen waren und man den Rahmen mit zusammengefaltetem Papier gegen den Wind verkeilen mußte, damit das Fenster nicht mehr klapperte. Hinter dem Haus gab es einen kleinen Hof, der von Nachbarhäusern, Plumpsklos und einer Doppelreihe Taubenschlägen gebildet wurde. Dort spielten sämtliche kleinen Mädchen aus der Nachbarschaft mit fliegenden Zöpfen und wippenden Kleidchen Himmel-und-Hölle oder Hüpfen, während die eingesperrten Tauben leidenschaftlich gurrten, sich umwarben und paarten; später benutzte ich ihn als Freiluftbühne, um abends mit meiner eigenen kleinen Truppe Stücke zu proben, wobei ein rauchendes, trinkendes und johlendes Publikum zuschaute, das sich ungeladen einfand und unweigerlich erst am Ende auseinanderging.

Gran'ma Grace war eine gebrechliche, fast vogelhafte kleine Frau von unbestimmbaren Alter. Aus ästhetischen oder erotischen Gründen hatte sie sich in früher Jugend die Vorderzähne ziehen lassen, und ihr eingefallener, an der Oberlippe flaumbewehrter Mund sah aus wie völlig ausgeleierte Schamlippen. Als ich am Oxford Place aufkreuzte, hatte sie bereits drei Männer überlebt. Die ersten beiden hatten sie unter angemessener Trauerbekundung begraben, während sie den dritten hinauswarf, nachdem sie ihn mit einer anderen im Bett erwischt hatte. Diese Szene beschrieb sie mir oft auf höchst drastische Weise. Daß es zu diesem Ehebruch ausgerechnet in dem Zimmer gekommen war, das ich von ihr mietete (»Das ist das Bett, es ist mein Zeuge, Gott schläft nicht!«), macht den Zwischenfall für mich umso pikanter. »Ich stand da und sah ihnen zu«, erzählte sie, »und da hab' ich auf der Stelle graue Haare gekriegt« – woraufhin sie kurzerhand das gottverdammte Paar aus ihrem Haus rausgeworfen hatte, »einfach so, nacktärschig, wie sie waren«.

Ihre Kinder hatten das Elternhaus eines nach dem anderen verlassen – die Töchter, in dem sie heirateten; die Söhne, indem sie ihr Glück als Fischer oder Maurer und einer sogar als Polizist zu machen versuchten – und so hatte Gran'ma Grace Untermieter aufgenommen. Sie spielte in der Nachbarschaft eine ganz besondere Rolle. Es gab kein Gebrechen und keine Krankheit, gegen die sie nicht ein Heilmittel wußte, und so sprach man zu allen Tages- und Nachtzeiten bei ihr vor, bat sie, bei Geburten zur Hand zu gehen und bei Krankheit und Tod beizustehen. Bei jeder Beerdigung fiel sie als Trauergast aus dem Rahmen, was möglicherweise daran lag, daß sie die durchdringendste Stimme hatte, die ich je in meinem Leben kennengelernt habe.
Den größten Teil ihres Einkommens bestritt sie aus dem Schmuggel von *dagga* – ein Geschäft, das unter dem wachsamen Auge ihres Polizistensohnes prächtig gedieh. Zwischen den beiden hatte sich eine höchst praktische und gedeihliche Zusammenarbeit entwickelt, denn jedesmal, wenn sie übers Ohr gehauen wurde oder eine Abneigung gegen jemand faßte, kam ihr Sohn und holte die betreffende Person ab; mochte sie anders herum jedoch jemand besonders gern leiden, konnte der Betreffende sich automatisch auf Polizeischutz verlassen.
Sie verbrachte jeden Samstag mehrere Stunden in der Kirche, denn sie war aktives Mitglied einer obskuren Sekte, der Kirche der Seraphim und Cherubim, und Gerüchten zufolge stand sie in direktem und ständigem Kontakt mit etlichen Heiligen, der Jungfrau Maria und dem Herrgott höchstpersönlich. Infolgedessen war es nicht ratsam, sich am Samstag mit ihr anzulegen, denn dann verprügelte sie einen gleich nach dem Kirchgang, bis die ganze Nachbarschaft nach Schwefel und Salpeter stank.
Aus irgendeinem unerfindlichen Grund schloß diese wenig liebenswürdige alte Mutter Courage mich sofort ins Herz – vielleicht, weil ich so vollkommen verloren in der Stadt war, vielleicht aber auch, weil sie mich als etwas betrachtete, was sie eine »Hellhaut« nannte, »die es leicht erwischt«. Wann immer ich spätabends noch zu arbeiten hatte, brachte sie mir einen großen, blauen Becher Tee und nahm ohne zu fragen auf meinem Bett

Platz, um zu plaudern. Das bedeutete, daß sie auf ärgerliche Weise einen Teil meiner kostbaren Zeit mit Beschlag belegte, was zur Folge hatte, daß ich versuchte, möglichst abzuschalten, besonders, wenn sie die Zukunft voraussagte: dann studierte sie den Bodensatz meines Bechers, las mir aus der Hand, befragte meine Sterne, mischte meine Karten und überprüfte meine ›Zahlen‹. Ob ihre Religion kabbalistische Komponenten hatte, weiß ich nicht, doch legte sie ganz besonderen Wert darauf, Zahlen zu deuten. »Paß bloß auf die Sieben und auf die Dreizehn auf«, warnte sie mich regelmäßig. Hätte ich doch bloß mehr auf sie gehört. Soweit ich mich erinnern kann, war Sieben die Zahl, die der Religion zugeordnet war (stets ein guter Ausgangspunkt, wenn sie versuchte, mich zu bekehren), die Dreizehn Tod und Geburt (ihr erstes Kind war an einem dreizehnten tot zur Welt gekommen).
Im allgemeinen machte ich einfach unverdrossen weiter mit dem, womit ich gerade beschäftigt war, während sie in meinem gemütlichen Zimmer endlos vor sich hinplapperte. Viel mehr Platz als für Bett, Tisch und einen selbstgeschreinerten Schrank für Kleidung und Bücher war da nicht. Ursprünglich war der Raum wesentlich größer gewesen, doch sie hatte eine hölzerne Trennwand eingezogen, um mehr Untermieter aufnehmen zu können. In der Mitte der Trennwand befand sich eine Tür, die jedoch so unsicher in ihren Angeln hing, daß wir sie schließlich, nachdem Dulpert in das Zimmer nebenan eingezogen war, einfach offenstehen ließen, schon weil wir dadurch etwas Platz gewannen.
Ursprünglich hatte, als ich bei Gran'ma Grace einzog, eine junge Frau nebenan gewohnt, Ursula, eine unbeschwerte, erdhafte Person, die es ebenfalls schaffte, mich ganz schön durcheinanderzubringen, indem sie ihr Radio gleich auf höchste Lautstärke stellte, wenn sie nach Hause kam und frischfröhlich mitträllerte, sobald irgend etwas ihr Bekanntes gespielt wurde. Das machte mich eines Nachts dermaßen wütend, daß ich mit der Faust gegen die Tür hämmerte. Die Falle gab nach, und ich überraschte sie im Unterrock, wie sie sich im zerbrochenen Spiegel betrachtete. Verlegen versuchte ich irgendeine Entschuldigung vorzubringen, doch sie sah sich nur über die Schulter nach mir um und fragte:

»Warum machst du denn nur ein so verdammt blödes Gesicht? Noch nie'n Mädchen gesehen?«
»Ich wollte ja nur . . . wegen dem Lärm . . . tut mir leid, ich wollte nicht . . .«
»Ag, laß doch!« sie lachte. »Was machst du denn um diese späte Stunde bloß, daß man nichtmal 'n bißchen Musik hören darf?«
»Ich arbeite.«
»Was denn?«
Als ich ihr von der Universität erzählte, war sie fassungslos. »Du? Himmel, da bist du ja'n ganz schlauer Heller, was?« Sie trat näher und blieb direkt vor mir stehen. Mir stieg ihr Duft in die Nase, billiges Parfum und Moschusduft; und ich wurde mir ihrer atmenden, greifbaren Nähe bewußt. »Du solltest besser aufpassen«, neckte sie mich lächelnd. »Wenn du zuviel arbeitest, fällt er dir noch ab!«
»Fällt mir was noch ab?«
»Der da.« Die herausfordernden Augen unbeirrt auf die meinen gerichtet, streckte sie die Hand aus und berührte mein Geschlecht. Ich packte ihre Hand. Sie brach in Lachen aus, warf den Kopf in den Nacken und bot mir die Glätte ihres Halses dar, woraufhin wir anfingen, einander zu betasten. Vom Zauber ihrer aufreizenden Musik gepackt, wurde mir schwindlig im Kopf, und wir fielen auf ihr schmales Bett.
Im allgemeinen sind meine Erinnerungen höchst lebendig und genau; ich vergesse nicht leicht eine Geste oder das besondere Timbre einer Stimme, doch was diese Nacht betrifft, versagt mein Erinnerungsvermögen. Ich war nur überwältigt von ihren vollen Brüsten, ihrem gierigen Mund, ihrem Haar zwischen unseren feuchten Lippen, der Heftigkeit, mit der sie sich herumwälzte, ihren Nägeln, ihrer Schlüpfrigkeit und ihren hemmungslos tierischen Lauten. Ich rang einfach weiter mit ihr, selbst lange, nachdem ich schon gekommen war; ich kam neuerlich zu einem Höhepunkt, konnte aber in meiner Unerfahrenheit nichts weiter tun, als weiter- und weiterzumachen und völlig in dem aufzugehen, was sie von mir begehrte. Als der Morgen endlich graute, wurde sie allmählich ruhiger, um schließlich mit trägem,

halblautem Gestöhn unter mir zu entspannen, als hätte sie überhaupt keinen Willen und keine Energie mehr. Später stand sie auf, ging feucht und nackt eine Weile ziellos durchs Zimmer, bis sie ihren zerknüllten Unterrock auf dem Fußboden fand, stehenblieb, ihn aufhob und anzog und hinunterging auf den Hof. Als sie zurückkam, streifte sie den Unterrock wieder ab und kam leicht erschauernd wieder zu mir. Ich spürte, wie das Begehren wieder in mir wuchs. Die Hände in ihrem verklebten Haar, zwang ich sie auf den Rücken und kehrte zurück in ihre warme, verborgene Feuchtigkeit. Diesmal waren meine Bewegungen langsamer und zielgerichteter, hatten etwas rein und arrogant Forderndes und nicht im geringsten mehr etwas mit der Verwirrung zu tun, in die ihre Verführung mich gestürzt hatte.
Geschunden und lendenlahm trat ich später an diesem Morgen auf den Balkon und blinzelte mit geschwollenen Augen in die gleißende Sonne. Ich hatte eine frühe Vorlesung versäumt, doch nichts konnte mir gleichgültiger sein. Ursula war schon seit Stunden fort – sie arbeitete als Näherin in einer Fabrik –, doch war sich mein ganzer Körper ihrer immer noch bewußt, hatte ich immer noch ihren Geschmack im Mund.
Auf lautlosen, pantoffelbewehrten Füßen trat Gran'ma Grace zu mir. Schuldbewußt wünschte ich ihr einen Guten Morgen, wich jedoch ihren Augen aus. Sie holte eine Pfeife aus einer ihrer Taschen in dem verschossenen blauen Morgenrock und fing an zu rauchen. Ich erkannte den bittersüßen Geruch von *dagga*.
»Der Hahn steht heut' auf sein' Misthauf'n«, erklärte sie schließlich.
Verlegen stieß ich ein kurzes Lachen aus.
»Ich sag' nix'«, erklärte sie und paffte vor sich hin. »Ich sag' ja nix.« Dann, plötzlich: »Wie alt bistu eigentlich?«
»Ich bin vorigen Monat achtzehn geworden, Gran'ma Grace.«
»Alt genug, um selbst auf dich aufzupassen. Ich sag' nix'.« Rauchwolken umwogten sie. Schon wollte sie sich umdrehen und ins Haus zurückkehren, da sagte sie plötzlich mit völlig unerwarteter Aggressivität: »Wenn diese *djentoe* jemals versucht, dich in was reinzuzieh'n, komm einfach zu mir un' erzähl' mir das, ja?«

»Warum soll sie mich in was reinziehen?«
»Ich sag's ja bloß.«
Eine Zeitlang war ich ziemlich niedergeschlagen, doch als ich das Gewicht ein wenig verlagerte und mich anders hinstellte, wurde ich mir der wollüstigen Schmerzen meines Körpers wieder bewußt, und meine ganze neugewonnene Zuversicht und überschwenglich gute Laune kehrten zurück. Wie ein General, wie einer von Lawrences Herren des Lebens stieg ich die steile, schmuddelige, von hohen Häusern eingezwängte Gasse hinunter zur Sonne der breiteren Straße unten. Heute war hier alles viel greller und heftiger als an den anderen Tagen: die Schreie der Obstverkäufer, die spöttischen Rufe der Arbeiter auf den Baugerüsten oder auf irgendwelchen Lastwagen, wenn hüftschwenkend ein Mädchen vorüberkam, die Collagen der übereinandergeklebten Plakate an Hauswänden und Bretterzäunen, der Duft von Kräutern und Gewürzen aus dem dunklen Inneren kleiner, mit Waren vollgestopfter Läden.
Ohne jede kleinliche Verzagtheit betrat ich eine der zahllosen Barbierstuben, um mir das Haar schneiden zu lassen und dem nichtigen Gerede und dem Klatsch zu lauschen, der aus allen Himmelsrichtungen hereinwehte. Das Haareschneiden dauerte eine geschlagene Stunde, denn jedesmal, wenn sich draußen etwas Interessantes tat, traten der Barbier und seine wartenden Kunden vor die Tür, um zuzusehen und laut und lästerlich ihren Kommentar dazu abzugeben.
Alle paar Minuten kam ein neuer Kunde, um irgend etwas zu kaufen, etwas abzugeben oder kleine Pakete von Schmuggelware abzuholen, irgendwelche Schulden zu bezahlen, *fafeh*-Wetten abzugeben, ohne jede Sicherheit Geld zu borgen oder bloß um zu plauschen. Ich war überrascht von der Großzügigkeit des Barbiers, Hassim. Dem muß das aufgefallen sein, denn nachdem wieder einmal ein Schuldner mit einer Handvoll Geldscheine gegangen war, sagte er: »Nur keine Bange, *boytjie*, ich bin jetz' dreizehn Jahr' hier, un' noch keiner hat mich reingelegt.« Als ich fertig war, verlangte er nur die Hälfte seines üblichen Preises. »Geh schon weiter, Mann, du bist'n Erstkunde, un' ich seh doch,

is' für 'ne besond're Geleg'nheit.« Zwinkernd fügte er noch hinzu: »Sieht so aus, als hätt'st du letzte Nacht gewaltig den *sjambok* geschwung', hey? Mach bloß den Hos'nstall zu, eh du gehst, sonst loch'n sie dich noch weg'n Erregung öffentlichen Ärgernisses ein.« Brüllendes Gelächter im Laden, als ich mit der Hand hastig an den Schritt fuhr, nur um festzustellen, daß der Reißverschluß ohnehin hochgezogen war.

Weiter zur Hanover Street und von dort aus in die Innenstadt, über die Parade, zum Blumenmarkt. Nicht, daß ich meine Schritte bewußt dorthin gelenkt hätte, doch als ich da war, nahm ich zwei Schilling aus der Tasche – der Betrag, den ich mir für gewöhnlich fürs Essen pro Tag erlaubte – und kaufte einen Strauß Nelken.

Ursula sah mich mit einem merkwürdigen Ausdruck in den Augen an, als ich ihr am Abend die Blumen überreichte. Sie nahm sie fast brüsk und kehrte mir dann den Rücken zu. Sie stand nahezu eine Minute regungslos da, ehe sie den Bindfaden vom Strauß abwickelte und ihn in den rosa Krug auf ihrem Waschtisch stellte.

»Was hast du denn jetzt?« fragte ich.

Zu meiner Verwunderung standen ihr Tränen in den Augen, als sie sich umdrehte. Doch schüttelte sie nur zornig den Kopf, schniefte und sagte: »Du bist'n Softie. Warum läßt du mich nicht in Ruhe?«

Verwirrt ging ich hinüber in mein Zimmer und setzte mich an den schmalen Tisch, auf dem meine Bücher den ganzen Tag über unaufgeschlagen gelegen hatten. Zehn Minuten später hörte ich, wie die Tür in der Trennwand aufging, doch ich sah nicht auf. Sie trat hinter mich und legte mir die Hände über die Augen.

»Rat mal, wer das ist?« flüsterte sie.

Als ich mich umdrehte, war sie nackt. Sie drückte mein Gesicht an die Brüste. Ein Buch fiel zu Boden. Ich sollte es erst am nächsten Tag wieder aufheben.

Für mich war es eine völlig aus den Fugen geratene, verrückte, gefährliche Zeit. Ursula war neun Jahre älter als ich, und wenn sie sich auch hartnäckig weigerte, über ihre Vergangenheit zu reden, lag es doch auf der Hand, daß es im Spektrum menschlicher Erfahrungen sehr wenig gab, was sie nicht durchlebt hatte. Sexuell kannte sie keine Ruhepause und verstand es, mich mit verstohlen tastenden Händen und flüchtigen Küssen selbst noch aus dem Zustand äußerster Erschöpfung heraus zu aggressiver Potenz zu erregen. Ihr Erfindungs- und Abwechslungsreichtum kannte keine Grenzen, und so manches Mal kam es vor, daß die Sonne durch das offene Fenster hereinblickte, ohne daß wir in der Nacht auch nur ein Auge zugetan hätten.

So konnte ich selbstverständlich nicht weitermachen. Meine Arbeit lastete schwer auf meinem Gewissen. Die Juni-Examen standen unmittelbar bevor, und ich schlug mich immer noch damit herum, mich in der neuen Welt, in der ich lebte, zurechtzufinden. Zu Anfang des Jahres hatte es meiner besonderen Konzentration bedurft, meine Professoren nicht mit *Baas* anzureden. Aus der Abgeschiedenheit des Lebens auf der Farm war ich unversehens und völlig unvorbereitet in ein Chaos hineingeschliddert, aus dem mich nur Willenskraft herausführen konnte, nur die Entschlossenheit, ›es zu was zu bringen‹. Auf Anraten Mr. Toads hatte ich mich schließlich doch nicht in der Schauspielschule einschreiben lassen; aber um meinen B. A. an der Uni zu machen, mußte ich mich mit den neuen Sprachen – Französisch und Deutsch – befassen; ich war zwar bereit, Tag und Nacht zu arbeiten, nur war es höllisch schwer, wirklich zu begreifen und zu behalten. Alles war einfach zu neu und zu anders für mich, und ich hatte so wenig Orientierungspunkte, an die ich mich halten konnte. Die anderen Studenten schienen so selbstsicher, wußten bereits, wo und wie man ein Buch fand und wo man sich das Material für einen Essay besorgte. Ich hingegen hatte noch nie eine Bibliothek von innen gesehen. Mit einer Handvoll anderer Studenten, die gleichfalls Coloureds oder Inder waren, redete ich zwar bisweilen über meine Probleme, doch die waren alle in einer Stadt aufgewachsen und betrachteten mich nicht ohne eine gewisse Herablassung als einen *backvelder*. Doch je unüberwindlicher sich die Probleme vor mir auftürmten, desto entschlossener wurde ich, sie zu lösen. Ich würde es ihnen zeigen! Ihnen

allen würde ich es zeigen! Der ganzen weiten Welt würde ich es zeigen!
Auf dem Flohmarkt auf der Parade kaufte ich mir einen grünen Wecker aus zweiter Hand, den ich jeden Abend auf fünf Uhr morgens stellte, selbst wenn ich erst lange nach Mitternacht müde ins Bett kroch. Mehr als fünf Stunden Schlaf konnte ich mir einfach nicht leisten, und selbst das schien noch Zeitverschwendung. Ich versuchte, mindestens einen Roman oder ein Theaterstück pro Tag zu lesen – und das neben meinem eigentlichen Studium; ich war von einem unstillbaren Wissensdurst erfüllt.
Die Zehntausende von Bänden in der Bibliothek überwältigten mich einfach. Als ich das erstemal hineinkam, mußte ich mich unter den Regalen mehrere Minuten an die Wand lehnen, um mich von dem Schwindel zu erholen, der mich befallen hatte. Mein eigenes bißchen Wissen schien so absurd unbedeutend neben der hier angehäuften Weisheit; ich mit meinen achtzehn Jahren war nichts verglichen mit dem konzentrierten Denken so vieler Jahrhunderte. Doch nachdem ich wieder klar sehen konnte, raffte ich mich auf, streckte beide Hände aus, um die Bücherreihen auf dem obersten Bord zu berühren, und schloß die Augen; noch bevor ich von der Existenz eines Balzac auch nur wußte, dachte ich einen Gedanken, der auf nichts Geringeres denn *A nous deux maintenant* hinauslief.
Meine Bemühungen, eine passende Unterkunft zu finden, machten es mir noch schwerer, mit der Arbeit zurechtzukommen. Doch nun, da die Großstadt mich endlich in Gran'Ma Graces putzigem kleinen Haus hatte landen lassen – jetzt konnte ich endlich anfangen, Ordnung in mein Leben zu bringen und meine Arbeit zu organisieren. Und ausgerechnet in diesem Augenblick tauchte Ursula auf.
Zuerst stürzte ich mich auf sie wie ein Kind, das eine große Schlammlache entdeckt hat, doch nach zehn oder vielleicht vierzehn Tagen befiel mich Panik, und ich versuchte, so etwas wie einen Ausgleich zwischen ihr und meiner Arbeit zu finden. Sie war so fordernd. Sie wollte mich verschlingen und besitzen, ihre

Exzessivität hatte etwas, das mich zuerst faszinierte, später jedoch eher ängstigte, bis sie mich regelrecht abstieß, eine Form von Gier, die ich nicht stillen konnte und gegen die ich mich wehren mußte: sie war einfach zu besitzergreifend, zu aufdringlich, zu unversöhnlich. Sie wollte sich nicht damit abfinden, daß ich mich manchmal zurückziehen mußte, um zumindest ein bißchen zu arbeiten. Teils war es selbstverständlich meine eigene Schuld, mich ihr so bedingungslos zu widmen: Ich habe immer zum Absoluten geneigt, hatte stets diese Ader fürs Exzessive, so sehr ich mich im Laufe der Jahre auch bemühte, beides im Zaum zu halten. Meine übersteigerte Begeisterung für das Krippenspiel vor Jahren, die Tatsache, daß ich mich so eingehend mit dem Circus beschäftigt hatte, meine Hingabe an den *Sturm*, die übertriebene Art, mit der ich mich auf das Studium und auf die Lektüre stürzte – alles ließ die gleiche Ungezügeltheit erkennen, mit der ich jetzt Ursula erlebte. Und als meine Arbeit mich zwang, mein Leben neu und mit größerer Vernunft zu ordnen, verstörte sie das: in ihren Augen war das ein Zeichen von mangelndem Vertrauen.
»Das liegt bloß daran, daß ich sieb'nun'zwanzig bin un' ich bald dreißig wer'. In dein' Aug'n bin ich schon alt, gib's zu!« Rührend in ihrer Gier stolzierte sie in meiner Gegenwart vor ihrem zerbrochenen Spiegel auf und ab und drückte aufreizend die Brüste heraus. »Ich bin wohl zuviel für dich, was? Du bis' eb'n kein richtiger Mann, das is'!«
Damit gelang es ihr manchmal, mich zurückzugewinnen, nur geschah das von meiner Seite aus widerwillig, war ich im Grunde voller Groll. Manchmal versuchte ich es mit Vernunft bei ihr, doch meistens schrien wir uns nur gegenseitig an. Und setzte ich mich schließlich hin und arbeitete, vergalt sie mir das damit, daß sie das Radio besonders laut stellte oder sich auf meinem Bett niederließ und jammerte, mir Vorwürfe machte, auf mir herumhackte oder schmollte.
Ich kam vom Regen in die Traufe, und dann war ich mitten im Examen und hatte die schlimmsten Befürchtungen. Unsere Streitereien nahmen im Verhältnis zu meiner Verzweiflung an Heftigkeit zu; wir benutzten unseren Körper, uns gegenseitig zu demü-

tigen und zu verletzen, bis es eines Nachts zuviel für mich wurde, ich sie in einem Anfall von Raserei buchstäblich aus meinem Zimmer hinauswarf, die Tür zuknallte und mit entsetzlichen Kopfschmerzen zu meiner Arbeit zurückkehrte.

Obwohl ich bewußt die Ohren spitzte, um jedes Geräusch von nebenan mitzubekommen, verließ sie das Haus so lautlos, daß ich sie nie hörte. Das vollkommene Schweigen machte es mir umso schwerer, mich zu konzentrieren. Es muß sehr spät gewesen sein, als ich sie die Treppe heraufkommen hörte. Da war außerdem eine Männerstimme. Außer mir vor Wut und Verzweiflung, preßte ich die zur Faust geballten Hände an die Ohren, doch tanzten mir die Buchstaben vor den Augen, und ich konnte einfach nicht lesen. Ich wollte um mich schlagen, doch ich blieb regungslos sitzen, bis ich sie nebenan eben jene mir so vertrauten Laute von sich geben hörte, die monatelang nur mir gegolten hatten. Da hielt ich es nicht mehr aus und entfloh.

Als hätte sie gewußt, daß ich kommen würde, erwartete mich unten an der Treppe Gran'ma Grace. Ich versuchte, an ihr vorbeizuschlüpfen, doch sie versperrte mir den Weg.

»Was'n los mit Ursula?«

»Von mir aus kann sie zur Hölle fahren!«

Gran'ma Grace ließ mich vorbei. Am nächsten Tag blieb ich dem Oxford Place fern. Bis spät nachmittags saß ich in der Bibliothek, dann streifte ich ganz krank vor Unsicherheit ziellos durch die Straßen. Als ich mich schließlich heimtraute, stand Ursulas Tür offen, und all ihre Habseligkeiten waren fort. Im Licht der nackten Glühbirne auf dem Treppenabsatz verriet nichts, aber auch gar nichts mehr, daß sie je dagewesen war.

Lautlos, wie es ihrer Art entsprach, kam Gran'ma Grace die Treppe hinter mir hoch. »Polizei is' vorhin hiergewes'n, um sie abzuhol'n«, sagte sie gleichmütig.

»Aber warum . . .?«

»Hat irg'ndwas geklaut. Weiß nich'. Ich wollt' da nich' mit reingezog'n wer'n.«

Offen sah ich sie an, doch ohne mit der Wimper zu zucken hielt die alte Sünderin meinem Blick stand.

»Was ist mir ihren Sachen?« fragte ich.
»Hab' ich rausgeholt. Schließlich, denk' ich, wird sie jetzt für'n paar Monate schwitz'n, un' das Zimmer kann ja nich' die ganze Zeit über leersteh'n . . . Was soll aus mir werd'n, wenn ich meine Miete nich' krieg'?«
Vermutlich hätte mir ein Stein von der Seele fallen müssen. Gran'ma Grace hatte es meinetwegen getan. Statt dessen war mir hundeelend zumute, und es dauerte sehr lange, bevor ich das Gefühl der Komplizenschaft abgestreift hatte. In dieser Nacht, da ich schlaflos auf dem gottlosen Bett von Gran'ma Graces drittem Ehemann lag, mußte ich mir auch noch mit eigener Hand Erleichterung verschaffen und verzehrte mich dabei nach Ursulas üppigem Körper, den ich für immer verloren hatte.

Nach ihr zog ein rätselhafter Mann in das Zimmer nebenan. Laut Gran'ma Grace handelte es sich um einen *khalifa*, doch muß das Tarnung gewesen sein, denn gewiß würde kein heiliger Mann eines Nachts drei Wochen nach seinem Einzug sang- und klanglos und vor allem, ohne seine Miete bezahlt zu haben, wieder verschwinden. Diesmal stand das kleine Zimmer ganze zehn Tage leer, ehe der bleiche, schlurfende Schatten von einer Frau darin einzog. Ihrem Aussehen nach war sie Asiatin, vielleicht Chinesin – in District Six wußte man das nie so genau. Sämtliche Pariahs der Welt schienen sich hier in einer schäbigen Bruderschaft ein Stelldichein zu geben. Meine Nachbarin kann nicht älter als fünfzig gewesen sein, schien jedoch TB zu haben; jedenfalls klapperte nachts die Trennwand, so furchtbar mußte sie husten. Außer einem kurzen Gruß, wenn wir einander auf der Treppe begegneten, wechselten wir nie ein Wort; im übrigen sprach sie immer nur im Flüsterton, was zur Folge hatte, daß auch ich sie nach einiger Zeit nur noch leise begrüßte. Während ich mich eines Vormittags auf einen Test über die Romantiker vorbereitete, starb sie lautlos nebenan. Nach Gran'ma Grace war sie eine der schönsten Leichen, die sie jemals gesehen hatte, doch dankte ich für die Aufforderung, mich selbst davon zu überzeugen.

So trat Dulpert in mein Leben. Zwei Tage nach dem Tod meiner schwindsüchtigen Nachbarin zog er mit einem Karton Kleidungsstücken, Büchern und einem gewaltigen schwarzen Metallkoffer ein.

Am ersten Abend klopfte er an die Zwischentür. Ich lag auf dem Bett und las *Rosmersholm*, denn die Woche zuvor hatte ich gerade Ibsen entdeckt; jetzt ließ mich das Klopfen auffahren. Ich hatte seit so langer Zeit mit niemand nebenan gesprochen, daß ich für einen Augenblick jedes Zeitgefühl verlor und dachte, es müsse Ursula sein. Als ich aufmachte, stand er da: mindestens zwanzig Zentimeter größer als ich und erschreckend dünn. Das glatte schwarze Haar hing ihm über die Stirn und strich über die dickgerahmten Augengläser; was mir sofort als besonders auffiel, war, wie wunderbar gemeißelt seine hochsitzenden Backenknochen aussahen und wie herrlich weiß die Zähne sich von der olivfarbenen Haut abhoben.

»Ich bin Dulpert Naidoo«, sagte er ohne Umstände. »Ich weiß, du hast zu tun, die alte Frau hat mir gesagt, ich soll dich nicht stören. Aber ich kriege meinen Koffer nicht auf, und da habe ich mich gefragt, ob du mir vielleicht helfen könntest.«

Als er die Tür weiter aufmachte und beiseite trat, um mich vorbeizulassen, bemerkte ich seine Hände. Ich habe nur selten so ausdrucksvolle Hände bei einem Mann gesehen, lange, schlank zulaufende Finger mit sauber geschnittenen Nägeln, Hände, mit denen er träge wedelnde Bewegungen ausführte.

Der Koffer stand in der Mitte des Fußbodens: ein altmodischer Seemannskoffer mit zwei Schlössern, schon ziemlich mitgenommen und zerbeult; in die Seiten hatte man mehrere Löcher durch das Metall gebohrt.

»Den Schlüssel habe ich auf der Bahnfahrt verloren«, erklärte er. »Ich war ein bißchen *high*, als ich einstieg.« Es war das erstemal, daß ich sein Lachen hörte, das tief aus seinem Inneren aufzusteigen schien und so klang, als ob sein ganzer Körper es genösse. Dabei hatte es überhaupt nichts Lautes und Dröhnendes; es war vielmehr ein stilles, ansteckendes Lachen, das unbändige Freude verriet.

Ehe er sich hilfesuchend an mich wandte, hatte er bereits eine Blechschere und zwei von Gran'ma Graces Büchsenöffnern an dem schweren Metall zuschanden gemacht und war gerade mit einem Schweißapparat zurückgekommen, den er sich irgendwo geliehen hatte, allerdings ohne zu wissen, wie man damit umging. Ich war genauso ungeschickt wie er. Mit erfahrenen Händen, dessen bin ich sicher, hätte es geklappt; wir beide schafften es jedoch nur, sämtliche vier Ecken des Deckels zum Schmelzen zu bringen, so daß sie aussahen wie weit abgetretene Absätze.

Ich holte eine Brechstange unter meinem Bett hervor, mit der wir abwechselnd über den Koffer herfielen, doch abgesehen davon, daß wir noch ein paar Dellen und Kratzer hinzufügten, erwies sich das als nutzlos.

Es wurde einer von jenen Abenden, an denen alles komisch ist. Bei jedem Versuch mit der Brechstange lachten wir, bis uns die Tränen übers Gesicht liefen. Um ein Uhr morgens schleppten wir das Monstrum auf den Balkon, hievten es unter großem Kraftaufwand auf das Geländer und stießen es hinunter auf die Straße mit Kopfsteinpflaster. Zwei Katzen, die liebestoll unter dem nächsten Laternenpfahl kreischten, entfleuchten unter einem Geschrei, daß einem das Blut in den Adern gerann. Aus den Fenstern der Nachbarn ertönten wütende oder verängstigte Rufe. Als wir unten anlangten, hatte der Koffer eine sonderbare Form angenommen, war aber sonst noch intakt. Infolgedessen mußten wir das verdammte Ding die Treppe wieder hochschleppen.

»Morgen besorge ich mir eine Eisensäge«, sagte Dulpert, als wir schließlich sein Zimmer erreichten, und wischte sich den Schweiß und die Lachtränen aus dem Gesicht.

In den folgenden Wochen und Monaten versprach er immer wieder, das zu tun, schaffte es aber aus irgendeinem Grunde nie. Nach einiger Zeit wuchsen merkwürdige, bleichsüchtige Sprossen aus den Löchern in den Seitenwänden des Koffers. Hauptsächlich wären Kleider darin, sagte Dulpert, und alte Zeitungen, aber auch noch die Reste von Obst und Gemüse, die er hineingepackt hätte, ehe er nach Kapstadt gekommen sei. Die Keimlinge

konnten von Kartoffeln, Kürbissen oder Bohnen stammen, doch starben sie ab, ehe wir das feststellen konnten.
Als ich in dieser ersten Nacht in mein Zimmer zurückkehrte, klemmte die Tür in der Trennwand. Mit vereinten Kräften zerrten und zogen wir daran, woraufhin eine der Angeln zerbrach. »Na, jedenfalls etwas haben wir geschafft«, sagte Dulpert philosophisch. Von Stund an machten wir die Tür eigentlich nie mehr zu. De facto stellten wir bald darauf die Möbel um, so daß wir ein Schlafzimmer und ein Arbeitszimmer hatten; die ganzen Jahre, die wir zusammen wohnten, hielten wir uns fest an eine Regel: Wer sich im Arbeitszimmer niederließ, durfte unter keinen Umständen gestört werden. Die einzigen Gelegenheiten, bei denen die wackelige Tür doch geschlossen und mithilfe eines davorgestellten Tischs auch zugehalten wurde, waren die seltenen Nächte, in denen entweder er oder ich ein Mädchen mitbrachten. Zu diesem Zweck kauften wir eines Samstagmorgens auf der Parade ein »Liebesbett« und stellten selbiges in einer Ecke des Arbeitszimmers auf. Auf einem Paraffinkanister daneben pflegte Dulpert *meang*-Stäbchen abzubrennen, die er in den obskuren Gewürzläden des Viertels kaufte; und wenn das Bett – ein bezauberndes viktorianisches Monstrum, ganz schwungvolle Ornamente und Kugeln – nicht als robuster Liebesaltar diente, benutzte Dulpert es zum Meditieren. Meditation und Lernen waren die Dinge, bei denen keiner von uns beiden jemals von außen gestört werden durfte.
Dulpert war sechs Jahre älter als ich und hatte bereits ein Studium an der Natal University hinter sich. Als er in Gran'ma Graces Pension einzog, war er gerade am Ende dessen angelangt, was er eine ›freie Periode‹ nannte. Diese Perioden bildeten einen wichtigen Teil seines Lebens. Er ging dabei von der Vorstellung aus, daß er nach einer Zeit intensiven Studiums oder harter Arbeit ›ausbrechen‹, sich zurückziehen oder irgendwo hinreisen mußte, um seinen Geist zu erfrischen oder neuem zu öffnen.
Die jüngste seiner »freien Perioden« hatte er in Indien verbracht, hauptsächlich in den Fußstapfen Gandhis, den er verehrte. Vom Geburtsort des Mahatma war er westwärts dorthin gereist, wo

dieser in der Nähe von Neu Delhi erschossen worden war, doch die meiste Zeit – über neun Monate – hatte er in dem Refugium des heiligen Mannes außerhalb von Ahmedabad verbracht.
Stundenlang konnte ich ihm zuhören, wenn er von diesem Aschram erzählte, dieser Oase der Stille und Hingabe in der turbulenten Welt. Er las mir Tolstoys Briefe an Ghandi vor und fütterte meine Einbildungskraft mit langen Beschreibungen der Siedlung des Russen, auf die der Mahatma seine eigenen gegründet hatte. Geduldig führte er mich in die Welt von neuen Wörtern ein, *satyagraha* und *ahimsa* . . . Ihr Klang allein verzauberte mich, wie *Bramsegel* und *Bootsmann* in der Schule oder *tuffet* und *whey* an den Nachmittagen auf der *stoep* vor so vielen Jahren. Magische Wörter waren das, die ›wahrheitssuchende Seelenkraft‹, die ›Macht der Demut‹, die Fenster zu neuen Landschaften in meinem Geiste aufstießen.
Den ganzen Prozeß der Entdeckung hindurch war Dulpert mein ständiger Führer. Atemlos konnte ich seinen Berichten vom Ganges lauschen, von den Pilgern, die in das heilige Wasser ihrer Mutter tauchten, den brennenden Leichenhaufen an ihrem Ufer und den langen Prozessionen der Priester. Er schleppte Stapel von Büchern für mich an, darunter einige mit Photos von Hindutempeln, die über und über mit erotischen Darstellungen bedeckt waren, in denen die Verherrlichung der Sexualität an sich schon eine Erfahrung von etwas Heiligem war, der durch den Lingam vereinigten Leiber und das zum wahren Tempel Gottes verklärte Yoni. Gemeinsam mit ihm unternahm ich die Reise durch die *Upanischaden* und die *Baghavadgita*, bis wir den tantrischen Buddhismus Tibets erreichten und schließlich zum Zen gelangten. (Was war er? Teils Hindu, teils Buddhist, vor allem jedoch hingebungsvoller Heide.) Er brachte mich dazu, Traktate über die Gartenkunst des Zen und die Kunst des Blumensteckens, das Ikebana, ebenso zu lesen wie solche über den Symbolgehalt der Teezeremonie. Im Lotussitz saßen wir beisammen und lachten, meditierten und lasen *koans* und *hai-kus*. Für ihn hatte das alles nichts Abstraktes, sondern gehörte zu seinem täglichen Leben.
Auf dem Bücherregal, das er zum Kummer von Gran'ma Grace

über seinem Bett an die Wand geschraubt hatte, standen unter vielem anderen: Gandhis Autobiographie, das *Kama Sutra*, eine zerlesene Ausgabe des *I Ging*, das er vor jeder wichtigeren Entscheidung in seinem Leben befragte, und *Das Kapital*. Und Guru, der er war, sorgte er dafür, daß ich mich durch jede einzelne Seite dieser Werke durcharbeitete. Sein eigenes Fachgebiet waren die Politischen Wissenschaften; während seines Aufenthalts bei Gran'ma Grace schrieb er an seiner Dissertation. Ich muß zugeben, daß ich mich dafür weniger interessierte als für alle möglichen anderen Themen, mit denen er mich bekanntgemacht hatte, aber er weigerte sich, mich da loszulassen: »Du wirst alles teilen, was du mit mir entdeckst, und ich werde das gleiche mit dir tun; das ist das wenigste, das wir füreinander tun können, solange wir zusammen wohnen.«

Zwei der Bücher fehlten regelmäßig in dem Bücherregal über seinem Bett. Den Marx – das schwerste Buch von allen – benutzte Gran'ma Grace, um an windigen Tagen ihre Küchentür offenzuhalten. Und das *Kama Sutra* war äußerst begehrt und machte bei allen seinen Freunden die Runde. Dulpert zog Menschen an wie ein Hundefell Flöhe: Jedesmal, wenn er in die Stadt ging, kam er mit zwei oder drei Gefährten zurück – einige davon waren ›alte Freunde‹, die er zufällig wiedergetroffen hatte, andere Wildfremde, an denen er Gefallen gefunden hatte. Wandte die Unterhaltung sich früher oder später dem Thema Frauen oder Liebe zu, diskutierte man über das *Kama Sutra*, und ein Besucher zog unweigerlich damit ab. Dulpert konnte sich darüber ereifern, denn er trennte sich nur ungern von seinen Büchern, aber verweigern konnte er sie keinem: Er gehörte zu den Menschen, die sich ruinieren konnten, um ihren Freunden zu helfen.

Ein Jahr nach seiner Ankunft brachte er wieder einmal eine Gruppe von Gästen mit nach Hause, hauptsächlich Kollegen vom Fachbereich Politische Wissenschaften, Coloureds und Weiße. Nachdem die anderen gegangen waren – so gegen zwei Uhr morgens –, blieb noch einer, ein stiller introvertierter Bursche namens Jim Wiley. Jim war hochintelligent und von geradezu krankhafter Ungeselligkeit. Er hatte rötliches Haar, wasserblaue Augen und eine fast durchscheinende weiße Haut, so als hätte er Jahre in einem Treibhaus verbracht. An diesem Abend hatte er einfach nur dagesessen und kein einziges Wort gesagt. Dulpert und ich konnten kaum noch die Augen offenhalten, doch Jim machte keinerlei Anstalten zu gehen. Erst als Dulpert ihn rundheraus fragte, ob er vorhabe, hier zu schlafen, wurde er rot, sprang auf und fragte vor Verlegenheit stotternd, ob er sich das *Kama Sutra* ausleihen könne. Dulpert war so überrascht, daß er ihm augenblicklich das Buch in die Hand drückte.

»Wißt ihr«, versuchte Jim zu erklären, »ich werde in vierzehn Tagen heiraten, und ich dachte . . . ich meine, ich habe Van de Velde sowie Johnson und Masters und so weiter gelesen . . .«

»Willst du mir etwa sagen, du hast noch nie mit einer Frau geschlafen?«

Jim schluckte. »Nein. Verstehst du . . . ihr werdet mich vermutlich auslachen, aber in meinen Augen ist die Ehe etwas Heiliges und . . .«

»Richtig«, sagte Dulpert. »Ganz meine Meinung.«

»Wir wollen unbedingt, daß unsere Ehe ein Erfolg wird«, sagte Jim. »Und ich halte Sex auch für wichtig. Sie meint das auch. Wir machen jetzt seit Monaten Übungen, um richtig fit dafür zu sein, und . . .«

»Dazu braucht es nicht mehr als ein paar Liegestütze«, sagte Dulpert.

Jim wurde jetzt puterrot. »Ja, ja, schon. Aber offensichtlich ist Abwechslung von größter Bedeutung, und es scheint, daß das *Kama Sutra* . . .«

»Behalt das Buch – betrachte es als Hochzeitsgeschenk«, fiel Dulpert ihm ins Wort. »Möge Schiwa euch segnen.«

Doch einen Monat später kam Jim bleich wie eh und je mit dem in Zeitungspapier eingewickelten Buch unterm Arm wieder; sein linkes Bein steckte in einem Gipsverband. »Ich bringe es wieder«, sagte er kleinlaut.

»Habt ihr's ausprobiert?«

»Ja, ich ... Dabei hab' ich mir ja grade das Bein gebrochen. Wir ...«

Nachdem er wieder fort war, wickelte Dulpert das Buch aus und warf die Zeitung in den Papierkorb. Durchs Fenster sahen wir Jim humpelnd Oxford Place überqueren. »Nun sieh mal einer an!« sagte Dulpert. »Da geht einer der besten Köpfe unseres Fachbereichs. *Der Untergang des Abendlandes.*«

Trotz der gewohnten Ruhe, die er zur Schau trug, schien die lächerliche kleine Episode ihn außerordentlich verstört zu haben. In welchem Maße, sollte mir erst ein paar Tage später aufgehen, als er wie aus heiterem Himmel noch einmal darauf zu sprechen kam.

»Übrigens, heute morgen habe ich Jims Frau gesehen. Sie kam ihn abholen. Sie ist wirklich eine schöne Frau, verstehst du.«

»Wer hätte das gedacht!«

»Ich auch nicht. Sie sieht blutarm aus. Vielleicht ist das nur Mangel an Sonnenschein. Aber sie hat etwas ... naja ... Ätherisches an sich. Die größten blauen Augen, die du je gesehen hast.« Plötzlich platzte es aus ihm heraus: »Mein Gott! Sich vorzustellen, daß ein solches Mädchen niemals erfahren wird, was Liebe wirklich bedeutet.«

»Da hat sie selbst schuld. Sie hat ihn ausgewählt.«

»Aber überleg doch mal, was für eine Verschwendung von Möglichkeiten, Joseph! Denk mal, auf der ganzen Welt: wieviel da verschwendet wird, bloß weil die Menschen eine Scheißangst davor haben, *menschlich* zu sein! Kannst du dir Jim vorstellen, wie er abends aus dem Badezimmer kommt? Den Van de Velde in der einen Hand und in der anderen ein paar Pep-Pillen, Mum-Deo in der Achsel, Zinkoxyd zwischen den Zehen und einen Präser auf seinem schlaffen kleinen Pimmel – und wahrscheinlich trägt er auch noch ein Leibchen, bloß um sich keine Lungenentzündung zu holen! ›Also schön, Liebling, heute abend beginnen wir mit Seite 69 ...‹.«

Ich kugelte mich vor Lachen.

»Du lachst!« Dulpert kochte. »Aber das ist die Sorte weißer Made, die wir mit Baas anreden müssen! Die Herrenrasse mit

den weißen Leibchen! Schau doch mich an, schau dich selbst an... Ich hätte ihr beibringen können, etwas zu fühlen, hätte ihr zeigen können, was es bedeutet, ein lebendiger Mensch zu sein, nicht nur ein Batzen bleiches Fleisch zwischen den Laken...!«
»Aber Dulpert!« ich verstand nicht, wieso er so heftig geworden war. »Das geht dich doch überhaupt nichts an.«
»Warum nicht? Bloß, weil ich eine schwarze Haut habe?«
»Daran können wir nun mal nichts ändern – weder du noch ich.«
Er baute sich dicht vor mir auf. »Hast du jemals ein weißes Mädchen begehrt, Joseph?«
»Nein«, sagte ich verbockt.
»Ich glaube, du lügst.«
Wie hätte er das von Hermien wissen sollen.
»Was spielt es für eine Rolle, ob ich lüge oder nicht?« Ich war ärgerlich. »Was immer wir beide – du und ich – darüber zu sagen haben, ist völlig bedeutungslos.«
»Ich möchte später mal eine weiße Frau heiraten«, sagte er erschreckend unverblümt. »Nennst du das etwa bedeutungslos?«
»Jawohl. Und zwar deshalb, weil das beim augenblicklichen Stand der Dinge unmöglich ist.«
»Beim augenblicklichen Stand der Dinge! Denkst du etwa, die Dinge *müßten* so sein?«
»Was willst du daran ändern?« Ich war grausamer als nötig. »Willst du etwa in den Hungerstreik treten wie Gandhi?«
Auf diese Worte hin faßte er sich unvermittelt wieder und lächelte. »Joseph, Joseph!« sagte er, »ich glaube, du verstehst den Mahatma immer noch nicht.«
»Vielleicht nicht. Aber eines weiß ich, und das ist, daß Gandhis Gegner die Britische Regierung war – eine ausländische Macht, eine Macht, die in den Augen der Welt alles daran setzte, als Gentleman dazustehen, egal, was hinter den Kulissen geschieht. Gegen solche Leute ist ein öffentlicher Hungerstreik vielleicht eine wirksame Waffe. Hier aber herrschen ganz andere Verhältnisse!«
»Wenn du an das *satyagraha* glaubst, mußt du auch daran glauben, daß es letztendlich obsiegen wird, egal, wer der Gegner ist.«

»Es hat keinen Sinn, nochmal darüber zu diskutieren, Dulpert.«
»Soll ich dir sagen, warum du lieber nicht darüber diskutierst?« Kurze Pause. »Weil du Schiß hast!«
»Warum sollte ich Schiß haben?«
»Du hast deine kleine Welt: du hast einen Platz, wo du schlafen kannst, hungern tust du auch nicht oft, und ab und zu kannst du dir ein Mädchen ins Bett holen; außerdem hast du deine Schauspielerei. Du weißt verdammt gut, daß all das bedroht ist, sobald du dich der Welt gegenüber exponierst... Das weißt du, und Angst haben davor kannst du auch.«
Ich antwortete nicht. Ich rief mir ins Gedächtnis, was man mir über meinen Vater und seinen Vater und seines Vaters Vater eingetrichtert hatte, und da wußte ich, daß Dulpert recht hatte: Ich wünschte mir wirklich ein anderes Leben, wollte nicht Opfer werden wie sie, sah keinen Sinn im Märtyrertum; ich wollte nichts weiter, als in Ruhe gelassen werden, um mein Leben so zu führen, wie ich es für richtig hielt. Ich wollte ganz bleiben. Ganzheit war alles.
»Ich will nicht versuchen, deine Verteidigungsstellungen einzurennen«, sagte er leise. »Ich liebe dich viel zu sehr, um dir das Rückgrat brechen zu wollen, du Schuft! Aber es ist in gar keiner Weise eine Frage der Wahl. Früher oder später wirst du in eine Situation kommen, wo du dich der Welt nicht länger entziehen kannst. Dann wird Schwarz oder Weiß eine Rolle für dich spielen. Und gnade dir Gott, wenn das passiert.«
Die vage Unruhe, die solche Gespräche in mir aufrührten, ließen mich immer wieder zu meiner Arbeit zurückkehren. Wie der Staudamm in meiner Kindheit, wurde jetzt das Theater zur Zufluchtsstätte, dem Ort, wo ich vor der Welt flüchten konnte. Mehr als Zuflucht: eine Gelegenheit, mir über die widersprüchlichen Elemente der Welt klarzuwerden und sie mir begreiflich zu machen.
Schon im Laufe meines ersten Universitätsjahres besuchte ich jede Vorstellung im Little Theater und soviele Proben wie möglich. Schon allererste Stellproben übten einen gewissen Zauber auf mich aus. Sagen zu können: ›Tun wir so, als ob ...‹ und dann

der Phantasie freien Lauf zu lassen – das war doch gewiß das höchste? Mein Leben lang behielt es für mich etwas vom Zauber des ersten Krippenspiels.
Bei einer Probe wurde ich aufgefordert, beim Hin- und Herschieben von ein paar schweren Kulissen mit Hand anzulegen. Hinterher passierte das noch ein paarmal, bis man es als selbstverständlich ansah, daß ich den Bühnenarbeitern half. Da spielte es keine Rolle, ob ich den Vorhang auf- oder zuzog, Gewichte tragen mußte oder dem Beleuchter half, die Scheinwerfer einzustellen: auf jeden Fall erhielt ich dadurch Gelegenheit, mit allen Elementen und Vorgängen am Theater in Berührung zu kommen. Ich lernte begierig alles und jedes, ähnlich wie ein Sportler es genießt, alle Muskeln seines Körpers zu trainieren, selbst diejenigen, die er für seine besondere Sportart gar nicht benötigt.
Im September dieses Jahres wurde ich mir darüber klar, daß ich in eine Krise geriet. Mochte die Welt, die ich durch meine Examensvorbereitungen kennenlernte, noch so reich sein, ich fand es wichtiger, mich vollständig dem Theater zuzuwenden, auf das ohnehin meine ganze Begeisterung gerichtet war. Doch ein solcher Wechsel hätte mein Stipendium gefährdet, da Mr. Toad nicht bereit gewesen wäre, eine Erneuerung zu empfehlen, wenn ich nicht etwas ›Nützliches‹ täte. Ich besaß zwar immer noch das bißchen Geld, das ich von meiner Mutter geerbt hatte, doch wäre es mir frevelhaft vorgekommen, es anzugreifen; das wurde ›für später‹ beiseitegelegt. Im übrigen handelte es sich um keinen bedeutenden Betrag. Was also konnte ich tun?
Eines Abends wandte ich mich in meiner Not an Dulpert. Er wies mich an, auf dem Liebesbett Platz zu nehmen und setzte sich – das *I Ging* zwischen uns – mir gegenüber. Lange saß er mit geschlossenen Augen da und versenkte sich so tief in sich selbst, daß es aussah, als hätte er aufgehört zu atmen. Schließlich schüttelte er die drei abgegriffenen chinesischen Münzen und warf sie; er schüttelte sie nochmals und warf sie wieder, schüttelte und warf insgesamt sechsmal und setzte so ohne jede Hast das Hexagramm von gebrochenen und ungebrochenen Li-

nien zusammen. Das erledigt, konsultierte er den Schlüssel, las ihn schweigend und blickte dann leicht lächelnd auf:
»Keine Bange«, sagte er. »Du kannst den Sprung wagen. Und gleichzeitig das Geld deiner Mutter in der Bank lassen.«
»Aber wie sollte ich . . .?«
Mit erhobener Hand gebot er mir Schweigen.
Am nächsten Tag brachte er mich zu einem seiner weißen Freunde, den er bereits überredet hatte, mir Fahrstunden zu geben. Hinterher sorgte er dafür, daß ich auch einen Führerschein für schwere Fahrzeuge bekam; so arbeitete ich den ganzen Sommer über als Lieferwagenfahrer für eine Getränkefirma, um mir das Geld für das nächste Jahr zu verdienen.
Das bedeutete, daß ich – sehr zu Gran'ma Graces Verdruß – nachts lesen mußte. »Wenn du dich eines Tages zu Tode gearbeit' hast«, warnte sie mich mit zahnlosem Mund, »dann komm nich'hilfesuchend zu mir gerannt. Ich warn' dich!«
Doch ich hielt durch, und als die Universität im März wieder öffnete, schrieb ich mich an der Theaterschule ein.
Wir waren drei Coloureds in unserer Gruppe: Barney Salomon, der etwas älter war als wir anderen, dessen Hauptinteresse der Oper galt und der später zur Eoan-Truppe ging; ein graziles und attraktives Malaienmädchen, Fatima, und ich. Von Anfang an gab es in der Gruppe ein starkes Zusammengehörigkeitsgefühl, für mich eine ganz neue Erfahrung. Im Jahr zuvor war ich den anderen Studenten so sehr hinterhergehinkt, insbesondere den Weißen, daß ich mich überhaupt nicht zurechtgefunden hatte. Doch in diesem Jahr war das anders – die Gruppe war kleiner und schon aufgrund gemeinsamer Interessen fester geknüpft; und was die Belesenheit betraf, so war ich ihnen inzwischen eher ein bißchen überlegen.
Von einem sehr frühen Zeitpunkt an fühlte ich mich zu Fatima hingezogen. Wie sie mit einem abwesenden kleinen Lächeln in den Vorlesungen saß, als hätte sie sich nie richtig auf die Gegenwart eingelassen; ihre Angewohnheit, einem mit einem Ausdruck gelassener Heiterkeit offen ins Auge zu sehen; die Anmut, mit der sie sich bewegte; das unerwartet Sonore ihrer

Stimme – alles an ihr faszinierte mich, obwohl es dann länger als ein Jahr dauerte, bevor sich etwas daraus entwickelte. Sie war tief religiös, und ihre Eltern hatten ihr eine streng kap-malaiische Erziehung angedeihen lassen. Es war schon erstaunlich, daß sie ihr überhaupt erlaubt hatten zu studieren.
Ihre Familie empfing mich mit untadeliger Gastfreundschaft, wann immer sie mich mit nach Hause nahm, und doch gewann ich den Eindruck, daß ich nie hinter die höfliche Fassade dringen würde. Sie selbst strahlte ähnliches aus, als ob sie immer mit etwas hinterm Berg hielt, selbst in unseren intimsten Augenblicken – wie eine Schauspielerin, die zwischen Rolle und eigener Persönlichkeit stets eine winzige Distanz wahrt.
Die Beherrschung, die die Grundlage unserer Beziehung bildete, war für mich eine Offenbarung. Wir verbrachten Stunden damit zu arbeiten, zu reden oder uns Platten anzuhören, mit denen Dulpert mich bereits bekanntgemacht hatte – Mahler und Mozart, Bach und Barockmusik. Nichts war jemals selbstverständlich zwischen uns. Jeder Augenblick, jede flüchtige Berührung, wurde mit Demut und Geduld errungen. Es war jene Art von Beziehung, die nur zwischen zwei sehr jungen Menschen möglich ist und die zu zart ist, jemals wiederholt zu werden.
Das bedeutete keineswegs, daß wir unseren Körper geleugnet hätten – es ging vielmehr darum, ihn vollkommen zu beherrschen, unsere Sinne zu schärfen und unsere Reaktionen zu verfeinern. Als sie mir nach vielen Monaten schließlich gestattete, ihr die Bluse auszuziehen und ihre jungfräulichen Brüste zu streicheln, war das das köstlichste, was mir jemals widerfahren war. Heute wünsche ich, wir hätten es dabei belassen können; es handelte sich um jene Art Beziehung, die ihre Bedeutung daraus zieht, daß sie unerfüllt bleibt, ein ewiger Anfang, der reinste Ausdruck unseres Erwachsenwerdens.
Gegen Ende meines zweiten Jahrs an der Theaterschule fingen wir mit den Proben für eine gekürzte Fassung des *Hamlet* an. Ich spielte eine kleinere Rolle, den Hofmann Osrick, sie die Ophelia. Eines Abends, nach einer späten Probe, brachte ich sie nach Hause. Ihre Eltern befanden sich auf einer Pilgerreise nach

Mekka; sie war zurückgeblieben, um auf ihre beiden jüngeren Brüder aufzupassen. Wir redeten über das Stück, es war eine sehr intensive Diskussion, denn mir war an diesem Abend etwas an ihrer Ophelia aufgegangen, das mich zutiefst erschüttert hatte, eine vollkommene Hingabe an den Wahnsinn, die ich nicht von ihr erwartet hätte; und da sie Malaiin war und einen weißen Hamlet zum Partner hatte, hatte die ganze Rolle plötzlich zusätzliche Bedeutung angenommen. In der Tat: an diesem Abend wurde die Idee zu meinem eigenen *Hamlet* geboren. Mit einem Coloured-Prinzen.

Fatima war von der Idee genauso fasziniert wie ich. Wir konnten einfach nicht aufhören, darüber zu reden. Es war schon nach zwei, als ein plötzlicher Regenguß auf dem Dach uns zum Bewußtsein brachte, wie spät es geworden war. Wir sprangen beide auf und blieben etwas albern voreinander stehen.

»Ich muß gehen.«

»Es regnet.«

Der große Eßzimmertisch stand zwischen uns. Wir sahen einander sehr lange offen an, ohne etwas zu sagen, ein auslotender Blick voller Bängnis und voller Hoffnung.

»Du kannst bei den Jungs in ihrem Zimmer schlafen.«

»Bei dir.«

»Nein.«

»Sag nicht nein.«

»Und wenn ich es verspreche ...? Ich mache nichts. Ich will dich bloß in den Armen halten.«

Sie die ganze Nacht hindurch nackt in den Armen zu halten, sie zu streicheln und sich trotzdem zurückzuhalten! Sie durch den halbgeöffneten Mund atmen zu hören und dann ihre dunkle Stimme, wie sie flehte: »Bitte, nicht! Nicht!« Den Körper bis zum Äußersten zu reizen, immer und immer wieder, und dann doch zurückzuhalten! Gequält und gleichzeitig aufgestachelt zu werden! Und als wir dann, kurz bevor die Jungs in die Schule mußten, aufstanden, drehte sie mir beim Anziehen scheu den Rücken zu, als wären wir einander plötzlich fremd geworden.

Als wir dann drei Wochen später, am Abend nach der Premiere

des *Hamlet*, alle Hemmungen überwanden, hatte das sogar etwas Enttäuschendes und war genauso beunruhigend wie das Gespräch hinterher:
»Freust du dich?«
»Wenn es gut für dich war, freue ich mich.«
»Aber was ist mit dir.«
»Ich weiß nicht.«
»Das mußt du doch wissen.«
»Bitte, sei nicht böse, Joseph.«
»Wie kommst du darauf, daß ich böse sein könnte?«
Und das Merkwürdigste von allem war meine völlig absurde Überzeugung, daß es deshalb so enttäuschend gewesen war, weil ich nur den Osrick gespielt hatte. Wäre ich der Hamlet ihrer Ophelia gewesen, wäre alles ganz anders gekommen.

Im Rahmen derselben Produktion kam ich mit Derek de Villiers in Kontakt. Er war nach einigen äußerst erfolgreichen Spielzeiten in London nach Südafrika zurückgekehrt und galt als einer der führenden Schauspieler im Lande, jung, brillant und dynamisch, ein neuer Barrault. Er gab in der Schauspielschule ein paar Demonstrationsstunden, und wir Studenten lagen ihm zu Füßen.
Nach der Aufführung des *Hamlet* diskutierte er mit der Klasse, anfangs mit dem ganzen Ensemble, später mit jedem einzeln. Ich mußte bis zum Schluß warten und war entsprechend aufgeregt und ungeduldig. Nachdem alle anderen gegangen waren, blieben nur noch er und ich im Theater zurück und saßen an der Rampe. Die Beleuchtung im Zuschauerraum war ausgeschaltet, und ich konnte die Sitzreihen nur undeutlich wahrnehmen. Ich war mir der Stille bewußt und kam mir wie ein Eindringling vor – ausgerechnet an dem einzigen Ort, an dem ich mich jemals heimisch gefühlt hatte.
Nach einer Weile fragte Derek: »Nun, Baby, und was machst *du* im Theater?«
Verwirrt stotterte ich: »Ich wollte schon immer . . . ich . . .«
»Es ist ein Eiertanz und ein Kampf bis aufs Messer.«

»Warum sind Sie dann dabei, Sir?«
»Mein Gott, sag bloß nicht ›Sir‹ zu mir!« Mit seinen nahezu schwarzen Augen sah er mich an und strich sich das lange Haar zurück. »Hör zu, du hast eine sehr kleine Rolle gespielt, aber du warst verdammt gut. Keine Frage – du bist begabt. Die große Frage ist nur: Was fängst du damit an?«
»Spielen!« Ich hielt seinem Blick stand.
»Wo willst du in diesem Land ein Theater finden?«
»Ich werde solange weitermachen, bis ich eine Bühne finde.«
»Okay«, sagte er aufseufzend. »Du bist von Idealen beseelt, und du hast Mumm: aber was soll's? Das reicht nun mal nicht! Es nützt einfach nichts, hier mit Abschluß und Diplom oder was weiß ich abzugehen und sich dann nach einem Engagement umzusehen. Himmel, sieh es realistisch! Warum fängst du nicht jetzt gleich an, eine Truppe aufzubauen?«
»Was kann ich ihnen schon beibringen?«
»Darum würde ich mich zunächst gar nicht kümmern. Man lernt, indem man miteinander arbeitet. Wenn du willst, helfe ich euch.«
Mir blieb der Mund offen stehen.
»Ach, hör auf!« sagte er gereizt. »Sieh mich nicht mit diesen ›Liebling, es kommt alles so plötzlich‹-Augen an. Willst du, oder willst du nicht?«
»Mein Gott, Sir!«
»Derek.«
»Derek.«

Einige von der Truppe, die ich in den nächsten paar Wochen anwarb, waren Studenten, doch die meisten waren blutige Amateure aus dem District Six. Abends probten wir unter Dereks Anleitung auf Gran'ma Graces Hinterhof. Nacht und Tag schienen nicht genug Stunden zu umfassen, um zu schaffen, was ich tun wollte. Ich versuchte, alles aus ihnen herauszuholen, was ging. Die Vormittage waren meistens mit Vorlesungen und Seminaren angefüllt, die Nachmittage mit praktischen Übungen; abends probten wir in der Schauspielschule; und spätabends war

schließlich unsere Truppe dran. Und irgendwo dazwischen mußte ich dann auch noch Zeit für mein selbstauferlegtes Lektüreprogramm finden.
In den Ferien mußte ich rund um die Uhr arbeiten – als Lastwagenfahrer, als Kellner, als Bote, alles, bloß um Geld zu verdienen und am Leben zu bleiben. Und wenn ich mich einmal niedergeschlagen fühlte, war es Dulpert, der dafür sorgte, daß ich nicht die Flinte ins Korn warf.
Oft nahm er an unseren spätabendlichen Proben auf dem Hinterhof teil; und genauso regelmäßig, wie ich ihn zu Konzerten im Rathaus begleitete, kam er zu unseren Aufführungen im Little Theatre. Ich kann mich nur an einen einzigen Abend erinnern, an dem er nicht auftauchte.
Dazu kam es Anfang meines dritten Jahres in der Schauspielschule, nachdem wir uns einen ganzen Monat lang angestrengt hatten, um einen sehr experimentellen *Richard II* auf die Bühne zu bringen, in dem ich meine erste Hauptrolle spielte. Infolgedessen war es verständlich, daß ich verärgert war, als ich nach der ersten Aufführung nach Hause kam.
»Wieso hast du mir nicht gesagt, daß du keine Lust hattest zu kommen? Ich hab' extra 'ne Karte für dich zurücklegen lassen.«
»Komm nicht mit Vorwürfen, ehe du nicht meine Geschichte gehört hast.«
»Das muß aber schon eine verdammt gute Geschichte sein.«
Er nahm auf dem schwarzen Koffer Platz, der längst zu einem festen Bestandteil unserer Einrichtung geworden war. »Ich hatte ja fest vor zu kommen, Joseph. Tatsächlich bin ich mit der festen Absicht losgegangen, mir deinen Richard anzusehen.«
»Aber du hast es nicht bis dahin geschafft.«
»Nein.«
Er sei zu Fuß runter in die Stadt, berichtete er. Auf der Plein Street war eine schwangere Coloured bei Rot über die Straße gegangen, und ein Autofahrer hatte hart auf die Bremse treten müssen, um sie nicht zu überfahren – einer von den Zwischenfällen, wie sie jeden Tag zu Tausenden vorkommen. Doch dieser Fahrer hatte seine Scheibe runtergekurbelt, angefangen zu pö-

beln und sie ›Scheiß-*meid*‹ genannt. In entschuldigungsheischendem Ton hatte sie gesagt: »'tschuldigung, Sir.« Woraufhin er den Wagenschlag aufgerissen hatte, herausgesprungen war und geschrien hatte: »Was soll dieses ›Sir‹? Du redest mich mit ›Baas‹ an, ist das klar?«

Dulpert machte eine Pause.

»Und dann?«

»Da bin ich zu ihm hin und sagte: ›Steigen Sie in Ihren Wagen, und zieh'n Sie Leine‹.« Kurzes Auflachen. »Nur gut, daß die ganzen Autos ringsum laut hupten, er solle weiterfahren, sonst hätte er mich vermutlich fertiggemacht.«

»Und das hat dich so umgehauen, daß du nicht ins Theater gehen konntest?«

»Eigentlich nicht.« Er setzte eine Schmollmiene auf. »Aber in der Wale Street kam ich an einem alten Mann vorüber, der den ganzen Tag noch nichts gegessen hatte, und da hab' ich ihm mein ganzes Geld gegeben.«

»Der hat sich hinter deinem Rücken bestimmt ins Fäustchen gelacht.«

Er zuckte mit den Achseln. »Das ist seine Sache, nicht meine.«

»Aber Dulpert«, ließ ich nicht locker, »deine Eintrittskarte war an der Kasse hinterlegt; du brauchtest kein Geld.«

»Ich weiß. Aber mir hat's nun mal gereicht. Es war nicht das Geld. Es war der alte Mann, und es war die Frau – ich konnte nicht mehr. Ich weiß, ich bin oft mit dir gegangen, aber heute abend konnte ich einfach nicht. Es war alles zu viel ›Kultur‹, es hätte mich angekotzt. Schlimmer als Nero, der seine Flöte spielt.«

»Soll das eine Absage an die Kultur überhaupt sein?«

»Wenn es dabei um jene Art von Kultur geht, die nur einer Handvoll Menschen vorbehalten bleibt, ja.«

»Bedenke doch, das Theater hilft manchen Leuten, die miese Welt für ein paar Stunden zu vergessen; wenn sie wieder hinausgehen, haben sie mehr Hoffnung, damit fertigzuwerden, als vorher; hältst du das für so unwichtig?«

»Vergessen?« Er erhob sich. »Du mußt sie zwingen, *sich zu erin-*

nern! Und sie nicht damit verzärteln, daß du ihnen erlaubst zu vergessen. Es darf ihnen niemals erlaubt sein zu vergessen. Wer sich nicht erinnert, kann auch keine Revolution machen!«

»Und wieso setzt du Kunst mit Blutvergießen gleich?« fragte ich. »Bedeutet eine Revolution denn notwendigerweise Blutvergießen?«

Ruhig sah er mich an und beschämte mich. Ich mußte an einen banalen Zwischenfall in der vorigen Woche denken, als er hingegangen war, um in dem aus Pappe und Wellblech zusammengeschusterten Bad hinter Gran'ma Graces Küche ein Bad zu nehmen. Ich hatte gesehen, wie er Holz für den Badeofen kleingemacht hatte, und ich hatte Rauch aus dem Schornstein steigen sehen, doch schließlich war er solange fortgeblieben, daß ich hingegangen war, um nachzusehen. Und hatte ihn vor der Badewanne auf den Knien liegen sehen, damit beschäftigt, ein paar Ameisen vor dem Ertrinken zu retten.

»Tut mir leid«, sagte ich, immer noch verstört von seinem unerwarteten Vorwurf.

Auch er war durcheinander, schwieg jedoch. Nach einiger Zeit ging er hinüber ins Arbeitszimmer und nahm auf dem Liebesbett den Lotussitz ein, während von den *meang*-Stäbchen Rauch hochkräuselte. Auf dem Tisch brannte eine Kerze; sie sollte ihm helfen, sich zu konzentrieren. Tief und volltönend wie von einem Gong hörte ich ihn immer und immer wieder das heilige Wort aussprechen: *»Om, om, om, om.«* Indem er eine Stunde oder noch länger so dasaß, sich bis zum äußersten konzentrierte und dabei gleichzeitig entspannte, versetzte er sich allmählich wieder in einen Zustand des Friedens. Dann hörte ich ihn ein neues Wort flüstern: *»Shantih, shantih, shantih.«* Als er schließlich zu Bett ging, war er wieder heiter und gelassen wie sonst.

Ich weiß, es war ein Samstag, denn Gran'ma Grace hatte schon seit dem frühen Morgen unausgesetzt ›die Zunge gewetzt‹. Bei Sonnenaufgang war sie zu ihrer ersten zweistündigen Andacht in der Kirche der Seraphim und Cherubim aufgebrochen, doch von ihrer Rückkehr an war die Hölle bei uns los. Vermutlich war alles durch den erschreckend krassen Unterschied ausgelöst worden, der zwischen ihrer Andacht und dem brodelnden Samstagmorgen in der Nachbarschaft herrschte. Samstag vormittags schien das Ende der Welt immer näher als sonst; man brauchte sie bloß anzusehen, und schon fing sie mit ihren Tiraden an.

An diesem Samstag konnte man sie bereits einen Block weit entfernt hören. Oom Sassie, ein alter Nachbar, der seine Tage auf dem Balkon verbrachte und dabei der Bewegung der Sonne folgte, trompetete ihr seine übliche, joviale Begrüßung entgegen: »Na, Gran'ma? Wie geht's der Tomate?«

An anderen Tagen pflegte sie gutmütig zu entgegnen: »Die Tomate is' reif un' prall!« Doch an diesem Samstag gab sie ihre bissige Samstagsentgegnung von sich: »Die Tomate is' scheißgrün.« Woraufhin er Klugheit bewies und sie in Ruhe ließ.

Dulpert hockte im Arbeitszimmer über den Büchern; Gran'ma Grace gesellte sich zu mir auf den Balkon, wo ich saß und las. Im allgemeinen war ich es, der sich alle ihre Beschwerden anhören und sie hinterher beruhigen mußte.

Sie ließ sämtliche schlimmen Vorkommnisse in unserem Sündenbabel vor mir Revue passieren. »Ich neh'm an, es is' bloß, weil ich Rost angesetz' hab'«, quengelte sie mit ihrem flaumbewehrten Mund, »aber inne gute alte Zeit war die Welt anders. Ich will mich jetzt ganz Gott hingeb'n, aber was für 'ne Chance bleibt 'm Christenmensch'n in diesem *kotter*?«

Just in diesem Augenblick kam mit quietschenden Reifen ein Polizeiwagen um die Ecke Hamilton Street, und ringsum wurde die Losung ›Salz‹ ausgegeben.

Das Auto hielt vor unserm Haus.

»Hey!« feixte Oom Sassie von seiner *stoep* herunter. »Wen hast'n du diesmal angeschwärzt, Gran'ma?«

»Kehr du bloß vor dein' eige'n Tür«, entgegnete sie. »Da is' genug Dreck!«

Sie beugte sich über das Balkongitter, um mit dem Polizeibeamten zu reden, den sie offensichtlich kannte. Binnen weniger Minuten war die gesamte Nachbarschaft vorm Haus versammelt. Aber sie waren enttäuscht, als sie erfuhren, daß es sich diesmal

nicht um irgendein Verbrechen handelte. Man hatte einen Toten aufgefunden, der Dulperts Adresse bei sich gehabt hatte, und sie wollten ihn bitten, den Leichnam zu identifizieren. Er erklärte sich einverstanden mitzufahren, ärgerte sich jedoch, von der Arbeit abgehalten zu werden. Unten beim Auto angekommen, besprach er sich einen Moment mit den Polizeibeamten, und dann rief er zu mir hinauf:
»Komm mit, Joseph!«
Als wir davonfuhren, stoben Kinder, Katzen und Hunde auseinander. Ich fragte ihn: »Wer ist es?«
Er zuckte mit den Achseln. Wir fuhren Richtung Salt River durch die von Menschen wimmelnden, samstagmorgendlichen Straßen. An der Ecke der Sir Lowrys Road kamen wir an einem umgeworfenen Obstkarren vorüber: Menschen waren zusammengelaufen, um mit Armen voller gelber Bananen und grüner Äpfel davonzulaufen, während der Höker auf und absprang und mit den Armen fuchtelte wie eine Marionette. Plötzlich hatten wir das Durcheinander auf der Straße hinter uns, eine breite Tür glitt vor uns auf, und wir betraten ein kühles Leichenschauhaus; in der Mitte stand ein langer Tisch, und graue Schränke mit Schubladen darin säumten die Wand. Das ganze erinnerte mich an den Weinkeller auf der Farm, nur daß es hier kälter war und nicht nach Most duftete.
Der Übergang war zu plötzlich. Erst das Gebrüll und die Menschenmassen auf den Straßen, und jetzt das kühle Schweigen, durch das wir uns wie Eindringlinge hindurchbewegten. Es war, als hätte ich eine ganz bestimmte Rolle geprobt, um beim Hochgehen des Vorhangs zu entdecken, daß ich im falschen Stück war.
Auf dem langen Tisch lag ein nackter junger Weißer ausgestreckt auf dem Rücken; den einen Arm hatte er unter den Nacken geschoben, so daß es aussah, als wäre er friedlich eingeschlafen; nur, daß jede Bewegung erstarrt und die Ruhe absolut schien; an den großen Zeh des rechten Fußes hatte jemand eine Karte gebunden, wie ein Schildchen an einem toten Schaf im Lagerraum einer Bahnstation.

Einer der Polizisten zog einen Schubkasten an der Wand auf, und ein Eishauch trieb auf uns zu. Das ganze war wie eine Hängeregistratur. In dem Schubkasten lag Jim, ein Knie hochgezogen, das Gesicht verzerrt, aber sonst ohne sichtbaren Schaden: der Jim vom *Kama Sutra*.
Dulpert neben mir fing unvermittelt an zu lachen; das ganze hatte einen Anflug von Hysterie.
»Kennen Sie den Toten?« fragte der Beamte brüsk.
Dulpert hörte genauso unvermittelt auf zu lachen, wie er angefangen hatte – als wäre es eine technische Übung in der Schauspielschule. »Ja. Er studiert im selben Fachbereich wie ich. Ich meine, studierte.«
»Und Sie?« wandte der Polizeibeamte sich an mich.
»Ja, es ist Jim.«
»Sind Sie ganz sicher?«
»Ja.«
Er schob den Schubkasten wieder zu. »Wenn Sie bitte mitkommen würden. Sie müssen eine Erklärung unterschreiben . . .«
Man brachte uns in ein kleines Dienstzimmer, wo einer der Polizisten sich an einem mit braunem Papier bedeckten Tisch niederließ. Er fing an, ein Formular auszufüllen; ringsum Akten, die mit rosa Bändern zugebunden waren, dann Büchsen mit Zeichenfedern und Büroklammern; er tauchte seine Schulfeder in ein flaches Tintenfaß mit blauschwarzer Tinte. Dulpert mußte Jims vollständigen Namen buchstabieren, und schließlich forderte man uns auf zu unterzeichnen.
»Warum haben Sie sich nicht an seine Frau gewandt?« fragte Dulpert.
»Dann ist er verheiratet?«
»Ja.«
»Wir haben nichts weiter bei ihm gefunden als eine leere Zigarettenschachtel mit Ihrem Namen und Ihrer Adresse darauf. Wenn Sie uns sagen können, wo seine Frau wohnt . . .«
»Irgendwo in der Hope Street, glaube ich.«
Er notierte sich das. »Nun, wenn es noch etwas geben sollte, setzen wir uns mit Ihnen in Verbindung.«

»Aber wie ist er denn gestorben?«
Der Polizist zögerte einen Moment. »Durch Abgase. In einem Auto, am Signal Hill. Einem gestohlenen Auto, deshalb sind wir . . .«
»Falls seine Frau Hilfe braucht . . .«
Der Polizeibeamte erhob sich. »Sollen wir Sie wieder zurückbringen?«
»Bemühen Sie sich nicht. Wir können zu Fuß gehen.«
Und dann waren wir zurück auf den lärmigen, sonnendurchfluteten Straßen, nur jetzt mit dem Bewußtsein, daß Jim in seiner Schublade unten im Kühlraum lag, als ob das Leichenschauhaus zum Unbewußten der Stadt geworden wäre, das die Leiche barg wie eine Psychose.
»Ist dir aufgefallen, daß sie sogar bei den Leichen die Apartheid wahren?« fragte Dulpet plötzlich. »Immerhin haben sie uns den Raum der Weißen betreten lassen. Wäre es ein Restaurant gewesen, hätten wir draußen bleiben müssen. Aber im Tod scheint die Apartheid zu bröckeln.«
Ich sagte nichts dazu. Ich war noch viel zu verstört und aufgeregt über die Sachlichkeit des ganzen. Man hätte meinen sollen, daß das mit dem Tod anders wäre, würdiger, eindrucksvoller und fremdartiger. Was mich schockierte, war, daß das ganze überhaupt nicht schockierend gewesen war.
Ein paar Blocks weiter fing Dulpert wieder an zu sprechen. »Was meinst du, warum er ihnen meine Adresse hinterlassen hat? Was hatte ich schon mit ihm zu tun? Warum hat er keinen Abschiedsbrief an seine Frau hinterlassen? Ich habe ihn seit Wochen nicht gesehen. Nach der *Kama Sutra*-Sache haben wir kaum mehr miteinander geredet. Und jetzt dies.« Wir blieben vor einer Ampel stehen. »Glaubst du, das ganze war als Vorwurf gemeint?«
»Wieso sollte er dir einen Vorwurf machen?«
»Vielleicht war er einsam, woher soll ich das wissen, verdammtnochmal? Vielleicht hatte er niemand sonst. Man muß schon sehr verzweifelt sein, wenn man . . . Und mir hat er eigentlich nie richtig was bedeutet. Glaubst du, es war meine Schuld?«
»Sei nicht melodramatisch, Dulpert.«

»Melodramatisch!« Die Ampel stand immer noch auf Rot, doch er schickte sich an hinüberzugehen. Ein Auto hupte. Dulpert reagierte, indem er obszön zwei Finger in die Höhe stieß. »Er ist tot. Warum ist er nicht zu mir gekommen, wenn er meinte, daß ich was für ihn tun könnte? Woher sollte ich das wissen?« Ich begriff, daß er es sich von der Seele reden mußte. Als wir die Straßenecke erreichten, wo der Obstkarren umgekippt war, sagte er: »Vielleicht hätte ich es wissen sollen. Vielleicht sollte man sich immer für andere offen halten, um die Signale zu erkennen, wenn man gebraucht wird.« Mit einem bitteren Lachen fügte er noch hinzu: »Siehst du? Jetzt gehe ich vom Melodramatischen zum Didaktischen über.« Wir bahnten uns den Weg durch die Straßen unseres Viertels unten. Vor dem Pissoir in der Upper Darling Street stellten wir uns an, bis wir an der Reihe waren, und das unter dem Adlerauge des Wärters, der in der Tasche seiner Überziehhose mit den Pennies klimperte. Ein Junge erzählte seinem bewundernden Freund von einer *›lekke‹*-Session, die er mit seiner Tussie erlebt hätte. Es standen auch ein paar Weiße Schlange, und ich vermute, daß das der Grund gewesen war, warum Dulpert den Umweg gemacht hatte.

»Nun«, sagte er, als wir fertig waren und gingen. *»Inter faeces et urinam morimur.«* Er lachte: »Und für ihn ist es jetzt vorbei.« Als wir uns dem Oxford Place näherten, wurde er wieder ernster. »Komisch, wenn man daran denkt: gestern noch gepißt wie wir, und heute liegt er da unten. Ist es nicht schrecklich, wie wenig es über den Tod zu sagen gibt? Ohne Clichés kommt man nicht aus. Wahrscheinlich, weil der Tod das größte Cliché von allen ist.« Schweigend legte er die letzten Meter zurück, um zum Schluß noch hinzuzusetzen: »Jetzt werden sie ihm wohl auch eine Karte an den großen Zeh binden, jetzt, wo sie wissen, wer er ist.«

»Das muß drüben alles mächtig erleichtern«, sagte ich schnippisch in dem Versuch, ihn durch seine Depression hindurch zu erreichen.

Er achtete gar nicht auf mich. »Es ist eine solche schlappe Art, sich davonzumachen«, brach es plötzlich aus ihm heraus. »So würdelos.«

»Trotzdem gehört ein bestimmtes Maß an Mut dazu, selbst wenn man verzweifelt ist – im letzten Augenblick *zu entscheiden*, abzudrücken oder die Pille zu schlucken oder den Schlüssel umzudrehen.«

»Weiterzumachen erfordert nur eine andere Art von Mut.«

»Ich weiß. Auch ich habe Camus gelesen.«

»Ich rede nicht von Literatur, Joseph!« Mitten auf der Straße blieb er stehen. »Ich rede von Leben und Tod, und von Menschen wie dir und mir.«

»Kommt denn Selbstmord für dich überhaupt nicht infrage?«

»Nein.«

»Glaubst du, man kann über so etwas jemals was Absolutes sagen?«

»Ich versteige mich höchst selten zu absoluten Aussagen. Und bemühe mich, die Motive anderer immer zu respektieren. Aber den Selbstmord schließe ich aus. Selbstmord ist würdelos. Alles, was er anderen zurückläßt, ist eine Negation.«

»Sind denn diese anderen wichtiger als das Individuum, das die Entscheidung fällen muß?«

»Ich achte nun mal zufällig meinen Nächsten.«

»Wenn du an deine Grenze stößst, bist du allein: dann fallen alle Nächsten weg.«

»Es gibt zwei Gründe, warum ich dir nicht zustimmen kann«, sagte Dulpert. »Erstens, wenn du deinen Nächsten liebst wie dich selbst, kann nichts, aber auch gar nichts, dich von deinen Verpflichtungen ihm gegenüber entbinden. Und zweitens glaube ich einfach nicht, daß man jemals an seine Grenze kommt. Man mag sich manchmal einbilden, sie erreicht zu haben. Aber wenn du dir selbst treu bleibst, kannst du immer weitergehen.«

5

Die Idee, nach Europa oder Amerika zu gehen, gehörte all die Jahre zu dem ›Vielleicht‹, das man braucht, wenn man noch jung genug ist, sich Illusionen leisten zu können. Doch während der

Sommerferien, die sich an mein drittes Schauspielschuljahr anschlossen, wurde daraus eine ernsthafte Möglichkeit; ich hatte ein Stipendium gewonnen, was bedeutete, daß ich das ganze Geld, das ich mir in den Ferien verdient hatte, sparen konnte.
Auch Derek ermutigte mich. Er war oft für längere Zeit auf Tournee und dann natürlich nicht in Kapstadt, doch wann immer er konnte, half er mir bei meiner Amateurgruppe. Das war für mich keine leichte Sache. Die Schauspieler brachten mehr als genug Begeisterung mit, und manche besaßen sogar Talent, doch stand ich selbst erst am Anfang und war noch viel zu unerfahren, dies in die richtigen Bahnen zu lenken und zu formen. Manche von den Schauspielern waren arbeitslos und mußten häufig proben, ohne am Tag einmal richtig gegessen zu haben; unser Intendant besaß Schwung und hatte auch viele Einfälle, doch an den Wochenenden, wenn er an der Flasche hing, konnte man sich überhaupt nicht auf ihn verlassen. Bei einer wichtigen Aufführung in der Aula der Athlone-Schule, zu der man alle sogenannten ›Führer der Coloured-Gemeinde‹ eingeladen hatte, war er so beschickert, daß er den Vorhang zehn Minuten vorm Ende herunterließ, mitten in der Szene mit dem Höhepunkt. Als ihm aufging, was er angerichtet hatte, war er vor Angst von einem Augenblick auf den anderen nüchtern und kletterte in der Absicht, sich das Leben zu nehmen, zum Boden hinauf. Wir brauchten eine geschlagene halbe Stunde, ihn wieder herunterzulokken – was ihm zwar das Leben rettete, aber nichts mehr daran änderte, daß die Aufführung zu einem Fiasko geworden war. An diesem Abend redete Derek auf mich ein:
»Du verschwendest hier nur deine Zeit und dein Talent, Baby. Es gibt nur einen Ausweg: Du mußt schleunigst nach Europa.«
Ich erhob alle möglichen Einwände, hauptsächlich deshalb, weil mir alles noch zu übertrieben und unglaublich schien. Doch freundete ich mich allmählich mit der Vorstellung an.
Es dauerte seine Zeit, bis ich den Mut faßte, mit Dulpert darüber zu reden; ich hatte Angst, er würde eine Art Flucht darin sehen. Doch als ich mich ihm dann eines Abends offenbarte, als er mich mit dem *I Ging* vorfand und begann, mich auszufragen, reagierte

er sehr gefaßt: »Das liegt natürlich bei dir, Joseph. Wenn du wirklich daran glaubst, daß deine Zukunft beim Theater liegt, mußt du wohl gehen. Was solltest du sonst tun?«
Na schön, beschloß ich; sobald ich mit der Schauspielschule fertig bin, reise ich. Derek war bereit, mir zu helfen. Er kannte die richtigen Leute in London.
Und dann ging alles viel schneller, als ich erwartet hatte.
Zunächst einmal kam es diesen März zum Massaker von Sharpeville.
Wir – Dulpert und ich – hörten am späten Nachmittag jenes Tages auf dem Rückweg vom Little Theatre davon. Die ersten Gerüchte waren so jenseits aller Vorstellungskraft, daß wir kein Wort glauben wollten. Das einzige, was wir wußten, war, daß *etwas* passiert war, daß eine Anzahl von Menschen von der Polizei erschossen worden war, daß etwas angefangen hatte, sich Bahn zu brechen.
In District Six drängten sich die Menschen, doch war es anders als sonst; ein feierliches Schweigen hing über allem. In einem kleinen Trödelladen hatten sich Menschen um ein Radio versammelt; wir drängelten uns hinein, um im düsteren Inneren die Nachrichten mitzubekommen. Alle möglichen Waren hingen von der Decke: Fahrradräder, Rollen Draht, Messingteile, Zaumzeug und Sättel, Gitarren, Kautabak, Klistiere; auf dem Fußboden standen offene Säcke mit Maisgrütze und Mehl, Rohrzucker und Dörrobst. Wir standen da wie die Mitglieder einer Sekte beim Gottesdienst, während im Radio geredet und geredet wurde. Zahlen wurden genannt: etwas über sechzig Tote, mehr als doppelt soviele Verletzte. Kommentare und Erklärungen von Polizeichefs und Regierungssprechern. Kein Mensch im Laden sprach ein Wort. Gleichwohl war es der Anfang der merkwürdigsten Wochen, die ich in unserem Teil der Stadt erlebt hatte. Es herrschte eine Atmosphäre zwischen Beerdigung und Jahrmarkt. Läden, die nie zuvor geschlossen gehabt hatten, auch sonntags nicht, ließen die Rolläden herunter und legten Eisenstangen vor; andere blieben länger geöffnet als sonst, und bei den Friseuren herrschte selbst um zehn Uhr abends noch Hochbetrieb. Ab und

zu patrouillierten mit quälender Langsamkeit Mannschaftswagen der Polizei in den Straßen, und Trauben von feindselig schweigenden Menschen sahen ihnen nach. Manchmal heulten Sirenen auf. Gassenjungen mit Trillerpfeifen liefen Amok, und die Radios blieben auch nach Ladenschluß noch auf volle Lautstärke gedreht. Alle Welt war auf der Straße, selbst die Kranken wurden auf ihrer Matratze hinuntergebracht, als ob sie die Wiederkunft Christi erwarteten. Gran'ma Grace predigte in der Nachbarschaft wie Jona in Ninive, um die Welt auf die Schrecken des Jüngsten Gerichts vorzubereiten. Selbst Dulpert, den für gewöhnlich nichts erschüttern konnte, ging umher und wiederholte ständig: »Es kommt. Es kommt. Es kommt.«

Nach ein, zwei Tagen war es keine Nachricht aus Johannesburg mehr, sondern rings um uns her lebendige Wirklichkeit. Abteilungen von Soldaten und Freiwilligen riegelten Langa, Nyanga und alle anderen Schwarzensiedlungen auf der Halbinsel ab; und als bei einer Straßensperre ein Baby auf dem Arm seiner Mutter erschossen wurde, führte das in unserem Distrikt zu einem bedrohlichen Protestgrollen. Es herrschte Aufregung wie in einem Bienenstock, der ausgeräuchert werden soll. Plötzlich wimmelte es auf den Straßen von Fremden in Zivil, alle kräftig gewachsen, alle Weiße, und lange Kolonnen von Polizeiautos kamen unheilverkündend an uns vorübergebraust.

Wir warteten einfach. Niemand wagte zu formulieren, worauf. Einfach auf irgend etwas. Doch daß alles so vage blieb, machte es nicht weniger schreckenerregend.

Und Gran'ma Grace ging umher und prophezeite: »Das Ende ist nahe! Komm du, oh Herr Jesus Christ!«

Und dann passierte wirklich etwas.

Von den Hängen des Devil's Peak, die gewundene De Waal Road herunter sahen wir eine gewaltige schwarze Prozession näherrücken wie eine schwarze Flut, die sich in Richtung Parlament über die Stadt ergoß, Tausende und Abertausende, mit dem dumpfen Gebrodel einer Woge, mit dem tiefen Schweigen einer Woge.

»Es kommt«, sagte Dulpert.

Am Kap herrschte den ganzen Tag über tödliche Stille, aber eine Stille, die von heimlichem Leben kündete, nicht vom Tod. Langsam kam die Menschenflut von oben herunter, und die Stadt hielt den Atem an. Das Kap war an diesem Tag wie gelähmt. Es schwieg, von Entsetzen gepackt und von einem lautlosen Krampf geschüttelt. Plötzlich schlossen wir uns alle dem Zug an, mit unseren ausgesprochenen oder stummen Erwartungen. Sogar Krüppel auf Krücken. Selbst ein Blinder.
Die Nachricht ging wie ein Lauffeuer durch die Stadt: die Anführer wollten eine Abordnung bilden und zur Regierung gehen; alles würde geregelt werden, wir müßten nur auseinander gehen. Mitten im letzten Akt, unmittelbar vorm Höhepunkt, ging der Vorhang nieder.
»Das ist ein Fehler«, sagte Dulpert, bleich vor Wut. »Mein Gott, sie machen einen Fehler.«
Alles, was sich in diesen Tagen aufgestaut hatte, verflüchtigte sich mit uns.
»Weißt du, was passieren wird?« sagte Dulpert. »Das ganze ist nur ein Trick, um Zeit zu gewinnen. Glaubst du, die Regierung gibt auch nur soviel auf unsere Leute? Da würden sie sie schon eher in die Verbannung nach Robben Island schicken. Wir hatten unsere Chance, – und jetzt ist sie vertan. Sie werden uns alle genommen werden. Es ist alles umsonst gewesen.«
Und als sich seine Prophezeiung erfüllte und das Kap sich nach seinen Zuckungen entspannte und neuerlich der beschwichtigenden Wärme der Herbstsonne hingab, wurde Dulpert von einer unerträglichen Niedergeschlagenheit erfaßt.
Mehrere Male hackte Gran'ma Grace auf ihm herum. »Warum frißtu das alles in dich rein?«
Etwas Unwiderrufliches veränderte ihn diesen März. Verbittert und mit umwölkter Stirn hockte er stundenlang mit hochgezogenen Schultern über seinen Büchern, ohne indes auch nur einen Strich zu tun. Ende April, als ich mich gerade fertigmachte, eine Vorlesung zu besuchen, verkündete er wie beiläufig:
»Ich brauch' wieder eine freie Periode, Joseph. Hier geht einfach nichts mehr.«

Mir wurde ganz flau im Magen, und ich fragte: »Was willst du denn tun?«
»Weggehen.«
»Wohin?«
»Weiß ich noch nicht.«
»Aber du kannst doch nicht einfach so . . .«
»Natürlich kann ich. Ich brauch' das einfach.«
»Kannst du nicht wenigstens noch ein paar Tage bleiben?« Mir fiel kein vernünftiger Grund für diese Bitte ein, aber ich wollte ihn einfach nicht ziehen lassen.
»Den alten Koffer behältst du am besten«, sagte er. »Mich würde er bloß stören. Außerdem kannst du das *I Ging* haben. Kann sein, daß du's brauchst.«
»Aber Dulpert . . .«
Er ergriff meine Hand. »Also, bis später.«
»Wann denn?«
»Irgendwann. Ich werde kommen und dich mit meiner weißen Frau besuchen.«
»Ich möchte mit dir gehen.«
»Sei nicht albern. Und jetzt beeil dich, sonst kommst du noch zu spät zur Vorlesung.«
Ich habe ihn nie wiedergesehen.

Dulperts Abreise brachte meine ganze Existenz durcheinander, auch wenn ich mich noch so sehr bemühte, weiterzumachen wie bisher. Obwohl er Gran'ma Grace einen Monat Miete im voraus bezahlt hatte, bestand sie darauf, daß unsere Zimmer unverzüglich neu eingerichtet würden, damit nebenan ein neuer Mieter einziehen könnte. Zwei Tage später hatte ich einen neuen Nachbarn, einen türkischen Zyprioten mit einem Schnurrbart wie Stalin, früher Seemann, jetzt jedoch von unbestimmbarem Beruf, den Zombies nach zu urteilen, die zu jeder Tages- und Nachtzeit bei ihm aufkreuzten, ein Dealer. Nachts hielt sein Geschnarche mich vom Schlafen ab, und wenn er tagsüber keinen Besuch hatte, pflegte er auf dem Bett zu sitzen und eintönig mit hoher Stimme vor sich hinzusummen wie eine halbtote Biene.

Das machte für mich jede Konzentration zunichte und verstärkte meine eigene Ratlosigkeit: Auch ich wollte fort. Ich traute mich kaum noch in die Schauspielschule, und meine eigene Truppe konnte sich meiner ungeteilten Aufmerksamkeit nicht mehr sicher sein.

Eine Zeitlang fand ich eine gewisse Sicherheit bei Sheila, einer Grundschullehrerin, die ich durch ihre Schwester kennenlernte, die Mitglied meiner Truppe war. Sheila war auf eine sehr sanfte Art attraktiv und erinnerte mich in mancher Hinsicht an meine Mutter – vielleicht war es der Geruch von Seife oder die Glätte ihrer Arme und Beine oder etwas an ihrem Lachen.

Lange ließ mich eine seltsame Zurückhaltung nicht zu ihr durchdringen; sie war offensichtlich kein Mädchen für eine Nacht oder auch nur für eine Woche; gleichzeitig fühlte ich mich aber gefühlsmäßig zu instabil, um ihr mehr als eben das zu bieten. Allein die Tatsache, daß sie mich anzog und ich mir dessen von Tag zu Tag mehr bewußt wurde, beunruhigte mich. Es war, als ob sie zu schnell nach Dulperts Fortgang käme und eine gefährliche Bresche in meinen Selbstschutzanlagen offenlegte – wie weit ich nämlich immer noch auf andere angewiesen war, statt mich ausschließlich auf mich selbst zu verlassen.

Ich *wollte* mich nicht zu ihr hingezogen fühlen, aber natürlich war es sinnlos, sich dagegen zu wehren. Einen Monat, nachdem ich sie kennengelernt hatte, brachen alle meine logischen Widerstände zusammen. Schon als ich das erstemal in sie eindrang, dachte ich fast traurig: *Wie schade!* In den frühen Morgenstunden, da sie in meinen Armen lag und mit den Fingerspitzen über meinen Körper fuhr – die erste besitzergreifende Geste – sagte sie: »Ich hatte Angst vor dir. Jetzt liebe ich dich.«

Ich erinnerte mich an einen Ausspruch von Dulpert: »Joseph, sobald eine Frau dir sagt, daß sie dich liebt, ist es Zeit, dich abzusetzen. Es sei denn, du bist bereit, dich vollkommen von ihr besitzen zu lassen. Und wenn du selbst jemals das Bedürfnis hast, einer Frau zu sagen, daß du sie liebst, hau ab, ehe du es wirklich tust. Es sei denn, du bist bereit, Verantwortung für noch ein Leben neben deinem eigenen zu übernehmen.«

Im Dunkeln fragte ich sie: »Und warum hattest du Angst?«
»Ich dachte, du würdest mir wehtun.«
»Und jetzt weißt du, daß ich das nicht tue?«
»Nein. Das weiß ich immer noch nicht. Der einzige Unterschied ist der, daß es mir jetzt nichts mehr ausmacht.«
»Sag das nicht, Sheila.«
»Du hast deine Arbeit, und die ist dir wichtig.« Ihre Klarsicht hatte etwas Entwaffnendes. Oder war das ihre Art von Selbstschutz? »Versprich mir, daß du mir sagst, wenn ich dir im Weg bin. Wenn du möchtest, daß ich gehe.«
»Ich werde nie wollen, daß du gehst.«
»Auch du bist nur ein Mensch. Genauso wie ich. Und ich bin froh, daß es auf diese Weise passiert ist.«
»Wenn du dir so sicher bist, daß ich dich verlassen werde, warum hast du dann heute nacht mit mir geschlafen?«
»Weil ich dich heute nacht liebe.« Sie schmiegte sich an mich, und in dem dämmerigen Licht, das von draußen hereindrang, konnte ich die Umrisse ihrer Wangen, Schultern und Brüste erkennen. »Ich habe ja fast Angst, es zu sagen«, gab sie zu. »Denn ich möchte nicht, daß du das Gefühl hast, ich erdrückte dich.«
»Ich möchte auch dich nicht erdrücken.«
»Und wenn ich erdrückt werden möchte?«
Verzagt dachte ich: Ich werde die Frauen nie verstehen. Eigensinnig versteifte ich mich auf die Ernsthaftigkeit meiner Empfindungen und konnte sie mir sogar einreden. Denn in diesem Augenblick brauchte ich sie, die mir Geborgenheit angesichts meiner Ruhelosigkeit bot, Schutz vor meiner Einsamkeit. Das war zu einer Zeit, da ich noch glaubte, Einsamkeit könnte von jemand anders behoben werden, die süße Selbsttäuschung der Jugend.
Und wir waren glücklich miteinander, für diese kurze Zeit. Ihre Liebe hatte etwas Demütiges und Beflissenes – nichts Unterwürfiges und in gar keiner Weise Sentimentales: Es war einfach so, daß sie ihre Erfüllung darin fand, mich zu lieben, zu versorgen und sich um alle meine Bedürfnisse zu kümmern. Das ganze hatte etwas Sauberes, so wie der Duft ihrer Seife. Und wenn

ich heute daran zurückdenke, entdecke ich tief bewegt aufs neue, was für eine schöne und unschuldige Arroganz eine solche Liebe von seiten einer Frau in einem Mann hervorruft. Mir von ihrem bescheidenen Einkommen Leckereien zu kaufen oder eine neue Jacke gegen die Augustkälte; meinen Kragen glattzustreichen, bevor wir ins Theater gingen, oder mir Knöpfe anzunähen; uns eine handgestrickte Tagesdecke fürs Bett mitzubringen, oder Blumen für die Fensterbank; still im Stuhl sitzen und zu lesen, während ich arbeitete; mir rückhalt- und kompromißlos ihren Körper zur Verfügung zu stellen – von dieser Art war ihre Liebe. Ich war zu jung, um die Tiefe dieser Liebe zu ermessen, und verfiel in den vielleicht verzeihlichen Fehler, sie für selbstverständlich zu nehmen. Durch ihre grenzenlose Selbstlosigkeit band sie mich unentrinnbarer an sich, als sie oder ich wahrhaben wollten.

Ende August kam Derek eines Abends in mein Zimmer gestürzt und verkündete: »Nächste Woche sollst du vorsprechen. Der Augenblick der Wahrheit ist gekommen. Lobe den Herrn und pack deine Koffer! Ich glaube, du wirst ins Ausland gehen.«

»Was um alles in der Welt ist denn in dich gefahren?«

Er meinte es todernst. »Du hast doch mitbekommen, daß Geoffrey Barnes vom Old Vic durchs Land reist, oder?«

»Selbstverständlich. Aber was soll mit ihm sein?«

Er läßt sich von angehenden jungen Genies wie dir vorsprechen. Es geht um drei Stipendien vom British Council. Geoff ist phantastisch. Er gibt große Stücke auf mich – und ich hab' ihm von dir erzählt.«

»Aber ich kann unmöglich in einer Woche schon soweit sein.«

»Reiß dich zusammen, Baby. Wir fangen gleich heute abend an.«

Tag und Nacht arbeitete er mit mir, bis ich am nächsten Mittwoch zitternd und mit weichen Knien auf die kahle Bühne des Little Theatre hinaustrat. Hinterher war ich überzeugt, daß dies die schlechteste Leistung war, die ich jemals auf einer Bühne gebracht hatte. Als Sheila und ich uns zu dem Festessen niederließen, das sie für diesen Abend vorbereitet hatte, und eine von ihr gestiftete Flasche Champagner aufmachte, unterbrach ich ihren Toast und sagte: »Trinken wir einfach darauf, daß wir zusammen sind. Denn das mit dem Stipendium kann ich mir abschminken.«

Drei Wochen später kam der Brief.

Unter anderen Umständen hätte ich bis zum Ende des Jahres gewartet und erst meinen Kurs zuende gemacht. Doch plötzlich schien dies die Antwort auf meine ganze Unruhe. Meine alte Impulsivität fegte alle logischen Argumente beiseite, und ehe ich recht begriff, was geschah, stand ich auf dem Flugplatz, umringt von den Mitgliedern meiner Truppe, einer Handvoll Freunde von der Universität, Derek, Gran'ma Grace in brandneuem Kleid und lila Hut und mit einer Taschenbibel als Abschiedsgeschenk, dem stalinbärtigen Mieter, der unbedingt wollte, daß ich in Heathrow einem Freund mit roter Nelke im Knopfloch ein kleines Päckchen übergab, und natürlich Sheila.

»Ich komme wieder«, flüsterte ich im letzten Augenblick verwirrt; plötzlich hatte ich Angst und war tief bewegt. »Das verspreche ich.«

Sie schüttelte den Kopf.

»Ich verspreche es dir, Sheila!«

»Ich hab' gesagt, du sollst annehmen, verdammtnochmal!« flüsterte sie mit unerwarteter Heftigkeit. »Mein Gott, du kannst doch nichts dafür, daß ich dich liebe!«

6

Nagende Ungewißheit, oft bis an den Rand der Verzweiflung die ersten paar Wochen in London. Die Stadt war dreckig, düster und feucht; nach District Six fand ich sie kalt und gefühllos, manchmal geradezu feindselig. Derek hatte mich Peter und Janet Sweetman empfohlen, zwei englischen Freunden, die bereit waren, mich vorübergehend in ihrer geräumigen, ein kleines Stück von der Brompton Road entfernten Wohnung in Ovington Gardens aufzunehmen. Die ersten paar Tage zeigten sie mir pflichtbewußt ›die Stadt‹, was jedoch meine Verstörtheit nur noch verstärkte. London war einfach zuviel auf einmal; hier würde ich mich nie zurechtfinden; ich wollte überhaupt nicht hier sein.

Peter hatte mit der BBC zu tun, und Janet malte; ihre sehr gegensätzlichen Temperamente hatten tägliche Auseinandersetzungen zur Folge, die lautstark andauerten, bis der kleine alte Herr oben mit irgendeinem stumpfen Gegenstand auf seinen Fußboden hämmerte. Peter legte größten Wert auf Korrektheit und Präzision, wohingegen Janet beides völlig gleichgültig war, sie ließ Pinsel, Farbtuben, Kleidungsstücke und schmutzige Handtücher auf der ganzen Strecke zwischen Flur und übergroßem Badezimmer einfach herumliegen. Das Essen stand selten zur verabredeten Zeit auf dem Tisch; meistens vergaß sie überhaupt einzukaufen, so daß wir eilends den nächsten Pub aufsuchen mußten, um überhaupt etwas zu essen zu bekommen. Im allgemeinen waren die beiden sehr verliebt, und meistens endeten ihre Streits in aufsehenerregenden Versöhnungen; dennoch, die Lautstärke und die Heftigkeit, mit der sie geführt wurden, waren für den Fremden in ihren vier Wänden höchst peinlich.

Anfangs versuchte ich, solchen Ausbrüchen dadurch zu entgehen, daß ich das Haus verließ und endlose Spaziergänge machte; auf diese Weise entdeckte ich gleich in der ersten Woche das Victoria and Albert Museum, wo ich dann den größten Teil meiner freien Zeit verbrachte. War das Wetter zu schlecht zum Spazierengehen, suchte ich Zuflucht in einem heißen Bad. Doch diese Rückkehr in den Mutterschoßersatz hatte einen Rattenschwanz von neuen Problemen zur Folge – komisch zwar in der Rückschau, doch damals ganz gewiß nicht. Insbesondere Janet hatte die enervierende Angewohnheit, ohne zu klopfen einzutreten, wenn ich gerade im Bad war (die Tür hatte keinen Schlüssel), und an den Trockenblumen in ihren aufwendigen viktorianischen Gefäßen vorüberzugehen oder mit der größten Selbstverständlichkeit auf dem Klo Platz zu neh-

men und jedes Geschäft zu verrichten, das die Natur von ihr forderte, sie redete dabei nonstop, während ich halb eingetaucht dalag und das Wasser immer kälter wurde.
Als es das erstemal passierte, brachte es mich schier um den Verstand; und selbst nachdem ich gemerkt hatte, daß es für sie nun mal die normalste Sache von der Welt war, konnte ich mich nie richtig daran gewöhnen. Ich fühlte mich zu unfair ausgeliefert – nicht nur ihr, sondern auch dem gewaltigen Unterschied, der zwischen uns klaffte.
Janet war eine aparte Schönheit, hatte eine sehr weiße, weiche Haut und zarte Knochen, dabei riesige, eindringlich blickende Augen, die für ihr kleines Gesicht fast zu groß waren, das von jungenhaft kurz geschnittenem Haar eingerahmt wurde. Anfangs dachte ich, daß sie sich in ihrer gedankenverlorenen Art gar nicht darüber im klaren war, daß ich nackt in der Wanne lag; doch nach ein paar Tagen brachte sie ihren Skizzenblock mit und fing auf dem Klo sitzend an, mich zu zeichnen – und nach dem zu urteilen, was dabei herauskam, war es offensichtlich, daß ihre scheinbar so vage blickenden Augen jedes Detail meines Körpers wahrgenommen hatten. Daraufhin versuchte ich mir einzureden, sie sähe in mir nur ein interessantes Zeichenmodell, wie etwa eine Schale mit Früchten oder irgendeine architektonische Besonderheit. Ich spielte bewußt die Rolle des Objekts, denn das war für mich die einzige Möglichkeit, mit der Situation fertigzuwerden.
Immerhin half mir das, etwas von meiner Verkrampftheit abzulegen; und als sie eines Vormittags unsäglich lange vor sich hinplapperte, stand ich plötzlich in der Wanne auf, griff nach dem Badetuch über der Stange und fing an, mich abzutrocknen.
»Nicht bewegen!« sagte sie rasch und schlug ein neues Blatt in ihrem Block auf. Ihre Hand fuhr in raschen Strichen über die weiße Fläche. Dann, den Zeichenstift noch in der erhobenen Hand, senkte sie den Block.
»Du hast einen wunderschönen Körper«, sagte sie.
Mir schnürte sich die Kehle zu, ich stieg rasch aus der Wanne, kehrte ihr den Rücken zu und rubbelte mich kräftig mit dem Badetuch ab.

»Nein, nicht wegdrehen. Ich bin noch nicht fertig.«
Ich jedoch fuhr fort, mich abzutrocknen und ihr dabei den Rükken zuzuwenden, meine Erektion war mir peinlich.
Sie sagte nichts. Ich hörte, wie sie neuerlich umblätterte, knüpfte mir das Handtuch um die Hüfte und ging, ohne sie nochmals anzublicken, hinaus. Zurück in meinem Zimmer zog ich was Warmes an, zum Schluß meinen neuen Londoner Mantel, und ging hinunter auf die Straße. Eine Stunde später trieb mich das scheußliche Wetter wie schon so oft ins Victoria and Albert.
An diesem Tag entdeckte ich zum erstenmal den großen Saal mit den Michelangelo-Repliken. Ich muß zugeben, daß mich nicht einmal das spätere Kennenlernen der Originale in Florenz, Jahre später, so tief anrührte wie diese erste Begegnung. Vielleicht lag es daran, daß ich auf die Michelangelo-Sammlung so überhaupt nicht gefaßt gewesen war nach all den Räumen mit chinesischen Lackarbeiten, Möbeln und deutschen Holzschnitten: ich trat durch die Tür und sah zu der hohen Glasdecke hinauf, um mich dann unvermittelt von den bewegendsten Plastiken umringt zu sehen, die ich je zu Gesicht bekommen hatte. Direkt vor mir stand der David in seiner ganzen überwältigenden jugendlichen Selbstsicherheit, entspannt und doch in jedem Muskel tatenbereit, überheblich und rein zugleich, mit einer ebenso entwaffnenden wie beunruhigenden Unschuld um Arme und Schultern und Oberkörper und dem glatten, ruhenden Geschlecht. Für mich war das ganze nicht so sehr eine Entdeckung Michelangelos als vielmehr der Schönheit eines Körpers.
Ich dachte: *So also hat sie mich angesehen, so hat sie mich gesehen – sie eine Weiße und ich ein Coloured, sie eine Frau und ich ein Mann.*

Drei Tage später mußte ich bei der RADA – Royal Academy of Dramatic Arts – vorsprechen. Den Preis hatte ich zwar bereits bekommen, doch war ich bislang noch von keiner der Schauspielschulen angenommen worden. So fuhr ich an diesem Montag nachmittag mit gespannter Erwartung die Rolltreppe der Holborn Station hoch und ging zu dem wenig anregenden Haus des

YMCA. Am Vortag war ich fünf- bis sechsmal nach Holborn gefahren, um ganz sicher zu gehen, daß ich auch hinfinden würde; folglich kam ich über eine halbe Stunde zu früh; immerhin hatte ich großzügig Zeit für einen eventuellen Stromausfall, U-Bahn-Unfälle, Verkehrsstaus und andere Formen höherer Gewalt vorgesehen.

In dem großen Raum, in den mich ein rattenhafter Cockney-Pförtner gewiesen hatte, war bereits eine Gruppe von Kandidaten versammelt. Ein oder zwei von ihnen lächelten zaghaft, doch die meisten ignorierten mich oder starrten mich ausgesprochen feindselig an. Plötzlich war mir die ganze Szene vertraut: Ich war wieder in der Schule, bei der Vorbereitung für den *Sturm*. Die Erinnerung daran löste die schlimmste Spannung in mir. Ich setzte mich in eine Ecke, schlug meine Bücher auf und ging noch einmal alles durch, was ich fürs Vorsprechen vorbereitet hatte: Prosa und Gedichte, Passagen aus klassischen und modernen Stücken, Richards »Ich habe nachgedacht, wie ich der Welt/Den Kerker, wo ich lebe, mag vergleichen« und einen Trepljow-Monolog aus der *Möwe*. Ich machte die Augen zu und bemühte mich, mir alles ins Gedächtnis zu rufen, was Derek mir gesagt hatte, als er vor meinem Abflug jeden Schritt mit mir durchgegangen war; und dann wurde ich zusammen mit drei anderen gerufen.

Wir mußten auf einem kahlen Korridor warten, während das erste Mädchen hineinging. Den anderen den Rücken zukehrend, stand ich am Fenster, starrte hinaus und versuchte mich auf die öde Szene draußen zu konzentrieren, um nicht an das vor mir Liegende zu denken. Ich wurde als nächster hineingerufen. Der Raum zum Vorsprechen war wie eine dunkle Höhle. An einem langen Tisch saß eine Reihe mir Unbekannter und wartete. Es waren mindestens sechs, zwei davon Frauen mittleren Alters. Ich holte tief Atem und begann mit *Richard II*. Die Leute von der Jury saßen unwirklich still da. Eine gewisse Distanziertheit, die Brecht bestimmt zu schätzen gewußt hätte, machte sich wieder in mir breit: ich war mir ihrer und meiner selbst bewußt und der Tatsache, wie völlig fehl am Platz Shakespeare in dieser Umge-

bung war, in diesem Raum mit den staubigen grünen Vorhängen, dem abgetretenen Teppich und der Reihe billiger Glasaschenbecher auf dem Tisch. »Ihr Blödmänner!« dachte ich. »Euch werd' ich's zeigen.«
Ich bezweifle, daß meine Darbietung wirklich eindrucksvoll war. Wie um alles auf der Welt sollte ich eine wohlbegründete Vorstellung von Richards Vielschichtigkeit vermitteln, von Shakespeares unterschwellig wirkenden Rhythmen und verborgenen Bedeutungen? Mein technisches Können ließ noch viel zu wünschen übrig. Aber ich war von einem Zutrauen erfüllt, das wie ein Feuer in meinem Kopf brannte: hinzu kam die distanzierte Haltung, die es mir ermöglichte, mich selbst in den Griff zu bekommen. Draußen nahm das Leben der großen Stadt seinen Gang, Menschen wurden ermordet und geboren, Früchte und Schmuck, Regenmäntel aus Plastik und Jungfräulichkeit wurden gekauft und verkauft und verschenkt, Flugzeuge aus aller Herren Länder landeten und flogen in alle Himmelsrichtungen davon: und ich stand in dem kahlen Raum da und absolvierte mein bißchen Shakespeare und Tschechow, verbeugte mich höflich und ging wieder hinaus auf den Korridor; einige Zeit später wurde ich in ein kleines Büro an seinem äußersten Ende gerufen, wo ein krankhaft ausgemergelter Mann in mittleren Jahren unverständliche Anweisungen murmelte und mir eine Handvoll Formulare und Broschüren in die Hand drückte.
Vierzehn Tage später stürzte ich mich in die Arbeit, die mein Leben in den nächsten Jahren beherrschen sollte. Die Gower Street wurde zum Dreh- und Angelpunkt meiner Welt: die Vorlesungen, Rhythmus- und Sprechübungen, Improvisation, Gruppen- und Einzelarbeit, die Proben und Produktionen der RADA waren für mich Lebenssinn – alles andere war vorübergehend und spielte sich nur am Rande ab. Sämtliche Eindrücke und Impulse aus der Außenwelt wurden auf eben diesen Mittelpunkt bezogen, um von hier aus gedeutet, bewertet und bewältigt zu werden.
Nicht, daß alles immer Zuckerschlecken gewesen wäre. Ich weiß, Gruppen dieser Art sind jedes Jahr anders, doch unsere war be-

sonders schwierig. In Kapstadt hatte Gemeinschaftssinn in unserer Gruppe geherrscht: kam jemand mit irgendwas nicht zurecht, gab es immer Freunde, die ihm heraushalfen; jeder zog Befriedigung aus den Erfolgen der anderen. Nicht so in unserer Gruppe bei der RADA. Es gab ein paar außerordentlich begabte Studenten darunter, doch jeder einzelne war ausschließlich nur mit seinem eigenen Weiterkommen beschäftigt. Das ließ in einigen Klassenaufführungen eine Elektrizität entstehen, die bemerkenswerte Ergebnisse zeitigte; andere jedoch gingen gerade deswegen völlig in die Hose.

Ich sollte mir bald eine neue Bleibe suchen. Dazu trug wohl auch Janet bei, obwohl von vornherein nicht daran gedacht worden war, daß ich ständig bei ihr und Peter wohnen sollte. Dabei bildeten ihre Besuche im Badezimmer nur einen Aspekt der komplizierten Situation. Sie stellte übertriebene Anforderungen an meine Zeit, selbst nachdem ich angefangen hatte, bei der RADA zu arbeiten; sie erwartete von mir, daß ich Modell für sie stand, wann immer sie Lust zum Zeichnen hatte, oder aber, daß ich die Einkäufe machte, während sie malte. Überdies trug ihre Art, sich zu kleiden, sehr zu Verlegenheit und Schuldgefühlen von meiner Seite bei; im allgemeinen trug sie in der überheizten Wohnung nichts weiter als einen kurzen, farbenbeschmierten Überwurf; so gewandet, ging sie in der Wohnung hin und her oder machte, wenn es klingelte, sogar die Tür auf, wobei der Überwurf dann zumeist nicht einmal zugeknöpft war. Möglich, daß sie sich in einem seligen Zustand der Ungewißheit befand, wenn ihre ungewöhnlich kleinen Brüste mit den länglichen braunen Brustwarzen, der aufreizend vorgewölbte Bauch mit dem Trichter des Nabels und ihr wildwucherndes Schamhaar für jedermann sichtbar waren; ich jedoch war es nicht. Was mochten die Besucher dabei gedacht haben, was Peter? Ich hieß zwar Joseph, doch hatte ich nicht im Sinn, mich auf eine Potipharszene einzulassen! Nachts quälten mich wollüstige und gewalttätige Träume, und tagsüber ertappte ich mich dabei, wie ich durch die Wohnung schlich, bloß um sie wieder und immer wieder zu sehen

– nicht, weil ich sie wirklich begehrt hätte, sondern nur, um mich selbst an den Rand der Nerven zu bringen und mich aufzureizen. Das war wie mit Hermien auf dem Felsen in Bain's Kloof, nur war Janet erreichbarer und daher gefährlicher.
Ich schäme mich der Erinnerung daran, doch bin ich es mir schuldig, ehrlich zu sein, auch dann, wenn es um Reaktionen geht, die mir von heute aus gesehen dumm, übertrieben, unreif oder – ja, auch das – prüde vorkommen. Ob Janet für mich wirklich ›zu haben‹ gewesen wäre, weiß ich nicht – darum ging es im Grunde auch nie. Worum es geht, ist, daß so etwas für mich in den Bereich des Möglichen rückte. Und ich überhaupt nicht wußte, wie ich damit fertig werden sollte. Ich war ein Fremder in ihrem Land, ein Gast in ihrem Haus, ich stand in einem Verhältnis von Vertrauen und Abhängigkeit zu ihnen, und ich war Coloured. Ich war in gar keiner Hinsicht auf eine solche Situation vorbereitet. Und meine instinktive Reaktion war zu fliehen.
Es war schwieriger, eine Unterkunft zu finden, als ich erwartet hatte. Die Antworten der Vermieterinnen, die Zimmer anboten, bewegten sich zwischen einem knappen: ›Wir möchten keine Schwarzen hier‹ und einem gönnerhaften und scheinheiligen: ›Natürlich hätte *ich* nichts dagegen, aber die Nachbarn . . .‹. Ich begann, meine gesamte Freizeit darauf zu verwenden, durch geeignete Stadtviertel zu laufen und Hinweise zu verfolgen, die ich von Mitstudenten und Zeitungsverkäufern erhalten hatte. Jedesmal war es vergebens, aber wenigstens lernte ich auf diese Weise London kennen.
Über einen Monat, nachdem ich mich zum erstenmal zu einer systematischen Erkundung der Stadt aufgemacht hatte (Peter hatte niemals regelmäßige Arbeitszeiten und war an diesem Morgen um elf Uhr nach Hause gekommen, als wir uns in der Halle trafen – ich saß auf dem Sofa und las, Janet fuhrwerkte mit einem Staubsauger herum und hatte nur ein altes blaues Hemd an, daß kaum ihre Hüften bedeckte, so daß ihre verführerische untere Hälfte bloß blieb), entdeckte ich das heruntergekommene Viertel hinter der Waterloo Station. Natürlich war ich schon vorher im Old Vic gewesen, doch nachts sah alles dort anders aus als im

erbarmungslosen Tageslicht. Ich wollte kaum glauben, daß eine Stadt sich auf einen Schlag so verändern konnte: Nur wenige hundert Meter hinter dem monumentalen Komplex der Royal Festival Hall lag dieser Irrgarten von Straßen und Gassen, wo man selbst bei hellem Tageslicht Angst hatte, allein auf die Straße zu gehen.

Auf dem Markt an der Lower Marsh kaufte ich etwas Obst und fragte schon mehr aus Gewohnheit denn besonders zielgerichtet nach Wohnmöglichkeiten in der Nachbarschaft. Die schmale, mäuschenhaft kleine Frau klapperte mit ihren Lidern und sagte, sie habe eine Schwägerin, die eine Freundin hätte, welche wiederum etwas wissen könnte ... Und als sie eine halbe Stunde später endlich ihren Verkaufsstand dichtmachte, nahm sie mich mit zu ihrer Schwägerin, die mich besagter Freundin vorstellte, und ehe der Tag zu Ende war, hatte ich in einem häßlichen schwarzen Mietshaus in The Cut ein winziges Zimmer mit Blick auf Schornsteine, Dächer und winzige, wäschebehängte Hinterhöfe mit unzähligen Katzen gemietet.

Ein ganzes Jahr über war diese Kammer meine Festung. Die Glühbirne im Treppenhaus verschwand nächtens in regelmäßigen Abständen; zwei Scheiben des Fensters auf dem Treppenabsatz vor meinem Zimmer waren kaputt und wurden nie ersetzt; außerdem stank es im ganzen Gebäude nach Kochen und menschlichen Exkrementen aus zweihundert Jahren. Doch sobald ich einen Schilling in den Schlitz der Gasuhr gesteckt und den einzelnen Vorhang vor meinem Fenster zugezogen hatte, fühlte ich mich geborgen.

Es war schon ein merkwürdiges Jahr, ein eintöniges Jahr mit nur wenig oder gar keiner Abwechslung. Abgesehen von einer Handvoll Kollegen kannte ich keinen Menschen in London, und meine Kontakte mit diesen blieben auf den Unterricht in der Schauspielschule oder gelegentlich ein Glas Bier in einem Pub beschränkt. Für ernsthafte Freundschaften oder Beziehungen gab es in meiner im Übermaß von Arbeit bestimmten Existenz weder Zeit noch Raum. Der größte Teil meiner Zeit war der RADA und der Lektüre vorbehalten. Ich las womöglich noch gieriger als in meinem ersten Jahr in Kapstadt, und zwar nicht nur Stücke, sondern beinahe alles, was mir in die Hände kam. Den ganzen Dostojewski und Camus; Studien über die Renaissance, Biographien, Kunstgeschichtliches, anthropologische Berichte über alte Kulturen, Toynbee, Van Goghs Briefe; nächtelang las ich Bertrand Russell, doch am Ende kehrte ich immer wieder zu Camus zurück. Was immer ich erübrigen konnte, nachdem ich die Miete und mein Essen bezahlt hatte (im Laufe dieses Jahres nahm ich übrigens fünfzehn Pfund ab), ging für Theaterbesuche drauf. Stücke, die mir gefielen, sah ich mir fünf- bis sechsmal an, weil ich herausfinden wollte, was sie so besonders lebendig machte. Ab und zu fühlte ich mich verpflichtet, Peter und Janet zu besuchen, die mich zu Ausflügen mitnahmen, so daß ich Windsor, Henley und Brighton kennenlernte und ein unvergeßliches Wochenende in Stratford verlebte. Ansonsten fuhr ich fort, London zu Fuß zu erkunden. Und immer kehrte ich zurück in mein ›eigenes‹ Viertel, wo der Straßenmarkt samstags aus allen Nähten platzte und wo alles feilgeboten wurde, was des Menschen Herz begehrt; so lernte ich die Marktfrauen, Bäcker und Metzger kennen und bekam häufig etwas zugesteckt als Lohn dafür, daß ich etwas trug oder sonst mit Hand anlegte; die beiden nicht mehr ganz jungen, alkoholabhängigen Prostituierten aus dem Nachbarhaus boten mir als Bewohner ihres Districts einen ›Sondertarif‹ an, ein Angebot, das ich mich so höflich als möglich abzulehnen verpflichtet fühlte.

Mit Mrs. Blake, der mit allen Wassern gewaschenen grauen Maus, die mir an jenem ersten Tag das Obst verkauft hatte, verband mich bald eine herzliche Freundschaft. In ihren Augen war ich der ›arme gute Junge‹, der sich fern der Heimat durchzuschlagen versuchte. Die Folge davon war, daß ich immer auf einen günstigen Preis und manchmal, wenn ich überhaupt kein Geld hatte, um mir etwas zum Essen zu kaufen, auf Gratisobst von ihr zählen konnte. Manchmal ›heuerte‹ sie mich sogar ›an‹, ihr an ihrem Stand zu helfen, für eine zerknitterte Pfundnote, die sie mir in die Hand drückte, obwohl ich sie nicht wirklich verdiente und sie sie eigentlich nicht entbehren konnte.

Ein paar Monate arbeitete ich als Plakatkleber bei der U-Bahn, um Hunger und Kälte überstehen zu können. Die Erinnerungen daran gehören zu meinen lebhaftesten London-Erinnerungen überhaupt: die vertrauten Bahnhofsszenen, die im Halbdunkel unversehens alles Menschlichen entkleidet werden, eine traurige Leere, in der das Klappern des Kleistereimers nachhallt, während ich von einer Plakatwand zur anderen gehe. In diesen Nachtstunden unterirdischer Abgeschiedenheit konnte ich meinen Gedanken freien Lauf lassen, um ein Stück oder eine Rolle zu erfassen oder zu analysieren, während meine Hände völlig unabhängig davon die Wände mit Anzeigen für kommende Filme, Guinness-Bier, Zigaretten, den *Evening Standard* und Schreibbüros beklebten oder mit den farbenprächtigen Fotos von nackten oder halbnackten, allesamt blonden und gertenschlanken Mädchen, die für BHs, Schlüpfer, Strümpfe, Bikinis oder Radios warben. Vielleicht besitze ich eine Phantasie, die Inspiration aus dem Makaberen zieht: wenn ich wirklich überschäumend gut gelaunt bin, singe ich für gewöhnlich aus Leibeskräften Händels Trauermarsch. (Nicht, daß das in letzter Zeit vorgekommen wäre.)

Eine zusätzliche Lösung des Hungerproblems stellten die regelmäßig von anderen Studenten organisierten Parties dar. Besonders oft ging ich nicht hin; doch für einen vollen Magen wagte ich gelegentlich einen Ausbruch aus meiner Einsamkeit, um an ihren Unterhaltungen und ihrer Unbekümmertheit teilzunehmen. Im allgemeinen empfand ich es als Erleichterung, wenn ich spätnachts schließlich die Themse überquerte und in mein eigenes dunkles Viertel zurückkehrte.

Auf einer dieser Parties lernte ich zu Beginn meines zweiten Studienjahrs Beverley kennen. Doch selbst das klingt schon zu hochtrabend. Ich hatte den ganzen Tag noch nichts in den Bauch bekommen, und da es nie etwas zu essen gab, ehe die Party richtig in Schwung war, stand ich beträchtlich unter der Wirkung der ersten paar Drinks. Tatsächlich war dies einer der wenigen Abende in meinem Leben, an denen ich hoffnungslos betrunken war. Als ich am nächsten Tag mit dröhnendem Schädel aufwachte, fand ich mich in einem fremden Bett in einem fremden Zimmer mit einem fremden Mädchen wieder, das in einem Kimono vor mir stand.

Es ist billig, Frauen einfach mit ›Erfahrungen‹ gleichzusetzen. Ich erinnere mich an einen jungen Schauspielerkollegen in unserer Gruppe, Will Grogan, der über eine ganze Liste von Frauen verfügte, mit denen er geschlafen hatte. Name, Adresse, Maße, Besonderheiten der äußeren Erscheinung, bevorzugte Stellung(en) und Reaktionsweisen während des Beischlafs – alles war fein säuberlich notiert. Sie wurden nach körperlichen Charakteristika eingeordnet; Querverweise führten zu ihrer Nationalität, von der Afghanin bis zur Jemenitin (eine Zulufrau fehlte noch, als ich die RADA verließ). Folglich war Will Grogan ein ›Mann mit Erfahrung‹. Doch das einzige, das er gesprächsweise beizutragen verstand, war eine Liste von Besonderheiten der weiblichen Physiologie, die jedoch Masters und Johnson natürlich nicht das Wasser reichen konnte. Daher meine Skepsis. Und doch muß ich zugeben, daß jede der paar wirklich wichtigen Frauen in meinem Leben für mich so etwas wie eine neue Erfahrungsstufe darstellte. Und wenn es, wie ich meine, zutrifft, daß mein Leben letztlich seine Bedeutung in Jessica gefunden hat, ist es geradezu meine Pflicht, mich genauestens an all jene anderen zu erinnern, die sie crst möglich gemacht haben.
Infolgedessen: Beverley.

»Was mache ich denn hier?« murmelte ich wie benommen, als ich an diesem Morgen in ihrem Bett aufwachte und sie vor mir stehen sah: groß und blond, wobei das Licht, das durch das Fenster hinter ihr hereinflutete, ihren Kopf wie ein Heiligenschein umkränzte.
»Hier hast du was zu trinken.« Mit einem kleinen Lachen setzte sie sich aufs Bett und brachte mich mit geduldigem Zureden wie bei einem kranken Kind dazu, eine Art von Heiltrank zu schlukken.
»Was ist das?« fragte ich.

»Rede nicht soviel. Du bist müde. Schlaf!« Sie drückte mich zurück in die Kissen. Ich schloß meine brennenden Augen und versank wieder in Schlaf. Stunden mußten vergangen sein, ehe ich allmählich wieder zu mir kam. Sie trug immer noch ihren Kimono und hatte sich – von Zeitungen umgeben – am Fußende des Bettes eingerollt. Einzelne Seiten der *Sunday Times* und des *Observer* lagen über das ganze Bett verstreut. Ich habe nie wieder einen Menschen erlebt, der eine Zeitung lesen konnte wie sie – als ob ein Hurrikan sie durcheinandergewirbelt hätte.
»Ach, du bist wach?« sagte sie, als ich mich aufsetzte. »Fühlst du dich besser?«
»Viel, danke. Aber ich begreif' immer noch nichts.«
»Du wirst erstmal was essen wollen.« Bevor ich sie davon abhalten konnte, war sie hinausgegangen; der blaue Kimono umwallte ihre langen Beine. Das Essen mußte im Wärmefach gestanden haben, denn es dauerte keine fünf Minuten, und sie war mit dem deftigsten Essen zurück, das ich seit Monaten bekommen hatte.
»Wie spät ist es?« fragte ich.
»Vier.«
Heißhungrig stopfte ich das Essen in mich hinein, und es dauerte eine Weile, bevor ich wieder eine Frage stellte.
»Wie bin ich denn hierhergekommen?«
»Ich habe dich hergebracht.«
»Aber ...«
»Du warst gestern abend ein bißchen ... unsicher auf den Beinen.« Lächelnd schüttelte sie mit einer kleinen Bewegung das Blondhaar nach hinten. »Du hast mich gebeten, dich nach Hause zu bringen, doch als wir in mein Auto stiegen, konntest du mir nicht mehr sagen, wie wir dort hinkommen sollten, und nachdem ich eine Stunde im Kreis herumgefahren war, hielt ich es für das beste, dich hierher mitzunehmen.«
»Es tut mir schrecklich leid.«
»Warum?« Wieder dieses Lächeln. »Ich hatte ein Zimmer. Und habe selbst auf dem Sofa in der Diele geschlafen.«
»Ja, aber ...«

»Wenn du aufstehst, können wir einen Spaziergang auf der Heath machen. Du brauchst ein bißchen frische Luft.«
Ich warf das Bettzeug zurück, um aufzustehen, und erst da ging mir auf, daß ich nackt war. Hastig zog ich die Decke hoch und sah sie verwundert an.
»Du konntest schließlich nicht in all deinen Klamotten schlafen.«
Sie stand auf und holte mir meine Sachen, die säuberlich zusammengelegt ein kleines Bündel bildeten; sie hatte sie offensichtlich gebügelt. »Zum Bad geht es hier entlang.« Dann trug sie das Tablett zurück in die Küche.
Eine Viertelstunde später verließen wir in ihrem kleinen Austin Belsize Park und fuhren nach Hampstead Heath. Die Art, wie sie fuhr, machte mir Eindruck. Zielgerichtet bahnte sie sich bei starkem Sonntagnachmittagsverkehr den Weg, ohne auch nur ein einzigesmal unsicher zu reagieren.
Der Nachmittag neigte sich bereits seinem Ende zu, als wir die Heath endlich erreichten und über das sanft wogende Gras dahingingen; die Stimmen der Kinder, die zwischen den Bäumen mit ihren Hunden tollten, verrieten bereits die einsetzende Dämmerung, so dünn und so fern klangen sie. Die Blätter gilbten und kündigten den Herbst an. Das ganze Bewußtsein von der Stadt fiel von mir ab; South East London schien irgendwie unwirklich. Gemächlich ging es durch Gehölze und über Lichtungen; schließlich ließen wir uns auf dem Gras nieder und vertieften uns in ein Gespräch wie Badende, die nach einem drückenden Tag in einem Teich Erleichterung suchten. Beide waren wir begierig, die Jahre einzuholen, die für uns verloren waren, weil wir uns nicht gekannt hatten.
Ich berichtete von meinem Aufenthalt in London und meiner Arbeit bei der RADA, von Peter und Janet und noch weiter zurück von District Six, Gran'ma Grace und Dulpert, von dem Leben auf der Farm, von meiner Mutter, von Willem und sogar von Hermien. Und dann erzählte Beverley, während der leichte Wind mit ihrem langen Haar und ihrem Rock spielte.
Ihr Vater war ein Industrieller, ein Selfmademan, der sich seiner neuen Stellung hyperbewußt war; infolgedessen sah er pein-

lich genau darauf, daß sie ›nur das allerbeste‹ bekam. In der Schulzeit hatte sie ihm mehr oder weniger passiv erlaubt, seinen Willen durchzusetzen; dann jedoch hatte sie sich geweigert, nach Oxford zu gehen und sich statt dessen an der London University und der School of Oriental and African Studies eingeschrieben. Mir wurde rasch klar, daß zwischen ihr und ihrem Vater jene Art Spannung herrschte, wie sie nur zwischen Menschen möglich ist, die sich innig lieben, sich temperamentsmäßig jedoch zu ähnlich und viel zu eigensinnig sind, irgendwelche Zugeständnisse zu machen.

Voriges Jahr hatte er ihr zum fünfundzwanzigsten Geburtstag die teure Wohnung in Belsize Park geschenkt. Sie selbst konnte sie nicht ausstehen und hatte mehrmals gedroht auszuziehen; andererseits hatte sie es nicht übers Herz gebracht, so weit zu gehen, weil sie wußte, daß ihm das das Herz brechen würde. So hatte sie sich mit der Wohnung abgefunden; schließlich hatte sie in so vielen anderen Dingen den eigenen Willen durchgesetzt, zum Beispiel in der Wahl ihrer Freunde, Ferien, Studien und überhaupt ihrer Art zu leben.

Sie lächelte ein wenig traurig: »Ich begreife mich ja selbst nicht immer«, gab sie zu. »Findest du es nicht auch pervers, den Wunsch zu haben, allem eine Absage zu erteilen, was man hat? Dabei habe ich nicht die geringste Lust, arm und elend zu sein, dafür bin ich nicht geschaffen. Auf der anderen Seite . . .« Sie hob den Kopf und blickte mich sehr direkt mit ihren veilchenblauen Augen an: »Wenn ich versuche, mit ihm über seine Eltern zu reden, die aus der Arbeiterschicht stammen, scheint eine Tür zwischen uns zuzufallen, so als wüßte er überhaupt nicht, wovon ich rede. Wobei es mir doch nur darum geht, eben diese Tür offenzuhalten.«

»Ist das denn wirklich nicht möglich?«

»Nein. Das schwierigste daran ist nur, sich in der Beziehung nichts vorzumachen. Daß man sich selbst gegenüber ehrlich bleibt, meine ich. Etwas zu tun, weil man aufrichtig daran glaubt, und nicht nur, weil es gegen die Wertvorstellungen von jemand anders verstößt. Selbst das kann verwirrend werden: Hätte ich

denn heute dieselben Überzeugungen, wenn ich nicht die seinen zurückgewiesen, mich gegen sie aufgelehnt hätte?«
»Versuchst du jetzt nicht nur, imaginäre Probleme zu schaffen? Es ist alles so theoretisch.«
»Das ist es ganz und gar nicht! Man bezahlt dafür. Mit dem eigenen Körper.«
Lange Zeit herrschte Schweigen. Dann sagte ich: »Willst du es mir erzählen?«
Wieder sahen ihre Augen mich forschend und eindringlich an. »Vielleicht hast du Verständnis dafür«, sagte sie. »Ich war achtzehn, es war kurz nach der Debütantinnenfabrik, die sich da als Oberschule ausgab. Ich war noch neu und neugierig auf die Welt, und vielleicht war es mir auch ein bißchen peinlich, weil ich im Vergleich zu den meisten meiner Freundinnen noch so unerfahren war. In Bezug auf Männer und so, meine ich.« Eine Pause, in der wir einem Schwarm Schwalben nachschauten, die über den glühenden Himmel heimwärts zogen. »Eines Nachmittags war ich allein zuhause. Meine Eltern machten Urlaub an der Riviera, denke ich, mit einer Gruppe von Freunden. Dann klopfte der Mann an die Tür, ein Mechaniker aus einer der Fabriken meines Vaters. Er war noch ziemlich jung, unter dreißig. Ich weiß nicht mehr alles, was er mir erzählte, doch lief es letztlich auf irgendein Mißverständnis hinaus, das dazu führte, daß er seinen Job verlor. Er wollte zu meinem Vater; seinen schmutzigen Overall hatte er noch an. Ich sagte ihm, mein Vater sei in den Ferien, doch wollte er mir nicht glauben. »Es ist bloß, weil ich arm bin«, sagte er. »Ihr verdammten Reichen seid alle gleich.« Ich versuchte verzweifelt, ihn vom Gegenteil zu überzeugen, doch er feixte nur. So kam es, daß ich ihn schließlich auf eine Tasse Kaffee hereinbat, um ihm zu beweisen, daß ich die Wahrheit sprach.« Sie winkelte die langen Beine unter sich an. »Wir begannen zu reden. Er sprach endlos über meinen Vater und seine Fabriken und überhaupt das ganze System. Ich dachte, soll er sich ruhig alles von der Seele reden. Doch nach und nach wurde ich mir seiner Gegenwart mehr bewußt – ich meine, daß er ein Mann war, während er da saß . . . da war etwas an ihm, sein Zorn, seine kräftigen

Hände und die Art, wie er sie bewegte, auf seine Weise war er sehr hübsch – jedenfalls verschlug es mir den Atem. Es war das erstemal, daß ich auf diese Weise auf einen Mann reagierte, mit dieser Wildheit, die über mich kam. Zuerst versuchte ich, ruhig zu bleiben, doch je mehr er gegen meinen Vater wetterte und je abfälliger er über ihn redete . . . es war eine furchtbare, eine unglaubliche Woge von etwas, von Wollust, die in mir aufstieg, ich war außerstande, sie zu zügeln – und er dabei in seinem dreckigen Overall und überhaupt. Inzwischen war es in der Halle dunkel geworden, was alles noch leichter machte. Und dann . . .« Sie sah auf ihre Hände herunter. »Dann schliefen wir miteinander. In meinem Zimmer. Er war regelrecht brutal, er muß mich entsetzlich gehaßt haben, und dann tat er mir weh. Aber ich wollte, daß er mir wehtat. Und als er fertig war, sah ich zu ihm auf und sagte: ›Jetzt solltest du besser gehen. Ich erwarte meinen Vater jeden Augenblick zurück.‹ Da bekam er es mit der Angst. Er sprang auf und fuhr hastig in seine Hose, fummelte mit Reißverschluß und Knöpfen herum und hüpfte auf einem Bein, es war so lächerlich, so demütigend, und nachdem er gegangen war, verachtete ich ihn.«
»Fräulein Julie«, sagte ich, ehe ich es mich versah.
Mit Entschiedenheit schüttelte Beverley den Kopf. »Ich bin keine Figur aus einem Stück: Ich bin *ich*.«
»So hab' ich das nicht gemeint.« Mit den Knöcheln meiner Finger strich ich ihr federleicht über die Wange. Sie wurde steif, um gleich darauf wieder zu entspannen.
»War das alles?« fragte ich. »Nur dies einemal?«
»Nein, das war es nicht. Ich hab' mich schon noch ein paarmal auf sowas eingelassen. Nicht oft, allerdings. Manchmal denke ich, ich will dann nur herausfinden, ob ich immun gegen den Schmerz bin: doch wenn es nicht klappt, probier' ich's nochmal. Ich hab's also ein paarmal versucht. Bin ich es, die es ausprobierte, oder war ich es, mit der ausprobiert wurde?« Eine Pause. »Aber es hat nur einen gegeben, der mir jemals etwas bedeutet hat. Tony. Er war in meiner Klasse, ein hochbegabter Bursche. Stammte aus Wolverhampton – bist du jemals dagewesen? Seine Mutter war Witwe, und sie waren sehr arm. Er hatte nur sein Stipendium. Und so

etwas wie einen Groll auf die ganze Welt. Wenn wir miteinander schliefen . . .« Für einen Moment schloß sie die Augen. »Manchmal hielt er plötzlich inne, bevor ich kam, und sagte: ›Du kannst es doch jetzt allein fertigmachen; warum versuchst du, mich zu benutzen?‹ Er schaffte es, mich an den Rand eines Nervenzusammenbruchs zu bringen. Ich liebte ihn, aber er wollte es mir nicht glauben. Er sagte, ich verwechselte Liebe mit Wohltätigkeit, mit missionarischen Gefühlen. Glaubst du, daß das möglich ist?«

»Das einzige, was ich glaube, ist, daß du deinen eigenen Beweggründen gegenüber zu mißtrauisch bist. Wohin führt denn diese ganze Nabelschau?«

»Ich will wissen, was mit mir passiert.«

»Hat Tony dir denn überhaupt nicht helfen können?«

»Tony ist tot.«

Die Sonne ging nun unter. Die letzten Menschen kehrten zurück unter die Bäume.

»Er hat Selbstmord begangen. Alle haben gesagt, früher oder später hätte er es sowieso getan. Doch was nützt mir das? Ich hätte imstande sein müssen, ihm zu helfen. Ich weiß, daß ich das hätte tun sollen. Aber dazu war ich inzwischen zu abgekämpft . . .«

»Ist das schon lange her?«

»Sechs Monate.«

Eine Weile saßen wir nur so da. Dann fragte ich: »Und jetzt?«

Sie schüttelte den Kopf.

Dumpfe Angst regte sich in mir. Ich wollte ihre Verwundbarkeit beschützen. Nach all diesen Monaten der Einsamkeit war ich gierig auf sie. Gleichwohl erfüllte mich Angst. Wie sollte ich die Tollkühnheit aufbringen, mich in ihr Leben einzumischen? Was würde dann aus mir werden? Und was aus ihr?

»Komm, laß uns gehen«, sagte ich und half ihr auf. »Ich denke, wir sollten jetzt zurückfahren.«

»Ja, sollten wir wohl.«

Der Himmel verblutete über dem dunstigen Park und dem fernen dunklen Rauschen der Stadt.

»Diesmal werde ich dir den Weg zeigen können.«

»Du meinst, dorthin zurück, wo du wohnst?«

»Ja. Früher oder später muß ich . . .«

In geradezu schmerzlichem Schweigen fuhren wir zurück. An der Ausfahrt nach Belsize Park hielt sie und fragte: »Wollen wir vorher etwas essen?«

»Warum nicht? Es ist noch früh.«

Ich saß am Tisch der gekachelten Küche, während sie uns das Essen bereitete. *Beverley*, dachte ich in einer Mischung aus Trauer und Abwehr, Angst und Verlangen: *Gestern wußte ich noch nicht, daß es dich gibt; heute bin ich hier; und morgen?*

Nach dem Essen half ich ihr beim Geschirrspülen. Dann ging sie ins Bad, während ich mir ihre Platten ansah und Mozarts Konzert für Harfe und Flöte herauszog. Das war immer Dulperts Lieblingsstück gewesen. Als sie zurückkam, ließ sie sich auf dem dikken Teppich vor meinem Sessel nieder, um zuzuhören, lehnte sich mit dem Blondhaar gegen mein Knie. Ich schaute hinab über Haar und Stirn und die leichte Wölbung ihrer Brüste unter dem dicken Pullover, den sie angezogen hatte, und spürte, wie die Wärme des Begehrens meinen Körper durchdrang. Beim Einsetzen des Andantinos legte ich ihr die Hand auf die Schulter. Ich spürte, wie ihre Muskeln sich verkrampften. Keiner von uns rührte sich. Die Platte war zuende, aber sie blieb sitzen. Nach einer Weile stand ich auf. Es lag etwas wie Angst in ihren Augen, als sie zu mir aufsah. Ich wich ihrem Blick aus und legte eine andere Platte auf.

Als ich Stunden später die letzte Platte zurückstellte, sagte ich: »Ich will nicht, daß du mich nach Hause bringst und um diese Zeit allein durch die Nacht zurückfährst. Sag mir nur, wie es zur nächsten U-Bahnstation geht.«

»Für die Bahn ist es zu spät.«

Mir schnürte sich die Kehle zu. Sie stand auf.

»Siehst du«, sagte sie, »ich muß eben doch allein zurückfahren.«

»Es sei denn, ich bliebe hier.«

»Ja. Es sei denn, du bliebest hier.«

Es war, als hätten wir es darauf angelegt, daß ich den letzten Zug verpaßte, um uns dem Unausweichlichen auszuliefern. Doch nachdem dies nun geschehen war, erfüllte uns beide Scheu voreinander.
Nach einer Weile sagte sie: »Machst du uns einen Tee? Ich will ein Bad nehmen.«
Als sie eine halbe Stunde später in ihren Kimono gewickelt zurückkehrte, blieb sie im Türrahmen stehen, zögerte und sagte: »Joseph, als wir vorhin davon sprachen, daß du hierbleiben könntest, meinte ich nicht . . .«
Ich ging auf sie zu. »Hast du Angst?«
Sie nickte.
»Das mußt du nicht.«
»Du nicht?«
Das kam so unerwartet, daß ich nicht gleich mit einer Antwort zur Hand war. Ich senkte den Blick und sah ihr dann in die Augen. »Ja. Ich glaube, ich habe viel mehr Angst als du.«
Woraufhin sie es war, die mit einem beherzt-zaghaften Lächeln sagte: »Das mußt du nicht.«
An mir vorbei trat sie an das breite Bett heran, in dem mein Tag begonnen hatte, und schickte sich an, den Rücken mir zugewendet, die Knöpfe des Kimonos aufzunesteln – was eine Ewigkeit dauerte – schüttelte ihn dann mit einer ruckhaften Schulterbewegung ab und drehte sich zu mir um.
»Du bist so schön! Du bist so weiß!«
Nur ihr Liebeshaar, eine kleine krause Wolke, war dunkel.
Ich trat auf sie zu. Sie sah mich nicht an. Die Hände zitterten ihr, als sie mir das Hemd aufknöpfte.
»Hab keine Angst!« Noch einmal. Für mich bestimmt, oder für sie?
Unter der Decke geborgen, hielt ich sie an mich gedrückt und liebkoste sie, um unsere Angst auszutreiben und ihr Begehren zu wecken. Und als sie bereit war, mich aufzunehmen, drang ich in sie ein. Nichts da von überwältigender Ekstase! Wir waren nur eines von Tausenden von Paaren in London, die in dieser Nacht miteinander schliefen.

Im Dunkeln fragte sie mich: »Bist du sehr enttäuscht von mir?«
»Wieso um alles auf der Welt fragst du das?«
»Du hast dir mehr von mir erwartet.«
Mit dem Handteller strich ich über die empfindlichen Spitzen ihrer Brüste und spürte, wie sie reagierten. »Es gibt niemand anderes, mit dem ich zusammen sein möchte. Glaubst du mir?«
»Ja.« Nach einiger Zeit flüsterte sie: »Aber du mußt Geduld mit mir haben. Du mußt es mir beibringen. Damit ich zusammen mit dir kommen kann.«
Sie lag lange wach da. Das weiß ich, denn auch ich konnte nicht schlafen. Nicht nur ihre Angst war es, die uns trennte, sondern auch das viele in mir, das ich noch überwinden mußte. Beide suchten wir Befreiung: nicht voneinander, sondern durch einander. Ersehnten das aus tiefster Seele. Und als ich ihr tief in der Nacht die Hand zwischen die Beine schob und sie sanft wieder zu neuem Leben erweckte, glaubten wir das unausgesprochen beide.

Keine vierzehn Tage später zog ich aus meiner Kammer in South East London I aus und in die große viktorianische Wohnung in Belsize Park ein. Natürlich war sie es, die darauf bestand. Dabei handelte sie mit der Entschlossenheit eines Menschen, der es gewohnt ist, seinen Kopf durchzusetzen. Es dauerte nicht lange, und ich entdeckte in ihr genau jene Eigenschaften, die ihrem Vater geholfen hatten, die Spitze zu erreichen. Mir tat es leid, meine alte Kammer zu verlassen. Nicht nur, weil das Viertel selbst mich fasziniert hatte, sondern weil ich durch den Auszug etwas von gerade jener Unabhängigkeit aufgab, die Beverley so wichtig war. Aber ich war viel zu verliebt und nach einem Jahr Enthaltsamkeit auch zu ausgehungert, um mich ihr zu widersetzen. Vielleicht hätten wir beide mehr Hoffnung gehabt, wenn ich ihr nicht gleich zu Anfang so bereitwillig ihren Willen gelassen hätte.
Ich zahlte meiner Vermieterin zwei Wochenmieten im voraus. Beverley wollte die Rechnung begleichen, doch das wollte ich nicht zulassen. Sie half mir, meine Sachen aus der schäbigen

Kammer herauszuholen. Meine sämtlichen Habseligkeiten paßten ohne weiteres in ihr kleines Auto; mir sank das Herz, und ich fühlte mich ausgeliefert, als wir die letzten Kleinigkeiten auf dem Rücksitz verstauten. Es war ein regnerischer Tag, und die Straßen waren schwarz und glänzten wie angelaufenes Silber.
Wir stiegen ein letztesmal zu der kleinen Kammer hinauf, um sicherzugehen, auch alles mitgenommen zu haben. Sie trat ans Fenster und schaute durch die Tränenbahnen der Regentropfen auf Hausdächer und Schornsteine hinaus; der säuerliche Geruch der Armut lastete feucht und schwer auf sämtlichen Häusern um uns herum. Ich trat von hinten an sie heran, schob die Hände unter ihren Armen hindurch und legte sie auf ihre kleinen Brüste, die unter dem übergroßen Pullover nackt waren. Plötzlich drehte sie sich herum und hob mir den offenen Mund entgegen, um mich mit einer Hemmungslosigkeit zu küssen, wie ich sie noch nie an ihr erlebt hatte.
»Ich will dich, Joseph!« sagte sie schwer atmend.
Der kleine Raum war völlig ausgeräumt; an den Wänden gab es nur ein paar dunklere Stellen, wo ich die Theaterposter abgenommen hatte; eine Schranktür stand offen und gab den Blick auf die leeren, mit Zeitungspapier bedeckten Bordbretter frei; ein Pappkarton unterm Tisch war mit zerknülltem Papier, Zahnpastatuben und leeren Konservendosen vollgestopft; das ganze Bettzeug war abgezogen, so daß auf dem schmalen Eisenbett ordinär die gestreifte Matratze zu sehen war.
Mit einem Tritt schloß ich die Tür. Beverley reagierte fieberhaft. Mit fliegenden Fingern zerrten wir jeweils an den Knöpfen des anderen herum. Es war kalt, doch war das nicht der Grund, warum wir uns nicht vollständig entkleideten – wir hatten es einfach zu eilig. Ich riß ihr Jeans und Höschen herunter, und sie half mit kleinen ruckhaften Bewegungen nach, bis sie aus dem Weg waren und ihr nur noch um einen Knöchel hingen. Sie fuhr mir mit den Händen unters Hemd und grub mir die Nägel in den Rücken, während ich einfach wie rasend in sie eindrang, wobei alle Gefühle nur noch gesteigert wurden durch den Kontrast zwischen unserem dick bekleideten Oberkörper und der Nacktheit

von der Hüfte an abwärts. Ich war mir ihres Geruchs und ihres schönen Haars auf der schäbigen Matratze ganz besonders bewußt, und bewußt auch ihrer Glätte, ihrer Jugendlichkeit, ihrer Weiblichkeit, alles so weiß und aufregend und üppig, eine absolute Anomalie in meiner elenden kleinen Kammer. Und doch war dies hier meine Domäne, hier war ich der Herr, und hier konnte mein Körper den ihren in jeder Bewegung und in jedem Gestöhn beherrschen und bezwingen.

Es war der quälendste und zugleich auch herrlichste Augenblick in unserer ganzen Beziehung, als sie auf der billigen Matratze in dem kahlen Raum ihren Orgasmus zugleich mit dem meinen erlebte und durch die Qual zur reinen Lust durchbrach. Weit weg und ganz nahe bei mir hörte ich sie schluchzen und weinen und ausrufen: »Oh Gott, oh Gott, oh Gott!«

Wenn ich bei einem Orgasmus die Augen schließe, sehe ich immer Farbmuster vor mir: Grün ist gut, Blau ist besser, Rot ist herrlich; doch das non plus ultra des Hochgefühls – das ist Schwarz, und dazu kommt es nur sehr selten, weil es zumeist unerträglich ist, die absolute Hingabe an das Nichtsein, eine Art Sterben. Und an diesem Nachmittag war es Schwarz. Als es schließlich abebbte und der letzte warme Samenrest still aus mir heraus und tief in sie hineingeschleudert wurde, war das wie eine Rückkehr aus Himmel, Fegefeuer und Hölle zugleich. Die Augen geschlossen, lag sie unter mir und hatte Tränen in den langen Wimpern, an meinem Hals gab sie mit geöffneten Lippen kleine schmatzende Laute von sich. Während ich ihr mit den Fingern durchs Haar strich, sie auf die Stirn küßte und spürte, wie der dünne Schweißfilm an Gesäß und Lenden eiskalt wurde.

Mir kam es vor, als wären Stunden vergangen, bevor sie die Augen aufschlug und flüsterte: »Was ist geschehen?«

»Du bist zusammen mit mir gekommen, ganz und gar zur selben Zeit.«

»Ja, ich war die ganze Zeit bei dir. Ja. Und jetzt bist du ganz mein.«

Merkwürdig, wie verlegen wir waren, als wir uns schließlich hochrafften. Als ob das, was geschehen war, zuviel gewesen wäre, einfach unfaßlich; als ob ein Körper nach einem solchen Erlebnis zu gewöhnlich, zu banal wäre. Schweigend gingen wir hinunter zu ihrem Wagen draußen. Ich saß wartend da, während sie sich das Haar bürstete. Und immer noch schweigend, fuhren wir über den Fluß hinüber nach Norden durch die spätnachmittäglichen feuchten Straßen, durch Camden Town zu meiner neuen Bleibe in Beverleys Herrschaftsbereich.

Warum ist es so wichtig für mich, diese besondere Episode so ins Einzelne gehend zu beschreiben? Weil es gilt, in dieser deprimierende Zelle ein bißchen Leidenschaft zu beschwören und mich in meiner frauenlosen Abgeriegeltheit und langen Zwangsenthaltsamkeit zu trösten? Ganz gewiß nicht; denn ich brauche keinen Sex mehr; das ist eine Dimension, die ich hinter mir gelassen habe. Oder ist das der eigentliche Grund – daß ich, gerade *weil* ich über ihn hinausgelangt bin, dahinterkommen muß, warum er für mich so wichtig war, um in diesem Augenblick des intimsten Teilens und der Vereinigung sowohl die Saat unserer Niederlage als auch dessen zu finden, was hinterher kam, viel später, mit Jessica?

Beverley, Beverley! Ich erinnere mich an so vieles, und so gut. Beverley in Jeans und einem viel zu großen, schlabberigen, marineblauen Sweater, das Haar zu zwei dünnen Zöpfen geflochten, wie sie – die Brille auf der Nase – umgeben von Stapeln von Büchern, Zeitschriften und Papieren einen Aufsatz schreibt und ungeduldig brummt, wenn ich von hinten an sie herantrete, um ihr einen Kuß auf den bloßen Nacken zu geben. Beverley, von vielen Händen zurückgehalten, als sie versucht, durch die Anti-Atombomben-Demonstration auf dem Trafalgar Square hindurchzubrechen, um auf die Polizei loszugehen. Beverley, nackt und bäuchlings auf dem Bett, wie sie mit erstickender Stimme Yeats' Gedicht *Easter 1916* vorliest. Beverley, bis auf die Haut durchnäßt mit wieder einer herrenlosen Katze auf dem Arm, die sie irgendwo aufgelesen hat. Beverley, wie sie in der Badewanne Zeitung liest, bis die Seiten so durchnäßt sind, daß sie mich ruft, damit ich helfe, all die kleinen Papierfetzen vom Körper abzule-

sen. Beverley, wie sie mich an Tagen der Unsicherheit und der Niedergeschlagenheit aufrichtet: »Du mußt weitermachen, Joseph! Ich glaube an dich, ist dir das eigentlich nicht klar?«
Und dann – unvermeidlich – Beverley, wie sie in einem langen weißen Nachthemd und unschuldig wie eine Novizin ins Bett kommt und erklärt: »Ich hab' heute abend keinen Schaum reingetan. Ich möchte, daß du mir ein Baby machst, Joseph!«
Zuerst war alles nur ein Spiel. Bald jedoch umfaßte es den ganzen Sinn unserer Beziehung. Sie wollte, daß wir heirateten. Sie wollte mein Kind zur Welt bringen. Warum auch nicht? Es gab so viele Tage, da ich von der RADA einfach nach Haus fahren, sie in die Arme schließen und sagen wollte: »Komm, gehen wir noch heute aufs Standesamt.« Oder aber ich wurde nachts wach und hörte sie ruhig neben mir atmen – wie stark war dann der Drang in mir, sie umzudrehen und zu sagen: »Ja. Laß uns morgen heiraten.« Doch scheint der Körper eine Wahrheit eigener Art zu bergen, der ich nicht entgehen und die ich auch nicht leugnen wollte. Irgendwas hielt mich zurück: eine kleine, aber durch nichts zu verdrängende Befürchtung, daß sie nur deshalb ein Kind von mir wollte, um durch mich ihre Rebellion gegen ihren Vater zu unterstreichen. Dieser Argwohn war unvernünftig und erniedrigend – aber er war da. Hinzu kamen noch meine Selbstzweifel: Ob meine Liebe zu ihr zu einer Möglichkeit geworden war, die Unschuld von Hermien wiederzuentdecken und ihren Abfall von der Gnade zu rächen. Sofern ich nicht all diese Ungewißheiten hinter mir lassen, sofern ich nicht aus ganzem Herzen das entscheidende Ja sagen konnte, wagte ich nicht das eine Wort auszusprechen, das für uns beide alles unwiderruflich verändert hätte.
Die destruktiven Unterströmungen unserer Beziehung machten sich zunehmend bemerkbar. Da lag ich wohl im Bett und wartete darauf, daß auch sie sich hinlegte; und während sie sich die Haare bürstete, sich das Gesicht eincremte, ja, manchmal, wenn sie den empfängnisverhütenden Schaum einführte, fing sie völlig unbekümmert an, von ihren früheren Liebhabern zu erzählen, insbesondere von Tony; von einem Spaß, den er gemacht, etwas, das er erzählt hatte, einer skurrilen oder liebenswerten Ange-

wohnheit; woraufhin ich mich damit rächte, daß ich ihr ohne die Miene zu verziehen von Ursula oder Fatima oder Sheila erzählte. Wir kannten einander so gut, daß wir genau wußten, wo wir uns am nachhaltigsten verletzen konnten. Das waren vergebliche Versuche, uns voneinander zu befreien, die Bedeutung unserer Bindung zu leugnen. Vielleicht bleibt das die schrecklichste von allen Entdeckungen: zu wissen, daß man vollkommen vom anderen abhängig ist, daß der andere so unentbehrlich für einen geworden ist, daß der Schwerpunkt der eigenen Welt nicht mehr in einem selbst liegt, sondern im anderen.

Dann taten sich neue Aspekte auf: wenn ich sie sowieso nicht heiraten wollte, sollte ich dann überhaupt bei ihr bleiben? Sie wollte das und ich auch. Aber entwickelte sich eine solche Beziehung nicht zu einer Form von Schmarotzertum oder emotionaler Hurerei? War es nicht nötig geworden, daß wir uns trennten, gerade weil wir anfingen, zu sehr aufeinander angewiesen zu sein?

Es gab Wochen voller Spannungen und Streit. Manchmal wurde alles so absurd, daß es aussah, als drehten wir beide durch. Doch bei all diesen Umwälzungen fanden wir im Laufe vieler Monate zu einer gelassenen Heiterkeit, wie ich sie nur sehr selten in meinem Leben kennengelernt habe: wir waren beide bereit, uns in das Unvermeidliche zu schicken (genauso wie damals am Anfang, jenem Sonntag abend, als alles mit einer Mozartplatte begann) etwas, das ich nur unzureichend und versuchsweise als eine Form von Achtung vor dem anderen bezeichnen kann, weil jeder dem anderen *erlaubte*, frei zu sein.

Wir trennten uns.

Manchmal sehnte ich mich danach zurückzukehren, und sei es nur, um eine Stunde mit ihr zusammen zu sein, gemeinsam zu lesen, miteinander zu schlafen. Es wäre einfach gewesen; ich hätte bloß zum Telephon zu greifen brauchen, einen Bus besteigen oder einen U-Bahnzug und bei ihr anklopfen und schlicht sagen zu müssen: *Ich habe mich nach dir gesehnt, ich bin zurückgekommen.* Nur hätte dann alles von vorn angefangen, und irgendwann hätten wir wieder denselben Punkt erreicht und dieselbe Entscheidung getroffen und einer den anderen wieder leiden lassen wie schon einmal. Und das mindeste, was wir einander schuldig waren, war, es nicht noch einmal soweit kommen zu lassen. So harrten wir also aus, selbst bei den wenigen Gelegenheiten, da es sich nicht vermeiden ließ, daß wir uns auf gesellschaftlicher Ebene begegneten. Bis wir am Schluß sogar das überwanden, obwohl es ein Jahr oder noch länger brauchte. Später zog dann ein junger Studentenführer, ein Pakistani, bei ihr ein, und ich konnte ihnen auf Parties begegnen, ohne daß ich die geringste Eifersucht verspürte.

Ich ging nie wieder eine Beziehung ein, die die Aussicht auf Sicherheit geborgen hätte. Es gab Frauen, doch war es nie etwas von längerer Dauer: ein paar Monate, ein paar Wochen, ein oder zwei Nächte. Am längsten dauerte es mit einem Mädchen aus Trinidad, Monica, die mich stark an Sheila erinnerte. Es gab eine deutsche Ingrid, eine französische Michèle und sogar eine temperamentvolle Halbrussin namens Murka, die Tänzerin war: die meisten von ihnen waren Schauspielerinnen oder Bühnenarbeiterinnen, mit denen ich zusammenarbeitete. Trotzdem war alles recht belanglos. Süß und rührend manchmal, aber unbedeutend, Ich hatte die Schwelle überschritten, nach der es kein Zurück mehr gibt. Ohne es zu dem Zeitpunkt, da es geschah, recht zu wissen und ganz gewiß ohne jede Absicht bedeutete der Bruch mit Beverley einen entscheidenden Einschnitt. Ich hatte mich gegen die Dauer und gegen die Sicherheit entschieden, gegen alle friedlicheren und heimeligeren Formen des Glücks, die darauf beruhen, daß man etwas teilt, daß man etwas gemeinsam hat. Was ich gewählt hatte, war das Theater, heute abend hier und morgen woanders, diesen Monat Ibsen, den nächsten Molière – oder gar nichts. Was ich gewählt hatte, waren Ungewißheit und Fehlen von Erfüllung, waren Unsicherheit und Abwechslung; wofür ich mich entschieden hatte, war mehr Möglichkeit als Gewißheit, mehr Hoffnung als Vollendung; eher das Unterwegssein als die Möglichkeit des Ankommens oder das Erreichen eines Ziels.

7

Ich zog nach Hackney und muß zugeben, daß ich mich oft nach dem Komfort und der Bequemlichkeit von Belsize Park sehnte. Luxus ist leicht zu verachten, wenn man ihn hat, dachte ich häufig zynisch; genauso, wie es leicht ist, Armut als Tugend zu betrachten, wenn man nicht selbst betroffen ist, oder dem Märtyrertod das Wort zu reden, wenn man selbst gegen tausend natürliche Widrigkeiten geschützt ist.

Ein paar Monate wohnte ich in einer Dachwohnung in Hackney, in der Nähe des Victoria Parks, wurde daraus jedoch bald vertrieben durch die vereinten Bemühungen meiner Vermieterin, eines Heers von Wanzen und der Brauereien in der Nachbarschaft. Normalerweise waren mir die Brauereien von Herzen gleichgültig, aber sobald der Gärungsprozeß ein bestimmtes Stadium erreichte, der Wind umschlug und plötzlich aus dem Süden kam, wurde es unerträglich; die Wanzen gingen noch, doch was mich fast um den Verstand brachte, war meine Vermieterin, die endlos mit mir stritt, weil ich ›die verdammte Stirn‹ hatte, die Viecher an der Wand totzuschlagen, statt sie aus dem Fenster zu werfen wie ›anständige Leute‹. So kam es, daß ich wieder meine Siebensachen packte und ein Stück weiter nach Norden zog – immer noch in Hackney, in eine alles andere als vornehme und nahezu immer unbeleuchtete Straße mit dem hochtrabenden Namen Navarino Road. Nähert man sich von Islington, ducken die Häuser sich immer mehr und werden zunehmend grau, liegen in schäbigen Gärten, in denen Wäsche flattert und es von Kindergeschrei widerhallt. Ab und zu findet sich ein wenig ansprechendes Haus im edwardianischen Stil, doch bei den meisten handelt es sich um monströse und eintönige Scheußlichkeiten aus den dreißiger Jahren sowie billige, gelbverklinkerte Nachkriegshäuser. So die Navarino Road – und doch verbrachte ich dort meine glücklichsten Jahre in London.

Ich behielt die kleine Wohnung trotz gelegentlicher Ferien auf dem europäischen Kontinent und mancher Gastspielreisen. So hatte ich immer einen Ort, an den ich zurückkehren konnte, auch wenn die Wohnung selbst im Hochsommer noch klein und dunkel war: ein winziger Flur, ein Schlaf- und ein Wohnzimmer sowie eine Küche mit einem angeschlagenen Email-Ausguß darin, in dem ich mein Geschirr spülen sowie meine Kleidung und mich selbst waschen mußte. Draußen auf dem Treppenabsatz gab es ein Klo mit einer Tür, die man nicht abschließen konnte und einem launischen Wasserbehälter, der für das ganze Haus reichen sollte. Der Gaszähler funktionierte aufgrund täglicher Raubzüge der sieben Nachbarskinder, die versuchten, Münzen herauszubekommen, nur selten. Im Sommer war die Wohnung ein Brutofen; sie lag im dritten Stock direkt unter dem Flachdach; und im Winter zitterte man vor Kälte. Bei dem bereits erwähnten Nachbarn handelte es sich um einen arbeitslosen Alkoholiker, der die Wochenenden in Volltrunkenheit verbrachte und in diesem Zustand sämtliche Familienmitglieder, seine Frau inbegriffen, verprügelte; außerdem beging er mit allen vier Töchtern, von denen die jüngste zur Zeit meines Einzugs erst zehn Jahre alt war, Inzest. Zusätzlich zu all diesen Nachteilen war es schwierig, dieses Wohngebiet von der Stadt aus zu erreichen, denn in der Nähe gab es keine U-Bahnstation, und die nächste Bushaltestelle war Dalston Junction. Trotzdem blieb ich. Hackney und seine Bewohner hatten etwas, das mich von der ersten Woche an anrührte, nachdem ich nach etlichen Tagen ohne Essen auf der Straße ohnmächtig geworden war.

Der Metzger, vor dessen Laden das geschah, brachte mich in seine Wohnung hinauf, um meine Lebensgeister mit einer Tasse Tee wieder zu wecken, und als ich ging, schenkte er mir ein paar Pfund Fleisch. In diesem Viertel herrscht unter den Bewohnern eine gewisse Brüderlichkeit und Hilfsbereitschaft, die mich tief bewegten. In jedem Laden konnte man anschreiben lassen, ohne daß man ausgefragt wurde oder Sicherheiten bieten mußte. Wurde man krank, kamen Nachbarn mit Essen und Hausmitteln zu einem; sogar mein alkoholabhängiger Nachbar hätte bereitwillig die Hälfte seines Schnapsgeldes hergegeben, um einem in Not geratenen Freund zu helfen. Zum Teil beruhte dieser Gemeinschaftsgeist auf einer allgemein ablehnenden Haltung ›der

Stadt‹ gegenüber, die von hier aus so fern und so fremd anmutete; zum Teil aber auch darauf, daß es sich bei den Bewohnern zum überwiegenden Teil um Schwarze handelte, vornehmlich Westinder, obwohl Weiße hier genauso bereitwillig akzeptiert wurden wie im Kapstädter District Six. Die gemeinsamen Entbehrungen verwischten alle Unterschiede.

Das erste Jahr, das ich hier verbrachte, stellte einen endlosen Kampf ums materielle Überleben dar, doch wurde mir durch die Wärme und Großzügigkeit von Freunden in reichem Maße Entschädigung dafür zuteil. Eine wichtige Gruppe dieser Freunde waren Südafrikaner. Die meisten von ihnen hatte ich ironischerweise durch Beverley kennengelernt. Damals hatte ich mich innerlich soweit von meiner Heimat entfernt, daß ich sie unter die Zufälligkeiten meines Lebens einordnete. Es wäre mir nie in den Sinn gekommen, nach Südafrika zurückzukehren: das einzige, das mir im Leben etwas bedeutete, war das Theater, und das identifizierte ich natürlich mit England und Europa. Doch infolge ihres Studiums und ihrer besonderen Interessen hatte Beverley eine große Schar von südafrikanischen Freunden, mit denen sie mich – ursprünglich sehr gegen meinen Willen – bekanntmachte. Und noch lange, nachdem wir miteinander Schluß gemacht hatten, spielten sie eine Rolle in meinem Leben.

Bei den meisten von ihnen handelte es sich um Leute, denen man die südafrikanische Staatsbürgerschaft aberkannt hatte – manche waren Flüchtlinge, andere wiederum lebten hier freiwillig im Exil. Es gab Weiße, Coloureds und Schwarze unter ihnen – Anwälte, Ärzte, Schriftsteller, Universitätslektoren, Soziologen und Pfarrer, eine kleine Welt für sich, die in den Augen der Umwelt auf eigentümliche Weise eine durch eben jenes System, dem sie zu entrinnen versucht hatten, bedingte Apartheid beibehielten. Müßte ich heute wieder zurück in diese Welt . . . Ja, heute würde ich anders auf sie reagieren. Ich glaube, heute wäre ich imstande zu verstehen, was mich damals überrascht und geärgert hat. Aber wenn ich dies jetzt niederschreibe, darf ich nicht die damaligen Verhältnisse vergessen. Und wenn ich mir ins Gedächtnis rufe, wie ich sie damals sah – Simon Hlabeni, Chuck Nkosana und

Stanley Ngobo, Henry Arendse, Joe Cohen, Barbara Grant und all die anderen – geht mir eine befremdlich negative Eigenschaft an ihnen allen auf, etwas, das sie mit manchen Juden oder einigen Griechen gemeinsam hatten, die nach dem Obristenputsch geflohen waren: eine schwer zu definierende Eigenschaft, die Andeutung einer gewissen Hohlheit, einer Leere wie etwa in einem Elektroauto, das nicht von einer im Wageninneren verborgenen Batterie angetrieben, sondern irgendwie fernbefeuert und ferngesteuert wird. Simon und Chuck, Stanley, Henry, Joe und Barbara: ihr Kontrollsystem war nicht ihr Intellekt, ihre Willenskraft oder ihr Gefühl, sondern Südafrika.

Sie hatten ausnahmslos traumatische Lebensläufe. Chuck war einmal ein ganzes Jahr hindurch ohne Gerichtsverfahren festgehalten worden und wurde bei einem Verhör in den Bauch geschossen (in den Zeitungen hieß es dann, er sei beim ›Fluchtversuch‹ verwundet worden); Joe war ›verbannt‹ worden, was zur Folge hatte, daß er seine Anwaltspraxis verlor; Barbara hatte neunzig Tage in den Händen der Sicherheitspolizei verbracht, ehe sie ohne Anklage entlassen worden war – und zwar mit einem gebrochenen Bein und inneren Verletzungen; und so weiter und so fort. Jede einzelne Geschichte war auf ihre Weise erschütternd und stellte eine Offenbarung dar, die einen krank machen konnte. Doch nachdem ich sie zehnmal oder noch öfter zu hören bekommen hatte, reagierte ich zunehmend gereizt. Jede einzelne barg eine wesentliche Absage an die Gesellschaft, genauso überzeugend wie die der Rosmers in *Rosmersholm*. Mir wurde bewußt, daß manche von ihnen zur Elite der wissenschaftlichen und künstlerischen südafrikanischen Intelligenz gehörten; doch war es, als ob jeder von ihnen auf seine Weise durch seine Erlebnisse so versehrt oder beeinträchtigt worden war, daß er sich für nichts anderes mehr interessierte als nur dafür. Sie wirkten wie eine Gruppe von Kriegsveteranen, für die nichts mehr galt, als ihre ausgeschossenen Augen, amputierten Beine und verstümmelten Hände.

Es ist schlimm genug, wenn einem einzelnen so etwas widerfährt, doch ließe sich dafür immer noch eine Erklärung finden. Trifft

dies jedoch auf Hunderte zu, auf einen nicht geringen Teil einer ganzen Generation, wird daraus ein finsterer Höllenkreis. Und ich denke, daß ich Angst vor dem hatte, was sie repräsentierten; Angst deshalb, weil es an die in Generationen aufgestauten Leiden meiner eigenen Geschichte appellierte, die ich ja weiß Gott gerade loswerden wollte. Ich *wollte* nicht in ihr Schicksal hineingezogen werden; ich wollte mit ihrer ›Sache‹ nichts zu tun haben. Während der langen Zeit, da ich sie kannte, sah ich häufig neue dazukommen, getragen von jugendlicher Begeisterung, revolutionären Ideen und ebenso tiefen wie aufrichtigen Überzeugungen – und dabei fiel mir auf, daß sie Jahre später immer noch dieselben Worte sprachen, dieselben Gesten vollführten und dieselben Dinge beteuerten, dann allerdings mit der eigensinnigen Unnachgiebigkeit von Dogmatikern und nicht mehr mit der Leidenschaft, die sie ursprünglich beflügelt hatte; es war, als ob die von ihnen entwickelten und vertretenen Pläne aufgehört hätten, Mittel zum Zweck zu sein und zu hehrem Selbstzweck geworden wären.
Sie ihrerseits konnten mir vorwerfen, mich meiner Verantwortung zu entziehen, die eigentlichen Ursachen zu verdrängen und die Augen vor den Realitäten zu verschließen, unter anderem vor jenem südlichen Brocken, an dem sie herumkauten – und das taten sie auch, und sie warfen mir vor, das Theater als Flucht und Absage an die Wirklichkeit zu benutzen. »Du schauspielerst, um nicht leben zu müssen!« erklärte Henry Arendse, ein junger Coloured. Und als ich versuchte, mich damit zu rechtfertigen, daß ich Brecht und Camus sowie das ganze *théâtre engagé* anführte, griff Chuck Nkosana mich augenblicklich an und sagte: »Jede drittklassige Tirade eines Spinners von Hyde Park Corner übt mehr gesellschaftlichen Einfluß aus als der beste Brecht oder Gott was weiß ich, jemand, den ihr auf der Bühne aufführen mögt!«
Manchmal fuchste mich sowas, doch meistens stimmte es mich eher traurig, und gelegentlich, wenn einer von ihnen mich durch Wort oder Gestus an Dulpert erinnerte, war ich innerlich so tief aufgewühlt, daß ich es nicht in Worte fassen konnte, und fühlte

ich mich so hin- und hergerissen, daß ich es am liebsten nicht einmal mir selbst gegenüber zugegeben hätte. Und verantwortlich für diese Reaktion war mehr als jeder andere Simon Hlabeni.
Die anderen bildeten eine Gruppe mit starkem inneren Zusammenhalt, waren eine Ansammlung von bestimmten Ideen und Einstellungen, eben ›die Südafrikaner‹; Simon jedoch paßte nicht in dieses Klischee. Vielleicht kam ich mir in seiner Gegenwart weniger ausgeliefert vor, weil seine Lebensumstände anders waren als die ihren. Simon war Dichter und hatte Südafrika keineswegs aus politischen Gründen verlassen, sondern einfach, weil er unbedingt etwas von der Welt sehen wollte. Vorher hatte er in Durban als Taxifahrer gearbeitet und nachts studiert, bis er an der Universität seinen BA geschafft hatte. Nach einigen Jahren des Sparens hatte er schließlich genug Geld beiseitegelegt, um den Hinflug nach England bezahlen zu können, war dort jedoch von Anfang an kreuzunglücklich. Er konnte einfach das Klima nicht vertragen; und für die Engländer, insbesondere die Männer, hegte er eine abgrundtiefe Verachtung. (»Die sind wie die Scheißschnecken – haben überhaupt keine Knochen im Leib und verstecken sich dauernd an der Unterseite der Blätter. Sie haben keine Ahnung davon, was Sonne ist, Mann, und von Frauen verstehen sie überhaupt nichts. Kein Wunder, daß ihre Weiber geil sind wie läufige Hündinnen.« Um mit einem Augenzwinkern noch hinzuzufügen: »Wenn *ich* 'ne Frau fick', fühlt sie sich hinterher auch gefickt!«)
Er hatte nichts weiter vorgehabt, als sich Geld genug zusammenzusparen, um die Rückreise nach Südafrika bezahlen zu können. Er schrieb weiterhin Gedichte, doch ausschließlich in Zulu. Etwa ein Jahr nach seiner Ankunft, als er endlich genug zusammengekratzt hatte, um seine Rückkehr zu bezahlen, lernte er in den *Army and Navy Stores* Bridget kennen. (»Mag der liebe Himmel wissen, was ich in dem blöden Laden suchte, gefunden hab' ich jedenfalls 'ne Frau«), und wenige Monate später waren sie verheiratet. Sie war eine attraktive, grazile und extrem weißhäutige Schottin mit großen grünen Augen und auffallend schönem roten Haar; als ich sie acht Jahre später kennenlernte, waren sie immer

noch ein Herz und eine Seele. Ihr einziger Traum war gewesen, Kinder zu bekommen, doch nach zwei Fehlgeburten mußten sie diesen Plan aufgeben. Daraufhin waren sie noch stärker aufeinander angewiesen als zuvor. Deshalb und natürlich aufgrund der Tatsache, daß er mit einer weißen Frau zusammenlebte, konnte Simon nicht mehr in seine Heimat zurück.

Im Laufe der Jahre sah ich ihn vor Gram vergehen. Als ich ihn kennenlernte, war er bereits in mittlerem Alter; aber er war immer noch ein eindrucksvoller Mann, über einsneunzig groß und mit den Schultern und dem Brustkorb eines Gladiators ausgestattet. Doch allmählich ließ er die Schultern hängen, und die Knochen wurden sichtbar; er fing schwer an zu trinken, und nach ein paar Jahren waren seine Reflexe unsicher und die Hände zitterten ihm. Der Alkohol und das Klima taten ein übriges, um die Gicht in seinem linken Fuß zu verschlimmern, woraufhin er noch mehr trank, um die Schmerzen zu betäuben, was die Schmerzen aber nur noch schlimmer machte.

Von Bridget dazu ermuntert, hatte er angefangen, seine Gedichte ins Englische zu übersetzen; sie selbst redigierte die Übersetzungen und bereitete sie für die Veröffentlichung vor. Anfangs war es reine Lyrik; die meisten Gedichte waren in feinen, freien Rhythmen abgefaßt und fielen durch knappe, gleichwohl überzeugende Bilder auf, die an Césaire Aimée erinnerten. Nach und nach jedoch wurden sie heftiger und morbider, ja, apokalyptischer. Mehrere angesehene Zeitschriften veröffentlichten seine Arbeiten, und einmal gab es sogar im *Times Literary Supplement* einen Artikel über Simon. Das war das einzige Ventil, das er für sein Leiden hatte: Worte, an denen er fast erstickte wie an Blut.

Bridget erhielt sie mit ihrer Arbeit als Sekretärin am Leben. Doch für ihn, der den uralten Stolz des Zuluherrschers Chaka im Blut hatte, stellte dies die endgültige Demütigung dar. So kam er zur Politik. Ich weiß nicht genau, welche Stellung er beim ANC bekleidete, als wir uns kennenlernten – und ich nehme an, daran läßt sich ablesen, wie wenig ich mich damals für Politik interessierte! – aber er gehörte zu den Führern und beeindruckte sein

Publikum bei Protestmärschen und Versammlungen auf dem Trafalgar Square mit seiner stillen Würde und der wohltönenden, tiefen Stimme, die er besser einzusetzen verstand als so mancher Schauspieler, mit dem ich zusammengearbeitet habe. Ich kann mich an kein einziges Mal erinnern, daß es so klang, als hielte er eine Rede; jeder Satz verriet Betroffenheit und tiefe Überzeugung eines Mannes, der bereit ist, sich voll und ganz für eine Sache einzusetzen.

Als die innerlichen Schmerzen ihn immer mehr verzehrten, wurden seine öffentlichen Auftritte seltener, jedoch aus gerade diesem Grund immer unvergeßlicher. Nur wenige von uns wußten, wie gern er all dies gegen die schlichte Freude eingetauscht hätte, daheim wieder in der Sonne zu sitzen und Verse in Zulu zu schreiben, die niemals gedruckt werden würden.

Ich lernte ihn auf einer Party in Stepney kennen, zu der Beverley mich mitgenommen hatte; es fiel also noch in meine Belsize Park-Zeit. An der Party nahmen noch mehrere andere Südafrikaner teil, Schwarze und Weiße, darunter ein junger afrikaaner Journalist, der auf seiner ersten Auslandsreise gerade in London eingetroffen war: ein blitzgescheiter Bursche, Hennie Cilliers, aber noch blutjung, absolut in seinen Überzeugungen und ausgestattet mit dem übertriebenen Selbstvertrauen eines jungen Hundes – die Art junger Mann, der für all die vielen Antworten nicht genügend Fragen findet.

Mir war aufgefallen, daß er und Simon in einer Ecke ein ausgedehntes Gespräch geführt hatten; und da ich Simons politische Überzeugungen und Verbindungen kannte, überraschte mich das. Da ich selbst mit jemand anders an einem Fenster in ihrer Nähe stand, bekam ich einen Teil ihrer Unterhaltung mit. Sie hatte überhaupt nichts mit Politik zu tun. Die beiden tauschten Erinnerungen aus und erzählten sich Geschichten, die sie erlebt hatten – und das offensichtlich mit viel Vergnügen: *Erinnerst du dich...? Erinnerst du dich...? Wann warst du das letztemal in Johannesburg...? Kennst du X...? Kennst du Y...?* Das war nicht nur belangloses Geplauder. Ihre Unterhaltung verriet echte Begeisterung, einen Eifer, der mir inmitten des üblichen höfli-

chen Cocktailpartygeschwafels durchaus auffiel. Was mir besonderen Eindruck machte und was der junge Cilliers vermutlich überhaupt nicht merkte, war etwas an Simons Haltung, die ich nicht anders als väterlich bezeichnen kann, so als bemühte er sich mit Bedacht und Geduld um diesen seinen jungen weißen Sohn. Später am Abend, nachdem die meisten anderen gegangen waren, kam es zu einem Gespräch zwischen Simon und mir. Ich erwähnte Cilliers. »Ich begreife nicht, wieso du soviel Geduld mit ihm gehabt hast«, beschwerte ich mich. »Er ist ein so frecher junger Köter!«
»Gib ihm Zeit«, sagte Simon lächelnd. »Er ist noch sehr jung. Laß ihm für eine Weile seinen eigenen Kopf – früher oder später wird er entdecken, daß auch er zu Afrika gehört.« Um dann, ohne jede Vorahnung, nur mit einer kaum merklichen Verengung der Augen, hinzuzufügen: »Genauso wie du.«
»Ich sehe nicht ein, wieso Afrika was damit zu tun hätte«, erklärte ich ausweichend.
»Wie lange lebst du jetzt schon hier?«
»Fast zwei Jahre.«
»Bei manchen dauert es eben länger als bei anderen.«
»Ich gehe bestimmt nie wieder zurück«, erklärte ich verbissen.
Simon war nicht überzeugt. »Wahrscheinlich ist es bei mir reine Gefühlsduselei«, sagte er entwaffnend nachsichtig, »aber für meine Begriffe ist der Mensch wie eine Pflanze: hat er nicht ein Stück Erde für sich, um darin zu wachsen, mickert er vor sich hin und geht ein. Du weißt doch von dieser Pflanzeneigenschaft – wie nennt man sie doch gleich? – daß sie bedingungslos lichtwendig sind oder so: jedenfalls daß sie zur Sonne hin wachsen. Bei uns ist das entschieden anders: Wir müssen zum Süden hin wachsen.« Und plötzlich, mit einem Blick über meine Schulter in Richtung Beverly, die in einer anderen Gruppe stand, fragte er: »Habt ihr beiden vor zu heiraten?«
»Ich ... ich glaube nicht.«
Er legte mir die Hand auf die Schulter: »Joseph, wenn ihr aber doch heiraten solltet, mein Gott, dann solltet ihr wirklich gut zueinander sein! Denn dann bleibt euch nichts anderes mehr außer

euch selbst.« Er schickte sich an zu gehen, um sich nachschenken zu lassen, doch dann kam er erst noch einmal zu mir zurück: »Selbst wenn ihr nicht heiratet, tätet ihr gut daran, gut zueinander zu sein. Sonst schafft ihr es nicht weiterzumachen.«

Nach diesem Abend besuchten Beverley und ich ihn und Bridget ziemlich regelmäßig. Sie hatten eine recht große Wohnung in Highbury Hill, allerdings im Souterrain eines alten Hauses, in das nie die Sonne hereinkam. Warum zogen sie nicht in eine bessere Wohnung um? fragte ich sie häufig. Woraufhin Simon mir zur Antwort gab: »Das ist meine Art, Buße zu tun. So bleibe ich demütig. Wie manche Mönche, weißt du, die sich mit knotenbesetzten Stricken umgürten oder sich geißeln.« Er sagte das in einem gewissen leichtfertigen Ton, doch spürte ich, welcher Ernst sich dahinter verbarg. Und in der Tat hatte er etwas, das einen an den Heiligen Ignatius und andere wie ihn denken ließ, obwohl Simon wie so manche andere gläubige Menschen, die ich kennengelernt habe, für die Religion überhaupt keine Zeit hatte.

Nach dem Bruch mit Beverley setzte ich meine Besuche bei Simon und Bridget fort, ja, ich kam sogar häufiger als zuvor. Vielleicht war dies die einzige Freundschaft von Bedeutung in meinen ganzen Londoner Jahren. Möglicherweise ist der Ausdruck Freundschaft in unserem Fall auch mißverständlich: Ich hegte eine tiefe und aufrichtige Zuneigung zu ihm, und ich glaube, er erwiderte diese; trotzdem wurde unsere Beziehung bis ganz zum Schluß von einer Zurückhaltung und Rätselhaftigkeit bestimmt, die für eine gewisse Distanz zwischen uns sorgte. Aus diesem Grund erschütterte mich auch jener besondere Abend so tief, der einen solch nachhaltigen Einfluß auf das haben sollte, was sich später ereignete.

Es war im Laufe meines achten Jahres in England, kurz nachdem ich in die Royal Shakespeare Company eingetreten war und während der Proben zum *Kaufmann von Venedig*, in dem ich den Prinzen von Marokko spielte. In der Tat liegt eine gewisse Ironie in der Tatsache, daß Simon mich ausgerechnet an diesem Abend besuchte, denn es bestand durchaus eine Verbindung zwischen ihm und meiner Interpretation der Rolle.

Die herkömmliche Auffassung von Marokkos Charakter war mir zu oberflächlich, zu offenkundig zu ›weiß‹: Ich wollte ihn nicht noch einmal als den überheblichen schwarzen Potentaten darstellen, der das goldene Kästchen wählt, weil es das kostbarste von den dreien ist: Ich wollte nicht, daß er ›bekam was er verdient‹, als Portia ihn mit ihrem hochmütigen: »Erwünschtes Ende! . . . so wähle jeder, der ihm ähnlich sieht!« fortschickte. Ich denke, unter anderem wollte ich meinen Freunden beweisen, daß das Theater nicht so unverbindlich sein muß, wie sie immer behaupteten. Der Prinz von Marokko sollte ein Mann unserer Zeit sein und Portias Worte ein Vorwurf an jedes Publikum, das bereit war, ihr »Erwünschtes Ende!« zu unterstützen.
Die Wahl des goldenen Kästchens sollte zu etwas werden, das mit Marokkos Habsucht nichts zu tun hatte. Ich wollte mit diesem Vorgang deutlich machen, daß die eigentliche Schuld bei Porzia und ihrer ganzen anti-semitischen, anti-schwarzen Welt lag. Er sollte Gold wählen, weil er mit der geliebten Frau nur das kostbarste und edelste aller Metalle in Verbindung bringen konnte; und sollte sie sich als weniger wertvoll erweisen, sollte er sich erhaben abwenden, eine Parallele darstellen zu dem anderen großen Ausgestoßenen, Shylock, beeindruckend in seiner Würde bis zum Schluß. Und all das mußte schon mit den Worten, die ich bei meinem ersten Auftreten sprach, angelegt werden:

»Verschmähet mich ob meiner Farbe nicht,
der schattigen Livrei der lichten Sonne . . .«

In der RADA hatte man uns immer vor der Gefahr gewarnt, eine Rolle nach Vorbildern anzulegen, und so wollte ich meine Rolle frei von solchen gestalten, vor allem nicht nach dem sich anbietenden Beispiel von Sir Laurence Oliviers überragendem Othello vor einigen Jahren. Das einzige, was ich brauchte, war ein Punkt, von dem ich ausgehen konnte. Und wo konnte ich ein besseres Bild für meinen Marokko finden als in Simon?
Darum sah ich so etwas wie Ironie des Schicksals darin, daß er mich ausgerechnet besuchte, als ich an meiner Rolle arbeitete.

Ironisch auch, weil er an diesem Abend alles andere war als der Simon, den ich kannte und der mich zu meiner Interpretation inspiriert hatte.
Ich hatte mich in meiner Wohnung eingeschlossen, um an der großen Passage des zweiten Aktes zu arbeiten. Es war kalt, wir schrieben Mitte Februar, und die zarten Knospen der Roßkastanie vor meinem Fenster hatten spät noch Frost bekommen und waren schwarz geworden; drinnen jedoch war es behaglich warm; denn inzwischen verdiente ich genug, um mir meine Wohnung nach meinem Geschmack einzurichten, eine Heizung einzubauen und mir ein gewisses Maß an Gemütlichkeit zu leisten.

Soll Blei es in sich fassen? Lästrung wär's,
Zu denken solche Schmach . . .

Es klopfte, und als ich aufmachte, stand er da – Simon – die Flasche in der Hand, einen Fuß in dicke Wollsocken gehüllt, der schwere Army-Mantel triefnaß, und auf den breiten herunterhängenden Schultern hier und da eine Schneeflocke.
»Darf ich reinkommen?«
»Natürlich, Simon.«
Wankend trat er über die Schwelle und mußte sich erst einen Moment am Türrahmen festhalten; den linken Fuß zog er nach.
»Soll ich dich stützen?«
Schüttelnd wehrte er mich ab. »Laß mich in Ruhe!« sagte er und schlurfte auf unsicheren Beinen auf das Licht und die Wärme drinnen zu. Der Wein schwappte in der offenen grünen Flasche, die er in der Hand hielt, und spritzte auf seinen Ärmel. Er schüttelte die Tropfen auf meinen grob genoppten, weißen Teppich.
»Was ist denn mit deinem Bein los, Simon?«
»Gicht. Geht dich aber 'n Dreck an.«
Noch nie hatte ich ihn so aggressiv erlebt, und das verunsicherte mich total; ich hatte das Gefühl, vor einem Wildfremden zu stehen, der zufällig das Aussehen von Simon Hlabeni angenommen hatte.
»Warm hier drin«, sagte er. »Hübsche ästhetische Lebensweise.«

»Laß dir aus dem Mantel helfen!«
»Hände weg!« Wieder schüttelte er mit heftiger Bewegung meine Hand ab wie ein nasser Hund, der sich trockenschüttelt, und fummelte mit klammen Fingern an seinen Knöpfen herum. Die Weinflasche fiel zu Boden und hinterließ einen sich ausbreitenden roten Fleck auf meinem Teppich. Ich biß die Zähne zusammen, doch Simon beobachtete mich aus seinen glasigen Augen heraus so intensiv, daß ich nicht wagte, mich zu rühren. Schließlich sah er hinunter, lächelte die Flasche an und versetzte ihr mit dem bandagierten Fuß einen Stoß. »Kannst du haben«, sagte er. »Zu spät für Weihnachten, aber du kannst sie haben.«
Als ich mich hinunterbeugte, um die fast leere Flasche aufzuheben, streifte er mit Mühe seinen Mantel ab und warf ihn auf die Couch; ohne ihn sah er erschreckend ausgemergelt aus, was bei seiner großen Gestalt noch besonders auffiel.
»Was machst du gerade?« fragte er und fiel auf den Mantel.
»Ich arbeite an meiner Rolle – für die Royal Shakespeare Company.«
»Und was für eine Rolle spielst du in der Royal Shakespeare Company?«
»Marokko.«
»Marokko!« Er vollführte eine nichtssagende Geste. »Na denn, auf den Marokko.«
»Hast du nicht schon genug gehabt heute, Simon?« fragte ich vorsichtig.
»Prost, hab' ich gesagt! Laß uns also trinken. Auf diesen Marokko für die Royal Shakespeare Company, Gesellschaft mit beschränkter Haftung. – Es *ist* doch eine GmbH, oder?«
Die Frage bewußt überhörend, beschäftigte ich mich mit dem Getränkeschrank.
»Nun«, sagte er, als ich ihm das Glas reichte. »Auf den Marokko, also.« Doch als er seine Hand hob, hielt er plötzlich inne und sagte: »Wer zum Teufel ist dieser Marokko überhaupt?«
»Eine Gestalt aus dem *Kaufmann von Venedig*.«
»Natürlich«, sagte er. »Aus dem *Kaufmann von Venedig*. Hier sitzt du im Zentrum von London – jedenfalls nur ein kleines

Stück davon weg – und trinkst auf den Marokko im *Kaufmann von Venedig*, während rings um dich her die Welt in Trümmer fällt. Geht dir eigentlich jedes Gefühl für Anstand ab?«

»Was ist los mit dir heute abend, Simon?« fragte ich beunruhigt, verärgert und verloren. »Irgend was muß doch ganz und gar nicht stimmen.«

»Natürlich stimmt was nicht. Genau hier.« Emphatisch und mit unverhülltem Frohlocken drehte er langsam sein Glas um und leerte es auf meine spanische Tagesdecke.

»Paß auf, was du tust!« sagte ich scharf.

»Ich pass' sogar sehr genau auf, was ich tu'. Ich versau' dir deine bezaubernde Wohnung. Und willst du wissen, warum?« Er versuchte aufzustehen, verzog das Gesicht, als er den gichtigen Fuß bewegte, und fiel zurück auf die Couch. »Was hast du hier in London überhaupt zu suchen?« fragte er, und mir war nicht recht klar, ob er seinen offensiven Kurs weiterverfolgte oder das Thema wechselte.

»Ich arbeite als Schauspieler. Das weißt du sehr wohl.«

»Warum gehst du nicht nach Hause?«

»Das hier ist mein Zuhause.«

Diesmal schaffte er es aufzuspringen, und bevor ich ihn auffangen konnte, stolperte er und fiel halb auf mich drauf. Ich sah, wie er ausholte; dann landete seine geballte Faust auf meinem Ohr. Als ich versuchte, unter ihm hervorzukriechen, kippte der Stuhl mit uns um. Keuchend stand ich auf und stellte den Stuhl wieder hin. Simon blieb auf dem Boden sitzen, wo er den Wein verschüttet hatte.

»Mein Gott, Joseph!« murmelte er, inzwischen offenbar etwas nüchterner.

»Du mußt einfach zurück, Mann. Du hast hier nichts zu suchen. Überlaß es Menschen wie mir hierzubleiben. Verstehst du?«

»Nein«, erklärte ich kühl, entschlossen, ihn nicht noch einmal in Wut zu versetzen, aber genauso entschlossen, ihn nicht einfach seinen Kopf durchsetzen zu lassen. »Nein, Simon, ich verstehe dich überhaupt nicht. Ich bin glücklich hier, hier habe ich meine Arbeit, hier ist mein Leben.«

»Ha!« Das kurze Lachen brach tief aus seinem Inneren heraus. Aber er sagte nichts.
»Soll ich dir helfen?« frage ich.
»Kein Mensch kann mir helfen.« Griesgrämig und den Kopf in den Händen, blieb er auf dem Boden sitzen. Nach einer Weile sagte er dumpf: »Gib mir was zu trinken.«
»Schüttest du es diesmal nicht wieder aus?«
»Gib mir was zu trinken.«
Ich schenkte ihm das Glas voll und reichte es ihm. Auf dem flekkigen weißen Teppich sitzend, leerte er das Glas auf einen Zug, wischte sich mit dem Ärmel den Mund ab und betrachtete lange das leere Glas.
»Hast du jemals drüber nachgedacht ...«, sagte er plötzlich, das Glas immer noch ins Auge fassend. »Es gibt so viele Möglichkeiten, Selbstmord zu begehen. Du kannst dir die Pulsadern aufschneiden. Du kannst dich aufhängen. Kannst dich ertränken und dir eine Kugel in den Kopf jagen. Aber willst du mal wissen, was die sicherste Methode ist?« Er hob den Blick und sah mich dann so lange an, daß ich schon glaubte, er hätte den Gedanken verloren. Doch dann wiederholte er: »Weiß du, was die sicherste Methode ist, Selbstmord zu begehen? Weiterzuleben. Damit bist du erledigt.« Er schüttelte die letzten Tropfen aus dem Glas auf den Teppich und sagte: »Gib mir noch was. Und warum hilfst du mir nicht auf? Läßt du deine Gäste immer auf dem Boden sitzen?«
Merkwürdig: Es war, als ob der Wein ihn ernüchtert hätte, statt ihn betrunkener zu machen als er war. Nach diesem Glas, wieder auf der Couch, suchte er tastend in seinem Mantel herum.
»Was suchst du?«
»Nichts. Ich hab' nur was mitgebracht, das du ...« Ungeduldig zerrte er an den Manteltaschen herum. »Etwas, das du ... Da hab' ich's ja!« Es war eine kleine Schallplatte, eine Single.
»Leg die mal auf!«
Ich nahm sie ihm ab und warf einen Blick darauf. Es handelte sich um eine billige Platte aus Südafrika, Blechflöten-*kweal*-Musik aus den Townships.

»Leg sie auf!« sagte Simon ungeduldig. »Leg sie auf!«
Ich klappte den Plattenspieler auf, wischte die Platte ab und senkte den Tonarm. Die dünnen Laute ergossen sich in den Raum. Regungslos saß Simon da, bis die Platte zuende war.
»Spiel sie nochmal!« befahl er.
»Die andere Seite?«
»Nein, dieselbe Seite.«
Ich führte die Nadel zurück an den Anfang. Schweigend lauschte er.
»Spiel sie noch mal«, sagte er, als die Nadel das Ende erreicht hatte.
»Du bist sentimental, Simon«, schalt ich ihn.
»Spiel sie!«
Ich gehorchte, um ihm einen Gefallen zu tun. Wieder saß er regungslos da, wie entrückt, als ob er sich der Musik nicht einmal bewußt wäre, dem Anschein nach teilnahmslos und unergründlich.
Und so wahr mir Gott helfe, nach dem drittenmal sagte er: »Spiel sie!«
Mittlerweile versuchte ich nicht mehr, mit ihm zu streiten. Ich ließ mich in den Zauber des albernen Rituals hineinziehen und redete mir ein, es nur zu tun, um ihn nicht zu erzürnen, weil man einen Betrunkenen schließlich nicht frustieren soll; aber gegen meinen Willen ließ ich mich von der eigentümlichen Faszination der Musik einfangen und fast neugierig darüber nachzusinnen, wielange es wohl so weitergehen würde.
Ich weiß heute nicht mehr, wie oft wir die Platte spielten; später wartete ich nicht einmal mehr Simons Aufforderung ab. Vage sann ich darüber nach, wie eine solche Szene sich wohl bei Beckett oder Pinter machen und wie lange man es auf der Bühne wagen würde, sie zu wiederholen.
Und dann fing Simon an zu tanzen. Irgendwo im Laufe des Stükkes fing er an zu tanzen. Dabei kann man es kaum tanzen nennen, denn sein schmerzender Fuß brachte etwas Schweres und Unbeholfenes in die Bewegungen: er stand eigentlich nur vom Bett auf, trat in die Mitte des Raums und drehte sich langsam,

immer wieder um die eigene Achse, immer auf derselben Stelle, wie Seegras in der Tiefe der See, das sich sanft in der Strömung dreht und wiegt. Das ganze hatte etwas Groteskes, der Kontrast zwischen der Heimweh auslösenden, billigen Straßenmusik und dem gequälten Tier des großen, klapperdürren, schwarzen Mannes auf dem Fußboden: es war keine Befreiung, sondern das reine Leiden, das nackteste, preisgegebenste und unmenschlichste Leiden, das ich jemals erlebt hatte. Ich konnte die Augen nicht von ihm lassen. Es wäre ein Sakrileg gewesen, nicht hinzusehen, genauso, wie es ein Sakrileg war, es zu tun. Ich weiß nicht. Es war alles zu widersinnig, zu schrecklich.

Die Augen hatte er fest geschlossen und das Gesicht in aberwitziger Konzentration verzerrt, als ob sein ganzes Gesicht, sein ganzer Körper versuchte, sich in sich selbst zurückzuziehen, hinter diesen Augen, hinunter in das schwarze Loch lodernden, versehrenden, lautlosen Schmerzen; und unter den geschlossenen Lidern lösten sich, während er weitertanzte, Tränen und rannen ihm über die Wangen, liefen ihm in den Kragen, entquollen seinen geschlossenen Lidern. Er gab keinen Laut von sich, weder schluchzte er, noch holte er auch nur vernehmlich Atem – es waren nur die Tränen, die ihm unter den geschlossenen Lidern hervorquollen und übers Gesicht liefen, während er auf einer Stelle weitertanzte, gleichsam bis zum Boden schrumpfte und dann wieder größer und immer größer wurde wie eine schwarze Kerze, die kleiner wird und dann wieder größer und dabei herunterbrennt – und die Tränen liefen ihm übers Gesicht.

Die Platte schwieg schon lange, nur die Nadel kratzte immer noch mit einem harschen, grauen Laut in der letzten Rille, bis die Drehung zitternd in Bewegungslosigkeit überging – die Augen immer noch geschlossen, die Tränen immer noch auf seinem Gesicht.

Ich denke, wenn einer von den Jüngern Jesus bis tief in den Garten Gethsemane hinein gefolgt wäre, er hätte ähnlich empfunden wie ich an diesem Abend. Erst als ich es nicht mehr aushalten konnte, wandte ich mich von ihm ab, hob den Tonarm vom Plattenteller und stellte den Apparat ab, blieb jedoch so stehen, den

Rücken ihm zugewandt und mir bewußt, wie sehr meine Hand auf dem Tonarm zitterte. Nach einiger Zeit hörte ich, wie er sich bewegte, hörte die Couch quietschen; er setzte sich, doch ich konnte mich immer noch nicht umdrehen. Dann quietschte es nochmals, und er schlurfte über den Boden, legte mir die Hand auf die Schulter und sagte zu laut:
»Nicht weinen, Mann. Morgen geh'n wir nach Hause. Morgen geh'n wir nach Hause.«

Ich drehte mich um und sagte: »Du mußt heute nacht hierbleiben, Simon.«
»Aber nein. Ich gehe nach Hause.«
»Dein Zuhause ist zu weit weg.«
»Ich weiß, daß mein Zuhause zu weit weg ist. Ich will ja bloß zurück nach Highbury Hill. Mach dir um mich keine Sorgen. Komm, trinken wir noch ein letztesmal auf deinen Marokko.«
Er schien Katz und Maus mit mir zu spielen: ich konnte bei seinem trunkenen Gerede nicht mehr zwischen Klarsichtigkeit und Fieberwahn unterscheiden. Außerdem weigerte er sich strikt, über Nacht zu bleiben, so daß mir gar nichts anderes übrig blieb, als ihn heimzubringen. Wie sollte ich ihn in diesem Zustand mutterseelenallein auf die Straße lassen? Aber es war vertrackt. Für Busse war es bereits zu spät, und ein Taxi durfte ich nicht rufen (damals gestattete ich mir bereits den Luxus eines Telephons), also mußten wir laufen, ganz bis nach Highbury und er mit der Gicht im Fuß! Alle Augenblicke mußten wir stehenbleiben; manchmal war es reine Sturheit, er weigerte sich weiterzugehen, um mich zu überreden zurückzugehen:
»Warum läßt du mich nicht allein? Warum gehst du nicht zurück in deine geheizte Wohnung mit der spanischen Tagesdecke und dem Wollteppich und deiner Royal Shakespeare Company? Ich komm' schon zurecht.«
Manchmal brach er in lange Tiraden in Zulu aus und hielt darin nur inne, wenn ein einsamer Fußgänger vorüberkam, dem er dann zurief:
»Du kannst mich mal!«

Wenn ich versuchte, ihn zu beruhigen und ihm Vorhaltungen machte, fuhr er mir über den Mund und sagte: »Warum soll ich das nicht sagen? Die Welt braucht unbedingt jemand, der ihr klipp und klar sagt: ›Du kannst mich mal am Arsch lecken!‹«
Dann wieder verstummte er und schlurfte schweigend und unter Schmerzen neben mir her; schließlich mußte man weiter, um im schwarzen Schnee der Nacht nicht zu erfrieren; doch nach ein paar hundert Metern verlangsamte er seinen Schritt wieder, blieb unter einer Straßenlaterne stehen, stieß weißen Atem aus und murmelte betrunken:
»Wäre ich ein Mann, hätte ich mit Engelszungen gesprochen. Weiß du, was Engelszungen sind?«
»Nein. Und jetzt komm, Simon!«
»Natürlich nicht. Du kannst ja überhaupt nicht mehr anders sprechen als mit *A*ngelszungen.«
»Komm weiter, Simon, bitte. Bridget wartet auf dich.«
»*Bridget* und auf mich warten?« Er brach in Gelächter aus und hielt sich am Laternenpfahl fest, um nicht zu fallen – in seinem langen Mantel ein völlig unwirklicher Anblick.
»Komm schon, Simon!«
Dann bogen wir in die Highbury Hill Road ein und standen vor seinem dunklen Haus, torkelten die schmutzige, kaputte Treppe bis zur Tür der Kellerwohnung hinunter, wo er sich mit den Schlüsseln abmühte; und endlich waren wir drinnen.
»Da wären wir«, sagte ich. »Gott sei Dank. Wo ist Bridget?«
Er ging von einem Zimmer zum anderen und knipste dabei überall das Licht an.
»Weck sie doch nicht auf!« bat ich. »Bitte, sei doch vernünftig, Simon.«
»Vernünftig?« Mit blitzenden Augen fuhr er herum und packte mit seinen großen, knochigen Händen die Revers meines Mantels. »Vernünftig? Komm, ich werde's dir zeigen.«
Ich sträubte mich, doch er war erstaunlich stark und zwang mich, zusammen mit ihm ins Schlafzimmer zu gehen. Er machte das Licht an.
»Nein, Simon!«

»Doch!« rief er laut und schob mich durch die Tür.
Das Bett war ungemacht und von Bridget keine Spur.
Immer noch begriffsstutzig, fragte ich: »Ist sie nach dir suchen gegangen?«
»Sie ist irgend*was* suchen gegangen. Aber nicht mich.«
Mein Gesicht erschlaffte. »Wann ist sie fortgegangen?«
»Heute morgen. Sie hinterließ einen Brief, wie eine Geschichte aus *Women's Own*.«
»Aber . . .!«
»Ach, scher dich doch zum Teufel!« entfuhr es ihm.
»Ich werde heute nacht bei dir bleiben.«
»Ich will dich nicht hier haben!«
Als ich versuchte, seinen Arm zu ergreifen, schüttelte er mich mit einer Heftigkeit ab, daß er dabei hinfiel und sich am Türblatt die Augenbraue aufschlug. Als er sich wie benommen aufsetzte, rann ihm eine Blutspur über den Backenknochen.
Ich hockte mich hin, um ihm zu helfen.
»Laß mich in Ruhe!« sagte er.
»Aber du blutest, Simon!«
»Das ist kein Blut«, erklärte er bewußt theatralisch. »Das sind rote Tränen.«
Diesmal war ich es, der sich wie benommen hochrappelte und den Flur bis zur Küche hinunterging; hatte dann einen Einfall und machte Kaffee. Zuerst lehnte er ihn ab – immer noch auf dem Fußboden sitzend – dann jedoch nahm er eine Tasse und trank das starke heiße Gebräu. Das schien eine gewisse Wirkung auf ihn auszuüben, denn nach einer Weile sagte er ziemlich ruhig:
»Du gehst jetzt am besten nach Hause, Joseph. Ich komm' schon zurecht.«
»Aber wie . . .? Ich meine . . .«
»Früher oder später werde ich dem ins Auge sehen müssen, oder?« Die Heftigkeit in seiner Stimme schwand, und in fast väterlichem Ton sagte er: »Es ist spät. Du mußt nach Hause gehen.« Um mit tieferer Stimme und schmerzlich bedeutungsvoll hinzuzufügen: »Du mußt nach Hause zurückkehren.«

»Soll ich dich nicht erst zu Bett bringen?«
»Nein. Mit mir ist alles in Ordnung. Du brauchst jetzt ein wenig Schlaf. Du hast morgen zu arbeiten.« Und als ich bei der Wohnungstür angelangt war: »Ich hoffe, der Prinz von Marokko wird ein großer Erfolg.«

Sofern man eine Veränderung überhaupt mit einem ganz bestimmten Ereignis in Verbindung bringen kann, bedeutete diese Nacht mit Simon für mich den Wendepunkt. Doch daß dieses Erlebnis einen so nachhaltigen Einfluß auf mich ausübte, lag einzig und allein daran, daß irgendein anderer verborgener und unbewußter Prozeß weit genug fortgeschritten war, so daß ich mir dessen bewußt werden konnte. Und da dieser Prozeß sich so im Verborgenen vollzog, erweist es sich als besonders schwer, ihn nachzuvollziehen.
Nachdem ich meine Ausbildung bei der RADA abgeschlossen hatte, bot man mir in einer Haymarket-Aufführung eine kleine Rolle an, die des Sohnes in Pirandellos *Sechs Personen suchen einen Autor*. Immerhin, es war ein Anfang. Gleich im Anschluß daran nahm ich das Angebot einer Wandertruppe an. Diese Entscheidung fiel mir nicht leicht, denn ich hatte eine Heidenangst vor der Provinz und wäre viel lieber in London geblieben. Gleichzeitig jedoch wollte ich soviel Bühnenerfahrung sammeln wie irgend möglich. Drei Jahre hindurch zog ich mit dieser Truppe durchs Land und spielte insgesamt fünfzehn oder sechzehn verschiedene Rollen, eine unglaubliche Mischung, zu der praktisch das gesamte Spektrum von den Klassikern bis zu den Salonkomödien gehörte. In vieler Hinsicht war das nervenaufreibend: eine endlose Abfolge von drittklassigen Hotels, schlechter englischer Küche, unberechenbarem Publikum, Intrigen und Streitereien innerhalb des Ensembles, schmierigen Garderoben und hoffnungslosen Heizungen. Aber es war eine Erziehung, die ich um keinen Preis hätte missen wollen; und dadurch, daß ich möglichst billig lebte, konnte ich zum erstenmal in meinem Leben etwas auf die hohe Kante legen.
Die Tourneen boten auch noch andere Vorteile: während meine

Kollegen soffen oder sich auf ihrem Zimmer mit Mädchen verlustierten, durchstreifte ich die Straßen von Birmingham, Manchester oder Liverpool und studierte die Menschen; außerdem trieb ich meine Lektüre weiter voran und besuchte die Museen in der Provinz. In der Tate Gallery hatten mich bereits die Präraffaeliten in ihren Bann geschlagen: jetzt konnte ich meiner Leidenschaft für die Malerei ganz nachgehen. Nie verließ ich Manchester, ohne die City Art Galleries aufzusuchen und mir Millais' *Herbstlaub* anzusehen: ich war jedesmal aufs neue hingerissen, wie dieser Maler es fertigbrachte, so gefährlich nahe an Gefühlsduselei heranzukommen, ohne indessen jemals wirklich in den Kitsch abzugleiten. Noch heute erinnere ich mich an jede Einzelheit in diesem Bild: die Schönheit der vier jungen Mädchen, von denen zwei im Körper und in den Augen bereits die voll erblühte Weiblichkeit erahnen ließen, und dies wiederum auf so romantische Weise und doch so verhalten in Gegensatz gesetzt zu dem Blätterhaufen, der bereits eine Ahnung vom Tod vermittelt. Das war die wahre Unschuld der Welt vor dem Niedergang, vor Raffael; gleichzeitig war es zeitgenössische wirkliche und kompromißlose Kunst. Dies Gemälde allein entschädigte in reichem Maße für die Frustration einer langen Tournee.
Doch nach und nach brach sich die alte Rastlosigkeit wieder Bahn. Das hier war nicht das Theater, von dem ich mein Leben lang geträumt hatte. Sehr real wandelte mich so etwas wie Angst an, immer noch in dem langen Prozeß des Wartens darauf begriffen zu sein, daß irgendwann irgend was passierte. Es war so leicht, das ganze Leben hindurch mit dieser Theatergruppe durch die Lande zu ziehen und vor einem ausverkauften Haus in der Provinz nach dem anderen zu spielen, bis auch ich schließlich auf dem unvermeidlichen Blätterhaufen landete und nichts, aber auch gar nichts vorzuweisen hätte. Dagegen wehrte sich alles in mir.
Wie vor Jahren Dulpert, ging auch mir auf, daß ich eine ›freie Phase‹ brauchte. Und ungerührt vom Zorn und der Fassungslosigkeit meiner Direktion kündigte ich am Ende einer Tournee, löste mich von der Truppe und reiste auf den Kontinent hinüber.

Ein paar Monate hindurch war das Reisen für mich Selbstzweck – Holland, Belgien, Frankreich, Italien. Dann ging ich systematischer vor. Erst verbrachte ich einige Zeit in Deutschland, hauptsächlich um soviele Aufführungen des Berliner Ensembles wie möglich zu sehen; in Paris studierte ich dann ein Semester als Schüler von Lecoq und wohnte möglichst vielen Barrault-Proben bei. Und dann folgte ich der Sonne nach Spanien.
Bald nach meiner Ankunft in Madrid hörte ich vom Festival von Pamplona und verlor keine Zeit, dorthin zu fahren. Meine erste Corrida-Erfahrung machte mich krank und erfüllte mich mit Abscheu; doch nach drei Tagen war ich ein *aficionado*. Ich glaube, im Laufe von zehn Stierkampf-Tagen tiefere Einsichten in das Wesen des Theaters gewonnen zu haben als in der gesamten Zeit bei der Wanderbühne. Stierkampf – das war das reine Schauspiel, war Theater in seiner elementarsten Form und hatte ebensosehr etwas von der Präzision des Balletts wie von der Extravaganz des Circus: er zwang mich zurück zu den Quellen der Tragödie. Ich kaufte mir ein spanisches Wörterbuch sowie ein Lehrbuch für Autodidakten, verkroch mich nach dem Festival in eine billige Pension in Salamanca und vertiefte mich wie berauscht in den *Don Quijote*, Calderon, Lorca und Unamuno: nicht auf der Suche nach Spanien, sondern nach mir selbst.
Was bei der ganzen Sache herauskam, war ein mir immer noch unerklärliches, gleichwohl stärker werdendes Gefühl des Ungenügens, eine quälende Erfahrung, die ich durchmachen mußte, um endlich zum eigentlichen Sinn des Theaters vorzustoßen. Schauspielen als solches war nicht genug. Es ging nur darum, auf der Bühne eine Stunde der Wahrheit zu erfahren, die genauso befreiend war wie die des Matadors in der Arena. Und dieses Erlebnis mußte zu einem Brennpunkt des tastenden Denkens und Fühlens einer ganzen Gesellschaft werden. Es ging darum, sämtliche Barrieren der Konvention niederzureißen; ähnlich wie in Brooks *US*, ein Stück, das ich in London gesehen hatte und das für mich zu einer der schockierendsten und anregendsten Erfahrungen meines Lebens gewesen war. Gleichwohl sollte es weniger aberwitzig experimentell sein als das Living Theatre, das

ich in Amsterdam gesehen hatte. Doch wie? Nächtelang schlug ich mich mit diesem Problem herum. Man sollte wirklich zu einer mittelalterlichen Daseinsform zurückkehren, mit Troubadouren und Gauklern von Stadt zu Stadt ziehen und auf staubigen Marktplätzen spielen ... Dies im Hinterkopf, las ich jeden Artikel über die *Barraca*-Gruppe, mit der Lorca vor ein paar Jahrzehnten auf *paseos* und *plazas* auch noch der kleinsten spanischen Städte aufgetreten war, um Stücke vor den vielen hungrigen Menschen aufzuführen, die gekommen waren, um ohne Geld zu kaufen und zu essen, ja, Wein und Milch zu trinken.
Doch was konnte *ich* tun? Und wie es anfangen?
Jedesmal landete ich bei denselben Fragen. Im ersten Augenblick schien keine Lösung greifbar. Doch Unzufriedenheit, Leidenschaft und Ruhelosigkeit setzten mir weiterhin zu, so daß ich vorbereitet wurde, später auf Simons Herausforderung reagieren zu können.

Es gab andere Augenblicke außerhalb des Theaters, die dazu beitrugen, daß mein Aufbegehren allmählich heftiger wurde. In Amsterdam lernte ich bei einer Gemäldeausstellung an der Keizersgracht Annamaria kennen. Es herrschte ein unerträgliches Durcheinander. Die Bilder waren nicht schlecht, aber die Galerie war hoffnungslos überfüllt; das Ganze wirkte wie ein langsam sich drehendes Karussell von Fleisch und greller Mode. Dabei kam ich mehrere Male an demselben großgewachsenen, dunklen Mädchen vorüber; beim dritten oder viertenmal sorgte ich dafür, daß wir beide in derselben Ecke landeten. In der Schar der überwiegend modebewußten Gesellschaftsmenschen wirkte sie in ihrer ausgebleichten blauen Denim-Jacke auffallend nicht-dazugehörig; den Hosenschlitz ihrer Jeans hielten ein paar aufs Geratewohl hineingesteckte Sicherheitsnadeln verschlossen. Ihr kurzes schwarz-gelocktes Haar umrahmte ein schelmisches Gesicht mit dunklen Augen darin; aber was mich besonders faszinierte, waren ihre schmutzigen und farbverschmierten Hände mit den langen, nervösen Fingern und den abgekauten Nägeln. Sogar auf der linken Wange hatte sie einen blauen Farbfleck.

Wir redeten eine Weile. Sie sagte mir, sie heiße Annamaria; ihre Mutter sei Holländerin, ihr Vater Argentinier, der jedoch schon frühzeitig aus ihrem Leben verschwunden wäre; sie selbst sei Künstlerin. Doch die überfüllte Galerie war zu bedrückend für ein ernsthaftes Gespräch, und als ich sie begierig nach der Tür Ausschau halten sah, schlug ich impulsiv vor:
»Laß uns hier rausgehen.«
»Bitte!«
Ich bahnte ihr eine Gasse durch die Menge; wir stiegen die schmale holländische Treppe hinunter, traten in die feuchte Luft hinaus und gingen ungeachtet der Abendstunde spazieren. Vom Hauptbahnhof kommend, näherten wir uns dem Rotlichtbezirk, der sich mit dem riesigen Neonschriftzug *Jesus ruft dich!* ankündigte; und suchten uns langsam wieder den Weg in Richtung Amstel. Gegenüber dem Münzturm sagte sie: »Hast du Lust, einen Kaffee mit mir zu trinken! Ich lebe auf einem Hausboot. In der Nähe des Westermarkt.«
Eine merkwürdige Einkehr war das – hinunter auf das Boot, das unterhalb des Marktplatzes vertäut war; alles war dunkel, als wir dorthin kamen, doch als sie die Luke hochhob, erkannte ich, daß der Laderaum unten nur schwach von einer Laterne erhellt wurde, die tief von der Decke herunterhing. Überall in dem warmen, dämmerigen Bauch des Bootes schlichen Katzen umher, mindestens ein Dutzend: schwarze, graue, getigerte, falbfarbene und Siamkatzen. Das erste, was Annamaria tat, war, rohes Fleisch aus einem Schrank zu holen und es im Laderaum zu verteilen – woraufhin von allen Seiten schattenhafte Wesen kamen, die näherschlichen, um sich einen Brocken zu holen und damit in die dunkelste Ecke zurückzukehren, wo sie geräuschvoll anfingen zu fressen und den ganzen düsteren Bootsrumpf mit ihrer tierhaft schlingenden Gegenwart zu erfüllen. Es war wie eine Rückkehr zu primitiven Ursprüngen; das nahezu unmerkliche Schwanken des Schiffes auf dem schwarzen Wasser hatte ein entsprechend leichtes Pendeln der Laterne an ihrer Kette zur Folge; all das war eine blinde und tröstliche Lebensform für sich; in diesem Halbdunkel waren wir wie Jonas im Bauch des Fisches.

»Ich setz' jetzt Kaffeewasser auf«, sagte sie.
Ich packte sie beim Handgelenk und hielt sie zurück: »Später.«
Sie sah mich an, woraufhin ich sie näher an mich zog und sie küßte. Auch wir waren wie Tiere in dieser Nacht, schöne Tiere. An einem Ende des Laderaums von einer Schiffswand bis zur anderen erstreckte sich in einer Höhe von mindestens zweieinhalb Metern eine Art Plattform. Man mußte eine Strickleiter hinaufklettern; die gesamte Plattform war mit Wolldecken übersät wie mit Tierfellen und bildete ihre Schlafstatt; und dort, in dem gemächlichen Schaukeln des Bootes, liebten wir uns die ganze Nacht hindurch vor dem Hintergrund des Schnurrens und Knurrens unzähliger Katzen.
Zehn Tage lang blieb ich bei ihr, praktisch ohne jemals ans Tageslicht zu kommen; der Rückzug war vollkommen.
Sie zeigte mir ihre Bilder – großformatige Leinwände, mindestens zwei Quadratmeter groß, die sie zunächst mit kochendem Teer bestrich und danach mit Gold oder Silber überzog, ehe die eigentliche Malerei begann, deren Muster weitgehend von den Konturen des festgewordenen Teers bestimmt wurden. Ihre Arbeiten hatten etwas stark Byzantinisches – wie die Glasmalereien von Heiligen, Engeln und Dämonen; dabei war Annamaria geradezu blasphemisch antireligiös.
Wir redeten sehr viel, und es waren niemals oberflächliche Gespräche: Annamaria weigerte sich, allzu einfache Antworten zu akzeptieren, sie besaß den scharfen, kompromißlosen Verstand eines Jesuiten.
Häufig begannen diese Gespräche auf eine täuschend gewöhnliche Art: Eines Abends fragte sie mich nach meinem Alter. Achtundzwanzig, sagte ich – was genau ihrem Alter entsprach. Ob ich Angst vorm Älterwerden hätte? fragte sie.
»Nein«, erklärte ich. »Ich denke, die Zeit von Zwanzig bis Dreißig ist das beste Lebensalter: Man hat immer noch die Energie wie mit zwanzig, und außerdem hat man einiges an Weisheit erworben.
»Kommt darauf an, was du unter ›Weisheit‹ verstehst.«
»Ich würde meinen, Weisheit ist die Fähigkeit, alles, was man

tut, äußerst bewußt zu tun und gleichzeitig die volle Verantwortung dafür zu übernehmen.«
Sie schnitt eine Grimasse. »Ich glaube, Weisheit ist ganz einfach die Fähigkeit, sich anzupassen.«
»Dann könnte man ja sogar die Pawlow'schen Hund weise nennen. Und ein Mensch ist doch mehr als das.«
»Was verstehst du unter ›mehr‹?«
»Man ist imstande, Dinge zu deuten. Es ist mehr als nur leben; man kann sogar Sinn darin finden zu leben.«
Unerbittlich fuhr sie fort: »Und was verstehst du unter ›Sinn‹?«
»Jene Eigenschaft, die etwas zu mehr macht als der Summe seiner Teile.«
Sie stieß ein verächtliches Schnauben aus. »Du bist hoffnungslos romantisch. Es hat keinen Zweck, nach Sinn zu suchen, wo keiner ist. Würde mich nicht wundern, wenn du sogar an das Übernatürliche glaubst.«
»Nein, nicht an das Übernatürliche«, erklärte ich. »Aber ohne Zweifel an etwas, das ich Sinn für Rätselhaftes nennen würde.«
»Jemand, der auf der Suche nach Wundern ist, stolpert nur allzu leicht über die Steine der Realität.«
Jetzt war ich es, der fragte: »Und was verstehst du unter ›Realität‹?«
»Das hier.« Sie vollführte eine weitausholende Geste und umfaßte mit dieser Bewegung das ganze Innere des Bootes. »Bretter, Bilder, Katzen, eine Strickleiter, Wolldecken.« Dann legte sie ihre farbverschmierte Hand auf mein Glied – wir saßen beide nackt auf ihrem Hochbett – und wartete eine Weile, bis sie spürte, wie es sich in ihrer Hand rührte; woraufhin sie spöttisch auflachte und sagte: »Das ist wirklich real. Jedenfalls nichts Abstraktes wie ›Glauben‹, ›Hoffnung‹ oder ›Wohltätigkeit‹. Auch nicht die Vergangenheit, denn die ist vorbei. Und auch nicht die Zukunft, denn die bleibt nicht. Nur das Hier und Jetzt.«
»Das bildet deine Realität. Ich aber habe meine eigene. Jeder schafft sich seine eigene Realität.«
»Quatsch! Niemand schafft jemals Realitäten, immer nur Illusionen. Weil du nicht den Mumm hast, es so zu sehen, wie es ist.«

»Ich glaube, so leicht ist es nicht, Annamaria!« protestierte ich. »Ich kann etwas von allen Seiten betrachten und in allen Einzelheiten untersuchen und brauche es trotzdem nicht zu kennen. Deshalb muß ich in *meiner* Realität vielen Möglichkeiten Raum lassen.«

»Und angenommen, diese Möglichkeiten schließen einander aus und werden zu Widersprüchen?«

»Möglich, daß das zu der Weisheit gehört, über die wir reden: daß man lernt, mit seinen Widersprüchen zu leben.«

»Unsinn! Widersprüche sind etwas, womit man der Realität ausweicht. Die gesamte wissenschaftliche Entwicklung unseres Jahrhunderts hat der Aufklärung von Widersprüchen gegolten. Realitäten sind Fakten, keine Möglichkeiten. Manche davon kennt man vielleicht noch nicht, doch das macht keinen Unterschied – es gibt sie einfach.«

»Na, schön«, sagte ich vielleicht in dem Bemühen, dem Streitgespräch zu entgehen. »Dann werde ich mich mit deinen Fakten begnügen.« Und so schob ich ihr in der warmen, fruchtbaren Dunkelheit wieder die Beine auseinander. Halb im Scherz und halb im Ernst flüsterte ich:

»Doch ach! Solang, so weit,
Warum den Leib nur leugnen?
Er gehört uns, wiewohl beider Leiber längst nicht ›wir‹ sind . . .«

Sie erstarrte. »Was ist das?«

»Hat Donne gesagt. Kennst du das nicht?«

»Joseph!« erklärte sie geradezu bösartig. »Hüte dich davor, mir jemals wieder was aufzusagen!«

»Hast du was gegen Poesie?«

»Poesie – alles schön und gut, wenn man sie schreibt oder liest. Aber benutz' sie nie wieder als Ersatz für das, was wir haben!«

»Wieso Ersatz?«

»Weil die Worte anderer es dir unmöglich machen, selber zu denken oder zu fühlen. Ich will wissen, ob du es bist, der in mir ist, nicht irgendsoein verdammter Donne oder was weiß ich. Hör auf zu schauspielern, Joseph, himmelherrgottnochmal! Fick mich lieber!«

Das Flußboot war eine Libido, aus der ich nach zehn Tagen wieder auftauchte – wie Jonas, den der Fisch ausspie, so daß er doch nach Ninive kam. Als sie sich an diesem Morgen nackt vornüberbeugte, um ihre dicken Wollsocken anzuziehen, verkündete sie: »Es ist Zeit für dich zu gehen. Von heute an werde ich wieder malen.« Noch Monate hinterher bereitete es mir einen Hochgenuß, mich in den Erinnerungsbildern dieser Tage zu ergehen: Wie sanft die Laterne hin- und herpendelte und das leichte Dümpeln des Bootes erkennbar machte, der düstere Bauch des Laderaums mit dem warmen Geruch von Leinsamenöl und Teer, Katzen, Mann und Weib: eine junge, farbenverschmierte Frau mit kurzen schwarzen Locken, die sich weiß und leidenschaftlich an meinen Körper schmiegte. Dabei wußte ich, daß es um mehr ging als nur um eine lebhafte Erinnerung. Ich war mir darüber im klaren, daß mit meiner Rückkehr in die Oberwelt ein Gedanke gekeimt und dem Unbewußten entschlüpft war wie eine Luftblase dem schlammigen Grund eines Flußbettes. Irgend etwas an meiner Art zu leben war durch Annamaria unwiderruflich entlarvt worden: etwas gleichsam aus zweiter Hand, ein ästhetisches Spiel, das an der Rückwand einer weltabgeschiedenen Höhle sichtbar wurde wie ein Schattenspiel und dort verfolgt werden konnte. Nachdem es mir einmal bewußt geworden war, bedeutete es den Beginn eines Rückkehrprozesses in die Welt und zur Sonne draußen.
Das war selbstverständlich ein sehr langsamer Vorgang, genährt vom Theater, das nach wie vor die wesentliche Dimension meines Daseins blieb. Wie der Zufall es wollte, deutete meine Rückkehr nach London einen ersten wirklichen Durchbruch an. Man trug mir die Rolle des Archibald in einer Aufführung von *Die Schwarzen* an, die ein Riesenpublikumserfolg war und mein Leben gleichsam über Nacht umkrempelte: Angebote liefen ein; jegliches Vorsprechen, bei dem man nie genau wußte, was dabei

herauskam, erübrigte sich für mich, und ich brauchte nicht mehr mit dem Hut in der Hand als Bittsteller dazustehen. Die Titelrolle in Büchners *Dantons Tod*, die Rolle des Trepljow in Tschechows *Möwe*, der Clarin in einer hypermodernen Inszenierung von Calderons *Das Leben ein Traum*; ich spielte den Jean in *Fräulein Julie* und den Sagrado im *Galileo*; und dann endlich wurde ich vom Royal Shakespeare Theatre in London engagiert und durfte als erstes im *Kaufmann von Venedig* mitspielen.
Die Krise kam sehr plötzlich auf eine völlig verrückte Weise und zudem zu einem Zeitpunkt, wo überhaupt kein Grund und keine Notwendigkeit dafür vorzuliegen schienen.
Wie gerädert nach einem besonders anstrengenden Probentag ging ich sehr früh zu Bett. Als ich aufwachte – das muß so gegen zwei, drei Uhr am Morgen gewesen sein – grollte ein ohrenbetäubender Donner, und eine Art unirdisches Wetterleuchten blendete mich. Vom Schlaf noch ganz benommen und wie gelähmt vor Angst, fiel ich fast aus dem Bett, wankte ans Fenster und zog die Vorhänge zurück. Draußen loderte taghell ein Feuer, und die Stadt rumorte, als wäre das Jüngste Gericht gekommen. Noch ganz gefangen in den letzten Überresten meines Traums, war mein erster Gedanke: *Es ist Krieg! Das muß die Atombombe sein!*
Mich immer noch am Vorhang festklammernd, murmelte ich laut und völlig unzusammenhängend so etwas wie: »Ich will hier raus! Das ist nicht unser Krieg, nicht meiner! Was habe ich damit zu schaffen?«
Es dauerte eine ganze Weile, bis ich merkte, daß es sich nur um ein Gewitter handelte, und kroch ziemlich belämmert zurück ins Bett. Aber ich konnte nicht wieder einschlafen, und am nächsten Tag wußte ich, daß in der Tat etwas sehr Einschneidendes mit mir geschehen war. Was ich wie schlaftrunken entdeckt hatte, entsprach nur allzu beunruhigend der Wahrheit: Ich war wirklich ein Fremder in London. Nach neun Jahren war ich immer noch ein Fremder. Die Stadt und die Menschen darin hatten mit mir nicht viel zu tun. Sie brauchten mich nicht, sie konnten sehr wohl ohne mich existieren; und wenn ich fortfuhr, mich an sie zu klam-

mern, drängte ich mich ihnen auf. Ob sie mich ließen oder nicht, ja, ob sie mir womöglich sogar ihre Gastfreundschaft anboten – darum ging es nicht. Ich war nicht notwendig, ich war überflüssig, ich war sogar so etwas wie ein Schmarotzer.

Zum erstenmal entdeckte ich einen Zusammenhang zwischen allem, was mir in den letzten Jahren widerfahren war: dem Bruch mit Beverley, den Frustrationen bei der Wanderbühne, dem Schock des Stierkampfes, Annamaria und Simons Besuch, der mich bis in die Grundfesten erschüttert hatte. Zum erstenmal konnte ich meinen Aufenthalt in London und die Art, wie ich mich an meine Arbeit klammerte, so sehen, wie sie sich in den Augen von Simon und Annamaria ausnehmen mußten. Mochte ich es noch so aufrichtig gemeint haben – in London war das Theater für mich zu einer Art Flucht geworden, so etwas wie Dilettantismus, etwas, das mir half, Problemen auszuweichen – genauso wie ich Annamarias Fragen ausgewichen war, indem ich ihr die Beine auseinandergeschoben hatte: hier konnte ich schöne Möbel, Bücher und Schallplatten sammeln, war ich ein Schauspieler im Herzen einer Gesellschaft, die alt und verfeinert und eitel genug war, sich den Luxus von Künstlern leisten zu können.

Im Herzen einer solchen Gesellschaft konnte das Theater nie zu dem werden, was ich von ihm verlangte. Nein, das stimmte nicht. Das Theater als solches konnte schon dazu werden; das Problem lag in mir selbst – *ich* war es, der in einer anderen Gesellschaft als meiner eigenen keine sinnvolle Rolle spielen konnte.

Eigensinnig sperrte ich mich gegen Simons Terminologie; doch letzten Endes war er der Katalysator, der meinen Entschluß zum Reifen brachte. Für ihn gab es keine Heimkehr, nicht einmal jetzt mehr, nachdem er Bridget verloren hatte; denn mittlerweile war er durch seine politische Vergangenheit kompromittiert. Aber ich konnte noch zurück, um meiner selbst willen, aber vielleicht auch um seinetwillen. Sofern ich wirklich an das Theater glaubte, für das Brook und die Corrida standen, mußte ich heimkehren und es im Herzen der einzigen Gesellschaft zum Tragen bringen, in die ich zufällig hineingeboren worden war und in die ich folglich gehörte. Ich hatte mich so lange von meinem Heimatland freigemacht, daß es einem schmerzlichen Schock gleichkam zu entdecken, daß ich im Grunde ohne Südafrika nicht überleben konnte.

Dabei war es nicht einmal eine richtige Entscheidung. Es war vielmehr das unausweichliche Ergebnis eines Prozesses, der an jenem ersten Tag in der Wohnung in Ovington Gardens begonnen hatte, als Janet zu mir ins Badezimmer gekommen war, um mit mir zu reden, während ich in der Wanne lag.

Damals hatte ich mir eingebildet davonzukommen. Jetzt mußte ich zurückkehren und wieder bei meiner Vorgeschichte anknüpfen. Die Jahre auf der Farm waren ein Prolog für Kapstadt gewesen und Kapstadt ein Prolog für London, und meine Jahre in London wiederum waren ein Prolog – für was? Das eben mußte ich herausbekommen, und mehr als das: Auf der Grundlage von allem, was bereits geschehen war, mußte ich mir selbst eine Zukunft schaffen.

Ich war dreißig Jahre alt. Jung genug, um noch zu glauben und etwas zu schaffen; aber auch alt genug, um es leid zu sein, einen Prozeß der Vorbereitung weiter voranzutreiben, der niemals Erfüllung finden sollte.

Und so kehrte ich zurück.

Nach Hause.

Viertes Kapitel

1

Meine Rückkehr hatte etwas sehr Privates, etwas, das zwischen mir und dem Kap bleiben sollte; als ob man nach vielen Jahren zu einer verlorenen Liebe zurückkehrte, ohne zu wissen, ob sich wieder etwas von der alten Nähe einstellt oder ob sie in der Zwischenzeit womöglich geheiratet hat. So schrieb ich niemand von meinen Heimkehrplänen.

Die Zollformalitäten waren rasch erledigt, doch gerade als ich gehen wollte, rief der Beamte hinter mir her:

»Hey, Sie da!«

Ich drehte mich um. Kein Zweifel, derjenige, den er meinte, war ich.

»Diese Bücher, die Sie da haben! Kommen Sie, die müssen wir uns genauer ansehen.«

Beunruhigt von seinem Ton, machte ich kehrt, um ihm den Stapel Bücher zu zeigen, die ich unterm Arm trug: ein paar Rollenbücher, die Gedichte des Heiligen Johannes vom Kreuz, Camus' *Carnets* und die große Phaidon-Ausgabe über die Bildwerke Michelangelos.

Mit einem mir völlig unverständlichen, aber unverhohlenen Mißtrauen machte sich der Zollbeamte in seinem blendend-weißen Safari-Anzug daran, in den Büchern herumzublättern und sie beiseitezuschieben. Dann fuhr seine Hand auf den Michelangelo hernieder: eine blasse, sommersprossenübersäte Hand mit borstigem rotem Haar zwischen den Knöcheln. Er schlug das Buch auf, sog die Luft ein und ließ sie mit einem scharfen »Aha!« wieder entweichen.

»Ist was?« fragte ich.

»Ob was *ist*?« Vernehmlich schnaubend blätterte er die Seiten durch. »Dieses Buch dürfen Sie nicht ins Land reinbringen.«

»Warum nicht?« fragte ich verblüfft.

Rasch trat er hinter dem Tisch hervor; das Buch hatte er fest

unter den Arm geklemmt. »Kommen Sie mit!« sagte er. »Es stellt ein ernsthaftes Vergehen dar, schmutzige Bilder ins Land zu schmuggeln.«
»Aber es ist Michelangelo!«
»Spielt keine Rolle, von wem sie sind. Kommen Sie mit! Und beeilen Sie sich!« Häßlich tauchten seine Knie zwischen den weißen Kniestrümpfen und den schlotternden weißen Shorts auf.
Das ganze verschlug mir die Sprache, und so folgte ich ihm in ein abgeteiltes Kabäuschen in der weiträumigen Zollabfertigung. Zwei Wände bestanden aus Draht. Er nahm drinnen Platz; wie eine Rhodeländer Henne im Hühnerstall scharrte er unter den Schreibfedern, Formularen, Kohlepapier und leeren Büroklammerschachteln.
»Ihr Name – Vor- und Nachname!«
»Joseph Malan.«
»Malan?« Vowurfsvoll sah er zu mir auf. »Das ist ein weißer Name.«
Ich wurde wütend. »Ist daran was auszusetzen?«
»Hören Sie!« sagte er und erhob sich dabei halb von seinem Stuhl. »Ich laß' mir von Ihresgleichen nicht dumm kommen, verstanden? Sie reisen mit Pornographie ins Land ein, und dann riskieren Sie noch eine große Klappe!«
»Ich möchte gern wissen . . .«
»Sie antworten, wenn Sie gefragt werden; und sonst halten Sie gefälligst den Mund, verstanden?« Lange funkelte er mich an, ehe er die blassen Augen erneut auf das Formular richtete und sich wieder hinsetzte. »Adresse?«
Ich nannte ihm die einzige Adresse, die mir im Moment einfiel: die von Gran'ma oben im District Six. Er notierte sie.
»Könnte ich eine Quittung für das Buch haben?« fragte ich, nachdem er endlich unterschrieben hatte.
»Eine Quittung?« fragte er aggressiv. »Bilden Sie sich etwa ein, ich hätte Zeit . . .«
Just in diesem Augenblick tauchte ein einzigartiger *deus ex machina* auf: ein abgerissener Wicht mit wirrem Schopf, großer, rotgeäderter Nase und einer Reporter-Kamera um den faltigen Hals.

»Mister Malan!« rief er aus. »Ich hab' gewußt, daß Sie es sind. Ich hab' mich bei der Agentur erkundigt, daher wußte ich, daß Sie an Bord waren. Mir geht so leicht keiner durch die Lappen!« Und bevor ich mich von meiner Überraschung erholt hatte, knipste er mit Blitzlicht.
»Was machen Sie hier?« fragte der Zollbeamte erbost.
»Presse«, sagte der abgerissene Unbekannte und zog eine Visitenkarte aus der Tasche. »Sind Sie fertig? Kann ich Ihre Berühmtheit jetzt übernehmen?«
»Berühmtheit?« fragte der Zollbeamte.
»Dieser Herr hat gerade einen Michelangelo-Bildband beschlagnahmt«, erklärte ich dem Journalisten.
»Unbezahlbar!« entfuhr es dem schmächtigen Männchen. »Ach, unbezahlbar! Könnte ich bitte ein Photo von Ihnen beiden mit dem Buch im Vordergrund haben?«
»Hinaus mit Ihnen!« schrie der Beamte. »Und zwar alle beide!« Als wir die Tür des Hühnerstalls erreichten, setzte er – offenbar ausdrücklich für mich bestimmt – hinzu:
»Sie werden noch von uns hören – wahrscheinlich vom Generalstaatsanwalt!«
»Sie werden noch von *uns* hören!« entgegnete mein Gefährte. »Lesen Sie nur Ihre Sonntagszeitung!« Er packte mich beim Arm und schob mich ungeduldig vor sich her. »Kommen Sie! Sie müssen mir alles erzählen! Ich halte Sie auch nicht lange auf!« Dann drückte er seine verschwitzte Hand in die meine. »Ich bin Davey Sachs. Jeder kennt mich.«
In der Ecke der riesigen Halle setzten wir uns auf ein paar Kisten; aufgeregt machte er dann sein Bandgerät zurecht. (»Eins, zwei, drei. Himmelherrgottnochmal! Eins, zwei, drei«.) Zehn Minuten später war alles bereit. »Okay?« fragte er keuchend. Der Schweiß lief ihm übers Gesicht. »Sie sind vom Theater; folglich wird Ihnen 'n Mikro nichts weiter ausmachen. Wo fangen wir an? Bei dieser Sauerei mit dem Zoll? Was war das für ein Buch, das sie beschlagnahmt haben?«
»Ein Michelangelo-Band.«
»Mein Gott, nicht zu fassen?« Pause. »Wie buchstabiert man

das?« Geduldig buchstabierte ich ihm den Namen. Dann wollte er unbedingt von Anfang an die ganze Geschichte hören. Erst als er ganz sicher war, daß sich wirklich nichts Melodramatisches weiter aus mir herausquetschen ließ, wandte er sich meinen Jahren im Ausland zu.
»Sie haben nie mit Olivier zusammen gespielt?«
»Nein.«
Schade. Ergibt aber trotzdem einen Aufhänger. Sie haben ihn doch bestimmt auf der Bühne *gesehen*, oder?«
»Selbstverständlich «
»Schön, mehr brauche ich nicht. Und jetzt erzählen Sie . . .«
Erst nach etwa einer Stunde waren wir fertig. Er rief nach Gepäckträgern, die meine Sachen zu seinem Wagen tragen sollten.
»Ich bin gleich wieder da«, sagte ich und entfernte mich. Nicht, weil ich unbedingt gemußt hätte, sondern weil ich ein paar Minuten Ruhe brauchte. Automatisch machte ich mich in die Richtung, in welche die meisten anderen Männer in der vergangenen Stunde gegangen waren. Kurz bevor ich eintreten konnte, berührte mich von hinten jemand am Arm. Ich blickte mich um. Lächelnd sah ein freundlicher junger Mann auf mich, machte eine warnende Geste mit dem Finger und zeigte auf das Schild über der Tür, auf dem es hieß:

Here – Gents
Slegs Blankes – Whites Only

Dann ging er um mich herum, die Tür schwang hinter ihm hin und her, und der Geruch von Desinfektionsmitteln und nicht mehr ganz frischem Fisch, der sich überall auf der Welt gleicht, schlug mir entgegen.
Wie benommen kehrte ich dorthin zurück, wo Davey Sachs und seine Armee von Helfern meine irdischen Besitztümer zu einem alten, verbeulten Volkswagen brachten. Ich war mir der Menschenmassen um mich herum nicht bewußt. Ein Auto, das mit kreischenden Reifen davonfuhr, hätte mich fast überfahren. Ich schluckte trocken, und meine Glieder waren bleiern.

Mein Gott, dachte ich, *ich bin zu Hause!*

Am Sonntag gab es einen langen, peinlichen Artikel in Daveys Zeitung. Man merkte, daß er Überstunden gemacht hatte, um die Geschichte so verständlich wie möglich darzustellen, denn der Bericht enthielt eine phantastische Zusammenfassung meiner gesamten Biographie und fand seinen Höhepunkt in der Konfrontation mit dem Zollbeamten. Hinzu kamen noch die Kommentare mehrerer anderer Leute. Von dem Beamten selbst wurde nur die lakonische Bemerkung abgedruckt: »Ich hatte keine Ahnung, daß Malan ein gebildeter Mann ist. Ich dachte, er wäre ein ganz gewöhnlicher Coloured.« Ein Minister beschrieb den Zwischenfall mit wenigen wohlgewählten Klischees als bedauerliches Versehen, das man bereits richtiggestellt habe und das maßlos übertrieben worden wäre. Irgendein Sekretär oder sonstwer fragte, »warum Malan eine fiktive Adresse angegeben hat, wenn er ein reines Gewissen hatte«?

Mein Gepäck deponierte ich in einem Schließfach im Hauptbahnhof. Davey muß mein Erstaunen über das neue Bauwerk bemerkt haben, denn er berührte mich vertraulich an der Schulter und sagte: »Nicht wiederzuerkennen, das gute alte Kapstadt, was? Tja, man sieht, hier ist der Wohlstand ausgebrochen. Darf ich Joseph zu Ihnen sagen? Nennen Sie mich Davey. Jawohl, Wohlstand! Wer war es noch, der gesagt hat: ›Gott hat versucht, uns mit Dürre, Heuschreckenplagen, Rinderpest und Kommunismus kleinzukriegen; doch als alles fehlschlug, schickte Er seine schlimmste Plage: den Wohlstand‹?« Er kicherte. »Und jetzt sind Sie wieder da, wie? Fein! Täte wirklich gut, wenn hier mal ein bißchen frischer Wind wehte, Mann. Aber bitte, eine Frage hätte ich, ganz unter uns... Himmel, ich will ja meine Nase nicht in Sachen stecken, die mich nichts angehen – aber ich kann nicht begreifen, warum Sie zurückgekommen sind. Und sagen Sie nicht, ich hätte Sie nicht gewarnt.«
Schließlich gelang es mir, ihn abzuschütteln. Noch lange, nachdem sein Auto im allgemeinen Verkehr verschwunden war, blieb

ich auf dem Bürgersteig stehen. Erst dann ging ich die Straße hinauf und wandte mich nach links, um zur Parade zu gelangen. Das dicke Kräuterweib saß noch immer am selben Platz; aber der Rest... der Platz schien kleiner geworden zu sein; häßlich nahm er sich aus; den größten Teil nahmen Hunderte von geparkten Autos ein. Es war wie bei einem Stück, das schon mehrere Spielzeiten hindurch gelaufen war und das man sich jetzt, nach langer Abwesenheit, in neuer Besetzung wieder ansah – und mit bohrendem Unbehagen versuchte ich dahinterzukommen, warum es einem einerseits jemals gefallen hatte, und was andererseits seither daraus geworden war.
Ich weigerte mich hartnäckig, mich damit abzufinden, daß der Platz sich wirklich verändert hatte, und schob meinen Eindruck auf mein unzuverlässiges Erinnerungsvermögen. Irgendwie kam bestimmt alles wieder zurecht. Das Kap würde wieder das Kap werden.
Die Parade hinter mir lassend, schlenderte ich die Darling Street hinunter. Am Rand von District Six kaufte ich ein fettiges Paket *Fish 'n Chips* – nicht nur, um meinen Hunger zu stillen, sondern auch, um meine Ankunft hinauszuschieben, jetzt, da sie unmittelbar bevorstand. Auf der niedrigen Fensterbank eines Trödelladens nahm ich Platz und aß. Vor mir auf der Straße spielte eine Schar von Straßenjungen Würfel. Ich genoß ihre rasiermesserscharfen Stimmen.
»Hey, zisch ab! Das war *mein* voller Topf!«
»Kneifst du beim Werfen die Arschbacken zusamm'n, was?«
»Wieviel hast du?«
»Geht dich 'n Dreck an, laß dir das gesagt sein!«
»Willstu dich mit mir anleg'n?«
Sie waren drauf und dran, aufeinander loszugehen, als einer von den anderen, der gerade zu mir herüberschaute, sie warnte: »Hey, der *bastard* da spioniert hier rum! Abhauen!«
Im Handumdrehen waren sämtliche Würfel und das kleine Häuflein Münzen verschwunden. Um sie nicht weiter zu stören, zerknüllte ich meine leere Packung und ging weiter.
»Seht euch die Kutte an, die der Kerl anhat – un' denn ziehter

sich *Fish 'n Chips rein* rein!« ließ sich eine durchdringende Stimme vernehmen. »Der stinkt, sag' ich euch!«
Ihr Mißtrauen traf mich sehr. Am liebsten wäre ich hingegangen und hätte mich ihnen erklärt. Doch wie sie überzeugen? Sie wollten bestimmt nicht mit mir gesehen werden. Gleichzeitig hatte jedoch ihre Redeweise und ihr Spiel eine gewisse Wärme in mir aufsteigen lassen, eine Welle von Wiedererkennen und Wiederentdecken, und mit mehr Zuversicht stieg ich weiter den Hügel hinauf, wo ich hinwollte – zu Gran'ma Graces Haus am Oxford Place. Je höher ich kam, desto schmutziger und unerfreulicher wurde alles: etliche von den Häusern standen leer; Fenster und Türen waren verschlossen und zugenagelt. Viele waren auch abgerissen worden; Bulldozer wüteten auf den leeren Grundstücken; die Umrisse der Häuser hatten etwas von einem Mund, dem mehrere Zähne fehlten, während andere schlecht gefüllt waren.
Auch Gran'ma Graces Haus stand leer; die zerbrochenen Fenster waren notdürftig mit Pappe und Sperrholz vernagelt; ein Teil des reizvollen viktorianischen Balkongitters fehlte. Obwohl ich sah, daß es zwecklos war, stieg ich die zerbrochenen Stufen hinauf und klopfte an der Vordertür. Hohl hallte es im leeren Haus wider. Ziellos und verwirrt machte ich kehrt, steckte mir eine Zigarette an und lehnte mich an einen der Treppenpfeiler.
Plötzlich brach in einem der Nachbarhäuser die Hölle los: Kinder schrien und kreischten; unter ihr Geschrei mischten sich halbhysterische Frauenstimmen und der mürrische Bass eines Mannes. Dann kamen sie auf die Stoep vorn heraus. Ein angegrauter alter Mann in kariertem Hemd und schlabberigen Cordhosen, deren Hosenstall knopflos aufklaffte, kam von fünf oder sechs kleinen, schluchzenden und schreienden Mädchen umringt heraus. Er fluchte und schrie sie an und versuchte, sich ihrer mit windmühlenartig wirbelnden Armen zu erwehren, doch sie ließen sich nicht verscheuchen und klammerten sich an ihn. Auf der Schwelle hinter ihnen erschienen zwei fette Frauen, die beide aus Leibeskräften zeterten. Als die geräuschvolle Prozession halb den Platz überquert hatte, sprang ich Gran'ma Graces

Treppe hinunter, um meine Hilfe anzubieten, falls irgend jemand in der Familie gestorben war.
Kaum hatte der alte Mann mich bemerkt, kam er geradenwegs von den Kindern umringt auf mich zu. Der Lärm war so groß, daß es die ersten paar Minuten ein Ding der Unmöglichkeit war, irgend etwas von dem zu verstehen, was sie sagen wollten: die Kinder klagten und hüpften aufgeregt um mich herum, als wären sie drauf und dran, sich in die Hose zu machen. Dann endlich drückte mir eines von den größeren eine Mausefalle in die Hand, in der eine schwach sich regende, blutende und leise piepsende Maus unter dem Draht eingeklemmt war.
»Macht alle, daß ihr fortkommt!« schrie der kleine alte Mann. »Ich faß' sie nicht an! Ich faß' sie nicht an!«
»Mach sie tot!« flehten die Kinder schluchzend. »Bring sie um! Hilf ihr doch! Bitte, mach sie tot!« Und sie zupften und zerrten an meinen Kleidern und packten mich am Arm.
Einigermaßen durcheinander, stellte ich die Mausefalle auf den Kopf, hob den rechten Fuß über den blutigen, grauen Kopf des sich windenden Nagers in die Höhe und trat zu. Ein häßliches Quieken erhob sich. Unter meinem Fuß spürte ich die zarten Knochen brechen, und mein Magen verkrampfte sich. Brüsk wandte ich mich ab, ging davon und schleifte den rechten Fuß über das Kopfsteinpflaster – *Nicht einmal sämtliche Wohlgerüche Arabiens* . . . –, doch der alte Mann holte mich ein und ergriff meine Hand. Die Kinder beruhigten sich endlich, hoben die tote Maus in der Falle hoch und trugen sie zurück; immer noch von trockenen Schluchzern geschüttelt.
»Tut mir leid, 's war wirklich ekelhaft«, lispelte der alte Mann mit dem zahnlosen Mund. »Ich kann so'n Ding einfach nich' tottret'n. Habich 'n Kindern auch gesagt, aber die wollt'n nich hör'n. Für sowas hab' ich schon zuviel Rost angesetzt, un' bin auch mein' Gott schon zu nah'. Danke also, daß Sie ausgeholf'n ha'm.« Mit wässrigen Augen sah er mich neugierig an. »Sin' aber mächtig fein angezog'n für dies'n District.«
»Ich wollte Gran'ma Grace besuchen«, erklärte ich still. »Sie hat früher hier gewohnt.«

»Weiß ich doch, weiß ich doch!« Die Neugier trat noch mehr in seine Augen. »Aber Gran'ma Grace is' schon seit langer Zeit unter der Erde, wußt' n Sie das nich'?«
»Ich bin fort gewesen. Früher habe ich mal als Untermieter bei ihr gewohnt.«
»Aber dann muß ich Sie kenn', Mann!« Er betrachtete mich eingehend. »Aber ja doch! Du mußt Joseph sein.«
»Richtig. Aber ich kann mich nicht erinnern . . .«
»Ich hab' die ganzen Jahre da drüb'n gewohnt. Weißtu nich' mehr – Oom Sassie? Dabei sin' es gottlob nur meine Zähne, die ich verlor'n hab'. Das Herz is' immer noch kräftig.«
Jetzt fiel es mir wieder ein: der joviale alte Nachbar, der den ganzen Tag über auf der Stoep in der Sonne saß und dem es solch diebische Freude gemacht hatte, Gran'ma Grace am Samstagmorgen, wenn sie vom Gottesdienst in der Kirche der Seraphim und Cherubim heimkam, zu löchern und auf den Arm zu nehmen.
Um nett zu sein, kehrte ich auf eine Tasse Kaffee mit ihm zurück. Die beiden fetten Frauen mit dem abgelatschten Pantoffeln standen immer noch wartend auf der Stoep. Eine von ihnen war Oom Sassies Tochter, die andere eine Freundin von ihr. Während sie das Kaffeewasser aufsetzten, stiegen wir zur Stoep hinauf, wo sein längst durchgesessener Stuhl immer noch auf derselben Stelle stand.
»Sagten Sie, Gran'ma Grace sei schon vor langer Zeit gestorben?«
»Vor langer Zeit, ja – mal seh'n, – kommende Weihnacht werden's drei Jahr. Kurz vor Weihnachten war's, un' auch genau zur recht'n Zeit.«
»Wieso das?«
»Da mußte sie jed'nfalls nich' miterleb'n, was sie hier mit uns mach'n. Ja, ja.«
Mühelos entquollen seinen Augen ein paar Tränen. »Un' wenn man bedenkt, wieviel Jahr wir hier in Fried'n zusamm'gelebt ha'm! Nö, es wird Zeit, daß der HErr auch mich bei der Hand nimmt – es gibt kein' Ort mehr für'n Mann mit brauner Haut, wo er ruhig leb'n kann.«
Ich begriff immer noch nicht recht, worauf er hinauswollte.

»Soll das heiß'n, du weißt nich', was hier gespielt wird?« fragte er verwundert. »Der ganze District Six geht doch vor die Hunde.«
»Was wollen Sie damit sagen, Oom Sassie? Ich bin so lange fort gewesen und habe keine Ahnung, was sich hier alles getan hat.«
Bedächtig schüttelte er den Kopf; dann versank er in seniles Gebrabbel und summte: »Näher zu Dir, Gott . . .«, bis er sich meiner Anwesenheit plötzlich wieder bewußt wurde. »Vor die Hunde, sag' ich. Wir ha'm Zeter un' Mordio geschrien, aber es war zwecklos. Mit uns is' es vorbei. Jetzt wird District Six in'n elegantes Viertel umgebaut, für die Weißen vonner Regierung. Wir Coloureds krieg'n 'n Tritt inn' Arsch un' hab'n zu verschwind'n.«
»Und wohin?« fragte ich betroffen.
»Sie bau'n uns kleine *housetjies* auf den Cape Flets, mitt'n im Frei'n, inn' Wind.«
»Und warum bauen sie ihre Häuser nicht dahin?«
Oom Sassie grinste: »Nö«, sagte er. »Kommt nich' infrage: Für'n Wind, dafür sin' sie zu weiß, Mann! Da drauß'n könn nur wir leb'n; wir un' das Port Jackson-Kraut, verstehstu? Gottes grünes Unkraut.«
So brabbelte er weiter und stieß ab und zu sein trockenes Lachen aus, während ich dasaß und auf den traurigen kleinen Platz hinausschaute, hinüber zu Gran'ma Graces halb verfallenem Haus, das am Hügel klebte wie das Wrack eines alten Schiffes. Ich versuchte, mir vorzustellen, wie es hier in ein paar Jahren aussehen würde: mit eindrucksvollen weißgetünchten Häusern im Neu-kap-holländischen Stil, oder Pseudo-Corbusier oder Hottentotten-Gotik, Einkaufszentren und Supermärkten, betonierten Höfen mit plätschernden Brunnen und Asbest-Bänken mit Plaketten daran, auf denen es hieß: *Blankes – Whites*. Und dann mußte ich daran denken, wie es hier früher gewesen war: Gran'ma Moses Hinterhof voll von Tauben und Kindern, wo wir spätabends im Schein der nächsten Straßenlaterne probten. Die beiden nach vorn hinausgehenden Zimmer oben, die durch eine Holzwand abgeteilt worden wa-

ren. Ursula im Unterrock vor dem zerbrochenen Spiegel, ihre aufreizend zupackende Hand, ihre tiefe, singende Stimme.
»Wenn du zuviel arbeitest, fällt er dir noch ab!« Dulpert, der praktisch mit mir zusammenzog, unsere endlosen Gespräche und Ausflüge in den weiteren District. Friseursalons, in denen es nach *meang*-Stäbchen duftete, nach Kokosöl, *buchu* und Marihuana. Kinder, die spielend zwischen den geparkten Autos hervorgeschossen kamen. Obstwagen und die Trompete des Fischverkäufers. Das Pissoir, das weiter unten Weißen wie Coloureds diente. Verschwommene Nachtszenen. Fatima. Sheila.
Gleich nachdem ich meinen Kaffee ausgetrunken hatte, verabschiedete ich mich – was Oom Sassie ziemlich rüde vorgekommen sein muß, denn er wollte gern noch weiterreden. »Ich komme wieder«, versuchte ich zu beteuern, »und dann reden wir weiter über die gute alte Zeit.«
»Versprichst du mir das, Joseph?«
»Ich verspreche es, Oom Sassie.«
Als ich die Treppe unten erreichte, tauchten die Kinder verstohlen hinter mir auf und sahen mir nach. Das jüngste verkündete schrillstimmig: »Wir haben sie neben 'n Klo beerdigt.«
Ich strich ihr über den Kopf. Und war schon weit den Hügel hinab, als mir bewußt wurde, daß ich immer noch die Hacke meines rechten Schuhs nachschleifte in dem Versuch, loszuwerden, was immer noch daran kleben mochte.

Schon einmal war ich diese schmale Straße mit einem ähnlichen Gefühl fast astraler Entfremdung hinuntergegangen. Das war an dem Morgen nach meiner ersten Nacht mit Ursula gewesen. Damals jedoch hatte die Fremdheit darin bestanden, daß alles vom Wunderbaren erhellt gewesen war und angefüllt mit unendlichen Möglichkeiten, der Welt, die aus allen Nähten platzte und überlebensgroß wurde. Jetzt war es genau andersherum; jetzt kam sie mir geschrumpft vor. Die Häuser um mich herum, die schmalen Balkone und Säulen mit der abblätternden Farbe, die Friseure und die Kräuter- und Gewürzstände, die lärmenden Kinder, die Obstkarren, die sonnenbeschienenen Fassaden mit den dämme-

rigen Wohnungen dahinter – alles schien nur provisorisch und falsch, leicht kaputtzumachen wie Requisiten und Kulissen eines vom Spielplan abgesetzten Stückes; alles wartete nur darauf, daß die Bühnenarbeiter kamen, um es abzubauen und fortzuschaffen, die Garderoben ausfegten, neue Klorollen aufhängten und die Bühne für ein neues Stück herrichteten, für eine neue Schauspieltruppe auf der Suche nach einem Autor.
Diese Scheinwelt aus bemalter Pappe, durch die ich hügelab ging, die ich mit Händen greifen und mit Augen genau betrachten konnte, kam mir unversehens – noch während ich hindurchging – weiter von mir entfernt und weniger real vor als Ovington Gardens, The Cut, Belsize Park oder die Navarino Road. Die Leute, die an mir vorrübergingen, waren unwirklicher und verschwommener für mich als Erinnerungen.
Alles war für mich so verwirrt wie Segismundos zwei Welten in dem Calderon-Stück: eben noch polnischer Königssohn, aufgewachsen in einem Turmverlies und in Tierfelle gekleidet, und dann – plötzlich – mitten im Schlaf in den Palast verbracht, wo ihm für einen einzigen Tag erlaubt wird zu regieren, ehe er wieder betäubt und zurückgebracht wird in die Berge, um dort in seinem Verlies zu erwachen – was für ihn einzig den Schluß zuläßt, alles nur geträumt zu haben. Es sei denn, der Palast wäre Wirklichkeit und sein Verlies der Traum?
Bei dem Gedanken an Calderon widerfuhr mir etwas, das nun schon seit langem typisch dafür war, wie ich reagierte: Ich kam mir entspannter vor als zuvor, mehr in mir selbst ruhend, hatte ich doch eine Parallele zu meiner eigenen Situation gefunden, einen Archetypus meiner selbst. Aus dem Theater heraus, der einzigen Realität, auf die ich mich verlassen konnte, konnte ich anfangen, meine Welt neu zu definieren.
In London hatte ich die Rolle von Calderons Narren, Clarin, gespielt; jetzt wollte ich das Stück selbst inszenieren – das sollte hier die erste selbstgestellte Aufgabe sein. Diesmal jedoch wollte ich den Segismundo spielen. Innerlich bis aufs höchste erregt, blieb ich an einer Straßenecke stehen, um mir das ganze zu vergegenwärtigen und vorzustellen: Aus dem Segismundo wollte ich einen

Coulered machen, den man von der Herrlichkeit der weißen Hofhaltung verbannt hatte; und wir würden für das Verlies wie für den Palast dasselbe Bühnenbild nehmen – ein sehr einfaches Bühnenbild, vielleicht nur durch weiße Seide und schwarze Vorhänge angedeutet – um deutlich auf die Ähnlichkeit zwischen Traum und Wirklichkeit hinzuweisen und beides abzusetzen gegen die sie umgebende Nacht. Und dann ... und dann ... und dann ...

Ich ging erst weiter, nachdem ich mir bewußt geworden war, daß die Vorübergehenden mich neugierig ansahen; woraufhin mir aufging, daß ich, wie gewöhnlich, laut mit mir selbst geredet hatte. Doch das war mir vollkommen gleichgültig. Ganz im Banne des neuen Projekts, hatte ich bereits begonnen, die desillusionierenden Elemente meiner Heimkehr aufzulösen.

2

Sämtliche Telefonzellen in der Gegend waren demoliert, so daß ich zum Bahnhof zurückmußte, um Derek de Villiers anzurufen. Was, wenn er nicht da war? Was, wenn er gerade auf Tournee war? Ich spürte die Panik in mir, als ich dastand und den Wählgeräuschen in meinem Ohr nachlauschte. Plötzlich hatte die Stadt wieder etwas Ungastliches: Wo sollte ich schlafen, wenn Derek nicht an den Apparat ging? Gran'ma Grace war tot. Es gab auch kein Hotel, in das ich zurückkonnte. Zurück also zu Oom Sassie und seinen Enkelkindern in dem von Mäusen wimmelnden Haus?

Aber Derek meldete sich doch. Und obwohl ich mich erbot, den Bus bis zu seiner Wohnung in Bantry Bay zu nehmen, bestand er darauf, selbst zum Bahnhof zu kommen und mich dort abzuholen.

In seinem grünen Capri fuhren wir schnell durch die Strand Street und wanden uns durch den spätnachmittäglichen Verkehr.

»Wann bist du zurückgekommen?« fragte er, als wir bei Robb's Motors um die Ecke bogen.

»Heute morgen. Mit dem Postdampfer.« »Mein Gott! Warum hast du es mich nicht wissen lassen? Was hast du den ganzen Tag über gemacht?«

»Als erstes mußte ich rauf zum District Six, um dort eine Maus totzumachen.«

Derek sah mich von der Seite an, lächelte verständnislos und wandte sich wieder dem Verkehr vor ihm zu, hupte wütend einen Wagen an, der vor uns bremste, hob zwei Finger für den Fahrer hinter uns, zog an der Zigarette, die ihm im Mundwinkel hing und von der ab und zu ein paar Flocken grauer Asche auf den schwarzen Rollkragenpullover fielen, den er anhatte.

Derek war in den neun Jahren, die ich fortgewesen war, mehr gealtert, als dieser Zeitraum vermuten ließ. Wie alt mochte er jetzt sein? Vierzig? Zweiundvierzig? Sein Gesicht hatte etwas ungesund Talgiges; er hatte Säcke unter den Augen, und Nase und Wangen waren violett geädert. Im Nacken kräuselte sich unordentlich das Haar über dem Kragen voller Schuppen. Zeige- und Mittelfinger der rechten Hand waren nikotinbraun und bewiesen, daß er übertrieben viel rauchte; und seine schwarzen Augen, die früher so durchdringend gewesen waren wie die von Picasso, waren seicht und glanzlos geworden. All das versetzte mir einen Stich, weil ich mich gerade seiner enormen Vitalität so gut erinnerte. Er sah aus wie ein mißtrauischer Mephisto.

»Und wie hältst du dich so?« fragte ich mit Bedacht. »Ich komme mir vor wie eine alte Hure«, erklärte Derek. Dann, mit einem zaghaften Lächeln: »Als du fortgingst, konnte ich immer noch die Juliet spielen. Aber heute . . .«

»Die Lady Macbeth?«

»Dazu fehlt mir die Leidenschaft, mein Lieber«, sagte er. »Da tauge ich schon besser für eine der Hexen.«

»Was ist denn los?«

»Ich muß in die Wechseljahre gekommen sein. Das Fleisch ist noch willig, aber der Geist . . . naja. In dieser Stimmung bin ich nicht das erstemal, aber früher kam das nur zwischen zwei Engagements vor. Jetzt läßt es mich nicht mal mehr los, wenn ich auf der Bühne stehe. Und auf lange Sicht macht einen das ohnmächtig.«

»Du bist halt müde.«
Rücksichtslos lenkte er nach rechts hinüber, schnitt den näherkommenden Verkehr und fuhr auf einen offenen Parkplatz auf dem Dach eines Hauses, das zwischen dem Meer unten bis zur Höhe der Küstenstraße aufragte.
»Natürlich bin ich müde. Und brauche einen neuen Liebhaber. Aber daran liegt es eigentlich nicht.«
»Ist es wirklich so schlimm?«
»Nein, schlimmer. Hör zu, Joseph.« Er machte den Wagenschlag auf und lehnte sich zurück. »Es gibt nur drei Arten von Zeitvertreib in diesem gottverdammten Land: Rugby, Verstoß gegen die Sittlichkeit und Tod auf der Straße. Zwischendurch gibt es sogenannte Wahlen, und wir verpflanzen die Herzen von Coloureds in sterbende Weiße. Da bleibt fürs Theater nichts übrig. Du wirst selbst bald dahinterkommen.« Er stieg aus. »Wie lange bleibst du?«
»Ich bin für immer zurückgekommen.«
»Mach keinen Blödsinn«, sagt er von seiner Seite des Autos aus. »Du kannst doch nicht im Ernst *hierbleiben* wollen.«
»Warum nicht?«
»Du hast schon einen sehr makabren Humor.« Er nahm einen meiner Koffer aus dem Kofferraum und wankte unter seiner Last voran. »Schau, jeder kann verstehen, daß ein Gefangener versucht, aus dem Gefängnis zu fliehen. Aber warum um alles in der Welt sollte jemand versuchen, in ein Gefängnis *rein*zukommen?«
»Wenn es so unerträglich ist, warum hast du dann nie versucht, rauszukommen?« Ich schlug meine Tür zu und folgte ihm mit einem anderen Koffer.
»Die Frage ist berechtigt!« Er ging voran auf eine Treppe zu, die ins Haus hineinführte; ein Stockwerk tiefer drückte er auf den Aufzugsknopf. Während wir warteten, fuhr er mit einer frisch angesteckten Zigarette in der Hand fort: »Ich hätte mit dir fortgehen sollen. Aber damals glaubte ich noch, ich hätte hier so etwas wie eine Berufung. Ich bildete mir ein, ich könnte einen Lichtstrahl in das dunkelste Afrika bringen. Aber alles, was ich

gesehen hab ... Es ist wie in dem Lied: ›Ich ging zur Marine, um die Welt zu seh'n‹.«
»Du kannst doch immer noch weg.«
»Glaubst du?« Er lachte. »Wer nimmt denn diese alte Hure auch nur für eine Nacht bei sich auf? Nein, mein Lieber, mit mir ist es vorbei. Ich hab' auch nicht den verzehrenden Wunsch, ein Märtyrer zu werden und in England vor Kälte bibbernd zu verhungern. Dazu hänge ich viel zu sehr an meinen kreatürlichen Bequemlichkeiten: da bleibe ich lieber hier und blende die Barbaren mit meinem Talent und teile meine Sorgen mit einer Flasche VAT 69 oder irgendeinem unschuldigen Burschen, der mir in die Klauen gerät. Da ertrage ich lieber alle Unbill, die wir hier zu erleiden haben und so weiter. Da kommt der Aufzug. Après vous!«
Dereks Wohnung war nach der gesichtslosen Ziegelfassade, die bereits zehn Jahre nach der Errichtung altmodisch wirkte, eine Überraschung. An den Wänden hingen moderne Bilder – Reproduktionen von einem frühen Picasso, einem Klee und einem Marini; außerdem ein paar Originale von offensichtlich einheimischen Künstlern, am eindrucksvollsten die kraftvolle und sinnliche Kohlezeichnung eines männlichen Torsos – doch die Einrichtung war viktorianisch: eine Chaiselongue, zwei Großvater-Lehnsessel, ein ovaler Eßtisch aus Rosenholz und Stühle mit gepolsterter Rückenlehne; sogar ein Glassturz mit künstlichen Feldblumen darunter fand sich. In seinem Schlafzimmer stand ein großes Himmelbett samt Betthimmel und ein hoher Standspiegel im Mahagonirahmen; das Einzelbett im Gästezimmer wies in dem schmiedeeisernen Kopf- und Fußteil bemalte Medaillons auf.
»Das ist bezaubernd und sehr gemütlich«, sagte ich, nachdem wir wieder im Wohnzimmer angekommen waren und er uns einen Whiskey eingeschenkt hatte.
»Auf dich!«g sagte er. »Oh ja, bezaubernd ist es. Aber das nützt nichts.« Er ließ sich in einen Sessel plumpsen. Aus irgendeiner dunklen Ecke tauchte eine Perserkatze auf, sprang ihm auf den Schoß, fing an zu schnurren und beobachtete mich durch halbge-

schlossene, nachtdunkle Augen hindurch. Draußen schimmerte der Sonnenaufgang auf dem Meer und warf zitternde Reflexe auf die Wände. Gelegentlich schickte eine Welle aufschäumend Gischt über die Felsen direkt unterm Fenster.
Derek stellte die Whiskeyflasche unmittelbar in der Nähe seines Sessels ab und schenkte sich nach, längst ehe ich meinen halb ausgetrunken hatte. Beide taten wir so, als entspannten wir in dem ausgedehnten Schweigen, doch spürte ich, daß ihm genauso unbehaglich zumute war wie mir. Denn was hatten wir gemeinsam? Vor vielen Jahren hatte er mir bei meiner Amateurgruppe geholfen, hatte mir ein Stipendium verschafft und mich nach England geschickt. Doch was wußte ich wirklich über ihn? Ich hatte nie zuvor seine Schwelle übertreten. Und jetzt, von einem Tag auf den anderen, war ich zurück, und er war der einzige Mensch, der mir einen Platz zum Schlafen anbieten konnte.
Nach einiger Zeit fing er an, sich nach London zu erkundigen; ich erzählte von den Stücken, in denen ich mitgespielt und von den Menschen, mit denen ich zusammengearbeitet hatte. In regelmäßigen Abständen füllte er sein Glas, und ich fragte mich, ob er wirklich zuhörte. Die Augen hatte er halb geschlossen wie seine Katze.
Mitten in meinem Bericht unterbrach er mich. »Und jetzt bist du zurück«, sagte er. »Das ist es, was ich nicht begreife.«
»Es hat heute morgen ein paar Minuten gegeben, da konnte ich das selbst nicht verstehen«, sagte ich und erzählte ihm von meiner Ankunft. »Aber als ich von District Six herunterkam, ging mir blitzhaft auf, was ich hier als erstes auf die Bühne bringen möchte. Calderon – *Das Leben ein Traum*. Und jetzt weiß ich, daß ich das richtige getan habe.«
Das Leben ein Traum. Er zündete sich eine Zigarette an und schnippte das Streichholz durch das offene Fenster hinaus. »Und wo und mit wem willst du das machen?«
»Ich möchte so schnell wie möglich ein Ensemble zusammenstellen. Wie das alte, nur wesentlich besser, professioneller. Und dann . . .«
»Mein Gott!« Die Katze unterm Arm, erhob er sich und machte

das Fenster zu, um die Kälte des beginnenden Winters nicht hereinkommen zu lassen. »Du hast offenbar immer noch die Sterne in den Augen. Ich hatte gedacht, die Jahre im Ausland würden dir das austreiben. Hast du Geld?«

»Ein bißchen. Nicht viel.«

»Liebling, kauf dir gleich morgen eine Rückfahrkarte nach London. Du hast vergessen, wie es hier aussieht.«

»Ich weiß, was ich tun möchte.«

»Joseph!« Er stieß einen Seufzer aus. »Warum gehst du nicht rüber in mein Schlafzimmer, läßt die Hose runter und gehst vorm Spiegel auf alle Viere? – Dann kannst du dein eigenes Arschloch wunderbar sehen. Warum sich derart anstrengen und soviel Mühe machen, wo das Endresultat ein und dasselbe sein wird?«

»Wieso bist du so zynisch geworden?«

»Wieso sollte ich *nicht* zynisch geworden sein? Damit bewahrt man sich den letzten Rest an Würde. Der Himmel weiß, ich möchte nicht, daß du dich auf etwas einläßt, das dich nur dorthin bringt, wo ich gelandet bin. Und schlimmer noch! Denn genau genommen habe ich immer noch ein paar Dinge, die zu meinen Gunsten sprechen.«

»Wie zum Beispiel?«

»Meine Hautfarbe.«

»Ich bin schließlich hier aufgewachsen«, sagte ich. »Ich weiß sehr wohl, was mich erwartet.«

»Wie lange bist du fortgewesen? – Acht, neun Jahre? Du ahnst ja nicht, was sich hier seither alles getan hat!« Er setzte die Katze ab, stellte sie auf die Afghanenbrücke und ging hinüber zur Schlafzimmertür. »Laß uns später weiterreden. Ich muß meine Sachen zusammensuchen. Ich muß heute abend arbeiten.«

»Was spielst du?«

»Wir spielen Strindberg – vor den einunddreißig Leuten, die genug Interesse dafür aufbrachten, sich eine Karte zu kaufen.«

»Ich begleite dich«, sagte ich lächelnd. »Dann sind es immerhin schon zweiunddreißig.«

»Wir spielen es im Hofmeyr«, sagte er.
»Spielt das eine Rolle? Strindberg bleibt Strindberg, und du bist du.«
»Ich meine, du kannst nicht mit mir hingehen, Joseph«, sagte er langsam und mit Nachdruck. »Wie du siehst, suchen wir uns unsere einunddreißig Kulturgeier sehr sorgfältig aus. Und du hast kein weißes Brautkleid.«

Es war kalt auf den schwarzen Felsen unter Dereks Fenstern. Aber es war eine reine, ehrliche Kälte. Es war Ebbe, und indem ich mich vorsichtig mit bloßen Füßen vorantastete, konnte ich mich weit über die schlüpfrigen, wenngleich scharfkantigen Felsformationen auf die weiße Linie der Brandung vorarbeiten. Vielleicht war es gut, versuchte ich mir einzureden, daß ich zurückbleiben mußte; so hatte ich immerhin Zeit, den langen Tag, der hinter mir lag, noch einmal Revue passieren zu lassen.
Ich setzte mich auf einen nassen Felsblock und überließ mich wie ein Ertrinkender den Wellen dessen, was geschehen war: der lächerlichen Kabbelei mit dem Zollbeamten und dem grobschlächtigen Interview mit Davey Sachs; Gran'ma Graces Haus und der dünnen Stimme, mit der Oom Sassie mir von District Six erzählte; der scheußlichen Sache mit der Maus; Dereks Zynismus. Etwas zog sich wie ein roter Faden durch alles, was ich den Tag über erlebt hatte:
Sagen Sie nicht, ich hätte Sie nicht gewarnt.
Soll das heiß'n du weißt nich', was sich hier so tut?
Liebling, kauf dir gleich morgen eine Fahrkarte zurück nach London. Du hast keine Ahnung, was sich hier alles so getan hat.
Selbst wenn das der Fall war, wieso sollte es sich auf meine Zukunft auswirken? Reichte das als Grund aus, mit eingekniffenem Schwanz zurückzulaufen, ohne dem Land und mir eine Chance zu geben? Ich war gekommen, um am Theater zu arbeiten, hier etwas auf die Beine zu stellen und Anstöße für meine Leute zu geben – einem Drang in mir selbst nachzugeben, aber gleichzeitig auch ihnen zu geben, wovon ich wußte, daß sie sich danach sehnten. Das war alles. Das konnte das Land mir doch unmöglich

verwehren, oder? Mein Gott, sie konnten mir doch die Tür nicht vor der Nase zuknallen – schließlich gehörte ich hierher! Ich trug die Saat und das Blut vieler Generationen in mir: von Hugenotten, Malaien und Hottentotten, Xhosas, Iren und Buren, Weißen, Braunen und Schwarzen, vor allem *Made in South Africa* – und nicht für den Export.

Wie eine kalte, kranke Seemöwe hockte ich auf dem Felsen und dachte nach, erinnerte mich. Das winzige Flämmchen, das wir durch die Jahrhunderte nicht hatten ausgehen lassen . . . ich habe keine Ahnung, welche Begabung das Sklavenmädchen Leah auszeichnete neben ihrer Jungfräulichkeit, noch welchen zündenden Funken die ersten Malans von den dunklen Berghängen des Luberon oder der Cevennen im Midi mitgebracht hatten; was hatte mein Ahnherr Adam besessen außer dem Schluchzen der Gewalttätigkeit, der Poesie des Mordes? Und doch mußte irgend etwas in ihnen gesteckt haben, gefiltert durch all die Generationen, die nach ihnen gekommen waren: ein Sklave, der kleine Lieder sang, um seinen Herrn zu ergötzen, und seinen Brüdern predigte; ein von Gott verfluchter Musiker, der am Wegesrand spielte; eine leidgeprüfte Frau, die Wiegenlieder summte; ein Abraham, der in einer Pionier-Zeitung anonyme Reime abdruckte; David, der mit seiner Kunst zum Brandstifter wurde; und mein Vater Jacob, der Narr aus dem Todeslager. Jetzt war ich an der Reihe mit meinen Auf- und Abtritten.

Um ihretwillen konnte ich nicht einfach umkehren und das Weite suchen; *das* war die unlogische Leidenschaft, die mich hier festhielt. Das war der alte Eigensinn, der sich nicht beherrschen lassen wollte.

Ich würde bleiben. Schließlich war es das einzige, das ich tun *konnte*. Die Willensfreiheit wurde als Idee einfach überbewertet. Meine Uhr war stehengeblieben, und ich wußte nicht, wie spät es war, als ich mich schließlich vor Kälte zitternd hochraffte und in die Wohnung zurückkehrte. »Bist du das, Joseph?« rief Derek, kaum daß ich die Tür geöffnet hatte. »Nimm dir ein Glas und setz dich zu mir.«

Er nahm gerade ein Bad; die Whiskeyflasche stand auf dem Sims

nebem dem Kopfende der Badewanne; in der Hand hielt er ein großes Glas. Die Flasche, die er heute nachmittag für uns aufgemacht hatte, war halb leer.
Der erste Schluck bewirkte, daß mir Schauer über den Rücken liefen.
»Gott, du bist ja starr vor Kälte«, sagte er. »Und bis auf die Haut naß. Wo bist du gewesen?«
»Unten am Meer.« Ich setzte mich auf einen kleinen französischen Boudoirhocker.
»Ich dachte, du wärest weggelaufen«, sagte Derek. Eindringlich betrachteten mich seine schwarzen Augen. »Nicht, daß ich es dir verdenken könnte.«
»Ich fand, daß die frische Luft meinem Denken ungewöhnlich gut tat.«
»Hoffentlich bist du dann zu einem vernünftigen Schluß gekommen.«
»Ja, ich bleibe hier.«
Er trank das Glas aus, schenkte sich nach und nahm noch einen Schluck, ehe er weitersprach. »*Was* genau, hoffst du, hier zu machen?«
»Mein eigenes Theater will ich aufmachen.«
»Richtig. Und wo findest du ein Gebäude? Und woher willst du das Geld nehmen?«
»Ein festes Haus brauche ich nicht. Ich denke da an etwas wie Lorcas *Barraca*. Man könnte die Western Province mit einem Planwagen oder etwas Ähnlichem abklappern und überall dort spielen, wo wir Halt machen. Wir brauchen nicht viel.«
»Und du glaubst, sie lassen dich in Ruhe?«
«Wen meinst du mit ›sie‹?«
»Herrschaften, Mächte, Beherrscher des Dunkels.«
»Warum sollen sie mich nicht in Ruhe lassen? Ich bin in friedlicher Absicht gekommen.«
»Wie unser Herr Jesus Christus«, sagte Derek und nahm einen großen Schluck. Er setzte sich in der Wanne anders hin. Unter der schaumigen Oberfläche konnte ich die Bewegung seines Glieds erkennen, eine schlaffe Wasserlilie auf dunklem Blatt.

Der Anblick wirkte ganz eigentümlich auf mich, als bestätigte er eine Verletzlichkeit bei ihm, die sein Zynismus nicht wahrhaben wollte.
»Und damit willst du ganz allein fertigwerden?«
»Ich werde eine Truppe zusammenbekommen.«
»Das ist es nicht, was ich meine. Selbst mit einer Truppe . . . Letzten Endes bleibt man immer allein, Baby. Hast du wirklich den Mumm dazu?«
»Ich bin nicht aufgrund einer Laune des Augenblicks zurückgekommen, Derek.«
»Ich weiß. Vielleicht macht gerade das mir angst . . .« Er stellte sein Glas auf den Rand der Badewanne, um nachzuschenken, doch beim Öffnen der Flasche machte er mit dem Ellbogen eine ruckhafte Bewegung, und es zerbrach auf dem gefliesten Boden. »Scheiße!« sagte er. »Wieder eins. Don hat mir ein Dutzend von den Dingern geschenkt, und jetzt sieh dir an, was passiert. Aber eigentlich ist das sowieso alles, was mir von ihm geblieben ist. Nie eine Bindung mit irgendwas eingehen, Baby. Oh, Gott!« Er setzte die Flasche an den Mund und nahm einen Schluck.
»Wer ist Don?«
Er zuckte mit den Achseln, und das Wasser schwappte ihm über Brust, Bauch und Glied.
»Glaubst du, man gewöhnt sich jemals an die Einsamkeit?« fragte er wie aus heiterem Himmel.
»Ich hoffe immer noch, daß man es mit Selbstgenügsamkeit schafft.«
»Das versuchen wir doch alle; dabei ist das von Anfang an ein Krampf.« Er stand auf und fing an, sich einzuseifen. Grinsend setzte er dann hinzu: »Wenn man doch bloß ohne das auskommen könnte!«
»Ohne was?«
»Den Kampf, das Jucken.«
»Es geht um mehr als ein Jucken«, sagte ich.
»Das sagst du nur, weil du immer noch an Abstraktionen hängst. Ich versuche, mich mit kleinen, greifbaren Tatsachen abzufinden. Das ist nicht immer angenehm, aber man verliert dabei

nicht den Verstand, Liebling. *Gesundheit über alles!«* sagte er auf deutsch. Dann spülte er die Seife ab und trocknete sich mit einem großen weißen Badetuch ab. »Weißt du, wann mir das erstemal aufging, daß es mit mir bergab ging? Als ich erkannte, daß mein Hunger auf Sex sich von Jahr zu Jahr auf Jüngeres richtete. Don war neunzehn. Es dauert nicht mehr lange, und ich bin ein *dirty old man*, bereit für den schmutzigen Suizid auf dem Männerklo. Um Himmels willen, hocken wir uns doch auf den Boden und erzählen wir uns traurige Geschichten über den Tod von Königen!« Er stieg in seinen braunen Morgenmantel und machte die Goldkordel mit einer riesigen Schleife zu. Einen Moment lang legte er mir die Hand auf die Schulter, ich saß immer noch auf dem niedrigen Boudoirhocker – eine zaghafte, tastende Gebärde, kaum eine Berührung. Dann drehte er sich abrupt um, ergriff seine Flasche und ging hinaus. Der Boden war noch mit Glasscherben bedeckt.

»Warum siehst du alles so negativ?« bohrte ich, als wir das Wohnzimmer erreichten und ich mich ihm gegenübersetzte.

»Tu' ich ja gar nicht.«

»Genau das ist es, was ich meine.« Forschend sah er mich für einen Moment an, dann stand er auf, um sich ein neues Glas zu holen. Und während er sich mit dem Rücken zu mir einschenkte, sagte er unvermittelt und so, daß ich nicht ausmachen konnte, ob er versuchte, meine Frage zu beantworten, oder das Thema zu wechseln:

»Ich weiß nicht, wie du es geschafft hast, Baby, aber nach all den Jahren bist du immer noch eine Jungfrau. Und diese Scheißwelt ist nicht für Jungfrauen gemacht.«

»Du unterschätzt mich.«

»Ich rede nicht von irgendwelchen Betten, durch die du im Laufe der Jahre gehüpft bist«, sagte er verdrießlich. »Ich rede von was ganz anderem. Vielleicht beneide ich dich deswegen sogar – und ich kann es nicht ausstehen: Wir sollten uns nichts vormachen. Ich bin ein Schweinehund.«

»Was ist in diesen neun Jahren bloß aus dir geworden, Derek?«

»Nichts«, sagte er. »Absolut nichts. Bloß müde bin ich geworden, das ist alles. Mit mir ist es wie in der Geschichte von dem

Kerl, der sich eine Sau kaufte, weil er vorhatte, eine Schweinefarm aufzumachen. Nur wollte sie nicht ferkeln, und so ging er sich bei seinem Nachbarn Rat holen. Wichtig ist, daß du sie zuerst einem Eber zuführst, sagte dieser. So setzte der Mann die Sau in eine Schubkarre und schob sie bis zur nächsten Farm, bezahlte einen Rand und karrte sie wieder heim. Am nächsten Morgen: keine Ferkel. Also wieder die Sau auf die Schubkarre, und zehn Meilen bis zum besten gekörten Eber weit und breit. Hier berappte er zehn Rand, kehrte zurück und war überzeugt, daß seine Sorgen jetzt vorüber wären. Am nächsten Morgen ging er bei Tagesanbruch zum Schweinestall. Immer noch keine Ferkel – nur saß die Sau bereits wartend auf der Schubkarre.« Er durchmaß das Zimmer, als wäre es eine Bühne, und kehrte zurück. »Verstehst du – ich bin wie diese alte Sau. Steig' in meine verdammte Schubkarre, nicht, weil es mir so sehr gefällt, sondern weil es nichts anderes gibt, das ich tun kann.«

»Hört sich an wie Beckett.«

»Nein. Heute abend ist es Originalton Derek de Villiers. Ich hab' zuviel getrunken. Ich weiß, jetzt mußt du dir meine rührseligen Geschichten anhören. Aber sie bergen alle ein Körnchen *veritas*. Ich bin es, der dich nach Europa geschickt hat, Joseph. Und deshalb bin ich in gewisser Hinsicht auch verantwortlich dafür, was aus dir wird.«

»Den Entschluß fortzugehen, habe ich selbst gefaßt«, rieb ich ihm unter die Nase. »Du redest, als rezensiertest du ein Melodrama. Was soll nicht gut daran sein, daß ich zurückgekommen bin? Und was ist los mit dir?«

»Alles ist falsch bei uns beiden«, sagte Derek. »Kapierst du das denn nicht? Vor zehn Jahren, oder wielange das nun her ist, war ich für all dies Feuer und Flamme, genauso, wie du heute. Ich wollte unseren Leuten zeigen, was das Theater bedeutet; ich dachte, ich könnte sie bekehren. Schlimmer als ein drittklassiger Wunderheiler. Und was ist passiert? Ich spiele immer noch vor derselben kleine Herde von Kulturkühen.
Himmelherrgottnochmal ...!« Er rückte näher. »Weißt du, wieviele Leute immer noch nach der Vorstellung in meine Garde-

robe kommen, um mich zu fragen, was ich denn nun ›wirklich‹ arbeite?«

Ich mußte lachen, aber er fand das gar nicht komisch.

Als er wieder sprach, mußte ich unwillkürlich an Dulpert denken: »Ich will dir sagen, was für mich das schlimmste ist, Joseph. Um elf Uhr abends komm' ich in der Scheißkälte aus dem Theater nach Hause und stehe vor einem Haufen spargeldünner Jungs mit Käthe Kollwitz-Augen, die mich an der Ecke anbetteln. Und dann frage ich mich: Sollten diese Kulturkühe womöglich doch recht haben? Sollte ich nicht hingehen, und mir eine ›vernünftige‹ Arbeit suchen? Ich bin ein Luxus hier; kein Mensch braucht mich wirklich. Das ist es, was ich so entwürdigend und demoralisierend finde.«

»Das ist genau der Grund, warum ich aus London fort bin«, sagte ich. »Ich habe genauso wenig Zeit für ein Theater, das nichts weiter ist als eine Krankheit der Bourgeoisie, wie du. Und deshalb bin ich zurückgekommen. Ich will mit dem Establishment einfach nichts mehr zu tun haben: ich will wieder Kontakt mit den *einfachen Menschen*! Meinen eigenen Leuten!«

»Joseph!« Für einen Moment lag kein Spott mehr in seinen Augen. »Erinnerst du dich nicht mehr, was Joseph von seinen Brüdern widerfuhr?«

»Bei mir sind die Umstände ganz anders.«

»Das Alte Testament ist hier noch sehr stark wirksam«, sagte er. Der Spott kehrte zurück. »Du brauchst nichts weiter als einen Ritter.«

»Was meinst du?«

»Jeder Don Quijote braucht seinen Ritter.« Unter Mühen raffte er sich von seinem Lehnsessel hoch und kam mir mit blitzenden Augen bis auf wenige Handbreit nahe. »Aber du bist dir darüber im klaren, was du für all deine Mühe bekommen wirst, nicht wahr? Einen Schlag von einem Windmühlenflügel!«

Und dann stand ich auch auf und sagte ziemlich melodramatisch, wie es mir heute erscheinen will: »Gib mir wenigstens die Chance, es zu versuchen. Gib mir eine Chance zu glauben.«

Sekundenlang sahen wir uns aus nächster Nähe an. Nach einer

ganzen Weile legte er mir die Hand auf die Schulter, wie er es heute abend schon einmal getan hatte – doch nun mit mehr Zutrauen und bewußter; er nahm meine Hand, betrachtete sie wie jemand, der einem aus der Hand lesen will, wie vor Jahren Gran'ma Grace. Dann führte er sie an den Mund und streifte sie mit den Lippen.

»Verzieh dich und geh zu Bett!« sagte er roh und ließ meine Hand fallen. »Mögen die Englein dir ein Schlaflied singen. Laß dich nicht von mir anstecken. Wenn du meinst, es gibt etwas, womit ich dir helfen kann, laß es mich wissen. Ich werd' sehen, was ich tun kann. Und jetzt leg dich schlafen.«

3

Ich habe damals, in den ersten Wochen, oft an den Circus denken müssen – jenen Circus, den Willem und Thys, Hermien und ich einmal besucht hatten, als alles noch heil gewesen war. Jetzt, nach meiner Rückkehr, kam ich mir vor wie an dem Tag, da ich mit dem Laster voller Kisten zurückgefahren war nach Kapstadt und an der Parade ausgestiegen war. »Eines Tages brenne ich mit dem Circus durch und komme nie zurück«, hatte ich zu Willem gesagt. Und jetzt war ich in der Tat zurückgekehrt und befand mich auf der Suche nach meinem Circus: jetzt mußte ich ganz von vorn anfangen, aber wie?

Ich mußte mir eine Unterkunft suchen, alles mögliche in die Wege leiten, eine Truppe zusammenstellen – und mir über mich selbst klarwerden.

Das dringendste war ein Dach über dem Kopf. Ein paar von Dereks Nachbarn hatten Verdacht geschöpft, und der Hausverwalter wachte über unser Kommen und Gehen. Es handelte sich um einen Beamten im Ruhestand mit grauem, kurzgeschorenem Haar und eingekniffenem Mund: ein gottesfürchtiger Mann, der sich größte Sorgen um den guten Ruf ›seines‹ Hauses machte, wie er Derek eines Tages anvertraute. Was würde geschehen, wenn die Leute erst anfingen zu tuscheln?

Auf der anderen Seite des Tafelbergs, in Kenilworth, fand ich, ein Stück von der Rosemead Avenue entfernt, eine kleine Wohnung – in einem der wenigen Viertel, in denen Weiß und Braun noch zusammenlebten. Ich nehme an, ›Wohnung‹ ist schon zuviel gesagt für die paar Zimmer in Mrs. Geustyns ziemlich heruntergekommenem, blau, rosa und grüngelb gestrichenem Haus im abscheulichen Stil der dreißiger Jahre, doch wie meine kleine Kammer in Hackney war es eine abgeschlossene Wohnung, und sie war mein.

Ich hatte meinen eigenen Eingang seitlich vom Haus; man gelangte auf einem schmalen Weg hin, wo tagsüber Bienen summten und es nach Glyzinien und Geißblatt duftete, nachts jedoch nach dem Inhalt des Nachtgeschirrs, das von Mrs. Geustyns behinderter Mutter regelmäßig aus dem Fenster gekippt wurde. Meine Wohnungstür führte direkt in ein kleines Wohnzimmer; links ging es ins Schlafzimmer und rechts in einen weiteren Raum, den ich zur Küche bestimmte; auf der nach hinten hinausgehenden Stoep hatte ich sogar ein Badezimmer.

Nachdem ich innen alles geweißt hatte – die Geustyns wußten nicht recht, ob sie sich darüber freuen oder vor den Kopf gestoßen fühlen sollten –, sah es schon gemütlicher aus. Vorhänge, ein paar Brücken, meine Bilder und Drucke (Van Gogh, Degas und ein kleiner *Titus* von Rembrandt), Theaterplakate, aus Ziegelsteinen und Brettern gebaute Bücherregale – und schon fühlte ich mich daheim. Genauso wie in London, erstand ich hier und da in Trödelläden ein paar Sachen, die mir gefielen, und nach und nach füllte sich die Wohnung: ein kleiner Eßtisch aus Gelb- und Stinkholz – es kostete mich eine ganze Woche, ihn von seinen alten Farbschichten zu befreien; eine Stehlampe aus Messing, ein kaputter Schrank, den Jerry schließlich für mich reparierte, ein altmodischer Waschtisch mit viktorianischer Waschschüssel, Wasserkanne und Nachttopf. Und ein Messingbettgestell, ähnlich dem, das vor langer Zeit meiner Mutter gehört hatte und das eigentlich viel zu groß war für den Raum, aber ich konnte ihm nicht widerstehen: ich kaufte es, als wir auf einer unserer Tourneen nach Wuppertal kamen, wo die Leute es als

Obstdarre benutzten. Doch das war viel später, kurz bevor Jessica kam.

Anfangs hatte ich starke Vorbehalte Mrs. Geustyn gegenüber, denn die besuchte mich ständig, wobei sie die Innentür benutzte, die mein Wohnzimmer mit ihrem Flur verband, und mich lange und ausführlich mit der endlosen Liste jener Leiden und Wehwehchen bekanntmachte, von denen sie und ihre achtzigjährige alte Mutter gemeinsam geplagt wurden. Die alte Dame bekam ich nie zu Gesicht. Die einzigen Hinweise darauf, daß es sie tatsächlich gab, waren unerklärlich schlurfende Geräusche des Nachts, gelegentliches Gemurmel und dann selbstverständlich die regelmäßigen Nachtgeschirr-Entleerungen auf den schmalen Weg neben dem Haus. Nachdem ich meinen Schrank erstanden und ihn vor die Verbindungstür geschoben hatte, wurden Mrs. Geustyns Besuche nachhaltig unterbunden, und während sie nach und nach in eine größere Vielzahl von Krankheiten und Gebrechen versank, hörte sie schließlich vollends auf, mich heimzusuchen.

Ihr Mann, Oom Appie, verbrachte den größten Teil der Zeit ›auf Reisen‹ mit dem Verkauf von Begräbnis-Versicherungen. Am Wochenende, das er zumeist daheim verbrachte, sondierte er regelmäßig die Möglichkeit, mir eine solche Versicherung aufzuschwätzen. (»Man weiß ja nie, was ein'm passier'n kann, Joseph. Gottes Wege sin' unerforschlich.«), legte es immer wieder darauf an, mich zu überreden, indem er mir von seinen fünf Kindern erzählte, die durch die Bank schon vor ihrem zehnten Lebensjahr ›abberufen‹ worden waren. Eines war überfahren worden, eines vom Dach gefallen, als seine Mutter es hinaufgeschickt hatte, einen Kürbis herunterzuholen; eines war verstorben, als das Aspirin des Arztes seine Diphterie nicht geheilt hatte; noch eines, als das Aspirin des Arztes auch bei einer Lungenentzündung seine Wirkung verfehlte; und das letzte hatte aufgegeben, noch ehe es zu leben begonnen hatte – das heißt, es war mit drei Schlingen der Nabelschnur um den Hals tot zur Welt gekommen. Nach dem sonntäglichen Mittagessen fuhr Oom Appie regelmäßig mit einem Blumenstrauß für seine besten Kunden zum Wol-

temade Friedhof, und er kehrte nie vor dem Dunkelwerden zurück, sternhagelvoll. Daß ich den Schrank aufstellte, hatte auch eine Abnahme von Oom Appies Besuchen zur Folge, zumal nach etlichen unseligen Zwischenfällen auf dem Gang unter dem Fenster seiner Schwiegermutter. Und so war letztlich der Schrank verantwortlich für die Tatsache, daß meine Besuche bei und mein Heimkommen von Jessica weitgehend unbemerkt blieben.
Immer unausweichlicher drängt sich Jessica in meine Erinnerungen – sie möchte, daß über sie geschrieben wird. Die Zeit nähert sich. Jessica in der Nacht, Jessica im Regen ... Aber jetzt noch nicht. Später.

Es regnete, als ich das erstemal zu den Geustyns kam, und das Dach leckte. Es regnete den ganzen Winter hindurch – ein altmodischer Kap-Regen, der wochenlang andauerte und dunkle Flekken auf den frischgeweißten Wänden entstehen ließ. Es regnete, wenn ich morgens den Zug hinunter in die Stadt nahm. Es regnete, wenn ich durch den Park zur Bibliothek eilte oder mit einer alten Wolldecke oder Süßigkeiten für die Kinder den Hang zu Oom Sassies Haus hochhastete. Und es regnete, wenn ich auf der Suche nach Kandidaten für meine kleine Theatergruppe zum Little Theatre ging. Es regnete immer.
Unter den Studenten im letzten Semester befand sich nur ein Coloured, Renier Arendse, blutjung natürlich, aber begabt mit einer wunderbar geschmeidigen Art, sich zu bewegen wie eine schlanke schwarze Katze, und einer für seinen schmächtigen Körper erstaunlich volltönenden Stimme. Er hatte auch die Augen einer Katze, eigenartig bernsteinfarben, kalt und durchdringend zugleich, mit einem Anflug von schwelendem Feuer dahinter. Seine Begeisterung war noch weitgehend ungerichtet, konnte noch in jede Richtung aufflammen, was der Grund dafür war, daß ich so angetan von ihm war. Da ich jedoch wußte, daß er bereits auf der Jagd nach Auslandsstipendien war, wollte ich keinen Druck auf ihn ausüben. Doch sobald er von meinen Plänen für eine Theatergruppe hörte, beschloß er impulsiv, alle anderen Pläne aufzugeben.

Eines regnerischen Abends tauchte er in meiner Wohnung auf – ich weiß nicht einmal, wie er sich meine Adresse beschafft hatte – und verkündete, ohne zuvor seinen Plastikregenmantel auszuziehen:
»Ich möchte mit dir zusammen arbeiten.«
»Erst mußt du nach England und dort studieren, Renier.«
»Scheiß auf England! Ich wollte ja nur gehen, weil... nun, was sollte ich sonst tun? Aber jetzt bist du hier, und ich denke, ich weiß, weshalb du zurückgekommen bist und was du vorhast.« Er sah mich eindringlich an, als enthüllte er etwas in mir, dessen ich mir nicht einmal selbst bewußt war.
Mit Bedacht stellte ich sein Selbstvertrauen auf die Probe. »Ich möchte, daß du mir vorsprichst, Renier. Nur mußt du dir darüber im klaren sein, daß das, was ich vorhabe, kein Kinderspiel ist. Mir liegt nichts an einer Truppe von Amateuren. Ich brauche Leute, die ein Wahnsinnstempo vorlegen können und absolut loyal bleiben.«
Die Bernsteinaugen unerschütterlich auf mich gerichtet, sagte er: »Deshalb bin ich hier.«
»Ich geb' dir Bescheid, wann du zum Vorsprechen kommen kannst.«
»Ich bin bereit, wann immer du mich brauchst.«
Seine Augen waren unverändert, doch seine Lippen umspielte ein Lächeln, als er mir die Hand schüttelte und durch den Regen wieder fortging. Und ich blieb mit dem sonderbaren Gefühl zurück, daß weniger ich es gewesen war, der versucht hatte, ihn auf die Probe zu stellen, als vielmehr er, der mich auf die Probe gestellt hatte.

Versuchsweise warb ich noch zwei Kandidaten an. Bei einem von ihnen handelte es sich um Barney Salmon, vor Jahren mein Kommilitone auf der Schauspielschule, jetzt Lehrer und Bariton bei der Eoan Opern-Truppe; es war nicht leicht, ihn zu gewinnen, denn er hatte sich bereits an ein geregeltes Leben gewöhnt. Doch nachdem ich ihn überredet hatte, es zu wagen, schüttelte er die Kruste der Sicherheit ab und wurde von geradezu jugendli-

cher Begeisterungsfähigkeit gepackt. Er war es auch, der den zweiten Kanidaten, Frikkie Mantoor, anschleppte, der ein paar Jahre jünger war als ich, aber zwei Jahre Schauspielschule hinter sich hatte und ein hervorragender Gitarrespieler war, ein Orchestermitglied, der die Wochenenden nutzte, die gesamte Halbinsel zu durchstreifen, um auf Hochzeiten, Taufen, Tanzveranstaltungen und Beerdigungen zu spielen. Werktags war er Lageraufseher eines Verlegers in der Stadt. Frikkie hatte einen schmächtigen Körper, Säbelbeine und riesige Ohren – er war der geborene Clown, hatte die Musik im Blut und besaß eine unbezwingliche Lebensfreude.
Damit waren wir schon zu viert: Renier und Barney, Frikkie und ich. Es wurde schwieriger, noch andere zu finden. Die zwei oder drei Abgänger von der Schauspielschule, die ich ansprach, waren entweder verheiratet oder hatten Eltern oder andere Verwandte, um die sie sich kümmern mußten, und ich konnte niemanden brauchen, der auf ein regelmäßiges Einkommen oder regelmäßige Arbeitszeit angewiesen war. Wer zu mir kommen wollte, mußte bereit sein, Vater und Mutter zu verlassen und jede Sicherheit aufzugeben – und lief dabei sehr real Gefahr, nichts dafür zurückzubekommen.
Aber ich wußte, daß ich sie früher oder später zusammenbekommen würde. Vielleicht, wenn die Winterregen aufhörten und es Frühling wurde. Inzwischen begann ich damit, Stücke auszusuchen und für künftige Zwecke zu adaptieren. Im Anfang mußte mehr oder weniger alles umgeschrieben werden, damit sich für uns etwas daraus machen ließ. Lange Zeit hielt Calderon mich beschäftigt, dann – an verregneten Abenden unter meinem lekken Dach – kam *Romeo und Julia* an die Reihe: Eine Geschichte aus der Kapprovinz mit Coloured-Fischern und dem *Coon Carnival*, *Skollie*-Schlägereien und Gitarrenständchen vor den farbenfrohen Fassaden des District Six, wie ich sie noch so gut in Erinnerung hatte. Selbst Molières Sganarelle konnte lernen, sich im Kap-Dialekt auszudrücken. Es gab soviel zu tun; und hinter jedem fertiggestellten Stück warteten noch so viele andere: wilde, satirische Phantasien, die auf Aristophanes oder Plautus

basierten, mit Musik und Tanzeinlagen, und der Coloured Hamlet, von dem ich schon solange geträumt hatte.

Mein plötzlicher Entschluß, Willem zu besuchen, war es, der es mir zu Bewußtsein brachte: früher, auf der Farm, in Kapstadt und auch in Europa war mein Leben ziemlich geradlinig verlaufen; doch jetzt, nach meiner Rückkehr, wurde es mehr und mehr zu einer Spirale, die mich immer wieder mit allen möglichen Augenblicken meines bisherigen Daseins in Berührung brachte: nun fing ich an, von meinen eigenen Mythen zu leben.

Ich sah sein Bild in einer Zeitung; es gehörte zu einem Bericht über die Erweiterungen einer großen Firmengruppe, deren leitender Direktor er war. Lange betrachtete ich es. Willem war so tief in das Gewebe meiner Kindheitserinnerungen verwoben gewesen, und jetzt war er ein Industrieller, einer von den weißsüdafrikanischen Wirtschaftsführern, über die immer wieder ausführlich in den Wochenendbeilagen der Zeitungen geschrieben wurde. Und plötzlich stand es für mich fest, daß ich ihn wiedersehen mußte.

Mein Anruf wurde durch mehrere Sekretariate gleichsam gefiltert, bis ich ihn schließlich an der Strippe hatte.

»Viviers.«

»Willem, ich bin's, Joseph.«

»Joseph . . .?« Es folgte eine Pause, in deren Verlauf er vermutlich versuchte, den Namen Joseph mit dem Familiennamen in Verbindung zu bringen, der ihm von seiner Sekretärin genannt worden war. »Aber natürlich! Ich habe in den Zeitungen über dich gelesen.«

»Und ich über *dich*. Ich würde dich gern einmal besuchen.«

»Wozu?«

Dieser Ton machte es mir zwar schwierig, aber ich versuchte trotzdem, es zu sagen: »Bloß um dich mal wiederzusehen. Aber ich würde mich auch gern über etwas Berufliches mit dir unterhalten. Wie wär's wenn ich einfach mal bei dir zuhause vorbeikäme?«

»Hm, leider . . . Meiner Frau geht es in letzter Zeit gar nicht so gut. Komm doch lieber in mein Büro. Morgen fliege ich zwar nach New York, doch nächsten Dienstag bin ich wieder da. Wenn du nichts dagegen hast, stelle ich dich zu meiner Privatsekretärin durch; sie kann dann einen Termin mit dir vereinbaren.«

Es regnete wieder oder immer noch, als ich zwei Wochen später kurz vor zwölf im vierzehnten Stock des großen neuen Wolkenkratzers am Hafen aus dem Aufzug stieg. Eine Empfangsdame brachte mich einen Korridor hinunter zu einer Sekretärin, die mich tiefer in das Herz des Riesenbüros geleitete – ein großes Vorzimmer, das mit hypermodernen Schweizer und amerikanischen Sitzgruppen ausgestattet war, die auf einem jedes Geräusch schluckenden Teppich arrangiert worden waren. Über unsichtbare Lautsprecher drang kaum hörbare Flötenmusik an das Ohr; an den Wänden hingen Bilder südafrikanischer Maler: auf einem niedrigen Glastisch lagen Zeitschriften in vier Sprachen aus: *Paris Match, Stern, Time* und *Panorama*. Und fünf Minuten später eskortierte Willem selbst mich in das Allerheiligste – einen riesigen Raum mit zwei Glaswänden, deren Thermopanescheiben uns vollständig von der Stadt und dem Regen draußen isolierten. Mit sanftem Summen hielt die Klimaanlage die Temperatur im Raum angenehm konstant. Alles in seinem Arbeitszimmer bestand aus Leder, Chrom und getöntem Glas.

»Nimm Platz!« In seinem modisch-eleganten, italienischen Anzug ging er mir bis zum anderen Ende des Raums voran, zeigte auf einen tiefen Sessel und bot mir eine Zigarette an. »Mein Gott! Nach all diesen Jahren!«

Eine Weile schwiegen wir. Dann sagte ich wohlüberlegt: »Dann bist du also wirklich nicht Farmer geworden: Du hast dein Versprechen in jener Nacht am Berghang gehalten.«

»Was habe ich versprochen?«

»Du hast gesagt: Ich werde mir die Welt ansehen und reich werden.«

»Du hast ein erstaunliches Gedächtnis.«

»Davon lebe ich. Und ich habe in derselben Nacht gesagt:

»Auch ich werde mir die Welt ansehen. Und alle Welt wird mich kennen und sagen: ›Das ist Joseph Malan‹!«

»Was du ja geschafft hast. Nach dem Presserummel um deine Rückkehr zu urteilen.« Er streifte die Asche von seiner Zigarette ab. »Ich muß gestehen – ich weiß nicht recht, ob das von deiner Seite aus besonders klug war. Dadurch hast du dir viele Leute zu Feinden gemacht, die dir hätten helfen können.«

»Ich hab' um die Publicity nicht gebeten. Der Journalist hat mich überrumpelt und dann alles, was ich sagte, verzerrt wiedergegeben. Ich bin sicher, du bist von Zeit zu Zeit ebenfalls ein Opfer der Presse geworden.«

Er schlug die Beine übereinander. »Man braucht eben eine Public Relations Organisation«, sagte er leichthin.

Wieder verfielen wir in Schweigen, er in seinem italienischen Anzug, ich in meinen Londoner Sachen, in den teuren Sesseln mit den Chromfüßen, umgeben von Gemälden, Wandvertäfelungen und Topfflanzen mit dunklen, wächsernen Blättern, in dieser von der City isolierten Raumkapsel. Alles in mir drängte mich, ihn bei den Schultern zu packen und zu sagen: *Mein Gott, Willem, ich bin's. Wir sind älter geworden, unsere Lebensumstände haben sich verändert, aber es sind immer noch wir.* Oder hatte es diesen Abgrund zwischen uns als Möglichkeit immer gegeben? Der Tag unseres Circusbesuchs, als er, Thys und Hermien gemeinsam hingegangen waren, während ich mit der verknitterten Eintrittskarte in der feucht-verschwitzten Hand zum Hintereingang hatte gehen müssen: war uns das von jeher vorbestimmt gewesen?

Sagrys hatten sie in die Scheune gebracht und ihn dort geprügelt, so daß er geschrien und geschrien hatte; und auf der anderen Seite des Hauses Hermien, die hysterisch halb in Tränen aufgelöst geschluchzt hatte: »Hörst du das? Hörst du das? Versuch ja nie wegzulaufen, Joseph!«

»Wie ich gehört habe, versuchst du, eine Art Coloured Theater aufzumachen«, sagte Willem im Tof höflichen Interesses. »Wie kommst du damit voran?«

»Es geht nur sehr langsam. Aber sicher.« Ich stand auf. »Tut

mir leid, aber ich verschwende nur deine Zeit, Willem. Ich denke, es ist besser, ich gehe wieder.«
»Aber du bist doch gerade erst...« Auch er erhob sich, offensichtlich überrascht von meinem impulsiven Schritt. »Ich dachte, du wolltest über irgend etwas Berufliches mit mir sprechen.«
»Ja.« Ruhig holte ich Luft, um meine Stimme zu kontrollieren. »Ich habe viel über deine Firmengruppe gelesen, und dabei ist mir aufgefallen, daß ihr einen Haufen Geld für die Kunstförderung ausgebt. Da dachte ich, ich trete mal wegen irgendeiner Art Unterstützung für unsere Truppe an dich heran. Um der ›guten alten Beziehungen‹ willen.«
»Wir können immer noch...«
»Ich bin nicht gekommen, um zu betteln«, sagte ich. »Ich weiß, ich neige dazu, emotional zu reagieren, aber ich dachte, ich könnte als Freund zu dir kommen, der du einmal warst. Rein geschäftlich kann ich mich natürlich auch an eine Reihe anderer Firmen wenden. Aber ich möchte keine Geste des guten Willens für die Sache der Coloureds von dir. Ich habe keine Lust, nochmals den *Robinson Crusoe* zu erleiden.«
»Was um alles in der Welt hat *Robinson Crusoe* damit zu tun?« fragte er verwundert.
»Nachdem er mich mit dem Buch, das ich dir gestohlen hatte, hinterm Staudamm ertappte, hat dein Vater mir eine nachhaltige Lehre erteilt.«
»Ich kann mich nicht erinnern.«
»Nein. Für dich war es weiter nichts. Für mich bedeutete es – mehr oder weniger alles.«
Ich hatte den Knopf der gepolsterten Tür bereits in der Hand, als er hinter mir sagte: »Geh nicht gleich wieder, Joseph.«
Von Mißtrauen gepackt, stand ich still.
»Bitte, setz dich wieder hin!«
Ich drehte mich um und sah ihm in die graugrünen Augen unter dem adrett gekämmten Haar. »Bist du sicher, daß es etwas gibt, worüber wir reden können, ohne daß wir nur höflich zueinander sind?«

»Setz dich!« sagte er ruhig.
Er blieb vor einer der Glaswände stehen, die der herabrinnende Regen fast undurchsichtig machte. »Einen solchen Winter haben wir schon seit Jahren nicht mehr gehabt«, sagte er und zündete sich eine Zigarette an. »Wenn es nach diesen Regenfällen einen guten Sommer gibt, wird Thys beim Wein eine Rekordernte einfahren.«
»Ist er immer noch auf der Farm?«
»Ja, er bewirtschaftet sie. Vater ist vor fünf Jahren gestorben. Und Mutter lebt bei Hermien.«
»Ist sie verheiratet?«
»Ja, mit einem Farmer aus Südwest-Afrika.« Er zögerte. »Sie hat nicht besonders viel Glück gehabt.«
»Wieso das?«
»Sie war verlobt mit einem Burschen aus Transvaal, der sie sitzengelassen hat. Mit einem Baby. Hinterher hat sie den Farmer geheiratet, aber sie sind nicht besonders glücklich.«
»Hermien war die Jungfrau Maria«, sagte ich automatisch und mehr für mich selbst als für ihn bestimmt.
»Was meinst du damit?«
»Weihnachten, als wir Kinder waren – weißt du nicht mehr? Du spieltest den Joseph. Was für mich ein beträchtliches ontologisches Problem aufwarf: wie konnte Willem Joseph sein, wo doch Joseph Joseph war?«
Er lachte und nahm mir gegenüber Platz. »Ich weiß noch, wie du sie mit all den Stücken eingespannt hast, die du dir ausgedacht hattest.«
»Und sie die Sachen von der Wäscheleine deiner Mutter stibitzte, um sich damit zu verkleiden.«
»Und all die vielen Gelb- und Rotfinken, die wir fingen.«
»Weißt du noch«, sagte ich plötzlich, »der Tag, an dem die Frau des Vorarbeiters . . .« Etwas von dem Schock und von der Scham kehrte zurück.
Er grinste. »Mein Gott, ist es zu fassen?«
Auf seinem Tisch ertönte diskret eine Klingel. Willem stand auf und drückte den Knopf der Gegensprechanlage.

»Sie haben mich gebeten, Sie an Ihre Essensverabredung zu erinnern, Sir.«

»Miss Henderson . . .« Suchend blickte er sich nach mir um. »Rufen Sie bitte Dr. Roux an und sagen Sie ihm, ich hätte über Mittag zu tun.« Er kam zu mir zurück.

»Vielen Dank, Willem«, sagte ich und sah ihm wieder in die Augen.

»Aber ich bitte dich.«

»Vielleicht können wir beide etwas essen gehen?« schlug ich vor.

Er erstarrte. Sofort wurde mir mein *faux pas* bewußt.

»Ich werde uns etwas heraufkommen lassen«, sagte er schnell. Diesmal benutzte er nicht die Gegensprechanlage, sondern ging hinüber in das angrenzende Sekretariat. Von Leder und Chrom, Teppichen, Vorhängen und Thermopanescheiben behütet, blieb ich zurück.

Als er wiederkam, wirkte er völlig entspannt, aber er setzte sich nicht wieder hin.

»Ich kann mir vorstellen, wie dir zumute sein muß«, sagte er. »Sich wieder an alles zu gewöhnen.«

Ich sah ihn nur an.

»Ich weiß nicht, ob es dich sonderlich tröstet«, sagte er. »Aber ich kann dir versichern, daß es viele unter uns gibt, die in dieser Hinsicht ausgesprochen ihre eigenen Vorstellungen haben.«

»Ausgesprochen genug, damit sich irgend etwas ändert?« fragte ich.

An seiner Zigarette ziehend, schaute er zum Fenster hinaus. »Die Dinge ändern sich«, sagte er. »In zehn Jahren wird das Land nicht wiederzuerkennen sein.«

»Ich habe es schon jetzt nicht wiedererkannt.«

»Aus dir spricht Bitterkeit.«

»Ich bemühe mich, sie nicht hochkommen zu lassen. Ich bemühe mich, mir meinen Glauben zu bewahren. Warum sonst, glaubst du, bin ich wohl zurückgekommen?«

»Sie ändern sich«, wiederholte er. »Im Moment stecken wir gerade in einem Engpaß. Aber von jetzt an kann es nur besser werden.«

»Bist du dir sicher?«

»Es muß dir doch klar sein, daß es nicht über Nacht passieren wird. In einem Land mit so vielen Gruppen, so unterschiedlichen Wertvorstellungen . . . Darauf müssen die Menschen erst vorbereitet werden . . . Wenn sie alle so wären wie du, hätte es keine Probleme gegeben.«

Er schien eine Antwort zu erwarten. Als ich sie ihm nicht gab, fuhr er fort: »Ich sehe doch selbst, was um uns herum geschieht, Joseph. Und manchmal macht mich das schaudern. Und ich halte auch nicht den Mund darüber. Aber auf der anderen Seite mußt du versuchen, vernünftig zu sein und der Regierung zugestehen, daß sie schon einiges getan hat, um den Lebensstandard anzuheben . . .«

»Ich habe dich nicht angegriffen, Willem«, fiel ich ihm in die Rede. Die Hand, mit der ich die Zigarette hielt, zitterte. »Warum versuchst du also, dich zu verteidigen?«

Ich konnte sehen, wie es in ihm arbeitete. Dann drückte er plötzlich seine Zigarette aus und sah mich offen an. »Ich bemühe mich ja nur, dich zu bitten, vernünftig zu sein. Auch wenn ich mir darüber im klaren bin, daß das fast ein Ding der Unmöglichkeit ist.«

»Angenommen, alles um mich herum ist unvernünftig?«

»Dann besteht umso mehr Grund, die Ruhe zu bewahren. Wir leben auf einem Vulkan, Joseph. Das weiß ich genausosgut wie du. Wir können alle nur hoffen, daß er nicht ausbricht.«

Für einen Moment war alles offen zwischen uns. Dann war Bewegung an der Tür, und eine Coloured in schwarzer Uniform und mit einer albernen kleinen Kappe wie eine Weihnachtsmütze auf dem Kopf trug ein großes Tablett mit Tassen und Sandwiches herein.

»Vielen Dank, Doris«, sagte Willem. »Stellen Sie es nur auf den Tisch dort drüben.«

Kurz bevor sie das Zimmer verließ, sah sie zu mir herüber. Nur für einen flüchtigen Moment begegneten sich unsere Blicke – sonst keine Bewegung, kein Wort.

Dann wandte sie sich wieder Willem zu und fragte: »Sonst noch was, Master?«

»Nein, das wäre alles, vielen Dank, Doris.«
Lautlos fiel die gepolsterte Tür hinter ihr zu.
»Nettes Mädchen«, sagte ich.
Er sah rasch auf. Ein Hauch von Röte stieg ihm in die Wangen.
»Tee?«
»Danke.«
Er setzte die Tassen auf die Untertassen.
»Unser Vulkan war ein Berg«, sagte ich still. »Ein sehr schöner Berg. Wo hat die Veränderung damals eingesetzt? Sie muß irgendwo begonnen haben; solche Dinge passieren schließlich nicht von selbst.«
»Trinkst du ihn stark oder lieber dünn?«
»Willem«, sagte ich. »In jener Nacht, als wir einer in den Armen des anderen einschliefen, war alles anders.«
»Wir waren Kinder«, sagte er. »Sobald man in die Gesellschaft hineingezogen wird, wird man ein Teil von ihr und paßt sich ihren Mustern an.«
»Und wenn diese Muster schlecht sind?«
»Bist du so sicher, daß sie für immer und unumkehrbar schlecht sind?« fragte er und schenkte Tee ein. »Es gibt Raum für den Selbsterhaltungstrieb. Falls nicht, was sollte aus den Minderheiten werden?«
»Selbsterhaltung auf Kosten anderer?«
»Nein. Selbstverständlich besteht das Ideal darin, Atemraum für alle zu schaffen. Zucker?«
»Zwei Stück.«
»Es handelt sich nur um einen vorübergehenden Zustand«, erklärte er mit Nachdruck.
»Und der Zweck heiligt die Mittel?«
»Du weißt doch, worauf die Politik abzielt.«
»Ich weiß, wie die Politik *ist*. Das erfahre ich körperlich jeden Tag aufs neue. Versuch nicht, den Public Relations-Mann für die Regierung zu spielen, Willem: Ich möchte gern wissen, was *du* denkst.«
Er schüttete Süßstofftabletten in seine Tasse und rührte den Tee um.

»Warum versteckst du dich?« fragte ich mitleidslos. »Wer bist du, Willem? Was ist aus dir geworden?«
Sehr lange stand er still da, den Teelöffel regungslos in der Hand. »Manchmal frage ich mich . . .« Er sah auf, die Augen nackter als zuvor. »Es gibt eine Form des Schicksals, die man nie unterschätzen sollte, Joseph. Wie es zum Beispiel mir beschieden ist: Ich sehe, was geschieht; durch meine Hautfarbe werde ich mit denjenigen gleichgesetzt, die es zulassen, und doch kann ich nichts tun, um es aufzuhalten.«
»Bist du dir sicher, nichts tun zu können? In deiner Stellung?«
»Ich kann helfen, die Explosion hinauszuzögern. Ich kann versuchen, das Leben derjenigen, die für mich arbeiten, erträglicher zu machen. Löhne und Gehälter, Arbeitsbedingungen, Aussichten . . .«
»Glaubst du wirklich an diese Dinge?«
»Das muß ich«, sagte er leise. Und dann: »Genauso wie du an das glauben mußt, was du tun willst. In gewisser Weise gehen wir beide vielleicht den größeren Problemen aus dem Wege. Aber in gewisser Weise helfen wir beide auch, das Leben ein ganz klein bißchen lebenswerter zu machen. Wenn wir daran nicht mehr glauben könnten . . .«
Einen Moment lang standen wir ganz nahe beieinander. Wir hätten einander berühren können.
Dann wandte er sich ab und zeigte auf ein Photo, das auf seinem Schreibtisch stand: »Ich habe eine Frau. Ich habe zwei Kinder. Um ihretwillen muß ich dafür sorgen, daß die Veränderung, die vor uns liegt, sich friedlich vollzieht.« Er kehrte zurück und nahm seine Tasse auf. »Vergessen wir die Politik: das ist für uns beide nicht angenehm. Nimm ein Sandwich.«
»Vielen Dank, aber ich habe im Grunde keinen Hunger.«
»Erzähle mir von deiner Truppe und von deinen Plänen.« Wir waren zurück auf einem formellen Gebiet.
»Ich bin erst am Anfang. Zuerst muß ich nach Johannesburg. Es ist nicht leicht, die richtigen Leute zu finden. Und natürlich kann ich ihnen nicht mehr bieten als Glauben, Hoffnung und Wohltätigkeit.«

»Wieviel Geld brauchst du?« fragte er rundheraus.
»Genug, um einer Gruppe von acht oder neun Personen den Lebensunterhalt zu sichern«, sagte ich. »Unter idealen Umständen müßten wir wohl fünf bis sechs Monate zusammen arbeiten, ehe wir in die Produktion gehen können. Und dann brauchen wir Transportmittel, einen Kombi oder etwas Ähnliches. Ist der Anfang erst einmal gemacht, sollte es leichter werden, weil wir keine größeren Fixkosten haben werden.«
Auf der Rückseite seiner Zigarettenschachtel stellte er ein paar Berechnungen an.
»Gib mir ein paar Wochen Zeit«, sagte er nach einer Weile. »Ich will mit meinem Aufsichtsrat darüber sprechen.«

4

Wir ließen Grün und Regen hinterm Hex River zurück; und von Laingsburg an dehnte die Leere um uns sich aus: die steinigen Hügel und Bergketten standen wie Zeugnisse der Vorgeschichte vor dem weißen Himmel, und die graue, geteerte Straße darin stellte eine Anomalie, einen Anachronismus dar. Das Landesinnere war eine völlig neue Entdeckung. Für mich bedeutete Reisen die sanftgewellte Landschaft Englands mit seinen grünen Hecken; Hollands Grau und Grün, Kopfsteinpflaster und Kühe; Deutschlands Industriestädte, Burgen, Wälder und Täler; französische Panoramen, ockerfarbene Kirchen; und dann zunehmend Weiß nach Süden hin – spanische Ebenen, die sich fächerförmig ausbreiteten. Spanien und unser Landesinnere wiesen eine gewisse Ähnlichkeit auf – hier herrschte die gleiche Weite, das gleiche Licht; nur war das Karoo älter und grausamer, ihm mangelte es an dem sanften Willkommen der weiß und rot gesprenkelten Dörfer auf den Hügeln, an Eseln, Oliven, Gitarren. Hier fand sich vielleicht eine Reihe rotbrauner Lehmhütten, quadratisch wie Kinderbauklötze, kahle, rote Erde, scharrende Hühner neben einem alten Autowrack, nackte Kinder mit aufgetriebenen Bäuchen und bleistiftspitzen Schwänzen; dann eine lichte

Reihe Menschen, die mit Pappkoffern oder Bündeln auf dem Kopf dahinziehen; ein zerlumpter Alter auf einem Fahrrad mit einer Plastikorange an der Antenne, einem selbstgebauten Blechbanjo und einem Paar Schuhe, die auf dem Gepäckträger festgebunden sind. Ab und zu rast mit enormer Geschwindigkeit ein Auto vorüber, aus dem Apfelsinenschalen oder zerknülltes Papier herausfliegen, wird kleiner und verschwindet in der Ferne. Und dann wieder das Veld und das absolute Schweigen des Raums. Selbst wenn der Wind wehte, so dachte ich einmal, würde man ihn auf diesen Ebenen nicht hören, denn es gab nichts, woran er sich reiben konnte. Elegische Leere. Ein hartes und bitteres Schicksal, in diesem Land der Steine und der Trostlosigkeit mit den schweigend wirbelnden Wirbelwinden Mensch zu sein. In diesem Afrika hatten dreihundert Jahre Zivilisation kaum eine Narbe hinterlassen; der Mensch hatte sich noch nicht darin festgesetzt.

Die weit auseinander gelegenen Ortschaften stellten identische staubige Perlen dar, aufgereiht auf der grauen Schnur der Straße. Die meisten Tankstellen boten Dienste mit der Aufschrift *Whites only* an. Infolgedessen hielt Derek ab und zu draußen im Veld in einem sandigen Graben oder unter einem dürren Baum, um eine Dose Bier aufzumachen, ein Sandwich zu essen oder zu pinkeln.

Daß ich ihn nach Johannesburg begleitete, hatte ich zumindest teilweise Davey Sachs zu verdanken. Wie es ihm gelungen war, meine Adresse in Kenilworth ausfindig zu machen, weiß ich nicht, doch kurz nach meinem Besuch bei Willem war er eines Freitagabends durchnäßt und windzerzaust und wie ein naß gewordenes Huhn riechend bei mir aufgetaucht; er hinterließ Schmutzspuren auf meinem Fußboden, setzte sich, bevor ich ihn dazu auffordern konnte, und holte sein Bandgerät unterm Jakkett hervor.

»Nette kleine Bude, die Sie hier haben«, sagte er. »Hören Sie, wie wär's mit noch einer Story? Es wird Zeit, daß wir eine Fortsetzung bringen. Wann machen Sie los?«

»Ich bin immer noch auf der Suche nach Schauspielern.«

»Die beschaff' ich Ihnen. Wie viele brauchen Sie?«
»Noch etwa fünf.«
»Frauen?«
»Ein paar.«
»Werd' ich im Artikel drauf hinweisen. Hier in Südafrika brechen sie sich alle einen ab, um Schauspielerin zu werden.« Er fummelte an seinem Bandgerät herum, mußte das jedoch schließlich aufgeben und mit dem Kugelschreiber Notizen in ein schmieriges Notizheft kritzeln. »Sie haben nicht zufällig irgendwelchen Schnaps zuhaus? Ich bin völlig durchgefroren.«
Ich machte ihm einen steifen Grog und stellte die Flasche hoffnungsvoll wieder weg; doch er blieb, bis er kurz vor zwei Uhr morgens auch noch den letzten Tropfen ausgetrunken hatte.
Einmal versuchte ich, ihn auf den Arm zu nehmen. »Aber Davey, es ist Freitag. Fängt Ihr Sabbat nicht mit Sonnenuntergang an?«
»Ach, was soll's?« Er grinste. »Ich bin als Jude ein Versager, Mann. Wir haben alle das gleiche Problem, stimmt's? Das Leben nimmt uns zu sehr in die Mangel.« Und dann, ohne logischen Übergang: »Warum fahren Sie nicht rauf nach Jo'burg, um sich dort Ihre Leute zu suchen? Dort finden Sie die echten Begabungen. *King Kong*, was Sie wollen!«
»Aber ich will Coloureds, Davey. Schwarze brauchen einen Paß.«
»Na und? Glauben Sie etwa, in Jo'burg gibt's keine Coloureds? Die haben doch die verdammten Vereinten Nationen dort sitzen, Mann. Ich würd's mal versuchen.«
»Glauben Sie, es lohnt sich?«
»Klar. Und ich habe genau den Kontakt, den Sie brauchen. Harry Tsabalala vom *Star*. Toller Bursche, der macht alles für Sie, das garantiere ich Ihnen.«
Einen oder zwei Tage später hörte ich davon, daß Derek vorhatte hinzufahren – er hatte beim Rat für Darstellende Künste in Pretoria einen Vertrag unterschrieben –, und da brauchte ich nicht lange zu überlegen. Jetzt waren wir unterwegs, ich, nachdem ich Mrs. Geustyn eine Monatsmiete im voraus in die Hand

gedrückt hatte, und Derek, nachdem er – was nicht ganz so einfach war – erreicht hatte, daß seine Katze versorgt wurde. Lange Strecken hindurch fuhren wir, ohne miteinander zu reden; ich überließ mich ganz der Weite dieses Landes, das meine Heimat war und das ich kaum kannte. Manchmal kam es zu kurzen Gesprächen – entspannt und nicht in Eile redeten wir über den Tschechow, den er in Transvaal spielen sollte, darüber, wie ich mit meinen Bearbeitungen vorankam, über die *Commedia dell' arte*, in deren Fußstapfen ich gerne treten wollte – über Arlecchino und Pantalone, Sganarelle, Scaramouche und was es sonst noch an typisierten Figuren gibt.

»Alles Clowns«, spöttelte er einmal. »Willst du Theater spielen oder einen Circus aufmachen?«

»Was soll schon eine Gesellschaft ohne Circus?« fragte ich halb im Scherz und halb im Ernst zurück. »Was wäre wohl der Lear ohne seinen Narren oder Hamlet ohne Rosencrantz und Guildenstern? Verstehst du, ich versuche, bei der Rolle zu bleiben, die Sartre dem *bâtard* zugedacht hat: für ihn waren Bastard und Clown ein und dasselbe.«

»Ich hätte gedacht, daß du lieber den Hamlet spielst als einen seiner Narren.«

»Begreifst du denn nicht, daß Hamlet selbst eine Art Hofnarr ist – der einzige, der hinter der Maske der Leichtfertigkeit, der Possenreißerei und Vulgarität die Wahrheit spricht?«

»Eine Wahrheit, die alle leugnen, weil sie ihn für verrückt halten. Hamlet hat leicht reden, er ist harmlos.«

»Oberflächlich gesehen, lehnen sie ihn vielleicht ab, aber in ihrem tiefsten Inneren nicht«, erwiderte ich. »Ich weiß, du bist zu einem Heiden geworden, aber ich glaube immer noch: *The play's the thing, wherein I'll catch the conscience of the king!*«

In gewisser Hinsicht waren unsere theoretischen Erörterungen und unsere ästhetischen Abstraktionen völlig fehl am Platz bei dieser Raserei über die Ebenen, wo alles so elementar und konkret war: Staub und Steine, spröde Sträucher, ein alter Mann mit Straußenfeder am Hut und einer *trompie*, auf der er mit den knorrigen Händen spielte. Und nach einiger Zeit gaben wir das

Reden ganz auf und rasten einfach weiter, wobei sich das Bewußtsein von der Landschaft einfach nicht verdrängen ließ.

Harry Tsabalala erwartete mich nach einem Telex von Davey Sachs in seinem Büro. Derek ließ mich draußen vor der Redaktion aussteigen und fuhr sofort weiter nach Pretoria; wir waren beide ziemlich gerädert nach der im Auto verbrachten Nacht. Es war der Anfang der beiden hektischsten Wochen meines Lebens.

Harry, groß und massig, war irgendwie älter, als ich erwartet hatte, mindestens fünfzig. Harry mit den bebrillten, blutunterlaufenen Augen, der redende, gestikulierende, lachende Harry. Nie habe ich einen Menschen so lachen hören wie ihn – ein Vulkan, der in seinem gewaltigen Leib ausbrach. In einer Kneipe eines Abends: »Warum soll ich nicht lachen? Möchtest du, daß ich Trübsal blase?« An diesem Abend trank er mich in seiner Stammkneipe so hoffnungslos unter den Tisch, daß ich am Spätnachmittag des nächsten Tages immer noch glaubte, sterben zu müssen. »Mein Gott, Harry!« beschwor ich ihn, »bring mich nie wieder dorthin. Dieses höllische Gesöff hat mir fast mein Gekröse weggeätzt.«

»Das ist genau der Grund, warum wir dahin gehen», sagte er und versetzte mir begeistert einen Schlag zwischen die Schulterblätter. »Das ist die einzige Möglichkeit weiterzumachen, Mann. Ihr Kap-*boytjies* seid *softies*. Aber wir werden dich schon noch hinkriegen, keine Bange!«

Ich mußte jeden Tag mit dem Sowetoer Zug mit ihm fahren; viel später kam ich dahinter, daß er einen Wagen besaß, sich jedoch bewußt weigerte, es mir leicht zu machen mit meiner Initiation. Guter Gott, diese Zugfahrten um fünf Uhr morgens und um halb sechs nachmittags! Wie die Küchenschaben schoben wir uns durch den Bahnhof, fielen nach Schweiß, Rauch und schalem Bier stinkend ins Abteil. Unter Rucken fuhr der Zug an, beschleunigte, raste wie wahnwitzig dahin, legte sich in die Kurven, und das alles mit infernalischem Lärm: dem Geratter und Geklapper des Zugs, ohrenbetäubenden Unterhaltungen, plötzlichem Singen, Nachmittagszeitungen, Kartons mit geronnener Milch, Lunchpakete, Aktenmappen, Einkaufstaschen, quengelnde Kinder.

»Dieses Wahnsinnsding rast bestimmt irgendwo gegen, Harry!« rief ich völlig entsetzt aus, als wir das erstenmal mit dem Zug fuhren.

»Natürlich!« rief er lachend. »Deswegen fahren wir ja damit. Johannesburger Roulette! Erspart einem die Umständlichkeit eines Selbstmords und hält die Bevölkerungsexplosion in Schach!«

Sich durcheinander schiebend und mit den Ellbogen bearbeitend, fluchend, lachend und klagend ergießt sich auf dem letzten Bahnhof ein Schwall von Menschen auf den Bahnsteig und drängt an Ausgängen und Kontrollgittern vorbei; und dann Soweto.

Soweto mit seiner Phalanx von Häusern, die eines aussehen wie das andere, eine Reihe nach der anderen wie die Kreuze des Delville Wood Friedhofs mit nackten Parzellen blutend-roter Erde dazwischen, ausgewaschene Abflußgräben, Wasserhähne, der Gestank schlechter Sanitäranlagen und der tausend Gallonen *skokiaan*, die von der Polizei bei der Razzia in der letzten Nacht ausgegossen wurden; Banden von Teenagern, in modischem Outfit oder in Lumpen, die vorübergehenden Frauen hinterherrufen und sich gelegentlich an einer vergreifen; Kinder, die lärmend mit Steinen spielen, mit Reifen und kaputten Puppen, Kinder, die sich streiten und aufeinander einschlagen, Kinder, die auf die Straße pissen. Autos, abgestellt neben Häusern und schäbigen Gärten – enorme amerikanische Straßenkreuzer von vor zehn Jahren, alte Autowracks mit aufgerissenen Türen, die wie Hühner in der Sonne baden, blitzende, neue Modelle; Fahrräder, Handwagen, Autoreifen.

»Sieh dir diese Häuser an«, sagte Harry. »Sieh sie dir genau an. Ich kann mir lebhaft vorstellen, eines Tages in Habacht-Stellung davorzustehen und zu schreien: Ach-*tung!* Ohne Tritt – marsch! Links zwo drei vier, links zwo drei vier! Und ich schwöre dir, die ganze Army kommt über die Ebenen angerückt. Jawoll, ich sehe

sie schon durch Booysens näherrücken, Paul Sauer runter, über die Brücke geradenwegs rein nach Houghton.«
Musik aus offenstehenden Türen, Laurenço Marquez und Radio Bantu; und Schallplatten; etwas *kwela*, viel Rock, Fetzen von Matshikiza und Bruchstücke von Miriam Makeba; und Beethoven – mein Gott! Und ein Frauenchor tiefer Erdstimmen, vom schlammig aufgeweichten Boden einer Waschanlage im Freien herüberwehend. Ein Mann mit Mundharmonika auf der Schwelle einer Haustür, eine Blechgitarre; und ein verhutzeltes Männchen, das in der wässrigen Sonne sitzt, ein Stück Holz über den Knien, dessen imaginäre Saiten es zupft.
Maschendrahtgeschützte Straßenlaternen; eine weiße Ziege; Frauen, die ihrem Baby vorm Haus die Brust geben; ein Kind, das mit einem Lederriemen barbarisch durchgeprügelt wird; und weit davon entfernt, aber durchaus gut sichtbar, ein Stacheldrahtzaun, um alles zusammenzuhalten und den Vormarsch dieses Riesenregiments von Häusern nicht stattfinden zu lassen. Schlamm und Durcheinander am frühen Morgen, halb vier, fünf Uhr, sechs, wenn die Leute im leeren Zug zur Arbeit fahren; das Getrappel Tausender von Füßen, das tiefe Stimmengemurmel, ein durchdringender einzelner Schrei; Harrys dröhnendes Lachen; greinende Kinder.
Kinder, die nachts schreien, überall, und nie wirklich damit aufhören: plötzlicher Lärmausbruch, Geschrei, Stille – das tiefe und unheilverkündende Brummen von Polizeiautos, die durch die Straßen fahren, Patrouillen zu vorgeschriebener Zeit, *zwei Uhr, und es bricht die Hölle los*, das plötzlich einsetzende Hundegebell, eine rufende oder flehende Stimme, unter Knirschen eingelegte Gänge, klappernde Metalltüren – Schweigen samt dem Gestöhn eines Kindes oder mehrerer Kinder, und die Lustschreie einer Frau in der Nähe aus der miefigen Wärme des Hauses. Auch in Annamarias Hausboot war die Dunkelheit durch Geräusche und Bewegungen belebt gewesen, doch die hatten von Katzen hergerührt, und diese hier kamen von Menschen in unzähligen Häusern, die eines aussehen wie das andere.
Ich verbrachte die Nächte nicht immer im selben Haus – natür-

lich nicht, denn ich hielt mich hier illegal auf und durfte keine Verdacht erregen. Gleichwohl handelte es sich nur um Variationen ein- und desselben Grundrisses, und es schliefen niemals weniger als zehn Menschen zusammen in der Wohnung mit mir – oft eher zwanzig. Einmal, nachdem wir noch bis spät in die Nacht gefeiert hatten, waren es vierunddreißig Personen. Manchmal wurde auf den Straßen gemordet; manchmal hörte man die Banden vorüberziehen; manchmal wurde gesungen; und immer war die Polizei in der Nähe; und überallhin begleitete mich das Lachen von Harry Tsabalala.

»Was erwartest du? Wir sind hier über eine Million, Mann, und wir haben nichts, uns damit zu beschäftigen; dabei halten wir uns gar nicht mal so schlecht, findest du nicht auch? Wir vögeln und morden, tanzen und sterben: Langeweile gibt es bei uns nicht. Was willst du mehr? An diesem Ort mußt du den Mumm und die Kraft eines Mannes haben, um zu überleben – sonst gehst du unterwegs ganz einfach verschütt.«

Spontan ausbrechende Tänze in kleinen Wohnzimmern, in schummerigen Kneipen, die blau sind vom bittersüßen Haschgeruch, Frauen mit wogendem Hinterteil und wippenden Brüsten, alte Kleider aus Chintz, Miniröcke, hautenge Kleider, Afroperücken, schlanke, im Licht schimmernde Leiber, Ebenholz und Mahagoni; das Blitzen der Zähne, das Aufleuchten des Weißen im Auge, die schrille Musik; dann, unvermittelt, leise von Mund zu Mund: »Sie kommen!« Und der Nachtwind kalt auf dem Gesicht, während man Harry blindlings in die Nacht hinaus folgt, über Drähte stolpert, über Fahrräder und Autoreifen und Abfall, in einem Hinterhof zu Boden geht und regungslos liegenbleibt, bis das Bellen der Hunde verebbt und die blauen Lichter der Polizeiautos in der Nacht verschwinden.

»Aber wie überlebt man hier, Harry?«

Und er, ein Höllengebräu von einem Bier in der Hand: »Wir, die wir gesehen haben, wie die Leute in Sophiatown auf Lastwagen verladen wurden, wir, die wir gesehen haben, wie sie während des Busstreiks zu Fuß von Alexandra aus zur Arbeit gingen, wir, die wir erlebt haben, wie sie die toten Kinder in Sharpeville weggekarrt haben – glaubst du, *uns* könnte noch irgendwas schockieren?« Auf einen Zug leerte er sein Glas; Schaumflocken hingen ihm noch an der Oberlippe, als er mich mit seinen alterslosen Augen ansah; seine Hand auf mein Handgelenk legte und sagte: »Ich bin in Sharpeville gestorben, Mann. Vielleicht dauert's noch zehn Jahre, bis sie mich beerdigen, aber gestorben bin ich damals. Sie haben meine Frau erschossen, wußtest du das nicht? Sie hatte die Menschenmenge gesehen, ging hin, um herauszufinden, was los war, und unseren Sohn trug sie auf der Hüfte. Er war achtzehn Monate alt.«

»Und was ist mit ihm geschehen?«

»Er hatte Glück. Sie fiel einfach auf ihn, auf einen Stein, als die Kugel sie traf. Seither ist er nicht ganz richtig im Kopf. Die alten Leute kümmern sich um ihn.«

Mir wollte das Bier wieder hochkommen.

»Damals habe ich angefangen zu lachen«, sagte er, und das Licht blitzte auf seinen großen weißen Zähnen. »Und hab' seither nie damit aufgehört. Siehst du, an dem Tag, da sie einem Menschen alles nehmen, ist er zum erstenmal im Leben wirklich frei. Warum sollte ich also nicht lachen?«

Andere Abende in irgendwelchen Räumen mit Kugel- und Klauenfußmöbeln, Linoleumfußboden, Plastikblumen in Vasen, Wein in Korbflaschen und Dosenbier: Nächte intensiver Gespräche, bei denen zwanzig oder dreißig Menschen auf irgendwelchen Sitzgelegenheiten hocken, auf Fensterbänken und auf dem Fußboden: Geschichten darüber, wie man der Polizei ein Schnippchen geschlagen oder einen Gefängniswärter bestochen hat; wie man sich kostenlos Ersatz verschaffte für einen verloren gegangenen oder gestohlenen Paß. Aber auch andere Gespräche: mit Studenten, die in der Stadt als Kellner arbeiteten, den Lehrern, die Schnaps schmuggelten, um ihr mageres Einkommen aufzubessern; den Schriftstellern, deren Bücher nicht gedruckt wurden, den Ärzten und Architekten, denen die Pässe verweigert worden waren – Gespräche über Camus und Fanon, Stokely Carmichael, Leroi Jones und Eldrige Cleaver; sie spielten mir eine Aufnahme von Mandelas Rede vor, gaben mir Bram Fischers Aufruf zu lesen. Viele Unterhaltungen verliefen genaus wie die mit den Ausgebürgerten in London, aber es gab doc einen Unterschied: Harry und seine Freunde theoretisierte nicht aus der Ferne, sie standen im Mittelpunkt von allem; ei einziges Wort – *Mayebuye!* – konnte dazu führen, daß man nac Robben Island verbannt wurde. Und sie waren bereit, das Risik einzugehen.

Auf Harrys Wort hin akzeptierten sie mich, gaben mir zu esser und ließen mich bei ihnen übernachten, teilten das wenige mi mir, das sie besaßen – und das war fast nichts – ohne eine Frage zu stellen oder eine Braue zu heben. Es war eine verschworene Gemeinschaft wie wohl die der frühen Christen.

Durch Wirbel und Schwaden von Rauch Späße, witzige Bemerkungen, Boshaftigkeiten, Philosophie.

»Mein Vater verdiente vier Pfund im Monat, ich kriegte hundert Rand – aber er war reicher als ich, denn er wußte nicht, daß er arm war.«

»Wenn ihr euch gegenseitig haßt, vergiftet das auch eure Selbstliebe.«

»Das Gesetz ist mein Hirte!«

Diese Bemerkung stammte von Jerry. Harry stellte mich ihm vor, wie er mich all den anderen vorgestellt hatte: Jerry Buys.

»Ich habe den Familiennamen meiner Mutter angenommen«, erklärte er hochmütig. »Wobei ich natürlich immer hoffe, daß sie vom alten Coenraad Buys abstammt, erinnerst du dich? Weißer Bure in den wilden Tagen des Kaps. Nahm sich eine Schwarze zur Frau und hielt sich an *law-and-order* seiner Zeit, herrschte wie ein König, entdeckte die Bedeutung der Freiheit, war der erste der Pioniere. Damit erhebe ich Anspruch auf Ruhm – und das dank meiner Mutter, die nie von ihm gehört hat.«

»Und dein Vater?«

»Hab' keine Ahnung, wie er heißt. Ein weißer Polizist, der meine Ma mal im Auto mitgenommen hat. Du weißt ja, wie sowas läuft, was, Capey?« Sein Afrikaans war genauso exzellent wie sein Englisch – er hatte in Cambridge studiert –, doch oft verfiel er mit Wonne in den Kap-Slang und genoß es weidlich, mich ›Ca-

›ey‹ zu nennen. Schließlich war er genausosehr Kapstädter wie ich, hatte aber eine dunklere Hautfarbe. »Es ist die Farbe meines Vaters, die ich geerbt habe«, erklärte er. » Verstehst du – meine Mutter war zwar eine Coloured, hatte aber eine fast weiße Haut, und mein Vater war Weißer, der jedoch fast aussah wie ein Schwarzer. Eigentlich hätte ich scheckig zur Welt kommen müssen.«

Jerry hatte viel von Harrys Art und Humor und auch von seinem Zynismus, nur, daß Jerrys nicht ganz so schneidend war; verglichen mit Harrys zwerchfellerschütterndem Lachen kamen seine Reaktionen gemäßigter – was jedoch täuschte, denn manchmal trug er sein Lächeln auch dann noch zur Schau, wenn er innerlich kochte. Doch dahinter kam ich erst später: In jenen zwei chaotischen Wochen in Johannesburg schien der auffälligste Unterschied zwischen den beiden darin zu liegen, daß Jerry nicht in Sharpeville gestorben war.

An dem Abend, als ich ihn kennenlernte, beobachtete ich ihn, wie er in dem kleinen Wohnzimmer, in dem wir uns versammelt hatten, tanzte. Er improvisierte endlos Variationen der Grundschritte der anderen, wobei er mit unglaublicher Gelenkigkeit extremste Körperverrenkungen vollführte. Die Augen leicht glasig und eine Hasch-*Zoll* in der Hand, hockte Harry neben mir.

»Der Mann versteht es, sich zu bewegen«, meinte ich beiläufig.

»Klar«, sagte Harry. »Deshalb habe ich ihn ja heute abend mitgebracht. Das ist genau der richtige für dich.«

»Aber ob er interessiert ist?«

»Frag ihn!«

»Was macht er denn beruflich?«

»Er ist Lehrer in Kapstadt und kommt nur in den Ferien hierher, um sich nebenbei was zu verdienen.«

»Und womit?«

»Das geht mich nichts an.«

»Ist er verheiratet?«

»Jerry und verheiratet? Sei doch nicht albern! Dem tun doch jetzt schon all die vielen Frauen leid, die auf ihn verzichten müßten, wenn er heiratete.«

Seine Partnerin an diesem Abend war eine ganz besonders attrak
tive junge Zulu-Frau, Noni – ganz und gar nicht die Art von Mä
chen, die man nach Harrys Beschreibung von Jerry erwartet hätte
sie war still und zurückhaltend, auffallend intelligent und von Be
ruf Krankenschwester. Noni war nach einem Weiterbildungskur
für Fortgeschrittene gerade aus London zurückgekehrt.
Da war es natürlich unvermeidlich, daß wir uns über Englan
unterhielten, nachdem Harry etwa eine Stunde später dafü
sorgte, daß Jerry und Noni sich uns anschlossen.
Sie hatte England überhaupt nicht gemocht. »Ich war die meiste
Zeit über einfach krank. Natürlich nicht richtig – ich habe einfach
die Sonne vermißt.«
»Und jetzt geht es dir wieder besser?«
»Nein«, antwortete sie zu meiner Verwunderung. »Jetzt fühle ich mich noch kränker als zuvor. Weil ich jetzt gesehen habe, was ich vorher einfach nicht wußte.«
»Warum gehst du nicht wieder zurück?«
»Warum gehst *du* nicht wieder zurück?« fragte sie, ohne zu zögern.
»Ich . . .«
»Ich auch.«
Danach schwiegen wir für eine Weile.
»Dabei war ich früher so glücklich!« sagte Noni plötzlich.
Und Jerry, ganz schnell: »Glücklichsein, mein Püppchen, ist eine Folge der Blindheit. Wenn du erstmal vom Baum der Erkenntnis gegessen hast . . .«
». . . kriegst du Katzenaugen«, ergänzte sie. »Folglich kannst du im Dunkeln sehen.«
»Auch nicht schlecht«, sagte er. »Man muß einfach im Dunkeln sehen können. Man muß die Nacht kennenlernen. Sonst läuft man Gefahr zu stolpern und sich den Hals zu brechen. Jetzt kannst du jedenfalls weitergehen.«
»Wie weit muß man gehen?« fragte Noni.
»Das ist egal. Einfach weiter. Wir werden alle von irgend etwas in uns getrieben. Der Baum der Erkenntnis ist der Baum der Verzweiflung. Er bewirkt einen Adrenalinstoß.«
»Aber eine Überdosis kann tödlich sein.«

›Nicht bei dieser Art von Energie«, hielt Jerry ihr entgegen. ›Besser zuviel als zuwenig. Denn wenn du zuwenig hast, treibst du geradenwegs auf den Selbstmord zu.«

»Wenn du weitergehen willst, mußt du etwas haben, woran du glaubst«, sagte ich fast mechanisch.

»Glaube macht genauso blind wie Glücklichsein«, sagte Jerry. »Man muß sich von beidem freimachen. Auf daß die Verzweiflung wirklich rein sei! Nicht das Licht in der Ferne ist es, das dich weitergehen läßt, sondern das Feuer in deiner Brust.«

»Man braucht mehr *skokiaan*«, erklärte Harry laut. »Dann lodert das Feuer überall in dir, nicht nur in deiner Brust.«

»Sieh dir diesen alten Bacchus an«, sagte Jerry. »Bildet der Kerl sich doch tatsächlich ein, er wäre der einzige, der was verträgt. Dabei trinke ich ihn allemal unter den Tisch.«

Worauf ein Wetttrinken begann, das bis zum Tagesanbruch andauerte. Hinterher lagen sie beide besinnungslos auf dem Boden, und wir anderen mußten sie zu Bett bringen.

Nach diesem Abend verbrachten wir viel Zeit miteinander, doch weigerte Jerry sich standhaft, mir eine klare Antwort zu geben, wenn ich ihn aufforderte, sich unserer Truppe anzuschließen. Ich glaube nicht, daß er versuchte, einer Entscheidung auszuweichen, nur war diese ihm noch nicht wirklich wichtig geworden. Und vielleicht wollte er, was mich betrifft, vorher auch ganz sicher sein.

Wir beide – und oft auch wir drei – erkundeten die Stadt von einem Ende bis zum anderen. Frühmorgens, wenn die Straßen anfingen, sich zu füllen. Der Bahnhof, wenn ein Zug aus der Transkei oder aus Lesotho mit Hunderten, in farbenfrohe Wolldecken gehüllten Minenarbeitern einlief; jeder hatte sich ein halbes Brot unter den Arm geklemmt, und das Weiße in den Augen leuchtete bei allen: trübsinnige Brigaden, aus deren Mitte gelegentlich ein zu lautes Lachen aufbrach. Die Tänze auf den Abraumhalden der Minen für die Touristen, wo sie wie die Circustiere auftraten und begierig auf den Regen von Münzen am Schluß warteten: *Thank you, Boss! Nkosi! Dankie, Baas!*

Mittagszeit auf den Straßen: die Weißen, die Cafés und Restau-

rants zustreben, während die Schwarzen mit Brot und Coca Co
auf den Bürgersteigen hocken. Das Gerattere von Preßlufthän
mern, das Gequietsche von Baggern und Bulldozern auf den lee
ren Grundstücken zwischen den Hochhäusern. Erderschütterun
gen, gedämpftes Grummeln von Dynamitexplosionen in unteri
dischen Gängen. *Zutritt für Hunde und Eingeborene verboten* -
so stand es über den Eingängen der neuen Blocks vo
Apartmenthäusern. *»Yes, tsotsi?«* von der freundlichen Verkäu
ferin. Farbklekse und grelle Tupfer unter den Gruppen auf der
Rasenflächen des Zoo Lake, Genreszenen wie von Renoir.
Weiße Babies in Kinderwagen, die von schwarzen Kindermäd-
chen geschoben werden. Polizeiwagen mit dunklen Gesichtern
hinter den vergitterten Fenstern, wie Affen im Käfig. Die braune
Holztäfelung eines Gerichtssaals an einem Montagmorgen, als
Hunderte von Leuten hereingebracht wurden, die gegen die Paß-
gesetze verstoßen hatten: zwei Minuten pro Fall, *Schuldig, Euer
Ehren, schuldig, Euer Ehren, schuldig.*

Harry sorgte dafür, daß ich viel Zeit in den Gerichten verbrachte: Nicht nur, weil er selbst auf der Suche nach ›Geschichten‹ für seine Zeitung dorthin mußte, nehme ich an, sondern weil er das Gericht als Operationssaal betrachtete, wo ich mich mit der Anatomie der Stadt vertraut machen konnte. Vergehen gegen den *Immorality Act*, der intime Beziehungen zwischen Weißen und Afrikanern unter Strafe stellt und bei denen specknakkige Schutzleute fast unverhohlen feixend zum besten gaben, was sie durch die unvollständig vorgezogenen Vorhänge von Dienstbotenkammern beobachtet hatten. Gewalttaten. Drei junge, weiße Minenarbeiter, die eine schwangere Schwarze wiederholt vergewaltigten, ehe sie sie aus ihrem fahrenden Wagen warfen, was eine Fehlgeburt zur Folge hatte. »Sie haben sich aufgeführt wie die Tiere«, sagte der Richter. »Drei Jahre Freiheitsentzug für jeden.« Ein neunzehnjähriger schwarzer Gärtner, der sich an der Tochter seines Arbeitgebers vergangen hatte. Für ihn die Todesstrafe: »Unsere weißen Frauen müssen geschützt werden.« Ein schwarzer Jugendlicher, der angeklagt war, in einem Café einen Laib Brot entwendet zu haben: »Ich hatte Hunger, Baas, die Poente hat mein' Mutter weggebrach'.« Acht Stockschläge. Der Farmer und seine beiden Söhne, die einen Farmarbeiter mit einem Schlauchende durchgeprügelt hatten, ihn hinterher in einen Sack gesteckt und an den Sparren eines Dienstbotenklos aufgehängt hatten, woraufhin er erstickt und innerlich verblutet war. Eine Geldstrafe von zweihundert Rand, die sogleich von den Nachbarn gesammelt wurden, welche den Gerichtssaal bis zum letzten Platz füllten. Der Bote aus Soweto, der die Nacht zusammen mit seiner Frau in deren Kammer eines Randburger Anwesens zugebracht hatte: »Aber sie ist meine *Ehefrau*, Euer Ehren!« Sechs Monate Gefängnis. »Unsere weißen Vororte müssen nachts sauber bleiben.« Im Laufe von fünf oder sechs Tagen im Gericht sah ich aus nächster Nähe Herz, Leber und Lunge, Eingeweide und Adern, Geschlecht und Drüsen der Stadt, meines Landes. Zitternd und von Übelkeit gepackt, wankte ich hinaus und weigerte mich schließlich, noch einmal hinzugehen. Und doch glaube ich nicht, daß Jerry und Harry es getan haben, um mich zu schockieren; sie hatten mir nur ernsthaft ›ihre Stadt‹ zeigen wollen.

Sie zeigten mir dann aber auch noch eine andere Stadt, die sowohl freundlicher als zugleich auch fremder war als diese. Wenn Harry noch spätabends zu arbeiten hatte, fuhren wir nicht nach Soweto hinaus, sondern begaben uns zu einem Bürogebäude nicht weit von seiner Redaktion. Kamen wir frühzeitig genug, konnten wir mit dem Aufzug hinauffahren (hier gab es deren zwei, einen für *Weiße* und einen für *Lasten und Nicht-Weiße*); sonst jedoch mußten wir die Treppen zum sechzehnten oder siebzehnten Stock hinaufsteigen und von dort bis zu dem winzigen Käfig, der wie ein Pickel auf dem Dach saß und wo der Zulu Nachtwächter lebte. Diese Nächte im Dunkeln neben Dhombes Kohlenbecken mit der glimmenden Glut hatten etwas Unirdisches: Dhombe in seinem viel zu großen Khakimantel; graue Bartstoppeln auf den Wangen und um die Ohren herum; Harry, untersetzt und massig wie ein japanischer Sumoringer; Jerry, dünn und sehnig; und ich.

Ich konnte mir keinen Vers auf den alten Mann machen. Er erweckte den Eindruck, in einer einzigen Welt zu leben: de grünen Hügeln seiner Heimat, dem Land der Rundhütten un der üppigen, fruchtbaren Frauen, all dessen, was er als junge *umfaan* verlassen hatte und wohin er gewiß bald, ach bald zu rückkehren würde. Für ihn waren die Zulukönige Sensangakon und Chaka noch lebendige Wirklichkeit; und wenn er seinen graugestreiften Beutel aus Wildkatzenfell aufschnürte und seine streng riechenden *dolos*-Knöchelchen herausschüttelte, um un die Zukunft daraus zu lesen, hatte das etwas, das durch meinen ganzen hochgezüchteten Zynismus hindurchdrang und mich zum Zittern brachte.

»Sag dem Fremden, wer er ist, woher er kommt und wohin er geht.«

Die Knöchelchen und andere unheimliche Dinge klapperten auf dem asphaltierten Dach; lange saß er da und studierte sie, murmelte sabbernd vor sich hin.

»Er ist ein Mann des Dunkels, doch er hat Angst vor der Dunkelheit.« Ein Grunzer. »Noch kennt er das Dunkel nicht. Ich sehe, daß er von weither kommt, von sehr weit her, von der anderen Seite des Morgensterns.« Er blickte auf, und im Glutschein der Kohlen erkannte ich, wie seine Augen sich in die meinen brannten. »Ich sehe Menschen mit den Füßen auf dir herumtrampeln.«

»Warum trampeln sie auf mir herum?«

»Sie bitten dich um Steine, und du gibst ihnen Brot.«

»Du meinst, umgekehrt.«

»Sie bitten dich um Steine, und du gibst ihnen Brot«, wiederholte er gereizt und sah wieder auf. »Wie weit kannst du ein Stück Brot werfen?«

»Nicht sehr weit.«

»Siehst du«, sagte er. »Nicht sehr weit.« Und dann, unerwartet: »Du hast eine Frau?«

»Nein.«

»Ich sehe die Frau. Ich sehe ihn.«

»Was gebe ich ihr?« fragte ich leichtfertig. »Brot oder Stein?«

»Du gibst ihm die Nacht«, sagte er lakonisch und murmelte etwas vor sich hin, einen Fluch vielleicht, raffte seine Knöchelchen und anderen Dinge zusammen und verstaute sie wieder in seinem Fellbeutel. Weit in der Ferne, in Richtung Brixton, konnte ich den erleuchteten Kopf des Funkturms sehen, und viele Stockwerke unter uns sausten Autos an uns vorüber, leuchteten Scheinwerfer zu den Schaufensterscheiben auf, heulten Sirenen, vernahm man die stampfenden Rhythmen von Jazzbands in exklusiven Clubs, während in den Nachtcafés der Einwanderer die Jukeboxes einen tierischen Lärm vollführten.

Für mich gehörte das Werfen der *dolosse* ganz einfach zu der ganzen anachronistischen Welt. Und doch, so beteuerte Harry mir gegenüber, lebte der alte Mann nahe dem Herzschlag der Stadt; häufig konnte er einem genau sagen, in welchem Juweliergeschäft, in welcher vornehmen Villa und in welchem Hillbrower Club in dieser Nacht eingebrochen wurde, wo man ein Auto stahl, und der Geldtransporter am nächsten Tag entführt werden würde. Versuchte man jedoch, ihn auszufragen, lächelte er nur vage und schüttelte das graue Haupt, leerte den Blechbecher und ergriff aufseufzend seinen Stock, um seine stündliche Runde zu drehen, danach kehrte er zurück und half uns, uns neben seinen leicht glimmenden Kohlen zur Nacht niederzulegen.

Jerry begleitete mich auf der Suche nach den Spuren meiner Geschichte durch die Stadt. Er brachte mich in den blühenden, weißen Vorort, der einst Sophiatown gewesen war – »So wird auch District Six bald aussehen«, sagte er – und wo nichts auf eine Elendshütte hinwies, in der vor einem halben Jahrhundert ein alter blinder Mann und ein kleiner Junge gelebt haben mochten; er fuhr mit mir nach Kazerne, wo mein Großvater unter den Steinen der Streikenden gestorben sein sollte – das einzige, was man sah, waren endlose Reihen blitzender Autos, die vor dem Beton der Brücken und des Bahnhofsgeländes geparkt waren.

Jerry teilte den Mißmut nicht, den ich über die vergebliche Suche empfand. »Was willst du eigentlich womit beweisen?«

»Ich will es wissen.«

»Du weißt es doch schon.«

»Was ich weiß, ist ganz und gar subjektiv.«

»Ja, und? Willst du im Leben anderer Beweise dafür finden, da du existierst? Du zitierst Sartre doch sonst so gern« – womit e auf eine lange Diskussion am Abend zuvor anspielte – »aber d vergißt, daß er auch gesagt hat: im selben Augenblick, wo ma aufhört, sich für einen Bastard zu halten, hört man auf, einer z sein.«

»Jawohl, Herr Lehrer«, hielt ich ihm entgegen. »Aber es besteh ein gewaltiger Unterschied zwischen Philosophie und Wirklichkeit.«

»Scheiß auf die Philosphie!« erklärte Jerry wütend. »Denkst d etwa, ich weiß nicht, wovon ich rede?« Er blieb auf dem Bürgersteig stehen: es war Rush-hour, und ein Scheinwerferpaar nach dem anderen kam zwischen einer Ampel und der nächsten an uns vorübergerollt wie eine Wasserflut, die einen Damm nach dem anderen durchbricht. »Ich habe eine Schwester«, sagte er. »Für uns beide hatte es immer nur uns gegeben; ich habe sie wahnsinnig geliebt. Ein schönes Mädchen, ist sie heute noch. Aber sie war wie du: sie schämte sich, Coloured zu sein. Sie konnte sich einfach nicht damit abfinden. Und zwar deshalb nicht, weil sie eine so besonders helle Haut hatte, verstehst du. Schließlich überredete sie meine Mutter, sie auf eine weiße Schule zu schicken. Sie wollte einfach nichts mehr mit uns zu tun haben. Frag mich nicht, wie sie es schaffte – de facto ist das aber gar nicht so schwierig – und zum Schluß hat sie einen Weißen geheiratet, einen hohen Regierungsbeamten.« Er machte eine Pause. »Es gibt einen Haufen Leute, die genauso denken wie sie. Aber ich habe nur Verachtung dafür übrig.« Er hob die Hand gegen die spätnachmittägliche Sonne. »Da«, sagte er. »Sie ist schwarz. Und sie gehört mir. Und ich schwöre bei Gott: ich will nichts anderes sein. Schwarz, Braun – das ist die Farbe der Erde, Capey, die Farbe des Baumstamms, des Lebens. Weiß, das ist Geschmeiß, ist Vogeldreck, Eiter, Schimmel und Verwesung. Und je schneller du das kapierst, desto schneller wirst du zum Menschen.«

Irgend etwas an Jerry blieb mir rätselhaft: Ich hatte immer noch den Eindruck, die ganze Zeit über von ihm beobachtet und be-

vertet zu werden. Erst auf der langen l zurück nach Kap-tadt kam es dazu, daß endlich etwas klar e.
Er hatte mich eingeladen, mit ihm zurück hren. Eine ganze Woche, ehe die Schule wieder anfangen . »Man weiß ja nie«, sagte er rätselhaft. Bald sollte ich dahin ommen, was er meinte.
Bei seinem Auto handelte es sich um das fast zur Unkenntlichkeit entstellte Wrack eines Volkswagens, d nach einem Unfall zum Schrottwert gekauft hatte. Einer se zahlreichen und für mich undurchsichtigen Kumpel ›borgt ch bei der Werkstatt, in der er arbeitete, einen Kleinla aus und schleppte das Wrack nach Soweto ab, wo sich zehn fünfzehn Helfer befanden, die die Karosserie wieder zurech mmerten und bogen und schweißten; aus obskuren Quellen de eine Windschutzscheibe, wurden Seitenfenster, Scheib ischer, Reifen und eine Batterie herbeigeschafft, während Je einen aufgearbeiteten Motor erstand. Stundenlang und m stens zwei Nächte hindurch kämpfte er geduldig damit, das A wieder flott zu machen. In meinen Augen war das ein wahre un-der. Schon dem Schrotthaufen auch nur einen Laut zu entl n, dachte ich, wäre eine unglaubliche Leistung. Doch Jerry a i-tete hingebungsvoll weiter, bis die Karre sich eines Morgen Bewegung setzte; und ehe die Sonne unterging, schaffte sie h dert Kilometer.
Hinterher wurde das Gefährt – wieder mit Hilfe von Freunden irgendwo in Edenvale oder Alberton, jedenfalls außerhalb von Johannesburg zugelassen. Als ich mich nach dem Wieso und Warum erkundigte, erklärte er mir:
»Capey, einen Wagen mit einer Johannesburger Nummer zu fahren, ist für einen Schwarzen der reinste Selbstmord. Mit einem *TJ* auf dem Nummernschild hinten erreichst du die andere Seite des Freistaats nie.«
Doch auch ohne dieses Kainsmal konnte man unsere Reise nicht gerade glanzvoll nennen; zumindest in meinen Augen war sie das nicht, doch Jerry, der sich in dieser Art des Reisens offensichtlich auskannte, ließ sich durch nichts aus der Ruhe bringen.

Zunächst einmal fuhren wir zu *siebt* in dem VW los; Jerry brach es einfach nicht übers Herz, einem, der ihn bat, mitgenommen z werden, diese Bitte abzuschlagen. Von diesen sieben wollten nu er und ich nach Kapstadt – die anderen mußten unterwegs in de verschiedensten kleinen Städten abgesetzt werden. Folglic machten wir uns auf den Weg nach Kapstadt, indem wir zunächs geradenwegs nach Norden, nach Pietersburg fuhren, wo der erst Mitfahrer ausgeladen werden mußte; von dort aus ging es weite nach Harrismith und Newcastle in Natal, und das liegt südöstlic von Johannesburg; dann in westlicher Richtung nach Bloemfontain, Aliwal North und den schneebedeckten Bergen von Barkle East; durch die Transkei nach Umtata und von dort in die östliche Kapprovinz, nach Graaff-Reinet; weiter in Richtung Küste nach George, dann zurück nach Little Karoo und schließlich übe Worcester und nach einem letzten Umweg über Malmesbury nach Kapstadt. Daß wir das alles innerhalb einer Woche schafften, grenzte an sich schon an ein Wunder. Im übrigen hatten wi unterwegs eigentlich nur selten weniger Mitfahrer als zu Anfang, denn wo immer wir anhielten, um einen aussteigen zu lassen, wandten sich flehentlich bittend neue Fremde an uns und wollten mitgenommen werden. Ein- oder zweimal fiel die Zahl der Mitreisenden auf vier; die höchste Zahl – das aber zugegebenermaßen, wenn man ein Baby im Arm der Mutter mitzählte – war neun.

Zudem gab es ständig Verzögerungen. Jerry konnte an keinem mit Motorschaden am Straßenrand liegengebliebenen Auto vorüberfahren, ohne anzuhalten und seine Hilfe anzubieten. Nach dem siebten Mal habe ich aufgehört zu zählen. Bei den liegengebliebenen Autos handelte es sich fast ausnahmslos um vorsintflutliche Straßenkreuzer wie dem von Harry, und die Insassen waren ebenso ausnahmslos Schwarze. Fröhlich kroch Jerry unters Auto oder beugte sich unter der hochgeklappten Motorhaube über den Motor, um den Fehler zunächst festzustellen und dann zu beheben; bei anderen Gelegenheiten benutzte er ein Ende Gartenschlauch, das er eigens zu diesem Zweck mitgenommen hatte, um Benzin aus unserem Tank anzusaugen und den

Tank des gestrandeten Fahrers zu füllen. Konnte er nich en, was nicht häufig vorkam, nahm er einen der Mitreisen des Unglücksautos mit bis zur nächsten Werkstatt.
Nur ein einzigesmal erlebten wir es, daß ein liegengebli es Auto Weißen gehörte; denen war ein Reifen geplatzt, un alte Mann und seine Frau hatten keine Ahnung, wie man Reifen wechselte. Hilfsbereit wie immer, hielt Jerry an, kur den Wagen mit dem Wagenheber hoch und nahm den defe Reifen ab. Der Ersatzreifen hatte aber, wie sich herausste gleichfalls einen Platten. Jerry ließ die meisten von unseren M fahrern zurück, während er und ich weiterfuhren und die Rei des alten Ehepaares die dreißig Kilometer nach Graaff-Rein brachten. Dort ließen wir beide in Ordnung bringen, bezahlte dafür und fuhren zurück. Eine dreiviertel Stunde später konnte die hilflosen alten Leute weiterfahren. Unsere Mitfahrer mußten sich wieder in unseren Volkswagen quetschen, doch als Jerry sich anschickte wegzufahren, kam der alte Herr eilends nochmal zu uns herüber.
»Ich wollte mich bloß nochmal bedanken, *boy*«, sagte er zu Jerry. »Und hier ist eine Kleinigkeit für deine Mühe.«
Mit diesen Worten drückte er Jerry ein Fünfzig-Cent-Stück in die Hand.
»Dankeschön, *Oubass*«, sagte Jerry ohne mit der Wimper zu zucken. Er steckte das Geld in die Tasche, und in Graaff-Reinet spendierte er uns ein Eis dafür.

Wir kamen aber auch wegen anderer Dinge nicht gerade zügig voran. Als es das erstemal geschah, hatten wir noch nicht einmal unser erstes Etappenziel erreicht. Glücklich rollten wir dahin, als ein Verkehrspolizist uns überholte, seinen Wagen ein paar hundert Meter vor uns am Straßenrand abstellte und uns durch Winken zu verstehen gab zu halten. Der Wagen stand noch nicht einmal, da hatte er die Tür zum Fahrersitz bereits aufgerissen.
»Führerschein?« forderte er.
»'n Tag, *Chief*«, sagte Jerry fröhlich. »Da ha'm wir ihn, mein *Baas*«, sagte es und zeigte den Führerschein vor.

Der Beamte studierte ihn auf das genaueste. »Und die Wagenpapiere?« fragte er.
»Der *Baas* braucht es bloß zu sagen, und ich tue, was er verlangt. Da, der ganze Stapel in der Hand des *Baas*.«
»Und was ist mit den Fahrgästen? Du hast keine Taxilizenz.«
»Nein, Chief, aber sie bezahl'n ja auch nicht. Sie fahr'n kostenlos mit, sin' alles Freunde, gehör'n sozusag'n zur Familie.«
»Diese Karre ist nicht mehr fahrtüchtig.«
»Aber grade gestern durch'n TÜV, *Baas*, seh'n Sie.« Er zog die Fahrtüchtigkeitsbescheinigung hervor. Der Beamte bestand darauf, sich selbst ans Steuer zu setzen; folglich mußten wir alle aussteigen und ihm gestatten, das Fahrzeug bis ins einzelne eingehend zu inspizieren. Nach einer halben Stunde kochte ich innerlich; Jerry jedoch zuckte immer noch mit keiner Wimper und stand ohne irgendein Zeichen von Gereiztheit wartend da. Als uns schließlich gestattet wurde weiterzufahren, rieb er sich anscheinend untertänig die Hände und verbeugte sich.
»Vielen Dank, mein *Baas*. Der Herr schütze und behüte Euch!«
»Verpiß dich!« knurrte der Polizist.
Als wir uns nach etwa hundert Metern umsahen, sagte Jerry ganz ruhig: »Und du dich auch, mein *Baas*!« und spuckte durchs offene Wagenfenster.
Dann wandte er sich mir zu und fragte immer noch mit Kap-Akzent: »Na, wie hat dir das gefall'n? Wie fand'ste meine Nummer?« Er lächelte, aber in seinen Augen veränderte sich nichts; sie hatten etwas Dunkles und Kaltes, das glühte – eine lodernde Kälte.
»Mein Gott, Jerry, findest du das etwa komisch?«
»'türlich ist das komisch. Hast du denn nicht gemerkt, wie dieser kleine Scheißer auf meine Schmierenkomödie reingefallen ist?«
»Ja, und was ist mit dir?«
»Mich berührt das nicht im geringsten. Ich wußte ja, was da ablief; ich war es, der die Situation beherrschte.«
»Ich schwöre, dieser Scheißkerl kann nicht mal seinen Namen richtig schreiben, und wagt es, dich zu demütigen.«
»Nix da!« sagte Jerry, »nicht mich hat er gedemütigt, sondern die

Nummer, die ich abzog. Ich war überhaupt nicht vorhanden.« Er zwinkerte. »Ob du's glaubst oder nicht, ich hab's sogar genossen.«

Als es das zweitemal passierte, auf der gottverlassenen Strecke zwischen Reddersburg und Smithfield im Oranje Freistaat, spielte Jerry die Rolle des einfältigen Niggers vollkommen.

»Ei, die Krone, jawoll! Seh'n Sie's dem armen alt'n *gamatjie* vom Kap nach un' ha'm Sie Mitleid mit uns. Hier sin' die Papiere, großer *Baas*. Ich bin 'n anstänniger Bürger inner Furcht des HErrn un' des *herr*schend'n Gesetzes.« Zu Ende brachte er seine Vorstellung mit einer ergebenen Geste und einer unterwürfigen Verbeugung.

»Die Leute aus dem Freistaat mögen *gamats* vom Kap«, erklärte er hinterher. »Man muß dem Affen Zucker geben!«

»Man muß sie aber nicht unbedingt und bei jeder sich bietenden Gelegenheit *Baas* oder *die Krone* nennen!« hielt ich wütend dagegen.

Jerry lachte. «Capey, es besteht schließlich ein Riesenunterschied zwischen dem, was ›die Krone‹ für diesen groben Klotz bedeutet und was für mich.« »Und was bedeutet sie für dich?«

»Die krönende Glorie meines Afters – mit anderen Worten: mein Arschloch!«

Beim drittenmal bedurfte es Jerrys ganzes Einfallsreichtums und Könnens, um den aggressiven Polizeibeamten zu beruhigen – er gehörte zu denen, die erst zuschlagen und dann die Papiere verlangen. Doch diesmal kamen Jerry und damit auch wir mit heiler Haut davon.

Diesmal wäre ich fast aus der Haut gefahren. Vermutlich merkte Jerry, daß ich mich durch Spott nicht mehr überzeugen ließ, infolgedessen sprach er diesmal zum erstenmal mit tödlichem Ernst.

»Hör zu, Capey. Es hat eine Zeit gegeben, da waren solche Sachen für mich gleichbedeutend mit der ganzen moralischen Verkommenheit bei uns. Aber Moral hat damit nichts zu tun; es geht um nichts anderes als um Politik. Und ich kann das Spiel auch spielen.«

»Kommt ganz drauf an, was du unter ›Politik‹ verstehst.«
»Genau das, was es überall auf der Welt bedeutet. Die Politik kennt nur zwei grundlegende Vorgehensweisen: die erste heißt Betrügen, die andere Gewalt anwenden.« Er schwieg eine Weile, ehe er – unbewegt geradeaus blickend – noch hinzusetzte: »Ich bin auf beides gefaßt und zu beidem bereit.«
»Bist du dir darüber im klaren, was du da sagst, Jerry?«
Mit unergründlichen dunklen Augen sah er mich an: »Keine Bange, Capey. Das weiß ich ganz genau.«
In der Nähe von George sprang wieder ein Mann in blauer Uniform aus seinem Wagen und hob Halt gebietend die Hand. Ich saß am Steuer. Während ich bremste, um an den Straßenrand zu fahren, sagte Jerry ruhig:
»Jetzt bist du an der Reihe, Capey.«
Der Polizeibeamte trat an mein Fenster, und ich holte tief Luft.
»Guten Tag, Sir«, sagte ich.
»Steig aus, wenn du mit mir sprichst!«
Einen Moment blieb ich regungslos sitzen. Sein Gesicht tanzte vor meinen Augen. Dann wurde mir bewußt, daß Jerry still neben mir saß, und ich holte nochmals tief Luft. Es war, als ob das Lächeln, das ich aufsetzte, aus meinem tiefsten Inneren aufstieg, und plötzlich fühlte ich mich beim Aussteigen auf eine sehr eigentümlich Weise frei.
»'tschuldigung, *Baas*, mein großer *Maste'*«, sagte ich und verbeugte mich tief. »Ich wollt' Sie nich' beleidig'n. Ich wollt' meine Krone un' *Herr*lichkeit mit allergrößter Hochachtung begrüß'n.«
Wir mußten allesamt aussteigen und unser Gepäck aufmachen. Er holte die Koffer vom Gepäckträger und verstreute den Inhalt auf den Boden. »Wo ist das *dagga*?« fragte er. »Hey? Wo habt ihr das *dagga*?« Als er nichts fand, prüfte er das Auto gleichsam auf Herz und Nieren und knöpfte uns eine Strafe ab, weil ein kleines Stück von einer Nummer auf dem Nummernschild abgesplittert war. Dann stieg er in seinen eigenen Wagen und fuhr davon.
Wir verstauten unsere Sachen wieder in unseren Koffern und machten sie auf dem Dachgepäckträger fest. Dann stellten wir

uns auf der Straßenseite in einer Reihe zum Pissen auf und stiegen wieder ein.
Dabei sagte Jerry: »So, und jetzt weißt du Bescheid, was, Capey? Hier ist meine Hand.« Und als ich die seine ergriff, lächelte er. »Ich glaube, wir werden gut miteinander auskommen. Also okay, einverstanden, ich mach' bei deiner Truppe mit.«

5

Meine Truppe war vollständig. Abgesehen von mir gehörten noch fünf Männer dazu: Jerry, Frikkie Mantoor mit den musikalischen Händen, der junge Renier Arendse mit den Katzenaugen, mein alter Kommilitone Barney Salmon; und dann noch Doors Kamfer, der sich aufgrund eines von Davey Sachs' Zeitungsartikeln meldete. Doors war eine bemerkenswerte Gestalt; als er zu uns stieß, war er Anfang dreißig, über einsachtzig groß und hatte den Körper einer griechischen Statue. Doors hatte nie eine richtige Schule besucht, und doch überraschte er uns ständig aufs neue mit der Fülle seines Allgemeinwissens, das er sich im Laufe der Jahre mit seinem Wissensdurst angeeignet hatte. Er war als Waisenjunge aufgewachsen und mit den Booten von Lappies Bay zum Fischfang ausgefahren, bis er selber Fischer geworden war. Da er das Fischerdasein jedoch auf lange Sicht langweilig fand, hatte er zunächst auf einem Walfangschiff angeheuert – wobei er im Laufe einer Fangsaison mehr verdiente, als er in seinem ganzen Leben bisher auf einem Haufen gesehen hatte –, und war dann als Matrose auf Frachtern gefahren. Ein paar Spielzeiten hindurch hatte er als Berufsspieler für einen Midland Club Rugby gespielt, war danach mehrere Jahre hindurch als Kraftmensch oder Herkules im Circus aufgetreten und mit diesem regelmäßig durch Europa gezogen.
Anfangs hatte ich gezögert, ihn zu verpflichten, denn ich war mir nicht sicher, wie lange er es bei uns aushalten würde, bevor die Wanderlust ihn wieder packte, doch erwiesen meine Befürchtungen sich als unbegründet. Doors war die Loyalität in Person, und

seine Standhaftigkeit sowie sein saftiger Humor halfen uns über manch einen trüben Tag hinweg. Zuerst war er selbstverständlich sehr unbeholfen und grobschlächtig, doch besaß er jene natürliche Begabung, die einen traf wie Feuer oder Wasser; und wie eine Gruppe mittelalterlicher Troubadoure konnten wir uns häufig auf seine Circuskunststücke verlassen, wenn unsere eigenen Auftritte nicht ausreichten, um genug Zuschauer anzulocken.

Es gehörten aber auch zwei Frauen zu unserer Truppe. Antjie Jonker war Lehrerin, die gerade genug Schauspielunterricht genossen hatte, um ihrer angeborenen Spontanität und Redegewandtheit Form und Richtung zu geben. Sie war dreißig, ziemlich pummelig, von überschäumendem Temperament und wie gemacht für Charakterrollen – denn niemand konnte sie attraktiv finden, wiewohl Jerry versicherte, daß sie im Bett jede andere schlage (und Jerry ließ in dieser Richtung nie etwas aus). Sie wurde auf unseren Tourneen zu der Mutterfigur, ohne die wir verloren gewesen wären.

Ein größerer Unterschied als der zwischen ihr und der zweiten Frau, Lucy Hartman, war schwer vorstellbar. Lucy war gerade einundzwanzig geworden, eine großgewachsene, schlanke und hinreißend schöne Person – jene Art mediterraner Schönheit, wie man sie an der Küste Spaniens vermuten würde. Natürlich war es Jerry, der sie anwarb.

»Hat sie denn Talent?« fragte ich ihn.

Er küßte verzückt die eigenen Fingerspitzen. »Probier sie nur selber aus, Capey. Wenn ein Mädchen im Bett was taugt, ist sie bereit für die Bühne. Und ich sage dir, sie ist ein Naturtalent.«

Meiner eigenen Erfahrungen nach war ihre Leistung im Bett dann wesentlich vollendeter als die auf der Bühne; dennoch, sie war gut genug, es mit uns durchzustehen – obwohl sie die Schauspielerei wohl mehr als eine Art Mittel zum Zweck betrachtete.

Fünf Monate lang taten wir dann unser Bestes, um aus acht so grundverschiedenen Individuen eine dynamische Theatergruppe zu schmieden; dabei fingen wir mit den grundlegendsten Dingen an wie Fechten, Rhythmikübungen, Mimik, Improvisation, Atemtechnik und Muskelbeherrschung, bis wir Körper und

Stimme soweit befreit hatten, daß sie zu ausdrucksvollen Instrumenten werden konnten.
Und ich war glücklich. Hatte Jerry recht gehabt, als er sagte, Glücklichsein sei eine Folge der Blindheit, dann war ich eben blind, und ich schäme mich nicht, das zuzugeben. Denn das waren die letzten Monate der Blindheit, die ich erleben sollte.
Gegen Ende November arbeiteten wir konzentrierter an bestimmten Stücken für unser Repertoire. Unser Eröffnungsstück sollte, wie ich schon vor so langer Zeit beschlossen hatte, der Calderon sein. Außerdem studierten wir eine Adaptation des *Arztes wider Willen* ein, wobei bei diesem Stück von Molière womöglich noch weniger übrig blieb als bei *Das Leben ein Traum* von Calderon, doch machte mir das wenig Kopfzerbrechen – das war einfach notwendig für die *biblia pauperum*, die unser Theater nach unserer Vorstellung sein sollte. Wir versuchten, das Stück zu dem hinzudeichseln, das es hätte werden können, wenn die Schauspieler der *Commedia dell'arte* im Kaptstadt von heute gelebt hätten und Coloureds gewesen wären wie wir: ein schwungvolles Musical mit bissigen und doch verspielten Kommentaren zur politischen Situation.
Am dritten Januar, nach einem trubeligen Coon Carnival am zweiten Tag nach Neujahr, eröffneten wir im Luxurama mit einer Aufführung von *Das Leben ein Traum*. Das Theater war brechend voll, was zum Teil eine Folge der Sensationsberichte war, die Davey Sachs immer wieder in seiner Zeitung gebracht hatte. Nie im Leben habe ich mehr Lampenfieber gehabt als an diesem Abend; wir waren allesamt so nervös, daß wir in den ersten paar Minuten schlechter waren als Amateure. Doch als wir uns gewissermaßen warmspielten, entwickelte sich im Pulbikum eine geradezu elektrisch geladene Spannung. Als der besinnungslose Segismundo im Palast zu sich kam und entdeckte, daß aus seinen Ketten und Fellen über Nacht fürstliche Roben geworden waren, gingen die Zuschauer voll mit. Und als er kurz danach einen unverschämten Lakaien zum Fenster hinauswarf, gab es die ersten spontanen und ermutigenden Zwischenrufe: »Richtig! Wirf ihn nur raus! Bring den Bastard um!« Und zu regelrechten Tumulten

kam es, als König Basilio befahl, den Prinzen zurückzubringen in sein Verlies.
Als Segismundo zum zweitenmal erwachte, diesmal jedoch wieder in Fesseln und im Elend, folgte dem ein kurzer Dialog, den Calderon nicht wiedererkannt hätte:
»War es ein Traum?« fragte der Prinz seinen Wärter Clotaldo. »Aber du warst doch selber dabei, ich habe dich gesehen. Und jetzt bin ich wieder hier, schau dir meine Ketten an. Nur – warum liegst nicht auch du in Ketten?«
»Ich bin weiß«, erwiderte Clotaldo.
Bei diesen Worten riß es das Publikum von den Sitzen, und Hunderte von Menschen riefen wie ein Mann:
»Jaaaaa!«
Erst nachdem sie sich wieder beruhigt hatten, konnten wir weitermachen: wie im Delirium, betroffen und in Ekstase. Ich hatte im Schlußmonolog Mühe, meine Stimme zu beherrschen: *Wir sind so fremd in dieser Welt, daß das Leben selbst wie ein Traum ist. Der Reiche träumt seine Reichtümer, der Arme seine Fetzen und Lumpen. Jedermann träumt, was er ist, und keiner kann es verstehen . . .*
Nach dem letzten Vorhang herrschte tödliches Schweigen im Theater. Zehn, zwanzig Sekunden hindurch, eine halbe Minute lang, war es mucksmäuschenstill. Doch als dann der Applaus losging, war es wie ein Dammbruch. Als wir das letztemal vor den Vorhang gerufen wurden, fingen wir auf der Bühne an zu tanzen, fielen uns in die Arme und küßten einander und lachten und schluchzten zugleich.
Zum erstenmal war mir *sinnfällig* geworden, warum ich zurückgekommen war. Mein blinder Glaube war belohnt worden. Es war keine Illusion, war nicht vergeblich gewesen.
Jawohl, dachte ich, Artaud hat recht gehabt: das Theater hatte wirklich etwas vom Schwarzen Tod, von der Pest, die im Dunkel wütet, einem Delirium, von etwas Furchtbarem und Ansteckendem, das einem dunklen und uraltem Bedürfnis entsprang und sich unter einer schwarzen Sonne entwickelte, die so unentrinnbar war wie die Freiheit.

Und dazu, sagt Artaud, gehört die unerklärliche sexuelle Kraft, die latent in den ältesten Mythen schlummert ...: ob das der Grund war, warum ich in dieser Nacht mit Lucy schlief? Schlief?! Hellwach waren wir, als wir jeden ekstatischen Augenblick durchlebten, einander nahe, aufeinander, ineinander, nackt und schlüpfrig und glatt und uns Mrs. Geustyns Mutter Husten in dem Zimmer nebenan kaum bewußt; erst als es tagte, schliefen wir ein – trunken und benommen, die Hände des einen zwischen den Schenkeln des anderen, unsere Leiber klebrig, die Münder gesättigt vom Geschmack des anderen.
Später an diesem Morgen, kurz bevor Lucy ging, trotzte Oom Appie dem Nachtgeschirr seiner Schwiegermutter, um mir einen Besuch abzustatten und mir unmißverständlich klarzumachen, wie jemand unter die Erde gebracht werden müsse.

Aus den tiefsten Schichten des Unterbewußten tauchte gestern nacht der Traum wieder auf – von mir und Jessica am Strand neben der Wasserlache, in der wir rituell unseren Körper reinigten; und von der Kolonne der grünen Speiseeis-Laster, die wie die Panzer über die Hügel eines besetzten Landes herunterkamen: und wieder sah ich, wie sie sie mitnahmen, nur daß sie mich dabei mit entsetzten Augen anstarrten und ich entdeckte, daß ich nackt war. Die Hände vor mein Geschlecht legend, blieb ich stehen und sah ihnen nach, wie sie davonfuhren und verschwanden. Danach stand ich auf einer Anhöhe überm Meer, wie die Kreidefelsen von Dover, die Gloucester und Poor Tom erreichten, beide völlig abgerissen und der alte Mann blind; ich war immer noch nackt, wie ich es gewesen war, als Jessica noch bei mir gewesen war, und am Ende des weißen Abgrunds sah ich Dulpert stehen. Er winkte mir zu kommen, winkte mir, nun komm doch schon, und ich schickte mich an hinunterzulaufen, doch bevor ich ihn erreichte, hatte er einen Sprung gemacht und war im Meer verschwunden, und ich erwachte mit einer Erektion, die schmerzhaft war, so hart war mein Glied: doch warum? Denn in dem ganzen Traum war nichts von Verlangen gewesen, nur Angst; es sei denn, man trägt die Angst mit sich herum wie das weiße Sperma, um das zerstörerische Nichts zu befruchten.

Acht Abende hintereinander spielten wir im Luxurama, und zwar immer abwechselnd eines von unseren beiden Repertoirestücken. Kein einziger Platz blieb bei diesen Vorstellungen leer. Wir hätten noch doppelt solange spielen können, doch war das Theater schon von anderen angemietet worden, und wir mußten in die Westliche Provinz abreisen – und zwar in dem brandneuen Kombi, den Willems Firmen uns zusammen mit der Subvention für ein ganzes Jahr hatten zukommen lassen.
In immer weiter sich ausdehnenden Ellipsen machten wir unsere Gastspiele in den zugänglicheren Teilen des Boland, wobei wir an jedem Ort zwei Abende hintereinander spielten, in Aulen oder Gemeindehäusern, von denen viele aus Fertigteilen gebaut worden waren; auf Plätzen und Lichtungen und am Wochenende in irgendwelchen Siedlungen; einmal auf einem Rugbyplatz, des öfteren auf Gemeindegrund hinter einer Reihe von Arbeiterhäusern; konnten wir nicht am Nachmittag spielen – was für gewöhnlich werktags der Fall war – kamen alle mit Ölfunzeln und Laternen ausgerüstet, um den Bühnenbereich zu erhellen. Es gab keine festen Eintrittspreise. Statt dessen ließen wir hinterher den Hut herumgehen, wobei wir oft mehr Knöpfe darin fanden als Münzen. Dafür verpflegten sie uns, versorgten uns den Sommer über mit Obst, Trauben und Eiern, manchmal mit einem mageren Hähnchen, ja, einmal sogar mit einem Spanferkel, das Doors schlachtete und Jerry zubereitete, nachdem er es in einer der unzähligen Flaschen Farmwein eingelegt hatte, die uns außerdem zugesteckt wurden.
Sobald unser Kombi irgendwo in einer Staubwolke halt machte, kam die gesamte Gemeinde herbeigelaufen, um die Schauspieler zu begaffen und um uns beim Abladen zu helfen. Manchmal brauchten wir eine besondere Erlaubnis, um zu spielen, doch Willems Name war wie ein Sesam-öffne-dich. Und war es soweit, waren alle zur Stelle, manche auf *riempie*-Bänken und durchgesessenen Rohrstühlen, ja selbst auf aus dem Leim gehenden vikto-

rianischen Lehnsesseln, die von Neureichen, welche mehr daran interessiert waren, sich die neuesten ›schwedischen‹ Möbel anzuschaffen, unter den Farmarbeitern verteilt worden waren. Doch die meisten von ihnen saßen auf Säcken oder Wolldecken einfach auf dem Boden: vom Staub ganz graue Kinder, die uns mit riesigen Augen anstarrten wie die Feldmäuse, schreiende oder friedlich schlummernde Babies mit Schnuller im Mund, nach dem letzten Schrei gekleidete Teenager; ältere Leute – Arbeiter und ein paar wenige andere, die ›Bessres gewöhnt waren‹; selbst die Uralten oder Halb-Toten, Halb-Tauben und Halb-Senilen kamen. Es kamen manche, die fragten, ob wir irgendeine Sekte verträten, und andere, die uns für einen Circus oder für eine politische Partei hielten. Doch unter welchen Umständen und aus welchem Antrieb auch immer – überall ging das Publikum bis zum letzten Mann mit, und überall herrschte die gleiche Begeisterung.

Es war anstrengend. Nicht einmal meine Wanderbühnenjahre in England hatten mich auf etwas so Kräfteverschleißendes vorbereitet. Denn nachdem wir das eigentliche Kap hinter uns gelassen hatten, wußten wir nur selten, wo wir die Nacht verbringen oder ob wir überhaupt schlafen konnten, wo wir spielen und was wir dabei einnehmen würden; Geld war dabei zum Glück noch die geringste unserer Sorgen; wir konnten ja immer noch auf die Subventionsgelder zurückgreifen, und außerdem verfügten wir noch über einen Notgroschen von unseren Luxurama-Einnahmen.

Nach drei Wochen kehrten wir nach Kapstadt zurück, um nochmals eine Woche im Luxurama zu spielen, woran sich zwei Wochen im Little Theatre unter der Schirmherrschaft der Universität anschlossen. Gleichzeitig begannen wir mit den Proben für unsere nächsten Stücke: eine *Antigone*-Collage sowie einen auf Aristophanes basierenden verrückten Schwank, *Der Dichter und die Frauen.*

In gewisser Hinsicht war unsere zweite Tournee leichter als die erste, denn diesmal wußten wir bereits, was uns erwartete. Aber sie war auch anstrengender. Da der Winter nahte und das Wetter

schlechter wurde, war es nur selten möglich, im Freien zu spielen. Wir kamen zu dem Schluß, die Wintermonate über nicht durchs Land zu reisen; der Winter sollte zur Erholung und zum Experimentieren da sein, sollte uns Gelegenheit zur Bestandsaufnahme und Konsolidierung geben.
Doch etwas geschah, das enervierender war und uns vor eine größere Zerreißprobe stellte, als Erschöpfung und Unbequemlichkeit. Wir erfuhren davon eines Abends in den Radionachrichten: Bei einer Reihe von Razzien im ganzen Land hatte die Sicherheitspolizei Dutzende von Leuten festgenommen, um sie zu verhören. Unter den in der Zeitung am nächsten Tag aufgeführten Namen fand sich der von Harry Tsabalala. Zwei Tage später wurde Harry Tsabalala als tot gemeldet. »In der Zelle eines natürlichen Todes gestorben«, hieß es in der Zeitung.
Jerry wollte sofort nach Johannesburg hinauf, doch ich hielt ihn zurück.
»Du kannst dort im Moment nichts machen. Und er hat niemanden hinterlassen, dem du helfen müßtest.«
»Ich möchte hin und herausfinden, was passiert ist. Ich muß es wissen.«
»Und wie willst du das herausfinden?«
»Die Wahrheit über sowas sickert immer irgendwo durch.«
»Angenommen, sie sickert wirklich durch: Was willst du daran ändern? Was kannst du dort mehr tun als hier? Sei doch vernünftig.«
»Bedeutet dir das denn überhaupt nichts, Capey?«
Ich spürte meine Stimme im Kehlkopf vibrieren: »Das weißt du doch ganz genau, Jerry.«
Er zögerte, doch dann legte er mir die Hand auf die Schulter. »Tut mir leid, Capey.« Nach einer Weile sagte er dann gefaßter: »Aber es muß etwas geben, das man tun kann. Wir können doch nicht einfach weitermachen, als ob nichts passiert wäre.«
»Wir werden den Schwank heute abend nicht spielen«, sagte ich. »Wir werden die *Antigone* wiederholen – und zwar so, daß die Leute genau wissen, was es heißt, Nein zu sagen.«
Lange sah er mich an, doch dann nickte er langsam und wandte

den Kopf ab; vielleicht wollte er, daß ich seine Tränen nicht sah. Oder hatte er meine bemerkt?

Harry war tot. Ein Teil meiner eigenen Erfahrungen war durch seinen Tod aus den Fugen geraten. Irgendwie paßte alles nicht mehr zusammen. Es war Harry gewesen, der mich in mein Land eingeführt hatte, er, der angefangen hatte, über Sharpeville zu lachen und seither nicht damit aufgehört hatte. *Eines natürlichen Todes in seiner Zelle.*

An diesem Abend kam Jerry noch einmal zu mir.

»Also gut«, sagte er. »Wir haben jetzt unsere *Antigone* gespielt. Und was nun? Reicht das? Spielen wir nicht ein kleines Spiel, Capey? Um uns herum stirbt die Welt, und wir spielen die *Antigone*! Warum spielen wir die *Antigone*?«

»Weil das für meine Begriffe die sicherste Möglichkeit ist, die Menschen aufzuwecken.«

»Meinst du, sie schlafen?«

»Ich will ihnen was zeigen. Damit sie wissen, was mit ihnen passiert.«

»Und mal angenommen, sie nehmen es sich zu Herzen: Was dann? Zeigst du ihnen dann einen Ausweg?«

»In solchen schrecklichen Augenblicken kann kein Mensch anderen einen Ausweg zeigen, Jerry. Wenn es uns gelingt, einigen durch das, was wir tun, die Augen zu öffnen, kann jeder selbst entscheiden, was er tun will und Verantwortung für sich selbst übernehmnen.«

»Nein!« Seine Stimme war wie ein Peitschenknall. »Capey, wenn du nachts eine Frau weckst und in sie eindringst, kannst du ihn nicht auf halbem Weg zurückziehen und ihr sagen, sie soll es selbst zu Ende bringen; dann mußt du sie schon bis zum Ende bringen.«

»Wir reden diesmal nicht von Frauen, Jerry.«

»Wo ist da der Unterschied? Du willst den Menschen die Augen öffnen – und dann beiseitetreten. Aber laß es dir von mir gesagt sein: Kein Mensch hat in dieser Zeit und in diesem Land das Recht beiseitezutreten.«

»Ich trete nicht beiseite. Warum, glaubst du, bin ich zurückge-

kommen? Jeder muß für sich selbst entscheiden, wo er sich engagiert, und bei mir ist es das Theater.«
»Aber du bist mehr als nur Schauspieler«, sagte er leise. »Du bist außerdem auch noch ein Mensch. Das solltest du nie vergessen.«

Das war die Wasserscheide für unsere Gruppe. Um Jerry von meiner Aufrichtigkeit zu überzeugen, nahm ich Abschied von dem *Romeo und Julia*-Vorhaben, das ich für die nächste Produktion vorgesehen hatte, und wählte ein Stück von unmittelbarer Bedeutung, das auf Peter Weiss' *Mockinpott* zurückging. Uns gingen die Augen über, was für neue Bedeutungsnuancen im Zusammenhang mit unserer Situation ans Licht kamen in dieser hinreißenden Komödie über den sanftmütigen kleinen Mann, der sein ganzes Leben lang allen seinen Verpflichtungen seiner Frau, seinem Beruf und seinem Vaterland gegenüber nachkommt und dann im Gefängnis landet. Schließlich entlassen und die Schuhe an den Füßen vertauscht, wankt er durch die Welt und versucht, seinen Platz wieder zu finden; als alles andre fehlschlägt, wendet er sich an den Himmel – um zu entdecken, daß Gott selbst nichts weiter ist als ein Kapitalist, der versucht, seinen Riesenkonzern auf Ertragskurs zu halten.
Mit diesem Stück hatten wir zum erstenmal im Little Theatre Premiere. Vielleicht war das ein Fehler, denn zwei Tage später wurde in einer afrikaanssprachigen Zeitung ein Leserbrief abgedruckt, in dem jemand sich über das Gotteslästerliche im *Mokkinpott* beschwerte. Noch am Nachmittag desselben Tages erhielten wir ein Telegramm von der Zensurbehörde, die von uns verlangte, das Stück abzusetzen.
Nach einer Woche hektischer Verhandlungen erlaubte man uns weiterzumachen, vorausgesetzt, wir strichen sämtliche Bezüge auf Gott und entschärften den Rest, so daß von dem Stück eigentlich nicht mehr viel übrigblieb.
Jerry wollte es sofort abblasen, doch ich überredete ihn weiterzumachen; wenn wir erstmal wieder unterwegs wären, könnten wir wieder daran ›arbeiten‹. Widerstrebend erklärte er sich einverstanden. Doch am dritten Abend unserer Tournee in einem

Obstschuppen außerhalb von Grabouw traten während der Pause plötzlich zwei zivil gekleidete Polizeibeamte aus dem Publikum an uns heran und informierten uns, wir hätten uns von dem ›gebilligten Text‹ entfernt und dürften nicht weiterspielen.
Ohne wie gewohnt um eine kleine Spende zu bitten, trugen wir unsere Sachen zurück zum Kombi.
»Na, Capey?« fragte Jerry.
Ich sah ihn an. Seine Augen hatten nichts Aggressives, er schien sogar Verständnis für mich zu haben, aber ich wußte, daß wir einen entscheidenden Augenblick erreicht hatten.
»Jetzt kehren wir nach Kapstadt zurück«, erklärte ich so ruhig wie es mir möglich war. »Und morgen fangen wir noch einmal ganz von vorn an. Wenn sie es so haben wollen, bitte schön, sollen sie. Wir können uns zur Wehr setzen. Die bringen uns nicht zum Schweigen.«
Ich hatte jedoch nicht mit einer weiteren unmittelbaren Folge des Zwischenfalls gerechnet. Auf irgendeine obskure Weise kam die Geschichte am nächsten Tag in die Zeitungen, und als die Zensurbehörde damit reagierte, daß unsere Version des Stückes vollständig verboten wurde, kam es zu einem Aufstand im Blätterwald. Davey Sachs stellte am nächsten Sonntag – natürlich in der besten Absicht – die Frage: »Was will der prominente Industrielle Willem Viviers dagegen unternehmen, daß man die von ihm unterstützte Theatergruppe mit solchen Kleinigkeiten verfolgt?«
Und der prominente Industrielle Willem Viviers reagierte sofort – allerdings ganz anders, als Davey Sachs erwartet hatte. Ich erhielt eine dringende Aufforderung, ihn unverzüglich aufzusuchen. Im selben Augenblick, da ich sein üppig ausgestattetes Büro betrat, war klar, daß ihm alles andere als wohl zumute war.
Er bot mir eine Zigarette an und fing an, über das Wetter, die Farm und die internationale Politik sowie die steigenden Preise zu reden, bis ich ihn unterbrach.
»Ich nehme an, du möchtest über die Theatertruppe mit mir reden.«
Er drückte seine Zigarette aus. »Ja. Ein ziemlicher Wirbel, was?«
»Bringt dich das in Ungelegenheiten?«

»Bringt es *dich* nicht in Ungelegenheiten?« lautete seine rasche Gegenfrage.
»Selbstverständlich. Andererseits ist es ermutigend; es beweist, daß die Leute sich immer noch um das kümmern, was im Theater in unserem Land gesagt wird. Und solange das der Fall ist, hat das, was ich zu tun versuche, einen Sinn.«
»Aber vorsätzlich Konfrontationen zu provozieren . . .« Er schüttelte den Kopf. »Das ist sehr unklug.«
»Wer provoziert? Wer hat versucht, Gotteslästerliches in *Mokkinpott* zu finden?«
»Du weißt doch, wie die Leute in diesen Dingen reagieren.«
»Aber von den Kanzeln am Sonntag kannst du mehr Gotteslästerliches hören als im ganzen *Mockinpott*«, sagte ich. »Es ist schließlich so, daß den Leuten die ganze Richtung des Stückes nicht gepaßt hat, aber sie hatten Angst, das offen zu sagen. Die Hinzufügungen und Änderungen, die wir in Grabouw vorgenommen haben, hatten mit Religion nicht das geringste zu tun. Die haben doch nur einen Vorwand gesucht, um uns was am Zeug zu flicken.«
»Jetzt flicken sie auch mir was am Zeug.«
»Was willst du damit sagen, Willem?«
Er betrachtete seine Hände; seine Manschettenknöpfe waren kleine Goldklumpen. »Du mußt meine Lage verstehen«, sagte er. »Ich kann nicht einfach tun, was ich möchte: Ich muß immer zugleich an meine Firmen denken und Rücksicht darauf nehmen. Wir sind Geschäftsunternehmen, unser Feld, das ist die Wirtschaft, nicht die Politik. Und das, was hier geschehen ist, kann negative Auswirkungen auf uns haben.«
»So?«
»Ich habe Leute in meinem Aufsichtsrat sitzen, die dafür sind, euch die Unterstützung zu streichen.«
»Wenn das deine Entscheidung ist . . .« Ich erhob mich.
»Warte, Joseph!« Auch er stand auf. »Ich habe sie bewogen, euch noch eine Chance zu geben. Wir haben bewiesen, daß wir Vertrauen zu deinem Unternehmen haben, und ich denke, wir haben auch eine gewisse Verantwortung euch gegenüber. Wenn

du mir eine schriftliche Garantie gibst, daß du strittige Themen in Zukunft vermeidest, bin ich bereit, meinerseits die Unterstützung auf unbestimmte Zeit zu garantieren.«
»Und was verstehst du unter ›strittigen Themen‹?«
»Sachen, die andere vor den Kopf stoßen könnten.«
»Wen?«
Er antwortete nicht.
»Das Establishment?«
»Warum bist du so aufrührerisch, Joseph?«
Ich wandte mich zur Tür. »Die Subventionen kannst du behalten!« sagte ich. »Wir kommen auch so zurecht. Und ich will lieber verhungern, als von solchem Geld leben.«
»Joseph!« sagte er.
Ich sah zurück.
»Um eines möchte ich dich bitten. Bitte, verwechsle meine Firmen nicht mit mir als Person.«

So ließ ich meine erste Adaptation von *Romeo und Julia* liegen und erarbeitete innerhalb von drei Tagen zusammen mit Jerry eine neue. Was wir vom Original beibehielten, war nur die äußere Handlung, und auch das nur in groben Zügen. Unser Romeo, Renier, war ein Coloured, und unsere Juliet, Lucy, eine Weiße.
Es war erstaunlich, wie sich der Fortfall der Subventionen auf unser Leben auswirkte. Dank unserer früheren Erfolge hatten wir auf der Bank immer noch ein schönes Guthaben; folglich machte sich der Wegfall nicht sofort bemerkbar. Doch allein das Bewußtsein, jetzt ganz auf uns selbst gestellt zu sein, ließ ein neues Zusammengehörigkeitsgefühl innerhalb unserer Truppe entstehen. Nun mußten wir beweisen, daß wir durchhielten, einzig und allein dadurch, daß wir uns nicht einschüchtern und mundtot machen ließen: und damit wurde aus unserer Theaterarbeit mehr als nur eine ›kulturelle Aktivität‹. Was immer wir in Zukunft auf die Bühne brachten – notfalls sogar eine Salonkomödie – würde als Form von Trotz und Herausforderung gedeutet werden, als Beweis dafür, daß wir ›ihrer‹ Daseinsberechtigung

etwas Gültiges entgegenzusetzen gedachten. Was zur Folge hatte, daß selbst in Jerry eine neue Flamme der Begeisterung aufloderte, die die ganze Truppe zu neuen Taten anspornte.
»Mach dir keine Sorgen, Capey«, sagte er später in diesem Jahr einmal. »Wenn du Geld brauchst, sag Bescheid. Ich werde es für uns besorgen.«
In der Tat fuhr er einmal für drei Wochen nach Johannesburg und kehrte mit fast tausend Rand zurück, die er auf unser Konto einzahlte.
»Woher hast du das?« fragte ich überwältigt.
»Bitte keine Fragen . . .!« erwiderte er.

Doch daß uns Willems Unterstützung entzogen wurde, zeitigte auch andere Folgen: Plötzlich waren wir Freiwild, plötzlich stand es jedermann frei, sich der Jagd auf uns anzuschließen. In acht oder neun Ortschaften, wo wir zuvor problemlos Säle angemietet hatten, mußten wir jetzt feststellen, daß sie ›von Unbekannten‹ reserviert worden waren; Farmer, die uns kostenlos ihre Scheune zur Verfügung gestellt hatten, brauchten diese jetzt dringend für Wichtigeres; Gemeinden, die uns bisher ohne weiteres gestattet hatten, auf ihrem Gebiet aufzutreten, verlangten nunmehr Genehmigungen oder die Einhaltung unmöglicher Vorschriften. Die Provinzverwaltung, die bislang von sich aus auf irgendwelche Vergnügungssteuern verzichtet hatte, machte ihre Entscheidung jetzt rückgängig. Zu jeder Tages- und Nachtzeit, ja, manchmal inmitten einer Vorstellung, tauchten obskure Beamte auf, um Einsicht in unsere ›Bücher‹ zu nehmen, die Eintrittskarten zu kontrollieren oder Zahlen und Aufstellungen zu verlangen, von denen wir noch nie etwas gehört hatten.
Auch ließ die Polizei uns nicht in Ruhe. Wir konnten nie mehr auf Reisen gehen, ohne daß wir unterwegs angehalten wurden, damit sie unseren Kombi durchsuchen, die Kostüme inspizieren oder Rollenbücher beschlagnahmen konnten. Mehr als einmal kam es vor, daß wir verspätet anfangen oder die Vorstellung ganz abblasen mußten, weil unversehens eine Minute vor

Spielbeginn die Polizei auftauchte, um zu überprüfen, ob wir auch hunderterlei sogenannte Vorschriften einhielten.
Zu Jahresbeginn wurden wir von der Universität Natal eingeladen, in Durban und Umgebung *Romeo und Julia* zu spielen. Die ersten, von der Universität selbst organisierten Aufführungen, fanden vor gemischtem Publikum statt; es mußten also besondere Vorkehrungen getroffen werden, damit sie als ›Privatvorstellung‹ vor geladenem Publikum gelten konnten. Trotz aller Vorsichtsmaßnahmen tauchte die Polizei fünf Minuten vor Spielbeginn auf und verzögerte den Beginn über eine halbe Stunde, um die Liste der Eingeladenen zu kontrollieren; selbst dann weigerten sie sich, uns anfangen zu lassen, es sei denn, man erlaubte ihnen selbst teilzunehmen. Dieser Bitte wurde entsprochen. Doch gleich nach dem letzten Vorhang kamen diese Polizeibeamten nach hinten in die Garderobe, um uns alle zu verhaften – weil wir sie ohne vorschriftsmäßige Einladung in den Zuschauerraum gelassen hatten! Die Universitätsverwaltung schritt ein, um zu verhindern, daß wir die Nacht in Gewahrsam verbrachten, und zwei Tage später wurde der Fall vom Magistrat einfach fallengelassen. Aber der neue Aufruhr, den der Zwischenfall hervorrief, machte uns das Leben nicht gerade leichter. (»Ihr seid also die Leute, die immer Scherereien machen, ja?«)
Aber wir machten weiter und bewahrten uns unser Gefühl, etwas Sinnvolles zu tun. Die Beziehungen innerhalb des Ensembles waren intakt und herzlich. Renier neigte dazu, aufbrausend zu sein, und Frikkie versank gelegentlich in Depression, aber ernsthafte Probleme hatten wir nicht. Meine einzige persönliche Sorge galt Lucy. Wir schliefen zwar ab und zu noch miteinander, doch entwickelte sich daraus keine klar definierte Beziehung – eine Nacht der Leidenschaft, ein Abbau körperlicher Spannungen, ein bißchen Zärtlichkeit, das war alles. Doch damit allein gab sie sich nicht zufrieden. In der Praxis löste sich alles, weil sie hinterher zu Jerry ging, um sich an seiner Schulter auszuweinen, woraufhin er mit ihr ins Bett ging, um sie zu trösten.
Es gab eine endlose Kette von Mädchen auf unseren Tourneen, die er auf diese Weise tröstete. »Es tut gut zu wissen, daß Leute

einen brauchen«, entschuldigte er sich und setzte ein schiefes Lächeln auf.
»Kriegst du denn nie genug?« fragte ich ihn.
»Naja«, sagte er, »ich weiß, ich kann nicht jede Frau auf der Welt vögeln. Aber ich kann mich zumindest redlich bemühen.«
Auch ich suchte mir gelegentlich ein Mädchen und verbrachte eine Nacht des Verständnisses oder der Lust mit ihr und zog dann weiter, immer voran auf unserer elliptischen Bahn ohne Ende, die geichwohl ihre eigene dunkle Bedeutung hatte. So sah ich es und fand ich mich damit ab; außerstande, mir irgendeine andere Lebensweisheit vorzustellen.
Nach unseren Gastspielen in Natal begannen wir mit den Proben zu *Hamlet*, jenem Drama, mit dem ich nunmehr seit Jahren geliebäugelt hatte. Das Unternehmen hatte vom ersten Tag an etwas Besonderes; es sah ganz danach aus, als ob der *Hamlet* einmal unsere Glanzleistung werden würde.
Zu den Generalproben luden wir häufig Gäste ein – Freunde, Bekannte, Studenten – um uns darüber klar zu werden, wie die Schlüsselszenen ankamen. Bei einer unserer letzten Proben zum *Hamlet* brachte eine Freundin von Jerry, Englisch-Lektorin an der University of Capetown, einen Gast mit: einen großen, vierschrötigen Mann mit eindrucksvollem Gehabe; er war an den Schläfen graumeliert und hatte klare graue Augen und trug einen betont modischen Anzug, der jedoch bei seiner Größe trotzdem irgendwie unpassend wirkte. Als er mir vorgestellt wurde, fiel mir zunächst die Behaarung auf seinem Handrücken auf.
»Richard Cole«, stellte Jerrys Freundin ihn vor. »Ich nehme an, Sie haben von ihm gehört?« Als ich zögerte, fügte sie hinzu: »Der Schriftsteller.«
»Natürlich!« Ich setzte ein entschuldigungheischendes Lächeln auf. »Sie müssen verzeihen, aber ich habe kein einziges Ihrer Bücher gelesen.«
Er grinste. »Das ist nichts Ungewöhnliches. Ich stehe auf dem Index, folglich sind alle meine Bücher hier verboten.«
Irgend etwas, ein Hauch von Andeutung, daß er das als Ruhmestat betrachtete, flößte mir im ersten Augenblick ein ungutes Ge-

fühl ein. Und doch hatte er so klare und offene Augen – Augen ohne jedes Arg, dachte ich – so daß ich nicht anders konnte, als ihn zu mögen. Nach der Probe blieb er noch für ein letztes kurzes Gespräch.
Erst ergriff er nur meine Hand. Dann sagte er: »Ich danke Ihnen. Sie haben mir heute einen *Hamlet* gezeigt, der mir die Augen dafür öffnete, wie beunruhigend modern Shakespeare sein kann.«
Ich war mir nicht darüber im klaren, ob er das ernst meinte, oder ob er als Schriftsteller nur versuchte, seinen Eindruck so überzeugend wie möglich zu formulieren.
»Sind Sie sich eigentlich darüber im klaren, wieviel Sie riskieren?« fragte er.
Ich zuckte mit den Achseln.
»Sollten Sie jemals Schwierigkeiten bekommen«, sagte er, »vergessen Sie bitte nie: Es gibt viele unter uns, die sich hinter Sie stellen werden.«
Am nächsten Tag erwartete mich in dem Raum, in dem wir probten, ein kleines Päckchen – ein Geschenk von Richard, sein letzter Roman mit folgender Widmung.
Für Joseph Malan, den Mitstreiter. Herzlichst, Richard.
Beigefügt war eine äußerst schmeichelhafte Rezension aus dem *Times Literary Supplement*.
Zwei Tage später hatten wir Premiere im Luxurama und brachen dann zu unserer neuen Tournee auf; Anfang April kehrten wir zurück, um wie gewohnt unsere kurze Gastspielzeit im Little Theatre zu absolvieren. Zur Eröffnungsvorstellung erhielt ich eine Karte mit guten Wünschen von Richard, der die gesamte Truppe für den nächsten Abend zu einer Party im Haus von Freunden in Oranjezicht einlud.
Und dann starb Dulpert.

6

Man kann einfach nicht glauben, daß der einzige Grund dafür, daß wir leben, in einer Qual liegt, die ebenso ungerecht wie unerklärlich scheint – Pirandello.

Als ich in London die Rolle des Sohnes in *Sechs Personen suchen einen Autor* gespielt hatte, war ich anfangs tief enttäuscht gewesen: was sollte man aus einer Rolle machen, die einen zwang, mehr oder weniger das ganze Stück über auf der Bühne zu stehen, dabei aber weniger als fünf Minuten Dialog zu sprechen? Doch während der Arbeit am Stück empfand ich es zunehmend als Herausforderung.

Der Theaterdirektor und seine Gruppe von Schauspielern proben auf der kahlen Bühne und werden dabei von sechs Personen unterbrochen; diese sind gleichsam Flüchtlinge aus der Phantasie eines Schriftstellers, der sie nicht weitergeführt, sondern liegengelassen hat. Vater und Mutter einander entfremdet; der Vater begegnet Jahre später seiner Stieftochter in einem Bordell, in dem sie als Dirne arbeitet, erkennt sie aber erst, als im entscheidenden Moment seine Frau auftaucht – die wiedervereinigte Familie unter dem düsteren Blick des ältesten Sohnes, der die Stieffamilie haßt – die absurde Katastrophe des kleinen Mädchens, das ertrinkt, und ihres Bruders, der an einem Schnittpunkt von Phantasie und Wirklichkeit Selbstmord begeht – die komische und schockierende Art, in der der Theaterdirektor ihr Leben deutet und dabei alles verfälscht.

Vater und Stieftochter bietet die Bühne eine Gelegenheit, ihr Dasein zu rechtfertigen; auch der kreatürliche Gram der Mutter besitzt einige Bedeutung, die von Heideggers ›uneigentlichem Sein‹; und selbst die beiden Kinder, die, ohne irgend etwas zu verstehen, in die Handlung hineingezogen werden, erfüllen als Opfer der Ichsucht der anderen eine Funktion ... Doch was war mit dem Sohn, mit mir?

Seine Funktion besteht einzig darin, alles, was geschieht, in Frage zu stellen, ein konstantes Nein. Er hat etwas Rührendes, wie der Bruder des Verlorenen Sohnes in der Bibel; er ist derjenige, der treu blieb, der niemals etwas verlangte, der nie etwas verschwendete – und für den am Ende kein gemästetes Kalb geschlachtet wurde. Was soll man aus soviel Negativem machen?

Und doch: Was anderes kann der Sohn tun, außer Nein zu dem unerquicklichen italienischen Stück zu sagen, in das sie ihn hineinziehen wollen? Diese Art von Märtyrertum zu bejahen, hieße, alle Sinnlosigkeit bejahen. Und das kann er nicht. Im tiefsten Herzensgrunde seiner Ablehnung der Geschichte der anderen muß eine furchtbare Überzeugung liegen, daß die Welt *Sinn* besitzt; denn nur, wenn er an die Möglichkeit des Sinns glaubt, kann er das Recht fordern, Sinnlosigkeit und Wahnsinn von sich zu weisen.

Nun liegt seine Tragödie darin, daß er nur deshalb Teil der Gruppe von sechs Personen ist, weil er ihre Geschichte mit ihnen teilt. Er ist nicht ›menschlich‹, er ist nicht einmal ein Schauspieler, der imstande wäre, sich seine Rollen auszusuchen; er ist nichts weiter als eine Figur im Kopf eines Schriftstellers, der – darin Gott gleich – seiner Schöpfung den Rücken gekehrt hat. Sein einziger Daseinsgrund liegt eben in dem Melodrama, das er nicht wahrhaben wollte: Wäre das nicht gewesen, hätte es ihn nicht einmal gegeben. Folglich kehrt er sich gegen sich selbst.

Aber es kommt noch schlimmer. Diese sechs Personen, den Sohn eingeschlossen, der zu ihnen gehört, obwohl er es nicht will, sind so in ihre unvollendete ›Geschichte‹ verstrickt, daß keiner von ihnen merkt, daß sie alle Teil eines ganz anderen Stückes geworden sind: der bitteren Komödie, die aus der Interaktion des Theaterdirektors mit seiner Truppe geboren wurde und die sich vor dem Publikum abspielt. Auf diese Weise wird er gerade durch sein Schweigen zum Auslöser der Katastrophe am Ende, dem Tod der Kinder, ohne selbst daran beteiligt zu sein.

Die ganzen Jahre über war der Sohn ein quälender Schatten in meinem Geist geblieben: er, der zur Vergeblichkeit verdammt ist, weil er an einem Stück teilhat, an dem er nicht teilhaben will; der beständig die Augen verschließt vor dem wirklichen Stück, in das er ›geworfen‹ wurde.

Hatte ich nicht sehen wollen? Dann würde das schlimmste von

allem die Tatsache sein, daß ich mir die ganze Zeit über eingebildet hatte, mit offenen Augen dazustehen. Es war, als träumte man, wach zu sein; erst wenn man hinterher erwachte, begriff man, daß alles ein Traum gewesen war. Es sei denn, alles wäre Teil eines Traums wie dem von Segismundo. Oder es gäbe doch eine endlose Abfolge von Kreisen, durch die man einen nach dem anderen und Schicht um Schicht hindurchbrechen müßte, um dabei jedesmal zu entdecken, daß der vorhergehende wache Zustand nichts weiter war als wiederum eine Etappe dieses langen, dunklen Schlafs.
Vielleicht gab es sie, die Heiligen, die eines Tages das letzte Erwachen erreichen. Doch dazu müßte man an Gott glauben; und das konnte ich genausowenig wie der Sohn an die Existenz seines Autors glauben konnte.

7

Dulpert war tot. Jerry war es, der mir an diesem Morgen zitternd die Zeitung brachte. Er hatte nicht einmal eine Ahnung, daß ich Dulpert kannte. Für ihn war er nur wieder einer, noch einer.
»Wieder ›eines natürlichen Todes‹ . . .?« fragte ich wie vor den Kopf geschlagen.
Er warf mir die Zeitung aufs Bett. »Nein. Diesmal ist es zur Abwechslung Selbstmord. Hat sich in seiner Zelle in Durban aufgehängt, wo die Sicherheitspolizei ihn verhörte.«
»Dann kann der Name nicht stimmen«, sagte ich. »Wenn es Selbstmord ist, kann es sich nicht um Dulpert Naidoo handeln.«
»Hast du ihn denn gekannt?« fragte Jerry baß erstaunt.
»Ja, ich habe ihn gekannt.«

Ja, ich habe dich gekannt. Du tauchtest bei Gran'ma Grace auf und bezogst das Zimmer der geilen Ursula; du hattest einen gewaltigen schwarzen Blechkoffer dabei, den wir nicht öffnen konnten; zuletzt haben wir ihn vom Balkon runtergeworfen, was die ganze Nachbarschaft weckte; doch es half nichts, und später

sprossen dann bleiche Pflanzenkeime daraus hervor. Du hast mir gesagt, was ich lesen sollte, von Marx bis Gandhi und weit zurück bis zum *Kama Sutra*. Dann lieh Jim sich dieses Buch von dir aus, um sich auf seine Ehe vorzubereiten; dabei brach er sich das Bein; und als er Selbstmord beging, bist du mit mir bis in das Leichenschauhaus in Salt River gefahren. Da war der umgestürzte Obstkarren, weißt du noch, und Bananen und Äpfel kullerten über die Straße. Eine Leiche hatte an der Zehe ein Schildchen hängen. Und auf der Rückfahrt hast du mit einer Eindringlichkeit und einem Ernst auf mich eingeredet wie nie zuvor.
Du lehrtest mich die Musik lieben und machtest mich mit der Terminologie des Mahatma bekannt: *ahimsa* und *satyagraha*.
Du hast dir alle Stücke angesehen, in denen ich mitspielte; nur eines Abends, als man auf der Straße eine Coloured gedemütigt hatte und du einem Bettler dein ganzes Geld gegeben hattest, tauchtest du nicht auf.
Du bist mit mir auf die Parade gefahren, um ein Liebesbett zu kaufen, und manchmal saßest du im Schneidersitz darauf und summtest: »Om. Om. Om . . .«
Du warst mir ein Freund, du warst mir Bruder, und jetzt bist du tot; und ich liebe dich!
Ich weiß nicht, wo du die ganzen Jahre über gewesen bist; vielleicht ist aus den Zeitungen später mehr darüber zu erfahren. Doch wo immer du gewesen bist – du hast alles geteilt, was wir zusammen unternommen haben; jetzt bist du tot, und die Hälfte unserer Erinnerungen, die du mit dir herumtrugst, ist verschwunden. Von nun an wird mir in meinem Leben für immer etwas fehlen: dasjenige von mir, das ich dir geschenkt habe.
Der HErr hat gegeben, der HErr hat genommen. Doch dafür kann ich seinen Namen nicht preisen.

In dem kleinen blauen Austin, den ich kurz vor unserer *Hamlet*-Tournee gebraucht gekauft und den Jerry für mich wieder fahrtüchtig gemacht hatte, fuhr ich an diesem Morgen von daheim hinauf zum Rhodes Memorial. Von dort aus ging ich zu Fuß weiter den Berg hinauf in das Schweigen der Föhren, bis die Land-

schaft aus Meer und Stadt sehr weit und sehr preisgegeben unter mir lag.
Ich wollte diese Landschaft aus Meer und Stadt nicht sehen. Ich wollte nicht da sein, und ich wollte nicht dort bleiben.
Ich dachte: *Wie kann man weiterleben in einem Land, an das man nicht mehr glaubt?*
Ich dachte: *Wie kann man weiterleben in einer Welt, an die man nicht mehr glaubt?*
Und ich fragte mich: *Wieso kommt es, daß Liebe und Verzweiflung so nahe beieinander liegen?*
Ich war jetzt seit achtzehn Monaten wieder zurück, länger sogar, fast zwei Jahre. Wir hatten gelernt, miteinander zu arbeiten und waren in vieler Hinsicht erfolgreich gewesen. Und dann hatte sich das Blatt gewendet, alles war schwieriger geworden – weiterzumachen und zu glauben. Aber wir mußten weitermachen. Und allein zu wissen, daß wir uns nicht hatten mundtot machen lassen, bedeutete eine gewisse Genugtuung.
Doch auf was lief letztlich alles hinaus? Was hatte ich erreicht? War es das, wofür ich zurückgekehrt war? War das der Zweck, den ich erfüllen sollte? War das genug? Sollte das alles sein?
Ich war müde. Zum erstenmal seit dem Tag, da ich mit dem weißen Dampfer zurückgekehrt war, wurde mir klar, wie müde ich war – eine Müdigkeit, die mir tief in den Knochen steckte. Ich versuchte, mir alles zu vergegenwärtigen, was seit jenem fernen Tag geschehen war: der alberne Streit mit dem Zollbeamten, das *Whites Only*, die Theater, in die ich nicht hineindurfte. Willems Geste; ich dachte daran, wie brutal man mich mit Johannesburg bekannt gemacht hatte, mit Soweto und den Gerichtssälen. Ich erinnerte mich an den alten Mann auf dem Hochhaus und unsere endlos lange Rückfahrt. *Ja, mein Baas. Ja, meine Krone.*
Ich suchte weiter zurück in der Zeit, tastete nach Impulsen in meiner Kindheit. Erste Entdeckungen: ein Krippenspiel, ein Circus; ein Junge, der weggelaufen war und ausgepeitscht wurde, bis mir schlecht wurde und ich hatte erbrechen müssen; ein Tag in Bain's Kloof und ein junges Mädchen auf dem Felsen; die Frau eines Vorarbeiters auf dem Klo. Ich erinnerte mich der Winter-

morgen und der Sklavenglocke, die im Dunkeln bimmelte, erinnerte mich an die Unruhe, die meine Mutter am Sonntagnachmittag befiel, an meine Mutter, die an ihrem trockenen, dunklen Brot würgte.

Jetzt war ich müde. Jetzt war ich allein.

Ich dachte: *Ich kann nicht weitermachen.*

Und dann dachte ich: *Nein, ich kann doch weitermachen.*

Dulpert hatte gesagt: Man kann immer weitermachen, man stößt nie an die eigenen Grenzen. Dulpert hatte gesagt: Wenn du deinem eigenen Wesen treu bleibst . . .

Kleinmütig kehrte ich zurück zu meinem kleinen Auto.

An diesem Abend gingen wir nach der Vorstellung auf die Party in Oranjezicht. Ich zog mich mit meinem Glas in der Hand in eine Ecke zurück; ich war mürrisch, hatte etwas gegen die ganze Welt.

Doch später an diesem Abend kam Richard zu mir und sagte: »Ich möchte Sie mit jemand bekanntmachen.«

Eine junge Frau stand neben ihm. Ich erhob mich.

Kühl und fest lag ihre Hand in meiner.

Ich hörte, wie er sagte: »Joseph, das ist Jessica Thomson.«

Fünftes Kapitel

Ende, es ist zu Ende, es geht zu Ende, sagt Clov, es geht vielleicht zu Ende. Ein Körnchen kommt zum anderen, eins nach dem anderen, und eines Tages, plötzlich, ist es ein Haufen, ein kleiner Haufen, der unmögliche Haufen. Bald nach diesem fragt der blinde Hamm: Wieviel Uhr ist es? Und Clov wird antworten: Soviel wie gewöhnlich. Draußen wird es dämmerig bleiben, ein Abend, der nie näherkommt und nie wieder weicht, ein ewiges Purgatorium. Denn solche Arten von Dunkelheit gibt es. Ich kenne sie gut.

Ich kann an die Monate des Eingesperrtseins, die dem Prozeß vorangingen, nicht denken, ohne sie im Lichte von *Endspiel* zu interpretieren; jenem *Endspiel*, an dem ich zuletzt gearbeitet habe, das wir aber nie aufgeführt haben. Ich weiß, was Annamaria dazu gesagt hätte: daß ich versuchte, selbst diese letzte Dunkelheit noch zu Theater zu machen – sie und ihre schnurrenden Katzen in dem dunkel dümpelnden Boot begleiten mich, als wären sie mein Gewissen – und doch war es dasjenige, das mich weitermachen ließ: daß ich es als Theater erleben konnte, wie makaber auch immer, wie endgültig auch immer: wahrhaftig Endspiel. Denn wenn ich es im Sinne von Rechtsanwalt Joubert wiederholen sollte, würde ich untergehen. In dieser Nacht waren die einzig verbliebenen Fakten die Zuckungen und der Überlebenskampf des Ich. Es war eine Art Tod, das unentdeckte Land, von dem ich – jetzt – nicht mehr mit meinen eigenen Worten berichten kann. Augenblicke, ja, doch irgendwie im Fluß befindlich, ohne Ursache und Wirkung. Ich weiß, daß es einen Anfang gegeben hat, ich denke, daran erinnere ich mich gut; und es gab eine Art Ende. Aber dazwischen?

Dazwischen der Schmerz. Das war gefährlich. Nicht wegen seiner zerstörerischen Kraft oder der irrationalen Reaktionen, die er hervorrief, sondern, weil es nur Schmerz gab, nichts weiter als Schmerz, reinen Schmerz.

Doch dazu kam es erst nach und nach, nicht sofort.

Im Verhandlungsraum las mir der junge Sergeant mit dem Bürstenschnitt meine kurze Aussage noch einmal vor und ließ mich unterschreiben; dann schloß er den Aktendeckel und sagte: »Und dann wollt ihr wählen! Da passiert eine Kleinigkeit, und der ganze Zivilisationslack ist ab – und ihr seid wieder nichts weiter als Barbaren.« Mit seinen grobschlächtigen Händen strich er sich die Uniform glatt und wandte sich den beiden Wachtmeistern zu, die mich von Bain's Kloof hierhergebracht hatten. »Bringt ihn in die Zelle«, sagte er. »Ich komme nach.«

Es war bereits dunkel. Ich erinnere mich, daß plötzlich die Kirchenglocken läuteten, als wir über den Kies des Hofes hinübergingen zu der weißen Reihe Zellen – Klänge, die in der feuchten Luft aufschwirrten wie ein Taubenschwarm. Natürlich, es war Ostern, der HErr war wahrhaftig auferstanden, es war Zeit für den Abendgottesdienst.

Die Zelle war leer. Die beiden Wachtmeister kehrten mir den Rücken zu und warteten auf den Sergeanten. Dann traten sie beiseite, um ihn eintreten zu lassen, drehten sich langsam um und wandten mir das Gesicht zu. Er trug einen Gummiknüppel. Sein Gesicht verriet nichts. Naiv, wie ich war, hatte ich nicht die geringste Ahnung, was er vorhatte, ehe der Knüppel mich ins Gesicht traf und ich den knirschenden Laut in meiner Nase hörte. Die Plötzlichkeit und die Heftigkeit des Schmerzes ließ mich in die Knie gehen. Die beiden Wachtmeister fingen mich von hinten auf. Durch roten und schwarzen Schmerz schüttelte ich den Kopf und öffnete die Augen. Der nächste Schlag traf mich rechts am Kopf. Die beiden Männer hinter mir sorgten dafür, daß ich nicht zu Boden ging, und holten mich für den dritten Hieb zurück. Ich weiß nicht, wie lange das weiterging. Ich hatte Blut im Mund und in der Nase und in den Ohren. Ich konnte nichts mehr sehen.

Als sie mich losließen, sank ich auf den Betonboden.

»Steh auf!« befahl der Sergeant aus weiter Ferne. »Steh auf, Hottentott! Ich werd' dich lehren, dich an weiße Frauen ranzumachen.«

Ich versuchte aufzustehen, doch die Beine versagten mir den Dienst.
»Steh auf!« wiederholte er.
Ich versuchte es nochmals. Ohne Vorwarnung trat er mich in den Bauch. Ich kippte nach vorn und erbrach mich auf den Boden und auf seine derben Stiefel.
»Schwein!« sagte er. »Sieh dir an, was du gemacht hast. Mach das wieder sauber!«
Mit der linken Hand versuchte ich den Stiefel zu erreichen, doch er stieß sie fort.
»Friß es!« befahl er. »Friß es bis zum letzten Brocken!«
Sie schlugen mich auf den Rücken, während ich das Erbrochene durch Blut und gebrochene Zähne hindurch von den Stiefeln leckte. Endlich war es geschafft, doch das war noch nicht das Ende. *Oh nein, das ist nicht das Ende; das Ende ist Tod und Wahnsinn*. Und es herrschte Tageslicht jenseits des hochsitzenden, vergitterten Fensters, als meine Augen sich wieder an eine verzerrte Welt gewöhnten.
Irgend jemand, ich weiß nicht, wer es war, brachte mir etwas zu essen, einen Blechteller und -becher, aber ich konnte nichts zu mir nehmen. Ich weiß nicht, wann sie kamen, um die Sachen wieder abzuholen. Das erste, dessen ich mir wieder bewußt wurde, war, daß sie mich an Armen und Fußgelenken packten, hinaustrugen und die grelle Sonne sich mir in die Augen brannte, ich durch die Luft geschwungen wurde – auf Metall landete; eine Tür wurde verriegelt, und der Boden, auf dem ich lag, fing an zu rütteln und zu rattern. Es dauerte lange, bis ich begriff, daß ich in einem Polizeiauto lag, denn es war Drahtgeflecht zwischen mir und dem Licht.
Ich versuchte mich aufzurichten, was mir schließlich gelang. Die Finger im Draht verkrallt, saß ich wie benommen da und starrte hinaus auf die Welt, die zitternd vorüberhuschte: Weinberge und Eichen, in der Ferne blaue Bergzüge. Wie ein Kind, das eine Lektion lernt, mühte ich mich mit meinen Gedanken ab, bis sie wieder bereitwilliger zu fließen begannen.
Manchmal mußte ich meinen Kopf gegen den Draht lehnen, um

Schwindelanfälle zu überwinden. Doch eine kleine, verbissene Genugtuung nahm durch den Schmerz hindurch Gestalt an. Ein Bewußtsein, frei von Stolz und Demut: Jetzt ist es soweit, jetzt passiert es, ja, und ich kann es aushalten. Ehe der entscheidende Augenblick da ist, weiß keiner, wie er darauf reagieren wird und ob er sich nicht doch als Feigling erweist. Heldentum, nein, darum ging es nicht. Das einzige, was zählte, war: aushalten zu können. Jetzt war ich drin, jetzt nahm es seinen Lauf, und ich war *da*. Es war nicht wie die anderen Male, wo ich mich auf distanzierte Objektivität hatte zurückziehen können. Ich war tatsächlich dabei.

Der Schmerz verließ mich keinen Augenblick. Doch gestern nachmittag, am Sonntag, als ich von Bain's Kloof zur Farm heruntergekommen war, um mich zu stellen, hatte ich mich allem ausgeliefert, was vor mir liegen mochte, wie Jessicas Kiesel mit der Riefe. Nicht passiv, sondern gefaßt. Und es reichte weiter zurück als bis nach Bain's Kloof. Den Kopf am Maschendraht, versuchte ich, die Spur zurückzuverfolgen. Sie führte mindestens zu dem vor langer Zeit getroffenen Entschluß zurück, von London nach Kapstadt zurückzukehren.

War es Nietzsche, der gesagt hat – wo hatte ich es nur gelesen? – bei Dulpert womöglich? – daß das, was einen nicht umbringt, stark macht?

Noch war ich nicht tot. Ich saß hinten in einem geschlossenen Polizeiwagen, befand mich wieder auf dem Weg nach Kapstadt. Unterwegs dorthin.

Umbringen würde es mich später, das wußte ich; deshalb hatte ich mich ihnen ja gestellt. Ich *wollte* den Tod. Aber in diesem Augenblick lebte ich noch, und ich war zufrieden. Mochte es auch noch so absurd sein, es lag eine gewisse Würde darin zu wissen: ich bin noch da, noch habe ich nicht aufgegeben. Ohne Stecken noch Stab, mich im dunklen Tal zu trösten, schritt ich weiter voran. Siehst du das, HErr? Sogar gegen Dich.

Näher am Kap wurde die Welt offener und leerer, eine weite, abweisende Ebene, in welcher der Wind Staub aufwirbelte. Es war, als brauchte man diese Offenheit, ehe man in die Stadt einfuhr: als ob man aller Überbleibsel einer früheren Existenz entkleidet werden müßte und alles reduziert auf die elementaren Tatsachen von Erde und Himmel, Wind und zähen Resten von Vegetation. Es war keine Rückkehr nach Kapstadt wie so viele andere Male in der Vergangenheit, denn was mich erwartete, war nicht die Stadt, sondern das Gefängnis, eine Zelle, ein Gerichtssaal und die Endgültigkeit eines Urteils. Mein neues Kap, dies letzte Kap, hatte nichts gemein mit der Stadt, in der Jessica und ich uns geliebt hatten und wo wir zusammengewesen waren, nichts mit Harry oder den Geustyns, Richard oder Dulpert oder Gran'ma Grace. So war ich dankbar für die Leere, für ihren ernüchternden und reinigenden Einfluß.

Links und rechts erstreckten sich die Vororte. Die Buden und Hütten von Windermere, die Welt von Pater Mark: Scharen von Kindern, Farbflecke, die sich hinter hohen Stacheldrahtzäunen bewegten, an denen unzählige Stoff- und Papierfetzen flatterten, verwelkt wie die Blumengirlanden, die ein Bettler hinhält. Dann brach das Kap über uns herein. Wir hielten in einem Hof. Arme zogen mich heraus. Auf unsicheren Beinen wurde ich, von zwei Uniformierten eskortiert, in ein Gebäude gebracht. Was geschehen mußte, würde jetzt sehr bald seinen Anfang nehmen.

In einer Amtsstube sagte jemand zu meinen Begleitern: »Bringt ihn rauf zur Sicherheitspolizei. Sie warten schon auf ihn.«

Das zweite Büro erkannte ich wieder vom vorigen Besuch, doch regte mich das nicht auf. Ich konnte nicht verstehen, warum sie das machten – es war schließlich eindeutig Mord und hatte mit der Sicherheitspolizei nichts zu tun – aber selbst das war nicht sonderlich wichtig.

Das war der Anfang.

Was geht vor? fragt Ham angstvoll, was geht hier vor? Worauf Clov in aller Ruhe antwortet: Irgend was nimmt seinen Lauf.

»Wir kennen uns, nicht wahr?« sagt der Mann in der braunen Jacke. »Du hast dich seit dem letztenmal ein bißchen verändert. Aber wir kennen uns, schön. Und wenn ich nicht irre, habe ich dir letztesmal gesagt, du brauchtest nicht zu weinen, wenn dir irgendwann was zustößt. Weißt du noch?«

»Ich weine nicht.«
Er lacht. »Ach, gib uns etwas Zeit. Wir haben ja noch nicht mal angefangen.«
Die Zelle ist wie ein Schacht. Die Wände sind so hoch und stehen so dicht beieinander. Sie sind dunkelgrau gestrichen, und durch die Farbe hindurch hat man tief in den Putz Namen, Initialen und Daten eingeritzt, Obszönitäten und *Jesus rettet dich!* Meine Roßhaarmatratze und meine graue Wolldecke mit den drei nicht mehr weißen Streifen liegen ausgebreitet auf dem Fußboden unter dem unerreichbaren Fenster. Die Glühbirne ist durch Maschendraht geschützt. In der Ecke, gegenüber von meinem Bett, steht ein offener Eimer ohne Deckel, den sie mir an manchen Vormittagen zu leeren gestatten. Wohnzimmer, Speisezimmer, Schlafzimmer, Badezimmer, alle modernen Installationen und dieselben Gedanken bevölkern diese kleine Welt. Wieviele Jahre ist es her, daß ich bei einer Studentenaufführung in der Schauspielschule Richard II. gespielt habe? Und bis *Endspiel* habe ich es dann nie geschafft. Ich muß mein Gedächtnis üben, muß Struktur in meine Tage bringen und mir für bestimmte Stunden vornehmen, meine alten Rollen zu proben. Um wach zu bleiben. Nur nicht den Verstand verlieren, hat Willem gesagt. Du kannst es auf den Tisch dort drüben stellen, danke, Doris.
Das kleine Fenster sitzt zu hoch, als daß man draußen etwas erkennen könnte außer dem Unterschied zwischen Tag und Nacht. Sie haben meine Uhr konfisziert und die Schnürsenkel herausgenommen. Wahrscheinlich kann man sich mit dem Uhrglas die Pulsadern aufschneiden und an Schnürsenkeln aufhängen. So muß Dulpert es gemacht haben.
Wenn sie nicht bei mir sind, bringt mir ein mürrischer Coloured dreimal am Tag etwas zu essen. Eine gummiartige, graue Pampe und bitteren, schwarzen Kaffee am Morgen. Am Nachmittag Maisgrütze und eine merkwürdige, bläulich geronnene Masse, die alles mögliche sein kann; gelegentlich ein Stück ranzigen Speck. Abends eine Mönchsmahlzeit aus braunem Brot und Kaffee. Dadurch, daß er sich selbst einmal zum Opfer gebracht hat, Welt ohne Ende nichtsdestotrotz.

»Heute wirst du reden«, sagt der Mann mit den langen, weißen Händen und wischt sich die Finger ab, als wären sie klebrig.
»Ich habe bereits ein volles Geständnis abgelegt.«
»Bis jetzt hast du noch gar nichts gesagt, mein *boytjie*.«
»Ich habe sie umgebracht. Ist das nicht genug?«
»Mir ist es scheißegal, ob du es getan hast und wie du es getan hast. Ich will wissen, *warum*.«
»Das geht niemand etwas an.«
Wie beiläufig läßt er die Zigarette ganz nahe vor meinem Gesicht tanzen. Meine Augen sind fasziniert von der Glut vorn.
»Überleg dir gut, was du sagst«, sagt er ruhig.
»Was gibt es da noch zu berichten?«
»Wir wissen mehr, als du denkst.«
Ich schüttele den Kopf.
»Wir kennen diese Hure. Wir haben sie schon eine lange Zeit beobachtet.«
»Weil sie nicht einverstanden war mit dem, was hier vorgeht.«
Er grinst. »Den Typ kennen wir. Eine ganz gewöhnliche, kleine Liberale, die ihre Beine für jede neue Idee breit macht.«
Ich beiße die Zähne zusammen. »Sie ist tot. Wozu sie hinterher noch beleidigen.«
»Wir kennen sie. Wir wissen alles über ihre Fahrt durch Afrika.«
»Was soll ich Ihnen dann noch erzählen?«
»Klarheit in ein paar Sachen bringen sollst du. Über sie und deine Freunde.«
»Ich verstehe nicht.«
»Der Kerl ist bescheuert«, wendet er sich an einer seiner Kollegen, die in dem kahlen Raum am Tisch sitzen. »Er braucht etwas Nachhilfe.« Er zieht an seiner Zigarette, läßt träge den Rauch entweichen und wendet sich dann wieder mir zu. »Angefangen hat es mit Dulpert Naidoo«, sagt er.
»Sie haben mich doch schon letztesmal über ihn ausgefragt.«
»Aber wir waren nicht besonders glücklich mit deinen Antworten. Findest du nicht, es sind der Zufälle zuviele, daß plötzlich auch noch dieser Richard Cole auftaucht? Und Harry Tsabalala? Dir scheint die Gesellschaft solcher Leute zu gefallen.«

Ich blicke auf. Das dünne Lächeln umspielt noch immer seinen Mund. »Siehst du?« sagt er. »Wir halten die Augen offen. Und was ist mit deiner sogenannten Schauspieltruppe?«
»Es gibt nichts, was Sie gegen uns vorbringen könnten. Wir haben in aller Öffentlichkeit ...«
»Mich interessiert nicht, was ihr in der Öffentlichkeit gemacht habt. Ich will wissen, was hinter dieser hübschen Fassade geschah.«
»Da steckte nichts dahinter.«
»Hör zu, Mann«, sagt er. »Du bist erst ganz kurze Zeit in unserer Hand. Aber du bist dir hoffentlich darüber im klaren, daß wir dich einhundertachtzig Tage festhalten können, ohne daß ein Hahn danach kräht? Und dann nochmal hundertundachtzig. Bis wir alles gehört haben.«
»Aber es gibt nichts.«
Er geht um den Tisch herum und kehrt in aller Ruhe auf seinen Platz zurück. »Letztendlich werden wir genau das aus dir herausholen, was wir wollen«, sagt er. »Warum nicht gleich ein volles Geständnis ablegen? Du ersparst uns allen einen Haufen Unannehmlichkeiten.«
»Aber ich kann nichts mehr sagen.«
»Wir wollen wissen, in was du und Richard Cole und Jessica Thomson und deine Schauspieler verwickelt wart, und warum es plötzlich so wichtig war, sie zu beseitigen.«
»Sie halten Ausschau nach einem Schauerroman. Aber den gibt es nicht.«
Mit dem Kopf zeigt er auf die Wände ringsum, auf die weiche, schallschluckende Asbestverkleidung. »Du kennst diesen Raum, nicht wahr? Du bist schon mal hiergewesen.«
Ich nicke.
»Siehst du. Wir warten, Joseph!«
Ich schüttele den Kopf.
Lange verharrt er in Schweigen, ehe er sagt: »Es ist deine letzte Chance.«
»Ich habe Ihnen alles gesagt, was ich weiß.«
Wenn sie einem eine lichtdurchlässige Plastiktüte über den Kopf

ziehen, hat man ein eigentümliches Raumgefühl. Für einen Moment ist die Welt immer noch klar, wie immer. Dann fühlt es sich an, als ob man sie in sich hineinsaugte. Man versucht, im Raum zu atmen, versucht danach zu greifen, doch jemand hält einem die Hände fest. Dann sieht man plötzlich alles doppelt, kehrt sich das Innere nach außen und verschwindet. Nachdem das ein paarmal passiert ist, ist man sich nicht mehr so sicher, welcher Welt man angehört. Vielleicht ist man tot und nur das Gehirn glimmt noch für eine Weile nach; und die Fragen, die rings um dich herum widerhallen, scheinen einer Welt anzugehören, die du bereits hinter dir gelassen wähntest. Aber im allgemeinen kehrt der Schmerz zurück: ein Tritt in den Bauch, ein Schlag mit dem Gummiknüppel über die Nieren, ein Handkantenschlag ins Genick. Und die Folge des Schmerzes ist, daß du dich wieder orientieren kannst und weißt, daß du zumindest noch nicht tot bist. Was enttäuschend ist.

Es gibt noch ein anderes Gefühl: wenn sie dir in hockender Stellung die Arme um die Beine festschnüren, dir einen Sack über den Kopf ziehen und dir einen Besenstiel unter den Knien hindurchschieben, um dich mit dem Kopf nach unten aufzuhängen. Manchmal wächst es ganz langsam, minuten- oder stundenlang; du hast nur das Rauschen deines Blutes im Kopf, bis er sich anfühlt, als würde er gleich platzen. Und dann ist da eine Stimme, die dich durch das Rauschen in deinen Ohren hindurch anspricht, und die Fragerei geht wieder los, bis der Druck auf das Trommelfell so groß wird, daß du nichts mehr verstehst. Aber sie sorgen dafür, daß du den Fragen nie entkommst. Manchmal lassen sie überhaupt nicht von dir ab, und wenn sie keine Fragen stellen, spürst du, wie ihre Hände an deinen Sachen herumzerren. Natürlich bist du in dieser Lage allem schutzlos preisgegeben, jeder Schlag brennt, und sie verstehen sich darauf, sie zu variieren: mit den dicken, stumpfen Schlagstöcken, die deine Knochen übel zurichten, und den dünnen Rohrstöcken, die die Nervenenden zerfetzen. Noch schlimmer ist es, wenn sie dich, während du so dahängst, ansengen, etwa ihre Zigaretten an den Innenseiten der Schenkel ausdrücken oder auf der Haut deines Hodensacks. Man

hat ein Gefühl von Schwerelosigkeit, als ob man wie ein Komet durch das All stürzte. Manchmal kannst du deine eigene Stimme hören, wie sie dir aus den Eingeweiden herausgezogen wird, endlos und eintönig, wie die von Sagrys damals im Schuppen.
Es ist ein sehr großer Mann mit wallendem Umhang, der sie ins Heu drückt, daß die rohen Heustengel sich ihr in die Lenden bohren und seine Hände ihre winzigen Brüste quetschen; erst nachdem er fort ist, entdeckt sie den Rijksdaalder, den er ihr in die Hand gedrückt hat, doch der Baas schöpft Verdacht und läßt sie auf den Hof hinausführen, wo sie ihr die Kleider herunterreißen, die Jungs sich mit der langen Peitsche abwechseln und dabei allzu laut lachen.
»Erzähl uns von Pater Mark«, sagen die Stimmen. »Erzähl uns von Jerry Buys und Renier Arendse. Erzähl uns, was Jessica Thomson in Südafrika wollte.«
Und dann ist da die Panik, die dich ergreift, wenn sie dich zu Boden werfen und dir ein Stück Holz quer über die Kehle drükken, um dich zu erdrosseln, langsam, sie haben's ja nicht eilig, langsam, bis du würgst und schluchzt; oder, wenn du Glück hast, bis du besinnungslos wirst. So etwa muß die Maus empfunden haben an jenem Tag, als ich sie für Oom Sassies Enkelkinder totmachte. Es ging nur schneller, und sie starb wirklich, und sie beerdigten sie neben dem Klo.
Vielleicht ist die Entwürdigung das schlimmste von allem. Schlimmer als der Schmerz. Doch das ist nur zu Anfang so, bis sie auch noch den letzten Rest von Würde in dir ausgelöscht haben. So etwa müssen manche Heilige sich ihrer Würde entledigt haben, der Heilige Simeon Stylites mit seinen übelriechenden Wunden auf seiner Säule, der Heilige Johannes vom Kreuz in seiner Zelle. Der aktiven Phase der Läuterung, schreibt der Heilige Johannes vom Kreuz, folgt die passive Phase der Erfüllung. Und um das volle Wissen um ›die dunkle Nacht der Seele‹ zu erringen, müssen beide Prozesse durchgemacht werden. Um dich zu läutern, dich leer und zum Gefäß zu machen und dich zu besiegen. Erst, wenn du den Körper und seine Bedürfnisse, sein Verlangen nach Lust und nach Schmerz, seiner Liebe und Wol-

lust, seinen Ängsten, seinen Sinnen, seinem Gewicht – erst wenn du all dies überwunden und hinter dir gelassen hast, bist du bereit, von neuem zu lieben; blind im Dunkel, warmherzig und im Schweigen.

Zerbrich, zerbrich! Doch wie weit kann das gehen? Wo erreicht der Körper seine Grenze?

Die dunkle, graue Zelle ist mein Zuhause, allerdings nur ein vorübergehendes und nicht frei von den Übergriffen anderer; die Obszönitäten und das *Jesus rettet dich* sind wie die Inschriften im Warteraum eines Bahnhofs. Mein Körper – den eigenen Händen und Augen fremd–, ist eine klaffende Wunde. Ich pflege ihn wie eine Wunde, durchaus liebevoll, aber ohne mich allzusehr an ihn zu hängen.

Der Winter setzt früh ein in diesem Jahr und mit schlechtem Wetter; nachts ist es kalt, viel zu kalt für die eine fadenscheinige Wolldecke. Manchmal bitte ich den mürrischen Mann, der mir das Essen bringt, mir noch eine zu geben, aber er sagt nie etwas und bringt auch nichts. Das einzige, was er mir völlig unvermittelt eines Morgens anvertraute, war:

»Die Mannschaft von Western Province hat gestern 12 zu 6 gewonnen.«

Bravo, Western Province, denke ich, nachdem er gegangen ist, und wärme mir die Hand an dem Becher. Es tut gut zu wissen, daß es irgendwo in der Welt immer noch jemanden gibt, der gewinnt.

Es ist eintönig, die ganze Zeit über geschlagen zu werden, aber man gewöhnt sich trotzdem nicht daran. Die Schwierigkeit besteht darin, hinterher stehenzubleiben. Nicht nur stundenlang, sondern tage- und nächtelang, manchmal mit Ziegelsteinen in der Hand. Weder bringen sie dir zu essen, noch darfst du dich bewegen. Dein Körper, der sich willentlich nicht mehr beherrschen läßt, vollführt seine Ausscheidungsfunktionen, wo du stehst. Deine Backen werden stoppelig, deine Hände sind zitterig und die Hosen verdreckt, dein Atem riecht übel, und wenn du fällst, sind die schweren Stiefel da, dir wieder Beine zu machen.

Sie bringen mir ein Stück Papier und sagen: »Unterschreib!«

Ich versuche, es durchzulesen, kann aber die Wörter nicht fassen. Infolgedessen bitte ich einen von ihnen, es mir vorzulesen, und bemühe mich nach Kräften, mich auf das zu konzentrieren, was er sagt. Als er fertig ist, sieht er mich an, und ich krümme mich und breche in Lachen aus.

»Bist du verrückt?« sagen sie und reißen mich wieder hoch. »Was ist denn los mit dir?«

»Ich weiß es nicht«, sage ich und wische mir die Tränen ab.

»Unterschreib hier«, sagen sie und drücken mir einen Federhalter in die Hand, »mehr wollen wir ja nicht.«

»Ich tu's nicht«, sage ich.

Sie drehen mir den Arm auf den Rücken.

»Unterschreib!« sagen sie.

»Nein.«

Irgend etwas reißt, und schwarze Splitter schießen mir durchs Hirn. Jetzt ist der Arm nicht mehr zu gebrauchen; ich bin wie eine flügellahme Krähe.

Man sollte ein tägliches Gymnastikpensum durchhalten, um fit zu bleiben und nicht durchzudrehen. Und es hilft einem auch, nachts leichter zu schlafen. Aber mein Körper hat aufgegeben. Auf der Bühne konnte ich früher jeden Muskel beherrschen, jeden Nerv, doch jetzt sind zuviele davon zerrissen oder überdreht oder gefühllos geworden.

»Warum machst du es dir so schwer?« fragen sie voller Mitgefühl. »Glaubst du etwa, *uns* mache das Spaß? Es ist ein Job wie jeder andere.«

Ich fange an zu weinen, weil sie so freundlich sind.

Die Tränen tropfen in meine Tasse. Ich lasse die Untertasse fallen, aber sie versichern mir, das mache nichts, der Staat werde schon dafür aufkommen, eine Kleinigkeit.

»Wir wissen, daß du unschuldig bist«, sagt der freundliche Mann in mittleren Jahren. »Wir haben alles herausbekommen. Das mit dem Geld, das du aus dem Ausland bekommen hast. Und wie Harry Tsabalala und Jerry Buys versucht haben, dich zu benutzen. Und als das nicht klappte, versuchten sie es mit Jessica Thomson; sie sollte ihnen helfen, dich in ihr Netz zu bekommen.

Du hast immer noch nicht mitmachen wollen. Und da gingen sie zu weit mit dir ... Unterschreib einfach hier, Joseph. Dann benutzen wir dich als Zeugen der Anklage.«
»Es ist doch alles gelogen.«
»Ich verstehe, daß du Schwierigkeiten hast zu glauben, daß deine Freunde und sogar die Frau, die du liebtest, dich ausgenutzt haben. Aber wir haben die Schlinge um sie alle zugezogen. Und gestern abend ist Richard Cole zusammengebrochen und hat uns alles erzählt.«
»Das konnte er gar nicht.«
»Du brauchst keinen zu beschützen, Joseph. Wir wissen alles.«
»Wenn Sie alles wissen, warum lassen Sie mich dann nicht in Ruhe?«
»Wir wollen, daß du mit uns zusammenarbeitest und die wahren Schuldigen bestraft werden.«
»Es ist alles gelogen, gar nichts wissen Sie. Es gibt nichts, das Sie wissen könnten. Es gibt nichts.«
»Richard Cole hat gesungen, Joseph.«
»Ich glaube nicht, daß er das getan hat. Und wenn er gesagt hat, was Sie da erzählt haben, dann hat er gelogen.«
»Die Frau hat dich benutzt, Joseph. In Tansania hat sie viel Zeit bei den Chipembere verbracht, und in Mosambik war sie bei der Frelimo. Und du hast die ganze Zeit über gedacht, sie liebt dich; dabei hat sie dich wissentlich, ohne jedes Gefühl und völlig skrupellos benutzt.«
Für Hermien ist alles nicht so besonders gut gelaufen, sagt er. Ein Kerl aus Transvaal hat sie mit einem Baby sitzen lassen. Heute ist sie mit einem Farmer in Südwest-Afrika verheiratet, sie sind nicht sehr glücklich.
»Komm mit«, sagen sie und führen mich in einen kleinen Raum, den ich zuvor noch nicht gesehen haben. Das einzige Mobiliar besteht aus einem großen Bett, wie ein Krankenhausbett; ich nehme an, sie wollen, daß ich ein Baby bekomme. Wenn sie einen Coloured ins Krankenhaus bringen, dann bloß zum Sterben, sagt meine Mutter. Sie befehlen mir, mich auszuziehen und helfen mit dem Gummiknüppel nach, als meine lahme Hand mit

den Knöpfen nicht zurechtkommt. Leg dich aufs Bett, sagen sie. Ein mit Wasser besprengtes Gummituch liegt darauf. Sie reißen mir den nutzlosen Arm hoch und fesseln ihn am Kopfende des Bettes: merkwürdig, ich hatte nicht gedacht, noch Gefühl darin zu haben. Dann das andere Handgelenk. Und unten die Fußgelenke. Abwartend liege ich da. Sie klappen den Deckel eines kleinen schwarzen Kastens hoch und befestigen an jedem Zeh einen Kupferdraht. Es ist schwierig, den Kopf zu bewegen, aber es scheint, als ob jemand eine Kurbel dreht. Wie bei einem altmodischen Grammophon. *His Master's Voice.* Plötzlich schießen mir Stalagmiten aus Schmerz durchs Bein, und mein Körper bäumt sich unkontrollierbar auf.

»Unterschreibst du jetzt?«

»Nein.«

Sie schließen die Elektroden an meine Ohrläppchen an. Die Grammophonstimme zerreißt mir kreischend den Kopf, ich stürze ins Dunkel.

Alle Viere von sich gestreckt, liegt er zwischen den Pferden, und als die Tiere plötzlich gepeitscht werden, reißen sie ihn auseinander und galoppieren in alle vier Himmelsrichtungen davon. Die Arbeiter dürfen das Fleisch hinterher bestatten.

Es gibt einen öden, beiderseits von hohen Felsen und landeinwärts von Dünen geschützten Strandstreifen; Hand in Hand wandern wir zu dem flachen Tümpel, den die Flut zurückgelassen hat und der warm und still unterm Himmel liegt. Unsere Körper sind ganz sandig. Ich wasche sie ab, erst die Schultern und die kleinen, runden Brüste, dann Hüften, Bauch und Beine, kniee mich vor sie hin, schlinge ihr die Arme um die Beine, und meine Zunge erforscht die salzige See in ihr. »Komm, jetzt spüle ich dich ab«, sagt sie und wäscht mich, wie Frauen eine Leiche waschen. Aber ich habe kein Geschlecht, die kleinen Krebse müssen es weggeknabbert haben. »Ich grabe dich ein«, sagt sie und hilft mir, mich hinzulegen; sie spreizt mir die Arme und Beine und häuft Sand über mich. Die kleinen Krebse tun sich an meinen Augen gütlich, und als sie zum Wasser zurückkrabbeln, blicke ich durch ihre hervortretenden Stielaugen und sehe sie ne-

ben dem Kreuz knien, das sie zwischen meinen Beinen aufgestellt hat.
Hamm, der blinde Hamm. Er nimmt sein Taschentuch heraus, faltet es auseinander und hält es mit ausgestreckten Armen ausgebreitet vor sich. Es geht voran. Man weint und weint, um nichts, um nicht zu lachen, und nach und nach ... wird man wirklich traurig. Wenn ich schweigen kann und ruhig bleiben, wird es aus sein mit jedem Laut und jeder Regung. Ich werde meinen Vater gerufen haben, und ich werde meinen ... meinen Sohn gerufen haben. Ah, soweit sein, soweit sein!
Zwischendurch gibt es Zeiten des Schweigens, die manchmal noch schlimmer sind. Tage, vielleicht sogar Wochen, in denen ich keinen Menschen zu sehen bekomme, außer meinem griesgrämigen Wärter. Sie lassen mich nicht raus, damit ich mir die Beine vertreten kann; höchstens, daß man mir an manchen Vormittagen erlaubt, den Gang aus roten Ziegelsteinen runterzugehen, um meinen Eimer zu leeren. Das Schweigen bringt keinen Frieden; denn wenn sie im Moment auch nicht bei mir sind, weiß ich, sie können jeden Augenblick wieder da sein, und in ihrer Abwesenheit sind sie im Grunde viel bedrohlicher gegenwärtig, als wenn sie mich wirklich verhören oder foltern. Es gibt ein kleines Guckloch an der Tür, und wenn ich von draußen niemals etwas höre, weiß ich, daß sie mich beobachten, was alle meine Bewegungen verfälscht, sie zu Bühnengesten macht, die man vorm Spiegel vollführt, wie die von Pirandello. Gut, von Pirandello zu wissen, überhaupt gut, an irgendwen zu denken, bloß um das Denken als solches in Gang zu halten.
Mit Quast und Kleistereimer steigt man die stillstehende Rolltreppe hinunter zu den Gängen darunter und klebt die neuen Plakate an die Wände, die nackten und halbnackten Mädchen, die für Büstenhalter, Schlüpfer und Strümpfe Reklame machen, die Agenturen, Guinness, Benson & Hedges. Man führt diese Zeichen der Welt draußen in dieses unterirdische Dunkel ein, als ob sie wirklich wichtig wären: Lies den *Evening Standard* und wisse, wovon du sprichst, sagt Haig, und: Träume deine Träume im Maidenform-BH. Das ist wichtig. Auf der anderen Seite machen

die offenen, schwarzen Tunnels blind wie die leeren Augenhöhlen eines Totenschädels es sind. Wenn ich nur wüßte, wann sie zurückkehren. Wenn ich nur wüßte, was noch geschieht. Wenn ich nur wüßte, wann es ein Ende hat. Am Rande des Rotlichtviertels verkündet eine große Neonreklame: *Jesus ruft dich*, und dahinter, im lautlos schwappenden Wasser der Amstel, liegt unterhalb des Westermarkts ihr Hausboot und dümpelt im Niedrigwasser vor sich hin. Ihre Nägel sind abgekaut, die Hände immer farbverschmiert, ihr Körper unter der Kleidung ist sehr weiß, und im Dunkel rund um uns her balgen sich die Katzen und verschlingen ihr Fleisch. Aus dem Bauch der Hölle heraus schrie ich zu Dir, und Du hörtest meine Stimme nicht, sie ist eine Heidin, doch ihre Bilder sind wie Glasmalereien mit Heiligen- und Engelsgestalten. Wenn ich nur wüßte, wann sie wiederkommen.

Die einzige Zukunft, die ich habe, ist eine Negation. Infolgedessen stellt meine Behauptung, daß man ohne irgendeine Form von Erwartung nicht leben kann, eine Verzerrung und Abstraktion dar. Die Nadel meines Kompasses weist ausschließlich in die Vergangenheit. Ich wage nicht, dem untreu zu werden, muß die volle Verantwortung dafür übernehmen. Ich glaube nicht an die Zukunft, sagt Annamaria, denn sie ist nicht von Dauer. Das einzige von Dauer ist die Vergangenheit und der gegenwärtige Augenblick. Ich bin mit allen Demütigungen und Mißerfolgen meiner Vorfahren verbunden. Das stellt die Summe meiner Moral dar.

Aber es ist schwierig. Alles wird bedroht und geprüft. Oom Koots Zähne werden vom Wasser weggeschwemmt, und um sich an Gott zu rächen, trinkt er sich besinnungslos am Abendmahlswein: doch wie soll man sich an Blut betrinken?

Mit dem jüdischen Händler reist er durch die östliche Kapprovinz, singt den Leuten seine Lieder vor und sagt ihnen Gedichte auf; die Sklaven und die Hottentotten beiseite nehmend, lehrt er sie die dunkle Weisheit von Freiheit, Gleichheit und Brüderlichkeit. Er predigt seiner Frau Sbongile und ihrem gemeinsamen Kind. Und wenn sie nicht aufpassen, wendet er sich an die Fliegen und sagt ihnen, sie sind frei geboren. Nichts kann ihn zum Schweigen bringen bis – schließlich – der Tod.

In der Kälte gibt es nicht mal mehr Fliegen. Dafür finde ich genug Flöhe und Wanzen in den Falten meiner Wolldecke, die ich in Diskussionen über Kant und Camus verstricken kann und denen ich lange Bühnenmonologe vorspreche; ich lasse mich darüber aus, wie man Marokko und Segismundo am wirkungsvollsten gestaltet, dann über ein Vorhaben mit *Endspiel* und den wesentlichen Unterschied zwischen Othello und Jago. Ich zerquetsche sie zwischen meinen Nägeln und rezitiere ihren toten Leibern lange Passagen meiner früheren Rollen. Sie stellen mein einziges Publikum dar, sie und die unsichtbaren Augen hinter dem Guckloch in der Tür. Wenn ich nur wüßte, wann sie zurückkommen.

»Erzähl uns von dem Geld«, sagen sie. »Diese großen Summen, die aus dem Ausland auf dein Konto überwiesen wurden.«

»Ist es illegal, Geld aus dem Ausland zu bekommen?«

»Wir möchten wissen, woher es stammt.«

»Das steht alles in den Büchern.«

»Was würdest du sagen, wenn wir dir erklärten, es käme vom ANC?«

»Das stimmt nicht.«

»Willst du damit sagen, daß wir lügen?« »Ja.«

»Bringen Sie den schwarzen Kasten, Sergeant. Er hat zulange aufrecht gesessen. Schließen Sie einen Draht an seine Zunge an, vielleicht lehrt ihn das zu sprechen.«

Man wird müde. Blind zieht er auf der Suche nach seinem Kind durch die Welt. Überall hört er gerüchteweise von ihr, aber finden kann er sie nicht. Bis die Müdigkeit ihn übermannt und er sich in Bain's Kloof niederlegt; er ist einfach zu erschöpft, um weiterleben zu können. Was spielt es für eine Rolle, fragt er: Die Nacht ist überall gleich. Aber die Nacht ist nicht überall gleich, sie war anders mit Jessica auf dem Berg, anders auch im Theater oder auf ihrem Balkon; und so eine Zunge ist etwas allzu Empfindliches; es ist, als nehme man den Schmerz durch den Mund zu sich, schluckte ihn, als ob man niemals wieder ohne ihn sein würde.

Mein Körper ist nur noch ein Strich. Ich kann meine Rippen zäh-

len, und der Arm ist zu nichts mehr nütze. Ich glaube nicht, daß ich mein Gesicht wiedererkenne, sollte ich es jemals wiedersehen. All die Stunden im Bad mit ihr, und sieh dir den Schmutz an, mit dem ich überzogen bin, der Gestank steigt mir in die Nase; bitter schmecke ich ihn an meinem Gaumen.
Du hast einen so wunderschönen Körper, sagt sie. Bewege dich nicht. Ihr Stück Kohle kratzt über das steife Papier. Ich kehre mich zur Wand, rubbele mich mit dem Handtuch trocken, bin wütend über meine Erektion, sie ist mir peinlich. Und wenn du plötzlich durch die Tür trittst, steht unversehens der David da, überwältigend, den einen Arm angespannt, den anderen entspannt, das Gesicht so herrlich hochmütig, und unter seinem jungen Bauch das Geschlecht hingegossen auf den großen, prallen Hoden. Er kann immer noch Kinder bekommen. Bei Giacomettis Skulpturen ist das anders, die sind so dünn wie windzerzauste Zypressen, gefolterte Heilige, nur mehr Schatten, Gestalten wie von Beckett, Wladimir und Estragon, oder die alten Nagg und Nell in ihrem Mülleimer, oder Clov.
»Du bist dreckig«, sagen sie. »Geh und wasch dich anständig.«
Durch alle Extremitäten meines Körpers frißt sich die klirrende Kälte in mein Blut, tiefer hinein bis in das kleine bißchen Seele, das mir noch geblieben ist. Ich bemühe mich, mich zu bewegen, um den Kreislauf anzuregen, doch meine Beine sind zu kalt, um sich noch zu regen.
»Tanz uns was vor!« befehlen sie.
Merkwürdig, daß ein so von Kälte benommener Körper immer noch soviel Gefühl hat, aber der Sjambok brennt sich durch alles hindurch, schneidet ins Fleisch, und das Blut quillt zitternd und überrascht heraus und löst sich im Wasser auf. Auf meinen Schultern, dem Rücken und den Nieren, übers Gesäß und die Beine herunter, und dann vorn, über den Bauch, mein Geschlecht und die Schenkel.
»Singe!« sagen sie. »Unter der Dusche singt man immer.«
Singend kommt das Blut aus meinem Körper und bildet kleine Lachen rund um die Füße. Komm und trink es, Oom Koot, keine Angst, du wirst schon nicht betrunken davon.

»Nun mach schon, Mann!« sagen sie. »Sing für uns, tanze für uns!«
Gott, bin ich müde, sagt sie, schenk mir die Ruhe, wo ich niemals mehr die Aug'n aufmach'n muß, um den Hunger zu seh'n un' die Qual eines neuen Tages, schenk mir, oh Herr, den Schlaf ohne Ende!
Was gebe ich ihr? frage ich spöttisch. Brot oder Steine? Doch über seine *dolosse* neben der Glutpfanne fluchend, herrscht er mich an: Du gibst ihm die Nacht!
Es sollte möglich sein, Selbstmord zu begehen. Du brauchst nur weiterzuleben, sagt Simon, das ist die sicherste Selbstmordmethode von allen. Man braucht nur auf den richtigen Moment zu warten, wenn sie nicht auf der Hut sind oder nicht zu nahe. Wenn du an ihnen vorbeikommst, kannst du durchs Fenster springen, mitten durch das Glas. Mit ein bißchen Glück stürzt du dich draußen zu Tode. Oder du reißt deine Wolldecke in Streifen und hängst dich an den Gitterstäben vorm Fenster auf, vorausgesetzt, natürlich, du kommst so hoch. Stundenlang denke ich darüber nach und erforsche die Möglichkeiten, lege mir noch die winzigsten Details zurecht. Aber selbstverständlich versuche ich nie, entsprechend zu handeln. Du brauchst nur weiterzuleben, sagt Simon.
Nicht, daß ich zu müde wäre oder mein Körper zu schwach, darüber kommt man hinweg. Es ist nur so, daß ich kein Recht dazu habe. Ich hatte eine Chance, und im Vollbesitz meines Bewußtseins habe ich beschlossen, mich ihnen zu stellen. Wenn ich sterbe, was früher oder später geschehen wird – *sie* müssen es sein, die den Tod herbeiführen. Das ist es, was mir geblieben ist, ansonsten würde ich ja alles, was bisher geschehen ist, verleugnen. Alles. Man kann nicht all dies durchleiden und dann aufgeben. Möglich, daß es wieder Camus ist, der es sagt, allerdings mit meiner eigenen Stimme. Mit all meinem Schweigen werde ich mich bis zum Schluß mit ihnen messen. Nur das macht noch Sinn: Nein zu sagen, so daß sie es ausführen müssen. Sie müssen ihre Rolle spielen, ich die meine. Dem kann sich keiner entziehen.
Das hat mich anfangs in Pamplona so fasziniert: daß der Stier

keine Chance hatte. Natürlich kommt der Matador manchmal ums Leben, und häufig wird er aufgeschlitzt. Doch das macht, existenziell gesehen, für das Schicksal des Stiers keinen Unterschied. Und doch – obwohl das Ende von vornherein feststeht und keinerlei Möglichkeit besteht, dem zu entgehen, spielt er das Spiel bis zum Ende. Der Unterschied liegt vermutlich in der Tatsache, daß der Stier es, im Gegensatz zu mir, nicht weiß. Doch nach den besten Corridas zu urteilen, deren ich mich entsinne, weiß der Stier es eben doch. Und seine Schönheit liegt in der Tatsache, daß er nicht versucht, irgend etwas zu entgehen, daß er noch im letzten Augenblick den Nacken beugt, um den Degen zu empfangen, heiter im Angesicht des Unvermeidlichen und ohne wirklich besiegt zu sein.

Ihr werdet mich umbringen. Nicht, weil ihr so besonders klug oder so mächtig oder so gewalttätig wäret. Nicht einmal, weil ich so müde bin. Sondern weil ich es so beschlossen habe, weil ich es will. Weil dies die einzige Rolle ist, die dieses Leben und dieses Land mir zugewiesen haben, und weil ich sie angenommen habe. Ich werde Ja zum Tod sagen. Er ist mein Bruder. Über Generationen und Jahrhunderte hinweg in mich eingeboren. Aber *euch* – euch gegenüber werde ich nie aufhören, Nein zu sagen und eine Absage zu erteilen.

»Wasch dich anständig«, sagen sie. »Komm schon, heb die Füße! Höher! Schneller! Tanz für uns!«

Er tanzt. In der Mitte des Raumes stehend, die Augen geschlossen und das Gesicht vor Konzentration verzerrt, tanzt er, dreht sich langsam, ohne sich vom Fleck zu bewegen, der große, dünne, schwarze Mann: Weder weint er, noch ringt er keuchend nach Luft, nur die Tränen quellen ihm langsam unter den geschlossenen Lidern hervor, und das noch lange, nachdem die Platte längst zuende ist. Weine nicht, Mann, sagt er. Morgen gehen wir heim.

Bis es nicht mehr kalt ist, sondern schlaff machend warm: Bis ich nicht mehr stehe, sondern mich – sie im Arm – hinlege. Seid doch still, seid still, laßt mich doch schlafen. Sprecht leiser. Wenn ich schlafen könnte! Ich würde vielleicht lieben. In die Wälder ge-

hen. Sehen ... den Himmel, die Erde! Laufen. Ich würde laufen, laufen, sie würden mich nicht kriegen.
Meine Kleider liegen als kleines schmutziges Bündel auf dem Boden. Ich liege als Bündel auf meiner Matratze. Sie haben mich mit der Wolldecke zugedeckt, aber ich bin trotzdem noch feucht darunter. Vielleicht ist es Schweiß. Ich weiß nicht recht, ob mir warm oder kalt ist, es gibt keinen Unterschied mehr. Mir ist schläfrig, ich bin müde. Aber ich darf nicht. Ich muß aufstehen und meine Sachen anziehen. Ich darf es ihnen nicht leichter machen. Eines natürlichen Todes in meiner Zelle.
Das sind meine Kleider, das ist meine Matratze, dies ist meine Zelle. Ich kenne sie. Ich liebe sie.
Was machst du hier, Ma? fragte ich sie.
Was meinstu damit? Wir wohn' hier. Is' uns're Wohnung.
Was macht es zu unserer Wohnung?
Deine Wohnung is' deine Wohnung.
Die andere Missus hat gesagt, ich weiß nicht, wo ich hingehöre.
Zum Teufel, sagt sie.
Sie hat da gesessen. Ich habe sie gesehen. Sie eine weiße Frau. Und es gibt keinen Unterschied, überhaupt keinen, es ist genau dasselbe, Gott, und riecht genauso wie bei einer Coloured.
Die Kälte kommt wieder, wird schlimmer. Es ist mir nachts unmöglich zu schlafen; meine Lungen schmerzen von den vielen Hustenanfällen. Manchmal, wenn ich mir den Mund abwische, habe ich Blut an der Hand. Vielleicht bringt das Fieber mich um. Aber das will ich nicht. Ich wehre mich auf das äußerste dagegen. Ich will es ihnen nicht abnehmen. Sie sollen selbst entscheiden, wie weit sie gehen wollen. Ich habe meine Entscheidung getroffen.
Manchmal kommt Dulpert mich besuchen, und wir unterhalten uns lange. Ich glaube, ich gefalle ihm jetzt besser als früher. Bis jetzt habe ich ihn noch nicht enttäuscht; bis jetzt habe ich mich seiner noch nicht als unwürdig erwiesen. Wenn ich bloß weitermachen kann. Wir kriegen diesen Koffer bestimmt noch auf. Wenn ich nur wüßte.
Weitermachen, durchhalten. Wie einfach es wäre, einfach alles

fahren zu lassen. Dieser Zweifel ist quälend. Denn es gibt keinen Grund mehr, es ist alles blind. Woher soll ich wissen, daß ich nicht verrückt bin? Woher soll ich wissen, daß es am Schluß doch einen Sinn hat? Wer erfährt schon davon, wenn mir etwas zustößt? Und wen kümmert es? Das einzige, was zählt, ist das, was bereits passiert ist. Und um dem treu zu bleiben, selbst wenn niemand davon erfährt. Selbst wenn ich es selber nicht mehr weiß.

Was macht er? fragt Hamm.

Clov hebt den Deckel von Naggs Mülleimer hoch, schaut hinein und sagt: Er weint.

Also lebt er, sagt Hamm.

Irgendwann in diesen kalten Monaten habe ich Geburtstag. Vielleicht ist er schon vorbei, vielleicht ist er heute, vielleicht habe ich ihn noch vor mir. Merkwürdig, daß man den Wunsch hat, dieses kleine Bindeglied zu Chronologie und Geschichte noch intakt zu wissen. Es wird mein dreiunddreißigster sein, und diesmal gehen wir nicht in den Circus, meine Mutter ist tot. Er wandert durchs ganze Land und verpaßt alles. Magersfontein, Colenso, Spioen Kop, Paardeberg und so weiter. Doch eines Morgens, in aller Frühe, erschießen sie ihn außerhalb von Worcester und bieten ihn der Geschichte dar: ein Kap Rebell. Capey, wenn du nachts eine Frau weckst und in sie eindringst, kannst du nicht auf halbem Weg Schluß machen und ihr sagen, sie soll es selbst zuende bringen; da mußt du sie schon ganz zuende bringen.

Hätte ich wieder zu wählen, heute, könnte ich noch einmal ganz von vorn beginnen und genau wissen, was passieren wird – würde ich dann etwas anders machen? Wäre ich dann weiser, vorsichtiger, mißtrauischer und ›realistischer‹? Ich muß mir darüber sehr im klaren sein. Mal angenommen, ich könnte heute hier raus und nochmal von vorn anfangen?

Sie sitzt auf einem Felsen, ihre Muschi und ihre kleinen Brüste naß, unberührbar. Heilige Muttergottes, schau nur, wie seidig das Haar auf ihrem runden Arm schimmert! Sie sagt: Wenn es dir gut getan hat, freue ich mich. Sie sagt: Mein Gott, es ist nicht deine Schuld, daß ich dich liebe! Von hinten schiebe ich ihr die

Hände unter den Armen durch und bedecke ihre nackten Brüste unter dem weiten Pullover, und in dem kleinen Zimmer auf der Matratze ohne Bettuch liegen wir halb bekleidet und halb nackt und lieben uns wie wild.
Hier ist ein Kiesel. Schau, ein kleines Mädchen.
Ich werde sie wieder lieben. Das ist doch sonnenklar! Das ist der einzige Stolz, der mir geblieben ist. Würde nicht, nichts von Bedeutung, nichts Wichtiges, nur dies bißchen Liebe. Selbst mein Rebellieren ist Liebe. Alles können sie mir nehmen, aber dieses nicht, denn das bin ich. Früher war ich Schauspieler, manchmal Liebhaber, manchmal Reisender, manchmal dies oder das. Jetzt haben sie mich entblößt, bis nichts mehr übrig war als ein Mensch, elend und schwach und dünn und frierend und hungrig und voller Liebe. Immer mehr Mensch, mehr und mehr nackter Mensch, wo mir sämtliche Lumpen abgenommen worden sind.
Er liebt sie. Es sind doch noch Kinder, aber sie lieben sich. Mit ihren geschundenen Körpern entfliehen sie in die Wildnis, in der Nacht gebiert sie ein Kind, der Tod nagt an ihnen. Sie versuchen, Sicherheit zu finden unter den Israeliten mit ihren rostigen Schwertern, doch der Tod findet sie dort. Es gibt kein Jüngstes Gericht, und der Sieg der schwarzen Rasse bleibt ein Traum wie der von Nonkwasi. Er jedoch fährt fort, die Erinnerung an sie zu lieben, und kümmert sich um ihr Kind; und selbst als er in Kazerne gesteinigt und zu einem blutigen Fleischklumpen gemacht wird, bleibt diese Liebe irgendwo und findet ihren Weg.
»Komm«, sagen sie. »Jetzt haben wir genug von dir gehabt. Heute wirst du reden.«
Ich schüttele den Kopf.
»Sieh dich doch an«, sagen sie. »Schämst du dich nicht?«
Irgendwer versetzt mir von vorn einen Stoß, und ich falle nieder.
»Steh auf, Hund!«
Heute sind sie zahlreicher als je zuvor. Sie stoßen mich herum, von einem zum anderen. Sie heben mich auf und werfen mich gegen die Wand. Ich wiege nicht viel. Sie drehen mich im Kreis, bis mir schwindlig wird, und treten mich von einem zum anderen, wie einen Fußball.

Längst habe ich die Herrschaft über Blase und Eingeweide verloren. Meine Fußgelenke neigen beim Gehen dazu, seitlich wegzuknicken. Mein gebrochener Arm hängt kraftlos herab. Auf einem Ohr höre ich überhaupt nichts mehr; ich sehe doppelt. Mitten auf dem Fußboden liege ich wie ein Bündel und zittere wie eine Maus, nachdem die Katze einige Zeit damit gespielt hat.

»Sieht aus, als ob ihm kalt wäre«, sagen sie. »Wärmen wir ihn auf.«

Mit gegrätschten Beinen bilden sie eine lange Reihe. Jeder hat einen Schlagstock oder ein Schlauchende in der Hand, oder einen Gürtel mit einer Gürtelschnalle daran.

»Zieh diese stinkenden Lumpen aus«, sagen sie. »Runter auf Knie und Hände. Beweg dich!«

Das ist schwierig mit einem lahmen Arm.

»Schneller!« sagen sie.

Ich falle bäuchlings nieder.

»Er ist ohnmächtig«, sagen sie. »Kippt Wasser über ihn.«

Das läßt meinen zitternden Körper brennen.

»Ihm ist wieder kalt«, sagen sie. »Wärmt ihn richtig auf.«

Ich sage zu mir – manchmal, Clov, du mußt das Leiden besser ertragen lernen, wenn du willst, daß sie es müde werden, dich zu bestrafen – eines Tages. Ich sage zu mir – manchmal, Clov, mußt du es schon besser machen, wenn du willst, daß sie dich laufen lassen – eines Tages.

Sie befehlen mir aufzustehen, aber ich kann nicht stehen. Ein paar von ihnen halten mich aufrecht, andere kommen mit Streichhölzern. Sie heben meine Arme und versengen mir die Achselhöhlen. Sie spreizen meine Beine und versengen mir das Schamhaar. Ich will fallen, doch sie halten mich. Ich verliere das Bewußtsein, doch sie rufen mich mit kaltem Wasser wieder ins Leben zurück. Es nimmt kein Ende. Heute nacht geht es nicht zu Ende. Es ist Nacht. Ich kann das durch das Fenster erkennen. Ist es das, was du gemeint hast, Heiliger Johannes? Dann läutere mich. Befreie mich von mir selbst.

»Ihm ist wieder kalt«, sagen sie, »wärmt ihn auf.«

»Er ist warm«, sagen sie, »kühlt ihn ab!«
Sie lassen nicht von der Behauptung ab, in der Ausgabe von *The Pilgrim's Progress* sei eine verschlüsselte Botschaft enthalten. Die anderen Gefangenen schauen aus der Ferne zu, wie sein geschundener Leib hinter dem Jeep des Kommandeurs hergeschleift wird. Sie murmeln aufrührerisch, aber die Wachen halten sie mit Maschinengewehren in Schach. Und der Jeep fährt weiter, bis nichts mehr übrig ist von ihm als ein Bündel dreckigen Fleisches und Knochen. Irgendwas muß bleiben, Materie ist unzerstörbar.
Ob sie immer so aussehen werden wie blöde Tiere? Oder werden sie eines Tages den Zaun stürmen? Die Maschinengewehre werden sie niedermähen. Doch drei oder vier erreichen den Zaun vielleicht, überwinden die Wachen und nehmen ihre Gewehre. Ein oder zwei von ihnen werden vielleicht ausbrechen und die Tore aufmachen. Vielleicht.
Gekreuzigt hänge ich in ihren Armen. Mein Atmen ist ein kleines blutendes Tier, das in meiner Kehle kämpft.
»Hast du genug gehabt?« fragen sie. »Sag ›Baas‹, und wir hören auf.«
»Ich tu's nicht.«
»Bringen Sie den schwarzen Kasten«, sagen sie.
»Nein«, flüstere ich.
»Sag ›Baas‹!«
»Nein.«
»Seine Zehen«, sagen sie. »Sag ›Baas‹!«
»Nein.
»Seine Daumen«, sagen sie. »Sag ›Baas‹!«
»Nein.«
»Seine Ohren«, sagen sie. »Sag ›Baas‹!«
Ich schüttele den Kopf.
»Seine Brustwarzen«, sagen sie. »Sag ›Baas‹!«
Ich bewege den Kopf.
»Seine Eier«, sagen sie. »Sag ›Baas‹!«
Ich versuche, den Kopf zu bewegen.
Und dann, unvermittelt, steht der David vor ihnen. Selbstver-

ständlich eine Replik, aber unvergeßlich in seiner Größe. *Ecce Homo.*

»Bringt ihn zurück zur Polizei«, sagen sie. »Sagt ihnen, sie sollen losmachen mit der Mordanklage. Er kommt nicht davon.«

Das einzige, wovor ich erschaudernd, schluchzend, fiebrig und wie im Delirium in meiner Zelle Angst habe, ist, daß sie doch eine Möglichkeit für mich finden davonzukommen. Denn das, was ich weiß, werde ich nicht ertragen können.

Dulpert ist sehr nahe, und Jessica. Sie berühren einander.

Laßt mich nicht entkommen.

Du flehtest nach der Nacht, sagt Hamm. Sie naht: Jetzt flehe im Dunkel.

Sechstes Kapitel

1

Daß ich in meinen Gedanken gestört wurde, irritierte mich so sehr, daß ich mich außerstande sah, höflich zu reagieren; eine Zeitlang konnte ich sie daher einfach nur anstarren. Sie war klein und grazil und trug eine lila Weste zu ausgebleichten Jeans mit breitem Ledergürtel um die Hüften. Ihr dunkelblondes Haar war nicht besonders lang und reichte ihr gerade eben auf die Schultern; dazu dies große, braune Augenpaar, glutvoll und doch heiter. Unser Gastgeber kam, um Richard Cole zu entführen, und so blieben wir allein.

»Ich habe ihm gesagt, er solle mich nicht zu Ihnen bringen. Ich habe ja gesehen, daß Sie nicht gestört werden wollten.« Eine kurze Pause, als ob sie auf meinen Protest wartete. »Ich will mich nicht aufdrängen. Ich gehe wieder.«

»Nicht doch!« Ich vollführte eine unbestimmte Geste mit dem Glas. »Setzen Sie sich.«

»Warum sagen Sie mir nicht rundheraus, ich soll abhauen, wenn Sie lieber allein sind?« fragte sie, ohne ein Blatt vor den Mund zu nehmen. In ihren braunen Augen leuchtete es auf. Die Art, wie sie das sagte, hatte nichts Rüdes und auch nichts Herausforderndes. Nach der breiten Aussprache der Kapbewohner, an die meine Ohren sich längst wieder gewöhnt hatten, waren die sanft singenden Silben des britischen Englisch ein Labsal.

»Wie, hat er gesagt, heißen Sie?« fragte ich nach einiger Zeit.

»Ich hab' gewußt, daß Sie nicht zugehört haben. Jessica.«

»Ich habe mich jahrelang damit beschäftigt.«

»Wie bitte?«

»Ich bin Ihnen in Manchester begegnet, vor langer Zeit.«

»Ich bin mein Lebtag nicht in Manchester gewesen.«

»Auf einem Bild von Millais«, sagte ich. *»Herbstlaub.«*

Für einen Moment war sie verdutzt. Dann fragte sie tastend: »Mögen Sie die Präraffaeliten?«

»Sehr sogar.«
»Aber woher wollen Sie wissen, daß ich . . .« Nachdenklich legte sie die Stirn in Falten. »Welche auf dem Bild soll ich denn sein?«
»Sie haben etwas von ihnen allen. Ich nehme an, am auffälligsten ist die Ähnlichkeit mit dem kleinen Mädchen, das den Apfel in der Hand hält; nur Ihr Haar ist dunkler.«
»Ich habe sie immer die kleine ›Miss Muffet‹ genannt«, sagte sie. »Während des ganzen Studiums hatte ich einen Druck davon an der Wand hängen.«
»Aber ich denke, Sie schlagen nach der Rothaarigen«, fügte ich hinzu.
»Wieso das?«
»Sie ist so heiter. Aber ich denke, sie kann auch eine kleine Xanthippe sein.«
»*Mein* Liebling darauf ist das älteste Mädchen, dasjenige, das die Blätter zum Verbrennen auf den Haufen schüttet.«
»Die finde ich beunruhigend. Sie hat so was Herausforderndes, eine kleine Jungfrau, die irgendwie fragt: ›Was gedenkst du dagegen zu unternehmen?‹ Und außerdem noch was Trauriges. Irgend etwas Zeitloses. Sie sieht einen so direkt an.«
»Ich wünschte, ich könnte es noch einmal sehen«, sagte sie.
»Ich habe eine Reproduktion zuhause. Die werde ich Ihnen irgendwann zeigen.«
»Bitte. Und Sie müssen auch . . .« Sie sprach nicht weiter.
»Was?«
»Ich würde mich gern mit Ihnen über Ihren Hamlet heute abend unterhalten. Aber am Tage, nicht jetzt. Ich bin ihm immer noch zu nahe, bin noch ganz verstört davon. Wissen Sie, ich bin jetzt seit einem halben Jahr in Südafrika, aber heute abend ist mir zum erstenmal aufgegangen, um was es da eigentlich geht.«
»Und wie interpretieren Sie es?«
Sie sprach wie abwesend, als hätte sie meine Frage gar nicht gehört. »Der dunkle Kronprinz, der den Clown spielt, abgewiesen, begütigt und herumgestoßen. Bis ihm nichts mehr bleibt als der Wahnsinn.« Sie sah auf. »Aber ich habe Ihnen ja gesagt,

daß ich jetzt nicht darüber reden möchte. Und Sie auch nicht, wie mir scheint.«

»Richtig. Mir ist es fast immer unerträglich, mich mit Leuten über eine Aufführung zu unterhalten. Ist das nicht lachhaft? Und sagen sie nichts, bin ich in einem Zustand – ich *muß* einfach wissen, ob es ihnen gefallen hat, ob es ihnen irgend etwas gesagt hat: aber in dem Moment, wo sie anfangen, darüber zu reden, möchte ich weglaufen. So, denke ich, muß einem Sklaven auf dem Markt zumute gewesen sein: nackt in Ketten dazustehen, von Käufern umringt, die ihn untersuchen, ihm den Mund aufmachen, um seine Zähne zu zählen, ihm den Bizeps zu fühlen, seine Schultern zu messen und die Beine zu prüfen, seine Hoden auf der Hand zu wiegen ...«

»Ihre Phantasie geht mit Ihnen durch.«

»Meine Vorfahren waren Sklaven.«

Mit ruckhafter Kopfbewegung sah sie mich an.

Und sie bewußt auf die Probe stellend, sagte ich: »Auf der Farm, auf der ich großgeworden bin, wurden wir noch jeden Morgen von der Sklavenglocke geweckt.«

Ihre Reaktion kam ganz spontan: »Ich hatte einen kleinen, blauen Wecker. Und eine Kinderfrau, die den Tag immer sehr genau in Stunden und halbe Stunden einzuteilen pflegte.«

»Das klingt bedrückend.«

»In mancher Hinsicht, wohl.« Ihr Gesicht hellte sich auf. »Aber sie konnte auch herrlich Geschichten erzählen. Ich weiß nicht, woher sie die hatte ... Und im Park unseres Gutes räumte sie ein kleines Sommerhaus für mich aus, mit einem gemalten Schild über der Tür, auf dem stand: *Ivy Manor.* Kein Mensch hat mich da jemals beim Spielen gestört. Der ganze Park war mein Königreich mit Burgen und Schlössern unter den Ulmen und Buchen ...«

Sie sprach, und ich hörte ihr zu; dann redete wieder ich, und die Stunden der Nacht um uns her verrannen; die Gäste gingen, Gastgeber und Gastgeberin tranken noch ein letztes Glas mit uns, und dann gingen auch sie zu Bett – so war es bei ihnen eben – und wir blieben allein in einer Ecke des verräucherten Wohnzimmers zurück und redeten und redeten, und unser Bedürfnis, uns mitzuteilen, war unstillbar. Es war, als ob wir atemlos weiterredeten und nicht wagten, für einen Augenblick innezuhalten, aus lauter Angst, daß dann irgend etwas ungesagt bleiben würde; wir mußten einfach weiterreden und alles, was begierig und erwartungsvoll in uns lang, mußte offenbart werden. Halb saß ich, halb lag ich auf dem kleinen Sofa, während sie, die Sandalen abgestreift und die Knie hochgezogen, auf dem dicken Teppich saß. Noch nie in meinem Leben, nicht einmal damals, an jenem Nachmittag auf der Hampstead Heath mit Beverley, hatte ich ein solches Gespräch geführt. Es war, als ob ich mir in einer Nacht alles, was in einem ganzen Leben nicht hatte gesagt werden können, von der Seele reden müßte und als Gegengabe dafür ihr Leben erzählt bekäme. Die wachsende Frustration, die mein Leben seit meiner Rückkehr nach Kapstadt beherrschte, der Kampf gegen Verzagtheit und Verzweiflung, die tausend trivialen Störungen, die Erschöpfung der langen Tournee mit dem *Hamlet,* Dulperts Tod – mein ganzes, argwöhnisches Erschrecken wollte heraus wie eine Viehherde, die in einen Kraal eingesperrt und es müde war, sich dagegen zu wehren, und plötzlich eine Bresche in der Mauer fand und jetzt herausgeschossen kam. Ich war es unendlich leid, alles in mich hineinzufressen, leid weiterzumachen, war die Anspannung müde, die es kostete, sich verzweifelt den Glauben an eine ungewisse Zukunft zu bewahren: Ich wollte mir alles vom Herzen reden, um mich zu läutern, um neu anfangen zu können, nackt und wie reingewaschen irgendwo an einem Strand.

Des Chaos' um uns herum waren wir uns kaum bewußt: der überquellenden Aschenbecher, der Kippen auf dem Boden, der leeren Flaschen und Dosen, der großen Teller mit welkem Salat und Spargel und der verstreuten Oliven: wir redeten weiter.

Sie erzählte mir von ihren Eltern, die der oberen Mittelschicht angehörten, ihrer wunderbar behüteten Jugend, von Oxford, wo sie drei Jahre gewesen war, und hinterher an der London School of Economics. Und dann von ihrer einjährigen Tramp-Tour quer durch Afrika, von Äthiopien durch Kenia und Tansania und

Malawi; von den schäbigen Löchern, die sie mit drei Familien und ihrem Geflügel geteilt hatte; von den Muscheln, der Keramik und den Webereien auf dem Markt von Dar-es-Salaam; von den Palmenstränden Sansibars, wo sie mit einem jungen Araber Muscheln gesammelt hatte, und von den Korallenriffen von Mtwera, wo sie im lauwarmen Wasser getaucht war; von einem sizilianischen Arzt in Kenia, den sie als Krankenschwester und Sekretärin auf einer Kliniktour durch den Busch begleitet hatte, von einem deutschen Piloten, der zu Tode gekommen war, kurz nachdem er ihr das Wildschutzgebiet im Ngorongoro-Krater gezeigt hatte; von Farmern in den White Highlands und Missionsstationen in abgelegenen Außenposten; von Kolonialbeamten und Abenteurern, Parias und Alkoholikern in Nairobi, Mombasa und Addis Abeba; von einem jungen Lehrerehepaar in Blantyre, bei denen sie eine Zeitlang gewohnt hatte; von einem Priester in Pemba, der versucht hatte, sie zu verführen ... und all das hatte sie ungeschoren überstanden mit dem strahlenden Lächeln und dieser Heiterkeit, der nichts, aber auch gar nichts etwas anhaben konnte.

»Aber sie müssen doch manchmal Probleme gehabt haben«, behauptete ich.

»Natürlich, jeden Tag. Die halbe Zeit über war ich damit beschäftigt, mir betrunkene oder sexbesessene Männer vom Leib zu halten. Da war übrigens eine Nacht, in der ich tatsächlich glaubte, jetzt sei alles aus: ein junger Offizier in Addis Abeba ...« Plötzlich lachte sie und sah zu mir auf. »Aber haben Sie jemals versucht, ein jeansbekleidetes Mädchen in einem Schlafsack zu vergewaltigen?«

»Hat Sie das nicht völlig aus der Fassung gebracht?«

»Aus der Fassung gebracht? In dem Moment, natürlich, ja. Aber sowas kann man ja nicht mit sich herumschleppen. Ich glaube nicht, daß es echte Narben hinterlassen hat. Sowas jedenfalls nicht. Aber es hat andere gegeben ...« Sie senkte den Blick auf den Teppich, zog die Umrisse ihrer Füße nach, schlanker Füße mit unregelmäßigen Zehen, die mich faszinierten. Dann fuhr sie wie abwesend fort: »Jawohl, es hat andere gegeben. Überall, wo ich einige Zeit über blieb. Leute, die es ernst meinten. Die wollten, daß ich sie heiratete. Und da habe ich dann jedesmal meine Sachen packen und machen müssen, daß ich davonkam. Das war der schwierigste Teil davon, ganz besonders dann, wenn die Sympathie gegenseitig war.«

»Was hatten Sie denn gefürchtet?«

»Wenn man auf Reisen ist, ist jeder Augenblick so ... in sich abgeschlossen. Das gilt auch für die Menschen. Man kann sich nicht an eine Zukunft binden.«

»Aber man kann auch nicht sein ganzes Leben lang auf Reisen sein.«

»Nein. Eines Tages ... Es fällt schwer, das zu erklären, denn es klingt so hochtrabend. Aber verstehen Sie, ich bin von zuhause fort, um ... dadurch, daß ich mich irgendwie, ich weiß nicht, wie ... dadurch, daß ich mich der Welt aussetzte ... etwas über mich selbst zu erfahren. Etwas, das weder durch meine Eltern, meine Klasse oder Erziehung, Freunde oder überhaupt irgend etwas außer mir Liegendes bestimmt wäre. Etwas, das ausschließlich mir selbst gehörte. Da hielt ich es eben für anmaßend, mich an jemanden zu binden, ehe ich dahintergekommen war, wer ich bin.«

»Weiß man das jemals? Kann man jemals jemand ›sein‹? Ist man nicht einfach ... dauernd *en route?«*

»Vielleicht. Aber selbst dann muß ich mich – wie soll ich es ausdrücken – damit abfinden, *en route* zu sein. Ich muß mit offenen Augen durch die Welt gehen, muß bewußt mitbekommen, was passiert.«

»Hat Südafrika da etwas bewirkt?«

»Südafrika?« Sie dachte eine Weile nach; die Nacht um uns herum wurde alt. »Ich sagte doch schon, daß ich jetzt ein halbes Jahr hier bin. Aber es fällt mir immer noch schwer, mit diesem Land zu Rande zu kommen. Richard hat mir da viel geholfen, aber ich bin mir immer noch nicht sicher. Die Menschen hier unten sind so ... sie machen sich soviele Gedanken über alles. Das trifft einen wie ein Schock nach dem, wie Afrika sonst ist. Es ist, als ob sie hier versuchten abzustreiten oder bestenfalls nicht zu Kenntnis zu nehmen, daß sie Teil des Kontinents sind. Und dann sind da so Kleinigkeiten ...«

»Wie zum Beispiel?«

»Triviale Sachen, denke ich, die mich aber trotzdem aufregen. Verstehen Sie, ich habe überall auf meiner Reise neue Menschen kennengelernt, Freundschaft mit ihnen geschlossen, habe sie in ihrem Haus besucht und bei ihnen gewohnt. Egal ob Weiß oder Gelb, Braun oder Schwarz. Aber hier ... Sie scheinen sofort mißtrauisch zu werden, wenn man anfängt, irgendwelche Fragen zu stellen, als ob jeder jedem mißtraute. Auch habe ich Schwierigkeiten mit der Polizei gehabt, als ich versuchte, Freunde in den Townships zu besuchen. Alle diese Vorschriften ...«

»Bedauern Sie, hergekommen zu sein?«

»Selbstverständlich nicht. Wenn man in England einer privilegierten Klasse angehört, ist das Leben so theoretisch. Hier ist man sofort mittendrin, ob man will oder nicht, gleich mittendrin. Und ich muß weg vom Beschütztwerden. Ich muß mich verwundbar machen – für alles.«

»Das kann gefährlich sein.«

»Ist es auch. Manchmal glaube ich sogar, ich bin ein bißchen verrückt. Aber verstehen Sie, ich verspüre einen solchen Drang in mir, ›frei‹ und ›unabhängig‹ zu sein.« Ich versuchte, sie zu unterbrechen, doch sie ließ das nicht zu: »Ich weiß, was Sie sagen wollen. Ich bin mir dessen auch zutiefst bewußt: ein Mensch, dem Unabhängigkeit so viel bedeutet, versucht oft nur zu leugnen, daß er in Wahrheit ohne die anderen nicht leben kann. Und wenn man von Natur aus von anderen abhängig ist und das dennoch leugnet, dann ist man sich wirklich untreu. Was es womöglich noch unmöglicher macht, frei zu sein.«

»Was ist das für eine ›Freiheit‹, nach der Sie suchen? Besteht sie darin, einfach das zu tun, was man will? Dann kann man leicht zum Sklaven der eigenen Überzeugungen werden.«

»Ich weiß. Deshalb kämpfe ich ja an beiden Fronten zugleich. Und das schlaucht ganz schön, Joseph.« Mit ihren durchdringenden Augen sah sie mich an. »Ich nehme an, Sie lachen über mich: aber manchmal komme ich mir schrecklich alt vor, als ob ich zu schnell zuviel erfahren hätte.«

Ich mußte einfach lachen. »Sie und alt?«

»Ich weiß, ich bin noch nichtmal fünfundzwanzig. Vielleicht hat das bei mir auch nur was mit pubertärem Absolutheitsdenken zu tun. Dabei komme ich mir oft so – wie soll ich es nur ausdrücken? – so aus zweiter Hand vor. Gleichzeitig will es mir aber auch so scheinen, als wäre das einzig Erhaltenswerte im Leben die Unschuld.«

Graues Tageslicht sickerte durchs Fenster herein.

Nur kurz zögerte ich, doch dann sah ich sie offen an und fragte rundheraus: »Wann haben Sie Ihre Jungfräulichkeit verloren?«

Mit verzogenem Mund lächelnd, aber ohne zu zögern, sagte sie: »Das war es nicht, was ich mit ›Unschuld‹ meinte. Überhaupt nicht.« Irgendwo auf einem Flur schlug eine Uhr. »Aber möglich, daß das mit reinspielt. Nicht die Tatsache, daß es passiert, als solche. Sondern die Art, wie es passiert.« Sie lehnte sich mit dem Rücken an meine Knie. »Es geschah in Spanien, bei meinem ersten Urlaub ohne Eltern, irgendwann im Juli, nachdem ich von der Schule abgegangen war. An der Costa Brava, in der Nähe von Puerto Lligat. Die Eltern einer meiner Freundinnen besaßen eine Villa überm Dorf, ein gewaltiges, burgähnliches Ungetüm. Wir waren wie eine Herde junger Pferde, die man plötzlich frei läßt. Tagsüber schwammen wir, und abends tanzten wir, machten Picknicks am Strand und überhaupt allerhand Unsinn. Binnen einer Woche war die Villa zu einer Freistatt für alle Abenteurer und heimatlosen Seelen an der Costa Brava geworden. Junge Spanier, amerikanische Singles, Deutsche, weiß der Himmel, was sonst noch. Wie Fliegen, die den Geruch bestimmter Blüten aufnehmen – wie nennt man sie doch? – sie sehen aus wie die Scheide einer . . .« verlegen sprach sie nicht weiter. »Meine Freundinnen schlossen alle Wetten darüber ab, wen sie als nächsten erobern würden. Ich selber kam mir ziemlich verloren und zugleich herrlich unbekümmert vor. Verstehen Sie, die ganze Schulzeit über war ich so behütet gewesen. Ich sehnte mich verzweifelt danach, frei zu sein und nicht hinter meinen Freundinnen zurückzustehen.«

»Und da haben Sie das gleiche getan?«
»Ja. Aber nur mit einem Mann, einem jungen Australier. Alle fanden ihn schrecklich hübsch. Ich fand ihn ein bißchen schmuddelig, und an dem Abend, an dem es passierte, war er auch noch *high*. Ich mußte ihm sogar helfen. Nicht, daß es wehgetan hätte oder so, es war einfach nur so – so überhaupt nichts Besonderes. Hinterher lag ich wach da und dachte: ›Ist es das, wovon sie alle soviel Aufhebens machen?‹ Sie wissen schon, wie einem zumute ist, wenn man eine Anzeige liest und was bestellt, es dann jedoch wegen Nichtgefallen zurückschickt mit einer kleinen Notiz: ›Bitte, überweisen Sie das Geld zurück!‹ Nur war in diesem Fall nichts zurückzuschicken. Es war ja nichts, was ich bekommen hätte, sondern etwas ... das mir genommen worden war. Ich blieb bis zum Ende der Ferien mit ihm zusammen. Es hatte nichts davon, daß man sich sagt: ›Mach die Augen zu und denk an England‹ – aber etwas Weltbewegendes war es auch nicht, so wie bei Hemingways Frauen immer. Dauernd habe ich mir selbst eingeredet: jetzt bist du frei, jetzt bist du frei, jetzt bist du frei. Verstehen Sie, was ich meine? *›Jetzt läch'le ich.‹«*
»Und hinterher?«
»Das Leben bildet ja Grundmuster heraus: man lernt, aber richtig ändern tut man sich nie. Und das ist es, was mir Angst macht. An der London School of Economics hat einer meiner Lektoren ... es war Ostern, und er lud mich zu sich ein. Das war wunderschön. Nur für diese fünf Tage. Er war zuvorkommend und rücksichtsvoll. Es war, als ob er irgend etwas in mir freigesetzt hätte. Gleichzeitig wußte ich, daß es nicht von Dauer sein konnte. Bill war verheiratet, und wenn sie auch nicht besonders glücklich waren, ich wußte, daß er sich niemals scheiden lassen würde. Für ihn war das ein wunderschöner Seitensprung, und er tat sich was darauf zugute, der Liste seiner Eroberungen noch eine Studentin hinzuzufügen. Und ich wollte ihm sogar helfen, dieses Ziel zu erreichen! Manchmal denke ich, irgend was drängt mich, das Unmögliche zu versuchen.«
»Vielleicht hat das was mit Selbstschutz zu tun: man weiß doch von vornherein, daß es einen nicht wirklich erwischt.«

Sie lachte still. »Vielleicht. Der Mensch ist wirklich ein kompliziertes Wesen. Und doch, wenn ich wirklich wählen könnte, wissen Sie, ich denke: jemand rückhaltlos lieben und dafür wiedergeliebt werden, einfach zusammengehören ... Jemand der nicht bei mir bleibt, weil er irgend etwas braucht, sondern weil er *mich* begehrt und ich ihn. Und nichts von außen. Aber halten Sie das für möglich?«
Es war still. Draußen war es heller geworden. Ich stand auf und schaute verstört und überrascht zum Fenster hinaus. Auch ich hatte mein Leben lang um innere Unabhängigkeit gekämpft. Als ich bei Beverley vor die Wahl gestellt wurde, hatte ich mich sehenden Auges fürs Alleinsein entschieden. Aber hatte Jessica nicht dennoch recht? Wenn man sich selbst gegenüber wirklich ehrlich war, konnte man dann abstreiten, daß man einen anderen Menschen brauchte, daß man manchmal einen Punkt erreichte, wo man allein nicht weiterkonnte, wo man das auch nicht mehr *wollte?*
Ich wandte mich ihr wieder zu und streckte ihr die Hände entgegen, um sie vom Teppich hochzuziehen. Sie lächelte; wie zierlich sie war, als sie vor mir stand, wie warm. Wir berührten einander nicht; wir sagten auch nichts mehr. Doch ich spürte etwas in mir, eine völlig widersinnige Freude, wie das Gefühl heimzukehren.
Nach langer Zeit sagte sie: »Die Sonne scheint. Ich muß nach Hause.«
»Ich bringe Sie. Mein Wagen steht draußen.«
»Ich gehe lieber zu Fuß. Es ist so wunderschön draußen.«
»Dann begleite ich Sie.«
Wir gingen durch die frühmorgendlichen Straßen hügelan Richtung Kloof Nek. Zuerst setzten wir unsere Unterhaltung noch fort, doch als die Sonne höher stieg, verstummten wir. Der Tag stand wie ein Eindringling zwischen uns, und es war, als ob wir uns plötzlich schämten, einander anzusehen, weil unsere Gesichter so nackt waren. Unser atemloses Gespräch, Wirbel und Wunder der vergangenen Stunden, all das war nur nachts möglich gewesen, weil die Nacht einen wunderbar macht und frei, aufrichtig zu sein.

Jetzt war der Tag über uns hereingebrochen, und alles, was wir durchgemacht hatten, wirkte leicht unglaubhaft, gleichsam als gehörte es einer anderen Dimension an.
Vor dem alten Haus hoch oben am Berg, wo sie ihre Wohnung hatte, sahen wir einander noch einmal kurz und scheu, aber lächelnd an.
»Du mußt jetzt schlafen gehen«, sagte sie. »Du hast heute abend wieder eine Vorstellung, und ich möchte, daß du genauso gut bist wie gestern. Ich werde auch wieder hingehen.«
»Ich werde den ganzen Tag lang schlafen, das verspreche ich. Du auch?»
»Ich auch. Auf Wiedersehen, Joseph.«
»Auf Wiedersehen, Kleine Miss Muffet.«

2

»Auf Bergeshöhn beten macht Dulpert Naidoo auch nicht wieder lebendig«, erklärte Jerry heftig, als ich ihn zur Beerdigungsfeier auf dem Signal Hill einlud. »Und bringt die Regierung auch nicht dazu, plötzlich Reue zu zeigen und Gewissensbisse zu bekommen. Was soll es also? Nichts weiter als eine Geste. Du weißt doch, was ich – und Sartre! – von Gesten halten!«
»Wenn sich aus einem solchen Grund tausend Menschen versammeln, dann passiert etwas, Jerry. Sie helfen einander, es gibt ihnen wieder das Gefühl, ein Ziel vor Augen zu haben.«
»Sie fahren nur auf tausend Straßen wieder nach Hause.« Er war durch nichts zu erweichen. »Die Zeit zum Beten ist vorbei, Capey.«
»Was willst du dann tun?« fragte ich bestürzt.
Sein hageres, dunkles Gesicht war unergründlich, und in seinen Augen lauerte der Spott wie immer: »Mach du's auf deine Weise, Capey; ich mach's auf meine.«
»Willst du damit etwa sagen ...« Mein Mund verkrampfte sich plötzlich. »Du steigst doch nicht aus der Truppe aus, oder?«

»Nein«, versicherte er mir. »Mir paßt das so sehr gut. Vorläufig, jedenfalls.«
»Du mußt mir sagen, was in dir vorgeht!« Am liebsten hätte ich ihn bei den Schultern gepackt und ein Geständnis aus ihm herausgeschüttelt; es war so deutlich, daß er mit irgendwas hinterm Berg hielt.
Doch er legte mir nur die Hand auf die Schulter und ließ sie für wenige Sekunden dort liegen. »Capey, ich mag dich. Der Himmel mag wissen, warum, denn du gehst mir manchmal ganz schön auf den Geist. Aber so ist das nun mal, und deshalb möchte ich dich auch nicht in irgendeinen Zwiespalt bringen. Steig du nur auf deinen Berg und bete: laß mich hier unten.«
Vielleicht hätte ich mich von ihm überreden lassen, gleichfalls fortzubleiben; aber es war Jessica, die – an dem Abend, als sie gekommen war, um sich *Hamlet* zum zweitenmal anzusehen – den Vorschlag gemacht hatte, daß wir als Gruppe teilnehmen sollten. Alle meine Schauspieler gingen hin mit Ausnahme von Jerry und Renier; Jessica und Richard und unseren Gastgeber von der Oranjezicht Party nahmen wir im Kombi mit. Es war kurz nach Ostern, das Wetter war klar und heiter – Frühherbst; und der April war ganz besonders schön in diesem Jahr.
Am Nachmittag hatte sich eine große Menschenmenge auf dem Signal Hill versammelt; größer noch, als ich erwartet hatte. Das Totenamt wurde gemeinsam von einem Imam, einem Rabbi und vier oder fünf Vertretern verschiedener christlicher Bekenntnisse gelesen, alle in englischer Sprache. Ich war gerührt bei dem Gedanken, wievielen von diesen Leuten Dulpert und ich schon auf der Straße begegnet sein mochten und daß sie ihn da noch nicht einmal gekannt hatten; jetzt hatte sein Tod sie alle zusammengeführt. Konnte es wirklich so nutzlos sein, wie Jerry gesagt hatte? Für Dulpert, ja. Er war tot. Doch für uns: nicht das Beten, damit hatte ich selbst nichts mehr im Sinn, sondern die Tatsache, daß man sich in kollektiver Bestürzung versammelte, so daß jeder seinen eigenen Schmerz, oder sein Aufbegehren oder sein Nichtbegreifen in dem der anderen gespiegelt sehen konnte und über seine Einsamkeit hinauskam. Wir schienen alle Teil einer

gewaltigen Woge zu sein, die sich an dem aufragenden Hang brach, blinde Energie, die nicht mehr einfach verströmen würde. Die Feierstunde war außerordentlich schlicht. Eine kurze Einleitung. Lesungen aus Koran und Bibel, dazwischen Schweigeminuten, um über das Gehörte nachsinnen zu können; ein paar Gebete, die die Priester hersagten und die Menge wiederholte. Jeder von uns hatte ein Blatt mit den Texten darauf.

Ich kann mich an die Texte nicht mehr erinnern, außer an eine kurze Passage aus einem Psalm, den ich als einen der Lieblingspsalmen meiner Mutter wiedererkannte.

Spräche ich: Finsternis möge mich decken! so muß die Nacht auch Licht um mich sein. Denn auch Finsternis nicht finster ist bei dir, und die Nacht leuchtet wie der Tag, Finsternis ist wie das Licht.

An diese Lesung schloß sich wieder Schweigen an, so daß wir über die Worte nachdenken konnten. Eine leichte Brise wehte vom Hang herunter, ließ das Gras rascheln und die Kleider der Frauen flattern. Ich war mir Jessicas neben mir beunruhigend bewußt; der mutwillige Wind rührte ihr leichtes Sommerkleid auf und das violette Kopftuch auf ihrem Haar: ein Mensch, eine Frau, ein weibliches Wesen lebendig atmend ganz nahe an meiner Seite; wandte ich den Kopf zur Seite, sah ich ihre Wange und ihr eigensinniges Kinn, die gekreuzten Arme und die feinen Härchen auf ihrer Haut. Und jenseits von ihr, jenseits der ganzen Realität dieses Nachmittags, stand Dulperts Tod. Ich versuchte, mich zu ihm zurückzutasten, doch es schien so unmöglich, und alles, was ich empfand, war ein dumpfer Groll, der in mir pulste wie eine Leidenschaft, die sich nicht ausleben konnte.

Dann trat ein Priester für das Hauptfürbittgebet vor, ein älterer Mann, sehr groß und hager, die Schultern breit, wenn auch leicht gebeugt, das graue Haar kurz geschnitten, das Gesicht tief gebräunt und doch asketisch:

»Lasset uns beten für diejenigen, die regieren, und diejenigen, die regiert werden.«

Ich sah auf das Blatt Papier in meiner Hand.

»Für den Premierminister und sein Kabinett«, sagte der Priester bedächtig und betont inbrünstig.

Für einen kurzen Moment zögerte die Menge, ehe ihre Stimmen seine Worte wiederholten:
»Für den Premierminister und sein Kabinett.«
Ich selbst sprach die Worte nicht laut aus. Ich spürte, wie Jessica mich ansah, starrte jedoch verbissen auf das Blatt Papier vor mir ... Und irgendwo fuhr die Stimme des Priesters volltönend und bewegt fort zu beten, gefolgt von einer Fülle anderer Stimmen.
»Für diejenigen, die die Gesetze machen und ihnen Geltung verschaffen:
Für diejenigen, deren Pflicht es ist zu gehorchen:
Für diejenigen, die zwischen Pflicht und Neigung hin- und hergerissen werden:
Für diejenigen, die die Verzweiflung antreibt:
Für diejenigen, die der Ehrgeiz antreibt:
Für diejenigen, die das Bedürfnis antreibt, ihre Autorität zu zeigen:
Für diejenigen, die der Wunsch antreibt, gegen die Autorität aufzubegehren:
Für diejenigen, die Angst vor der Zukunft haben und die die Gegenwart hassen:
Für alle von uns, die Deiner bedürfen.«
Dem wiederum schloß sich Hermiens Gebet an wie vor so vielen Jahren: *Vater unser, der du bist im Himmel, erlöse uns von dem Übel, erlöse uns von dem Übel.*
Es herrschte wieder Ruhe. Im Hafen tief unten tutete ein Dampfer, und ein weißes Schiff lief hinaus in die Brecher, begleitet von kleinen Lotsenschiffen. Das Totenamt war vorbei. Wir gingen zum Kombi zurück. Richard und die anderen kamen in der Menge nicht gleich durch, und für ein paar Minuten waren Jessica und ich wieder allein.
»Du hast nicht zusammen mit den anderen gebetet«, sagte sie.
»Du denn?« »Ich konnte es auch nicht. Ich wollte, aber ich konnte mir nichts vorlügen.«
»Doch warum konnte ich nicht einmal ›Amen‹ sagen?« sagte ich leise. *»Nichts brauchte ich mehr als einen Segen, doch das ›Amen‹ blieb mir im Hals stecken.«*

»Wir hätten es versuchen sollen.«
»Es war widersinnig.«
»Vielleicht ist es gerade das, was Liebe bedeutet, Joseph. Imstande zu sein, für alle zu beten. Pater Mark konnte das.«
»Wer ist Pater Mark?«
»Der Priester, der das Gebet vorgesprochen hat.«
»Dann kennst du ihn also?«
»Ich helfe ihm manchmal – bei seinen Kirchenbüchern und so weiter, kleine Gefälligkeiten. Er hat seine Gemeinde in einem der ärmsten Viertel.«
»Bist du gläubig?« fragte ich.
»Nein. Aber ich bemühe mich. Ich wünschte, ich könnte glauben. Aber manchmal kommt es mir vor, als ob der Glaube so etwas sein müßte wie die Unschuld, etwas, das man verliert.«
»Das ist mir als Ausweg zu leicht. Da geht man einer Verantwortung aus dem Weg.«
»Deshalb finde ich es ja gerade so schwierig. Ich will keinen Ausweg. Aber echter Glaube, so wie die Heiligen ihn hatten, der Heilige Franziskus oder der Heilige Johannes vom Kreuz ... ich glaube, für die war das keineswegs leicht.«
»Strebst du danach, eine Heilige zu sein?« sagte ich leichtfertig, doch es klang ernst.
Sie fragte: »Glaubst du denn überhaupt, daß es Heilige gibt?«
Sie unterstellte damit unendlich viel mehr. Ich blickte ihr in die Augen und fühlte mich ihr durch die Frage, die sie gestellt hatte, unendlich nahe. Ich hätte die Hand ausstrecken und sie berühren mögen, aber ich tat es nicht – natürlich nicht. Ich wollte auf ihre Herausforderung reagieren, ihr Frieden bieten, aus meinem eigenen Mangel an Frieden heraus. Ich wollte ihr zu verstehen geben, daß ich verstand: aber die Intensität ihrer Gegenwart brachte mich zu sehr durcheinander. Ich war mir ihrer allzu bewußt, ihrer und meiner, wie wir neben dem grauen Kombi standen, und alles, was ich antworten konnte, war: »Wenn ich das nur wüßte!«

3

Die Straße, die sich durch die Föhren von Bain's Kloof windet. Sie sitzt neben mir und schaut hinaus über die immer tiefer werdenden Täler unter uns; Herbst in den Weingärten. Der Tag wie eine große, reife Frucht, die uns umgibt.

Als es Zeit wird umzukehren, protestiert sie. »Bitte, nicht so früh.«

»Hinterm Hotel ist ein Kloof, das ich dir gern zeigen würde, aber es ist schon spät.«

»Was macht das? Du spielst doch heute abend nicht. Du hast gesagt, du hättest die ganze Woche frei. Bitte, bring mich hin.«

Den schweigenden Hang hinunter; Gebirgskräuter und Buchusträucher.

Manchmal gehe ich voran und springe von Felsen zu Felsen; manchmal zieht sie an mir vorbei und übernimmt die Führung. Von Zeit zu Zeit hockt sie sich hin, um leuchtende Kiesel aus den Tümpeln aufzulesen, kleine Fische oder den Seitwärtsgang eines Krebses zu beobachten. Nichts entgeht ihr; nichts kann sie zur Eile antreiben.

(Hier irgendwo sind wir Jungs Schwimmen gegangen, die Mädchen in einem anderen Teich; und als wir verärgert über den Felsgrat hinüberkletterten, der die beiden Gewässer voneinander trennte, saßen sie verlegen unter ihren naß gewordenen und zum Trocknen ausgebreiteten Miedern und Schlüpfern auf den Steinen; auch Hermien.)

Weiter flußaufwärts, tiefer im Berg, zum Teich. Die kleine Höhle gegenüber; das bernsteinfarbene Wasser blitzt in der Sonne, reflektiert von den Wänden der großen Felsen.

(Irgendwo hier, oder noch weiter? Willem und ich gingen allein weiter, und im Nebel am Abend schliefen wir einer im Arm des anderen ein.)

»Wir haben überhaupt nichts mitgenommen.«

»Zu essen?«

»Nein, ich meine: Wir haben von der Welt unten nichts mitgebracht. Nur uns.«

Und das Wasser.
Unbefangenes Ausziehen, aus Hemd und Jeans und winzigen Slips steigen. Ihr gebräunter Körper, kleine weiße Brüste und das weiße Muster des Bikiniunterteils um ihre Hüften herum, warmes goldenes Schamhaar auf ausgeprägtem Venushügel.
Tauchen und auf verschiedenen Felsen herausklettern, dann zurück ins Wasser, die flüchtige Begegnung mit der Angst vorm Ertrinken; ihr Weglaufen.
»Hier hast du noch einen Kieselstein.«
Weiß in ihrer Hand, kreisrund und mit einer einzelnen, aprikosenfarbenen Einkerbung.
»Es ist ein kleines Mädchen.«
(Liesa, Hermien.)
»Ich wünschte, ich könnte so sein wie dieser Stein – so ganz und so glatt. Ich kann ihn fallen lassen, schau, er hat nichts dagegen. Er besitzt keinen Stolz. Er ist vollkommen er selbst.«
»Jessica!«
(Kann ein Körper uns vor der Erinnerung bewahren?)
»Ja. Komm in mich rein!«
Und der Schlaf hinterher im Geräusch des schwappenden Wassers und der kühlen, süßen Vogelrufe. Aufwachen am frühen Abend, ihre weit geöffneten Augen auf mich gerichtet.
»Weißt du, daß ich zum erstenmal seit Jahren keine Angst habe? Aber später . . .«
»Denk nicht daran. Wir sind jetzt hier.«
»Ich wünschte, es könnte immer jetzt sein.«
Mondschein, der freundlich ihr Haar und ihre Wangen umspielt, die Nasenspitze, ihre Brustwarzen.
Ihr Gesicht zwischen meinen Händen. Ihre Finger um meine Handgelenke. So leicht. Einfach zu sagen: »Das bist du.«
»Das bist du!«
Dann wandten wir uns voneinander ab und zogen uns an; folgten der langen Strecke den Fluß entlang, über die weißen Felsen bis zu der Stelle, wo in der Nähe des Hotels das Auto wartete.
Wir sprachen auf der Rückfahrt nicht. Im grellen Licht der Scheinwerfer richteten sich links wie rechts der Straße Bäume auf

wie finstere Tierleiber; gelegentlich warfen Blätter blitzend das Licht in kleinen Spots zurück wie Augen.

Ich parkte das Auto zwei Blocks von dem Haus entfernt, in dem sie ihre Wohnung hatte. Schon hatten die Heimlichkeiten, das Planen und die Vorsichtsmaßnahmen begonnen. Die letzten paar hundert Meter gingen wir zu Fuß. Die phosphoreszierenden Zeiger ihrer Küchenuhr zeigten halb fünf Uhr an. Bald würde der Tag uns wieder einholen.

Sie ging ins Bad und ins Schlafzimmer. Ich konnte sie im Dunkeln rumoren hören; beide dachten wir nicht daran, Licht zu machen. Vom Balkon aus konnte ich in der Ferne die Lichterkette erkennen, die die Bucht säumt. Es war sehr still. Als sie herauskam, trug sie ihren kurzen Morgenrock aus Baumwolle; sie hatte ihn nicht zugeknöpft. Ich legte ihr den Arm um die Schultern. In dieser Haltung beobachteten wir die ersten Anzeichen des nahenden Lichts und das Erwachen der Stadt, so als müßten wir unbedingt mit eigenen Augen sehen, wie alles, was uns bedrohte, langsam aus einem unerbittlichen Licht auftauchte und Form annahm.

Jetzt waren wir zusammen und allein in unserer Zweisamkeit.

Eigentlich gingen mir keine richtigen Gedanken durch den Kopf, höchstens untergründige Regungen.

Irgend etwas nahm seinen Lauf. Irgendwohin würde es uns schon führen. Aber es war keine Bewegung zu erkennen, nur ein unbestimmtes Beben. Und unendliches Mitgefühl, als ob alles – nicht nur sie, nicht nur ich – sterblicher und leichter zu vernichten und bescheidener wäre als je zuvor. Alles, was man in dieser gewaltigen Einsamkeit tun konnte, war, gut zueinander zu sein, zu anderen und zu sich selbst; und zu schweigen; ohne den Stolz der Hoffnung, ohne Pläne und Überzeugungen, und wären sie noch so blind: nur – vielleicht – dieses Mitgefühl, das so unsäglich verwundbar war.

Wir standen auf dem Balkon, verfolgten, wie die Sonne aufging, der Frühnebel vom Hafen emporstieg und die Schatten sich aufhellten, so daß jedes Gebäude deutlicher als solches zu erkennen war; in den Blumenbeeten unter uns pickten Vögel nach Wür-

mern; in den hohen Föhren vor uns saßen Tauben; auf der Straße fuhren die ersten Autos vorüber.
Ich ging ins Badezimmer. Als ich wieder herauskam, lag sie im Bett, den mauvefarbenen Morgenrock hatte sie über das Fußende gelegt. Ein kleines, unsicheres Lächeln um den Mund, sah sie zu mir auf. Ich setzte ich auf den Bettrand und küßte sie auf die Stirn; dann zog ich mich aus und legte mich, ihren Kopf im Arm, zu ihr. Mit der Hand begann sie meine Wange zu streicheln, war aber nicht recht bei der Sache.
Nach einer langen Zeit flüsterte sie: »Ich habe solche Angst, Joseph.«
»Das mußt du nicht!« Ich drückte sie an mich.
»Was soll denn werden?«
»Nichts. Ich liebe dich.«
»Aber . . .«
Ich richtete mich mit dem Ellbogen auf: »Nur für diesen einen Tag – laß uns nicht darüber sprechen.«
Mit ihren großen Augen sah sie zu mir auf; sich auf die Lippe beißend, nickte sie. Ich nahm das Laken fort und beugte den Kopf über sie. Ich hörte sie meinen Namen flüstern und senkte den Kopf auf die erwartete Feuchte; mit ihren Händen drückte sie mich heftig an sich, und als ich mich auf sie legte, begann sie an meiner Schulter zu schluchzen: »Ach, mein Liebster, ach, mein Liebster, o Gott!«
Wir waren so erschöpft, daß wir nicht einmal das Laken wieder über uns zogen. Sie schlief, ich lag halb benommen da und nahm nur vage die Tagesgeräusche draußen wahr. Nach einiger Zeit lachte sie leicht im Schlaf auf, und als ich den Kopf hob, um sie anzusehen, schlug sie schläfrig die Augen auf und murmelte: »Ich hab' von furzenden Spatzen geträumt.« Dann versank sie wieder im Schlaf. Ich deckte uns zu und schlief gleichfalls ein; sehr lange und sehr tief; und als wir wieder aufwachten, war die Sonne im Begriff unterzugehen.
Irgend jemand klopfte an die Tür.
Verwirrt und völlig bestürzt sprangen wir beide auf. Mein Herz flatterte wie ein verängstigter Fink in einer Falle.

Nach ein paar Sekunden wurde abermals geklopft.

»Bleib hier«, flüsterte Jessica mit erstickter Stimme. Sie zog den kurzen Morgenrock über und ging an die Tür. Ich wollte sie zurückhalten, aber es war zu spät. Aus dem Bett taumelnd, griff ich blindlings nach irgendwelchen Kleidungsstücken auf dem Boden. Sie machte die Wohnungstür auf. Ich hörte Stimmen – weibliche Stimmen – und wie Jessica etwas von ›Kopfschmerzen‹ und ›nächste Woche‹ sagte; die Tür wurde wieder geschlossen. Ich saß auf dem Bett und drückte die Stirn an die Knie, um das Schwindelgefühl zu überwinden. Als sie wieder hereinkam, brach sie in ein hysterisches Lachen aus. Ich mußte sie fest in die Arme schließen, um sie wieder zu beruhigen.

»Zwei meiner Freundinnen«, sagte sie nach einiger Zeit.

»Ich hab's gehört.«

»Ich mache uns jetzt einen Tee.«

Es war, als ob die Störung uns zu Fremden gemacht hätte. Freilich nur für kurze Zeit. Während sie in der Küche den Tee aufbrühte, ging ich ins Bad, um die Wanne vollaufen zu lassen. Sie schenkte uns ein, ließ den dünnen Morgenrock von den Schultern gleiten und stieg zu mir in die Wanne. In dem warmen Wasser entspannten wir allmählich. Die Abenddämmerung verdichtete sich, und bald war es dunkel. Nur eine Straßenlaterne draußen schickte gelbliches Licht durch das mattierte Fenster, so daß wir uns erkennen konnten. Sie vor mir, ihre Augen im Schatten, ihr Körper eine blasse Gegenwart in der Schwärze des Wassers, ihre Brustwarzen zwei kleine Flecken, und zwischen ihren Beinen ein weiches Dunkel, das sanft gegen meinen Fuß drückte. Wir waren wieder im uns vertrauten Bereich, und all unsere Zuversicht kehrte zurück.

Wir müssen zwei Stunden oder länger in der Wanne geblieben sein. Ab und zu ließ ich heißes Wasser nachlaufen; später stieg sie aus und legte auf ihrem kleinen Plattenspieler im Wohnzimmer eine Platte auf: Bachs Flötensonaten.

Manchmal unterhielten wir uns, manchmal lagen wir still oder streichelten einander träge. Das sanfte Eintauchen in die Liebe war, als gälte es, eine neue Sprache zu erlernen und gemeinsam

zu buchstabieren: Ich bin, du bist, wir sind ... Neue Namen für Altbekanntes zu finden, die Verben der Liebe zu konjugieren, sich an eine neue Syntax zu gewöhnen.
»Man kommt sich hier so geborgen vor«, sagte sie einmal.
»Hattest du Angst, als sie klingelten?«
»Sprich nicht darüber.« Das Wasser schwappte über mich hinweg.
»Es war grauenhaft. Ich glaube nicht, jemals ...«
»Ich liebe dich.«
»Ich möchte es dir auch sagen. Ich weiß, es ist wahr. Aber wenn wir hier rausgehen, wenn es wieder hell wird, wenn sie uns wieder Angst einjagen ...«
»Die Nacht wird immer wiederkehren.« Gedankenverloren, nach den Worten suchend, rezitierte ich:

Oh Nacht, holder als das Frührot!
Oh Nacht, die den Geliebten
mit der Geliebten vereinte,
die Geliebte in den Geliebten wandelte.

»Johannes vom Kreuz?« fragte sie nach kurzer Pause; ihre Stimme verriet so etwas wie freudiges Wiedererkennen.
»Dann kennst du ihn?«
»Ich war lange Zeit völlig vernarrt in ihn. Gestern – nein, jetzt ist es schon vorgestern gewesen – hatte Pater Mark wieder eine lange Sitzung mit mir und hat mir ein paar von den Versen erklärt.« Sie lachte. »Sieh uns nur an – zwei Heiden im Dunkeln, die sich über den Heiligen Johannes vom Kreuz unterhalten!«
»Er hätte bestimmt nichts dagegen. Vielleicht ist unser Dunkel gar nicht so verschieden von dem seinen.«
Sie schwieg. Mit dem Fuß streichelte ich ihr sanft die halboffene Frucht ihres Geschlechts.
»Ich wünschte ...«, sagte sie nach einer Weile. »Ich hätte es aus Liebe getan ... wärest du doch bloß der erste bei mir gewesen. So daß ich vollkommen unschuldig zu dir hätte kommen können.«
»Ich will dich, wie du bist; du solltest weder von meiner noch von deiner Vergangenheit irgend etwas leugnen.«

»Mein Geliebter!«
Sie stöhnte sanft unter meinen Liebkosungen, und ich schob mich über sie, drang im lauwarmen Wasser glatt wie ein Fisch in sie ein, und wieder überließen wir uns der Unersättlichkeit unserer Körper; und als wir kamen, bildete das Wasser Strudel um uns platschte auf den Fußboden und wir brachen in Lachen aus; dann stieg sie aus, um die Platte umzudrehen, wir ließen heißes Wasser nachlaufen und lagen im warmen Dunkel und lauschten der Flöte.
Schließlich, viel später, standen wir auf und trockneten uns gegenseitig ab. Die Luft draußen hatte etwas Drückendes, und es war nicht nötig, sich etwas überzuziehen.
Ich legte eine andere Platte auf und blieb auf dem Wohnzimmerteppich sitzen, während sie etwas zu essen machte. Das Licht knipste sie nicht an. Natürlich kannte sie die Wohnung genau genug und brauchte kein Licht; doch der eigentliche Grund, das wußte ich, war, daß das Küchenfenster auf den Innengang hinausging, und niemand wissen sollte, daß sie zuhause war.
Im dämmerigen Schein der grünen Kontrollampe des Plattenspielers nahmen wir auf dem Fußboden sitzend das Essen ein. Da wir uns den ganzen Tag ausgeruht hatten, waren wir noch nicht müde. Wir traten auf den Balkon hinaus, auf dem eine Couch stand, und setzten uns hin, um über die nächtliche Stadtlandschaft hinwegzublicken, die Lichtbänder der Autos, die Spiegelungen weit unten auf der Bucht.
Vor einer Woche noch hätten wir wahrscheinlich einen Spaziergang gemacht; jetzt war es anders geworden, jetzt waren wir uns der Welt um uns herum bewußt. Wir wurden gleichsam belagert auf unserem kleinen Balkon. Aber selbst in unserer Furcht lag eine gewisse Schönheit; da draußen, das war die Welt, und wir waren hier.
Sie fing an, über meine Arbeit zu reden; wir sprachen über *Hamlet;* und dann fragte sie: »Was willst du als nächstes machen?«
»Camus: *Die Gerechten.* Kennst du das Stück?«
»Ich hab' es vor Jahren einmal gesehen, aber an Einzelheiten kann ich mich nicht erinnern. Nur an das lange Streitgespräch

über Gewalt ...« Sie dachte eine Weile nach und schüttelte den Kopf. »Ich weiß, daß ich mich damit nicht einverstanden erklären konnte. Mit dem Stück als solchem schon, aber nicht mit dem Argument, daß Gewalt erlaubt ist, vorausgesetzt, man ist bereit, mit dem eigenen Leben dafür zu bezahlen ...«

»Natürlich reicht das als Rechtfertigung nicht. Aber wenn man im Austausch dafür sich selbst anbietet, wahrt man zumindest einen gewissen Anstand. Jedenfalls begeht man dann keinen kaltblütigen Mord. Und hat man den erstmal verübt und bezahlt mit dem Leben dafür wie Yanek, überschreitet man tatsächlich den Bereich des Ethischen und tritt in das Reich der Gnade ein.«

»Ist das auch deine Ansicht?«

»Ich glaube, den Mut von Yanek könnte ich nie aufbringen.«

»Jemand umzubringen?«

»Ja, um damit anzufangen. Ich kann noch nicht einmal eine Maus töten, ohne hinterher nächtelang wach zu liegen. Aber ich denke, in einem Anfall von Wut oder Verzweiflung könnte man *getrieben* werden zu morden. Nur ging es in Yaneks Fall ja um soviel mehr als das. Imstande zu sein, sich so zu entscheiden wie er: ›Der Tod des Erzherzogs ist notwendig, um die unterdrückten Massen zu befreien: folglich töte ich ihn; und dann werde ich zulassen, daß sie mich umbringen ...‹ Was er umbringt, ist eine Idee, ein Titel, ein Erzherzog; doch indem er sein eigenes Leben hergibt, spricht er im übertragenen Sinn ein Gebet für die Seele des *Menschen,* den er getötet hat. Und er tut das, ohne selbst gläubig zu sein.« Ich schloß die Augen, um über das Stück nachzudenken: über den getippten Text meines Rollenbuchs und darüber, wie er auf der Bühne zu Fleisch und Blut werden sollte. Und ich fuhr fort: »Erinnerst du dich an die Szene im Gefängnis, kurz vor Yaneks Hinrichtung, als die Frau des Erzherzogs ihn aufsucht? Das ist der schrecklichste Augenblick von allen – als sie anbietet, Gnade für ihn zu erwirken, vorausgesetzt, er bereut? Doch ließe er sich auf diesen Handel ein, wäre das eine Absage an alles. Das ist der Mut, denke ich, der mir abgeht.«

Langes Schweigen; dann fragte sie: »Welchen Unterschied macht es nun, daß Dulpert tot ist?« Ich blickte sie an. »Oder ist das vielleicht die falsche Frage?« sagte sie. »Ich meine: Du hast den *Hamlet* gespielt, und dann ist er gestorben. Und jetzt ...«

»Und jetzt werden wir das Camus-Stück mit Dulperts Tod und mit allem beladen, was geschehen ist. Damit selbst diejenigen, die ihn nicht zur Kenntnis genommen oder geleugnet haben, dieser Frage nicht länger ausweichen können.«

»Das hast du bei *Hamlet* auch getan«, sagte sie. »Mich hat das sehr betroffen gemacht. Du hast aus einem Intellektuellen und Träumer eine furchtbare Zerstörungskraft gemacht. Ich denke, das hat mich etwas über dich herausfinden lassen.«

»Hat es Mitleid für mich in dir geweckt?« fragte ich rasch.

»Nicht Mitleid. Angst, vielleicht. Ja. Angst vor dir und Angst um dich.« Eine Pause. »Aber du verstehst, was ich meine ...? Mit deinem *Hamlet* hast du die Menschen schockiert. Und soweit ich das sehe, mit den Stücken davor auch. Mit jedem einzelnen davon. Und jetzt willst du das mit den *Gerechten* wiederholen. Aber all diese Schocks ... Ich weiß nicht, wie ich es ausdrücken soll: wird Schockieren nicht zur Gewohnheit, zu einer Art Lebensweise? Stumpft einen das nicht ab – und zwar diejenigen, die schockieren genauso wie die, die schockiert werden?«

»Meinst du, man wird in Südafrika jemals immun gegen Schocks?«

»Vielleicht ist Südafrika das Land, in dem genau das passiert: schon um zu überleben und nicht wahnsinnig zu werden.«

»Aber dann müssen wir doch jedesmal tiefer eindringen, wenn wir den Nervenenden des Lebens folgen wollen und sie versuchen, sich zurückzuziehen und zu verstecken.« Während ich sprach, geschah etwas Seltsames – als ob ich beim Sprechen die Bedeutung meiner eigenen Worte entdeckte. In den vorangegangenen zwei Wochen, lieber Gott, war alles so verwirrt gewesen, daß ich nicht die Zeit gefunden hatte, mich hinzusetzen, um mir klar über alles zu werden und entweder damit oder mit mir selbst zurande zu kommen; jetzt mußte ich dem auf den Grund gehen, und zwar um unser beider willen. »Als ich an jenem Vormittag erstmals von Dulperts Tod hörte ... Ich war blind gewesen, und Blindheit ist eine Form von Wahnsinn. Ich hätte jemanden umbringen können. Ich glaube, hätte man mir in diesem Augenblick ein Gewehr in die Hand gedrückt, ich wäre imstande gewesen, jeden zu erschießen, der auch nur entfernt etwas mit seinem Tod zu tun hatte. Doch am Abend desselben Tages lernte ich dich kennen. Und das hat alles verändert. Vielleicht war ich mir dessen nicht bewußt – aber jetzt weiß ich es.«

»Inwiefern hat es alles verändert?«

»Insofern, als ich auch an dich denken muß. Insofern, als ich alles, was ich heute tue, nicht losgelöst von der Tatsache sehen kann, daß es dich gibt, dein Leben. Und all die anderen Leben, wie deines. Die in den Sog mit hineingerissen werden. Wie die Kinder in der Kutsche des Erzherzogs – beim erstenmal, als Yanek sich weigerte, die Bombe zu werfen. Ich will damit nicht versuchen, das, was ich tue, zu verteidigen oder zu rechtfertigen, sondern lediglich wieder begreifen, um was es eigentlich geht.« Regungslos wartete sie ab; ich war mir ihres Atmens bewußt. »Es gibt jene, die zur Gewaltanwendung getrieben werden; vielleicht kann man manchmal einfach nicht auf Gewalt verzichten. Aber es sind auch andere notwendig, um der Gewalttat einen Sinn zu geben, wenn sie denn schon geschehen muß. Damit sie nicht blind geschieht, damit die Menschen sehr klar sehen, warum sie geschieht, und sich läutern. Das ist meine Arbeit, das ist es, was ich tun kann, vielleicht alles, was ich tun kann: dafür sorgen, daß die Menschen das Bewußtsein nicht ausschalten. Wahrscheinlich ist das bitterwenig. Doch was würde ohne das geschehen? Dann würde die ganze Geschichte zu einem Strom blinder, irrationaler Gewalt. Wir sind nicht bloße Tiere, die einander abschlachten. Es sieht zwar oft so aus, doch unsere einzige Würde liegt in dem nie erlahmenden Aufbegehren gegen alles, was leugnen will, daß wir mehr sind als Tiere . . .«

»Und eines Tages . . .?« flüsterte sie. »Glaubst du, wir werden jemals in einer Welt des Friedens leben, einer Welt ohne Gewalt, einer Welt der Würde?«

»Nein«, sagte ich. »Denn ich kann nicht an Utopia glauben. Es ist unmöglich, daß diese Welt jemals vollkommen gut oder vollkommen schön wird. Aber sie kann immer ein bißchen besser

gemacht werden als sie ist. Und wenn ich nicht darum kämpfe, diese kleine Möglichkeit offenzuhalten, geht alles in Blut unter.«
Lange saßen wir auf ihrem hohen Balkon auf der Couch, bis selbst der Nachtverkehr zum Erliegen kam. Gelegentlich redeten wir noch; dann verfielen wir wieder in Schweigen. Schließlich wurde die Nachtluft kühl, und ich wurde mir ihres nackten, fröstelnd an mich geschmiegten Körpers bewußt, woraufhin wir hineingingen und die Vorhänge zuzogen. In der dunklen Küche machte ich uns einen Tee, den wir im Bett sitzend tranken. Und wieder erforschten wir mit Hand und Mund die wundersame Vertrautheit und Fremdheit unseres Körpers, ohne Hast, über Stunden hinweg und reihten unsere Höhepunkte auf der endlosen Nacht auf wie die Perlen eines Rosenkranzes. Zwischendurch schliefen wir kurz ein, weckten uns dann wieder und gaben uns wohlig erschlafft und dankbar unserer Lust hin. In der Morgendämmerung fielen wir in tieferen, länger anhaltenden Schlaf. Als mich ihre Hände mit ihren Liebkosungen weckten, war draußen ein erbarmungslos grell-weißer Tag aufgegangen. Instinktiv suchte mein Körper wieder nach dem ihren, doch sie flüsterte:
»Diesmal möchte ich . . .«
Und zwischen meinen angewinkelten Beinen knieend, führte sie mich durch die letzten Schichten des Schlafs hinauf zu Lust und Leidenschaft und bis an die äußersten Grenzen noch erträglicher Ekstase.
»Jetzt weißt du es«, sagte sie, schluckte meinen Samen, mein Leben, und sank zurück in meine Arme.
Wir schliefen wieder und wachten wieder auf und begannen wieder zu reden, führten dieses endlose, atemlose Gespräch weiter, das tage- und monatelang andauern konnte. Sie bereitete Frühstück und brachte es uns ins Bett; wir aßen und legten uns wieder hin, nebeneinander auf den Bauch, und während wir redeten, fuhr sie mir wie abwesend mit der Hand über Schultern, Rücken und Gesäß.
»Du bist so schön«, sagte sie. »Deine Bräune, dein Körper. Du bist so schön.«
Sie legte sich auf den Rücken, um das Weiß ihrer kleinen Brüste

und Hüften mit meinem Braun zu vergleichen. Und sagte dann noch einmal: »Ich liebe deine Bräune, sie ist so schön.«
Was sie sagte, beunruhigte mich zutiefst. Weder Beverley, noch Annamaria noch irgendeine andere Frau in Europa hatte den Unterschied jemals besonders erwähnt – es war immer um nichts anderes gegangen, als daß ein männlicher Körper einem weiblichen begegnete. Jedesmal, wenn meine Hautfarbe eine Rolle gespielt hatte, war das zerstörerisch gewesen, so wie es mir seit meiner Rückkehr wieder bewußt geworden war: eine Last, eine Farbe, der man mit Mißtrauen oder Haß begegnete: *Nicht* weiß, *nicht* europäisch, ein Schatten, eine Umkehrung, eine Kehrseite, – das Negative von allem, was wichtig war. Und jetzt plötzlich, sie: »Ich liebe deine Bräune, sie ist so schön.« Überrascht blickte ich an meinem eigenen Körper hinunter, als entdeckte ich ihn zum erstenmal.
Am frühen Nachmittag, als nach dem kurzen Getriebe um die Mittagszeit wieder Ruhe im Haus einkehrte, aßen und tranken wir einander erneut, überließen wir uns zum letztenmal der Osmose der Liebe; standen dann auf, zogen uns langsam, traurig, unter Schmerzen und widerstrebend an – und doch so tief befriedigt und gesättigt. Sie ging hinaus, um sicherzugehen, daß keine Gefahr drohte. Wir küßten uns, verabredeten uns für später, und dann eilte ich verstohlen wie ein Dieb die Feuerleiter hinunter, um das Haus herum und zurück auf die Straße. Sie sah mir vom Balkon aus nach, doch keiner von uns wagte zu winken.
Als ich in meinen von der Sonne aufgeheizten Wagen stieg und zum De Waal Drive hinunterfuhr, dachte ich: Jetzt weiß ich ohne Anmaßung und ohne Stolz, wie Jesus zumute gewesen sein muß, als er vom Ölberg herabkam, um sich wieder seinen Jüngern zuzugesellen: diese Trauer und diese Fülle in einem, diese Zuversicht, von neuem zu beginnen.

4

Als ich vor dem Haus der Geustyns den Motor abstellte, saß Jerry pfeiferauchend am Straßenrand.
»Mein Gott!« sagte er. »Endlich! Bist du auf einer Forschungsreise gewesen?«
»Mehr oder weniger, ja.« Als ich lächelte, hatte ich den Meeresgeschmack von Jessica noch auf den Lippen. »Wartest du schon lange?«
»Was für eine Frage! Die alte Dame hat ihr möglichstes getan, mir ihren Pißpott auf den Kopf zu schütten, die verdammte Sau. Und der alte Mann, Oom Appie, hat mir eine Beerdigungsversicherung angedreht.« Der Innenseite seines Hemdes entnahm er ein beeindruckendes Dokument und faltete es auseinander. »Wodurch, womit, wohingegen – Vorbehaltsklauseln, wohin du auch blickst.«
»Du hast doch nicht etwa wirklich eine abgeschlossen, Jerry?«
»Warum nicht? Der arme alte Knacker hat mir erzählt, er sei die Woche über immer unterwegs, hat aber Magenbeschwerden – die er mir bluttriefend bis ins einzelne gehend beschrieb – so daß er es sich diese Woche leisten kann, daheim vor sich hin zu leiden. Was hätte ich sonst tun können? Man weiß ja nie. Da sterben heutzutage Leute, die ihr Lebtag nicht gestorben sind! Jedenfalls sind jetzt meine Möbel versichert. Und wenn schon nicht im Himmel, dann zumindest tief in der Erde. Vorausgesetzt, ich vergesse nicht, die Beiträge zu bezahlen.«
Er folgte mir den schmalen Gang seitlich am Haus vorbei; ich schloß meine Wohnungstür auf und trat beiseite, um ihn hineinzulassen.
»Bist du denn nicht mit dem Auto gekommen?« fragte ich.
»Nein. Ich dachte, unsere paar spielfreien Tage zu benutzen, mal nach Jo'burg raufzudüsen; und jetzt steht die Karre irgendwo am Straßenrand – die Polizei hat das Todesurteil über sie gesprochen. Den Rest mußte ich per Autostopp zurücklegen. Wurde von einem kleinen weißen Liberalen mitgenommen – einer von den pflaumenweichen Engeln à la Shelley.«

»Und seit wann bist du zurück? Seit heute morgen?«
»Seit der letzten Nacht.« Er lächelte, und seine Zähne blitzten blendend weiß in seinem mageren dunklen Gesicht. »Und was für eine Nacht!« Er küßte sich die Fingerspitzen. »Ich bin völlig gerädert. Du weißt ja, wie es in Jo'burg so geht. Und da hab' ich versucht, ein bißchen Schlaf nachzuholen. Aber dann tauchten zwei von meinen ehemaligen Schülerinnen auf, die jetzt, wo ich Schauspieler bin, richtige Fans von mir geworden sind: und die beiden sind so sexy geworden, seit ich sie das letztemal gesehen hab'! Wir quatschten ein bißchen, ich hab' ihnen ein Glas Wein eingeschenkt, hab' also den vollendeten Gastgeber gespielt und so, und plötzlich war Mitternacht vorbei. Was blieb mir also anderes übrig? War viel zu gefährlich, sie allein um diese späte Stunde nach Hause gehen zu lassen, und da habe ich ihnen angeboten zu bleiben. Gott sei Dank habe ich ein großes Bett.«
»Beide?«
»Beide, Capey. War wie Orgelspielen, verstehst du: mit Händen und Füßen.« Er klopfte seine Pfeife am Papierkorb aus und fing an, sie wieder zu stopfen. »Aber diese jungen Dinger können einen ganz schön schaffen, Mann. Als ich mit der ersten fertig war, kommt die zweite erst richtig in Fahrt; und als ich von der runter bin, war die erste schon wieder scharf geladen. Oh mein Gott, das ist der Grund, warum ich heute morgen so früh fort bin und den Zug hierher genommen habe. Hab' uns ein bißchen Knete mitgebracht.« Er zog einen dick gefüllten Umschlag aus dem Hemd und warf ihn mir nonchalant auf den Schreibtisch. »Ein kleines Dankeschön von der Jo'burger Gemeinde.«
Der Umschlag war mit Zehn-Rand-Scheinen gefüllt. Ohne zu zählen, fragte ich besorgt: »Woher kommt das alles, Jerry?«
»Hab' eine Fete organisiert.« Spöttisch betrachtete er mich mit seinen schwarzen Augen.
»Aber ich muß es wissen. Stell dir vor, es gibt Ärger ... Du weißt, daß wir seit neuestem am Rande der Gefahr leben. Sie warten doch bloß darauf, daß wir einen falschen Schritt machen.«
»Wegen dieser Sache wird kein Hahn den Schnabel aufreißen«,

sagte er. »Nimm es und bedank dich bei dem herzliebsten Jesulein.«
Ich sah ihn weiterhin eindringlich an, wußte aber sehr wohl, daß ich nichts mehr aus ihm herausbekommen würde. Nach einiger Zeit ging ich in die Küche und stellte das Gas an, um Kaffee zu kochen. Er nahm am Küchentisch Platz und rauchte.
Als ich die Milch ausgießen wollte, war sie sauer.
»Du mußt ihn schwarz trinken«, sagte ich.
Seine Augen verengten sich. »Auch du scheinst ziemlich lange nicht zuhause gewesen zu sein. Oom Appie deutete etwas in der Richtung an.« Ein Lächeln. »Hat man dich auch so geschafft, Capey? Ich muß schon sagen, du siehst ziemlich mitgenommen aus.«
Ich zögerte, doch nur für einen Moment.
»Ich bin mit Jessica Thomson zusammen gewesen«, sagte ich so neutral wie möglich und rührte meinen Kaffee um.
»Sag das noch einmal!« sagte er. Er rührte nicht um.
»Du hat mich doch verstanden.«
»Nein, ich habe dich nicht verstanden«, sagte Jerry sehr leise. Und dann wütend: »Ich *will* es nicht hören!«
»Ich war bei Jessica Thomson, Jerry. Und ich denke, das geht niemand sonst was an.«
»Es ist nicht nur deine Sache!« Er sprang auf und knallte den Becher mit solcher Wucht auf den Tisch, daß der halbe Kaffee überschwappte. »Bist du denn von allen guten Geistern verlassen?« So wütend hatte ich ihn noch nie erlebt. »Versuchst du denn plötzlich, den Weißen zu spielen, oder welcher Teufel reitet dich?«
»Ich hätte nie gedacht, daß du moralische Bedenken hättest«, sagte ich sarkastisch.
»Moralische Bedenken – darauf scheiß ich!« antwortete er. »Von mir aus kannst du ganz Kapstadt vögeln. Dazu ist ein Mann schließlich da. Aber Finger weg von dem weißen Abschaum.«
Die Fäuste ballend, ging ich auf ihn zu: »Jerry, wenn du Jessica beleidigst ...«
Er holte tief Atem. Einen Moment lang glaubte ich, er würde

zuschlagen. Dann ließ er die Schultern sinken. »Begreifst du denn nicht?« fragte er. »Meine eigene Scheißschwester, alles, wogegen ich mein ganzes Leben gekämpft habe! Und jetzt du – *du* ...! Mein Gott, Capey, kapierst du denn nicht, was du da machst?«
Ich senkte den Kopf. Wie sollte ich »Nein«, sagen, wie »Ja?«
Nach einer langen Zeit fragte er mich, ohne mich dabei anzusehen: »Wann reist ihr ab?«
»Abreisen?« fragte ich verblüfft.
»Ihr werdet doch wohl beide jetzt nach England zurückkehren.«
»Ganz sicher nicht«, erklärte ich. »So verantwortungslos bin ich nicht. Ich lauf' nicht weg!«
Er sah mich an. Plötzlich brach er in Lachen aus; das versetzte mir einen Stich. »Ich weiß nicht, ob ich lachen oder weinen soll«, sagte er nach einiger Zeit.
»Ich liebe sie.«
»Bitte, erspar mir das!« versetzte er bissig. Und dann fragte er: »Wie alt bist du?«
»Nicht ganz zweiunddreißig.«
»Und hast immer noch nichts begriffen!« Er stieß den oberen Flügel der nach hinten hinausgehenden Tür auf, und spuckte nach draußen. Einige Minuten lang blieb er mit dem Rücken zu mir stehen; mit der Hand umkrallte er den Rand der unteren Türhälfte. Dann fragte er bissig: »Und weiß Dulcinea del Toboso, worauf sie sich da einläßt?«
»Selbstverständlich.«
Er fuhr herum. »In einem wahnsinnigen Land wie diesem ist nichts selbstverständlich. Wenn du sie liebst, Capey, setzt du sie ins erste Flugzeug und sorgst dafür, daß sie nie wieder zurückkommt. Du machst ihr Leben kaputt, du machst dein Leben kaputt, du machst unser aller Leben kaputt.«
»Ich kann nicht einsehen, was ›wir alle‹ damit zu tun hätten!«
»Du sprachst von mir und dem Geld, das ich mitgebracht habe: Du sagtest, wir müßten vorsichtig sein.« Er lachte höhnisch. »Wie vorsichtig bist du? Wie lange soll es dauern, bis sie euch auf die Schliche kommen? Bist du dir denn nicht darüber im klaren,

daß die ganze Welt Augen hat? Und dann? Was wird aus der Truppe? Was soll aus allem werden, das wir versucht haben aufzubauen? Und da hast du die Stirn, von ›Verantwortung‹ zu sprechen!«
Jedes Wort traf mich tief. Ich wagte nicht, ihn anzusehen. »Quäle mich nicht, Jerry«, flehte ich. »Wir werden vorsichtig sein. Kein Mensch wird es jemals erfahren. Niemand!«
Doch er wollte nicht nachgeben. »Capey«, sagte er, »wenn du jetzt, wo es passiert ist, zu mir gekommen wärest, um mir zu sagen, du wärest bereit, mit *mir* zu arbeiten . . .« Er sprach nicht weiter.
»Mit dir?«
»Wenn du zu mir kämest, um mir zu sagen, du wärest bereit, eine Knarre oder Sprengstoff, irgend was in die Hand zu nehmen, um zu helfen, etwas zu *tun,* um irgend was zu *verändern* – dann hätte ich das verstanden. Aber wie kannst du die Unverfrorenheit besitzen zu glauben, alles könnte so weitergehen wie bisher . . .«
»Nichts geht weiter wie bisher. Und das, was wir gemeinsam machen, zielt darauf ab, etwas zu verändern. Das weißt du genausogut wie ich.«
»Dann glaubst du also immer noch – an die ›Kultur‹?« Er spie das Wort förmlich aus.
»Weil das der einzige Garant für Moral ist.«
»Glaubst du wirklich, Revolutionen hätten was mit Moral zu tun, Capey?«
»So naiv bin ich nicht. Aber wenn die Revolution kommt . . . die Menschen müssen doch darauf vorbereitet sein. Sonst stürzen wir in einen Abgrund.«
»Und du willst sie darauf vorbereiten, indem du ihnen weiße Kultur nahebringst? Diese höchst überflüssigen kleinen Verzierungen des Daseins?«
»Es handelt sich so wenig um weiße Kultur, wie du oder ich weiß sind. Sie gehört uns allen. Weil wir Menschen sind.«
»Werden wir behandelt wie Menschen?«
»Nein. Und ich weiß sehr wohl, daß das schlimmste von allem ist: daß so viele es für selbstverständlich halten, daß es so ist, wie es

ist. Aber du und ich, wir müssen sie daran erinnern, und immer wieder daran erinnern, daß sie Menschen sind. Tun wir das nicht, führt uns keine Revolution irgendwohin.«

»Ich verstehe«, sagte er. »Du möchtest die Menschen wachrütteln wie Jesus Christus; und sobald du ihnen zum Bewußtsein gebracht hast, wie sehr sie leiden, so daß sie eine Revolution wollen, dann sollen sie alles Gesagte wieder vergessen und du sagst: ›Oh nein, so habe ich das auf keinen Fall gemeint.‹« Er ließ die obere Türhälfte wieder zufallen. *»Das* ist unmoralisch, Capey. Und führt nur dazu, daß sie dich kreuzigen. Mein Gott! Meinst du nicht, wir hätten allmählich Märtyrer genug? Haben Harry und Dulpert in deinen Augen noch nicht gereicht? Wieviele willst du noch? Auf wieviel blutende Leichen sollen wir denn noch treten, bevor die Erde sich auftut und uns alle verschlingt?«

»Ich habe nie behauptet, Kultur allein könnte die Welt retten, Jerry«, erinnerte ich ihn, als er schwieg. »Ich habe gesagt: wenn wir nicht gewährleisten können, daß etwas Menschliches herauskommt, hilft uns keine Revolution weiter. Ich habe weder das eine, noch das andere ausgeschlossen. Es gibt diejenigen, die bereit sind, alles auf eine Karte zu setzen, die ›handeln oder sterben wollen‹. Aber es gibt auch die anderen – und auf die kann man genausowenig verzichten –, die sich den Kopf über das ›Warum‹ zerbrechen müssen.«

»Wenn ich dich richtig verstanden habe«, sagte er und setzte sein kleines stilles Lächeln auf, »hat auch Dulpert zu denjenigen gehört, die sich den Kopf über das ›Warum‹ zerbrochen haben. Das hat ihn aber nicht vorm Tod bewahrt. Du hast an einen *gentleman's war,* einen anständigen Krieg geglaubt, Capey. Aber in diesem Land führen wir einen schmutzigen Krieg.«

5

Die Nacht bricht jetzt weniger plötzlich herein als zuvor. Der Abend hat etwas vom Herbst, dieser anderen Übergangszeit. Nicht Anfang oder Ende der Dunkelheit sind es, auf die es ankommt, sondern nur ihre Dauer, ihr heimliches Wachsen. Ist das der Grund, warum der Heilige Johannes vom Kreuz eine solche Leidenschaft, eine so tiefe Kenntnis vom Abend hatte?

Ich habe mehr als genug Zeit, über den Heiligen Johannes nachzusinnen. Besonders abends, wenn im Gefängnis nach und nach Stille einkehrt. Nicht, daß es tagsüber laut wäre, jedenfalls nicht sehr; aber abends ist es, als würden die Dinge jeden Lautes entleert, so wie das Wasser aus den Bewässerungsgräben langsam versickert und Schlamm bildet. Von der Gefängnistopographie habe ich nur eine unvollständige Vorstellung, wofür ich dankbar bin, denn jetzt kann ich sie mir meinen Bedürfnissen entsprechend zurechtlegen, je nachdem, wie ich mir eine Aufführung vorstelle. Konzentrische Kreise wie die Dantes, die, von mir ausgehend, immer größer werden. Ich selbst stehe ziemlich in der Mitte – natürlich nicht genau in der Mitte, denn die ist den Galgen vorbehalten. Es muß immer etwas Raum gelassen werden, durch den man mit Anstand fortschreitet. Und mein Fortschritt führt nach innen, auf die dunkle Mitte zu.

Manchmal spiele ich wieder meine eigenen Rollen durch. Manchmal sitze ich bloß da. Alles wird sehr still, ganz anders als bei meinem Gefängnisaufenthalt vor dem Prozeß. Da habe ich in ständiger Erwartung gelebt und hatte Angst vor ihrer Rückkehr. Die Ungewißheit hat mich in Panik versetzt. Längst habe ich mich damit abgefunden, daß der Tod auf mich wartet, und brauche mir keine Gedanken darüber machen, *wann* er kommt. Alles ist so still, nachts, wenn ich schreibe.

Manchmal frage ich mich, was aus der Welt wohl ohne die im Gefängnis geschriebenen Bücher geworden wäre. Ohne Villons großartiges *Testament*. Bunyans *Pilgerreise*. Den *Don Quijote*. Die Werke des Heiligen Johannes vom Kreuz – dieses kleinen, dunkelhäutigen Spaniers, den ich so gut zu verstehen meine. Es hat mich nicht im mindesten überrascht zu erfahren, daß der größte Teil des *Cántico Espiritual* im Gefängnis entstand, wo er abgeschnitten war von der allzu blendenden spanischen Sonne, und deshalb das Dunkel erforschen konnte, das ihm so teuer war. Wie oft haben wir ihn gemeinsam gelesen, in ihrer Wohnung oder in meiner, und in jener Nacht auf dem Berg. Dabei haben wir uns abgewechselt. Ich las:

Laß kosen uns, Geselle,
laß eins im andern deine Schönheit finden;
laß uns zum Heim der Quelle,
zu Berg und Hügel schwinden –
bis in das Herz von grünen Irrgewinden.

Danach lasen wir dann des Heiligen Exegese in einem der drei braunen Bände nach, die Pater Mark uns geliehen hatte. Natürlich kann ich mich jetzt nicht mehr an alles erinnern, aber ich habe sehr wohl behalten, welchen Wert er auf die *unio mystica,* die mystische Vereinigung mit Gott legte und mit welch bewegender Klarheit er Vers um Vers erklärte: *Laß kosen uns* bedeutet dies und *Geselle* bedeutet jenes ... An seine Erklärung der Verszeile über die Hügel und Berge erinnere ich mich deswegen so gut, weil Jessica so angerührt davon war. *Zum Berg:* die volle Kenntnis des Morgens, die geoffenbarte Wahrheit Gottes, von Angesicht zu Angesicht, zu überwältigend, als daß ein Sterblicher sie ertragen könnte; *dem Hügel:* Wissen, das im Abenddunkel kommt, Erkennen Gottes in seinen Geschöpfen und Werken und wundersamen Sakramenten – eine Form des Wissens, die nicht von Geist oder Intellekt erfahren wird, sondern dunkel, innig, intuitiv, die durch ein dunkles Glas, so wie ein Geliebter die Geliebte in der Nacht erkennt.
Nachdem wir es nachgelesen und darüber diskutiert hatten, wandten wir uns wieder dem Gedicht selbst zu. Jessica las weiter:

Gleich werden wir in hohe,
abgründige Felsenhöhlen uns versenken,
fern von des Tages Lohe
uns tief und tiefer lenken;
und der Granatfrucht Feuchte wird uns tränken.

Dann kam wieder ich dran:

Dort wirst Du weisen können,
was ich erlechzte, dort in Deinem Scheine,
und gleich wirst Du vergönnen,
o Leben, Du das meine,
gleich, was Du vordem gönntest, dieses eine.

Ich weiß noch genau, mit welcher Freude sie antwortete, jedes Wort neu geboren aus ihr selbst:

Der wachen Luft Umfangen,
der Nachtigall frohlockendes Begehren,
des Hains einhellig Prangen
in Nacht, der heiter-hehren,
mit Flammen, die wie Balsam lind verzehren.

Zum Schluß dann wieder ich mit:

Sieh, ich bin abgeschieden;
auch Aminadab läßt sich nicht gewahren;
die Umwelt liegt in Frieden;
und schon zum Grund gefahren,
den Quell zu schauen, sind die Ritterscharen.

Das rührte uns besonders tief an: die heitere Klarheit, das stille Wasser, das selbst die Reiter bewog, vom Pferd zu steigen. *Y la caballeria a vista de las aguas descendía.* All meine Nächte hindurch klingt es in mir: *A vista de las aguas descendía.* Denn in der Geschäftigkeit unserer Tage erfuhren wir so wenig von diesem

Frieden: Augenblicke, gestohlene Stunden, wenige Tage und noch weniger Nächte, von denen jede vielleicht die letzte war, jede von Angst und Furcht bedrängt, immer schlimmer werdend und allmählich immer unmöglicher.
Und doch waren wir besonders in den ersten Tagen gerade darüber so froh; zu wissen, daß wir mit Umsicht und Vorsicht dorthin zurückkehren konnten, wenn die Welt zu verworren für uns wurde. Selbst wenn wir anderen etwas vorspielen mußten, damit keiner aufgrund von Blicken oder Gesten die Wahrheit erriet.
Für das nächste Wochenende hatten wir verabredet, uns ›zufällig‹ auf einer Party zu treffen, und als es soweit war, war es schön, und wir hatten Spaß, trotz meiner vorherigen Befürchtungen. Von allen Anwesenden wußten nur sie und ich davon; und damit, daß wir es für uns behielten, gehörte es umso wertvoller uns ganz allein.
Auch Richard war da, in seinem neuesten Anzug und mit seiner Löwenmähne, verbittert und bedrückt und weniger selbstsicher, als ich ihn bisher erlebt hatte. Er hatte vorgehabt, im Zusammenhang mit der Verfilmung eines seiner Bücher ins Ausland zu gehen; bis zum letzten Augenblick war alles in der Schwebe geblieben; denn seinen Paß hatten sie ihm vor zwei Jahren abgenommen. Obwohl er drei Monate im voraus einen neuen beantragt hatte, war es ihm nicht gelungen, amtlicherseits irgend etwas in Erfahrung zu bringen – erst am Morgen der Party wurde ihm mitgeteilt, daß ihm der Paß verweigert werde. Das warf einen dunklen Schatten auf den Abend, denn er war eigentlich als Abschiedsparty gedacht.
Richard hatte das Gefühl, jetzt einen Ausreiseantrag stellen zu müssen, um das Land für immer zu verlassen. Was für einen Sinn hatte es für einen Schriftsteller, in Südafrika zu leben, wenn man seine Bücher hier nicht lesen konnte und er vom Rest der Welt abgeschnitten blieb?
Ich jedoch riet ihm ab. »Du solltest nichts überstürzen. Ein Ausreisevisum hat etwas zu Endgültiges. Ich habe in Europa zu viele Leute vor Sehnsucht und Frustration krank werden sehen.« Dann erzählte ich ihm von Simon.

Zu meiner Überraschung sagte er: »Ich kenne Simon.«
Das bewirkte von meiner Seite aus eine entspanntere Haltung ihm gegenüber; mein Argwohn verflüchtigte sich.
Er blieb hart: »Im Ausland kann ich jedenfalls reisen und arbeiten, wie ich will.«
»Ich hab's versucht«, sagte ich. »Und bin nach neun Jahren zurückgekommen, um hier von neuem zu beginnen. In einem luftleeren Raum kann man nicht überleben.«
»Vielleicht war es für dich leichter.«
»Leichter?« Am liebsten hätte ich losgelacht.
Er schien peinlich berührt. »Ich meine, du hast hier immer noch was, an das du dich gebunden fühlst. Aber ich? Ich muß hier Tag für Tag neu um mein Überleben als Pazifist kämpfen.«
»Womit hat denn dein Krieg begonnen?«
»Das ist lange her. Als ich noch zur Universität ging. Der Kampf ging mit meinen ersten Büchern gleich los. Allerdings ließen sie mich in Ruhe – bis vor drei Jahren, als ich in der Transkei war, um dort Material für einen Roman zu sammeln. Während ich dort war, wurde eine weiße Familie auf ihrer Farm ermordet – eine grauenhafte Geschichte. So manches deutete auf politische Motive hin. Und schließlich griff die Polizei ein.« Wir standen im Kreis und hörten Richard zu – auch die, die die Geschichte bereits kannten; er konnte großartig erzählen. »Sie mußten die Mörder unbedingt finden. Aber ihre Vorgehensweise ...« Er hielt inne und schloß auf eine einstudiert wirkende Weise die Augen; er war sich offensichtlich seiner Wirkung auf die Zuhörer bewußt. Dann fuhr er fort: »Sie suchten systematisch ein Dorf nach dem anderen ab und trieben dort alle männlichen Bewohner von zwölf Jahren aufwärts zusammen. Alte Männer von achtzig Jahren wurden aus Hubschraubern hinausgeworfen – sie hingen an Stricken, die man ihnen um die Fußgelenke gebunden hatte; Jungen, Kinder noch, wurden brutal geschlagen, um Schuldgeständnisse aus ihnen herauszuprügeln. Ich hörte davon und bin mit einigen von ihnen zu einem Rechtsanwalt gegangen, um eidesstattliche Erklärungen von ihnen zu bekommen. Ich hatte noch keine zwei Tage daran gearbeitet, da wurde ich ver-

haftet: Neunzig Tage. Nach einem Monat ließen sie mich ohne Anklage laufen, doch während meiner Abwesenheit waren sämtliche eidesstattlichen Erklärungen und alles von mir zusammengetragene Material ›verschwunden‹. Sie stuften mich als Kommunisten ein und entzogen mir den Paß. Er lächelte flüchtig. »Der erste Roman, den ich danach schrieb, basierte auf diesen Erlebnissen. Aber er wurde hier verboten.« Er sah mich an. »Du hast ihn gelesen, nicht wahr? Ich habe dir ein Exemplar geschenkt.«
Für einen Moment schwieg ich. Gewiß, ich hatte ihn gelesen. Technisch war er brilliant geschrieben, aber der Zorn darin war zu dürftig, zu verklemmt und brach sich nie machtvoll Bahn.
»Ich denke, nach dem, was du erzählt hast, verstehe ich ihn besser«, sagte ich. »Es ist ein starker Roman, mir hat er großen Eindruck gemacht. Nur hast du allzu vordergründig etwas zu beweisen versucht. Ich denke, dein Material war reichhaltiger als aus dem Buch, das dann erschienen ist, hervorgeht.«
Er setzte ein schiefes Lächeln auf. »Du hast was dagegen, die bittere Pille zu versüßen, nicht wahr?«
»Du hast mich gefragt, was ich davon halte, nicht, was meiner Meinung nach in mir vorgehen sollte. Und glaube mir: wenn du hierbleibst, wirst du eines Tages vermutlich ein besseres Buch schreiben. Aber wenn du fortgehst . . .« Ich zuckte mit den Achseln. »Nun, das mußt du schließlich selber entscheiden.« Ich weiß nicht, ob ich zu seiner Entscheidung etwas beitrug – das wäre der Gipfel der Ironie – aber vorläufig beantragte er jedenfalls kein Ausreisevisum.
Er mußte dennoch nach Johannesburg, um mit den hier ansässigen Vertretern der Filmgesellschaft zu verhandeln; und so beschloß er, die Gelegenheit zu nutzen, um mit den Recherchen für einen neuen Roman zu beginnen. Jessica und ich brachten ihn in meinem Auto zum Flugplatz.
Als sein Flug aufgerufen wurde, ergriff er meine Hand: »Joseph, wir müssen uns nach meiner Rückkehr häufiger sehen.«
»Ich bin ja da.«
Er sagte mir auf Wiedersehen, und Jessica küßte er.
»Armer, alter Richard«, sagte sie, als wir wieder in mein Auto stiegen.

»Warum sagst du das?«
»Er ist so schrecklich allein und verschanzt sich dauernd hinter dieser Fassade von Unabhängigkeit und Selbstsicherheit.«
»Du scheinst ihn ja gut zu kennen«, sagte ich und beobachtete sie dabei genau.
Achselzuckend sah sie zu mir herüber und sagte: »Er hat mir seit meiner Ankunft in Kapstadt viel geholfen. Er war es, der mich mit den meisten Leuten bekanntmachte, die ich hier kennengelernt habe.«
»Mich eingeschlossen.«
Sie lachte. »Ja. Dich eingeschlossen.«
Die Boeing über uns flog eine rauchige Schleife, ehe sie nach Norden davonflog.
»Er ist nicht verheiratet, nicht wahr?« fragte ich.
»Nein. Armes Schwein!«
»Warum ›armes Schwein‹? Das hört sich an, als wäre er noch ein kleiner Junge – er muß doch schon über fünfzig sein.«
»Aber er hat doch etwas von einem kleinen Jungen. Hast du denn noch nicht bemerkt, um wieviel verletzlicher Männer sein können als Frauen? Er war zweimal verheiratet. Seine erste Frau ist mit seinem besten Freund auf und davon – eine sehr banale Geschichte, wie aus einer Frauenzeitschrift. Und dann hat er wieder geheiratet. Vor etwa fünf Jahren, denke ich, als er noch Dozent an der University of Cape Town war. Sie war eine seiner Studentinnen und dreißig Jahre jünger als er.«
»Und die ist dann mit seinem zweitbesten Freund durchgebrannt?«
Sie überging meinen Sarkasmus. »Sie bekam ein Kind, doch bevor der Junge zwei Jahre alt war, verliebte sie sich in einen Burschen, der noch jünger war als sie selbst. Ich weiß die Einzelheiten nicht alle, aber Richard ist ihnen durch das ganze Land nachgereist und hat sie beschworen, zu ihm zurückzukehren, aber sie behandelte ihn wie einen Hund. Zwar knöpfte sie ihm immer wieder Geld ab, weigerte sich aber, darüber hinaus irgend etwas mit ihm zu tun zu haben. Nichtmal das Kind wollte sie behalten. Schließlich erkannte er, daß es hoffnungslos war, und fing an zu

trinken. Eines Nachmittags, als er stinkbesoffen war, ertrank der Kleine im Swimmingpool eines Nachbarn. Richard mußte mehrere Monate in eine Heilanstalt. Danach riß er sich zwar zusammen, aber hinter seinem eindrucksvollen Äußeren verbirgt sich unbearbeitete Vergangenheit. Und die Spannungen wegen des Passes, die er in den letzten Monaten hat durchmachen müssen, haben ihn wieder zur Flasche greifen lassen.«
»Komm«, sagte ich, innerlich verstörter, als ich zugeben mochte. »Laß uns eine Spazierfahrt machen, ehe wir nach Hause gehen.«
Wir fuhren Richtung Caledon. Aber an den unteren Hängen des Sir Lowry's Pass wurde die Weiterfahrt durch einen Verkehrsunfall unterbrochen. Am Straßenrand lagen zwei völlig zu Schrott gefahrene Autos, und auf dem Asphalt und im Gras lagen blutüberströmt die Opfer. In der Ferne heulte die Sirene eines Krankenwagens.
Jessica packte mich am Arm. »Laß uns zurückfahren«, flüsterte sie aufs höchste erregt. »Bitte, warte nicht; der Krankenwagen ist schon unterwegs, es gibt also keinen Grund zu bleiben.« Sie war leichenblaß. Und nach einer Weile fragte sie: »Könnte ich eine Zigarette haben?«
Ich reichte ihr das Päckchen. Unbeholfen steckte sie sich eine an. Ihre Hände zitterten. Es dauerte sehr lange, ehe sie wieder sprach.
»Meinst du, sie waren tot?«
»Ich kann mir nicht vorstellen, daß jemand aus sowas lebendig herauskommt.«
»Hast du die Leute gesehen, die um sie herumstanden?« Sie sog den Rauch ein und mußte husten. »Ich kann Unfallopfer einfach nicht ansehen. Sie liegen so preisgegeben da – preisgegeben den Augen aller. Das ist so unwürdig. Der Mensch ist doch mehr als ein Haufen Fleisch in einer Schlachterei.«
Wir sprachen nicht weiter. Nach ein paar Minuten nahm ich eine Hand vom Lenkrad und legte sie ihr aufs Bein, versuchte mit dieser zaghaften Geste, etwas zurückzugewinnen und mich an dem schmerzlich wenigen festzuklammern, das wir der Welt entgegenzusetzen hatten.

6

Einen Monat später gingen wir wieder auf Tournee. Da wir nicht mehr subventioniert wurden, konnten wir nicht, wie ursprünglich geplant, die Winterferien über blau machen.

Jessica und ich mußten uns mit Briefen begnügen; die ganze Tournee wurde eine Pilgerfahrt von einem ›postlagernd‹ zum nächsten. Ab und zu konnte ich sie anrufen. Von den größeren Städten mit Direktverbindung aus war das einfach, doch in den kleinen Nestern war es zum Beinausreißen: eine halbe oder gar eine geschlagene Stunde in kleinen verdreckten Telephonhäuschen darauf zu warten, daß irgendeine launische Telephonistin die Verbindung herstellte, Münzen abgezählt in der Hand zu halten und der merkwürdig körperlosen Stimme am anderen Ende der knisternden Leitung nachzulauschen: Vergeblichkeit, abgemessen in kleinen Portionen von jeweils drei Minuten.

Die Gerechten war kein Erfolg. Das merkten wir bereits während der ersten Woche in Kapstadt. Was wir brauchten, war eine machtvolle, klare Aussage, die die Zuhörer allein kraft dessen, was sie vor sich sahen, mitriß. Für unser Publikum waren die subtilen Dialoge von Camus viel zu abstrus. Unter anderen Umständen hätten wir schulterzuckend darüber hinweggehen und weitermachen können, doch angesichts unserer finanziellen Misere und des schlechten Wetters setzte es uns mehr zu, als nötig gewesen wäre. Alle reagierten gereizt, und nur der große, getreue Doors ließ sich durch nichts aus der Ruhe bringen.

Mit Lucy geriet ich eines Abends leider aneinander, als sie mich auf ihre alte laszive Art zu verführen versuchte. Ich war nervlich ziemlich am Ende, und während ich auf früheren Reisen wohl auf sie eingegangen wäre, sagte ich ihr jetzt einfach nur, sie solle abhauen.

»Offenbar bin ich nicht mehr gut genug für dich«, sagte sie bissig. »Braunes Brot, das versucht, weiß zu sein, oder was?«

Ich war vor Schreck starr. Sie konnte unmöglich etwas gemerkt haben, aber mir war, als ob eine Riesenhand mein Herz gepackt hätte und alles Leben herausquetschte. Im Hintergrund bemerkte ich Jerrys spöttischen Blick. Er sagte nichts, doch später sah ich ihn mit ihr abziehen. Gewiß tröstete er sie, um meinetwillen genauso wie um seinetwillen. Aber selbst das vermochte mich nicht wieder zu beruhigen.

Unter solchen Umständen war es schwierig genug, angesichts des täglichen Ärgers mit Genehmigungen und unverständlichen Vorschriften die Ruhe zu bewahren – doch auf lange Sicht stellt man sich auf so was ein, lernt man, allem immer einen Schritt vorauszusein, und wenn das die Summe unserer Schwierigkeiten geblieben wäre, hätten wir weitergemacht wie zuvor. Doch dann traf mich ein ernsthafterer Schlag.

Es geschah im Cold Bokkeveld an einem ganz besonders eisigen Tag und auf der Fahrt zum Missionssaal, wo wir auftreten sollten; gegen die Kälte stärkten wir uns vorher alle mit einem Schluck aus Jerrys Brandyflasche. In der Nähe der Mission hielt uns ein Wachtmeister der Polizei an; Jerry saß am Steuer. Wie gewöhnlich wollte der Mann unsere ›Papiere‹ sehen. Eine volle halbe Stunde ließ der Mann uns in der Kälte stehen, während er in aller Ruhe den Kombi durchsuchte. Als er im Handschuhfach die halbleere Flasche entdeckte, rief er offensichtlich befriedigt aus:

»Aha! Fahren mit Promille, was?«

»Das ist eine verdammte Lüge«, versetzte Renier.

»Und mir auch noch dumm kommen!« sagte der Wachtmeister. »Du kommst mit, mein Junge.« Als wir im Chor protestierten, drohte er, unsere gesamte Truppe wegen Widerstands gegen die Staatsgewalt festzunehmen.

»Okay«, sagte Jerry mit schmallippigem Lächeln. »Dann kehren wir alle mit Ihnen zurück.«

»Sei doch nicht lächerlich, Jerry«, sagte ich und spürte, wie die ersten Anzeichen einer Migräne sich hinter meinen Augäpfeln bemerkbar machten. Ich tat mein möglichstes, dem Polizisten gut zuzureden, doch wollte er mir nicht zuhören. Da verlor ich die Geduld: »Ich verlange, daß der Amtsarzt sofort den Alkoholgehalt in seinem Blut mißt.

»Willst du mir etwa sagen, was ich zu tun habe?«

Mit einem Satz war ich im Kombi. »Schön. Dann hole ich eben einen Anwalt.«
Ehe ich die Wagentür zuschlagen konnte, hatte er mich am Arm gepackt und vom Sitz heruntergezogen. Im nächsten Moment hielt er uns alle mit seinem gewaltigen Dienstrevolver in Schach. »Und jetzt kommt ihr alle mit!« befahl er.
Im Frachtraum des Polizeiwagens zusammengepfercht, wurden wir zur Wache gefahren und für die Nacht eingesperrt – die beiden Frauen in einer Zelle, wir sechs Männer in einer anderen. In unserer Zelle saßen bereits zwei Mann, einer lag tief schlafend in einer Ecke, der andere stand an der Wand und starrte mißmutig vor sich hin. Vorn auf seinem Hemd hatte er Blutspritzer.
Ich war fuchsteufelswild. Doch während ich noch hilflos wütend vor der verschlossenen Tür stand, brach Jerry hinter mir in Lachen aus. »Ärger dich nicht, Capey! Stell dir einfach vor, daß wir heute abend keine Mühe haben werden, einen Platz zum Schlafen zu finden. Heute übernachten wir auf Staatskosten.«
»Und was ist mit der Vorstellung?«
»Die ist zum Teufel. Aber wir können schließlich überall spielen, oder etwa nicht? Was stört dich an diesem Ort hier?«
Doors war sofort bereit, bei diesem Jux mitzumachen. Dann ließ auch Frikkie sich von den beiden anstecken; und keine Stunde, nachdem man uns eingesperrt hatte, spielten wir. Auf einer imaginären Gitarre von Frikkie begleitet, fingen wir an zu singen, fügten nach und nach Spielerisches wie Mimik und Gesten hinzu und improvisierten Variationen des Zwischenfalls heute abend, wobei wir uns – was die Rolle des Wachtmeisters betrifft – abwechselten; den Verlauf der Gerichtsverhandlung am nächsten Tag vorwegnehmend, ließen wir uns die weitest hergeholten und phantastischsten Szenen einfallen. Eine zusätzliche Dimension erhielt unsere Darbietung durch die Haltung der beiden Zuschauer in unserer Zelle; der, der mißmutig an der Wand lehnte, war, wie sich nach und nach herausstellte, nach einer Messerstecherei hier gelandet. Er starrte uns schmollend an und stieß offensichtlich einen Fluch nach dem anderen aus; der andere, der ein kleines Mädchen vergewaltigt hatte, verschlief die

Eröffnungsszene unserer Vorführung, wachte dann jedoch auf und verfolgte unser Spiel mit eigentümlicher Distanziertheit, als wären wir Teil seines Traums. Wir versuchten, sie mehr oder weniger wie bei Dürrenmatt in unser Spiel einzubeziehen, und auf diese Weise kamen wir dahinter, was man ihnen vorwarf. Dem Messerhelden war nicht nach Spiel und Spaß zumute, doch der Vergewaltiger bekundete allmählich Interesse und spielte schließlich mit; dabei brachte er eine so überschäumend rohe und robuste Energie mit ins Spiel, daß es geradezu beängstigend war. Wären die beiden Frauen unserer Gruppe dabei gewesen, hätte das ganze vermutlich damit geendet, daß er uns eine lebendige Darstellung seines Verbrechens geboten hätte.
Früh am nächsten Morgen brachte ein stämmiger Coloured Wachmann im Khakimantel uns Brot, Porridge und Kaffee; und gegen neun Uhr saßen wir alle – Lucy und Antjie inbegriffen – wieder im Polizeiwagen und wurden zum Gericht gefahren. Während wir auf den Untersuchungsrichter warteten, lauschten wir fassungslos, wie der Wachtmeister den Zwischenfall von gestern abend dem Gerichtssergeanten schilderte. Insbesondere bei der Schilderung der Gewalt, mit der wir uns der Festnahme widersetzt hatten, bewies er eine so lebhafte Phantasie, daß alles nahtlos in unsere Stegreifaufführung vom Abend zuvor hineingepaßt hätte.
Der Untersuchungsrichter trat ein. Unsere Gruppe – mit Ausnahme von Renier, der sich wegen Fahrens in alkoholisiertem Zustand gesondert verantworten mußte – wurde als erste hineingerufen; ziemlich unfair, wie Jerry bemerkte, da der Kindsschänder und der Messerstecher eigentlich Anspruch darauf gehabt hätten, vor uns dranzukommen. Wir füllten den Zeugenstand von einem Ende zum anderen. Als wir aufgefordert wurden, uns zu rechtfertigen, informierte ich den Untersuchungsrichter, daß man uns verwehrt hatte, einen Anwalt zu Rate zu ziehen, und wir daher nicht willens wären, ohne Rechtsbeistand weiterzumachen. Nach kurzer Konsultation mit dem Anklagevertreter wurden wir auf die Polizeiwache zurückgebracht.
Mehr als eine Stunde mußten wir im Vernehmungszimmer war-

ten, ehe ein Beamter erschien. Ohne uns eines Blickes zu würdigen, las er uns aus einer Akte unsere Namen vor und verkündete: »Die Anklage wird zurückgezogen. Sie können gehen.«

Wieder im Gerichtssaal, erwartete uns eine weniger angenehme Nachricht. Renier war für schuldig befunden und zu sechs Monaten Gefängnis oder ersatzweise einer Zahlung von zweitausend Rand verurteilt worden. Als er unser ungläubiges Staunen sah, zuckte der Coloured Sergeant mit den Schultern und erklärte vertraulich:

»Das liegt nur daran, daß euer Kumpel sich für nicht schuldig erklärt hat. Sowas mög'n uns're Richter nicht.«

Es dauerte eine Weile, bis wir einen Anwalt fanden, und erst nach drei Uhr nachmittags gelang es ihm, Renier nach Zahlung einer Kaution freizubekommen und Revision gegen das Urteil einzulegen.

Wieder im Kombi, erwartete uns ein letzter Schock; denn während er unverschlossen und ungeschützt über Nacht dagestanden hatte, hatte irgend jemand alle unsere Habseligkeiten geklaut.

Auf der Fahrt zur nächsten Stadt, kamen Jerry und ich ins Gespräch. »Weißt du«, sagte ich, »die Art Vorstellung, die wir gestern abend improvisiert haben, zieht wesentlich mehr als *Die Gerechten*. Es ist an der Zeit, daß wir unser eigenes Stück schreiben – und zwar nach dem, was wir so erleben. Irgendwas Verrücktes und Komisches und Witziges – und völlig vernunftwidrig muß es sein, was, spielt keine Rolle. Solange es selbst erlebt ist, erkennen die Leute sich darin wieder.«

»Du triffst den Nagel auf den Kopf, Capey.«

Das war die Geburt von *SA!* Indem wir als Augangspunkt Brooks *US* benutzten – ich hatte Jerry alles davon erzählt – konstruierten wir in der Form des Aktionstheaters ein Stück um Dulpert herum: Was geschehen war oder ihm hätte geschehen können, verbrämt mit Variationen, Fugen und Phantasien, die von Musik begleitet und geformt wurden. Ich denke, Artaud hätte seine helle Freude daran gehabt. Das ganze war lebendig, zupackend und direkt, Sinne und Bewußtsein wurden pausenlos angespro-

chen, es pulsierte vor wilder Schönheit, schlug von einem Augenblick auf den anderen vom blutigem Aufschrei in wieherndes Gelächter um. Wir arbeiteten alle gemeinsam daran. Zuerst diskutierten wir nur die Idee, während der Fahrt im Kombi, dann die ihr innewohnenden Möglichkeiten; schon nach einer Woche war das Ganze soweit gediehen, daß wir bestimmte Szenen einstudieren konnten, und bald probten wir das ganze immer dann, wenn wir einen passenden Ort zum Spielen fanden – selbst unter freiem Himmel in der wässrigen, dünnen Sonne.
Bei unseren regulären Vorstellungen kamen wir vom Regen in die Traufe; erschwert wurde alles noch dadurch, daß uns das Gepäck gestohlen worden war. Die wenigen Zuschauer, die trotz der bitteren Abendkälte kamen, brachten kaum irgendwelches Geld ein, wohingegen unsere Ausgaben von Tag zu Tag stiegen. Als Antjie eine Grippe bekam und drei Tage lang delirierend im Kombi liegen mußte, beschlossen wir, unser ohnehin hoffnungsloses Unternehmen abzubrechen. So waren wir kaum einen Monat nach unserer Abreise zurück in Kapstadt.

Wieder bei Jessica. Sie kam mir kleiner vor, als ich sie in Erinnerung hatte, und womöglich noch kleiner, als ich sie endlich in einer unserer seltenen und kostbaren Stunden des Zusammenseins aus ihren Kleiderschichten herauspellen konnte und an mich gedrückt hielt. Alles mußte mit so großer Umsicht geschehen; tagsüber wagte ich mich schon gar nicht in die Nähe des Hauses, in dem sie wohnte; und abends suchte ich sie auch nur nach vorherigem Telephongespräch auf, wenn sie mit Hilfe von vorher verabredeten und geheimbündlerisch verschlüsselten Aussagen bestätigt hatte, daß sie keinen Besuch hatte oder erwartete – und selbst dann stellte ich das Auto immer mehrere Blocks von ihrem Haus entfernt ab und nahm in der dunklen Straße im Schatten der Föhren Aufstellung, bis sie mir vom Balkon aus ein Zeichen gab. Doch die Furcht vorm Entdecktwerden verließ uns selbst nach diesen umständlichen Vorsichtsmaßnahmen nicht. Wenn auch nur ein einziger Nachbar zufällig durchs Fenster gespäht hätte, wäre alles aus gewesen. Und doch barg schon die Tatsache zusammenzusein, sich zu unterhalten, gemeinsam etwas zu lesen oder Musik zu hören oder miteinander zu schlafen, unsägliches Glück. Draußen war es kalt, drinnen war es warm und behaglich. Im Laufe der Wintermonate verlor sie ihre Sonnenbräune, ihre Haut wurde weißer und gewann jene charakteristische Glätte und Zartheit der Engländerinnen zurück; und im Kontrast zu ihrer Nacktheit wirkte mein Braun brauner als zuvor. »Jetzt mußt du für uns beide braun sein«, sagte sie und streichelte mir den Rücken.

Die Arbeit an *SA!* ging ohne Unterbrechung weiter. Die Pleite mit der letzten Tournee und die Erfahrung der Nacht im Gefängnis schien uns innerlich gestärkt zu haben. Hingebungsvoll und mit neuer Entschlossenheit arbeiteten wir an unserem Stück, fügten Neues hinzu, strichen anderes und stellten wieder anderes um. Ein Monat war zu kurz, selbst sechs Wochen reichten nicht. Als Ende August die Tage wieder milder wurden, arbeiteten wir immer noch unermüdlich, definierten unsere Art des Herangehens an das Stück neu, stellten Szenen um und formten das ganze aus.

Wenn nur das Geld reichen würde. Wir hatten immer noch etwas von unserer vorletzten Tournee auf der hohen Kante liegen, doch acht Menschen zwei Monate lang zu unterhalten, ihnen außerdem auch noch den Verlust ihrer Habseligkeiten zu ersetzen, zehrte enorm an unseren Rücklagen.

Wieder verschwand Jerry für eine Woche nach Johannesburg und kehrte mit ein paar hundert Rand zurück. Mich faszinierte das immer noch, so wie es mich auch beunruhigte, doch es war nichts aus ihm herauszubekommen. Es wurde immer offensichtlicher, daß er außerhalb des Theaters noch mit etwas anderem beschäftigt war; oft, wenn ich ihn in seiner Bleibe in Athlone aufsuchte, war er nicht zuhause; und fragte ich später nach, lachte er nur. Viele dieser Nächte mag er mit Frauen verbracht haben, doch nicht alle.

Sein Geld half uns ein paar Wochen weiter, bis wir schließlich Mitte September soweit waren und im Luxurama Premiere hatten. Das war einen Tag, nachdem Reniers Revisionsverhandlung im Obersten Gericht stattgefunden hatte; es war uns gelungen, einen glänzenden jungen jüdischen Anwalt zu gewinnen, und nach nur wenigen Stunden kassierte der Richter beide Verurteilungen – und das mit ein paar schneidenden Bemerkungen über die Handlungsweise der Polizei und des Untersuchungsrichters. Daß dieser Freispruch gerade in diesem Augenblick kam, vergrößerte nur unsere fiebrige Freude und Begeisterung, die sich schon in den vorangehenden Wochen der Proben aufgebaut hatte.

Kein Wunder, daß *SA!* beim Publikum wie eine Ladung Dynamit einschlug. Gegen Ende wurde es fast unerträglich, führten die Variationen der Dulpert-Story zu immer weiteren und immer heftigeren Konfrontationen zwischen den Behörden und einer Gruppe von Demonstranten; jedesmal, wenn der Rebellenführer aufs neue verhaftet, dann gefoltert und schließlich umgebracht wurde, führte das zu neuen Protestaktionen und neuen Märtyrern; so geht das weiter, bis sich schließlich eine tödliche Stille ausbreitet und eine qualvolle Unendlichkeit anzudauern scheint, ein Schweigen, aus dem heraus zunächst nahezu unhörbar die Nationalhymne erklingt und eine Gruppe von Volkstänzern in weißen Masken auf den Leichen der Märtyrer zu tanzen beginnt. Die Zuschauer tobten. Es gab Augenblicke, da wir Angst hatten, sie könnten die Bühne stürmen; doch ihre Wut richtete sich nicht gegen uns; sie standen voll und ganz auf unserer Seite. Am Schluß riß es alle von den Sitzen. Sie klatschten nicht, sie schrieen; und manche schluchzten, während sie dastanden und schrien.

Uns verschlug es die Sprache. Von den Garderoben ging es geradenwegs zu Jerrys Wohnung in Athlone. Dort brach sich die aufgestaute Spannung Bahn. Halb hysterisch fingen wir an zu feiern. Es war nach drei Uhr morgens, als ich fortging. Von einer Telephonzelle aus rief ich Jessica an, fuhr zu ihr und schlief in ihren Armen ein wie ein übermüdetes Kind.

Die englischsprachigen Zeitungen, die Coloured Reporter zur Premiere geschickt hatten, berichteten unter dicken Schlagzei-

len. Der Mißerfolg unserer Tournee war vergessen. Plötzlich besaßen wir Nachrichtenwert – und zwar nicht nur für Davey Sachs, sondern für alle.
Aber als wir am dritten Abend im Theater erschienen, erwarteten mich in meiner Garderobe zwei Polizisten. Sie begrüßten mich höflich.
»Mr. Malan?« fragte der ranghöhere der beiden und reichte mir ein Blatt Papier. »Würden Sie bitte Ihre Schauspieler nach Hause schicken? Die Vorstellung ist abgesagt worden.«
Ich starrte ihn an.
Irgend jemand, so erklärte er in aller Ruhe, hätte eine Beschwerde eingelegt, und bis die Zensurbehörde zu einer Entscheidung gekommen wäre, dürften wir nicht weiterspielen. Ob wir so freundlich sein würden, das Gebäude sofort zu verlassen?
Nach einem weiten Umweg durch die Straßen der Nachbarschaft kehrten wir zurück, um das ganze aus der Ferne zu verfolgen.
Gegen halb acht trafen die ersten Zuschauer ein; sie fielen natürlich aus allen Wolken, als die beiden Beamten auf der Treppe ihnen entgegentraten und sagten, sie sollten wieder nach Hause gehen. Es entspann sich ein Streitgespräch; immer mehr Leute trafen ein und drängelten von hinten, um näher heranzukommen. Sie wirkten verwundert, wie vor den Kopf geschlagen, wußten nicht, was sie von alledem halten sollten. Neugierige Vorübergehende drängten heran, um herauszufinden, was vorging. Bald war der ganze Platz vorm Theater voll von aufgeregten Menschen.
Plötzlich fuhren aus allen Himmelsrichtungen Polizeiwagen vor – fünf, zehn, zwanzig. Ein ganzes Kommando von Polizeibeamten benutzte seine Schlagstöcke, um um sich einen Weg durch die Menge zu bahnen und das Theater von außen abzuriegeln.
Über Lautsprecher wurden die Leute aufgefordert auseinanderzugehen. Im Nu änderte sich die Stimmung in der Menge, Verblüffung schlug um in Wut. Es gab Schreie und Proteste, und eine wogende Bewegung auf das Theater zu.
Und dann waren auch Hunde da; kein Mensch wußte, woher sie so plötzlich kamen. Schreie, weinende Kinder, laut fluchende

Männer. Inzwischen war es ganz dunkel geworden, und niemand wußte mehr recht, wohin er sich wenden sollte. Es kam zu einem wilden Durcheinander; ziellos und von Panik getrieben drehte die Menschenmasse sich, während die Hunde bellten und an den Leinen zerrten.

Wieder ertönten blechern über Lautsprecher Warnungen. Dann explodierten die ersten Tränengasgranaten. Ein Blitzlichtgewitter von Pressephotographen hob an. Die Hunde drehten durch. Die Nacht wurde zu einem Gebrodel aus Lauten und Bewegung. Die Menge lief nach allen Seiten auseinander, um von den erstikkenden Gaswolken wegzukommen.

Allmählich kehrte Ruhe ein, und der letzte Lärm verhallte in den Nebenstraßen. Nur ein paar Polizeiautos blieben noch, um das Gebäude zu bewachen: aus der sicheren Entfernung beobachteten wir das ganze mit brennenden Kehlen und Augen.

Es habe mehrere Festnahmen gegeben, berichteten die Zeitungen hinterher, und ein paar Leute wären verletzt worden, allerdings nur eine Person ernstlich: Ein dreijähriges Mädchen sei von einem Hund verstümmelt worden. Das hatte auf der ganzen Halbinsel einen Aufschrei des Entsetzens zur Folge, was dazu führte, daß der Polizeichef sich genötigt sah, eine öffentliche Erklärung abzugeben. Die Untersuchungen hätten ergeben, so sagte er, daß die Eltern des Kindes bewußt versucht hätten, einen Zwischenfall zu provozieren, indem sie dem Hund das Kind praktisch ins Maul gestoßen hätten.

Eine Woche später wurde *SA!* offiziell von der Zensurbehörde verboten, und zwar aufgrund eines flüchtig zusammengestellten Textes, den wir hatten einreichen müssen.

Gegen das Verbot konnten wir natürlich Einspruch erheben. Doch woher sollten wir das Geld nehmen, um ein solches Verfahren durchzustehen? Der junge Anwalt, der Reniers Fall durchgefochten hatte, erbot sich, uns für ein nominelles Honorar zu helfen. Trotzdem belief es sich auf mehrere Tausend Rand, und wir hatten so gut wie kein Geld mehr. Wir hatten uns darauf verlassen, daß das Stück uns die nächsten Monate hindurch am

Leben erhalten würde. Jerry fuhr augenblicklich nach Johannesburg, kehrte jedoch zum erstenmal offensichtlich pessimistisch zurück; er könne vielleicht fünfhundert auftreiben, sagte er, möglicherweise sogar einen Tausender; aber mehr auf gar keinen Fall.

Und doch konnten wir die Sache nicht einfach auf sich beruhen lassen. Schließlich stand unsere Existenz auf dem Spiel.

An dem Tag, da wir offiziell unseren Einspruch beim Obersten Gericht einreichten, wußten wir immer noch nicht, ob wir genug Geld haben würden, das Verfahren durchzustehen.

»Wie wär's mit einer Gebetsversammlung, Capey«, sagte Jerry. »Du gehst doch so gern auf den Signal Hill rauf, oder? Ich denke, ein bißchen Frömmigkeit könnten wir jetzt ganz gut gebrauchen.«

Vielleicht waren seine Worte gar nicht mal so spöttisch gemeint. Ich versuchte, mir Jessica gegenüber nichts anmerken zu lassen, doch brauchte sie nicht lange, bis sie dahinterkam, daß mich etwas bedrückte. Es mit einem Achselzucken abzutun, würde sie unnötig verunsichern, und so mußte ich ihr von unseren finanziellen Nöten erzählen.

Sie war erstaunt und verletzt ... »Wieso bist du denn nicht gleich zu mir gekommen, Joseph?«

»Wir hatten doch so wenig Zeit miteinander, und da wollte ich dich nicht noch mit so was belasten.«

»Aber du weißt doch ganz genau, daß ich euch helfen kann.«

»Nein. Du hast nichts damit zu tun, und ich möchte nicht, daß du da reingezogen wirst.«

Sie war erregt. »Mein Leben lang habe ich mir gewünscht, jemandem von Nutzen sein zu können«, sagte sie. »Das habe ich dir doch soundsooft gesagt. Ich habe England verlassen, weil es dort nichts gab, womit ich mich identifizieren konnte. Ich bin vor dem vielen Geld in der Bank davongelaufen, das mich zu erstikken drohte. Du hast kein Recht, mich aus dieser Sache rauszuhalten, Joseph.«

»Erinnerst du dich noch an den Tag, an dem ich dir die Farm gezeigt habe, wo ich aufgewachsen bin?« fragte ich sie. »Du wolltest den Kindern Süßigkeiten kaufen – aber Almosen verteilen wolltest du nicht.«

Ihre Wangen glühten vor Empörung. »Denkst du etwa, es wären Almosen, die ich euch geben wollte? Begreifst du denn nicht. . .?«

»Und begreifst *du* denn nicht, daß ich nicht wage, so etwas von dir anzunehmen? Gerade von dir nicht?«

»Obwohl du mich liebst, nicht?«

»Gerade weil ich dich liebe, nicht.«

»Als du mit deiner Truppe anfingst, warst du bereit, von deinem Freund Willem Geld anzunehmen – aus dem Herzen des Establishment.« Das klang bitter. »Wie kannst du es mir da abschlagen?«

»Das war ein Geschäft.«

»Warum kann es denn diesmal kein Geschäft sein? Was würde sich damit für dich und mich ändern?«

»Ich habe Angst. Begreifst du das denn nicht?«

»Weil du mir nicht genug vertraust?«

»Weil ich – was immer geschehen mag – mich nicht mit der Vorstellung anfreunden kann, dir ›verpflichtet‹ zu sein. So wie ich in Bezug auf Frans Viviers empfinden mußte, nachdem er für meines Vaters Tod bezahlte, indem er mich in die Schule schickte.«

Leise, unhörbar fast, flüsterte sie: »Denkst du so von mir?«

Für mich wollte die Welt zusammenbrechen. Ich wollte nicht weiter streiten, wollte weder kleinlich, noch egoistisch, noch verbittert oder verängstigt sein. Aber wie sonst sollte ich reagieren?

Sie versuchte es nochmals, beherrschter diesmal: »Und wenn ich dir nicht helfe? Was wird dann aus eurer Truppe?«

»Irgendwoher werden wir schon Geld bekommen . . .«

»Aber wenn es nicht klappt? Schuldest du den Mitgliedern deiner Truppe denn nichts?«

»Hör auf«, flehte ich. »Oh mein Gott, Liebling, hör auf!«

»Ich liebe dich. Begreifst du das denn nicht?«

»Hör auf!«

Zwei Wochen später überreichte sie mir den Einzahlungsschein für das Geld, das sie hatte überweisen lassen. Es war anonym geschehen, nicht einmal Jerry wußte, woher es kam. Und als er mich rundheraus fragte, erklärte ich: »Ich habe dich nie mehr nach dem Geld aus Johannesburg gefragt, Jerry.«
Er verlor kein Wort mehr darüber. Aber ich denke, er ahnte, woher es stammte. Und selbst wenn *er* es nicht wußte, *ich* wußte es. Und dabei wünschte ich so verzweifelt, sie von der Welt draußen freizuhalten; sie sollte unberührt bleiben von meiner Geschichte, jungfräulich nur mir gehören. Man lernt so langsam und so schleppend.

7

Antjie Jonker war die erste, die etwa eine Woche nach dem Tumult vor dem Theater zu mir kam. Als ich die Vordertür aufmachte, war mir sofort klar, daß etwas Ernsthaftes passiert war. Sie war immer so sorglos und unbeschwert gewesen, hatte uns auf all unseren Tourneen so liebevoll umsorgt, doch an diesem Abend war sie nervös und wirkte eher bedrückt. Einerseits wich sie meinen Augen aus, andererseits redete sie verkrampft belangloses Zeug vor sich hin, so daß ich Zeit hatte, mir zu überlegen, was sie denn wohl bedrückte: eine unerwünschte Schwangerschaft? Saß sie finanziell in der Klemme, war jemand aus ihrer Familie krank geworden? Als sie schließlich sagte, worum es ging, traf es mich völlig unvorbereitet.
»Joseph, es fällt mir nich' leicht zu sagen, was ich dir heute abend sagen muß. Bitte, versteh mich nich' falsch.«
»Was ist denn los, Antjie?«
»Als wir anfingen, zusammen zu arbeiten, hast du gesagt, daß es nich' leicht werden würde. Und das war es ja auch nich', aber in gewisser Weise war's doch nett. Doch in letzter Zeit ...« Sie fummelte an einem Faden auf ihrem Knie herum. »Hör zu, ich weiß, die Polizei schikaniert uns nun schon 'ne Ewigkeit, aber das hat mir nie was ausgemacht. Ha'm halt Katz un' Maus mit

uns gespielt, un' das sin' wir schließlich gewohnt. Die Sache mit Renier hab' ich auch noch verkraften könn'. Aber jetzt ...« Sie schwieg; Röte stieg ihr ins Gesicht.
Auf alles gefaßt, fragte ich: »Und jetzt ist es zuviel für dich geworden?«
»Diese letzte Sache isses, Joseph. Daß da Leute zu Schaden gekomm' sind, un' das kleine Mädchen von' Hund gebissen ... Das ist mir an die Nieren gegang'. Jetzt wird's richtig schlimm.«
»Hast du Angst?«
Für einen Moment war wieder das alte Feuer in ihr. »Ach was, Angst! Da scheiß' ich doch drauf!« sagte sie. »Aber es geht ja nich' nur mehr um uns allein!«
»Und wenn wir den Prozeß gewinnen?«
»Die find'n immer Mittel un' Wege, uns an' Karren zu fahr'n. Gegen die komm' wir nich' an! Es wird nur immer schlimmer un' schlimmer wer'n, un' ich will am Ende nich' mit Blut ann'n Händ'n dastehn. Ich bin 'n anständiger Mensch.«
Merkwürdig, daß das der Refrain werden sollte, der die ganzen nächsten Monate über immer wieder erklingen sollte: *Ich bin ein anständiger Mensch ... Ich bin ein anständiger Mensch ...*
Vergib uns unsere Anständigkeit, so wie wir ihnen vergeben, daß sie uns unanständig behandeln.
Antjie sprang ab. Ich rief die anderen zusammen, um ihnen das beizubringen.
Doors Kamfer fragte: »Ha'm denn jetzt alle den Verstand verloren?«
Jerry pfiff durch die Zähne. Die anderen starrten betreten auf ihre Hände.
»Wir sollten so schnell wie möglich jemand finden, der für sie einspringt«, sagte ich. »Wir können doch nicht die Hände in den Schoß legen; wir verlieren von Tag zu Tag mehr Geld. In ein paar Tagen bin ich mit dem nächsten Stück soweit. Es basiert auf Frischs *Andorra.*«
»Handeln wir uns damit neue Scherereien ein?« fragte Barney Salomon. Die anderen sahen auf.
»Das kann ich mir nicht vorstellen.«

»Wir können jetzt nicht plötzlich zahm werden«, sagte Renier rasch. »So schnell kriegen sie uns nicht klein!«
»Aber wir können sie auch nicht dauernd vor den Kopf stoßen«, sagte Lucy.
Die Atmosphäre war geladen.
Ich sah von einem zum anderen. »Na, schön«, sagte ich. »Offenbar ist für uns der Zeitpunkt gekommen, uns genau darüber klarzuwerden, wo wir stehen.«
Sehr schnell, noch ehe die anderen den Mund aufmachen konnten, sagte Jerry: »Keine Angst, Capey, wir stehen hinter dir.« Sich in Politikerpose werfend, setzte er dann noch spöttisch hinzu: »Und wenn ihr Blut und Schweiß und Tränen wollt – nie zuvor hat ein Mann wegen soviel auf so viele zählen können!« Was er zu einer regelrechten Polittirade auswalzte, so daß die ganze Truppe sich vor Lachen bog, um am Schluß unisono das ›Vorwärts, christliche Soldaten‹ zu schmettern.
Nachdem die anderen gegangen waren, ließ er die joviale Maske fallen:
»Capey, in Zeiten wie diesen ist es gleichbedeutend mit Mord, sie zu fragen, wo sie stehen. Das bringt sie nur durcheinander. Gib ihnen Arbeit, gib ihnen was zu tun – mehr braucht es nicht.«
»Du bist ein Demagoge, Jerry!«
»Alles ist erlaubt in der Liebe und so weiter!«
In den Wochen, die folgten, war es vornehmlich sein Eifer und seine Zuversicht, die uns bei der Stange hielten; hinzu kam die Herausforderung der beiden neuen Stücke, die wir angefangen hatten einzustudieren – *Andorra* und eine auf dem *Tartuffe* basierende Satire, in der Molières Held ein weißer Liberaler war. Jerry war es auch, der einen Ersatz für Antjie fand: Gladys Bonthuys, genauso pummelig wie ihre Vorgängerin, etwas älter, derb, von Natur aus überschäumend temperamentvoll und mit einer Stimme wie eine Blechröhre; sie trank zwar gern, aber sie war eine harte Arbeiterin. Die Zeit reichte nicht, ihr alle Ecken und Kanten abzuschleifen, doch war es in dieser Phase wichtiger weiterzumachen, als auf Raffinement zu sehen.

Am Abend, vor der Premiere von *Tartuffe,* wurde der nächste Schritt gegen uns unternommen.
Nach der Generalprobe ging ich in die nächste Telephonzelle, um wie gewöhnlich Jessica anzurufen.
»Was machen Miss Muffets Quark und Molke?«
Das gehörte zu dem Geheimcode, den wir uns ausgedacht hatten, um unsere Unterhaltung zu tarnen – ein albernes kleines Spiel, das jedoch gleichzeitig todernst war und zu der Heimlichtuerei gehörte, die unsere Liebe umgab; nicht einmal dem Telephon konnte man trauen.
»Da war eine dicke Spinne.«
Sie hatte also Besuch. Enttäuscht, da ich darauf brannte, über die Generalprobe und unsere Premierenaussichten heute abend mit ihr zu reden, ging ich nach Hause. Es muß kurz nach vier Uhr morgens gewesen sein, als ein forderndes und nicht nachlassendes Klopfen an der Tür mich weckte. Eine Zeitlang war ich wie gelähmt vor Angst. Das Klopfen hörte nicht auf.
Vom Schlaf noch ganz benommen, zog ich mir den Morgenrock über und machte auf. Vier oder fünf Männer standen auf der Treppe.
»Sicherheitspolizei«, verkündete einer von ihnen. »Wir haben einen Durchsuchungsbefehl für Ihre Wohnung.« Er wedelte mit dem Papier vor meiner Nase herum, doch ich war viel zu verblüfft, um es mir genau anzusehen.
»Ich hoffe, Sie sind vernünftig und machen keine Schwierigkeiten«, sagte der zuvorderst stehende mit deutlich warnendem Unterton.
»Natürlich nicht.« Ich war jetzt hellwach. »Ich weiß zwar nicht, wonach Sie suchen, aber kommen Sie rein.«
Als ich beiseite trat, marschierten sie herein; nicht nur die Gruppe, die auf der Treppe gewartet hatte, sondern noch ein Dutzend Männer mehr, die alle auf der Straße in Bereitschaft gestanden haben mußten. Plötzlich war die ganze Wohnung voll von Fremden. Einer von ihnen befahl mir, an meinem Tisch Platz zu nehmen, und nahm neben mir Aufstellung, während die anderen Schubladen und Bücherregale durchsuchten, den Schrank im

Wohnzimmer, das Schlafzimmer und sogar die Küche. Jedes Buch, jedes Theaterprogramm und jedes Blatt Papier wurde unter die Lupe genommen und auf den Boden geworfen. Schubladen wurden auf den Teppich ausgekippt. Zuerst war ich empört; dann nahm ich innerlich eine distanzierte Haltung ein und verfolgte fassungslos, aber auch belustigt, wie in der ganzen Wohnung das Unterste zuoberst gekehrt wurde.

Als sie halbwegs mit ihrem fieberhaften Treiben fertig waren, ging die Haustür auf, und eine wahrhaft bejammernswerte Person stand auf der Schwelle: Oom Appie in gestreiftem, mindestens vier Nummern zu großen Schlafanzug; die Augen quollen ihm aus den Höhlen wie einem Hasen, der sich in einer Schlinge gefangen hatte; in seiner Verwirrung hatte er vergessen, sein Gebiß in den Mund zu stecken, und so hing ihm der Mund unter der Nase wie eine verschrumpelte Pflaume.

»Was iss'n jetzt wieder los?« fragte er.

»Ist schon in Ordnung, Oom Appie«, versicherte ich ihm. »Sie können wieder zu Bett gehen. Das sind nur Besucher, die ziemlich unerwartet hier aufgekreuzt sind.«

Eine Zeitlang glotzte er sie weiterhin an, bis er sich kopfschüttelnd entfernte. Von draußen hörte man es platschen, dann fluchte Oom Appie lautstark, und dem wiederum folgte das befriedigte, trockene Glucksen seiner Schwiegermutter; dann war wieder alles ruhig.

Der Morgen graute bereits, als die Polizeibeamten einer nach dem anderen die Wohnung wieder verließen. Doch bis dahin waren sogar Bettlaken und Zudecke aus meinem Bett oben auf dem Haufen Bücher gelandet, die auf dem Boden lagen.

Der Anführer der Gruppe nahm einen Stapel Bücher, die er beiseitegelegt hatte, und sagte höflich: »Würden Sie bitte mitkommen?«

»Darf ich fragen, was eigentlich los ist?«

»Nur eine Routineuntersuchung.«

Ich durfte mich anziehen; fünf Minuten später saß ich, flankiert von zwei Beamten, auf dem Rücksitz eines Autos, und wir fuhren stadtwärts. Am Caledon Square eskortierten sie mich hinauf in eine Dienststelle, eine gewöhnliche Amtsstube mit Pinwand, an der Papiere und Zeitungsausschnitte festgesteckt waren, einem Schaltertresen, ein paar aktenbedeckten Schreibtischen und etlichen soliden, braunen Stühlen. Ich wurde aufgefordert, mich zu setzen. Draußen auf dem Gang kam eine Gruppe von Leuten vorüber. Ich sah auf und erkannte Jerry und Renier, umringt von sechs oder sieben Fremden; ich bekam sie nur flüchtig zu sehen, doch ihr Anblick beruhigte mich auf seltsame Weise.

»Ich möchte . . .«, begann ich.

»Schnauze!« stieß einer meiner Begleiter barsch hervor. Das waren nicht mehr die höflichen Besucher, die sie noch vor wenigen Minuten gewesen waren.

Irgend jemand füllte Formulare aus und trug irgend etwas in eine Art Hauptbuch ein. Sie nahmen mir die Uhr und den Gürtel ab und vergewisserten sich, daß meine Schuhe keine Schnürsenkel hatten.

»Das bekommst du wieder, wenn du entlassen wirst«, sagte einer von ihnen. »*Falls* du jemals wieder entlassen wirst.«

Das war ein kindischer Einschüchterungsversuch und stellte eine miserable schauspielerische Leistung dar; gleichwohl spürte ich, wie meine Eingeweide sich zusammenzogen. Wie sollte ich sicher sein, daß sie es wirklich nur darauf abgesehen hatten, mich einzuschüchtern? Dahinter stand der gesamte Apparat von Gesetzen und Vorschriften: nicht einmal ein Gericht konnte sich in ihre Angelegenheiten einmischen. Und doch war die ganze Situation so grotesk, daß ich sie nicht ernst nehmen konnte; irgend etwas in mir blieb Zuschauer, eine von den *Sechs Personen*. Vielleicht aber – mir kam ein Einfall, und einen Moment überlegte ich, was sie wohl sagen würden, wenn ich plötzlich verkündete: »Ihnen ist ein Fehler unterlaufen, Gentlemen. Ich bin nicht Joseph Malan. Ich bin Joseph K.«

Ich wurde in ein kleines Büro am Ende des Flurs gebracht, das dem alten YMCA-Gebäude in London ähnlich war. Hier stand nichts weiter darin als ein Tisch und zwei Stühle. Auf einen durfte ich mich setzen; auf dem anderen, zwischen mir und dem Fenster, saß mein Bewacher – ein Mann in mittleren Jahren, ein ziemlich zerknitterter Typ, wie man ihn ab fünf Uhr in der Kneipe findet. Ein paarmal versuchte ich, ein Gespräch mit ihm anzufangen, doch er ging nicht darauf ein. Die Gelbfärbung seines Augapfels wies auf Leberschaden hin. Ich sah mir alles genau an, merkte mir Dinge, um sie später zu verwerten; sogar der dicke Brummer, der immer wieder gegen das Fenster stieß, war wichtig; und das braune Papier, das mit Heftzwecken auf der Tischfläche festgesteckt worden war. Wie kleinbürgerlich die Hölle doch sein kann!

Nach etwa einer Stunde brachten sie mir Frühstück auf einem Tablett; etwas von dem Kaffee war auf die Untertasse geschwappt. Viel später gab es dann Mittagessen, als Essen gar nicht mal so schlecht. Auf dem Tablett lag der Kassenbon eines Restaurants, und ich griff automatisch in die Tasche, um nach Geld zu suchen.

»Laß stecken«, sagte mein Bewacher, die Kippe einer Andy Capp klebte ihm an der Unterlippe. »Das geht auf Rechnung des Hauses.«

Als sie kamen, um das Tablett abzuholen, kam ein neuer Bewacher, um ihn abzulösen. Dieser Mann war jünger und kräftiger gebaut; er wirkte wie ein Mittelstürmer beim Rugby. Wie der erste kümmerte er sich nicht im geringsten um mich; einmal, als ich etwas sagte, knurrte er nur: »Halt die Klappe!« und stierte weiterhin in sein buntes Comic-Heft, das er las.

Viel später am Nachmittag kamen zwei Männer und brachten mich durch den Korridor in einen Raum direkt neben dem Dienstzimmer. Auch dieser Raum war kahl und enthielt nur einen großen Tisch in der Mitte, diesmal jedoch mit vier Männern daran, die auf Stühlen drum herum saßen. Diesmal durfte ich mich nicht hinsetzen, statt dessen wurde mir befohlen, mich im grellen Licht der nackten Glühbirne, die von der Decke herunterbaumelte, direkt vor sie hinzustellen.

Einer von den Männern am Tisch sah auf und informierte mich sachlich: »Dieser Raum ist schalldicht.«

Sie ließen mich eine lange Zeit so stehen, bevor einer von ihnen mich nach dem Stapel Bücher ausfragte, die sie aus meiner Woh-

nung mitgenommen hatten. Ganz besonders interessiert waren sie am *I Ging*.
»Woher hast du dieses chinesische Buch?«
»Das habe ich schon seit vielen Jahren.«
»Was machst du damit?«
»Ich befrage das Orakel danach.«
Mein Befrager blätterte eine Zeitlang darin herum und studierte die Hexagramme.
»Jemals in China gewesen?« fragte er plötzlich.
»Nein.«
»Wieso interessierst du dich dann für chinesische Bücher?«
»Ich interessiere mich für alle möglichen Bücher.«
»Bist du Kommunist?«
»Nein.«
»Was hat dieses Buch dann in deinem Regal zu suchen?«
»Ich habe auch zwei Bibeln in meinem Regal stehen. Doch das macht mich noch lange nicht zu einem Christen.«
Einer von den vieren stand auf und kam langsam um den Tisch herum auf mich zu. »Frech werden, was?« sagte er. »Es kann sehr plötzlich zu einem Unfall kommen. Und kein Mensch wird jemals was davon erfahren. Hast du verstanden?«
»Ich bin bereit, alle Fragen zu beantworten, die Sie mir stellen.« Ich tat mein bestes, die Ruhe zu bewahren. »Aber bitte, vergessen Sie nicht: Ich muß um acht Uhr zur Vorstellung.«
Er lächelte träge und kehrte auf seinen Platz zurück.
Einer der anderen begann mit einer Serie neuer Fragen – im großen Bogen kam er immer wieder auf die gleichen Punkte zurück: das *I Ging*, meinen Aufenthalt in Europa, die Aktivitäten meiner Gruppe, die Biographien meiner Schauspieler.
Draußen ging der Nachmittag allmählich in den Abend über; es wurde dunkel. Mir wurde klar, daß sie nicht die Absicht hatten, mich rechtzeitig für die Vorstellung gehen zu lassen. War das der Zweck, den sie mit dem ganzen verfolgten? War das der Fall, würden sie mir vermutlich gestatten zu gehen, sobald sie sicher waren, daß aus der Premiere nichts mehr werden konnte. Verzweiflung und tiefer Groll regten sich in mir, doch ließ ich beides

nicht hochkommen. Ich wollte ihnen nicht die Genugtuung geben, sie erkennen zu lassen, wie durcheinander ich war. Und die bloße Aussicht auf Freilassung hatte etwas Beruhigendes: zumindest schien es wahrscheinlich, daß sie mich nur einschüchtern wollten.

Einen gewaltigen Stich versetzte es mir allerdings, als einer von Ihnen – ein Koloß von einem Mann mit massigen Schultern und Stiernacken – sich nach einer weiteren Runde von Fragen zum *I Ging* vorbeugte und wie aus heiterem Himmel fragte:

»Was weißt du über Dulpert Naidoo?«

Im ersten Moment wußte ich nicht, was ich sagen sollte. Dann antwortete ich: »Wir sind vor Jahren befreundet gewesen.«

»Bist du sicher, daß das schon Jahre her ist?«

»Über zehn Jahre. Das war, bevor ich nach England ging.«

»Ihr habt zusammen am Oxford Place gewohnt?«

»Wenn Sie das bereits wissen, warum fragen Sie mich dann?«

»Willst du das etwa leugnen?«

»Natürlich nicht. Ich habe nichts zu verbergen.«

»Ihr wart sehr gute Freunde.«

»Ja, und ich schäme mich nicht, das zuzugeben.«

»Und du stimmtest mit seinen Ansichten überein?«

»Mit den meisten, schon, besonders bezüglich Musik und Religion.«

»Und Politik?«

»Wir haben uns oft gestritten.«

»Du hast dieses chinesische Buch von ihm.«

»Ja. Aber es ist kein politisches Buch.«

»Ein chinesisches Buch.«

»Ja.«

»Wann hast du Naidoo das letztemal gesehen?«

»Das habe ich Ihnen doch bereits gesagt: ehe ich nach England ging.«

»Ihr habt aber weiter miteinander korrespondiert.«

»Nein.«

»Lüg uns nicht an!«

»Ich habe nie wieder von ihm gehört.«

»Wie erklärst du dir dann, daß wir mehrere von deinen Briefen in seinem Zimmer fanden, bevor er verhaftet wurde?«
Ich sah ihnen gerade in die Augen. »Das ist unmöglich.«
»Willst du damit behaupten, ich wäre ein Lügner?«
»Ich habe nur gesagt, daß Sie unmöglich Briefe von mir bei ihm gefunden haben können, denn solche hat es nie gegeben.«
Er fuhr fort, mich zu triezen und wollte nicht von seiner Behauptung abgehen; er legte es darauf an, mich zu ärgern, versuchte es dann damit, mir zu schmeicheln und bemühte sich, mich bei irgendeiner Unachtsamkeit festzunageln. Dann ließ er das Thema genauso unvermittelt fallen, wie er es angeschnitten hatte.
»Wie lange hast du vor, mit dieser Schauspielersache weiterzumachen?«
»Solange ich kann.«
»Du bist dir darüber im klaren, daß das ein gefährliches Spiel ist?«
»Es ist kein Spiel – es ist mein Leben.«
»Du versuchst, die Leute aufzuwiegeln.«
»Ich bemühe mich, ein Theater zu machen, das etwas zu sagen hat.«
»Wir behalten dich im Auge, Joseph. Du holst dir Scherereien auf den Hals. Und fang nicht an zu weinen, wenn du verletzt wirst.«
Plötzlich war dann alles vorbei. Ich wurde zurückgebracht in das erste Dienstzimmer, wo man mir Uhr und Gürtel zurückgab; ich erhielt eine Empfangsbestätigung für die Bücheer, die sie beschlagnahmt hatten, und wurde zu dem wartenden Auto auf dem Platz gebracht.
Es war zehn Uhr.
»Sie brauchen mich nicht nach Hause zu bringen«, sagte ich. »Sie können mich vorm Theater absetzen.«
»Wir haben unsere Vorschriften zu beachten.«
Eine Viertelstunde später war ich zurück in dem unbeschreiblichen Chaos meiner Wohnung. Ich wußte nicht, wo ich anfangen sollte, um wieder Ordnung hereinzubringen, wußte nicht, ob ich weinen oder lachen sollte. Hinter aller Frustration, allem Zorn

und der bitteren Komödie war im Moment nur eines von Bedeutung: unsere Premiere war vereitelt worden.

Hatten wieder viele Menschen vergeblich gewartet? War die Polizei mit Mannschaftswagen und Hunden angerückt? Selbst wenn das nicht der Fall gewesen sein sollte, wie konnten wir erwarten, daß das Publikum uns auch in Zukunft unterstützte? Ob man uns je erlauben würde, das Theater wieder zu benutzen? Mein Gott, dachte ich; sie würden es nicht schaffen, uns zu unterdrücken, und wenn wir auf das Guerilla-Theater an den Straßenecken zurückgreifen mußten. Das Theater war die einzige Waffe, die wir hatten; wir mußten sie einsetzen.

Wie Hiob in der Asche hockte ich mich auf meinen Berg Bücher und Kleidungsstücke mitten im Zimmer, um eine Bestandsaufnahme zu machen. Es klopfte. Ich fuhr zusammen. Doch ehe ich aufstehen konnte, ging die Tür auf, und die Geustyns traten ein. Oom Appie in seinem Sonntagsanzug, seine Frau im getüpfelten Kirchgangskleid mit blumenbestecktem Hut, der ihre Lockenwickel verdeckte.

Mit dem Ellbogen versetzte sie ihm einen Rippenstoß und sagte: »Nu mach schon!«

Oom Appie badete sein Gebiß in reichlich Speichel. »Joseph«, sagte er kleinlaut.

»Nix da von wegen Joseph«, unterbrach seine Frau ihn barsch. »Du nennst ihn Mister Malan, un' nich' anders. Sag ihm, er hat bei Sonnenaufgang auszuzieh'n.«

»Joseph, Mister Malan«, sagte Oom Appie mit gequältem Gesichtsausdruck. »Die Missus un' ich ha'm uns über alles unterhalt'n.«

»Sag ihm, unser Name is' in' Dreck gezog'n wor'n. Polypen den ganz'n Tag und die ganze Nacht in' Haus. Sag's ihm!«

»Es is' wegen der Polypen, Joseph«, sagte Oom Appie.

»Sag ihm, wir sin' anständige Leute, un' wir woll'n nich' mit Tramps un' Verbrechern in ein' Topf geworf'n wer'n.«

Plötzlich platzte Oom Appie der Kragen. »Warum sagst du ihm das nicht selbst?«

»Wir sin' Christ'nmensch'n«, sagte Mrs. Geustyn, teils für ihn, teils für mich bestimmt. »Wir leb'n inner Furcht des HErrn und komm' mit allen gut aus. Die ganz'n Jahre über ha'm anständige Leute bei uns gewohnt. Un' jetzt sieh sich mal einer an, was jetzt passiert is'.« Sie versetzte Oom Appie noch einen Rippenstoß, woraufhin ihm die Unterkieferprothese halb aus dem Mund flog. »Komm schon, sag's ihm, Appie, verdammtnochmal! Sag's ihm, bevor er mich vergewaltigt.«

Alle anderen fand ich bei Jerry versammelt; sie tranken den Wein, den wir gekauft hatten, um die Premiere von *Andorra* zu feiern.
»Bravo!« begrüßte mich Jerry. »Das letzte der verlorenen Schäfchen.«
»Seid ihr schon lange wieder da?«
»Von neun Uhr an haben sie uns zu zweit und zu dritt entlassen. Lucy und Gladys waren die ersten.«
»Und das Theater?«
»Die Leute bekamen ihr Geld zurück und sind nach Hause gegangen. Polizei war diesmal nicht da . . . Ich hab' mit dem Manager vom Luxurama gesprochen.«
Doors Kampfer, groß wie eine Zeder und immer noch ein Lächeln um die Lippen, schenkte mir ein. Ich stürzte das Glas hinunter und schenkte mir nach. Als ich wieder zurückkam, wurde ich mir der unnatürlichen Stille bewußt, mit der sie mich beobachteten.
»Na, Capey?« sagte Jerry nach einer Weile.
»Wir holen die Premiere morgen nach. So leicht geben wir nicht auf. Das ist alles.«
Ich ließ den Blick über die Gesichter wandern, die ich so gut kannte. Jerry, dunkel und ausgemergelt mit diesem herausfordernden Gebaren, das sich selbst in der Haltung seiner Hüften ausdrückte, als er so dastand. Frikkie Mantoor mit dem schüchternen Gesichtsausdruck und den großen Ohren; der hellhäutige Renier mit den zornblitzenden jungen Augen; der pummelige Barney, der mich an den Mr. Toad meiner Kindheit erinnerte, mit den vorstehenden Augen, dem glänzenden, lockigen Haar,

und dem sinnlichen Mund; Doors mit dem Körper eines Wikingers, den breiten Wangenknochen und weit auseinander stehenden Augen, dem großen und verletzlichen Mund; und die beiden Frauen – Gladys, untersetzt mit mächtigem Busen und Hintern; Lucy, groß und schlank – mißmutig dreinschauend mit glattem Haar und aufreizendem Mund. Meine Truppe, meine Leute.
»Steht ihr zu mir?« fragte ich nach einiger Zeit.
»Warum fragst du, Capey?«
»Wir haben zusammen angefangen«, sagte Doors und legte mir seinen kräftigen Arm um die Schultern, »und wir werden auch zusammen weitermachen.«
»Renier?«
»Ich bin dabei, keine Bange. Wir werden es diesen verdammten Schweinen schon zeigen!«
»Barney?«
Einen Moment wandte er den Blick ab, ehe er mich ansah: »Es ist nicht so, daß ich mich von dir abwendete, Joseph. Aber ich denke, nach dem, was heute abend passiert ist, wird es Zeit, daß wir uns mal zusammensetzen und ernstlich unsere Chancen bedenken.«
»Da hat er recht«, entfuhr es Frikkie völlig unerwartet. »Man kann nicht gegen den Donner anfurzen.«
Ich merkte, daß sich mir der Kehlkopf verkrampfte. »Ihr könnt nicht aussteigen«, sagte ich leise. »Nicht ausgerechnet jetzt.«
»Jetzt oder nie«, sagte Barney.
»Habt ihr etwa Schiß?« fragte Jerry aggressiv.
»Ich hab' keine Angst. Aber immerhin bedeutet mir mein Leben immer noch was. Man muß auch an die Zukunft denken: Ich werde schließlich nicht jünger.«
»Du bist nicht wesentlich älter als ich, Barney«, sagte ich.
»Vielleicht ist es bei dir was anderes.«
»Wieso?« wollte ich wütend wissen.
»Für dich ist das Theater das einzige, was zählt. Für mich aber nicht. Ich muß irgendwann mal seßhaft werden. Zu Anfang hab' ich gedacht . . . ach, spielt keine Rolle. Heute jedenfalls denke ich, daß wir überhaupt nicht weiterkommen. Angefangen hab'

ich als Sänger. Ich denke, für mich ist es besser, ich gehe zurück zu den Eoan-Leuten – solange dazu noch Zeit ist.«

»Soll das heißen, du klemmst den Schwanz zwischen die Beine und schleichst dich davon wie ein Straßenköter?« fragte Jerry.

An ihm vorbei sah Barney mich an. »Joseph, ich möchte dich weiß Gott nicht im Stich lassen. Aber es ist schon ein Wahnsinnstag gewesen. Diese Kerle lassen nicht mit sich spaßen – die meinen es bitter ernst mit uns. Wir können nicht gewinnen.«

»Kämpfst du nur dann, wenn du weißt, daß du gewinnst?« fragte ich.

»Mach's mir nicht noch schwerer, als es ohnehin schon ist, Joseph.«

Da entfuhr es mir: »Aber mein Gott, Barney! Wir müssen morgen abend eröffnen.«

»Wie lange werden sie uns erlauben weiterzumachen? Zwei Vorstellungen, drei, einen ganzen Monat lang? Und dann sind wir wieder da, wo wir angefangen haben. Ich kann einfach nicht so weitermachen. Man wird auch mal müde.«

»Müde sind wir alle.« Ich flehte sie jetzt offen an. »Überstürzt nichts. Laßt uns alle zu Bett gehen und erstmal schlafen. Morgen sieht alles anders aus.«

»Es wird nie wieder anders aussehn, Joseph«, sagte Frikkie mit einer Entschlossenheit, wie ich sie ihm gar nicht zugetraut hätte. Die ganze Zeit über, da ich mich mit Barney auseinandergesetzt hatte, hatte er sich im Hintergrund gehalten, doch jetzt bot er mir offen die Stirn.

»Du auch, Frikkie?« fragte ich. »Ich kann es nicht glauben.«

Ihm standen die Tränen in den Augen. »Mach mich nicht krank, Joseph.«

»Feigling!«

»Gut, ich bin feige«, sagte er. »Ich habe Angst. Sie tun uns was an, wenn wir weitermachen!

»Siehst du denn nicht, daß sie uns nur einschüchtern wollen? Denn im Grunde haben sie gar nichts gegen uns in der Hand.«

»Es gibt nichts, was sie uns nicht antun könnten.« Mit knopflosem Ärmel wischte er sich über die Augen. »Ich habe Angst, sag ich dir. Angst bis in die Knochen. Un' ich hab' keine Angst, das zuzugeben.« Unvermittelt drehte er sich um und verschwand durch die Tür. Mit einer blitzschnellen Bewegung warf Jerry sie hinter ihm zu und vertrat Barney, der drauf und dran war, Frikkie zu folgen, den Weg.

»Du bleibst!« herrschte er ihn an. »Oder ich *moer* dich!«

»Laß ihn laufen, Jerry«, sagte ich. Meine eigene Stimme klang mir fremd in den Ohren. »Das muß jeder mit seinem eigenen Gewissen ausmachen.«

Er sah mich an. Nach langer Pause gab er den Weg frei. Barney öffnete die Tür.

»Joseph . . .?« Er sah mich an. Ich schüttelte den Kopf.

Er ging hinaus. Die Tür blieb offen stehen. Draußen steckte ein streunender Hund seine Schnauze in eine zerknüllte Zeitung.

»Sonst noch jemand?« fragte ich, nachdem Barneys Schritte verhallt waren.

Keiner regte sich.

»Ihr müßt euch entscheiden«, sagte ich. »Ihr seid entweder für mich oder gegen mich. Halbe Sachen mag ich nicht.«

Lucy machte eine halbherzige Bewegung auf die Tür zu.

»Bleib!« herrschte Jerry sie an.

Sie blieb stehen und sah mich an.

»Bleibst du nun oder gehst du?« fragte ich matt.

Sie fing an zu weinen. »Ich bleibe! Aber Gott weiß . . .«

»Gladys? fragte ich.

»Ich hab' bis jetzt ja noch nich' mal mit euch zusamm' gespielt«, sagte sie. »Un' überlegt doch mal, ich muß mich um die Kinder meines Bruders kümmern. Es is' ja nich' so, als ob ich nich' wollte . . .«

Nachdem sie gegangen war, schloß Jerry die Tür zu.

»Zehn kleine Negerlein«, sagte er mit zusammengebissenen Zähnen. »Okay, Capey, wie lauten deine Befehle?«

»Wir gehen morgen auf die Bühne«, sagte ich. »Und wenn wir ihnen nichts weiter zu bieten haben als Improvisationen, Mimik und Musik.«

»Wann fangen wir mit den Proben an?«, fragte Renier.

8

Ein paarmal nahm Jessica mich mit zu Pater Mark. Für gewöhnlich trafen wir ihn in seinem weißgetünchten, mit Büchern vollgestopften Arbeitszimmer in der Schule auf den windigen Ebenen von Windermere.

Offenbar war diese vor seiner Ankunft völlig verfallen gewesen, doch in den fünf Jahren, die er dort lebte, hatte er das niedrige Gebäude mit Hilfe seiner Schüler wieder hergerichtet, mit einem neuen Dach versehen und weiß getüncht, so daß es irgendwie spanisch wirkte. Außer der schütteren Reihe von Eukalyptusbäumen, die als Schutz für die wenigen, mit dem ewigen Wind kämpfenden Blumenbeete dienen sollten, die er mit solcher Hingabe und Geduld hegte und pflegte, gab es keine Bäume.

Man hatte nicht den Eindruck, daß hier jemals etwas wachsen würde, doch hörte Pater Mark nie auf, zu graben und zu hacken, zu bewässern und zu harken, Windschutz aufzustellen, allen Unrat aufzusammeln, der sich hier verfing, und Unkraut zu jäten. Er war Jesuit der strengsten scholastischen Tradition und hatte seinen Doktor an der Sorbonne gemacht; und laut Jessica kam es nur selten vor, daß er nicht bis weit nach Mitternacht studierte und las.

Sein Aussehen hatte vom ersten Augenblick an Eindruck auf mich gemacht – am Tag von Dulperts Beerdigung; die großgewachsene Gestalt, das strenge, ausgemergelte und stark gebräunte Gesicht mit der Adlernase, dem kurzgeschorenen grauen Haar und den ausgeprägten Falten um den Mund herum.

Er machte rundum den Eindruck von Vertrauenswürdigkeit, Überzeugung und großer innerer Kraft. Deshalb schreckte ich regelrecht zurück, als ich ihn das erstemal in seiner Schule erlebte und feststellte, um wieviel älter und abgekämpfter er wirkte, als ich erwartet hatte.

Als wir ankamen, war er nicht da, und so zeigte Jessica mir die Schule und die kleine weiße Kirche daneben. Drinnen herrschte

Nüchternheit, standen rohe Kiefernholzbänke und ein sauberer, rechtwinkliger Altar mit Wachskerzen und einer billigen, bunten Gipsstatue der Heiligen Jungfrau darauf. Das war nun wirklich etwas anderes als die Kirche meiner Jugend, und doch brachte sie mir die Vergangenheit ebenso unerwartet wie schockartig in Erinnerung: den Pfarrer, wie ein Raubvogel auf der Kanzel hoch droben, die Orgel, deren Töne durch die Bankreihen zitterten, dadurch, nichtsdestotrotz: Vater unser, der Du bist im Himmel, dem Singsang unserer Vorbeterin Hermien nachgebetet, und an jenem Sonntag nachmittag blendender Sonnenkringel und tiefer Schatten Noah auf der rückwärtigen Veranda.

Plötzlich wurde ich von Panik gepackt: ich wollte raus hier, zurück in die Sonne. Jessica begriff nicht, daß mir geradezu speiübel wurde; vielleicht konnte ich es mir nicht einmal selbst erklären – sie waren in mir, ganz tief in mir, die nur halb erinnerten Worte: *Wie furchtbar, Gott zu geben, was des Menschen ist!*

»Pater Mark ist nicht da«, sagte ich erregt. »Laß uns heimfahren.«

Doch ehe wir das Auto erreicht hatten, traf er in seinem ein, das womöglich noch verbeulter war als meines, und hielt vor der Schule. Er hatte uns nicht bemerkt und blieb aus irgendeinem Grunde in sich zusammengesunken und mit hängendem Kopf noch hinterm Steuer sitzen. Schließlich stieg er aus und mühte sich die wenigen Treppenstufen hinauf.

»Pater Mark«, rief Jessica.

Er drehte sich um und verengte der Sonne wegen die Augen. »Ach, Jessica!« Er breitete die Arme aus und schloß sie, als sie oben ankam, für einen Moment in die Arme.

»Ich hab' jemand mitgebracht, Pater.«

Es war, als ob er sich für einen Moment versteifte, so als hätte er etwas gegen mein Eindringen. Doch dann streckte er mir lächelnd die Hand entgegen und sagte: »Ja, natürlich. Das muß Joseph sein. Ich freue mich sehr, Sie kennenzulernen.«

Er nahm uns mit in sein Arbeitszimmer.

»Was zu trinken?« fragte er.

Leicht verwirrt, sah ich mich um. Pater Mark lächelte, hob ein

paar dicke theologische Werke vom nächsten Regal herunter und holte eine dahinter versteckte Flasche hervor. In einer seiner Schreibtischschubladen fanden sich ein paar Gläser.
»Der Whisky ist gut«, sagte er. »Sie sollten ihn pur trinken.«
Er hob sein Glas, doch kaum hatten wir an dem unseren genippt, wandte er sich zum Fenster und blieb dort, die Stirn an die Scheibe gelehnt, lange stehen, als hätte er uns völlig vergessen.
»Was ist los, Pater?« fragte Jessica.
Er schüttelte den Kopf und sagte dann mit erstickter Stimme und ohne sich wieder umzudrehen: »Erschöpft. Man wird allmählich völlig ausgepumpt, meine Liebe. Und dagegen scheint kein Kraut gewachsen.«
Ich wollte eine Frage stellen, doch hielt sie mich mit einer kleinen Handbewegung davon ab. Nach ein paar Minuten hob Pater Mark sein Glas an den Mund und leerte es. Dann wandte er sich wieder uns zu und setzte sich auf eine Ecke seines überladenen Schreibtischs.
»Ich komme gerade aus dem Krankenhaus«, sagte er und schenkte sich noch ein Glas ein.
»Eine Ihrer Schülerinnen?« erkundigte sich Jessica.
»Ja, das war sie.« Nur unter Mühen kam dann: »Nellie Burger. Vierzehn Jahre alt. Ist vor einem Monat von der Schule abgegangen. Schwanger. Und hat sich dann ›um Hilfe‹ an jemand gewandt, und vorgestern nacht hat es Komplikationen gegeben. Sie riefen einen Arzt zu Hilfe. Der hat ihr offenbar nur ein Aspirin gegeben, ohne sie zu untersuchen. In der Nacht wurde es schlimmer, und sie riefen den Arzt noch einmal an. Er war ... nun ja, er stand nicht zur Verfügung.« Mit der gespreizten Hand fuhr er sich übers Gesicht. »Heute morgen haben sie im Krankenhaus angerufen. Sie war in einem sehr schlechten Zustand. Aber sie hatten keinen Krankenwagen für Coloureds frei und erklärten, es verstoße gegen die Vorschriften, wenn sie eine weiße Ambulanz für einen Coloured Patienten schickten. Gegen Mittag haben sich dann die Eltern hilfesuchend an mich gewandt. Wir haben sie in meinem Auto ins Krankenhaus gefahren. Aber da war es schon zu spät.«

Stille breitete sich aus in dem Raum mit den vielen Büchern. Draußen spielten Kinder mit einer leeren Sirupbüchse Fußball. »Da wird man es müde weiterzumachen«, sagte er schließlich. »Doch was bleibt einem schon weiter als Glaube, Hoffnung und Liebe?«

Die spätnachmittägliche Sonne fiel durch das Fenster auf sein Gesicht. Seit langer Zeit hatte ich nicht mehr eine solche Erschöpfung bei einem Menschen erlebt, und er wirkte so verletzlich in dieser Erschöpfung. Irgendwo in mir regte sich leise Wut; diese Erschöpfung ist etwas, das uns alle in die Hand bekommt, denn es ist ein hartes Land, das keinerlei Erbarmen zeigt.

»Wie schaffen Sie es, weiterhin zu glauben?« fragte ich.

Da war ein leichtes Zucken in seinen hohlen Wagen. »Genauso wie Sie, Joseph. Ich denke, wir kämpfen wirklich den gleichen Kampf.«

»Ich bin aber nicht gläubig, Pater.«

»Es gibt Formen des Glaubens, über die man sich selbst nicht klar ist.«

»Jetzt versuchen Sie, Entschuldigungen für mich zu finden.«

»Keiner von uns braucht Entschuldigungen«, erklärte er rasch und mit einer Vehemenz, die ich bei ihm nicht erwartet hätte. »Das einzige, das wir brauchen, ist Gnade. Und davon kann keiner von uns genug bekommen.«

»Gnade?«

»Man sollte unsere Widerstandskraft nie mit Haß verwechseln. Gnade, das ist die Liebe, die dem Widerstand erst Sinn verleiht.«

»Das hätte auch Dulpert sagen können«, erwiderte ich. »Aber was bedeutet ›sinnvoller Widerstand‹ eigentlich wirklich?«

»Ich will Ihnen sagen, was es für mich bedeutet.« Er schenkte mir noch ein Glas ein, doch Jessica und sich selbst nicht. »Es geht dabei um etwas, das Stephen Spender mal anläßlich eines Besuches bei einem russischen Bildhauer geschrieben hat. Sie hatten Stunden damit verbracht, im Atelier Portraitbüsten anzusehen – Gogol, Majakowsky, Lenin, Stalin, was Sie wollen. Und dann, in einem Hinterzimmer versteckt, dasjenige, woran er mit ganzem Herzen gearbeitet hatte: einen gewaltigen weißen Christus.«

Nicht ohne Groll sagte ich: »Schade, daß er weiß hat sein müssen.« Er ging nicht darauf ein; er sah mich nur mit unergründlichen Augen an und zwang mich weiterzusprechen: »Sie müssen zugeben: Daß Sie Weißer sind, erleichtert es Ihnen zu glauben.«
»Nein«, sagte er leise und ohne zu zögern. »Judas war Weißer. Hitler war Weißer. Vielleicht gibt es Augenblicke, wo es für einen Weißen sogar schwieriger ist zu glauben, weil sein Glaube erst über den Schatten seines eigenen Weißseins hinwegspringen muß. Aber lassen wir den Glauben mal außen vor. Mal angenommen, es ginge für uns einzig und allein um die Hautfarbe. Was würde dann geschehen? Da sind sich mein Kampf und Ihr Kampf ähnlich.«
Als wir uns verabschiedeten, sagte er: »Bitte, kommen Sie wieder. Ich werde für Sie beide beten.«
Schweigend fuhren wir heim.
»Er ist so furchtbar müde«, sagte ich, als wir wieder in der Stadt waren.
»Das kommt nur daher, daß er immer für alle da ist. Alle benutzen ihn. Und mißbrauchen ihn. Sie kommen mit den durchsichtigsten Lügen zu ihm, wissen aber ganz genau, daß er nie jemand abweisen würde. Ich habe oft mit ihm darüber gesprochen. Er scheint folgendermaßen darüber zu denken: Betrügen sie ihn, schaden sie nicht ihm damit, sondern nur ihrem eigenen Gewissen.«
»Das klingt nicht besonders praktisch.«
»Nein. Deshalb mache ich mir ja so große Sorgen um ihn. Er ist außer dir der einzige Mensch, mit dem ich über alles reden kann. Wäre er nicht gewesen ... sich einfach mal alles von der Seele reden zu können.«
»In bezug auf uns beide?«
Ein paar Sekunden schwieg sie. Dann sagte sie leise: »Ja. Über uns beide.«
»Aber Jessica! Begreifst du denn nicht ...«
»Du hast ihn doch selbst kennengelernt. Glaubst du, er würde je ein Sterbenswörtchen von dem verraten, was man ihm unter vier Augen anvertraut hat?«

»Nein, aber es ist . . .«
»Hätte mir diese Möglichkeit nicht offengestanden, ich glaube, ich hätte es nicht länger ertragen können.«
Ich war zu aufgewühlt, um sprechen zu können. Es war, als hätte sie flüchtig den Schleier von etwas gelüftet, das ich nie zuvor in ihr vermutet haben würde, einer Landschaft von erschreckender Einsamkeit.
»Und was hat er gesagt?« fragte ich nach langer Zeit.
»Genau das gleiche, wie heute nachmittag: Ich werde für euch beide beten.«
»Glaubst du, das hilft?«
»Ich denke, das hängt auch von uns ab.«

Der Prozeß um *SA!* dauerte nicht lange. Da unser Anwalt voraussah, daß die Art unseres Stückes es für den Gerichtshof notwendig machen würde, sich eine Vorstellung anzusehen, weil der Text als solcher nur eine fast nebensächliche Rolle in dem ganzen spielte, hatte er uns gesagt, wir sollten uns darauf gefaßt machen, das Stück noch einmal zu spielen. Nicht, daß es viel ausgemacht hätte. Unter Mühen gelang es uns, Antjie zu bewegen, für diese eine Vorstellung noch einmal zu uns zurückzukehren. Aber Frikkie Mantoor war mit einer Musikgruppe unterwegs und wollte seinen neuen Job unter gar keinen Umständen gefährden. Barney Salmon hingegen weigerte sich rundheraus, noch weiter mit uns zu tun zu haben. Was bedeutete, daß wir binnen weniger Wochen ein paar Ersatzschauspieler gewinnen mußten für eine Aufführung, bei der alles von den feinsten Nuancen des Zusammenspiels zwischen allen Mitgliedern des Ensembles abhing.
Das Theater war so gut wie leer, als wir an diesem Nachmittag auftraten. Der Richter und die Beisitzer saßen als kleine Gruppe etwa in der achten Reihe; sonst war der Zuschauerraum gähnend leer. Unter solchen Umständen zu spielen kam dem Gottesgericht nahe, wie Ehebrecher am kaiserlichen Hof im alten China es über sich ergehen lassen mußten: Der angeklagte Mann und die angeklagte Frau mußten vor dem Kaiser und dem gesamten Hofstaat auf dem Boden des Thronsaales kopulieren, wobei

die Scharfrichter mit gezücktem Schwert danebenstanden; schafften die Unseligen es, den Höhepunkt zu erreichen, wurde das als Beweis ihrer Unschuld betrachtet; taten sie es nicht, wurden sie augenblicklich geköpft. In ähnlicher Situation hatte mein Ahne Moses die Xhosa-Frau Sbongile geschwängert; seine betrunkenen Herren hatten dabei zugesehen. Aber mein Ahne Moses war ein besserer Hofnarr gewesen als ich. Meine schauspielerische Leistung blieb steril.

Am nächsten Morgen trugen die Vertreter der Anklage den Fall vor, und unser Anwalt die Verteidigung; danach wurde die Verhandlung um eine Woche vertagt.

Am Morgen der Urteilsverkündung waren alle anwesend: Jerry und Doors, Renier, Antjie und Lucy; und unabhängig von uns, in der Gruppe der weißen Zuhörer, Jessica.

Mit unbeteiligter und fast eintönig dröhnender Stimme wies der Richter unseren Einspruch ab; er fand, *SA!* könne von bestimmten Bevölkerungsgruppen als verletzend angesehen werden. Die Kosten des Verfahrens hatten wir aufzubringen. Sie lagen weit über der Summe, die Jessica uns gegeben hatte.

Selbstverständlich konnten wir vor dem Bloemfonteiner Appellationsgericht in die Berufung gehen, doch war unser Anwalt skeptisch in bezug auf die Aussichten. Das einzige, was dabei herauskommen werde, warnte er uns, wäre eine Verdoppelung der Kosten.

»Aber wir können doch nicht einfach die Hände in den Schoß legen und uns damit abfinden!« empörte sich Renier. »Wir müssen weiterkämpfen, solange es geht.«

»Fangen wir doch lieber was Neues an«, schlug ich vor.

»Damit sie es wieder verboten wird? Wovon sollen wir denn leben?«

»Wovon sollen wir leben, wenn wir in die Berufung gehen?«

»Für mich ist sowieso alles gelaufen«, erklärte Lucy. »Mehr kann ich einfach nicht verkraften. Tut mir leid, Jungs, ich wollte schon letztesmal aussteigen, doch da habt ihr mich davon abgehalten. Aber diesmal ist es aus – ist das klar?«

»Laßt uns abstimmen«, schlug ich verzweifelt vor.
Renier war der einzige, der in die Berufung gehen wollte.
»Schön«, sagte er, als die Mehrheit gegen ihn stimmte. »Dann steige auch ich aus. Ich dachte, ihr hättet Mumm. Da kann ich meine Zeit besser nutzen.«
»Was willst du denn tun?« fragte ich.
Mit flammenden Augen sah er mich an: »Ich hatte Vertrauen zu dir, als wir anfingen. Ich dachte, du wärest bereit, bis zum letzten zu gehen. Jetzt stellt sich raus, daß du auch nur einer von den Pflaumweichen bist, die erst die Klappe aufreißen und dann, wenn's drauf ankommt, kneifen.«
»Du bist überreizt, Renier«, versuchte ich, ihn zur Vernunft zu bringen. »Du bist jung.«
»Und was ist mit dir? Ich dachte, du wärest auch jung. Aber du gehörst verdammtnochmal schon zum Mittelalter!«
Blieben nur noch drei – Jerry, Doors und ich.
»Nun?« sagte ich. »Ist das denn jetzt das Ende?«
»Überhaupt nicht«, sagte Doors. »Wir fangen wieder an. Wir holen uns andere, die mitmachen. Man soll nie aufgeben, Mann!«
»Nochmal ganz von vorn . . .?«
Jerry wich meinem Blick aus.
Und wieder war es Doors, der sagte: »Ja, nochmal ganz von vorn. Unkraut vergeht nicht.«
»Aber was können wir tun?«
»Darüber mach dir nur keine Sorgen. Ich kann immer noch meine Circustricks vorführen. Hauptsache, wir machen weiter, damit die Leute *sehen*, daß wir weitermachen. Schließlich machen wir das nicht für uns, Mann, sondern für den ganzen Scheißhaufen, der uns zusieht.«
Na, gut. Wir würden also weitermachen. Er hatte recht: Wir machten es längst nicht mehr nur für uns allein.
Nachdem Doors gegangen war, sagte Jerry: »Lucy könnte ich zurückholen, jederzeit. Das ist kein Problem. Das kommt nur auf dich an.«
»Sie kommt nicht zurück, vergiß es!«

»Woll'n wir wetten? Capey, die brauchst du bloß einmal richtig auf die Matte zu legen, und sie kommt arschwackelnd zurück.«
Ich schüttelte den Kopf.
»Was hast du denn bloß gegen sie?«
»Nichts. Ich hab' auch schon mal mit ihr geschlafen. Aber das ist jetzt was anderes.«
Nach einer Pause: »Jessica Thomson?«
»Du weißt es doch selbst, warum fragst du also?«
»Aber Himmel, Capey. Fängst du jetzt mit dem Ein-Mann-ein-Fick an? Du bist doch wohl nicht ganz bei Trost, oder?«
»Tut mir leid, Jerry.«
»Du kannst mich mal!«
»Was weißt du denn wirklich über mich und Jessica?«
»Ich will überhaupt nichts davon wissen. Wenn du dich unbedingt kaputtmachen willst, dann hat das nichts mit mir zu tun.«
Plötzlich riß er den Kopf hoch. »Nein! Das ist es ja gerade, was mich so verrückt macht: Es hat sogar eine ganze Menge mit mir zu tun! Glaubst du etwa, es machte mir Spaß zuzusehen, wie du dich ins Unglück stürzt? Kannst du dir das nicht selbst denken?« Er stand auf und tigerte wütend auf und ab. »Mein Gott, Mann! Ich würd' dir nie was in den Weg legen, wenn du unbedingt 'ne Frau brauchst! Aber warum ausgerechnet sie? Was hat sie denn zwischen den Beinen, das andere nicht haben?«
Ich schlug zu. Sein Kopf ruckte, als er gegen ein Bücherregal prallte. Für einen Moment dachte ich, er werde zurückkommen und auf mich losgehen. Aber er hob bloß die Hand und rieb sich langsam das Kinn, ehe er dann sagte:
»Tut mir leid, Capey. Aber, Himmelherrgottnochmal! Begreifst du denn nicht, was du mir damit antust? Siehst du denn nicht, was du dir selbst antust?«
Er ging nach Haus, und ich blieb zurück in einer der kleinen, weißgetünchten Kammern, die er im Haus von Aunt Lallie, einer alten blinden Frau aus dem Viertel der Kap-Malaien, für mich gefunden hatte, nachdem die Geustyns mich rausgeworfen hatten.
Und wieder lag eine Etappe hinter mir, dachte ich. Ich konnte

sehen, wie er litt. Jedes bißchen Logik in mir gab ihm recht. Und doch wußte ich nicht, was ich hätte tun sollen. Es war weder Egoismus noch Sex, was mich bei Jessica hielt. Aber es gab für mich nur noch zwei Dinge im Leben, an die ich mich halten konnte: Jessica und unser Theater. Auf eigentümliche Weise wurde beides für mich immer mehr zu ein und demselben. Beide waren sie bedroht, auf keines von beidem konnte ich verzichten, und beide waren eine Qual. Doch ohne sie gab es nur noch den Abgrund.

Merkwürdig, das tiefe Bedürfnis, das wir in diesen aufregenden Tagen hatten, hinauszufahren ans Meer, an irgendeinen einsamen Strand, wo wir allein und nackt schwimmen und uns von allem reinwaschen konnten. Und doch schafften wir es nie so richtig. Bei den wenigen Malen, die wir wirklich an den Strand fuhren, trafen wir dort immer auf andere Menschen; das einzigemal, daß wir in Ruhe gelassen wurden – in der Nähe von Llandudno – lag ein toter Hund im Sand: aufgedunsen und steif, die Läufe grotesk von sich gestreckt und zum Teil schon von Krebsen angefressen. Der Anblick setzte Jessica dermaßen zu, daß wir wieder wegfahren mußten. Der Hund stank so sehr, daß wir es nicht einmal fertigbrachten, ihn zu begraben; das einzige, was sie – einer Eingebung des Augenblicks folgend – tat, war, zwei Stöckchen kreuzweise zusammenzubinden und neben dem gräßlichen Kadaver in den Sand zu stecken. Als wir es bei anderer Gelegenheit noch einmal versuchten, wurden wir von einem unerwarteten Gewitter zurückgetrieben, und beim nächstenmal hatten wir eine Autopanne. Und allmählich fanden wir uns damit ab, daß dies etwas wäre, was es für uns eben nicht geben sollte.

Unser bißchen Ruhe im Auge des Sturms – und genau in dieser Zeit der Angst, der Sorgen und der Verzweiflung verbrachten wir unsere bedeutsamsten Augenblicke miteinander –, mußten wir mitten in der Stadt finden: gelegentlich bei mir, unter den blinden Augen von Aunt Lallie; meistens jedoch in ihrer Wohnung.

Einmal, ein einzigesmal, fuhren wir den Berg hinauf; eine Nacht, an die ich mich vor allen anderen erinnere. Zuerst fuhren wir jeder für sich nach Kirstenbosch, sie mit dem Bus und ich in meinem Auto. Vom Botanischen Garten aus stiegen wir langsam den Hang hoch, ich vorneweg, sie mehrere hundert Schritt hinter mir, so als wäre es Zufall, daß wir beide in dieselbe Richtung gingen. Bis wir uns dann, nachdem wir weit genug gegangen waren, in den höchsten Baumgruppen geborgen fühlten.

In den Föhrennadeln regte sich der Wind und rief jenes nahezu unhörbare Sirren hervor, das so charakteristisch ist für Föhrenwälder – als ob die Erde selbst es wäre, die durchs All führe. Auf der warmen, weichen Unterlage von Föhrennadeln legten wir uns nieder und sahen zum Himmel empor, der intensiver blau durch die höchsten Zweige hindurch zu sehen war als sonst. Ein Idyll? Nur insofern, als Träume idyllisch sein können – wenn man weiß, was man träumt – oder ein Krippenspiel, wenn man sich darüber im klaren ist, daß die Maria nur Hermien ist und Joseph nur Willem.

Auf ihre mir altvertraute, wie abwesende Weise strich sie mir mit den Fingerkuppen über Arm und Hand.

Ich lachte auf. »Als ob du Blindenschrift läsest.«

»Ich *bin* blind.« Sie sah mir in die Augen.

»Immer noch?«

»Immer noch. Manchmal, wenn ich dich berühre wie jetzt, habe ich das Gefühl, jetzt wüßte ich, wer du bist. Aber ich weiß immer noch nicht, wer ich bin.«

»Nur, wenn du mich berührst?«

»Oder wenn du in mir bist. Es ist schon, wie du gesagt hast: wie Blindenschrift lesen. Sich berühren, ist wichtig für mich, ich kann ohne das nicht leben. Das ist mir auf meiner Reise durch Afrika erstmals klar geworden.« Sie sann eine Weile nach. »In Äthiopien, Kenia oder Tansania: man sitzt in einem Bus zusammen mit Hühnern, Ziegen und getrocknetem Fisch, und die Leute kauen Zuckerrohr; und wenn die Frau neben dir müde wird, legt sie den Arm um dich und läßt den Kopf auf deine Schulter sinken, und du hältst sie, während sie schläft. Und in Äthiopien, wo ich bei der jungen Frau wohnte, die ich im Bus kennengelernt hatte, ich hab' dir von ihr erzählt: Elizabeth, ihr Vater war bei der Army,

und wir lebten in ihrer Wohnung im Kasernenbereich, drei Familien in einem Raum – sie und ich teilten ein Bett, schlangen die Arme umeinander, um warm zu bleiben und nicht rauszufallen. Wären wir zum Beispiel zwei englische Mädchen gewesen, hätte jede sich steif auf ihrer Seite des Bettes gehalten und versucht, ›Würde zu bewahren‹. Afrika aber hat mich gelehrt, wie wichtig es ist, Menschen zu berühren. Das ist mehr als eine Notwendigkeit: es ist ein Bedürfnis, etwas Natürliches wie Essen oder Schlafen. Seitdem ich hierhergekommen bin, ist es anders gewesen, und zwar auf geradezu peinliche Weise ... Ein Mann wie Richard kriegt jedesmal einen Anfall, wenn man ihn anrührt. Auch das ist eine Form der Apartheid.«
Wir redeten stundenlang: Dann schlugen wir die Bücher auf, die wir mitgebracht hatten, und sie hörte zu, während ich ihr vorlas: Shakespeares Sonette, Rilkes Elegien, Johannes vom Kreuz:

Laß kosen uns, Geselle,
laß eins im andern deine Schönheit finden;
laß uns zum Heim der Quelle,
zu Berg und Hügel schwinden –
bis in das Herz von grünen Irrgewinden.

Und weiter lasen wir uns aus Pater Marks braunen Bänden vor, bis es dunkel wurde und wir nichts mehr sehen konnten.
»Wir müssen zurück«, sagte ich.
»Müssen wir?«
Es herrschte Stille. Nur die Föhren sirrten in dem kosmischen Wind, von dem wir uns durch den endlosen Raum treiben ließen. Der Himmel war tiefblau; die Nacht versprach, warm zu werden.
»Wir können nicht hierbleiben«, sagte ich.
Und sie antwortete mit den Worten des Heiligen Johannes: *»Der Wald mit seiner Schönheit/In der heiter-klaren Nacht/Mit einer Flamme, die verzehrt und keinen Schmerz bereitet.«*
Wir sprachen viel über ihn in dieser Nacht. Es war wie in unserer ersten Nacht in dem merkwürdigen Haus in Oranjezicht, wo wir uns soviel zu sagen gehabt hatten, daß wir überhaupt nicht daran

dachten, ins Bett zu gehen. Dabei schlossen wir den Körper keinen Moment aus; wir waren uns seiner so tief bewußt wie Donne oder Johannes vom Kreuz; saßen eng aneinander geschmiegt in einer Umarmung, die die ganze Nacht hindurch andauerte; aber wir schliefen nicht miteinander, es war nicht nötig; wir hatten vorübergehend die Notwendigkeit dafür hinter uns gelassen. Nach der aktiven Nacht der Läuterung, als wir aus Bain's Kloof heimgekommen waren, war diese Nacht – um im Rahmen der Begrifflichkeit des Heiligen Johannes zu bleiben – die wundersam passive Nacht der Erfüllung. Darüber redeten wir: über seine *Dunkle Nacht der Seele,* in der es kein Licht gibt, die Aufmerksamkeit abzulenken, und in der man bis zum Herzen der Liebe vordringen konnte, *Oh Nacht, holder als das Frührot.*

»Es ist so leicht, zu glauben und zu vertrauen, wenn man so zusammen ist wie wir jetzt«, sagte sie. »Wenn du fort bist und ich tagsüber allein, kommt einem das alles so unmöglich vor. Ich weiß nie, ob ich dich wiedersehen werde. Ich weiß nie, was passieren wird.«

»Und dann quält dich Angst?«

»Angst, Zweifel, Verzweiflung – alles. Weißt du, daß ich schon mal meinen Koffer rausgeholt hatte, um meine Sachen zu packen und wegzulaufen?«

»Das kannst du nicht tun, Jessica!« Ich packte sie bei den Schultern. Dann lockerte ich meinen Griff und senkte den Kopf.

»Aber nicht wegen dem, was du *mir* antust, sondern deinetwegen; ich möchte dich nicht vernichten. Und was sonst könnte es geben außer der Vernichtung, wenn sie uns jemals erwischen?«

»Für dich wäre es schlimmer.«

»Für mich?« An meiner Schulter schüttelte sie den Kopf. »Manchmal habe ich das Gefühl, daß mir eigentlich nicht wirklich etwas passieren kann, daß ich unberührbar bin. Nein, nicht unberührbar; nur ... nichts damit zu tun habe. Wie soll ich es erklären? In diesem Land – ich kann keine Schwarze sein oder Coloured oder ständig einen Paß bei mir haben müssen und in einem Township wie Langa leben. Und hat man erstmal erlebt, was geschieht, ist es schrecklich, außen vor zu bleiben. Nicht, weil ich Ausländerin wäre. Sondern weil ich ich bin. Und weil ich mich nicht kenne. Klingt das nicht schrecklich konfus?«

Leise lachte ich. »Ja. Aber eines Tages verscheuchen wir sämtliche Spinnen, auf daß Miss Muffet ihren Quark und Molke in Frieden zu sich nehmen kann.«

»Vielleicht wäre es besser, die Spinne würde sie irgendwann mal richtig beißen. Jetzt schafft Miss Muffet es jedesmal, sich in Sicherheit zu bringen, und eigentlich passiert ihr gar nichts.«

»Eines Tages . . .«

»Wir sollten nicht über ›eines Tages‹ reden«, sagte sie unvermittelt heftig. »Eines Tages gibt es nicht für uns.«

»Was meinst du damit, Jessica?« fragte ich gequält.

»Eines Tages wird alles vorbei sein.«

»Warum sagst du das?«

Ohne auf mich achtzugeben, fuhr sie fort: »Vielleicht kann man jemand nur dann lieben, wenn man weiß, daß es ein Ende haben wird. Insofern, als dieses Ende bereits zu allem dazugehört.«

»Wie kann man mit einer so negativen Aussicht lieben?«

»Negativ? Vielleicht ist das die positivste Form der Liebe überhaupt. Mit blind aufgerissenen Augen zu sehen.«

»Sind meine denn geschlossen?«

»Du erhältst dich damit am Leben, daß du an eine andere Welt als diese glaubst.«

»Wie kannst du das sagen? Ich kenne diese Welt, ich erlebe sie jeden Tag.«

»Aber du glaubst nicht an sie.«

»Ich glaube an dich.«

»Das meine ich ja gerade, Joseph. Das ist es, was mir Schrecken einjagt. Wenn du abhängig von mir wirst . . . Wo ich mich doch nicht einmal selber kenne.«

»*Ich* kenne dich.«

»Wie kannst du dir da so sicher sein?«

»Weil ich nur dann, wenn ich bei dir bin, weiß, wer ich bin. In den vergangenen Jahren habe ich oft gedacht: unter allen Rollen,

die ich gespielt habe und noch spielen werde, ist nur eine, die ich wirklich spielen möchte, und das ist zufällig die Rolle, die man mir nie zu spielen erlauben wird.«
»Und das wäre?«
»Joseph Malan. Einfach ich sein. Ein Mann. Ein Mensch.« Ich drückte sie an mich. »Und du bist die einzige, bei der ich sie jemals habe spielen dürfen.« Noch während ich das sagte, wußte ich, wie unfair das ihr gegenüber war und wie grausam: Denn durch meine Worte bürdete ich ihr die Verantwortung für mein Leben auf, was wiederum das einzige war, wovor sie sich fürchtete – und wie konnte das auch einer vom anderen erwarten und ich von ihr? Und doch, wenn man wahrhaft liebte, was anderes konnte man da erwarten, wenn nicht dieses?
Das war unsere Nacht auf dem Berg. Und eine Woche später, Ende Oktober, kehrte Richard aus Johannesburg zurück.
Jessica tat nichts, was mir auch nur im entferntesten Anlaß gegeben hätte zu argwöhnen, daß irgend etwas anders oder schwieriger geworden wäre. Sie war manchmal in sich zurückgezogen, voller Sorgen oder niedergeschlagen, doch all das ließ sich durch die Umstände erklären. De facto war ich selbst vermutlich genauso oft zurückgezogen, voller Sorgen oder niedergeschlagen wie sie selbst – und dann war sie es, die mit ihrer sanften Herzensärme meinen Glauben aufrechterhalten mußte.
Richard war oft da, wenn ich sie besuchte. Manchmal, wenn er ihr einen väterlichen Kuß gab oder beim Entgegennehmen einer Teetasse oder eines Glases zufällig ihre Hand berührte, mußte ich die Zähne zusammenbeißen, um meine Besitzansprüche im Zaum zu halten. Und doch wurde mir, wenn ich objektiv darüber nachdachte, klar, daß meine Reaktion lächerlich war: Richard war fünfundfünfzig und hatte in bezug auf seine Arbeit und sich selbst ein Stadium unerträglicher Unsicherheit erreicht; mit ihrer Jugend und Vitalität konnte sie ihm helfen, sein Selbstvertrauen zurückzugewinnen. Das war alles, sagte ich mir; das war alles.
Die Ironie der Geschichte bestand darin, daß seine Anwesenheit es mir erleichterte, sie zu besuchen. Wußte ich, daß er bei

ihr war, konnte ich sie ohne alle Heimlichtuerei besuchen. Nur, daß wir in seiner Gegenwart natürlich weiterhin so tun mußten als ob und weder durch Gesten noch durch Worte preisgeben durften, was wirklich zwischen uns war.

Erst viel später ging mir auf, was für eine makabre Komödie das war, die wir da aufführten.

Ich war es, der vorschlug, ihn an diesem Sonntag abend zum Essen einzuladen. Das Urteil in unserem Prozeß war gerade am Freitag gesprochen worden, und ich hatte das Bedürfnis, ihr so nahe wie möglich zu sein. Ich konnte es nicht ertragen, bis Mitternacht oder noch später zu warten, wie zuvor, um mich verstohlen in ihre Wohnung zu schleichen.

Ich holte Richard in Mouille Point ab, wo er wohnte. Ich konnte mich nie genug darüber wundern, daß er weder ein Auto hatte, noch überhaupt fahren konnte. Sobald er mit etwas Praktischem oder Mechanischem konfrontiert wurde, bewies er eine merkwürdige Unbeholfenheit. Ich weiß noch wie heute, was ich an diesem bestimmten Abend auf unserer Fahrt nach Kloof Nek dachte: *Es wundert mich nicht im mindesten, daß du deine beiden Frauen so verloren hast. Wenn du nicht mal mit einem Auto umgehen kannst, wie zum Teufel willst du mit einer menschlichen Beziehung zurechtkommen?*

Als sie die Tür aufmachte, gab Richard ihr einen leichten Kuß; ich sagte: »Hallo, Jessica.«

Drinks in der Hand, verbrachten sie eine Zeitlang zusammen mit mir in der Küche, wo ich kochte (Jessica war als Köchin unmöglich, so daß bei besonderen Gelegenheiten immer ich den Löffel schwang), doch schickte ich sie bald hinaus. Allein arbeitend, spitzte ich die Ohren, um ihre Gespräche im Wohnzimmer mitzubekommen – und ihr Schweigen.

Schließlich trug ich das Essen auf und verkündete: *»De Maste un' de gnäd'ge Frau Maste – es is' aufgetrag'n.«*

Sie lachten. Für einen Moment, einen flüchtigen Moment, war ich ihr Hofnarr. Dann warf Jessica mir von Richard unbemerkt einen Blick zu, ein Vorgehen, das uns beide für einen Moment vereinte und ihn auf sehr subtile Weise ausschloß.

»Was macht dein neues Buch?« erkundigte ich mich, nachdem ich den Wein eingeschenkt hatte.
»Ich habe in Johannesburg eine Unmenge Material zusammengetragen«, sagte er. »Doch ich weiß nicht. Ich habe jetzt viermal angesetzt zu schreiben, aber irgendwie will es mir nicht gelingen, über die ersten zwanzig oder dreißig Seiten hinauszukommen.«
Fragend sahen Jessica und ich ihn an. Er schüttelte den Kopf: »Irgendwie bin ich innerlich wie gelähmt; jedenfalls ist es mir unmöglich, mich ernsthaft dranzusetzen. Wenn Freunde aus Europa mich besuchen, scheinen sie mich um die Herausforderung zu beneiden, die Südafrika einem Schriftsteller bietet. Aber offen gestanden neige ich da Toynbee zu: Es gibt Situationen, in denen die Herausforderung zu groß ist, als daß man gebührend auf sie eingehen könnte.«
»Man sollte nie zulassen, daß es soweit kommt«, sagte Jessica.
»Da, denke ich, bleibt einem kaum eine Wahl.«
»Aber man muß sich entscheiden! Wer nicht wählt, hört auf, Mensch zu sein.«
»Der Mensch hat aber nur ein bestimmtes Maß an Energie – mehr nicht.« Er gab nicht nach. »Hier in Südafrika wird viel Energie auf anderes verschwendet, so daß für schöpferische Arbeit nicht viel übrig bleibt. Und da fängt man an, sich mehr und mehr auf andere Menschen zu verlassen.«
»Man muß imstande sein, ganz zu sein und sich ganz auf sich allein gestellt zu behaupten«, sagte sie.
»Vor einem Jahr hätte ich dir vielleicht recht gegeben«, unterbrach ich sie. »Aber jetzt denke ich manchmal: kein Mensch kann für sich existieren. Man braucht zumindest *irgend jemand,* der an einen glaubt. Völlig auf sich allein gestellt, wird das unmöglich.«
Sie sah mich an.
»Vielleicht«, meinte Richard, besteht der Unterschied einfach in der Tatsache, daß Joseph und ich Männer sind und du eine Frau.«
»Vive la différence«, sagte ich leichtfertig.
Doch so ohne weiteres ließ sie sich nicht überzeugen. »Das spielt

keine Rolle: ihr beide neigt dazu, die Frauen zu romantisieren. Was genauso von Übel ist, wie sie herabzuwürdigen. Euer Problem ist, daß ihr euch zu ähnlich seid.«

»Die einzige Ähnlichkeit zwischen uns«, sagte Richard, »liegt in der Form unseres Engagements.«

Ich beobachtete, wie seine rechte Hand sich mit der Gabel befaßte und das Licht auf dem struppigen Haar spielte, das Handrücken und -gelenk bis unter die Manschetten seines teuren Seidenhemds bedeckte. Irgendwas in mir wehrte sich gegen das Eingängige seines Vergleichs.

»Wie weit geht dein Engagement wirklich, Richard?« fragte ich und sah ihn dabei eindringlich an.

»Ich habe nichts weiter gemeint, als daß wir beide die Kunst gewählt haben und wir beide an eine neue Welt glauben.«

»Und wie sieht deine Welt aus?« Ich ließ nicht locker.

Zu meiner allergrößten Verwunderung war er plötzlich so bewegt, daß er kaum weitersprechen konnte. »Es ist eine Welt, in der es keinen Raum für mich gibt.«

»Wie kannst du nur an eine solche Welt glauben?« fragte Jessica.

»Darauf beruhen alle meine Überzeugungen«, sagte er. »Was bin ich denn im Augenblick? Ich bin Weißer. Aber ich revoltiere gegen alles, was die Weißen in diesem Land repräsentieren; infolgedessen liegen alle meine Sympathien bei denen, die keine Weißen sind. Das macht mich zu einem Außenseiter und Verräter, denn in unserer Gesellschaft wird jeder Mensch aufgrund seiner Beziehung zu einer bestimmten Gruppe be- und verurteilt. Und in der Welt, wie ich sie will, wird man ausschließlich danach beurteilt, wie treu man zur Menschheit ganz allgemein steht. Du wirst das bestimmt verstehen, Joseph. Die Welt, wie ich sie mir wünsche, hat etwas von der Welt, an die dein Hamlet glaubte – der Welt der Antigone.«

»Wenn man die will, muß man die ganze Zeit über wie Antigone sein«, sagte Jessica. »Jungfräulich in allem. Deshalb mußte sie ja sterben: nur der Tod konnte ihre Jungfräulichkeit garantieren.«

»Unterschätze Haemon nicht!« warnte ich sie.

»Ich spreche hier nicht von dem kleinen Häutchen, das sie von der Welt trennt«, erklärte sie leidenschaftlich. »Ich rede von etwas, nun ja, Absolutem. Von Unschuld. Und die hatte sie; sie war immer noch imstande, sich schockieren zu lassen. Wir, die wir in der Welt jenseits der deutschen Schreckenslager leben, jenseits von Algerien und Kongo und Biafra, Vietnam und Bangladesch ... wir leben nach der Sintflut. Neues ist nicht übrig geblieben. Und wenn wir nicht zum ersten Glaubensartikel zurückkehren ... Das ist die Welt, an die ich glauben möchte. Wo alles wieder neu sein kann.«

»Dem kann man nur von ganzem Herzen beipflichten«, sagte ich. Und dann, ernster: »Ihr versucht beide, euch von einer neuen Welt auszuschließen; für eure Begriffe ist sie ein möglicher Himmel. Sie euch so vorzustellen, steht euch natürlich frei. Vielleicht beneide ich euch sogar darum. Aber die einzige Welt, an die ich glauben kann, ist eine, die mich eben *nicht* ausschließt – mich mit meiner braunen Haut, meinen Fehlern und Defiziten, mit allem, was mich menschlich macht. Was leider eine Welt bedeutet, in der man nie aufhören darf zu kämpfen.« Ich stand auf und trug die leeren Teller hinaus. »Aber wir reden alle Unsinn. Ändert das, was wir gesagt haben, auch nur ein Jota an der Welt und der Hölle draußen? Der Hölle in uns?«

Und die wahre Hölle, dachte ich, als ich die Teller in die Küche hinaustrug, beruht vermutlich gerade auf den Worten, die wir wählen, um den Himmel zu beschreiben.

Hinter all dem Gerede, aller Worte entkleidet, war nur eines wichtig: sie und ich; und er. Ich stand da und wünschte ihn aus dem Weg, sehnte mich nach ihr, nicht nach ihren Worten, sondern nach ihrem Körper, den ich essen und trinken und in Wein verwandeln konnte, *nichtsdestotrotz*.

Doch Richard blieb. Einmal war ich so verzweifelt, daß ich drauf und dran war, selbst zu gehen, um dem Elend des Abends ein Ende zu bereiten. Aber ich machte keine Anstalten. Lieber unvollkommen mit ihr zusammen sein als überhaupt nicht. Schließlich gab es für das Morgen keine Gewißheit für uns. Der nächste Tag konnte schlechter sein.

Er redete und redete, verwickelte uns in ein Geflecht aus Abstraktionen, die er mit einer solchen Meisterschaft handhabte und die ich zunehmend abstoßender fand – wie Lazarus' Leichentuch. Obwohl ich erkannte, daß es seine einzige Rechtfertigung der Welt gegenüber war, sein Alibi dem Leben gegenüber.

Als es halb zwölf schlug, stand ich impulsiv auf und sagte: »Nun, es wird spät. Komm, Richard, ich bringe dich nach Haus.«

Die Plötzlichkeit dieser Ankündigung überraschte ihn so sehr, daß er aufstand, noch ehe er daran hatte denken können zu protestieren. »Es ist ... es ist durchaus nicht nötig, ich ...«

»Keine Umstände. Komm. Gute Nacht, Jessica.«

Einen Moment war ich mir immer noch nicht sicher, ob er wirklich mitkommen würde; doch dann schloß er sich mir an. Ich hielt ihm die Tür auf und flüsterte ihr hinter seinem Rücken zu: »Ich komm' wieder.«

Sie nickte. Er redete die ganze Zeit über bis Mouille Point weiter; ich gab kaum mehr als einsilbige Grunzer von mir. Er lud mich ein, noch auf ein Glas zu ihm hinaufzukommen, doch fand ich irgendeinen Vorwand und fuhr gleich weiter. In Kloof Nek parkte ich, schloß den Wagen ab, legte die letzten paar Blocks bis zu ihrer Wohnung zu Fuß zurück und wartete unter den Bäumen, bis sie mir vom Balkon aus das Signal gab.

Wir badeten zusammen; als wir gerade dabei waren, uns gegenseitig abzutrocknen, wurde an die Wohnungstür geklopft.

Nie im Leben ist mir mehr der Schrecken in die Glieder gefahren als die wenigen Male, die jemand an die Tür klopfte, während ich mit ihr zusammen war. Im ersten Augenblick verblüfftes Schweigen, dann Übelkeit, dann fiebriges Suchen nach einem Handtuch *(Ich hörte deine Stimme im Garten, und ich fürchtete mich, denn ich war nackt)*, die hektischen Verkrampfungen des Herzens.

Das Kleiderbündel und die Schuhe an mich gedrückt, flüchtete ich mich auf den Balkon, wo ich mich mit fühllosen Händen anzog, während sie an die Wohnungstür ging und rief:

»Wer ist da?«

Eine Männerstimme ließ sich vernehmen. Die Tür ging auf; dann erkannte ich Richard.

»Was ist los?« hörte ich Jessica verkrampft fragen. »Hast du was vergessen? Wie bist du hergekommen?«
»Mit einem Taxi.« Pause. »Zuhause fühle ich mich so eingeengt, ich wollte schon den ganzen Abend über ... Was hast du denn?«
Es war zu banal, zu melodramatisch, um es zu glauben. Hätte nur gefehlt, daß ich durch die Vorhänge hindurchgerauscht wäre, und die Restaurations-Komödie wäre vollkommen gewesen.
Ich merkte, wie sie sich bemühte, ihre Stimme zu beherrschen – die Balkontür stand weit offen, nur die Vorhänge waren vorgezogen – als sie so ruhig wie möglich, aber mit erschreckender Direktheit erklärte:
»Joseph ist auf dem Balkon. Wollen wir hinausgehen?«
Ohne auf sie zu warten, stieß ich die Vorhänge beiseite und trat zu ihnen. Die Wohnung war noch dunkel.
Er trat einen Schritt zurück, als wäre er es gewesen, den man ertappt hätte. »Oh, ich habe ja nicht ...«
Jessica knipste das Licht an. Ich war noch dabei, mir das Hemd zuzuknöpfen.
»Ich wollte euch nicht stören.« Für einen Moment dachte ich, er würde in Tränen ausbrechen. Er ging wieder zur Tür, zögerte, drehte sich um und sagte wie ein wohlmeinender Amateur: »Ich hatte mein Feuerzeug vergessen und konnte in der Wohnung keine Streichhölzer finden, und da ...«
Alle begaben wir uns auf die Suche nach dem verlorenen Feuerzug, obwohl Jessica wahrscheinlich genausogut wußte wie ich, daß er es vorm Nachhausefahren eingesteckt hatte.
»Vielleicht hast du es in meinem Auto liegenlassen«, sagte ich.
»Ich gehe und sehe nach.«
»Nein, keine Umstände. Wahrscheinlich ist es beim Aussteigen in den Rinnstein gefallen oder sonst was.«
»Ich sehe trotzdem nach.«
Ich legte die vier Blocks bis zu meinem Wagen zurück, rauchte eine Zigarette zuende und ging dann, pfeifend und die Hände in den Taschen vergraben, zurück – fröhlich nicht, eher so, wie man auf einem Friedhof pfeift. Als ich in die Wohnung kam, konnte ich sehen, daß sie geweint hatte, doch sah ich an ihr vorbei.

»Nicht zu finden«, sagte ich. »Vielleicht findet es sich morgen wieder.«
»Bestimmt.« Er eilte zur Tür. »Wirklich, tut mir leid, daß ich ... Und danke für die Mühe, Joseph. Jessica, ich ...«
»Soll ich dich nicht nochmal heimfahren?« erbot ich mich.
»Nein, nein. Ich finde schon ein Taxi in der Nähe.«
Das stimmte selbstverständlich nicht, doch gewährte es mir eine gewisse Genugtuung zu sagen: »Nun, wenn du dir sicher bist ...«
»Ganz sicher.«
»Ich bin auch im Begriff zu gehen.«
»Nein, es wird mir gut tun, den Berg hinunter zu laufen.«
»Dann auf Wiedersehen, Richard.« Ich nahm die Hand aus der Tasche. »Hier, nimm meine Zündhölzer solange. Damit kommst du bis morgen aus.«
Er sah mich an; alle Farbe war aus seinem Gesicht gewichen; er riß mir die Schachtel geradezu aus der Hand und sagte: »Gute Nacht.«
Ich schloß die Tür hinter ihm ab und wandte mich ihr zu. Ein paar von den Knöpfen ihres lila Morgenrocks waren noch offen; sie war zu überstürzt aus dem Bad herausgekommen.
»Mach die Knöpfe zu«, sagte ich ruhig.
Sie sah auf.
»Knips das Licht aus«, flüsterte sie nach einer Weile.
Als ich zu ihr trat, brach sie in Schluchzen aus. Ich hielt sie fest im Arm, doch hatte ich kaum das Gefühl, ich selbst zu sein. Das war das schlimmste – daß es so emotionslos sein konnte.
Doch später, nach langer Zeit, kam mir ein sonderbarer Einfall. Ich hielt sie immer noch an mich gedrückt, anstatt den Versuch zu machen, sie zu trösten, als ich sagte:
»Weine. Ich will, daß du weinst.«
Sie schluchzte. »Warum?«
»Weine um die Kleine Miss Muffet«, sagte ich.
Sich noch stärker an mich klammernd, schluchzte sie heftiger.
»Weine um deinen Park«, sagte ich. »Weine um deine Kinderfrau.« Es war, als ob irgendwas in ihr endgültig zusammenbrach.
»Weine um deine Eltern. Weine um den Australier in der Villa

von Port Lligat. Weine um den Dozenten von der London School of Economics. Weine um deine Reise durch Afrika. Weine um Pater Mark. Weine um das Mädchen, das gestorben ist. Weine um Richards ehemalige Frauen. Weine um mich.« Und schließlich: »Weine darum, daß wir heute nacht hier sitzen.«
Es war für uns beide eine merkwürdige Katharsis. Hinterher brühte ich in der dunklen Küche Tee auf und trug ihn hinaus zu ihr auf den Balkon. Ich wartete, bis die Tassen leer waren.
Dann fragte ich: »War er schon früher hier?«
»Du weißt doch, daß er oft herkommt.«
»Liebt er dich?«
Pause. »Ja.«
»Schon lange?«
»Er behauptet, von dem Tag an, da wir uns kennengelernt haben.«
Und dann die schwierigste von allen Fragen: »Und du?«
Im Dunkeln wandte sie mir ihre dunklen Augen zu und sagte: »Nein. Selbstverständlich nicht. Ich habe Mitleid mit ihm. In vieler Hinsicht blicke ich zu ihm auf. Aber das ist alles.«
»Warum ist er heute nacht zurückgekommen?«
»Um mit mir zusammen zu sein. Um wieder zu fragen.«
»Hat er es schon mal versucht?«
»Er versucht es jedesmal.«
»Und was hast du zu sagen?«
»Du kennst mich, Joseph. Du weißt, was ich sage.«
»Nicht ja?«
»Wie könnte ich – das wäre treulos dir gegenüber.«
Ihr schlichtes Vertrauen bewirkte, daß ich den Kopf sinken ließ.
»Es tut mir leid, Kleine Miss Muffet!«
»Nein!« sagte sie aufgebracht. »Es darf uns nicht leid tun. Damit wird alles in den Schmutz gezogen.« Sie schwieg. Nach einiger Zeit setzte sie dann noch hinzu: »Es hat sich bereits geändert. Es gehört nicht mehr nur uns allein.«
»Pater Mark weiß es schon einige Zeit.«
»Bei ihm ist es etwas anderes. Jetzt . . . gehört es der Welt.«
»Du glaubst doch nicht etwa, daß Richard redet?«

»Nein, niemals. Und doch ist es anders geworden.«
»Ich weiß.«
»Begreifst du, warum ich vorhin Antigone erwähnt habe?« fragte sie. »Und von Unschuld und Jungfräulichkeit geredet habe?«
»Das verstehe ich nur allzu gut, mein Liebling. Nicht nur heute abend, sondern jedesmal, wenn du davon sprichst.«
»Und ... jetzt?« fragte sie.
»Jetzt, nehme ich an, wird Pater Mark wieder für uns beten müssen.«
Wieder saßen wir im Dunkel, und wieder liebten wir uns nicht, doch war es anders als an in der Nacht auf dem Berg.
In aller Herrgottsfrühe fuhr ich durch die leere Stadt zurück zu meinen Kammern im Viertel der Kap-Malaien. Richard liebte sie, dachte ich. Sie liebte ihn nicht, schon wahr, doch vielleicht lernte sie es noch. Und wenn das möglich war, selbst wenn es sie letzten Endes unglücklich machte, selbst wenn sie ihn später um eines anderen willen verließ: war es nicht meine Pflicht, ihr ihre Freiheit zu lassen? Denn was hatte ich ihr zu bieten außer Fegefeuer und Hölle? Wenn ich sie liebte, oh Gott, wenn ich sie liebte: Sollte meine Liebe dann nicht darin bestehen, sie von mir zu befreien?
Aber nicht für Richard!
Mit tränenlosen Augen durch die halbdunklen Straßen fahrend, wünschte ich, ich könnte zu mir selber sagen, was ich zuvor zu ihr gesagt hatte: Komm, ich will, daß du weinst. Weine um das Sklavenmädchen Leah und um den Mörder Adam. Weine um Moses und seine dunkle Frau. Weine um Dlamini/Daniel, der seiner Liebe wegen geblendet wurde; und um Rachel, die untröstliche. Weine um Abraham und seine schöne weiße Frau und um die Kinder David und Katryn. Weine um Jacob und Elise und seine *Pilgerreise.* Weine um Sophie in ihrem großen breiten Messingbett, die Sophie der Sonntagnachmittage und der Heiligen Kommunion. Weine um den Klang eines Klaviers im Dunkel und um die Sklavenglocke, die schlägt, um *Robinson Crusoe* am Staudamm und die Fahrt mit dem Pferdewagen im Regen; weine um Dulpert und um Gran'ma Grace, weine um Simon; weine um

Harry und um Jerry, weine um diejenigen, die dich verlassen haben wie um jene, die bei dir bleiben, bei dir. Weine, Joseph, weine um dich selbst, ach Jesus, weine!

9

Ich hatte Derek lange nicht gesehen. Ich wußte, daß er – angetrieben von einem neuen Energieschub, den sein überaus erfolgreiches Tschechow-Gastspiel in Transvaal ausgelöst hatte – lange im Ausland gewesen war. Jetzt war er wieder da, und ich erkannte ihn kaum wieder.

In seiner Wohnung in Bantry Bay sah es aus wie nach einem Schiffsuntergang – ein kunterbuntes Durcheinander von Kisten, Koffern und Kartons voller Bücher und Kleider, Theaterprogramme und viktorianischer Nippes bedeckte den Fußboden.

»Hier sieht es ja aus, als hättest du Besuch von der Sicherheitspolizei gehabt«, witzelte ich.

»Himmel, Baby!« Er lachte. »Hast du je in deinem Leben ein solches Tollhaus gesehen? Daß jemand in meinem Alter noch auswandert?«

»Das meinst du doch nicht im Ernst, oder?«

»Aber gewiß doch! Ich verpiss' mich. Nichts ist besser für eine alte Hure als ein neuer Strich. Ich dachte, ich würde nach all den Jahren mal blau machen, doch ehe ich mich versah, stand ich in London wieder auf der Bühne. Und ob du's glaubst oder nicht, mein Lieber, ich hab' den wirklich bestaussehenden Jungen aufgetan, den du dir vorstellen kannst. Wir sind in ein Haus in Chelsea gezogen, und ich hab' für mich einen Vertrag mit dem Royal Court Theatre an Land gezogen. Was sagst du jetzt?«

Ich schüttelte den Kopf. »Als ich dich letztesmal sah, dachte ich, du könntest dich für eine von Oom Appies Sterbeversicherungen interessieren.« Ich überlegte. »Aber auswandern? Glaubst du nicht, Südafrika wird dir fehlen?«

»Was soll mir fehlen? Kirchenfeten und Pfannkuchen? Junge Scheißer mit Doktorhüten und politischen Ambitionen? Unsere

Kulturexplosion? Du machst wohl Witze! Das solltest du doch nun allmählich wissen: für Leute wie dich und mich heißt es nicht: ›Die ganze Welt ist eine Bühne!‹, sondern: ›Die Bühne ist die ganze Welt!‹ Alle Bühnen sind gleich, nur manche sind gleicher als andere. Es ist damit genauso wie mit dem Sex. Und jetzt erleb' ich meinen zweiten Frühling; nach der Melodie von: Das Leben fängt mit vierzig an. Nächstens lande ich noch bei Müsli und Gesundheitskost. Aber bevor ich vollends hinfällig werde, mein Lieber, werde ich noch ein letztesmal ganz groß auf die Pauke hauen – das ist es jetzt.« Und dann, wie aus heiterem Himmel, verkündete er: »Und was das schönste ist – du wirst mitkommen. Das ist der Grund, warum ich dich heute hergebeten habe.«
»Was soll das heißen, ich käme mit?«
»Baby, für die meisten von uns sind zwei Jahre eine verdammt lange Zeit. Aber sie haben dich nun mal noch nicht vergessen am Royal Shakespeare. Ich hatte einen kleinen Plausch mit ihnen, und sie sind bereit, dich wieder zu engagieren. Du brauchst nur hier zu unterschreiben. Wie lange brauchst du, um zu packen?«
»Nun mal mit der Ruhe, Derek«, sagte ich. »Noch hab' ich nicht Ja gesagt.«
»Quatsch nicht!« Mit bohrenden Augen sah er mich an; das Geäst feinster violetter Äderchen auf seiner Nase war deutlicher zu erkennen als je zuvor. »Soll ich dir etwa den Arsch lecken? Du bist ja schlimmer als Jesus in der Wüste.« Er trat näher vor mich hin. »Hör zu, mein Lieber, ich hab's zwar zu deinem Prozeß nicht mehr ganz geschafft, aber ich habe alles darüber gelesen. Ich muß sagen, ich habe größte Hochachtung vor allem, was du zu tun versucht hast. Aber jetzt haben sie dir den Weg versperrt. Was willst du denn noch tun?«
»Ich habe schon angefangen, neue Schauspieler zu gewinnen.«
»Sag bloß nicht, sie laufen dir zu wie ein Haufen geiler Fosen einer Modell-Agentur?«
»Nein. Aber wir werden sie finden. Ich suche hier am Kap, und Jerry ist rauf nach Johannesburg.«
»Und wie lange brauchst du, um richtige Schauspieler aus ihnen zu machen?«

»Wir können mit einer Reihe von leichten, kleinen Programmen anfangen.«
»Siehst du darin jetzt deine Berufung? – Junge Stiesel soweit hinzubiegen, daß sie leichte, kleine Programme bestreiten können? Scheiß doch drauf, Baby – du bist es dir schuldig, etwas zu tun, das die Mühe lohnt. Du kannst dich doch nicht immer weiter mit dem letzten Dreck gemein machen!«
»Meine Leute sind nicht der letzte Dreck.«
»Oh, himmelherrgottnochmal!« Er warf die Arme in die Höhe. »Hör auf, solchen Stuß zu reden; du hörst dich an wie ein zweitklassiger Kabinettsminister. Was du nötig hast, ist, einmal grundsolide zu überlegen. Machen wir uns doch nichts vor, Mann: du bist doch immer weiter runtergekommen. Du hast es mit dieser patriotischen Masche versucht, und das hat nicht hingehauen. Jetzt ist es an der Zeit, daß du mal wieder an das Theater denkst. Da liegt deine erste und letzte Verantwortung.«
Ich schüttelte den Kopf. »Führe mich nicht in Versuchung, Derek. Ich kann hier nicht weg.«
»Ich biete dir einen Vertrag an, Baby.«
»Ich kann nicht.«
»Überstürz jetzt nichts! Eine Chance wie diese läßt man sich nicht entgehen ... Irgendwann mußt du der Sache ins Gesicht sehen: Es gibt hier keine Zukunft mehr für dich. Himmel, Baby, du hast es versucht, wir alle haben es versucht; was sonst hättest du tun können? Und schau, was ich dir biete!«
»Derek ...«
»Erst versprich mir, daß du's dir noch mal überlegst.«
»Na, schön.« Mir brannten die Augen. Meine Kehle war so trokken, als hätte ich tatsächlich einen langen Fußmarsch durch die Wüste hinter mir. Nochmal darüber nachdenken, gelten lassen, was doch einfach auf der Hand lag, zusammen mit ihm weggehen ... Jessica mitnehmen und uns offen lieben und zusammenleben ... Jawohl, ich war es mir schuldig, es mir nochmal zu überlegen, wie er gesagt hatte. Hierbleiben und immer wieder gegen dieselben Windmühlenflügel ankämpfen ...? Er hatte recht. Ich mußte es mir noch einmal überlegen. Gemeinsam mit Jessica.

»Einverstanden«, wiederholte ich. Meine Kehle war immer noch wie ausgedörrt. »Ich verspreche, ich werd's mir überlegen.«

Es war schon sehr spät, als ich ihre dunkle Wohnung erreichte; wie gewöhnlich machte sie auf, kaum daß ich geklopft hatte – so als hätte sie hinter der Tür auf mich gewartet. Doch in dem Augenblick, da das Licht von draußen auf sie fiel, bevor sie die Tür wieder ins Schloß warf, konnte ich erkennen, wie bleich sie aussah, und fast sofort sagte sie:
»Ich möchte eine Zigarette.«
Ich zündete sie für sie an.
»Danke.« Sie inhalierte. »Ich war schon am Durchdrehen, wollte aber nicht rausgehen, um mir ein Päckchen zu holen, falls du anrufen solltest.«
»Du rauchst viel in letzter Zeit.«
Achselzuckend ging sie vor mir her hinaus auf den Balkon. Die Nacht war schwül; irgendwo braute sich ein Sturm zusammen.
»Es ist nur die Anspannung«, sagte sie nach einiger Zeit.
»Ist es denn so schlimm?«
»Ich will ja nicht, daß es sich so bei mir auswirkt, aber ... Jedesmal, wenn es an die Tür klopft, selbst wenn ich weiß, daß du es bist, nachdem du angerufen hast ... Aber was ist mit dir? Du siehst ja so abgespannt aus, mein Liebling.«
»Ich bin den ganzen Abend spazierengegangen. Ich muß eine Entscheidung treffen – und ich weiß nicht, was tun.«
»In bezug auf die Truppe?«
»In bezug auf alles.«
»Auch uns?« »Warum fragst du das?«
»Ich weiß, daß es dich beunruhigt.«
»Beunruhigt es dich denn?«
»Ich bin da nicht wichtig: Ich mache mir Sorgen um dich.«
»Du mußt es mir sagen«, drängte ich. »Ich muß wissen, was du denkst.«
»Liebling, Liebling, wir reden dauernd aneinander vorbei.« Einen Moment ließ sie den Kopf an meiner Schulter ruhen. »Wir sind beide so verängstigt.«

»Weswegen?«
»Einfach verängstigt. Es zuzugeben.«
»Was zuzugeben?«
»Das weißt du ganz genau.»
»Ich weiß es nicht, bevor du es nicht gesagt hast. Ich will, daß du es sagst.«
»Und wage doch nicht, es zu tun. Wir beide wagen es nicht.«
Ich denke, ich hätte es auf der Stelle entscheiden können. War es feige, es nicht auszusprechen? Oder wäre es feige gewesen, es zu tun? Alles war so unendlich kompliziert geworden.
Lange Zeit hindurch saßen wir wie zwei von der nächtlichen Flut an Land gespülte Muscheln auf dem Balkon.
»Derek will, daß ich nach England gehe«, sagte ich schließlich.
»Derek?«
»De Villiers. Ich habe dir von ihm erzählt. Er ist gerade über ein Jahr in London gewesen und jetzt zurückgekommen, um seine Sachen zu holen. Offenbar könnte ich einen neuen Vertrag bei der Royal Shakespeare Company bekommen.«
»Joseph!« Sie war überwältigt. Dann jedoch faßte sie sich und fragte: »Und was wirst du tun?«
»Ich bin hergekommen, um dich das zu fragen.«
»Aber du bist der einzige, der das entscheiden kann.«
Ich hob ihren Kopf mit meiner Hand und sah sie an. »Kleine Miss Muffet: würdest du mit mir kommen, wenn ich ginge?«
»Zurück nach England?«
»Ja?«
»Und heiraten?«
»Ja. Vor allem aber: frei zu sein, sich zu lieben.«
»Wirst du dort immer noch wollen, daß ich dich liebe?«
»Vertraust du mir nicht?«
»Ich vertraue dir, Liebling. Deine Liebe ist das schönste, das mir je wiederfahren ist. Aber wenn wir erstmal dort sind . . . Wirst du mich dort weiterhin lieben können? Oder wirst du mir vorwerfen, dich von hier weggebracht zu haben? Wirst du anfangen, mir vorzuwerfen, daß ich es war, die es dir unmöglich machte, hier zu bleiben?«

In diesem Moment fiel mir Simon ein und die Nacht, in der er mich in meiner Wohnung in Hackney besucht hatte; wie er langsam vor die Hunde gegangen war, eingegangen wie eine Sonnenblume, die man in ein zu kaltes Klima verpflanzt hatte; und daß es ihm unmöglich gewesen war zurückzukehren, selbst, nachdem Bridget ihn verlassen hatte. Ich könnte nach Europa oder sonstwohin ins Ausland gehen und Jessica mitnehmen, gewiß; und meinen Beruf als Schauspieler ausüben und glücklich sein; dann jedoch langsam wieder in dem Theater versinken, das mich vom richtigen Leben isolieren würde wie ein Treibhaus; und tief in meinem Inneren würde ich mich unentrinnbar daran erinnern, daß ich weggelaufen, daß ich ein Feigling gewesen war, der es vorgezogen hatte, von ihr zu leben; und im Laufe der Jahre würde ich an meinem eigenen Gift erkranken und immer verbitterter werden, mir *kwela*-Musik anhören und mit gichtigen Füßen tanzen und phantastische revolutionäre Pläne träumen, mich dem Alkohol ergeben und es jeden Tag schwieriger finden, mich den Schwierigkeiten des Alltags zu stellen.

Doch wenn ich bliebe? Das wäre gleichbedeutend damit, mein Schiff zu verpassen wie Dlamini/Daniel. Es würde bedeuten, sehenden Auges eine Sackgasse zu wählen. Den Becher hatte ich in der Hand – jetzt galt es, ihn zu leeren. Vielleicht würde es mir leichter fallen als meinen Vorfahren; vielleicht würde ich nicht geprügelt, auseinandergerissen oder gevierteilt, gesteinigt oder in einem Nazi-Lager zu Tode gequält werden. Dennoch – es gab subtilere Methoden, wie Simon gesagt hatte.

»Du zögerst also immer noch?« fragte sie neben mir.

Ich reagierte mit völlig unvernünftigem Zorn darauf: »Ich zögere nicht. Du bist es, die versucht, das Problem noch komplizierter zu machen, als es ist. Du bist es, die Angst davor hat, daß ich mich in England verändern könnte. Erinnerst du dich an die erste Nacht, in der wir uns unterhalten haben und wo du sagtest, du sehntest dich nach dem Unmöglichen? Ist das der Grund, warum du mich liebst? – weil die Unmöglichkeit dieser Liebe es dir erspart, dich wirklich zu entscheiden?«

»Nein, Joseph. Jetzt bist du gemein. Bist du denn gefeit vor dem Unmöglichen?«
»Du willst nicht antworten.«
»Und du auch nicht.« Für einen Moment glaubte ich, sie würde sich wehren. Doch dann sagte sie leise: »Keiner von uns kann die Antwort geben. Dazu wissen wir einfach zu wenig von uns selbst. Man versucht, in der Liebe ›edelmütig‹ zu handeln; vielleicht aber sollten wir statt dessen demütig genug sein zuzugeben, wie verwirrt und klein wir sind. Spielt es eine Rolle, warum wir uns lieben? Wenn es sonst nichts gibt, das wir haben?«
In meiner Trostlosigkeit drückte ich sie an mich. Mit Worten hatten wir nichts ausrichten können. Jetzt versuchten wir, uns dafür zu rächen und es dadurch auszugleichen, daß wir mitleids- und rücksichtslos auf die elementare Zwiesprache unserer Körper zurückgriffen. Wie zwei Besessene, wie zwei Feinde oder wie Jakob und der Engel an der Furt des Jabbok rangen wir auf dem Balkon miteinander; wir wollten uns gegenseitig wehtun und verletzen, durch die Wunden tiefere und verwundbarere Schichten bloßlegen; gewalttätig, wie wir waren, versuchten wir unsere Ängste auszutreiben, indem wir zu einer neuen Zärtlichkeit durchbrachen; und darin wurde es zu einem Kampf nicht gegeneinander, sondern miteinander, zu einer Gemeinsamkeit in unserer Einsamkeit angesichts der unbegreiflichen Wildnis um uns herum.

Irgendwann in dem ganzen Durcheinander der Wochen nach Dereks Abreise suchte ich noch einmal Willem in seinem Büro auf. Davey Sachs war es gewesen, der fröhlich mit einem Brief gewedelt hatte, den Willem zu Händen seiner Zeitung an mich geschickt hatte. Im ersten Augenblick war ich versucht gewesen, ihn wegzuwerfen. Was hatten wir einander noch zu sagen? Gleichzeitig war ich bereit, mich an jeden Strohhalm zu klammern. Schon die Tatsache, daß ich ihn schließlich anrief, um einen Termin mit ihm auszumachen, läßt erkennen, wie verzweifelt ich war.
In seinem Büro hatte sich nichts verändert, höchstens, daß es mir nach meiner langen Abwesenheit womöglich noch üppiger vor-

kam. Wir plauderten ein paar Minuten, tranken Tee und rauchten; ich wartete darauf, daß er auf den Grund für seinen Brief zu sprechen kam, was er schließlich mit größerer Direktheit tat, als ich erwartet hatte.

»Ich bin nie sonderlich glücklich darüber gewesen, wie wir letztesmal auseinandergegangen sind, Joseph.«

»Aber du hast doch unter den gegebenen Umständen auch nichts anderes erwartet, oder?«

»Ich weiß. Aber unsere Freundschaft reicht weiter zurück als nur bis dahin.«

»Als ich das zum erstenmal ansprach, war es dir peinlich. Mit gutem Grund, wie ich annehme, denn die meisten Erinnerungen haben nun mal was Sentimentales. Und ich wollte kein Gefühl der Verpflichtung bei dir wecken.«

»Ich habe dich heute auch nicht hergebeten, weil ich mich dazu verpflichtet fühlte, sondern aus einem sehr realen Bedürfnis, mit dir zu reden.« Das klang ein bißchen zu glatt formuliert, als daß es mich überzeugt hätte. Aber plötzlich fragte er mich: »Ich nehme an, du hast gehört, daß ich mich scheiden lasse?«

»Nein, tut mir leid.«

»Es tut dir nicht leid, und du brauchst es auch nicht zu sagen. Mir tut es selbst nicht leid. Es ist nur – nun ja, etwas, das einen zwingt, sich nochmal Rechenschaft über sein Leben abzulegen. Und da habe ich in letzter Zeit ... Nun ja, ich kann einfach nicht verstehen, wie Menschen, die zusammen aufgewachsen sind, sich in so gegensätzlicher Weise entwickeln.«

»In einem Land wie diesem ist das nicht schwierig.«

»Ich rede nicht von Politik.«

»Ich würde lieber auch nicht davon reden. Aber ob wir wollen oder nicht, in dem Moment, wo wir uns zusammensetzen, ist es eben doch Politik. Und zwar aus dem einfachen Grund, daß du Weißer bist und ich Coloured.«

»Ist das denn wirklich unvermeidlich?«

»Es ist nun mal so, und da gibt es nichts anderes.«

»Zuerst, vielleicht. Aber wenn man darüber hinaus geht?«

Er zündete sich eine neue Zigarette an. »Ich habe deine Laufbahn genauer verfolgt, als du vermutlich ahnst.«
»Meinen Triumphzug zur ewigen Freude?«
»Ich frage mich manchmal, was ich dazu beigetragen habe, dich in diese Richtung zu zwingen.«
»Welche ›Richtung‹?«
»Zu deiner besonderen Art des Aufbegehrens. Der Art, mit der du es darauf anzulegen scheinst, mehr und immer mehr in Schwierigkeiten zu geraten ... Zu deiner negativen Art zu kämpfen.«
»Wenn du sie als negativ betrachtest, Willem, glaube ich, hast du überhaupt nichts begriffen.«
»Was ich meine, ist, daß du auf lange Sicht weit mehr erreichen könntest, wenn du bereit wärest, ein bißchen entgegenkommender mit den Menschen und mit den Behörden umzugehen. Wenn du, statt blindlings anzugreifen, versuchtest ... nun ja, die Dinge ein wenig schöpferischer, von innen heraus umzumodeln.«
Ich konnte nicht umhin zu lachen. »Willem, dir und deinesgleichen in den weißen Vororten unserer weißen Städte – euch bleibt gar nichts anderes übrig, als das Bürgertum zu verteidigen. Und mir bleibt nichts anderes übrig, als es anzugreifen.«
»Aber bloß angreifen, immerzu nur angreifen ... das ist nicht nur zerstörerisch, es ist sogar selbstzerstörerisch. Nichtmal ein Esel rennt mit dem Schädel zweimal gegen dieselbe Mauer an.«
»Was zumindest beweist, daß ich kein Esel bin.« Doch plötzlich brach es aus mir heraus: »Denkst du denn wirklich, ich rennte nur gegen Mauern an und kämpfte mit Windmühlenflügeln und Schafen? Meinst du denn nicht, ich kämpfte auch *für* etwas?«
»Das ist mir zu vage. Wofür könntest du kämpfen?«
»Für etwas, das so simpel ist, daß es schon lächerlich klingt. Ich kämpfe für das Grundrecht, als Mensch anerkannt zu werden. Dafür, daß die Leute mir zugestehen, zu empfinden und zu denken, zu leiden und zu glauben wie jeder andere Mensch auch. Und verstehst du, wenn ich das nicht täte, könnte ich selber vergessen, Mensch zu sein.«
»Dramatisierst du die Dinge nicht, Joseph?« fragte er ruhig. »Ich

will nicht im mindesten abstreiten, daß du in einer schrecklich mißlichen Lage bist. Aber du mußt dir darüber klar sein, daß in allen Schichten der weißen Bevölkerung sehr ernsthaft über die Misere deiner Leute diskutiert wird.«

»Das macht es nur umso schlimmer!« erklärte ich. »Ihr habt die Stirn, euch hinzusetzen und über uns zu reden und Pläne für uns zu machen, so wie ein Farmer seinen Viehbestand in seinem Testament aufteilt. Wir gehören nur zum beweglichen Hab und Gut.« Ich stand auf und sah auf ihn herab. »Willem, wie wär's, wenn wir mal das Stanislawsky-Spiel spielten: Fangen wir mit dem Zauberwort des Schauspielers ›Mal angenommen‹ an. Mal angenommen, meine Leute regierten dieses Land und beschlössen: Von morgen an haben weiße Afrikaaner nur im Oranje Freistaat politische Rechte. Ihr werdet alle dorthin umgesiedelt – wobei Gold und Diamanten selbstverständlich uns vorbehalten blieben; und sobald ihr euch außerhalb der Grenzen des Freistaats bewegt, müßtet ihr einen Paß bei euch tragen und dürftet weder unsere Theater und Schulen, Restaurants, Züge, Klos noch Kirchen betreten; und es wäre euch nicht erlaubt, Eigentum außerhalb des Freistaates zu besitzen oder auch nur soviel zu verdienen, wie wir für denselben Job . . .«

»Jetzt drehst du den historischen Prozeß einfach um, und damit verfälschst du das Bild. Schließlich leben wir in einer Gesellschaft, die erst in der Entwicklung begriffen ist.«

»Stehen wir den Affen wirklich soviel näher als ihr?«

»Ich rede nicht von den Menschen. Ich rede von dem gesamten gesellschaftlichen Spektrum, das aus sich selbst heraus neue Formen hervorbringt.«

»Du redest von historischen Prozessen, Willem! Stehen dir da denn vor Entsetzen nicht die Haare zu Berge, daß wir in der zweiten Hälfte des zwanzigsten Jahrhunderts immer noch in imperialistischen Strukturen verhaftet sind?«

Er drückte seine Zigarette aus. »Ich hatte gehofft, wir könnten zueinander finden, Joseph. Ich bin immer noch überzeugt, daß wir einander verstehen können.«

»Kannst du verstehen, wie man sich vorkommt, wenn man in der

Royal Shakespeare Company gearbeitet hat, hierher zurückkommt und Tag für Tag wie ein Landstreicher oder ein Krimineller behandelt wird?«

»Aber du bist eine Ausnahme.«

»Mein Gott, Willem! Ich und meine Leute; jeder verdammte Hottentotte unter uns – wir sind die einzigen Menschen, die in diesem Land erschaffen worden sind. Wir haben keine Brüder in Europa wie ihr, oder in Afrika wie die Schwarzen. Das einzige, was wir haben, ist dieses Land. Und was haben wir davon? Zum Teufel mit allem!«

»Wenn du nur wüßtest, wie gut ich das verstehen kann, Joseph!«

»Und was unternimmst du dagegen? Als du in der Lage warst, etwas zu tun, als du uns zur Seite stehen und helfen konntest – da hast du es vorgezogen, dich von uns loszusagen, weil wir zu einer Peinlichkeit für deine Firmen wurden. Es gibt wirklich eine verdammte Menge guten Willen und Verständnis in diesem Land, Willem – mehr als genug, um ein ganzes Rieselfeld damit zu düngen!«

Auch er erhob sich. Ich erwartete einen Ausbruch, doch ging er ruhig an mir vorbei zu seinem Schreibtisch und nahm ein Stück Papier zur Hand.

»Joseph«, sagte er und wandte mir dabei den Rücken zu, »als wir das letztemal miteinander sprachen, mußte ich als Generaldirektor des Konzerns mit dir sprechen, denn wir haben euch offiziell subventioniert. Heute spreche ich von Mann zu Mann mit dir.« Er drehte sich um. »Vergiß nicht: Es hat eine Zeit gegeben, da waren wir unzertrennlich.«

»Kinder leben immer in einem Paradies.«

»Aber ganz entwachsen tut man diesem Paradies nie.« Er reichte mir das Papier.

Ich ging hin und nahm es entgegen. Es war ein persönlicher Scheck über fünftausend Rand. Ich konnte ihn zwischen meinen Fingern zittern sehen.

»Glaubst du mir jetzt? Du hast mich gefragt, was ich bereit wäre zu unternehmen.«

»Und was erwartest du dafür?«

»Es ist deins.«
Wie ein Schlafwandler erreichte ich die Tür. Da sagte er noch: »Ich hoffe, du behältst das für dich. Es könnte falsch ausgelegt werden.«
Als Antwort vollführte ich keine theatralische Geste. Auf vertrackte Weise unlogisch dachte ich: Um unserer gemeinsamen Kindheit willen bin ich es dir schuldig, damit zu warten, bis ich unten auf der Straße stehe. Erst da zerriß ich das Stück Papier in Fetzen und warf sie in den nächsten Papierkorb mit der Aufschrift: *Haltet eure Stadt sauber!*

Woran ich mich vor allem erinnere, wenn ich an das Ende dieses Jahres denke, ist die furchtbare Erschöpfung. Im Januar hatten wir mit unserem kräfteverschleißenden *Hamlet* Premiere gehabt; in mancher Hinsicht war das unser Höhepunkt gewesen. Von da an war es ständig bergab gegangen, über das Kennenlernen Jessicas hinweg – *April ist der grausamste Monat!* – bis zu unserem Winterfiasko mit dem Camus und dem Aus für *SA!*, dem Polizeieinsatz, der dem *Tartuffe* noch vor der Erstaufführung den Garaus gemacht hatte, und, schließlich dem Gerichtsurteil, das den entscheidenden Schlag für uns bedeutete. Hinzu kam der Rauswurf aus meiner Wohnung durch die Geustyns sowie die unerträgliche innere Anspannung, in die ich durch Richards Rückkehr aus Johannesburg versetzt wurde, Dereks Angebot, das Gespräch mit Willem und das Auseinanderfallen unserer Truppe ... das alles passierte mehr oder weniger gleichzeitig. Und trotzdem gab es keine Zeit zum Atemholen. Mit Hilfe von Jerry und Doors mußte ich eine neue Truppe auf die Beine stellen; und um das tägliche Brot zu verdienen, mußten wir auf der gesamten Halbinsel endlose, kleine, komische Vorstellungen geben. Oft waren wir erst um zwei Uhr morgens wieder zuhause; um sechs oder sieben mußte ich wieder auf den Beinen sein, die organisatorischen Dinge erledigen, neue Programme zusammenstellen, Stücke vorbereiten, neue Mitglieder anwerben und die Proben leiten. Auf ihre Weise stellte auch die blinde Aunt Lallie, in deren Haus ich die beiden kleinen Kammern hatte, ihre Anforderungen an mich: da galt es, das eine oder andere für sie einzukaufen, ein Pfund Zucker, eine Tüte Mehl, Knoblauch und ab und zu eine Packung Süßigkeiten, die ihr helfen sollten, ihre öden Tage durchzustehen. Manchmal mußte ich auch eine undichte Stelle im Dach ausbessern oder die sich werfenden Ecken des Linoleums in der Küche festnageln; und ihre roten Geranien wollten jeden Tag gegossen werden.

In den ersten Wochen nach meinem Einzug kam sie oft auf einen Plausch zu mir, ein endloses Klagen über die Härte des Lebens und die Herzlosigkeit der Menschen. In ihrer Jugend sei sie eine richtige Schönheit gewesen, versicherte sie mir, doch habe ein eifersüchtiger Liebhaber ihr Säure ins Gesicht gespritzt, was sie das Augenlicht gekostet hätte: seither führe sie ein tugendhaftes Leben – sie habe nämlich eine Heidenangst, plötzlich mit einem häßlichen Mann dazustehen, der ihrer ›klasse Schönheit‹ in keiner Weise gerecht werden könnte. Nach einiger Zeit schien ihr aufzugehen, daß ich für derlei Unterhaltungen ein viel zu geschäftiges Leben führte, und abgesehen von kleinen Gefallen, um die sie mich nach wie vor bat und die ich ihr nicht abschlagen konnte, ließ sie mich in Ruhe.

Ich machte mich an eine *Othello*-Collage, ähnlich der *Romeo und Julia*-Bearbeitung, die wir vorher gebracht hatten, allerdings düsterer, bedrohlicher und explosiver, wobei wir Othello mehr so sahen wie Victor Hugo und Kott: als Verkörperung der Nacht, ›einer gewaltigen, unheilvollen Nacht‹, betört von Desdemona, der Verkörperung der Morgenröte und des Tages: und die natürliche Vereinigung von Tag und Nacht ist für die Welt ein Skandal, sie fühlt sich bedroht, weigert sich, Schönheit um ihrer selbst willen gelten zu lassen, und reduziert alles auf das Tier mit den zwei Rücken, auf Schmutz und höllische Finsternis. In diesem Kontext wird die Beziehung zwischen Othello und Jago zu einer elementaren Auseinandersetzung zwischen Moral und Intellekt, zwischen Unschuld und einer im wesentlichen monströsen Welt. Ich habe im *Othello* von jeher etwas Elementares und Archetypisches gesehen, ein Eindruck, der von Oliviers Interpretation der Rolle in London noch verstärkt worden war; jetzt, durch Kott, entdeckte ich die aufregenden und beunruhigenden Verbindungen des Stückes mit Artaud – jene Worte, die gleich bei der ersten Lektüre einen so nachhaltigen Eindruck auf mich machten, daß ich sie heute noch mit geschlossenen Augen hinschreiben kann: *Alle wahre Freiheit ist dunkel und wird unweigerlich gleichgesetzt mit sexueller Freiheit, die gleichfalls dunkel ist, obwohl wir nicht genau wissen, warum. Das ist der Grund, warum alle großen Mythen dunkel sind, so daß man sie sich nicht anders vorstellen kann als in einer Atmosphäre des Gemetzels, der Folter und des Blutvergießens.*

Ach, wären wir noch die alte Truppe gewesen, dieser *Othello* wäre etwas Unvergeßliches geworden. Jerry und ich waren noch da, wir konnten Jago und Othello spielen und Doors Cassio. Aber uns fehlte Lucy für die Desdemona, Lucy mit ihrer schwelenden Sinnlichkeit, die im Laufe des Stückes einer verdunkelnden Flamme gleich alle ursprünglich lichte Keuschheit aus ihr herausbrennen würde. Das Mädchen, das die Rolle an Lucys Stelle spielte, Wendy Claassen, war zu laut und zu vulgär – sogar im Bett, wie Jerry mir versicherte (»Himmel, Capey, heut' morgen ha'm die Nachbarn mich gefragt, ob ich letzte Nacht 'n Schwein geschlachtet hätt'!«). Die anderen Kollegen, die wir gewinnen konnten, waren nicht minder unbeholfen. Aber wir hatten nun mal keine Zeit zu verlieren. Mit einer frivolen Neufassung des *Don Juan* versuchten wir, sie gewissermaßen ›einzuspielen‹, wobei nebenher auch noch die Proben zum *Othello* liefen – denn spätestens im Januar mußten wir wieder auf Achse sein.

Meine einzige Flucht aus dem Übermaß an täglichen Pflichten und Krisen war Jessica. Aber selbst bei ihr war die Flucht nicht immer vollständig, denn sie fing an, unter der Belastung zu leiden – und auch weil Richard häufig bei uns war und uns zwang, *à trois* zu spielen, was schon für zwei anstrengend genug war: zu wissen und doch so zu tun, als wüßte man nicht.

Seine betonte Zuvorkommenheit mir gegenüber machte es nur noch schlimmer. Oft dachte ich: Oh Gott, wenn der Mann mich doch bloß verfluchen und verwünschen würde, das würde alles erleichtern; dann hätte ich ihn wenigstens als Gleichberechtigten hassen können. Aber seine bewußte Freundlichkeit, seine umständlichen Bemühungen, mich nicht zu verletzen, seine angelsächsische Sturheit, mit der er darauf bestand, das Gentlemanspiel zu spielen: das machte es unerträglich.

Die Veränderungen kamen für gewöhnlich so unmerklich, daß man sie nicht von einem Tag auf den anderen als neue Impulse erkannte; eine jedoch war deutlich als solche zu erkennen, und ich erinnere mich an sie mit Traurigkeit und Ekel.

Die Sache ereignete sich kurz nach meinem Gespräch mit Willem. Nach einer Probe, die bis spät in die Nacht gedauert hatte, traf ich in ihrer Wohnung ein. Sie hatte bereits geschlafen: das Telephon weckte sie; und sie war warm und träge, als sie die Tür aufmachte, roch nach Schlaf und Frausein. Sie brachte mir etwas zu trinken und setzte sich, die Beine angezogen wie gewöhnlich, und den kurzen Morgenrock nicht zugeknöpft, hin, so daß sie mir vollständig entblößt gegenübersaß. So abgespannt ich war, regte sich doch Begehren in mir. Mit der Freude des Durstigen, der in der Wildnis einen Teich findet, sann ich bewundernd wie schon so oft über die besonders vertraute Art nach, die sie hatte, mit ihrem Körper zu leben. Nichts davon mußte bedeckt oder vorenthalten werden; und da wir einander liebten, war alles an ihr natürlich und stand genauso vollkommen zu meiner Verfügung wie zu ihrer eigenen. Das sollte nie aufhören, mich tief anzurühren.

Das war der Grund, warum diese Nacht mich so durcheinander brachte, denn als wir zu Bett gingen, nachdem ich ausgetrunken hatte, und ich sie in die Arme nahm, sie müde und voll unterdrückter Leidenschaftlichkeit streichelte, flüsterte sie:

»Möchtest du wirklich?«

Ich wurde steif. »Du nicht?«

»Ist schon in Ordnung, wenn du möchtest.«

Ich lag noch eine Weile still da; dann stützte ich den Kopf auf und versuchte, im Dunkeln in ihrem Gesicht zu lesen: »Was ist los, Miss Muffett?«

»Nichts. Ich bin bloß müde.«

»Du bist in vielen anderen Nächten müde gewesen. Und ich auch. Aber du hast noch nie ...«
Wie aus weiter Ferne sagte sie: »Ich hab' dir doch gesagt, es wäre in Ordnung.«
Ich löste die Arme von ihr. Sie rührte sich nicht. Müde und wie benommen legte ich mich ein Stück von ihr abgerückt an den Rand des Bettes und schaute hinauf zur dunklen Decke.
»Bist du böse mit mir, Joseph?«
»Nein. Ich verstehe es nur nicht.«
»Ich hatte nicht gedacht, daß du so reagieren würdest.«
»Und ich hatte nicht gedacht, daß meine Liebkosungen dir unangenehm wären.«
»Ich wollte nur in deinen Armen liegen.«
Ich antwortete nicht. Die Trostlosigkeit war schlimmer als alles, was wir zuvor gekannt hatten. Die wenigen Zentimeter, die uns trennten, waren ein gähnender Abgrund.
Und dann merkte ich, daß sie weinte. Ich lehnte mich über sie, legte ihr die Hand auf die Schulter und versuchte, sie zu beruhigen, doch sie schluchzte hemmungslos weiter.
»Was hast du denn nur, Liebling?« drang ich in sie. »Warum erzählst du es mir nicht?«
»Es ist nichts.« Ihr ganzer Leib wurde geschüttelt. »Es ist nichts. Ich weiß nicht. Ich kann nur einfach nicht mehr.«
Eine kleine Blase des Argwohns stieg in mir auf. »Ist Richard heute abend hier gewesen?«
»Spielt das eine Rolle?«
»Ist er hier gewesen?«
»Ja. Aber es ist nicht ...«
»Hat er was gesagt? Über uns?«
Sie blieb mir die Antwort schuldig.
»Was hat er gesagt, Jessica? Ich will es wissen.«
»Nichts, was wir nicht schon gewußt hätten.«
»Was?«
»Daß ich an dich denken sollte. Daß du es wärest, der am meisten darunter leiden würde. Daß ich unfair dir gegenüber wäre.«

»Meint er denn nicht, daß ich das besser beurteilen könnte als er?«
»Aber du steckst zu tief drin, um noch klar zu sehen. Du willst einfach nicht sehen, wie gefährlich es ist.«
»Was bedeutet uns die Gefahr? Wenn es weiter nichts ist, sollten wir es dann nicht genießen, solange wir in dieser Hölle leben?«
»Es ist nicht alles. Du hast deine Truppe. Deine Arbeit.«
»Er meint also, ich sollte mich lieber auf meine Arbeit konzentrieren und ihm die Rolle des Bettwärmers überlassen?«
»Davon hat keiner was gesagt.«
»Aber du bist doch nicht blind, oder? Du hast zugegeben, daß er dich liebt. Ich denke, er würde dich gern heiraten . . .« Das ging mir erst jetzt blitzartig auf. Nach langem Schweigen fragte ich ruhig: »Ist das der Grund, warum er hier war? Dich zu bitten, seine Frau zu werden?«
Sie nickte. Ich spürte, wie ihr Kopf an meiner Schulter sich bewegte.
»Und?«
»Wie kannst du nur fragen?« Ihre Stimme erstickte im Schluchzen. »Ich bin nicht interessiert.«
»Du mußt zugeben, daß das alles erleichtern würde. Du brauchtest keine Angst mehr zu haben. Mit ihm kannst du dich überall in der Öffentlichkeit zeigen, auf der Straße, im Restaurant, im Theater.«
»Bitte, hör auf, Joseph!«
»Willst du mir weismachen, daß du nicht einmal darüber nachgedacht hättest, was er dir da anbietet?«
»Ich habe genauso darüber nachgedacht, wie du über Dereks Angebot.«
»Und du bist absolut sicher, daß du nichts für ihn empfindest?«
»Du weißt, was ich für ihn empfinde. Ich schätze ihn sehr. Ich möchte ihm gern helfen – damit er sich nicht ganz so einsam vorkommt. Er benimmt sich sehr zartfühlend mir gegenüber.«
»Und zeigt sich sehr besorgt, was mich angeht.«
»Richard gibt große Stücke auf dich.«
»Stellst du dich jetzt auf seine Seite?«

Außer mir vor Zorn, stand ich auf. Doch noch ehe ich die Schlafzimmertür erreicht hatte, blieb ich stehen, drehte mich um, erschreckt über die Heftigkeit meiner Reaktion. Was war los mit mir? War ich am Durchdrehen? Welche zerstörerische Kraft in mir drängte mich, das einzige kaputtzumachen, was mich noch am Leben hielt?
Ich kehrte zu ihr zurück. »Verzeih mir, Jessica. Ich weiß nicht, was in mich gefahren ist. Mein Gott, wir müssen höllisch aufpassen, sonst stürzen wir in den Abgrund. Und davor müssen wir uns hüten. Wir gehören immer noch zusammen.« Blind flehte ich im Dunkeln, spürte ihre Hände auf meinem Gesicht; sie preßte meinen Kopf an ihre Brüste. Ich weinte, wie ich es als Kind bei meiner Mutter getan hatte. Und sie flüsterte immer und immer wieder: »Joseph, Joseph, Joseph!«
Später, einander immer noch fest umklammernd, schliefen wir ein. Und als wir aufwachten, erschien die vergangene Nacht weit entfernt und nicht mehr vorstellbar.
»Verzeih mir, mein Liebling!« bat ich noch einmal. »Es war alles ... Ich war so schrecklich müde. Und diese Sache mit Willem hat mich mehr durcheinandergebracht, als mir klar war.«
»Was für eine Sache mit Willem?«
Ich erzählte ihr von unserem Gespräch und dem Scheck und was ich damit gemacht hatte. Sie lauschte regungslos und mit gesenktem Kopf.
»Das hättest du nicht tun sollen«, sagte sie, als ich fertig war.
»Vielleicht nicht. Vielleicht war es das Irrsinnigste und Kindischste, das ich in meinem Leben getan habe.« Ich sah sie an. »Aber er wollte sein Gewissen bestechen, Jessica. Mein Gott, und meines auch!«
»Woher willst du wissen, daß er es nicht aufrichtig meinte? Was sonst hätte er tun sollen, um es dir zu beweisen?«
»Den Scheck hatte er bereits vor meiner Ankunft ausgestellt. Er wollte sichergehen, daß ich ihn aus seiner Hand entgegennahm. Und daß ich versprechen würde, daß es unter uns blieb.«
»Beweist das nicht seine Aufrichtigkeit? ›Gesten‹ haben ihn nicht interessiert.«

»Wenn er wirklich wollte, daß es unter uns blieb, hätte er es anonym getan. Aber er wollte sichergehen, daß ich es erfuhr. Und daß ich ihn nicht bloßstellen würde.«
»Angenommen ...« Ihre Stimme war fast unhörbar. »Angenommen, ich gäbe dir das Geld, das du noch brauchst?«
»Du hast uns bereits geholfen. Das war genug, war schon zuviel.«
»Du hast noch eine Menge Schulden.«
»Die werden wir abbezahlen.«
»Und wenn ich es bereits auf dein Konto eingezahlt hätte?«
»Sowas würdest du nie tun.«
Sie wandte sich ihrem chaotischen Arbeitsplatz zu und fand unter einem Stapel Büchern und Papieren eine Bankbestätigung.
»Nicht, Jessica!«
»Ich habe es anonym getan, Joseph!«
»Warum sagst du es mir dann jetzt?«
»Weil du es, nach dem, was du mir über Willem erzählt hast ... weil du es dann erraten hättest. Und dann hättest du mich verachtet.«
Alles Blut war mir aus dem Gesicht gewichen. Mir war speiübel.
»Dies eine Mal mußt du es mir nachsehen, Joseph.«
Ich schüttelte den Kopf.
»Oh mein Gott«, sagte sie völlig verzweifelt. »Ich wollte nur, daß es passierte, ich wollte, daß du verstehst ... Aber jetzt hast du mich gezwungen. Flöße mir jetzt nicht das Gefühl ein, beschmutzt zu sein, Joseph. Glaub mir! Bitte, glaub mir!«
Ich ließ den Kopf sinken. Nach langer Zeit sah ich auf und umklammerte sie, voller Angst um sie, voller Angst um mich selbst, dankbar, erleichtert, verwirrt. Und beschmutzt, wie sie.

Pater Mark war bei meiner Ankunft gerade dabei, seine Kapuzinerkresse zu gießen. Die kümmerlichen Pflanzen sahen nach dem Südostwind, der den ganzen Tag lang über die ungeschützte Ebene hinweggefegt war, ziemlich mitgenommen aus, doch konnte ihn nichts von seinen Gärtnerpflichten abhalten.

»Früher oder später gewinnen Sonne und Wind doch«, sagte ich.
»Wer, meinen Sie, hat am Ende gewonnen?« fragte er mit Spott in den grauen Augen. »Der Berg oder Sisyphus.«
»Ich hätte nicht erwartet, daß Sie sich ausgerechnet auf Camus berufen«, sagte ich ehrlich überrascht. »Gehört der nicht auf ›die andere Seite‹?«
»Da bin ich mir nicht sicher. Ich habe Camus immer für einen der größten Gläubigen unserer Zeit gehalten. Auch wenn er sich dessen selbst vielleicht nicht bewußt gewesen ist.« Und dann, immer noch dieses Leuchten in den Augen: »Ich kenne andere, die genauso bockig sind wie er.«
Er reichte mir eine Grabgabel, damit ich ihm half. Mühelos, wie Wasser, das seinen Weg durch ein Blumenbeet findet, lief unser Gespräch weiter. Es war das erstemal, daß ich Pater Mark allein besuchte, und eigentlich hätte ich erwartet, daß er überrascht oder neugierig gewesen wäre, doch blieb er ungerührt, was auch mich beruhigte. Wir redeten über seine Arbeit und meine, die sengende Sommersonne, die heranrückende Ferienzeit, über die Kinder in seiner Schule und die Mitglieder seiner Gemeinde.
Nachdem wir mit dem Garten fertig waren und uns mit einem Glas seines Lieblingswhiskys in seinem Büro niedergelassen hatten, sagte er ganz ruhig:
»Ich nehme an, Sie sind gekommen, um mit mir über Jessica zu reden.«
»Wieso haben Sie das erraten?«
»Wäre es etwas anderes, hätten Sie genug rationale Vorwände gefunden, nicht herzukommen.«
»Warum sollte ich?«
»Weil ich glaube, daß Sie Priestern gegenüber immer noch ein wenig schüchtern sind.«
»Ich bin nicht zu Ihnen gekommen, weil Sie Priester sind, sondern weil Sie Jessica so gut kennen.« Ich schaute in mein Glas hinein. »Trotzdem ist es mir schwer genug gefallen. Ich habe nie etwas davon gehalten, andere mit meinen Problemen zu belasten. Man sollte lernen, selbst Lösungen für seine Schwierigkeiten zu finden und allein zu leiden. Aber seit ich Jessica kenne . . .«

Ich schaute ihn wieder an. »Und jetzt, wo ich trotzdem gekommen bin, kommt es mir vor wie Betrug.«
»Diesem Gefühl sollten Sie keinen Raum geben. Sie kommt selbst oft allein hierher.«
»Aber diesmal ist es etwas Neues. Etwas Schlimmeres.«
»Sie meinen, wegen des Geldes?«
»Woher wissen Sie davon?«
»Jessica war heute morgen hier.« Er nippte an seinem Whisky und betrachtete die Farbe der Flüssigkeit in seinem Glas. Dann fragte er:
»Warum nehmen Sie ihr das so übel?«
»Ich kann unmöglich milde Gaben von ihr annehmen.«
»Ist es in Ihren Augen eine milde Gabe?«
»Es kann zumindest leicht dazu werden.«
»Aber nur, wenn Sie das zulassen.«
»Mir ist im Leben auch schon von anderen geholfen worden, doch hatte das jedesmal irgendeine Art von moralischer Versklavung zur Folge.«
»Waren das Menschen, die Sie bedingungslos geliebt haben?«
Ich schwieg.
»Ändert das nicht alles?« sagte er ruhig und mit Nachdruck. »Schauen Sie, ich will Ihnen keine Ratschläge erteilen, Joseph. Und ich glaube auch nicht, daß Sie deshalb zu mir gekommen sind. Ich kann nur hoffen, einem anderen Menschen zu helfen, herauszufinden, was er selbst denkt. Ich werde Ihnen von Jessica und mir erzählen.«
Pater Mark schwieg. Als er wieder aufsah, sagte er: »Verstehen Sie, ich liebe sie.« Vielleicht entging ihm eine gewisse Unsicherheit in meiner Haltung nicht, denn er vollführte mit seinem Glas eine kleine Geste und erklärte: »Nicht so, wie Sie sie lieben, natürlich nicht. Aber auch nicht auf kühle, nur wohlmeinende Weise. Das ist nicht leicht zu erklären, aber ich habe oft versucht, dem auf den Grund zu gehen, und ich möchte es gern mit Ihnen teilen. Vielleicht sollte ich damit anfangen, daß ich erkläre: Wäre ich jünger und nicht Priester, dann, glaube ich, hätte ich sie so geliebt, wie ein Mann eine Frau liebt. Aber das bedeutet

nicht, daß ich bedauerte, alt oder Priester zu sein. Auch meine ich nicht, und das ist womöglich noch wichtiger, daß ich mich infolge meines Alters oder meines Priesterseins ›sicher‹ fühlte. Es geht vielmehr darum, daß man – sagen wir: von etwas befreit ist. Es ist für mich nicht wichtig, sie zu ›begehren‹ oder zu ›haben‹ – sie ist einfach nicht für mich bestimmt. Deshalb käme es mir auch nie in den Sinn, sie durch Geben oder Nehmen abhängig zu machen. In unserer Beziehung bleiben beide vollkommen frei, weil keiner sich durch Begehren oder Besitzanspruch bedroht fühlt.«

Mit dem Glas in der Hand spielend, saß er da. Wie auch zuvor schon wurde ich mir der lauten Kinderstimmen draußen bewußt; Hunde bellten, Hühner gackerten. Die Geräusche meiner Kindheit.

Er nahm den Faden wieder auf. »Jetzt habe ich mich gefragt: Wieso gibt es diese Freiheit zwischen uns? Es geht nicht einfach darum, den Körper auszuschließen, denn ich habe den Körper niemals unterschätzt oder verachtet; außerdem bereitet es mir körperliches Vergnügen, mit ihr zusammenzusein und sie zu berühren. Folglich kam ich zu dem Schluß, daß es mit dem Ausschluß jenes Elements in uns zu tun hat, das etwas oder jemand besitzen will. Das verwandelt die Liebe in ein Feudalkonzept. Der Körper muß es nicht unbedingt tun, aber er neigt dazu – wahrscheinlich, weil er den Drang verspürt, sich in der kurzen Zeit, da er sich seiner Macht bewußt ist, durchzusetzen und zu beweisen. Das ist schade. Denn dasjenige, was ich glaube und was Jessica mir wiederzuentdecken geholfen hat, ist folgendes: Wenn man jemanden liebt, möchte man mehr tun als nur geben; man möchte auch ein so rückhaltloses Vertrauen zu diesem jemand haben, daß man ihm oder ihr erlauben möchte, seiner- oder ihrerseits zu geben. Man gibt nicht, weil man muß, und man empfängt nicht, weil man sollte. Geben und Nehmen werden zu Akten des freien Willens. Weil keiner von beiden etwas anderes möchte als das. De facto ist es so: Beim freien Geben und Empfangen wird sogar die Vorstellung von ›Ich‹ und ›Du‹ aufgehoben.«

Nach einer Weile sagte ich: »Pater Mark, aber ich bin jung, und ich bin kein Priester.«
Er lächelte. »Aber das ist es ja gerade, worauf ich hinauswill: Daß es eigentlich keinen Unterschied machen sollte. Es ist zwar schwieriger, kann aber das Wesen der Liebe zum anderen nicht beeinflussen. Oder glauben Sie, Abaelard und Heloïse hätten sich weniger geliebt, nachdem sie ihn entmannt hatten?«
»Das war was anderes.«
»Wirklich? Sie und Jessica können sich auch nicht ›haben‹.« Ich wollte widersprechen, doch fuhr er ruhig fort: »Was nichts damit zu tun hat, daß Sie Coloured sind und sie Weiße ist. Das ist unwesentlich. Ich meine nichts weiter, als daß Sie ein Mensch sind und sie auch und daß kein Mensch einen anderen ›haben‹ kann. Vielleicht erleichtern Ihnen Ihre Umstände sogar, das zu begreifen. Verstehen Sie, wenn man genau hinsieht, läßt die Gnade nichts unberührt.«
»Meinen Sie, es sei unrecht von mir – meinen Sie, ich verlangte zuviel von ihr – wenn ich sie liebte?«
»Ich kann mir nicht vorstellen, daß Liebe jemals falsch oder zu anspruchsvoll wäre; jedenfalls nicht, wenn es wirklich Liebe ist.«
»Aber wenn ich sie wirklich liebe und nur das beste für sie will: sollte ich dann nicht besser fortgehen und sie in Ruhe lassen?«
»Glauben Sie, Jessica könnte jemals irgendwo Ruhe finden?«
»Vielleicht nicht. Aber wenn es eine solche Möglichkeit gäbe, wäre ich es ihr dann nicht schuldig, sie von mir zu befreien?«
»Ist sie denn jetzt nicht frei von Ihnen?«
Langsam hob ich den Blick und schaute ihm in die Augen. »Wir klammern uns aneinander, Pater. Wir haben solche Angst ...« Ich stellte mein Glas hin und gab mich ihm vollkommen preis. »Ich möchte Ihnen das schlimmste erzählen. Ich weiß, es ist erniedrigend, aber in einer solchen Hölle lebe ich heute nun mal. Ich fange an zu zweifeln. Ich fange an mich zu fragen, ob sie nicht nur deshalb bei mir bleibt, weil sie sich für mich ›verantwortlich‹ fühlt. Wäre ich Weißer und sie wäre meiner überdrüssig geworden, wäre sie gegangen; und dann wären wir beide frei gewesen. Jetzt sind wir an unsere Hautfarbe gekreuzigt. Denn wenn sie

mich jetzt verlassen würde, könnte sie denken, ich würde das der Tatsache zuschreiben, daß sie unter den gegebenen Umständen – meine Hautfarbe – nicht bei mir bleiben wollte ... so daß sie sich lieber quälen und freundlich zu mir bleiben würde.«

Jetzt war es absolut still, sogar draußen.

»Haben Sie keine Angst mir zu sagen, daß sie mich dafür verachten.« Ich sah ihn nicht an.

»Glauben Sie nicht, daß ich meine eigenen Erfahrungen mit der Hölle habe?« Er wog sein schlichtes Silberkreuz auf der rechten Handfläche. »Warum zweifeln Sie an ihrer Liebe?«

»Weil ich Angst habe. Weil ich dermaßen in Angst und Schrekken lebe, daß ich nicht mehr klar sehen kann.«

»Weil Sie ... weil Sie ...« Wieder lächelte er. »Sehen Sie? Sie stehen immer noch zu sehr im Mittelpunkt. Sie sind ein ›Ich‹, das zwischen Ihnen und ihr hin- und herschwankt, so daß Sie nicht mehr richtig sehen können.«

»Dann helfen Sie mir bitte, wieder zu sehen.« Ich kam mir so leer vor, wie ein ausgedrückter Schwamm. »Ich kenne mich selbst nicht mehr. Ich bin blind.«

»Besitzgierige, enge und niedrige Motive für die Liebe zum anderen lassen sich noch in jeder Beziehung finden. Im allgemeinen unterläßt man das aber. Weil Liebe selbst eine Form des Glaubens ist: Ich glaube, daß du bei mir bist, weil du es möchtest, und du nimmst dasselbe von mir an.«

»Das möchte ich gern glauben, Pater Mark.«

»Das ist die einzige Möglichkeit, die Integrität des anderen zu respektieren.«

»Dann müssen Sie es furchtbar unwürdig von mir finden, daß mir Zweifel kommen.«

»Meinen Sie, ich hätte niemals Zweifel?« Ich sah rasch auf und betrachtete im Zwielicht eingehend sein hageres, sonnengebräuntes Gesicht. »Glauben Sie, ich machte einfach immer weiter, ohne je zu straucheln? Meinen Sie, die Heilige Theresa oder der Heilige Johannes vom Kreuz wären jemals zu Heiligen geworden, ohne zutiefst Zweifel erfahren zu haben?«

»Ist es egoistisch von mir, sie behalten zu wollen?«

»Um sie zu behalten, müßten Sie sie erst einmal besitzen.«
Verlegen fragte ich: »Aber Richard . . .?«
»Wenn Jessica Richard heiraten möchte, wird sie ihn heiraten. Und wenn sie bei Ihnen bleiben möchte, wird sie das tun. Sie können nichts weiter tun, als sie lieben. Dann werden Sie sich um sie sorgen. Alles andere ist weniger als Liebe.«

Wie sie reagierte, als ich an diesem Abend zu ihr zurückkehrte, war einfach nicht vorherzusehen gewesen und daher verwirrend, ergreifend. Nachdem sie die Tür hinter uns zugemacht hatte, warf sie den leichten fliederfarbenen Morgenrock zur Seite und drehte ihren Körper zur Seite, so daß das dämmerige Licht von draußen auf sie fiel.
»Schau«, sagte sie. »Ich habe es alles abrasiert. Jetzt ist es wie bei einem kleinen Mädchen. Freust du dich darüber?«
Freuen?
Traurig und leidenschaftlich kämpfte ich die ganze Nacht gegen die Erinnerung an Hermien an, wie sie verlockend auf ihrem Felsen saß.

Manchmal waren wir drei wieder zusammen. Und eines Abends, als ich Richard vor seiner Wohnung in Mouille Point absetzte, sagte er:
»Komm noch auf ein Glas mit rauf.«
»Vielen Dank, aber . . .«
»Ich weiß, daß du wieder zurück willst zu Jessica. Aber . . .«
»Ich wollte nicht . . .« Aber es stimmte doch, und warum sollte ich versuchen, es zu leugnen?
»Du brauchst nicht lange zu bleiben.«
Woraufhin etwas Grausames und Verbittertes in mir ihn rundheraus fragte: »Bist du eifersüchtig?«
Ingrimmig lächelte Richard. »Selbstverständlich bin ich das. Aber nicht, wie du meinen könntest, nur wegen Jessica. Auch deinetwegen: Ich habe nie Gelegenheit, mit dir zu reden.«
»Aber es gibt doch so wenig, was wir . . .« Doch fast im Einverständnis mit ihm sprach ich nicht weiter, sondern folgte ihm hin-

auf in seine Wohnung in dem riesigen modernen Gebäude. Mich beeindruckte, wie schon bei den wenigen anderen Gelegenheiten, da ich kurz bei ihm gewesen war, wie außerordentlich aufgeräumt und ordentlich hier alles war: die bis unter die Decke reichenden Bücherregale mit den nach Themenkreisen geordneten Büchern, die alphabetisch geordneten Platten; jedes Kissen und jeder moderne Stuhl genau an seinem Platz, selbst die Papiere auf dem Schreibtisch säuberlich zu rechteckigen Stößen gestapelt.

»Ich beneide dich um deinen Ordnungssinn«, sagte ich bewußt bemüht, mich locker zu geben. »So sieht es bei mir nie aus.«

»Und bei Jessica auch nicht, nicht wahr?« Er lachte. »Ich habe nie einen unordentlicheren Menschen gekannt als sie.« Dann, mit etwas verzogenem Gesicht: »Aber daß du dich nicht täuschst: Dieses hier ist so ungefähr das einzige in meinem Leben, das man ordentlich nennen kann.«

Während er die Gläser vollschenkte, sah ich die Bücherregale durch. Da gab es eine Abteilung, die ausschließlich Erotika enthielt, von psychologischen und philosophischen Studien über Prostitution, Lesbiertum, Voyeurismus und ähnlichen Themen bis zu einer großen Auswahl pornographischer Bücher, von denen einige luxuriös in Leder gebunden waren.

Glucksend reichte er mir das Glas und wies dann auf die Bücher: »Die edle Kunst des Ersatzes.«

»Braucht man denn Ersatz?«

»Wenn man dazu neigt, sein Leben zu verpfuschen, ja.« Und nach einiger Zeit: »Weißt du, daß ich zweimal verheiratet war?«

»Jessica hat mir davon erzählt.«

Eine Weile sah er mir forschend ins Gesicht. »Beide Male eine Pleite. Was vermutlich meine Schuld war. Ein Schriftsteller ist ein Vampir, Joseph. Er lebt von anderen und beutet sie aus. Und das ist jeder Frau gegenüber unfair. Es hat in England mal eine Zeit gegeben, wo ich mich bewußt auf Prostituierte beschränkt habe. Das ist so unkompliziert. Und merkwürdig, was für ein Gefühl von, ja, ›Treue‹ man bei ihnen findet. Da war zum Beispiel eine, eine junge Skandinavierin ...« Er nahm auf einem seiner erlesenen Schweizer Designer-Stühle Platz und kostete seinen Brandy. »Aber man könnte wohl auch das Gegenteil behaupten. Die schlimmste, die mir mal über den Weg gelaufen ist, ein Mädchen, sehr attraktiv und noch sehr jung, ließ die ganze Zeit über, während ich da war, ihr Transistorradio laufen – und während ich sie bearbeitete, lag sie da und verfolgte ein Fußballspiel im Radio. Das sonderbarste daran war – tja, wie soll ich es erklären? –, daß ich hinterher nicht von ihr lassen konnte. Ich bin immer wieder zu ihr, und sie hat jedesmal dabei Radio gehört. Bis ich ihr nach Monaten eines Abends sagte, sie solle das verdammte Ding abstellen. Sie tat es auch bereitwillig. Aber ob du es glaubst oder nicht, ich konnte an diesem Abend nicht zu einem Orgasmus kommen! Und ich bin nie wieder zu ihr gegangen.«

»Und was ist mit Jessica?« fragte ich mit Bedacht.

Er sah erst mich an, dann senkte er den Blick.

»Warum gibst du nicht zu, daß du mich haßt?« fragte ich. »Das würde doch alles soviel leichter machen. Für uns beide.«

»Vielleicht zu leicht.« Unter seinen buschigen Brauen hielt er die lodernden Augen auf mich gerichtet. »Im Mittelalter hätten wir uns vermutlich duelliert.«

»Oh nein«, sagte ich. »Vergiß nicht, ein Ritter konnte nur seinesgleichen fordern, nicht jemand geringeren Standes.« Und nach einer Pause. »Allerdings hätte jemand geringeren Standes sich auch nie erkühnt, sich in eine Edelfrau zu verlieben. Es wäre also schon von vornherein nie zu einem Problem gekommen.«

»Du haßt mich, nicht wahr?« fragte er ruhig.

»Nein«, sagte ich und stellte einen Photoband zurück an seinen Platz. »Es ist absurd, nicht wahr?«

»Ja. Umso mehr, als ich es war, der dich ihr vorgestellt hat.«

»Wie hast du sie denn kennengelernt?«

»Freunde in Johannesburg haben ihr meine Adresse gegeben. Als sie hierherkam, hat sie eine Woche bei mir gewohnt.«

Fragend und argwöhnisch faßte ich ihn ins Auge.

Er schüttelte den Kopf. »Keine Sorge. Du weißt, wie unzugänglich sie sein kann.« Er setzte ein müdes Lächeln auf. »Natürlich ist sie dir gegenüber anders. Aber als sie hier war . . . sie ist einfach ihrer Wege gegangen. Anfangs dachte ich, sie wäre wie all die anderen Frauen, die mir manchmal beim Tippen und bei der Korrespondenz helfen. Aber sie war anders. Und eines Abends, als ich . . . Sie hat nichts weiter gesagt als: ›Nein, bitte nicht!‹ Und damit hatte es sich. Am nächsten Tag hatte ich eine Wohnung für sie an der Hand – die, in der sie jetzt wohnt.« Sinnend betrachtete er die Eiswürfel, die in seinem Glas schmolzen. »Manchmal erinnert sie mich an Brownings Pippa. Du weißt: vom Schicksal dazu bestimmt, durch die Welt zu ziehen, die Menschen mit ihrem kleinen Lied aufzuwecken und dann genauso allein weiterzuziehen wie zuvor.«

»Und diejenigen, die sie erweckt hat?«

»Die bleiben wach. Die lernen zu leben. Doch mein Gott, das Leben kann so schrecklich sein!« Er erhob sich, um nachzuschenken und noch Eiswürfel in die Gläser zu tun. »Das schlimmste ist, daß ich einfach nicht mehr schreiben kann. Früher habe ich methodisch gearbeitet. Aber jetzt . . .«

»Wäre die Sache anders gelaufen, wenn sie das Radio in der ersten Nacht ausgestellt hätte?«

Lange sah er mich an, ehe er kapierte und errötete. »Ich liebe Jessica«, sagte er rasch. »*Das* ist es, was schiefgelaufen ist. Das ist mir vorher schon zweimal passiert . . . Liebe ist eine gefährliche Sache, Joseph.«

»Glaubst du etwa, ich wüßte das nicht?«

»Selbstverständlich weißt du das.« Er nahm einen Schluck Whisky. »Ich bin zweimal gescheitert. Ich dachte: vielleicht diesmal . . . Aber ich habe Jessica bereits verloren. Ich weiß. Das schlimmste ist: Manchmal habe ich den Eindruck, daß wir alle drei verloren haben. Fragt sich nur, für wen von uns sich das am zerstörerischsten auswirkt. Ich komm' schon zurecht: Was habe ich schon zu verlieren? Mädchen, die zu mir kommen, um für mich zu tippen und ihre Höschen runterlassen, damit sie hinterher ihren Freundinnen gegenüber angeben können? Und sie, mein Gott: sie ist so verzweifelt auf der Suche nach einer Ecke, wo sie hingehört. Und du . . .« Wieder trank er. »Irgendwann einmal wird sie ihren Rucksack packen und weiterziehen, eine

Pippa mit einem traurigen kleinen Lied, die andere zum Leben erweckt, den ganzen Tag lang, bis es dunkel wird.«
»Es ist bereits dunkel«, sagte ich.
Er hörte mich nicht, er war betrunken; er fuhr fort zu reden: »Und wo wird sie dann einen Platz zum Schlafen finden? Irgendwo in der Wildnis und mutterseelenallein?«

Es muß in jenen Monaten gewesen sein, daß ich den Traum zum erstenmal träumte. Von Jessica und mir am Strand und den Eisautos, die über die Dünen kommen, wie sie nackt zum Fahrer des ersten Lastwagens läuft und mit ihm davonfährt, die lange Kolonne der anderen Wagen hinterher; und von Richard und mir in der kleinen Hütte am Strand und unserer Unterhaltung, die ziellos weiter durch die Nächte und Tage geht, bis sie eines Morgens zurückkehrt und wir die Tür zumachen, um sie für immer auszuschließen.

10

Obwohl die nackte Glühbirne auch tagsüber brennt, merke ich das eigentlich kaum. Erst wenn es dämmert, verstrahlt sie jenes gelbliche Licht, das mir den Einbruch der Dunkelheit draußen anzeigt und mir damit deutlich macht: Es wird Zeit zu schreiben. Der Abend ist genauso wie die Morgendämmerung (hat das schon mal jemand gesagt, oder stammt es von mir?) ein Riß zwischen zwei Welten, durch den man entfliehen kann – ob in die Hölle oder den Himmel, weiß ich nicht. Doch das wird letzthin immer, immer schwieriger. Das Ende ist jetzt ganz nahe, alles ist so entblößt und Worte sind zu fadenscheinig, um sämtliche Löcher zu stopfen. Anfangs flossen meine Erinnerungen gleichmäßig und in breitem Strom; jetzt stellen sie sich schubweise und beunruhigend blitzartig ein.
Der *Othello* war für uns so etwas wie ein letzter Vorstoß. Manchmal gewinne ich den Eindruck, daß man mein ganzes Leben vermittels der Stücke zusammenfassen kann, in denen ich gespielt

habe; dann wiederum bin ich mir nicht sicher, welche von den beiden Welten nun das Modell für die andere ist.

Wir hatten große Probleme mit dem Stück. Die Schauspieler waren – so gut sie es auch meinten und so hart wir auch arbeiteten, nicht gut genug. Jerry übertraf sich allerdings selbst; er war die Inkarnation der Dunkelheit; dabei glaubte er selbst eigentlich nie recht, daß es zur Aufführung kommen würde. Anfangs dachte ich, es wäre nur sein lockeres Mundwerk, als er fragte: »Capey, meinst du nicht, du solltest doch ein bißchen mehr Fleisch am Knochen dranlassen und das Vorbild ein bißchen mehr durchscheinen lassen?« Doch je weiter wir kamen, desto aggressiver wurde er, besonders nachdem man uns – keine vierzehn Tage vor der Premiere im Luxurama – erklärte, ›aufgrund eines bedauerlichen Irrtums, für den wir nichts können‹, sei das Theater für den vorgesehenen Zeitraum zweimal vergeben worden; wir könnten also doch nicht darin spielen.

»Na, das wäre dann wohl das Aus«, sagte er. »Das Luxurama ist das einzige Theater, wo wir noch Geld verdienen könnten.«

»Wir können doch immer noch für eine Spielzeit herkommen.«

»Und mir schwant, daß es fortan immer heißen wird: schon an jemand anders vergeben.«

»Meinst du etwa . . .?«

»Was denn sonst?«

Ich erwiderte nichts darauf. Es wäre leicht gewesen, die Niederlage endlich einzugestehen, die Waffen zu strecken und aufzuhören zu versuchen. Ich war auch so schon fix und fertig. Aber vielleicht war es gerade die Erschöpfung, die es mir unmöglich machte aufzuhören: das ganze war schon dermaßen zur Gewohnheit geworden, daß es Überwindung kostete, sich noch Alternativen auszudenken.

Ich legte Jerry die Hand auf die Schulter und sagte: »Bereiten wir alles vor, um auf Tournee zu gehen.«

Das war jedoch nicht der einzige Schock, der uns in jenen Tagen traf. Als ich keine Woche vor unserer Abfahrt abends nach der Probe nach Hause kam, wartete in Aunt Lallies

Wohnzimmer Jessica auf mich. Das war etwas, das sie höchst selten tat, und ich konnte sehen, daß sie vollkommen durcheinander war.

Obwohl die Frau blind war, konnte ich Jessica nicht in die Arme schließen. Ich blieb auf der Türschwelle stehen und fragte: »Was ist geschehen?«

»Es geht um Pater Mark. Oh mein Gott, Joseph . . .« Sie trat auf mich zu und packte mich am Arm. Ich merkte, daß sie mit den Tränen kämpfte. Aber sie weinte nicht. Nach einer Weile sagte sie: »Sie weisen ihn aus. Er muß das Land vor Monatsende verlassen haben.«

»Aber warum?«

»Das weiß ich nicht. Niemand weiß es, nichtmal er selbst. Vor einer Woche haben sie sein Haus und sein Arbeitszimmer durchsucht und sämtliche Kirchenbücher beschlagnahmt; und heute vormittag haben zwei Beamte ihn aus dem Klassenzimmer herausgerufen und ihm den Ausweisungsbefehl überreicht.«

Ich konnte sie nur anstarren.

»Er vermutet, saß sie ihn seit Monaten beschatten«, sagte sie. »Und zwar seit dem Tag, als sie keine Coloured-Ambulanz für das sterbende Mädchen bekommen konnten und er einsprang. Er hat im Gemeindebrief darüber geschrieben . . .«

Am nächsten Tag fuhren wir hinaus nach Windermere. Als wir draußen hielten, trat er mit einem Besen in der Hand aus seiner kleinen, weißen Kirche heraus. Lächelnd und gefaßt kam er auf uns zu. In seiner Gegenwart legte sich sogar Jessicas Angst.

»Können Sie denn gar nichts dagegen unternehmen?« fragte ich.

Er schüttelte den Kopf, aber seine Augen leuchteten noch. »Ich habe um ein Gespräch mit dem Minister nachgesucht, aber seine Sekretärin sagte mir, er wäre vor Februar nicht erreichbar.«

»Und sie müssen das Land bis Ende Januar verlassen haben?«

»Ja. Zum Glück habe ich außer meinen Büchern nicht viel zu packen. Und die auch nicht alle. Die meisten davon möchte ich verschenken. Wenn ihr beide den Johannes vom Kreuz haben möchtet, würde mich das sehr freuen.«

»Sie scheinen das ganze nicht sonderlich ernst zu nehmen?«

»Tue ich das nicht?« Da erst erkannte ich die Erschöpfung in seinen hohlen Augen, als ob jemand von drinnen durch ganze Äonen von Leiden hindurch herausschaute. »Es ist schon eine Prüfung für einen ...« Er senkte den Kopf und stützte sich mit den langen geraden Armen auf dem Schreibtisch ab. »Es geht einem schon an die Nieren.« Nach langer Zeit sah er wieder auf, jedoch nicht zu uns, sondern durch das Fenster zur Kirche und dem draußen sichtbaren Teil der Schule hinüber. »Um ... um sie tut es mir leid. Ich hätte so furchtbar gern ...« Er schüttelte den Kopf. »Aber Dinge wie diese kommen nicht von ungefähr. Gott wird seinen Grund dafür haben.«

Keiner von uns beiden konnte etwas sagen. Ich wäre gern zu ihm gegangen, um ihm die Hand auf den Arm zu legen, aber ich tat es nicht.

»Das schwierigste von allem ist, nicht zu hassen«, flüsterte er. »Sein Herz freizuhalten von Haß. Immer.«

So steht er mir vor Augen, so wie er an diesem Nachmittag aussah, als er, das Licht auf dem kurzgeschorenen, grauen Haar und dem asketischen Gesicht – vorm Fenster stand: so alt, so erschöpft, so ungebrochen.

Ich machte mir noch mehr Sorgen um Jessica, weil sie nicht weinte, weil sie so angespannt ruhig war. Denn ich wußte, was sie in den vergangenen Monaten durchgemacht hatte und wie seine Glaubensfestigkeit, die für uns beide so unerreichbar war, vieles für uns leichter gemacht hatte. Jetzt sollte er uns verlassen, jetzt wurden wir wieder auf uns selbst zurückgeworfen, jetzt hatte man uns eines letzten Halts beraubt; und ich wußte einfach nicht, ob wir es schaffen würden, aufrecht stehen zu bleiben.

So sah es aus, als unsere Truppe am 18. Januar zu ihrer *Othello*-Tournee aufbrach. Ich weiß noch genau, wie sie sich in der Morgendämmerung dieses letzten Tages an mich klammerte; wie gut ich mich an ihre Seelenqual erinnere!

»Ich weiß, du mußt gehen«, sagte sie und grub mir dabei die Finger tief ins Fleisch. »Aber ich habe Angst. Halt mich fest, Joseph, ich versinke, als ob ich im Treibsand steckte.«

»Ich komme ja wieder, kleine Miss Muffet!«

»Ich weiß. Aber bis dahin ist es noch so lange. Und inzwischen wird auch Pater Mark nicht mehr da sein. Was soll denn nur werden?«
Vom ersten Tag an war dies das Totengeläut zwischen uns gewesen: *Was soll denn nur werden? Was soll denn nur werden?*
Im ersten fahlen Tageslicht ging ich von ihr fort, hinaus in eine Welt, in der sich alles drehte. Es hatte die ganze Nacht über ein starker Wind geweht, doch jetzt hatte er sich gelegt, als ob die Stadt selbst den Atem anhielte.
»Wieso siehst du denn so aus, als ob du zu ei'm Begräbnis müßtest, Mann?« fragte Charlie Swiegers, als wir ein paar Stunden später in den Kombi stiegen. »Mach nicht son' finsteres Gesicht. Heute abend gewinnen wir den Jackpot.«
Charlie war derjenige von unseren Neuzugängen, den wir am besten gebrauchen konnten, ein musikalischer, quecksilbriger Bursche, auf der Bühne noch unbeholfen, aber überschäumend vor Begeisterung – was vielleicht sogar ein bißchen zuviel war, denn selbst Jerry beklagte sich bald, Charlie sei mehr, als er verkraften könne. Ich jedoch freute mich ausgesprochen über sein lustiges, aufgeräumtes Wesen, und das umso mehr, als er der einzige von den neuen Kollegen war, der aus eigenem Antrieb zu uns gekommen war.
Doch trotz Charlies Hoffnungen auf Erfolg war die Tournee von Anfang an eine Pleite. Waren unsere Nerven noch zerfaserter als sonst, unsere Abwehrmechanismen zu wenig ausgeprägt, oder hatte die Polizei ihre psychologische Kriegführung gegen uns verstärkt? Es verging kein Tag, ohne daß wir entweder auf der Straße oder vor Vorstellungsbeginn angehalten worden wären und uns einer ›Routineuntersuchung‹ hätten unterziehen müssen. Und jedesmal fand sich irgend etwas: ein Schräubchen am Gelenk des Rückspiegels, das fehlte, eine nicht ganz vorschriftsmäßig funktionierende Handbremse, erste Anzeichen von allzu abgefahrenen Reifen, irgendein mechanischer Fehler; und bei den Vorstellungen fanden sie regelmäßig irgendeine Unregelmäßigkeit bei den Karten oder Steuermarken, der Befolgung der Feuerschutzvorschriften oder den Toiletten in den Gebäuden, in

denen wir auftreten wollten. Es war wirklich nicht mehr zum Aushalten, und doch mußten wir uns ständig zurückhalten, weil wir ganz genau wußten, daß sie nur auf die leisesten Anzeichen von Groll warteten, die sich als Dienstbehinderung oder, noch schlimmer, als Widerstand gegen die Staatsgewalt auslegen ließen.

Was wir einfach nicht verstanden, war, wie sie es fertigbrachten, uns ständig auf den Fersen zu bleiben; denn wir folgten keinem feststehenden Reiseplan. Um Verzögerungen und Absagen wie bei unseren früheren Tourneen zu vermeiden und weil wir hofften, uns etwas Bewegungsraum zu verschaffen, beschlossen wir, mehr oder weniger ungeplant von einem Ort zum anderen zu fahren; wir bemühten uns, schon am Vormittag anzukommen, um trotz allem noch eine Möglichkeit zu finden, unsere eigene Werbekampagne in der Nachbarschaft durchzuführen; doch trotz all dieser Vorsichtsmaßnahmen kam es oft vor, daß die Polizei uns bei unserem Eintreffen bereits erwartete.

Da die Obstverarbeitungssaison im Boland gerade auf ihrem Höhepunkt war, mußten wir weiter landeinwärts fahren, und dort schlauchte die unerträgliche Sommerhitze uns, längst ehe wir mit der eigentlichen Arbeit anfangen konnten. All das zehrte an unserer Energie und an unseren emotionalen Reserven. Schon in einem frühen Stadium reagierten wir gereizt aufeinander, und es kam zu Streitigkeiten, was alles noch dadurch erschwert wurde, daß wir nicht wie in der Vergangenheit eine verschworene Freundesgruppe waren, sondern ein kunterbunt zusammengewürfelter Haufen von Leuten, die sich mehr oder weniger fremd waren und erst aneinander gewöhnen mußten. Ich erlebte etwas, das Ähnlichkeit aufwies mit meiner ersten Wanderbühnenzeit in England, wobei es damals so manche Entschädigung für Mißlichkeiten gegeben hatte: Die Gage war gesichert gewesen, und so deprimierend manche Hotels auf dem Lande auch gewesen sein mögen, immerhin boten sie ein Mindestmaß an Bequemlichkeit: ein Bett, die Möglichkeit, ein warmes Bad zu nehmen, eine Stunde in einer Kneipe. Anders auf dieser Tournee. Unsere Getränke mußten wir mitnehmen und uns das lauwarme, alles andere als wohlschmeckende Zeugs während der Fahrt durch die Kehle rinnen lassen, wobei wir auch noch Gefahr liefen, wegen Fahrens in alkoholisiertem Zustand oder gar wegen Schmuggels festgenommen zu werden; zu den Mahlzeiten mußten wir uns durch den Eingang ›Für Nichtweiße‹ irgendeines schmierigen kleinen Cafés Eintritt verschaffen und stundenlang zwischen Kisten mit Leergut, Gemüseabfällen und gewaltigen Fliegenschwärmen warten, bis wir von fetten Frauen mit strähnigem Haar und gewaltigem Wabbelbusen bedient wurden, die Coke-Flaschen und die fetttriefenden Hamburger oder Fish'n Chips oder den uneingewickelten halben Laib Brot mit hinausnahmen und es draußen auf der Straße runterwürgten. Nachts diente der unter einer Baumgruppe am Straßenrand abgestellte Kombi uns als gemeinsame Schlafstätte. Da war es etwas ganz Besonderes, wenn wir einzeln oder zu zweit von Leuten, die wir schon bei unseren vorherigen Reisen kennengelernt hatten, aufgenommen wurden: einem Missionar, einer Lehrerin, einem Handelsvertreter; oder wir wurden eingeladen, die Armut von Postbeamten oder Boten oder Gärtner-*boys* zu teilen, wobei es nicht selten vorkam, daß wir die Nacht mit vier, sechs oder zehn anderen Leuten in demselben, miefigen Raum verbrachten.

Auch stellte sich uns eine neue Art von Schwierigkeiten. Früher hatten wir nie Probleme mit dem Kombi gehabt – er war sogar einer der zuverlässigsten und beständigsten Faktoren auf unseren Reisen gewesen –, doch diesmal ging alles schief. Die erste Woche lag noch nicht hinter uns, da hatten wir auf einer mörderischen Strecke hinter Vanrhynsdorp eine Panne, und Jerry schaffte es mit seinem Einfallsreichtum und all seiner Erfahrung nicht, ihn wieder fahrbereit zu machen. Wir beide mußten per Anhalter bis zum nächsten Ort zurückfahren – und es dauerte fünf Stunden, ehe ein mitfühlender Farmer hielt und uns gestattete, auf der Ladefläche seines kleinen Lasters Platz zu nehmen. Die Werkstatt war nicht bereit, einen Mechaniker hinauszuschicken, ehe wir nicht eine Anzahlung von zwanzig Rand geleistet hatten. Es war später Nachmittag, bevor wir alle wieder in der Stadt waren, und es dauerte noch einen weiteren Tag, bis

herauskam, wo der Schaden eigentlich lag: Zucker im Treibstofftank.
Doch das war erst der Anfang. Keine Woche später wurden uns während einer Vorstellung sämtliche Reifen abmontiert und gestohlen. Ein paar Tage später verschwand mein Schlüsselbund, während ich auf der Bühne stand; und wieder bedeutete das einen Tag Verspätung, ehe wir uns neue Autoschlüssel besorgen konnten. In der Nähe von Beaufort West, wo wir bei alten Bekannten wohnten, wurde in der Nacht die Motorhaube gewaltsam aufgebrochen und jedes Kabel und jede Leitung im Motor ausgebaut oder durchgesägt.
All diese Behinderungen waren an sich schon schlimm genug; aber die Kosten, die sie uns bereiteten, machten uns bewegungsunfähig. Das schlimmste aber war das Wissen um einen unsichtbaren Gegner, der uns Tag und Nacht beobachtete und seine Schritte gegen uns mit teuflischem Raffinement plante. Die nervliche Anspannung wurde unerträglich. Und jeden Tag, jede Nacht und jede Stunde machte ich mir Sorgen um Jessica daheim; was sollte jetzt aus ihr werden, wo Pater Mark nicht mehr da war?
Zu Anfang unserer dritten Woche erklärte eines der beiden Mädchen in der Truppe, Joyce Vermaak, sie könne einfach nicht mehr und verlasse uns auf der Stelle.
»Aber das kannst du nicht!« protestierte ich. »Wir haben schließlich einen Vertrag miteinander.«
»Damit kannst du dir den Arsch abwischen!« erklärte sie. »Du hast mir nie gesagt, was für 'ne Art Leb'n wir hier führ'n würd'n.«
Ich ballte die Hände zur Faust, um nicht aus der Haut zu fahren.
»Joyce, ich geh' mit dir vor Gericht, wenn du uns das antust.«
»Dann versuch's doch!«
Alle meine Drohungen, mein Flehen und unverantwortlichen Versprechungen fruchteten nichts.
Es war unmöglich, einen Ersatz für sie zu finden. Unsere einzige Möglichkeit bestand darin, unser Stück umzumodeln, so daß die andere weibliche Darstellerin, Wendy Claassen, auch noch Joy-

ces Rolle mit übernehmen konnte. Aber die arme Wendy kämpfte schon mit ihrer eigenen Rolle; jetzt auch noch die ihrer Kollegin zu übernehmen, überforderte sie völlig: Keinem im Publikum wurde klar, welche von den beiden Rollen sie gerade spielte. Nach ein paar Tagen mußten wir die zweite Rolle ganz streichen und konnten nur die der Desdemona beibehalten – eine Veränderung, die alle anderen neuen Schauspieler gänzlich aus der Bahn warf.

Und trotzdem machten wir weiter – wie, weiß ich auch nicht.

Zwei Tage, nachdem Joyce gegangen war, hatten wir eine Reifenpanne – und erst beim Reifenwechsel entdeckten wir, daß der Reservereifen über Nacht verschwunden war. Es war dunkel, bevor wir den nächsten Spielort erreichten, zu spät, um noch eine Vorstellung zu organisieren; und wieder war ein Tag verloren.

Nachdem die anderen sich schlafen gelegt hatten, nahm Jerry mich an diesem Abend beiseite.

»Capey«, sagte er. »Die Sache heute hat mich endgültig überzeugt: diese Serie von Unfällen und Hindernissen auf unserer Fahrt können kein verdammter Zufall sein.«

»'türlich nicht. Jedes Kind kann sehen, daß das ganze eine wohlorganisierte Kampagne ist.«

Er senkte die Stimme: »Ich meine, die wird nicht von außen gesteuert. Irgendeiner in unserer Gruppe sabotiert uns.«

»Aber wer sollte sowas tun?«

»Ich weiß es nicht, Capey. Aber wir werden ihn kriegen. Und gnade ihm Gott an dem Tag, wo ich ihn in die Finger kriege.«

Jerry, Doors und ich taten unser bestes, der Quelle unserer Probleme auf die Spur zu kommen, doch vergebens. Ein paarmal sagten wir den anderen mit Bedacht nicht, wohin wir als nächstes gehen würden – und wenigstens an diesen Abenden ließ man uns bis zur Pause in Ruhe. Was Jerrys Verdacht erhärtete.

Dann kam der Wendepunkt. Wir waren in Gelvardale außerhalb von Port Elizabeth, als wie gehabt fünf Minuten vor Vorstellungsbeginn die Polizei auftauchte. Diesmal suchten sie nach Hasch. Gottergeben ließen wir zu, daß sie unsere Habseligkeiten durchsuchten; schließlich war ein Vorwand so durchsichtig wie jeder andere. Sie durchstöberten den Kombi, selbstverständlich, ohne irgend etwas zu finden. Dann wandten sie sich unserem persönlichen Gepäck zu. Rauchend und abwartend standen wir daneben.

In einem braunen Pappkoffer, der Doors gehörte, stießen sie auf einen braunen Umschlag. Sie brauchten nur einmal zu schnuppern, um zu beweisen, daß sie gefunden hatten, wonach sie suchten. Alle miteinander mußten wir mit aufs Revier. Als Doors schließlich in eine der nach hinten hinaus gelegenen Zellen abgeführt wurde, drehte er sich um, sah mich an und beteuerte:

»Joseph, ich schwöre, daß ich das Zeugs nie zuvor geseh'n hab'.«

Es war eine schlimme Nacht. Ich weiß nicht, wie es den anderen erging, aber weder Jerry noch ich konnten ein Auge zutun.

Der Anklagevertreter erklärte am nächsten Morgen im Gerichtssaal, »gewissen Aspekten des Falles« müsse noch nachgegangen werden; das Verfahren werde um eine Woche verschoben; der Beschuldigte könne nicht gegen Kaution auf freien Fuß gesetzt werden.

Das war das Ende des *Othello*. Eine ganze Woche hindurch konnten wir nichts anderes tun als in der östlichen Kapprovinz ›Bunte Abende‹ zu geben, um nicht verhungern zu müssen. Wir besorgten Doors einen Anwalt aus Port Elizabeth, der die Verteidigung übernehmen sollte. Der Zwischenfall hatte der ohnehin genervten Truppe einen letzten Schlag versetzt, und Jerry und ich mußten die letzten Kräfte aufbieten, um zu verhindern, daß sie vollständig auseinanderbrach.

Die Verhandlung war kurz und einfach. Die Beweislage gegen Doors war überwältigend, obwohl der Anwalt alles in seiner Macht stehende tat, um das Fehlen jeglicher Fingerabdrücke auf dem Umschlag gebührend herauszustellen. Das einzige, was er erreichte und wofür wir schon dankbar waren, war, daß die Strafe zur Bewährung ausgesetzt wurde. Der Prozeß hatte uns viel gekostet, doch zumindet war Doors wieder in unserer Mitte, und wir konnten die Tournee fortsetzen.

Das erstemal, seit ich Doors kannte, sah ich ihn deprimiert. Verbissen vor sich hin brütend saß er tagelang da; als ich versuchte,

mit ihm ins Gespräch zu kommen, stieß er durch zusammengebissene Zähne nur hervor:
»Ich faß den Scheißkerl, Joseph! Wart nur ab! Ich krieg ihn!«
Als es geschah, traf es uns alle völlig unvorbereitet.
Es geschah in George. Die erste Hälfte der Vorstellung war erstaunlich gut über die Bühne gegangen. Doch in der Pause kam es plötzlich zu Geschrei, und als wir hingingen, sahen wir, wie Doors sich mit der Wut eines verwundeten Büffels auf Charlie stürzte. Mit dem riesigen Doors verglichen war Charlie nur ein Knabe; das Gesicht war ihm, als wir auf dem Plan erschienen, zu Brei geschlagen. Atemlos versuchten wir, Doors zurückzuhalten, doch der schüttelte uns ab wie ein Schäferhund ein paar kläffende Foxterrier. Und als Charlie schließlich blutend und schluchzend zu Boden ging, fing Doors an, ihn auf wirklich ekelerregende, methodische und gewalttätige Weise mit Fußtritten zu traktieren an den Kopf, in den Rücken, in die Weichteile, wohin immer er mit seinen großen Stiefeln kam.
Inzwischen war der größte Teil der Zuschauer herausgeströmt, um zu sehen, was geschah; schließlich gelang es acht oder zehn von uns, Doors von dem stöhnenden Lumpenbündel auf dem Boden wegzuzerren.
»Er ist es!« rief Doors keuchend und schüttelte uns hierhin und dorthin. »Er ist es. Laßt mich. Ich bring' den Scheißkerl um!«
In diesem Augenblick kreischten hinter uns die Reifen eines Polizeiautos; der Wagen kam zum Stillstand, und, einen Hund an der Leine, sprangen vier oder fünf Beamte heraus; es dauerte nur Minuten, und Charlie und etliche von den Umstehenden wurden in den Laderaum des Autos geworfen. Wir folgten ihnen im Kombi, doch fing der auf halbem Weg zur Polizeistation plötzlich an zu stottern und gab dann seinen Geist auf.
Doors bekamen wir erst nach etlichen Tagen im Gerichtssaal wieder zu sehen; sein Gesicht war dermaßen geschwollen, daß wir ihn kaum wiedererkannten, so hatte man ihn zusammengeschlagen; das sei Charlie gewesen, erklärte die Polizei ohne mit der Wimper zu zucken. Doors selbst hatte solche Mühe, überhaupt zu sprechen, daß es kaum möglich war zu verstehen, was er

sagte, was wiederum den Polizeirichter erboste. Das einzige, was wir mitbekamen, war, daß er Charlie auf frischer Tat ertappt hatte, wie er Sand in den Treibstofftank füllte; und nachdem Doors ihm das Nasenbein gebrochen und ein paar Zähne ausgeschlagen hatte, hatte er auch noch gestanden, den Plan mit dem *dagga* in Doors Koffer gehabt zu haben.

Charlie, der mehr getragen als von Polizeibeamten gestützt in den Gerichtssaal gebracht wurde, leugnete alles: Und wiewohl Jerry und ich zu beschwichtigen versuchten und den letzten Zusammenbruch des Kombis erwähnten, was Doors Aussage immerhin etwas an Glaubwürdigkeit verlieh, wurde bald klar, daß der Tatbestand der Körperverletzung davon nicht berührt wurde. Der Richter vertagte die Urteilsverkündung um eine Woche, um einen Bericht über eventuelle Vorstrafen abzuwarten.

Unmittelbar nach der Verhandlung verschwand Charlie. Jerry und ich warteten draußen auf ihn, doch niemand sah ihn das Haus verlassen.

Noch am Abend desselben Tages packte auch Wendy ihre Sachen und verließ uns.

Wir gaben noch ein paar Varieté-Vorstellungen, doch fielen unsere Einnahmen dabei so mager aus, daß es sich praktisch gar nicht lohnte. Unsere letzte Hoffnung war Doors.

Diesmal wurde er zu einem Jahr Freiheitsentzug verurteilt; eine Geldstrafe wurde ausdrücklich abgelehnt.

Damit waren wir nur noch zu dritt: Jerry, ich und noch ein sehr unerfahrener junger Mann, Bennie Smal.

Mit unserem letzten bißchen Geld ließen wir den Kombi reparieren und fuhren den langen Weg zurück nach Kapstadt. Es war sengend heiß. Wir schrieben Dienstag, den 28. Februar. Schweigend fuhren wir dahin. Uns war nicht nach Reden zumute.

Wir hatten Riviersonderend schon hinter uns, ehe Jerry sagte: »Nicht mit Pauken und Trompeten, sondern eher mit einem kläglichen Jammerlaut, was?«

Mir brannten die Augen, doch war ich ingrimmig entschlossen, nicht zu weinen. Denn wenn ich erstmal weinte, würde ich völlig zusammenbrechen.

Bennie schlief auf dem Rücksitz.
Nach ein paar Minuten sagte ich, die Augen starr geradeaus gerichtet: »Du bist immer noch bei mir, Jerry. Wir werden nochmal ganz von vorn anfangen!«
»Nein, Capey.«
Ich sah ihn an. »Du weißt nicht, was du sagst.«
»Und du weißt nicht, was tu tust.«
»Ich mach' weiter.« Meine Worte kamen mechanisch, gedankenlos. »Ihr könnt mich alle verraten oder mich leugnen, ihr könnt mich alle verlassen; aber kaputt kriegt ihr mich nicht.«
»Das brauchen wir auch gar nicht. Das besorgst du schon selbst.«
Ich sagte nichts dazu.
Plötzlich legte er seine Hand auf meine, die das Lenkrad hielt, und drückte fest zu: »Tu's nicht, Capey! Himmel, Mann, tu dir das nicht selbst an!«
»Lieber das, als einfach auf seinem Arsch rumsitzen wie du.«
»Glaubst du wirklich, ich säße nur auf meinem Arsch rum? Dann kennst du mich aber schlecht.«
»Was tust du denn sonst?«
Er drehte sich um, sah Bennie auf dem Rücksitz schlafen, und antwortete mit einem geheimnisvollen Lächeln. »Etwas Handfesteres als das, was du getan hast. Etwas, wobei du mir helfen könntest.«
»Was?«
Ich spürte, wie sich seine Blicke in mich hineinbrannten, spürte, mit welcher Intensität er Für und Wider abwog.
»Wenn du mir wirklich vertraust, sagst du erst Ja und stellst die Fragen hinterher.«
Ich schüttelte den Kopf. »Wie soll ich Ja sagen, wenn ich nicht weiß, ob es ehrenwert ist.«
Sein Lachen hatte einen Unterton von Bitterkeit. »Capey, man muß erst einen Punkt erreichen, wo man nicht mehr fragt oder sondiert oder plant oder darüber nachdenkt, ob etwas ehrenwert ist oder Scheiß, sondern bereit ist, blindlings etwas zu tun. Weil einem gar nichts anderes übrigbleibt. Und ich glaube, du hast diesen Punkt jetzt erreicht.«

»Gewalt?«
»Macht das einen Unterschied?«
»Für mich ist das wichtig.«
»Weißt du denn nicht, was Leuten passiert, die vor Gewalt zurückschrecken, wenn sie unvermeidlich wird?« fragte er wütend. »Weißt du das nicht? Hast du vergessen, wie Gandhi starb? Oder Martin Luther King, oder dein Freund Dulpert?« Er sprach nicht weiter; bedächtig und beherrscht fragte er dann: »Sag mir: glaubst du immer noch an Jungfrauen?«
»Natürlich nicht.«
»Dann solltest du mal wieder Malraux lesen: ›Ein Mann, der noch keinen Mord begangen hat, ist eine Jungfrau.‹«
Es dauerte sehr lange, bis ich reagierte. Die Straße wand sich durch die Berge. Erst als wir die offene Ebene hinter Caledon erreichten, sagte ich, ohne ihn dabei anzusehen: »Mord ist für uns ein zu schreckliches Wort, Jerry. Was wir tun müssen, ist versuchen und überleben.«
»Wenn das Leben dir genug bedeutet, wirst du auch bereit sein, dafür zu kämpfen.«
»Es gibt mehr Arten zu kämpfen als nur eine.«
Er vollführte eine ärgerliche Geste: »Wie oft muß ich es dir noch sagen: deine säuberlichen Unterscheidungen zwischen Kultur und Revolution, Liebe und Gewalt und Gott weiß was sonst noch ... die sind doch formalistischer Scheiß und falsch. Überlaß die den weißen Liberalen. Du bist mehr wert als das.« Und nach einer langen Pause: »Mein Gott, Mann, kennst du denn die furchtbaren Worte nicht: ›Was sind das für Zeiten, wo ein Gespräch über Bäume fast ein Verbrechen ist, weil es ein Schweigen über soviele Untaten einschließt‹?«
Am Fuße des Houwhoek Passes legte ich einen anderen Gang ein und sagte: »Ich schweige über nichts Wichtiges, und das weißt du auch. Außerdem kennst du meine Art zu kämpfen. Sie besteht darin zu gewährleisten, daß es immer moralische Ausgangspositionen gibt, von denen aus die Soldaten vorrücken können.«
»Ausgangspositionen sind Luxus: Sie verleiten nur allzu leicht dazu, sich auf sie zurückzuziehen. Was wir brauchen, ist eine Ar-

mee ohne Ausgangspositionen. Wie ein Mann ohne Arschbakken: außerstande, sich hinzusetzen, bleibt ihm nichts anderes übrig, als vorzurücken.«

»Ich glaube, keiner von uns hat mehr Arschbacken.« Das hatte ich leichtfertig hinsagen wollen, doch es kam anders heraus.

Diesmal war er es, der nicht darauf einging.

Ich fragte: »Bedeutet das, daß auch du jetzt weggehst, Jerry?«

»Es sei denn, du kämest mit mir?«

»Das kann ich nicht.«

Wir fuhren die Steigung zum Sir Lowry's Paß hoch. Ganz oben sahen wir die weite, blaue halbmondförmige False Bay unter uns liegen; das Wasser war kristallklar, blinkte sommerlich und reichte bis zum fernen Tafelberg auf der anderen Seite. Ich hielt. Warum, weiß ich nicht. Ich fürchtete mich weiterzufahren. Das Kap war jetzt so nahe.

Nach einer Weile legte er mir den Arm um die Schultern.

Wir schwiegen beide.

Ich ließ den Motor wieder an, und wir fuhren hinunter. Den ganzen Weg bis nach Kapstadt hinein schwiegen wir und er nahm den Arm nicht von meiner Schulter.

Nachdem wir unsere Sachen in Aunt Lallies Haus abgeladen hatten, fuhren wir zurück in die Stadt, um einen Gebrauchtwagenhändler zu finden. Das höchste Angebot, das man uns für den Kombi machte, betrug sechshundert Rand. Wir nahmen an; wir mußten unsere Schulden bezahlen. Ich gab Bennie, was wir ihm noch schuldig waren; Jerry wollte nichts haben. Nachdem wir alle unsere Rechnungen bezahlt hatten, blieben uns nur noch etwas weniger als einhundert Rand. Die wollte ich für Doors Berufung zurücklegen. Natürlich reichte das nicht, aber ich konnte ja noch mein kleines Auto verkaufen; und vielleicht half auch Jessica uns.

Dann ging Jerry nach Hause.

Aunt Lallie wollte auf einen Plausch reinkommen, doch sagte ich ihr, ich fühlte mich nicht gut, und legte mich aufs Bett. Ich schlief nicht; ich lag einfach da. Ich war zu müde, um aufzustehen, zu müde, um nachzudenken, und zu sehr von Furcht erfüllt.

Zu sehr später Stunde an diesem Abend wusch ich mich in Aunt Lallies Küche von Kopf bis Fuß und zog frische Sachen an. Dann meldete ich mich bei Jessica.
Sie wollte nicht glauben, daß ich wieder zurück war; von unseren Problemen auf der Tournee hatte ich ihr vorher nichts gesagt.
»Ist was passiert?« fragte sie besorgt.
»Eine Menge. Ich erzähl' dir alles. Ich möchte bei dir sein. Ich bin müde.«
Für einen Moment war sie still.
»Ist jemand bei dir?« Ich war viel zu durcheinander, um unseren Code zu benutzen.
»Nein«, sagte sie rasch.« Selbstverständlich kannst du kommen.«
»Jetzt gleich?«
»Wenn du möchtest.«
Zwanzig Minuten später war ich bei ihr. Es war nicht zu fassen. Im selben Augenblick, da ich sie sah, ihr Gesicht in meinen leicht gewölbten Händen hielt und ihren zarten und so vertrauten Körper an mich drückte, wich alle Furcht von mir. Sie war immer noch da.
Wir setzten uns auf den Balkon hinaus, um zu reden. Aufmerksam und angespannt lauschte sie.
»Keine Angst, kleine Miss Muffet«, sagte ich. »Ich fange wieder an. Ich bin müde. Aber jetzt bin ich wieder bei dir.«
»Wie willst du wieder anfangen?«
»Ich kann ja erstmal eine Zeitlang Unterricht geben oder sonst etwas machen, um Geld zusammenzusparen. Inzwischen rekrutiere ich neue Schauspieler und bilde sie richtig aus. Du wirst sehen.« Und dann fragte ich nachdrücklich: »Aber was ist mit dir? Ich möchte alles wissen, was geschehen ist.«
»Es ist sehr still hier gewesen. Ich mußte mich daran gewöhnen, ohne dich zu leben. Und ohne Pater Mark. Das war nicht leicht. Ich habe viel gelesen. Und er hat mir vor ein paar Tagen einen wunderbaren Brief geschrieben. Ich werde ihn dir zeigen.«
»Und sonst?«
»Eigentlich nichts.«
»Hab' ich dir gefehlt, hast du dich nach mir gesehnt?«

»Natürlich hab' ich mich nach dir gesehnt.«
Ich wollte fragen: »Und Richard . . .?« Aber ich tat es nicht. Vermutlich hatte ich Angst. Oder aber ich wollte ihn nicht gleich in der ersten Stunde unseres Zusammenseins erwähnen. Morgen würde er wieder bei uns sein, aber jetzt waren erst einmal wir zusammen, sie und ich in der klaren Nacht.
»Laß uns zu Bett gehen.«
Sie zögerte. »Bist du müde?«
»Ja. Du nicht?«
»Es ist so schön draußen.«
»Es wird auch drinnen schön sein.«
Wir gingen in ihr Zimmer, und sie stellte sich vor mich hin, so daß ich ihr die Bluse und die Jeans aufknöpfen und ihr den Schlüpfer ausziehen konnte. Und dann zog sie mich aus und hielt auf ihre sanfte Weise für einen Moment mein Glied zwischen ihren Händen.
»Ich bin hungrig nach dir«, flüsterte ich und trug sie ins Bett.
Das fahle Licht von draußen fiel über uns. Sie wollte die Vorhänge zuziehen, doch ich hielt sie davon ab. »Tu's nicht! Ich möchte dich sehen. Ich hab' dich so lange nicht gesehen.«
Die Augen geschlossen, ließ sie sich von mir streicheln.
»Hast du wieder Angst?« fragte ich. »Wie beim erstenmal?«
»Ja.«
Ich küßte sie; dann schob ich den Kopf nach unten, um eine ihrer Brustwarzen zwischen die Lippen zu nehmen. Ihre Brust wies eine kleine dunkle Verfärbung auf.
»Was ist das?« fragte ich und liebkoste die Stelle. »Ein Bluterguß? Bist du gegen irgend ewas gestoßen?«
»Muß ich wohl.« Sie hielt die Augen immer noch geschlossen.
Jetzt erst wurde ich mir bewußt, daß sie vollkommen passiv alles über sich ergehen ließ.
Mit bebenden Fingern berührte ich den blauen Fleck.
»Sag's mir, Jessica!«
Sie fing an zu weinen. Die ganze Zeit über hatte sie verbissen und verzweifelt dagegen angekämpft, bis es mit einem lauten und erstickenden Schluchzen aus ihr herausbrach. Wie besessen klam-

merte sie sich an mich. Ich hielt sie an mich gedrückt, mit dieser eigentümlichen, mir jedoch nicht fremden Distanziertheit, so als betrachtete ich die Szene aus weiter Ferne; ich hielt sie, bis ihre Hysterie sich legte.
»Richard?« fragte ich.
Sie nickte. Im ersten Moment wollte sie wieder in Tränen ausbrechen, doch dann überwand sie das. Trotzdem klammerte sie sich immer noch an mich.
»Komm in mich rein! Es soll nicht . . .«

Mit heftiger Leidenschaftlichkeit bearbeitete sie mich. Mit einer tief aus ihrem Inneren kommenden Verzweiflung klammerte sie sich an mich und flehte: »Komm, komm Liebling, komm, ach komm doch! Ich möchte, daß du kommst.« Aber ich konnte nicht. Ihr Körper konnte Richard nicht verleugnen: in ihrem Gesicht wurde er Fleisch und Blut. Und so hörte ich nach sehr langer Zeit auf, blieb regungslos und erschöpft auf ihr liegen. Es war Nacht um uns herum, nur schwach erhellt von der fernen Beleuchtung draußen.
»Er hält dich von mir fort«, sagte ich.
Sie schüttelte den Kopf.
»Wann war er hier?«
»Sprich jetzt nicht von ihm.«
»Es ist noch schlimmer, wenn ich's nicht tue.«
Stoßweise ging ihr Atem an meinem Hals.
»Wann war er hier?«
»Gestern.«
»Nur gestern?«
»Nein.« Sie schwieg so lange, daß ich schon glaubte, sie wäre eingeschlafen. Dann sagte sie: »Es war nicht oft. Keine Angst, Joseph. Ich war so allein. Und er auch. Und es war niemand sonst da. Pater Mark war fort; du warst fort. Es war kein Mensch da. Ich wollte ja nicht. Und es war schrecklich. Für ihn auch, glaube ich. Ich kann es nicht erklären und verstehe es nicht. Aber als ich zum erstenmal merkte – daß ich getröstet werden wollte, daß ich nicht immer weiter Nein sagen wollte, daß alles zu ver-

worren geworden war, als daß ich es noch verstehen konnte – dachte ich: Ja, soll er mich doch nehmen, damit ich hinterher dafür bestraft werden kann, damit ich wieder reinwerden kann für dich. Ich weiß, es ist verrückt. Manchmal denke ich wirklich, ich drehe durch. Aber ich war so grenzenlos allein. Und es gab so viel in mir, das gerächt werden mußte. Um mich *leiden zu machen!*«

Ich schob mich von ihr herunter, behielt sie im Arm, und wir schliefen ein. Aber es war eine unruhige Nacht voller beunruhigender Träume. Einmal wurde ich wach; in der Annahme, daß sie schlief, löste ich mich von ihr und versuchte vorsichtig, ins Bad zu gehen, doch als ich mich bewegte, streckte sie die Hand aus und berührte mich; und ich sank zurück, schmiegte mich an sie und begann, sie zu liebkosen und sie mich. Es war sehr dunkel, der dunkelste Teil der Nacht, kurz vor der Dämmerung, und wir konnten einander überhaupt nicht sehen; wir wußten nicht einmal, daß wir es waren. Doch als ich diesmal kam, waren wir in diesem kurzen, flüchtigen Moment der Gewißheit einer unmöglichen Welt gegenüber vereint. Das war keine Flucht, denn wir sollten nie wieder imstande sein fortzugehen; keine Ganzheit, denn wir sollten nie wieder ganz sein. Nur etwas jämmerlich Gemeinsames, eine dunkle Gnade. Wir hatten jede Spur romantischer Liebe hinter uns gelassen und etwas unwiderbringlich verloren: Sündenfall und Sintflut lagen hinter uns, weit hinter uns. Doch in der neuen Dimension jenseits von Desillusion und Schock, konnten wir einander berühren: jenseits von Schuld und Unschuld. Das Paradies war unerheblich für uns geworden – jetzt, da wir im Schweiße unseres Angesichts leben mußten, war uns nichts weiter geblieben als die Fähigkeit, das Erbarmen der Nächte miteinander zu teilen, welche die erbarmungslosen Tage teilten. Alles war offen und bloß, alles konnte uns anrühren. Aber wir waren noch zusammen. Vielleicht hatten wir in jeder anderen Beziehung versagt. Aber wir waren noch zusammen.

11

Ich suchte Richard von mir aus auf – von was getrieben? Morbider Neugier? Dem Drang zu verletzen oder verletzt zu werden? Als er mir die Wohnungstür öffnete, trug er einen rot-grauen Morgenmantel und und war offensichtlich überrascht, mich zu sehen.
»Joseph!« Eine Pause. »Komm rein! Ich wollte gerade unter die Dusche.«
»Laß dich nicht stören.«
»Ich mach' dir einen Drink zurecht.«
Eigentlich hatte ich gar keine Lust auf irgend etwas, aber er brachte mir ein Glas. Als er es mir reichte, sagte er: »Das ist eine Überraschung. Jessica hat mir erzählt, daß du wieder da bist. Aber daß du hierher kommst, hätte ich nicht erwartet.«
Die bewußte Erwähnung Jessicas bewirkte, daß ich die Zähne zusammenbiß; doch dann fragte ich so ruhig wie möglich: »Warum?«
»Du hast mich noch nie uneingeladen besucht.«
»Es gibt immer ein erstesmal. Für alles.« Ich sah, wie er die Augen niederschlug. Gleich darauf setzte ich noch hinzu: »Außerdem hab' ich jetzt mehr Zeit als früher.«
»Ja, natürlich. Ich weiß nicht, was ich sagen soll. Es ist furchtbar.«
»Ach, nur ein vorübergehender Rückschlag.«
»Hoffentlich. Ich hoffe das wirklich, Joseph.«
»Und was ist mit dir?«
»Ich hab' mich wieder an den Roman gesetzt. Diesmal geht es ein bißchen besser, aber sehr langsam.«
Eine Weile ging die Unterhaltung in dieser höflichen Weise weiter. Wenn wir nicht über Jessica sprachen, dachte ich, hatten wir einander nichts zu sagen.
Nach einiger Zeit stand er auf und ging ins Bad, während ich, das Brandyglas in der Hand, dem Rauschen der Dusche hinter dem Plastikvorhang lauschte. Jetzt, wo ich hier war, wußte ich nicht mehr, warum ich gekommen war, und ärgerte mich über mich

selbst. Und doch war es notwendig, das wußte ich, ihn wiederzusehen und dadurch seine bedrohliche Gegenwart zu neutralisieren.
Zehn Minuten später stellte er die Dusche ab und kam, sich abtrocknend, an die Badezimmertür. Durch die Bewegungen des Handtuchs hindurch erhaschte ich kurze Blicke auf seinen Körper. Der faszinierte mich auf eine höchst beunruhigende Weise. Seinen Händen und Handgelenken nach zu urteilen, hatte ich zwar erwartet, daß er behaart war, doch auf den dichten Pelz schwarz-grauer Haare, die seinen ganzen Körper bedeckten, war ich dann doch nicht gefaßt. Das brachte mich eigentlich mehr durcheinander als Jessicas Geständnis, mit ihm zusammen gewesen zu sein. Sein Aussehen erklärte plötzlich zum Teil Wesen und Intensität ihrer Angst und ließ vielleicht Rückschlüsse auf mich zu. Das hier war der Körper, dem sie ihren Bluterguß verdankte. Am liebsten hätte ich weggesehen, doch ich konnte es nicht.
Vermutlich, um seine Verlegenheit zu kaschieren, sagte er: »Ich finde, das Wasser regt mein Denken mehr an als alles andere. Wenn ich schreibe, dusche ich vier- oder fünfmal am Tag.«
Hätte er nicht so dagestanden, ich glaube, ich hätte anders reagiert; aber seine Erscheinung provozierte mich geradezu zu sagen: »Wenn *ich* nachdenken will, entspanne ich lieber in der Wanne. Mit Bach im Hintergrund und Jessica bei mir.«
Das traf ihn unerwartet. Ein paar Sekunden hörte er auf, sich trockenzurubbeln und ließ das Handtuch sinken; mir fiel auf, daß die Behaarung auf seinem Bauch weiter unten einen eigentümlichen, gelblich-rötlichen Schimmer bekam, aus dem sein Glied hervorschaute, die schlaffe, aderndurchzogene Haut wie schwammiges, verschrumpeltes Pergament. Ich wollte dieses Glied mit Absicht so vulgär und so grotesk wie möglich sehen, denn in diesem Augenblick haßte ich ihn. Diesen großen, affenähnlichen Körper hatte er vor ihr entblößt, und mit diesem häßlichen Ding war er in sie eingedrungen.
»Warum erwähnst du sie?« fragte er vorsichtig nach einer Pause.
»Ich finde, das ist wichtig.« Ich löste den Blick von seinem Glied und sah zu seinem Gesicht hinauf. »Sie hat mir alles erzählt.«

Er hob das Handtuch, als wolle er sich schützen.
»Jetzt schlägst du einen Wehrlosen«, sagte er angespannt.
»Ausgerechnet du mußt das sagen!« Für einen Moment verlor ich alle Beherrschung. »Nachdem du dein scheinheiliges kleines Spiel gespielt und nur auf den Augenblick gewartet hast, wo ich euch den Rücken zukehrte und ihr Widerstand am geringsten war . . .«
»Jessica brauchte mich.«
»Was sie brauchte, war Hilfe. Nicht das, was du ihr gegeben hast. Sie ist keine läufige Hündin, die unbedingt gevögelt werden muß. Du hast sie ausgenutzt.«
»Und was ist mit dir?« Es war das erstemal, daß er in meiner Gegenwart die Beherrschung verlor. »Nutzt du sie etwa nicht aus? Ich versuche, sie vorm Ertrinken zu retten. Du aber ziehst sie runter!«
Ich setzte das Glas ab und ging auf ihn zu. Das Zimmer drehte sich vor meinen Augen. Für einen Moment stand ich vor ihm. Wir müssen ein lächerliches Paar abgegeben haben; hätte er mich verprügeln wollen, er hätte mir vermutlich eine tüchtige Abreibung verpassen können. Merkwürdig, ich hätte es begrüßt. Als er regungslos und mit zusammengebissenen Zähnen stehenblieb, wandte ich mich ab.
»Um Himmels willen, geh und zieh dir was über!« sagte ich. »Du machst mich ganz krank.«
Er verschwand in seinem Schlafzimmer. Unaufgefordert schenkte ich mir Brandy nach und kippte das Glas runter. Vielleicht wäre es besser, wenn ich nach Hause ginge und nicht erst abwartete, daß er wiederkommt. Doch damit wäre nichts gelöst. Ich zündete mir eine Zigarette an, wandte mich wieder seinen Bücherregalen zu und wartete darauf, daß er zurückkam. Er blieb sehr lange fort. Als er sich schließlich wieder blicken ließ, hatte er schwarze Hosen und ein Seidenhemd mit Krawatte an, die er vorn ins Hemd hineingesteckt hatte. Ich roch den Duft seines Deodorants; gleichzeitig war ich mir des Schweißes in seinen Achselhöhlen bewußt.
Nachdem auch er sich ein Glas eingeschenkt hatte, sah er mich

an: »Ich hoffe, du verzeihst mir, was ich gesagt habe. Das geschah in der Hitze des Augenblicks.«
Ich sah ihn an. Sein Gesicht trug die übliche Maske zur Schau: Richard Cole, Schriftsteller. (»Sagen Sie, Mr. Cole, was halten Sie von ...?«) Ich hatte gehofft, daß wir entweder zu einer Schlägerei oder aber zu einer richtigen Aussprache kommen würden. Diese höfliche Floskel jetzt bestätigte nur den weltenweiten Abstand zwischen uns. Als ich mich schließlich von ihm verabschiedete, spürte ich nur einen immer größer werdenden Überdruß.

Wie wir es fertigbrachten, noch einen ganzen Monat weiter durchzuhalten? Es scheint so unmöglich, und ich kann es auch beim besten Willen nicht erklären. Wir existierten auf einer sehr elementaren Ebene, dachten wenig nach und wagten kaum zu atmen; wir drehten uns wie Fische im Wasser im Kreise, die Kiemen klappten auf und zu, primitiv und völlig ungeschützt.
Wir waren uns bewußt, daß sich alles ständig veränderte, doch gab es keine Schocks, weil es auch keinen richtigen Widerstand mehr gab, nur Erschöpfung und Resignation. Ich hatte kein Geld mehr, und im Moment gab es auch keine Aussicht auf Arbeit für mich. Die wenigen Stellungen für Lehrer, für die ich mich bewarb, waren alle besetzt; dabei wurden dieselben Jobs regelmäßig in den Zeitungen weiter ausgeschrieben, auch nachdem man mir abgesagt hatte. Jessica unterhielt mich; ich versuchte nicht einmal, Einwände dagegen zu erheben. Es war zwar reine Spiegelfechterei, aber sie bot mir ein ›Darlehen‹ an, bei dem mein Wagen als Sicherheit diente.
Als es galt, uns vor der Welt zu verkriechen, kümmerten wir uns immer weniger um Vorsichtsmaßnahmen. Selbstverständlich handelten wir niemals richtig bedenkenlos, aber wir waren viel zu müde geworden, als daß wir größeren Wert auf die umständlichen Schutzvorkehrungen gelegt hätten, auf die wir uns bis dahin verlassen hatten. Wenn das endgültige Klopfen an der Tür dann kommen sollte, oh Gott, sollte es doch kommen! Früher oder später würde uns das Ende ereilen. Damit fanden wir

uns jetzt beide ab, ohne uns groß zu verstecken. Das einzige, was wir noch nicht wußten, war, welche Form dieses Ende annehmen würde.
Oft fügten wir uns in das Unvermeidliche, indem wir – bloß um nicht mehr reden oder nachdenken zu müssen – miteinander ins Bett gingen und uns der verzweifelten Raserei unserer Leiber überließen. Wie in der Schlußphase mit Ursula und Beverley vor Jahren, warf das Bewußtsein eines Endes uns zurück auf die aggressivsten Regungen der Sexualität: zwei Körper, die jeder für sich allein ihre Ekstase feierten, wobei jeder Orgasmus nur mehr verdeutlichte, wie allein wir miteinander waren. Wir verspürten den merkwürdigen Drang, dem Körper des anderen Verletzungen zuzufügen und mit Zähnen und Nägeln Zeichen zu hinterlassen, wieder vergehende Liebesbeweise, traurige Souvenirs. Dabei ging es nicht so sehr um das Schmerz-Zufügen – schließlich schmerzte alles –, sondern um die Zeichen und Beweise als solche, mit denen wir uns gegenseitig bewiesen: Schau, es gibt uns; schau, wir lieben uns; schau, sie hat meinen Samen im Schoß.
Ein letztes Zeichen allerdings hüteten wir uns zu setzen: ein Kind zu zeugen.
Sie wollte es und ich auch. Der Drang war manchmal fast unerträglich groß – eine letzte, in den Augen der Welt schamlos-schändliche Bestätigung. Wir diskutierten oft darüber. Und diese Gespräche gehörten zu den schönsten Stunden unseres letzten Monats: all die Träume über unsere Kinder, welche Namen wir ihnen geben wollten, wie wir sie aufziehen wollten, welche Kleider sie tragen sollten. (Sie sagte: »Am liebsten möchte ich, daß meine Kinder im Sommer nackt rumlaufen und im Winter Schaffelle tragen.«) Dabei wußten wir beide ganz genau – und das machte das Spiel erst lustvoll quälend – daß alles nur schöner Schein war, freilich einer, ohne den wir nicht mehr weiterleben konnten. So nahm sie abends wie immer die Pille, und wenn sie ihre Tage bekam, trauerten wir – was wiederum zum Spiel dazugehörte –, daß unsere Kinder einfach weggespült wurden.
Doch zwischen den wilden körperlichen Exzessen gab es auch Stunden unverfälschter Reinheit (ihre Stimme an meiner Kehle:

»Wollen wir diesmal beide zusammen kommen? Oder ich erst? Oder du? Ich bin gleich soweit ...«); und an den Abenden, da wir auf ihrem Balkon saßen oder auf dem Teppich lagen und bei Kerzenlicht lasen, erfüllte uns eine stillere Stille als sonst. Da wußten wir, daß alle unsere Kämpfe nichts als Bemühungen gewesen waren, eine äußere Kruste zu durchdringen und diese heitere innere Gelassenheit zu erreichen, in der wir zusammen sein konnten. »Ach mein Gott«, flüsterte sie eines Abends in der Badewanne, »es ist so furchtbar: Da denkt man und kämpft und versucht Klarheit zu gewinnen, man haßt sich, fürchtet sich und leidet an sich selbst, man durchleidet die ganze Qual, nicht zu wissen, wer man ist ... Und dann, plötzlich, kommt es zum Durchbruch, und man wird wieder friedlich wie jetzt, und man weiß, warum das alles hat sein müssen.«

Doch diese Augenblicke der Stille waren selten und vergingen auch rasch wieder; danach wurden wir zurückgeworfen ins Regel- und Zügellose. Irgendwo im Hintergrund gab es Richard. Ich wußte, daß er sie weiterhin besuchte, sie anflehte und sich nicht abweisen lassen wollte. Ich glaube nicht, daß sie ihm jemals wieder nachgab. Aber es könnte sein, was sie dann jedoch aus Zartgefühl mir gegenüber für sich behalten hat. Und doch gehörte es zum Wesen unseres Spiels, daß wir weitermachen und so tun mußten, als gäbe es überhaupt keine Bedrohung – wiewohl es das Spiel ohne diese Bedrohung überhaupt nicht gegeben hätte.
Ein Traum dieses Monats, einer der beunruhigendsten meines ganzen Lebens: Ich stehe unter der Dusche, während sie im Schlafzimmer hinter mir auf dem Bett liegt. Als ich mich plötzlich umdrehe, bemerke ich, daß sie mit angezogenen Beinen daliegt, in der Länge ihres Geschlechts ist eine kleine Kamera eingebaut; und mir geht auf, daß sie alle meine Bewegungen aufnimmt, um die Photos an ein geheimes fernes Spionagezentrum zu schicken.

Wir saßen wieder einmal auf ihrem Balkon und redeten über nichts Besonderes, als sie mich unvermittelt fragte:

»Habe ich dir jemals von meiner Großmutter erzählt?«
»Was genau meinst du?«
Sie lachte leise: »Ich wünschte, du hättest sie kennengelernt: meine Großmutter väterlicherseits. Eine winzige Person, schrecklich etepetete, wie eine viktorianische Puppe, eine Art Aushängeschild für die Wohlanständigkeit unserer Familie. Bis zu ihrer Hochzeit war sie niemals mit ihrem Bräutigam allein zusammen gewesen. Bei den drei oder vier Gelegenheiten, wo sie sich getroffen hatten, war immer ein Anstandswauwau dabeigewesen. Und dann, wie aus heiterem Himmel – ich glaube, sie waren noch kein Jahr verheiratet gewesen; auf jeden Fall war es, bevor sie Kinder bekamen – brannte sie mit einem jungen, französischen Maler nach Paris durch. Er war arm wie eine Kirchenmaus. An so manchen Tagen hatten sie weder was zu essen noch Geld für die Gasuhr. Sie aber lebte ein ganzes Jahr lang in seiner winzigen Dachwohnung mit ihm – als Geliebte und Modell. Dann kehrte sie zu meinem Großvater zurück. Das einzige, was sie von diesem Jahr in Paris mit zurückbrachte, war ein kleines Aktbild, das er von ihr gemalt hatte.
Die Familie tobte zwar, aber sie weigerte sich, das Bild zu verstecken. Sie ließ es vielmehr rahmen und stellte es auf ihren Frisiertisch. Für den Rest ihres Lebens führte sie eine vorbildliche Ehe mit meinem Großvater. Aber das kleine Bild blieb in ihrem Zimmer und wurde allen Kindern und Enkelkindern gezeigt. Nicht, um sich damit zu brüsten, aber ganz gewiß auch nicht aus Reue: Ich glaube, sie hoffte, sie würden irgend etwas begreifen von dem einzigen wirklich bedeutenden Faktum in ihrem langen Leben.«
Als sie zuende erzählt hatte, fragte ich sie: »Warum hast du mir das jetzt erzählt?«
»Ich weiß nicht. Es fiel mir nur gerade ein. Es ist die einzige hübsche Geschichte, die es in der Familie gibt; alles andere ist schrecklich banal.«
»Schlägst du nach ihr?«
Sie lachte.
Ich aber sagte sanft: »Dein Jahr in der kleinen Wohnung unterm

Dach ist fast vorbei: möchtest du nicht auch zu deiner Familie zurück?«
»Warum fragst du?« flüsterte sie.
»Die Mansarde wird immer kleiner und kälter, kleine Miss Muffet.«
»Wir haben immer noch etwas Geld für die Gasuhr.«
»Aber nicht viel.«
»Ein kleines bißchen.«
Warum habe ich es nicht dabei belassen. Was war das in mir, das mich zwang, sie zu fragen: »Und dann?«
»Diese Frage habe immer ich dir gestellt«, erinnerte sie mich.
»Und du hast dann jedesmal gesagt: Sprich nicht davon. Wir haben immer noch das *Jetzt.*«
»Aber das *Jetzt* ist fast vorbei.«
»Hör auf, Liebling. Ach, hör auf!«
»Irgendwann werden sie kommen und an die Tür unserer kleinen Dachwohnung klopfen. Oder du heiratest Richard.«
»Das werde ich nicht tun. Ich werde dich nicht verlassen.«
»Und was ist, wenn ich mit dir gehe?«
»Nach England? Möchtest du das?«
Ich lächelte. »Das kann ich nicht. Weißt du das denn nicht?«
»Was dann?«
»Nichts. Es gibt nichts anderes.«
Sie senkte den Kopf. »Ich kann es nicht ertragen, Joseph.«
Und dann, eigentlich ohne es recht zu merken, waren wir an den Punkt gekommen, den wir nie hatten zugeben wollen und der doch unausweichlich geworden war.
Sie war es, die die Frage stellte: »Hast du jemals ans Sterben gedacht?«
»Oft.«
»Ich meine: ist das Sterben immer sehr schmerzvoll? Ich habe Angst vor dem Schmerz.«
»Ich denke, es gibt auch andere Möglichkeiten.«
»Welche zum Beispiel?«
Ich dachte nach, zuckte mit den Achseln und sagte: »Gas oder sowas. Abgase im Auto.«

»Wenn man so müde ist: Ich denke, wir schlafen einfach ein, vergessen alles und fürchten uns nicht mehr.«
»Warum sagst du ›wir‹?«
»Du sagtest, du würdest mit mir gehen.«
Reglos starrten wir vor uns hin. Es hatte was Barmherziges, wie Regen, wie Schlaf, wie das Meer; wie die Nacht des Heiligen Johannes vom Kreuz. So leicht. So greifbar.
»Ich hatte nicht gewußt, daß es so nahe ist«, flüsterte ich. »Ich dachte, wir könnten es uns noch von Tag zu Tag vom Leibe halten.«
»Und jetzt?«
»Jetzt bin ich viel zu müde, um noch weiter nachdenken zu können. Ich möchte nichts weiter, als mit dir gehen.«

12

An diesem Vormittag nahm ich nicht Aunt Lallies Einkaufsnetz, um in der Stadt unten einkaufen zu gehen wie gewöhnlich: Ich fuhr hinaus nach Goodwood, um ihre Lebensmittel und einen Gartenschlauch zu besorgen. Vermutlich war das eine unnötige Vorsichtsmaßnahme, aber ich wollte nicht riskieren, erkannt zu werden. Schließlich tankte ich voll, damit wir noch vor Abend bis nach Bain's Kloof kommen konnten. Mein Kopf war leer. Ich konnte nicht mehr denken. Mir war, als bewegte ich mich in einem zeit- und raumlosen Zwischenreich, in dem alles Denken und Fühlen aussetzte. Die Beruhigungsmittel, die ich morgens genommen hatte, machten mich müde und ließen alles um mich herum wie in einem Nebel verschwimmen. Die Stadt war fremd, alle Menschen waren fremd, unendlich fremder als an jenem Tag, da ich vom District Six heruntergekommen war und man mir einen flüchtigen Einblick in Segismundos Traumwelt gegönnt hatte.
Außerdem regnete es. Der Berg versteckte sich in den Nebelschwaden, die Stadt war ein dumpfes Summen, unterbrochen einzig vom naß zischenden Geräusch der Autoreifen. Ab und zu

schimmerte unversehens farbloses Licht auf Dächern oder Straßen auf. Es war wie an dem Tag, als der alte Oom Dirk und ich mit dem Pferdewagen den Pastor holen gegangen waren. Ich erinnerte mich noch, wie er sang:

My bonnie lies over the ocean,
My bonnie lies over the seaaa ...

In der Tat: die Erinnerungen waren viel lebendiger als die Welt um mich herum. Jeder Mensch, jeder Gegenstand war umhüllt vom Unbegreiflichen und dem langgezogenen Zischen des Schweigens.

Ich hatte gehofft, an diesem Nachmittag ein wenig schlafen zu können; der Tag schien kein Ende zu nehmen. Doch ehe ich dann einnickte, klopfte Richard. Ich war mindestens ebenso überrascht wie er an dem Tag, da ich ihn aufgesucht hatte. Mir war augenblicklich klar, daß er in einem schlechten Zustand war. Sein sonst makelloser Anzug war zerknittert, als hätte er darin geschlafen. Außerdem roch er nach Brandy, altem, schalen Brandy, und seine Augen schienen geschwollen; und obwohl es ein eher kühler, regnerischer Tag war, stand ihm ein ungesunder Schweißfilm auf Stirn und Oberlippe.
»Was ist los, Richard?« fragte ich verwundert, wenn auch der Situation gegenüber distanziert.
»Du solltest es wissen.« Er schien auf ein unsichtbares Ziel zuzusteuern, so als suchte er nach etwas; dabei waren seine Bewegungen fahrig, beinahe holprig. Als er sich mir schließlich zuwandte, war mir, als sähe er mich durch ganze Schichten von Schmerz hindurch eindringlich an. »Ich bin jetzt seit vierundzwanzig Stunden auf der Straße«, sagte er. »Ich kann einfach nicht mehr. Verstehst du? Es ist unmöglich.«
»Wovon redest du?«
»Ja, was meinst du wohl?«
»Jessica?«
»Früher oder später erreicht man einen Punkt, wo man zerbricht,

Joseph. Wir haben versucht, uns gegenseitig zu behandeln wie Gentlemen, aber gebracht hat uns das nichts.«

»Ich weiß.«

»Was willst du dagegen unternehmen?« Er schwankte; aber ich bemerkte, daß er keineswegs betrunken war.

»Warum ich?«

»Weil du der einzige bist, der was tun kann.

»Meinst du wirklich, irgendeiner von uns könnte noch irgend etwas tun?«

»Ich kann einfach nicht zulassen, daß du sie kaputtmachst.«

Ich stutzte und überlegte, ob sie ihm was erzählt haben könnte, doch das war unmöglich.

»Du mußt dich absetzen. Wenn du auch nur einen Hauch von Anstand besitzen würdest, würdest du nicht länger bei ihr bleiben.«

Ich wollte lachen. Das ganze war so völlig absurd, wo doch der grüne Schlauch bereits in meinem Kofferraum lag.

»Es hat Jessica immer freigestanden, zu bleiben oder zu gehen«, sagte ich.

»Du läßt sie nicht los. Du übst einen bösen Einfluß auf sie aus. Du läßt sie nicht los – wie eine Spinne im Spinnennetz ihre Beute.«

»Arme Miss Muffet!«

»Was zum Henker meinst du?« fragte er wütend.

Ich schüttelte den Kopf.

Er packte mich bei der Schulter und zwang mich zurück zu ihm.

»Ich habe mich bemüht, rücksichtsvoll dir gegenüber zu sein«, sagte er zitternd. »Früher habe ich Hochachtung vor dir gehabt. Ich weiß, was es dir bedeutet hat. Ich wollte dir nicht wehtun . . .«

»Weil ich eine braune Haut habe?«

»Scheiß auf deine braune Haut!«

Ich lächelte. »Warum hast du mir das nicht längst gesagt? Es muß doch wahnsinnig erleichternd für dich sein.«

»Joseph . . .!« Er packte mich fester, und unter den geschwollenen Lidern hervor starrte er mich an. »Treib es nicht zu weit mit mir!«

»Ich treib' dich nirgendwohin. Du bist der einzige, der versucht, mit Gewalt etwas zu erreichen.«
»Und warum auch nicht?« Er versetzte mir einen heftigen Stoß. »Du wirst jetzt verschwinden. Mir reicht's.«
Als ich meinerseits seine Handgelenke packte, lockerte er seinen Griff. »Was zwischen mir und Jessica geschieht, geht dich nichts an, Richard.«
»Und ob es mich was angeht! Hörst du?« Seine Stimme kippte fast in ein Falsett um. »Entweder, du verziehst dich, oder ich bring' dich um!«
»Und wie glaubst du, mich umbringen zu können?«
Jetzt hatte er jede Beherrschung verloren. Schwer atmend beugte er sich über mich und sagte: »Du hast kein Recht, mit ihr zusammenzusein. Du bist Coloured. Warum hältst du dich nicht an deine eigenen Leute? Du weißt nicht, wo du hingehörst.«
»Bildest du dir ein, sie nimmt dich, wenn ich mich zurückzieh'?«
»Ich hab' dich gewarnt, Joseph! Ich schwöre ... Wenn du jetzt nicht Schluß machst, gehe ich zur Polizei!«
Für einen Moment sah ich ihn weiter an, dann wandte ich mich ab und trat lachend ans Fenster. Ich lachte nicht laut, konnte es aber genausowenig unterdrücken wie Weinen. Die Lächerlichkeit der Situation, die völlige Belanglosigkeit seiner Drohung überwältigten mich. Ich lachte, bis ich ganz außer Atem war.
Vermutlich war er sich nicht darüber im klaren, daß es Lachen war. Nach einiger Zeit wurde ich mir bewußt, daß er hinter mir stand, mich packte und schüttelte und dabei flehte: »Bitte, mach jetzt Schluß, Joseph! Hör auf! Ich habe es nicht so gemeint! Bitte, mach Schluß jetzt!«
Das hatte auf meiner Seite einen neuen Lachanfall zur Folge, allerdings weniger hysterisch als zuvor.
»Komm«, sagte ich schließlich, ohne ihn anzusehen. »Ich bring' dich nach Haus!«
»Nein!«
Ich ging weiter. Er folgte mir. Schweigend fuhren wir nach Mouille Point, wo ich ihn in seine Wohnung hinaufbrachte. Er hatte Mühe zu gehen, und zweimal mußte er auf der Treppe ste-

henbleiben, um sich mit der Schulter an die Klinkerverkleidung zu lehnen.

In der Wohnung führte ich ihn in sein Zimmer und brachte ihn dazu, sich auf das Bett zu setzen. Er wollte protestieren, war aber zu erschöpft.

Ich drückte ihn rücklings aufs Bett, dann deckte ich ihn zu.

»Jetzt mußt du schlafen«, sagte ich.

»Joseph, ich wollte dich nicht . . .« »Schlaf!«

Allein fuhr ich zurück. Zum erstenmal an diesem Tag fiel das Gefühl der Fremdheit von mir ab. Darüber war ich froh. Ich wollte hellwach und klar sein, wenn es Abend wurde.

Als ich kurz vor acht nach Kloof Nek hinauffuhr, regnete es immer noch. Ich stellte den Wagen vor dem Haupteingang ab, legte mir den Regenmantel um die Schultern und ging hinein. In der Halle waren zwar Menschen, doch ich ging ohne zu zögern und ganz offen an ihnen vorbei und stieg die Treppe bis zum obersten Stock hoch.

Sie machte sofort nach dem Klopfen auf.

Wir gingen auf den Balkon hinaus.

Sie sah hinunter auf mein Auto unten und erschrak.

»Es macht nichts«, sagte ich. »Nicht dieses eine Mal.«

»Das stimmt.« Sie sah mich an und wandte dann den Blick wieder ab.

»Hast du alles . . . mitgebracht?«

»Ja. Denk jetzt nicht daran.«

»Wie lange brauchen wir bis Bain's Kloof?«

»Nicht lange. In unserem kleinen Wagen und bei diesem Wetter . . . kaum länger als eine Stunde.«

»Das ist schnell. Ich hatte immer gedacht, daß Bain's Kloof sehr weit weg ist.«

»Nein, es liegt ziemlich in der Nähe.«

»Ich bin froh, daß es regnet.«

»Nicht, daß es viel ausmachte.«

»Nein.« Und nach einiger Zeit. »Was hast du den ganzen Tag gemacht?«

»Ich bin unterwegs gewesen. Und am Nachmittag habe ich geschlafen.«
»Ich habe auch versucht zu schlafen, konnte aber nicht. Dann wollte ich die Wohnung aufräumen. Es ist alles so schrecklich unordentlich, aber viel geschafft habe ich nicht.«
Der Abend unter uns wurde im Regen dunkler.
»Und morgen . . .« Die Stimme versagte ihr.
»Nein.« Ich hielt sie ganz fest. »Morgen ist für die anderen. Der heutige Abend gehört uns.«
»Bist du froh, Joseph?« fragte sie plötzlich.
»Froh?« Überrascht sah ich sie an und verzog das Gesicht langsam zu einem Lächeln, ließ die Lippen von ihrer Stirn herunterwandern, über die kleine gerade Nase bis zu ihrem Mund. »Ja. Ich bin froh. Es erfüllt einen mit solchem Frieden.«
»Ja.« Doch meine Hand auf ihrer Brust spürte das Rasen ihres Herzens.
Später stand sie auf, um Zigaretten zu holen. Das Päckchen war leer.
»Laß uns gehen und welche kaufen«, schlug ich vor.
»Ich lauf' schnell hin.«
»Nein. Heute abend gehen wir zusammen.«
Zum erstenmal, zum einzigenmal, gingen wir gemeinsam im Regen durch die Straßen wie jedes andere Liebespaar, das ein Café aufsucht; nicht Hand in Hand, ja, ohne einander überhaupt zu berühren, aber nebeneinander. Es war wie ein Fest.
Wir kauften die Zigaretten und kehrten zurück in ihre Wohnung. Als wir da waren, zitterte sie.
»Ist dir kalt?«
»Nein.«
Ihr klapperten die Zähne.
»Hast du Angst?«
»Es ist nur . . . Es dauert noch solange, die Warterei. Und diese lange Fahrt. Und ich hatte mir so sehr vorgenommen, tapfer zu sein, bis wir da sind.«
Ich sah sie an und bemerkte neuerlich, wie zerbrechlich sie war. Ihre Augen waren groß und weit aufgerissen.

»Bitte, vertrau mir«, sagte ich.
»Ich vertraue dir.«
Ich schloß die Wohnungstür auf und machte sie hinter uns wieder zu. Wir machten kein Licht an. Es war wie immer.

13

Am untersten Hang von Bain's Kloof, unter einem Haufen nasser Zweige, so daß man es von der Straße aus nicht sehen konnte, versteckte ich das Auto. Ich hatte mehr als genug Zeit. Ich konnte später wieder zurückkommen. Das Ende Schlauch nahm ich mit, warum, weiß ich nicht. Meine Gedanken gingen ziemlich wirr durcheinander. Ich denke, etwa folgendermaßen: *Wenn jemand während meiner Abwesenheit das Auto entdeckt, habe ich wenigstens den Schlauch.* Dabei weiß ich nicht, was ich damit hätte anfangen sollen.
Es regnete nicht mehr unablässig; es nieselte nur ab und zu. Ich ging die Straße hinauf und wich den wenigen vorüberfahrenden Autos aus, indem ich mich hinter Bäumen oder Felsen verbarg – nicht, weil ich Angst gehabt hätte; es war einfach ein Reflex.
Irgendwann auf der gewundenen Straße dachte ich: Dlamini/Daniel muß gestorben sein, als er zu müde war weiterzugehen. Das ganze wurde zu einer Art Elefantenfriedhof. Alle von uns, die müde wurden, haben diesen Weg genommen.
Als ich schließlich das Hotel erreichte, bog ich nach rechts ab und folgte dem Fußpfad übers Veld auf die tiefe Schlucht zu. Aber es war so dunkel, daß man nichts sehen konnte, und ich wollte keine Felswand hinunterstürzen.
Unter einem Baum, der leichten Schutz vor den sporadischen Schauern bot, setzte ich mich nieder. Komisch, daß man unter solchen Umständen überhaupt schlafen kann, doch genau das tat ich, den Rücken am Stamm und den Gartenschlauch über den Beinen. Als ich erwachte, sickerte das erste farblose Licht durch die Wolken. Es war sehr kalt, fast so kalt wie in der Nacht, als Willem und ich unter dem Felsvorsprung Schutz ge-

sucht hatten. Doch da hatten wir uns jedenfalls gegenseitig wärmen können.
Ich stand auf und ging weiter, damit der Blutkreislauf wieder in Gang kam. Ich folgte dem steinigen Pfad die Wand der Schlucht hinunter und arbeitete mich ohne Hast weiter flußaufwärts voran, indem ich von einem Felsbrocken zum anderen sprang. Zwar tagte es, doch der Himmel war immer noch grau und regenschwanger. Ich war froh darüber, denn es war Karfreitag, und wäre das Wetter gut gewesen, wären Horden von Ausflüglern ins Kloof hinuntergestiegen. So jedoch war ich allein.
Ich hatte es immer noch nicht eilig. Die Zeit war vor fast zwölf Stunden gestorben. Ich war frei von ihr.
Tatsächlich war das das sonderbarste von allem: diese Leichtigkeit in mir, dieser geradezu sorglose Zustand. Ich hatte das letzte aller *Du sollst nicht* übertreten; die Welt der Moral war von mir abgefallen: es war, als wäre ich noch einmal geboren worden.
Weiter flußaufwärts fand ich unser Wasserbecken. Gern wäre ich geschwommen, doch es war zu kalt. Unter ein paar Felsen versuchte ich, es mir bequem zu machen und beobachtete die plätschernden Wellen in dem Wasser, in das wir vor einem Jahr mit einem Kopfsprung eingetaucht waren. Hier hatte ich den Kieselstein mit der Einkerbung gefunden, die wie die Scheide eines Mädchens aussah. »Wenn ich ihn fallen lasse«, hatte sie gesagt, »hält er das aus, schau, er besitzt keinen Stolz. Er ist ganz er selbst.«
Der Kiesel mußte immer noch da sein, irgendwo und nicht zu finden, gleichwohl immer noch derselbe. Auch ich war wie dieser Stein geworden, genauso glatt, so ganz und so bereit zu fallen, und darauf vorbereitet, es auszuhalten. Denn außer mir hatte ich nichts zurückgelassen. Alles war abgeschliffen und rund, nur das Wesentliche war geblieben. Ich brauchte nicht einmal mehr als Schauspieler auf der Bühne zu stehen; ich hatte meine letzte Rolle gespielt: ich war von einer Schale nach der anderen befreit worden, wie Peer Gynts Zwiebel; nun war nur noch die reine Leere des Herzens geblieben. Es war sehr schön.
Auf den Hängen über mir konnte ich das Gras im Wind wogen

sehen. Es wehte und wehte, und Gras und Heidekraut wogten wie eh und je. Alles war unverändert, so wie ich.
Als es dunkel wurde, zog ich weiter, stieg höher hinauf, doch war es bereits zu spät, um sehr weit zu kommen, auf jeden Fall zu weit, die vorragende Felsklippe zu erreichen. In einem Strauchdickicht machte ich mir eine Mulde, um darin zu schlafen. Als die Sonne unterging, wurden die Wolken für ein paar Sekunden weggeweht, so daß ich ein Stück Sonne zu sehen bekam. Gleich danach schoben sich wieder Wolken davor.
Ich dachte an die alte Buschmanngeschichte über die knielosen Menschen, die im Westen leben und abends die Sonne aufessen, wobei die Sonne lebendiges Fleisch ist. Eines Tages wagte ein mutiger Jäger sich nahe an sie heran und sah sie im Stehen schlafen; sie hatten ja keine Knie und lehnten sich an Baumstämme. Wir Sonnenesser des Westens, dachte ich, waren die Menschen des Dunkels, jawohl; was uns fehlte, waren Ruhe und richtiger Schlaf. Ohne Knie, ohne Gesäß, ohne irgend etwas. Bis nichts mehr von uns übrig war, bis nichts blieb als das Weitermachen. Und die Sterne waren die Augen der toten Seelen.
Doch in dieser Nacht gab es keine Sterne.
Bei Tagesanbruch sickerten Gedanken in mich zurück. Irgendwann würde ich zurück müssen zum Auto. Vielleicht heute abend.
Aber wenn ich ging, wenn ich allein tat, was wir vorgehabt hatten, gemeinsam zu tun, wäre das so etwas die das Eingeständnis einer endgültigen Niederlage. Hätten wir es gemeinsam getan, wäre es etwas anderes gewesen, ein Akt der Liebe. Aber es allein zu tun, nach dem, was ich bereits getan hatte: das hieße, unwürdig zu handeln. Warum, konnte ich nicht erklären; ich wußte nicht einmal mehr, warum mir das wichtig sein sollte. Aber es war wichtig; und auch um ihretwillen.
Ich stieg den Hang hinauf, weiter weg, hinein in die völlig unbekannten Berge, wo ich nie zuvor gewesen war; und schritt aus, um den Körper warm zu halten, um das Denken nicht einschlafen zu lassen.
Das Ende Gartenschlauch schleuderte ich ins Gebüsch. Es war,

als durchtrennte ich damit eine Nabelschnur, das letzte, was mich mit Ursache und Wirkung verband.
Als es dunkel wurde, fand ich einen besseren Unterschlupf als gestern abend, eine niedrige Höhle. Die Wolken zerstreuten sich, doch es war bitter kalt.
Es spielte keine Rolle. Da ich die Entrücktheit von vorher verloren hatte, steigerte die Kälte mein Bewußtsein von einem neuen Einssein zwischen mir und dem Gras und gleichmütigen Bergen.
Die ganze Nacht hindurch redete ich laut mit mir selbst.
Wenn ich mich selbst umbringe, gebe ich damit zu, versagt zu haben. Dann werdet ihr glauben, ihr hättet mich zu Tode gehetzt, ich hätte es nicht ausgehalten. Beweise ich jedoch, daß ich bereit bin, alles, was vor mir liegt, zu ertragen, begebe ich mich aus freien Stücken in eure Hände, könnt ihr mich letztlich nie besitzen. Denn dann hätte ich es aus freiem Entschluß heraus getan, als Teil meiner Freiheit!
Ihr habt mir alles genommen, was ich je hatte. Aber wenn ich am Ende triumphiere, bleibt euch nichts.
Sie ist sicher. Ich kann mich dafür entscheiden, um ihretwillen durch die Hölle zu gehen. Dann seid ihr es nicht, die mich zwingen, sondern ich bin es, der die Entscheidung trifft: dieses Ich. Weder blind noch impulsiv, sondern klaren Verstandes und gründlich durchdacht.
Es wurde bitter, bitter kalt!
Um nicht das Bewußtsein zu verlieren und nicht zu erfrieren, fing ich an, Stellen aus Stücken zu rezitieren, in denen ich früher mitgespielt hatte. Allerdings nicht so, wie auf der Bühne; ihre Worte schienen meine eigenen geworden zu sein, und ich war mein eigenes Publikum. Auch Gedichte sagte ich auf: Shakespeares Sonette, Rilke, Donne, alles, was mir einfiel. Den Heiligen Johannes vom Kreuz:

Sieh, ich bin abgeschieden;
Auch Aminadab läßt sich nicht gewahren;
die Umwelt liegt in Frieden;
und schon zum Grund gefahren,
den Quell zu schauen, sind die Ritterscharen.

Als der Tag anbrach – es muß ein Sonntag gewesen sein, Ostersonntag –, machte ich mich auf, nicht den Weg zurück, den ich gekommen war, denn ich konnte niemals zurückgehen, sondern über die Berge und Hügel hinweg. Ich wußte, ich würde früher oder später Menschen finden müssen. Ich nehme an, ich war müde, ich muß hungrig gewesen sein; ich weiß es nicht.

Am Nachmittag lag eine Farm unter mir. Den letzten Hang wankte ich hinunter und klopfte an die Hintertür; als die Farmersfrau öffnete, sagte ich:

»Madam, mein Name ist Joseph Malan. Ich nehme an, die Polizei sucht nach mir. Würden Sie sie bitte anrufen?«

Siebtes Kapitel

1

Gegen die tausend Bedrohungen, zu denen es kommen wird oder auch nicht, bin ich wehrlos. Ich bin leicht zu überwältigen, denn ich habe alle Waffen gestreckt. Nur auf eines bin ich gefaßt, auf den Tod. Nicht, indem ich mich ihm aggressiv stellte, sondern weil ich jetzt weiß, wie lange wir bereits miteinander gelebt haben. Er ist mir vertraut wie der Körper einer Geliebten: Ich kenne den Tod, so wie er mich kennt. Jetzt bin ich dessen sicher, wie beim erstenmal, als sie zu mir sagte:
»Ja. Komm in mich!«
All die letzten Wochen, vielleicht sogar Monate hindurch habe ich die Seiten, die ich Nacht für Nacht unter der nackten Glühbirne geschrieben habe, genommen und durchs Klo gespült. Jetzt ist mein schmaler, geschrubbter Tisch fast leer, aufgeräumt und kahl wie ein Möbelstück in einer Mönchszelle. Was mir bleibt, ist nur ein kleiner Stoß Blätter an einer Ecke, die Handvoll Sonette für meine Bewacher. Ich nehme an, sie werden wütend sein, wenn sie sie finden, und gar nicht merken, daß in gedrängter Form alles in ihnen enthalten ist. Worauf sie – genauso wie der Anwalt – warteten, war ein Bericht ›in meinen eigenen Worten‹. Doch als Schauspieler ist es immer meine Aufgabe gewesen, den Worten anderer Leben einzuhauchen. Daß es nun Shakespeares Sonette sind, gibt mir ein einzigartiges Gefühl der Genugtuung. Theatralisch bis zum Schluß, werden sie sagen. Dem eigenen Ich bleibe treu! Über den Unterschied zwischen Handeln und Spielen bin ich mir nicht mehr so sicher. Letzten Endes führen wir alle vor unsichtbarem Publikum oder vorm Spiegel unser kleines Stück auf. Ausschlaggebend ist einzig und allein, ob unsere Schauspielerei mehr oder weniger stimmig war und mehr oder weniger überzeugt hat. Also eine Sache der Technik. Manche leben und sterben besser als andere. Aber alle werden von demselben Dunkel eingeholt.

Darüber kann ich immer nur weiter staunen: die Plötzlichkeit, mit der es Nacht werden kann. Den ganzen Tag über weiß man, daß sie kommt, und doch, wenn sie eintrifft, ist es immer eine Überraschung.

Der Aufseher ist an diesem Nachmittag spät gekommen: ein kahlköpfiger, bebrillter Mann in mittleren Jahren; sein Gesicht gebräunt, doch mit einer tiefen Furche quer über die Stirn – soweit ging sein Hutrand –, und darüber war sie weiß; so als wäre er jahrelang Farmer gewesen. Ich kann mir gut vorstellen, wie er sonntags in der Kirche auf dem Platz der Kirchenältesten sitzt. *Sein* Gebiß wird bestimmt nie vom Meer fortgespült!

»Wieso sitzt du denn so da, Mann?« fragte er mich bewußt jovial, was mir augenblicklich klarmachte, weshalb er gekommen war.

»Es gibt nicht mehr viel zu tun, oder?« sagte ich. »Aber ich denke, es dauert jetzt nicht mehr lange.«

»Woher weißt du das, hey?«

»Sind Sie nicht hergekommen, um mir das zu sagen?«

Er fuhr sich mit der Hand über die Stirn, wo in jungen Jahren einmal eine kecke Tolle gewesen sein muß. »Ja, so ist es.«

»Wann?«

»Naja, du wirst sehen.« Er vergrub die Hände in den Taschen. »Morgen.«

»Früh?«

»Bei Sonnenaufgang. Immer die gleiche Zeit.«

»Verstehe.«

»Du solltest dir das nicht zu sehr an die Nieren geh'n lassen, Mann. Du wußtest ja, daß es früher oder später dazu kommen würde.«

»Das ist wahr.«

»Aber wir sagen dir rechtzeitig Bescheid.« Er holte seine Pfeife hervor und kratzte darin herum. »Ich mein', damit du alles bereit hast und so. Wenn du noch 'ne besondere Bitte hast – du brauchst bloß zu fragen.«

»Ich wäre dankbar, wenn Sie heute nacht das Licht ausmachen könnten. Wenn Sie das vielleicht arrangieren würden?«

Er setzte ein tief unglückliches Gesicht auf und schüttelte den

Kopf. »Das verstößt gegen die Vorschriften, Mann. Wenn ich könnte ... Aber dann krieg' ich Scherereien, verstehst du.« Er bemühte sich wieder um einen jovialen Ton. »Aber warum denn auch im Dunkeln sitzen?«
»Ich liebe das Dunkel.«
»Ich wünschte, das könntest du mal meinem Sohn sagen, mein'm jüngsten. Er ist zwölf Jahre jünger als seine Schwester. Und von klein auf, von seiner Geburt an, hat er 'ne Heidenangst vor der Dunkelheit gehabt. Ich vermute, er muß mal Angst vorm Donner oder sowas gehabt haben.«
»Ich habe auch einmal Angst vorm Donner gehabt«, sagte ich. »Eines Nachts, in London. Ich glaube, eine solche Angst hab' ich nie wieder im Leben gehabt.« Endlich gelang es ihm, die Pfeife anzuzünden. »Ja.« Das abgebrannte Zündholz steckte er zurück in die Schachtel. »Du bist so ziemlich überall auf der Welt gewesen, was? Ich bin zu meiner Zeit auch viel rumgekommen. War ganz bis nach Tzaneen in Transvaal, hab' da unten Landwirtschaft betrieben, bis runter nach Bloemfontein. Achthundert Kilometer. Würde man nicht glaub'n, wenn man mich heute so sieht, nicht? Das war, als meine älteste Schwester starb. Tja, der Tod hat viele von uns geholt; jetzt bin bloß ich noch übriggeblieben. Aber ich nehm' an, du hast keine Lust, übern Tod zu reden und so.«
»Das stimmt.«
Jetzt hatte er es plötzlich eilig. »Nun, wie ich gesagt hab': Wenn du 'ne Bitte hast, sag's! Morgen früh werden wir dir 'n Pastor schicken.«
»Ach, lieber nicht, bitte!«
»Bist du etwa katholisch?«
»Nein, ich bin nicht gläubig.«
Er nahm die Pfeife aus dem Mund und steckte sie nach einigen Sekunden wieder hinein. »'türlich«, sagte er nachdenklich.« Ihr Coloureds seid anders als wir.« Ich sah, wie er darum kämpfte, die richtige Formel zu finden. »Aber unser HErr Jesus is' für alle gestorb'n, Joseph. Das solltest du nicht vergessen, hey! Schon als er am Kreuz hing, hat er noch einen von den Mördern gerettet.«

»Aber der andere ist zur Hölle gefahren.«
»Die Wege des HErrn sind unerforschlich, verstehst du? Es steht uns nicht an, darüber zu richten.« Er machte die Tür auf. »Naja, ob Pastor oder nich', wir müssen dich so oder so früh wecken. Um fünf. Du weißt, es ist noch 'ne Menge zu erledigen.«
»Selbstverständlich. Bitte, sagen Sie mir, falls es irgend etwas gibt, womit ich Ihnen helfen kann.«
»Nichts, is' schon in Ordnung«, sagte er. »Wir kenn'n uns darin aus.« In der Türöffnung blieb er noch einmal stehen. »*Ag ja,* und heut' abend kannst du wie ein König speisen, versteht sich. Du bestellst einfach, was du willst.«
»Vielleicht etwas Rotwein, wenn das geht?« schlug ich vor. »Und eine Scheibe Graubrot.«
»Graubrot?«
»Das ist gut für die Verdauung.«
Er lachte, merkte, daß ihm die Pfeife ausgegangen war, und kramte wieder nach der Streichholzschachtel. Hinter seinem breiten Rücken fiel die Metalltür ins Schloß.
Morgen also ist es soweit. Von all den vielen Nächten ist nur noch diese eine übrig. Tut mir leid, daß ich ihn, was einen Priester oder Pastor betrifft, enttäuschen mußte. Hätte Pater Mark zur Verfügung gestanden, ich wäre glücklich gewesen, ihn bei mir zu haben. Aber vielleicht ist es besser so; zuviele Menschen haben sich seiner in der Vergangenheit bedient. Trotzdem, es wäre angenehm gewesen. Nicht, um zusammen zu beten. Nur, um mich noch ein letztesmal mit ihm zu unterhalten: über Jessica oder seine Blumenbeete. Ich frage mich, ob sie wohl irgend jemand gießt? Sie sind doch Sonne und Wind so ausgesetzt.
Was geschieht, ist gut so, wie es geschieht. Vor dem Alleinsein habe ich mich nie gefürchtet. Natürlich war es nach Jessica schwerer; aber es war nötig. Selbstverständlich geht es nicht darum, glücklich zu sein. Was das betrifft, hatte Jerry recht: Glücklichsein ist eine Folge von Blindheit. Und doch habe ich das gleiche Dunkel vor Augen, das die Blinden sehen, und finde Sinnfülle und Schönheit darin. Die Nacht ist der große Versöhner. Nein, Glücklichsein nicht: das einzige, was ich mir wünsche, ist offen zu

bleiben: mir bis zum Ende bewußt zu bleiben, was geschieht, nichts zu leugnen und nichts auszuschließen.
Ein Mann wie der Heilige Johannes vom Kreuz – er hat allen Besitz hinter sich gelassen, um vollkommener offen zu sein für die Fülle von allem. Nackt zu sein, wie wir in Bain's Kloof, oder nachts: da haben wir uns auf das Vollkommenste besessen, das war für uns der Gipfel der Freiheit, nur da waren wir völlig aufrichtig, in dieser Begegnung unserer Körper, des braunen und des weißen. Und weil wir es gewagt hatten, auf diese Weise nackt zusammenzusein, hat sich alles andere ergeben. Und darum bedaure ich nichts. Das ist Liebe.
Ob morgen alles vorbei ist?
Nein, mir will es vorkommen, als wäre es erst ein Anfang. Nicht der des Jenseits, sondern des Hierseins: nicht um meinetwillen, sondern für andere: vielleicht. Ich bin mir nie sicher gewesen, ob ich es schaffen würde, alles auszuhalten, aber ich habe es getan. Ich habe niemanden verraten: weder Jessica, noch Jerry, noch meine Geschichte. Das ist Freude.
Ob sie Jerry verhaftet haben, weiß ich nicht. Ich weiß nicht einmal, was er im Moment macht. Es spielt auch keine Rolle. *Falls* er frei ist, wird er wissen, daß ich ihn nicht verraten habe. Er kann also auf seine Weise weitermachen. Und wenn es denn Gewalt sein muß, dann wird diese geläutert sein durch seine Aufrichtigkeit, so wie die von Yanek. Und darin werden wir immer unzertrennlich sein. So etwas ist Gnade.
Wenn sie morgen früh kommen, um mich zu wecken, werde ich wach sein – ich wage einfach nicht, diese letzte aller Nächte zu verschlafen, dafür ist sie zu kurz und zu kostbar. *O Nacht, holder als das Frührot!* Ich möchte jede Stunde wach sein, möchte jede Stunde des Dunkels bewußt erleben.
Um sechs Uhr werden sie mich in den innersten Kreis führen. Und mich hinterher begraben, nehme ich an, denn es wird keinen geben, der meinen Leichnam haben will.
Hätte ich bei Oom Appie doch bloß eine Beerdigungsversicherung abgeschlossen; er wäre so dankbar dafür gewesen. Und dann wäre mir ein anständiges Begräbnis sicher gewesen, samt

Sarg, Trauernden und einem Kranz mit Plastikblumen und möglicherweise einem Grabstein, einem kleinen Meilenstein an der Straße der unzähligen Toten. Nur habe ich diese Gelegenheit verpaßt, und jetzt ist es zu spät. Denn wo ist das Grab der kleinen Leah, wo haben sie Adams zerschmetterte Überreste verscharrt, wo liegen Moses oder Dlamini/Daniel, wo Rachel oder Abraham und David, und wo mein Vater Jacob? Keines ihrer Gräber trägt Namen oder Datum; weshalb also sollte ich mich über sie erheben? Man sollte wissen, wo man hingehört, hat meine Mutter immer gesagt. Sonst sieht man nur seinen Arsch!

Mein Platz ist bei ihr und den anderen. Ich bin heute nacht nicht allein, sie sind bei mir, die lange dunkle Reihe. Ich bin nicht das Opfer meiner Geschichte. Was geschehen ist, habe ich aus freien Stücken gewählt. Ich lasse es nicht über mich ergehen, sondern ich schaffe es selbst. Ich überlasse mich ihnen. Ich bin ein glatter, runder Kieselstein, dem sein Fallen gefällt, Staub zu Staub, seiner selbst getreu.

Das ist Frieden. Nicht der Frieden der Welt-Entsagung: nicht der Frieden der Dummheit und des Nicht-Wissens. Ich habe meine Nacht erforscht und ausgelotet, ich liebe sie; sie existiert, im stillen Herzen des Sturms, regungslos, von Jessica bestimmt – nicht abhängig von ihr, sondern freiwillig durch sie erworben. Diese heitere Klarheit, dieses Lächeln, das ich zuerst bei Dulpert erkannte.

Dulpert.

Eines Tages werden wir den großen schwarzen Koffer öffnen. Dann werden wir sehen, was darin ist, und werden mit dem offenen Koffer durch die Stadt ziehen, er und ich, hinauf bis zum District Six, so wie er war, ehe sie anfingen, ihn zu ›sanieren‹. Am Oxford Place wird eine Maus davonlaufen, und alle Kinder der Nachbarschaft hinterdrein, aber sie werden sie nicht fangen, keiner wird sie zu blutigem Brei zertrampeln. Und Gran'ma Grace wird auf ihrem Balkon stehen und mit ihrem zahnlosen Mund mit der behaarten Oberlippe lachen. Oom Sassie wird rufen: »Na, Gran'ma Grace, wie geht's der Tomate?« Und sie wird antworten: »Die Tomate is reif un' prall!«. »Sie wird uns heraufwinken zu unseren Zimmern. Auf dem Tisch werden die *meang*-Stäbchen schwelen, Dulpert im Schneidersitz auf dem Liebesbett sitzen und friedlich vor sich hinsummen: *»Om. Om. Om.«* Ein Mädchen wird in meinen Armen liegen, Ursula vielleicht oder Sheila, oder Beverley, oder Annamaria. Vielleicht auch Hermien.

Jessica wird am Abend in meinem Armen liegen, im vertrauten Dunkel. Und ich werde zu ihr sagen: »Komm, Kleine Miss Muffet, komm, mein Liebling! Laß uns rausgehen auf die Straße, laß uns Hand in Hand spazierengehen, hab keine Angst, kein Mensch hat was dagegen, niemand hält uns auf, und die Reiter werden absteigen, wenn sie der Wasser gewahren.

Komm, Geliebte! Die Welt ist offen und die Gesetze sind in alle Winde verstreut. Komm, geh mit mir, nackt über den Strand ohne Ende. Komm in die Wasserlache im Sand, laß dich abspülen von mir, deine Schultern und deine bezaubernden kleinen Brüste, Rücken und Bauch und deine Beine, komm, laß mich dein geheimes Dunkel auf der Zunge kosten. Und du wirst mich waschen, so wie eine Frau eine Leiche wäscht, liebevoll und mit sanften Händen.

Und hinterher wirst du mich im Sand vergraben und ein Holzkreuz zwischen meinen Beinen aufpflanzen. Sie werden das Kreuz sehen und an mich denken, es wird nicht umsonst dort stehen, man wird es nie vergessen.

Und wieder daheim werden sie die Nachricht hören, in der kleinen weißen Missionskirche einen Gottesdienst abhalten, und der Pastor wird die Aussegnung vornehmen und sprechen:

Gott dem Allmächtigen hat es in seiner großen Güte gefallen, die Seele unseres lieben Bruders Joseph Malan zu sich zu nehmen: der HErr hat's gegeben, der HErr hat's genommen, gepriesen sei der Name des HErrn.

Nichtsdestotrotz.

Soll ich dich einem Sommertag vergleichen?
Er ist wie du so lieblich nicht und lind;
nach kurzer Dauer muß sein Glanz verbleichen,
und selbst in Maienknospen tobt der Wind.
Oft blickt zu heiß des Himmels Auge nieder,
oft ist verdunkelt seine goldne Bahn,
denn alle Schönheit blüht und schwindet wieder,
ist wechselndem Geschicke untertan.
Dein ew'ger Sommer doch soll nie verrinnen,
nie fliehn die Schönheit, die dir eigen ist,
nie kann der Tod Macht über dich gewinnen,
wenn du in meinem Lied unsterblich bist!
Solange Menschen atmen, Augen sehn,
lebt mein Gesang und schützt dich vor Vergehn!

Lieb' ist zu jung und weiß noch nichts von Sünde,
die – wie bekannt – ein Sproß der Liebe ist;
drum sei mir gnädig, holder Schelm, sonst künde
ich, daß du schuld an meinen Fehlern bist.
Denn ich verstricke, wie du mich verstrickt,
mein beßres Teil in meines Körpers Schande;
die Seele zeigt dem Fleische hochbeglückt
der Lust Triumph, und, frei von jedem Bande,
schwillt es empor und weist triumphbeseelt
auf dich als Preis. Im Übermut entbrannt,
ist es belohnt, wenn es für dich sich quält,
und steht und fällt, zu deinem Dienst gebannt.
Drum nenn's nicht Sünde, wenn mein Herz gesteht
die Liebe dir, für die es fällt und steht.

Mein Fehl ist Liebe, deine Tugend Haß,
Haß meines Fehls, der sünd'ger Lieb' entstammt!
O, prüfe mich mit deinem eignen Maß,
und du findst nichts an mir, das mich verdammt.
Geschieht es dennoch, darf dein Mund es nicht,
der seiner Scharlachlippen Zier geschändet,
der oft gleich mir im Bruch der eignen Pflicht
das Recht des fremden Ehebetts entwendet.
Ich darf dich lieben, wie du andre liebst,
um die dein Blick, wie meiner um dich, girrt;
hab' Mitleid denn, daß, wie du Mitleid übst,
Mitleid um Mitleid dir vergolten wird.
Wenn du verlangst, was ich bei dir entbehrt,
sei es nach deinem Vorbild dir verwehrt.

Erschöpft werf' ich mich auf mein Lager nieder
zur Rast, die wohl nach langer Reise tut,
doch dann beginnt in meinem Haupte wieder
die Wanderschaft, ob auch der Körper ruht.
Zu dir gehn die Gedanken dann zurück
von hinnen auf der Sehnsucht Pilgerfahrt,
sie halten offen meinen müden Blick,
der Dunkel, wie der Blinde, rings gewahrt;
nur daß der Blick der traumbeschwingten Seele
dein Bild vor meines Geistes Auge stellt,
das in dem Graun gleich stammendem Juwele
die Macht verschönt und jugendfroh erhellt.
So wird um dich und mich, vom Schlaf gemieden,
am Tag dem Leib, der Seele nachts kein Frieden.

Bedenke ich, wie alles hier im Leben
nur kurze Weile im Zenithe kreist,
wie in der Sterne unerforschtem Weben
nur Schattenbilder diese Bühne weist;
seh' ich der Pflanze gleich den Mensch erstehn,
genährt vom gleichen Himmel und zerstört,
im Vollbesitz der Jugendkraft vergehn,
bis alles der Vergessenheit gehört;
dann bei der Ahnung der Vergänglichkeit
muß deiner ich in Jugendpracht gedenken,
die Zeit seh' ich zerstörungsfroh bereit,
auch deinen Tag in düstre Nacht zu senken.
Doch biet' ich Trotz ihr, ganz in Liebe dein,
was sie dir nimmt, will ich dir neu verleihn.

Wie voller Angst ein schlechter Komödiant,
der auf der Bühne seinen Spruch vergaß,
so wie ein Raubtier, grimmer Wut entbrannt,
sich selber schwächt im Zornesübermaß;
so fehlt mir oft in schüchternem Verzagen
die rechte Form, in der sich Liebe faßt,
des Herzens Kraft scheint gänzlich zu versagen,
erliegt sie schweigend meiner Liebeslast.
Dann mögen meine Blicke mich erklären,
die stummen Boten der beredten Brust,
die Liebe flehn und ihren Lohn begehren
mit besserm Wort, als Lippen je bewußt.
Verstehst du ihre Sprache, wenn sie schweigen?
Augen, die hören, sind der Liebe eigen.

Warum versprachst du mir so schönen Tag
und locktest ohne Mantel mich hinaus,
damit mich treffe schweren Wetters Schlag,
das deinen Glanz verbarg in Wolkengraus?
Nicht ist's genug, daß du zerteilst den Regen,
und daß du wieder trocknest mein Gesicht,
vom Sturm gepeitscht! Wer rühmt des Balsams Segen,
der nur die Wunde heilt, die Schmerzen nicht?
Ob du dich schämst, es tröstet nicht mein Herz,
ob du bereust, es bleibt mir der Verlust;
nur schwachen Trost hat des Beleid'gers Schmerz
für des Gekränkten tiefverletzte Brust.
Doch wenn wie Perlen deine Tränen rinnen,
sind kostbar sie, Verzeihung zu gewinnen.

Die Zeit des Jahres magst in mir du sehn,
wenn spärlich letzte gelbe Blätter fallen,
die Bäume kahl vor Kälte zitternd stehn,
die Vögel schweigen in den öden Hallen;
in mir siehst du das letzte Dämmerlicht,
das mit der Abendsonne still vergleitet,
bis daß die dunkle Nacht herniederbricht,
der andre Tod, und Ruhe rings verbreitet;
in mir siehst du das Flackern letzter Glut,
die auf der Asche ihrer Jugendtage
wie auf dem Sterbebett erlöschend ruht,
sich selbst verzehrt im letzten Herzenschlage;
siehst du mich so, der balde dich verläßt,
hält deine Liebe mich so treuer fest.

Was bleiben allen neuen Reizen fern,
eintönig, ohne Wechsel meine Sänge?
Und warum schiel' ich nicht, wie es modern,
nach neuer Form und seltnem Wortgepränge?
Was schreib' ich immer gleich und eines nur
und kleide meinen Sang nach alter Art,
daß jede Silbe weist auf meine Spur
und ihren Stamm und Herkunft offenbart?
Muß, Liebster, ich von dir doch immer singen!
Du und die Liebe bist mein ganzer Sang,
mein Bestes ist, in neue Form zu bringen
die alte Weise, die schon oft erklang.
Alt ist die Sonne, und doch täglich neu,
so bleibt mein Herz dem alten Liede treu.

Mein Auge ist, seitdem ich von dir schied,
in meinem Geist und führt mich schlecht umher,
da es, halb blind, nur halben Dienst versieht
und sehend scheint, wenn es in Wahrheit leer.
Denn was an Blumen es und Vögeln schaut,
kein Eindruck wird dem Herzen zugelenkt,
der Seele keine Spur davon vertraut,
noch hält es selber fest, was es empfängt.
Denn sieht es Unform oder höchste Pracht,
ob Mißgestalten oder reinste Zier,
ob Berg und Wellen oder Tag und Nacht,
die Kräh' und Taube, alles formt's zu dir.
Für andres stumpf, macht, voll von dir allein,
mein treues Herz untreu der Augen Schein.

Dein Sklave bin ich, nimmer darf ich ruhn,
um deines Winks gewärtig stets zu sein.
Wertlos ist meine Zeit und all mein Tun,
bis du mich rufst, sie deinem Dienst zu weihn.
Ich schelte nicht endloser Stunden Zahl,
wenn deiner harrend träg der Zeiger kreist,
noch dünkt, o Herr, mich schwer der Trennung Qual,
wenn deinen Diener du zu gehen heißt.
Noch wag' ich, dich mit Eifersucht zu kränken,
wo du jetzt weilst, und was dein Treiben ist;
still harrt dein Knecht, wagt traurig nur zu denken,
wie du beglückst die andern, wo du bist.
o närrisch treu ist Liebe, daß Verdacht,
was du auch tust, ihr nimmermehr erwacht.

Leb' wohl, du stehst zu hoch für mich im Wert
und bist von deinem Vorzug unterrichtet,
der einen Freibrief deinem Herz gewährt
und meine Rechte all auf dich vernichtet.
Mein wurdest du allein durch freie Gabe,
nicht mein Verdienst gewann dies reiche Glück;
wie ich kein Recht auf so viel Schönheit habe,
so fällt die Schenkung heut an dich zurück.
Du gabst dich mir, dir selber unbekannt,
und kanntest wohl auch den Empfänger nicht!
Ein Irrtum nur gab meinem Glück Bestand,
das mit Erkenntnis jäh zusammenbricht.
Mein warst du nur in holder Träume Reich,
da war ich König; wach – dem Bettler gleich!

Nicht länger traure du um meinen Tod,
als ausgetönt der Glocken dumpfer Klang,
der Welt verkündend, daß nach ihrer Not
mir Würmer gaben grausigen Empfang.
Ja, liest du diese Zeilen, weihe mir
kein Angedenken, da ich so dich liebe,
daß besser ich vergessen bin von dir,
als daß Erinnrung deine Brust betrübe.
Und wenn ich modre in des Todes Haus,
und du wirst noch auf diese Lieder sehn,
so sprich nicht einmal meinen Namen aus;
die Liebe laß mit meinem Tod vergehn,
daß deinen Schmerz die kluge Welt nicht sieht
und dich verlacht, wenn ich vom Leben schied.

André Brink
Stein des Anstosses

Als Schriftsteller in Südafrika
Titel der Originalausgabe:
Mapmakers. Writing in a State of Siege
Aus dem Englischen von Hans Hermann
Broschur

André Brink stellt sich in diesen Texten, die zwischen 1967 und 1986 entstanden, die Frage nach seinem Platz in der südafrikanischen Gesellschaft, er reflektiert die Rolle des Schriftstellers in einem autoritären Staat, er schreibt über Zensur, über die Bedeutung des Afrikaans, über Soweto, über Kultur und Apartheid, über den Schriftsteller, der eine Mauer des Schweigens überwinden muß. Das sind keine »theoretischen« Texte, denn Brink hat Bedrohung und Gefahr immer wieder am eigenen Leib erfahren, er weiß, was es bedeutet, im »Belagerungszustand« zu schreiben, wie der Titel eines Aufsatzes lautet, er spürt täglich, was es heißt, »Stein des Anstoßes« zu sein.

André Brink
Die Nilpferdpeitsche

Roman
Titel der Originalausgabe:
A Chain of Voices
Aus dem Englischen von Hans Hermann
Gebunden

In seinem großen historischen Roman erzählt André Brink die Geschichte einer Burenfamilie, schildert er einen Sklavenaufstand zu Beginn des 19. Jahrhunderts in Südafrika.
Ein Roman über die Absurdität eines unmenschlichen Systems, ein Buch voller Spannung und Dramatik.

André Brink
Weisse Zeit der Dürre

Roman
Titel der Originalausgabe:
A dry white season
Aus dem Englischen von Werner Peterich
Gebunden

Ben du Toit, der Held von André Brinks mitreißendem Roman über Südafrika, ist ein durchschnittlicher Bürger seines Landes. Er führt ein beschauliches Leben in Johannesburg, ist Lehrer am College, ein fürsorglicher Familienvater und Ehemann. Auf diese Welt fällt ein Schatten, als der Sohn des schwarzen Putzmannes Gordon an Bens Schule während der Soweto-Unruhen unter mysteriösen Umständen umkommt. Ben unterstützt Gordon bei dessen Bemühungen, den Fall aufzuklären. Doch Gordon erleidet bald das Schicksal seines Sohnes, und Ben sieht bei seiner ursprünglich naiven Kampagne, Verfahrensfehler aufzudecken, mit zunehmendem Entsetzen, daß er es nicht mit stümperhaften Bürokraten zu tun hat, sondern mit arroganten Killern, die sich durch einen ins Monströse pervertierten Patriotismus im Recht glauben und dieses Recht auch durchsetzen. In einer sich dramatisch zuspitzenden Handlung schildert Brink, wie Ben tagtäglich die Gefährlichkeit seiner Gegner zu spüren bekommt. Er lebt unter dem wachsenden Druck von Angst und Bedrohung, fühlt sich eingekreist von Feindseligkeit und Gemeinheit. Doch unterstützt von einer jungen Journalistin, die er liebt, und einem schwarzen Taxifahrer, in dem er einen zuverlässigen Freund findet, kämpft Ben wie besessen weiter, läßt er sich von Verzweiflung und Enttäuschung nicht unterkriegen.

JOHN BANVILLE
DAS BUCH DER BEWEISE
Roman

Titel der Originalausgabe: *The Book of Evidence*
Aus dem Englischen von Dorle Merkel
Leinen

John Banvilles Roman ist die Beichte eines Mörders, der den Versuch unternimmt, sein ihm selbst fremdes Leben zu verstehen und damit die Antwort auf die Motive für seine Tat zu geben.

KIEPENHEUER & WITSCH

Breyten Breytenbach
Wahre Bekenntnisse eines Albino-Terroristen

Titel der Originalausgabe:
The True Confessions of an Albino Terrorist
Aus dem Englischen von Dietlinde Haug und Sylvia Oberlies
Gebunden

Im August 1975 wird der südafrikanische Schrifsteller und Maler Breyten Breytenbach am Flughafen von Johannesburg wegen terroristischer Aktivitäten und Vergehen gegen die Apartheidgesetze verhaftet. Breytenbach, schon seit 1961 im freiwilligen Exil in Paris, war unter anderem Namen für 3 Wochen heimlich nach Südafrika gekommen, um für die Widerstandsgruppe *Okhela* Kontakte zu den illegalen Gewerkschaften zu knüpfen. Er wird nach monatelangen Verhören und zwei Prozessen zu 9 Jahren Gefängnis verurteilt, von denen er die beiden ersten in Isolationshaft im Maximum Security Prison in Pretoria, die restliche Zeit im Pollsmoor Prison bei Kapstadt verbringt. *Wahre Bekenntnisse eines Albino-Terroristen* ist das Protokoll dieser Zeit – und mehr als das. Es ist die Geschichte eines Mannes, der mit allen Mitteln kämpft, weil er die Freiheit, weil er Südafrika liebt. Es spiegelt die seelischen Konflikte eines sensiblen Künstlers, der in der Isolierung an den Rand des Wahnsinns gerät. Es sind die Reflexionen eines politischen Menschen, der seine Vorstellungen hinterfragt, sich und seine Mitstreiter einer harten Selbstkritik unterzieht.

Dank der Bemühungen des internationalen PEN, von Amnesty International, der französischen Regierung und verschiedenen Schriftstellerorganisationen wurde Breytenbach im Dezember 1982 vorzeitig aus der Haft entlassen.

Breyten Breytenbach
Mouroir

Spiegelungen eines Romans
Titel der Originalausgabe:
Mouroir. Mirrornotes of a Novel
Aus dem Englischen von Uli Wittmann
Gebunden

Mouroir entstand während Breytenbachs siebenjähriger Haftzeit in südafrikanischen Gefängnissen. Seinen Alpträumen ausgeliefert, rettete er sich ins Schreiben und bettete seine Ängste in Geschichten ein, die in bedrohlich gesichtslosen, surrealistischen Landschaften spielen und den Leser unvermittelt treffen.

»Breyten Breytenbach ist der bedeutendste burische Intellektuelle, der mit dem Burenstaat in Konflikt geriet.«

Der Spiegel

Breyten Breytenbach
Alles ein Pferd

Titel der Originalausgabe:
All One Horse
Aus dem Englischen von
Matthias Müller
Mit 27 Aquarellen des Autors. Broschur

In eindringlichen Prosatexten und Bildern, die ein besonders gelungenes Beispiel für Breyten Breytenbachs ungewöhnliche Doppelbegabung sind, läßt er seine Welt entstehen, eine Welt der Imagination, durch die sein »Pferd der Assoziation« läuft.

DON DELILLO
SIEBEN SEKUNDEN
Roman

Titel der Originalausgabe: *Libra*
Aus dem Amerikanischen
von Hans Hermann
Leinen

In seinem packenden, stilistisch brillanten Roman entwirft Don DeLillo ein Bild von der Schattenseite Amerikas und dem Leben Lee Harvey Oswalds. Fiktion und Wirklichkeit gehen nahtlos ineinander über in der Schilderung der Ereignisse und Machenschaften, die zu Präsident Kennedys Ermordung führen.